C

Jackie Collins

Der Meisterspieler

Roman

Aus dem Amerikanischen von
Vera Möbius

MIRA®

MIRA® TASCHENBUCH
Band 25192
1. Auflage: Oktober 2006

MIRA® TASCHENBÜCHER
erscheinen in der Cora Verlag GmbH & Co. KG,
Axel-Springer-Platz 1, 20350 Hamburg
Deutsche Erstveröffentlichung

Titel der nordamerikanischen Originalausgabe:
Deadly Embrace

erschienen bei: 1997 Simon & Schuster Inc.

Konzeption/Reihengestaltung: fredeboldpartner.network, Köln
Umschlaggestaltung: pecher und soiron, Köln
Redaktion: Claudia Wuttke
Titelabbildung: Getty Images, München
Autorenfoto: © by Firooz Zahedi
Satz: Buch-Werkstatt GmbH, Bad Aibling
Druck und Bindearbeiten: Ebner & Spiegel, Ulm
Printed in Germany
ISBN 3-89941-285-0

www.mira-taschenbuch.de

1. KAPITEL

Dienstag, 10. Juli 2001

Mit dreistündiger Verspätung traf der American Airlines-Flieger in L.A. ein, was Madison Castelli ziemlich unangenehm fand. Sie hatte direkt zum Haus ihrer besten Freundin Natalie de Barge fahren wollen. Aber Natalie hatte ihr mitgeteilt, sie würden sich mit ihrem Bruder Cole um acht in einem Restaurant treffen.

Weil Madison so spät dran war, beschloss sie sofort das Mario's aufzusuchen, ein kleines italienisches Lokal am Beverly Boulevard. Und so rief sie Natalie übers Handy an, während sie den Terminal durchquerte. „Wir sehen uns gleich dort."

Sie freute sich auf das Wiedersehen mit ihren Freunden, denn sie konnte das, was ihr in letzter Zeit passiert war, gar nicht schnell genug verdrängen. Während der letzten paar Tage war ihre ganze Welt zusammengebrochen. Ihr Vater Michael wurde verdächtigt, Madisons Stiefmutter Stella und deren Liebhaber, in einer Art Hinrichtung erschossen zu haben. Nun fahndete die Polizei nach ihm, weil er auf mysteriöse Weise verschwunden war.

Als würde das noch nicht genügen, stand auch noch ihr Freund Jake auf der Vermisstenliste. Ihr wundervoller Jake, der so sexy und smart war. Und außerdem ein erstklassiger Fotograf. Zusammen mit einigen Kollegen hatte er eine Reportage über ein Drogenkartell in Kolumbien gemacht. Seit zehn Tagen hatte sie nun nichts mehr von ihm gehört, und das beunruhigte sie, je mehr sie darüber nachdachte. In Kolumbien waren Entführungen an der Tagesordnung – ebenso wie Morde.

Während sie ihr Gepäck holte, in ein Taxi stieg und zum Restaurant fuhr, ging ihr dies alles durch den Sinn. Der Besuch im Westen war genau das, was sie jetzt brauchte, um einen klaren Kopf zu bekommen. Sie wollte eine Zeit lang bei ihren Freunden herumhängen und *gar nichts* tun. Keine Arbeit. Kein Stress. Danach würde sie nach New York zurückfliegen, erholt und gegen sämtliche Probleme gewappnet.

Cole erwartete sie bereits im Mario's. Er war ein hoch gewachsener, umwerfend attraktiver farbiger Fitnesstrainer, Mitte zwanzig, muskulös und hatte ein umwerfendes Lächeln. Außerdem war er schwul und stolz darauf. Sie umarmten und küssten sich. Cole musterte sie anerkennend. „Du siehst richtig heiß aus, Babe."

„Was, *ich?* Sicher nicht", protestierte sie wehmütig. „So wie du dich ausdrückst – das klingt unverkennbar nach L.A."

„Vielleicht, weil ich hier lebe", meinte er und führte sie zu einem reservierten Ecktisch.

„Reden die Männer in L.A. so mit ihren Frauen?" hänselte sie ihn.

„Nein." Cole grinste. „So rede ich mit den Jungs, damit sie relaxen – wenn du verstehst, was ich meine."

„Das musst du mir erklären", erwiderte sie und setzte sich.

Mit ihren dreißig Jahren sah Madison fabelhaft aus. Sie war groß und schlank, hatte volle Brüste, eine schmale Taille und enorm lange Beine. Normalerweise versuchte sie ihre

Reize herunterzuspielen. Aber ihre mandelförmigen grünen Augen und die ausgeprägten Wangenknochen, die verführerischen Lippen und das dichte schwarze Haar machten sie zu einer Schönheit – eine sehr intelligente Schönheit, denn sie war eine angesehene Journalistin. Madison hatte sich auf einfühlsame Storys über die Reichen, Berühmten und Mächtigen spezialisiert. Sie arbeitete für das Magazin *Manhattan Style.* Vor kurzem hatte sie ein Buch über Seilschaften veröffentlicht, und derzeit arbeitete sie an einem Bericht über alteingesessene, bekannte New Yorker Mafiafamilien. Was sie im letzten Jahr über die Vergangenheit ihres Vaters erfahren hatte, entsprach nicht ganz dem äußeren Schein. Sie wusste nicht einmal, ob sie ihn überhaupt kannte. Wenn sie die Wahrheit herausfinden wollte, musste sie danach suchen.

„Wo ist Natalie?“ fragte sie und schaute auf ihre Uhr.

„Wie üblich kommt sie zu spät“, antwortete Cole. „Hast du dich noch immer nicht dran gewöhnt?“

„Ich vermisse sie“, seufzte Madison.

„Natürlich fehlst du ihr genauso. Ein Jammer, dass ihr zwei nicht in derselben Stadt wohnt! Stell dir vor, in was für Schwierigkeiten ihr da geraten könntet!“

„Wie läuft ihre Radiosendung?“

„Grandios. Wann immer ihre Stimme über den Äther schwebt, rastet sie aus. Du kennst ja unsere Natalie. Dauernd muss sie Aufmerksamkeit erregen.“

Ein paar Minuten später kam Natalie ins Lokal, sie war so hübsch wie eh und je. Coles Schwester war klein und temperamentvoll, mit üppigen Kurven und einem sinnlichen Mund. „Tut mir leid, tut mir leid, tut mir leid!“ rief sie und riss Madison in ihre Arme. „Bis ich endlich aus dem Studio verschwinden konnte – das war der reinste Alptraum.“ Stöhnend sank sie auf einen Stuhl. „Wow! Jetzt brauche ich einen Drink.“

„Ich auch.“ Madison winkte einem Kellner, der sofort zum Tisch kam. Er war ein typischer gertenschlanker Italiener mit zottigem schwarzen Haar und sympathischem Akzent.

„Wein“, verlangte Natalie, „ich brauche jetzt einen Wein.“

„Rot oder weiß, Signora?“

„Bringen Sie uns eine Karaffe von Ihrem Roten.“

„Gute Idee“, stimmte Madison zu, und der Kellner eilte davon.

„Hm …“ Natalie schaute seiner Kehrseite nach. „Netter Hintern.“

„Ja, *das* ist mir schon längst aufgefallen“, verkündete Cole. „Würde mich interessieren, in welcher Liga er spielt.“

„In meiner“, behauptete Natalie. „So was merke ich *immer.*“

„Da wäre ich mir nicht so sicher.“ Cole grinste, und Madison verdrehte die Augen.

„Vor euch zweien kann sich wohl niemand retten.“

„Doch“, widersprach Natalie, „alte Leute und jeder unter fünfzehn.“

„Ich bin empört!“ schimpfte ihre Freundin.

„Ich bin nur *ehrlich.*“

Plötzlich wurden sie von Trubel am Eingang abgelenkt.

„Was ist denn da los?“ fragte Natalie und spähte hinüber.

„Keine Ahnung“, sagte Cole.

Und dann geschah etwas Unfassbares: Drei Männer stürmten in die Mitte des Restaurants und schwenkten Knarren. „Rührt euch nicht, ihr Idioten, oder ich puste euch die gottverdammten Köpfe weg!“ Diese Drohung, von einem Mann mit Strumpfmaske und einer Uzi-Maschinenpistole ausgestoßen, sorgte augenblicklich für Grabesstille im voll besetzten Lokal.

Entgeistert starrte Madison die Eindringlinge an. Eine anstrengende Woche lag hinter ihr. Und jetzt *das!* Nein, das *durfte* nicht passieren.

Aber es geschah tatsächlich. Das Mario’s wurde überfallen, und sie saß mit ihren Freunden direkt vor drei bewaffneten Banditen. Schwarz gekleidet, die Gesichter von Strumpfmasken verborgen, versperrten sie den Weg zum Ausgang und zur Küchentür.

„Oh mein Gott!“ murmelte Cole. Starr vor Angst saß seine Schwester neben ihm.

Madison wusste, warum. Vor zehn Jahren, als sie auf dem College ein Zimmer geteilt hatten, war Natalie von einer Gang vergewaltigt worden. Zwar hatte sie dieses Trauma überwunden und als Interviewerin prominenter Persönlichkeiten Karriere gemacht. Aber dieser Überfall hier versetzte ihr einen neuen Schock.

„Bleibt ruhig, ihr beiden“, mahnte Cole, offenbar bereit, allen Eventualitäten entgegenzutreten – obwohl sogar *er* erkannte, dass es unklug war, mit Bewaffneten zu diskutieren.

Automatisch beugte sich Madison vor, um Natalie zu trösten. „Das glaube ich einfach nicht.“ Sie strich das lange dunkle Haar aus ihrem Gesicht, sah sich um, und ihr Gehirn registrierte alle Einzelheiten, wie sie es durch ihre journalistische Tätigkeit gewohnt war.

„Glaub's lieber", empfahl ihr Cole leise. „Das ist L.A. Hier kommen solche Dinge vor."

„Klappe!" schrie der Anführer mit der Uzi. Nervös wippte er in seinen Turnschuhen auf seinen Fußballen, wie ein ausgeflippter Langstreckenläufer am Ende eines besonders aufregenden Rennens. Durch die Schlitze in der Strumpfmaske starrte er zu Madison herüber – seine Augen waren voller Zorn und unverhohlenem Hass. Nach ihrer Einschätzung musste er ziemlich jung sein, wahrscheinlich noch ein Teenager.

Der Gangster war jung, durchgedreht und von der Welt angefressen. Es war genau das, was sie jetzt brauchte.

„Leert eure verdammten Geldbörsen aus!" brüllte er. „Nehmt den Schmuck ab. Und zwar *jetzt!*"

Ein anderer Räuber, mit einer Pistole und einem zerknitterten schwarzen Müllsack gerüstet, lief von Tisch zu Tisch und sammelte Geld und Brieftaschen ein, Armbanduhren, Ringe, Handys – alles, was halbwegs wertvoll war. Inzwischen scheuchte der dritte Ganove das Küchenpersonal in die Mitte des Raumes.

Mühsam zwang sich Madison zur Ruhe, aber ihr Herz raste. Sie wollte kein Opfer sein. Also musste sie etwas tun – irgendetwas, statt einfach nur dazusitzen und diesen Schurken ihr Eigentum auszuhändigen wie ein fügsames Schaf.

Am Nachbartisch versuchte eine ältere Frau, ihre Perlenkette abzunehmen. Aber ihre Finger zitterten so heftig, dass es ihr nicht gelang. Um ihr zu helfen, neigte sich ihre jüngere Begleiterin vor.

Rumms! Der Bandit, der die Beute einsammelte, schlug der jungen Frau den Pistolengriff ins Gesicht. Aus einer tiefen Platzwunde an ihrer Schläfe quoll Blut.

„Oh, mein Gott!" keuchte die ältere Dame. „Was haben Sie meiner Tochter angetan?"

Madison konnte sich nicht länger zurückhalten. Dieser brutale Schlag war zu viel. Niemand hatte den Gangster provoziert. „Feigling!" zischte sie den maskierten Räuber an, „Ja, *dich* meine ich – den großen Kerl mit der Kanone in der Hand."

„Vorsicht!" mahnte Cole. „Sei still!"

Zu spät. Der Gauner wandte sich zu Madison und hielt ihr den Revolverlauf vor die Nase. „Misch dich nicht ein und gib mir lieber deine Uhr." Dann richtete er die Waffe auf Natalie. „Du auch!"

Immer noch wie gelähmt starrte Natalie ihn mit großen braunen Augen an.

„Gib ihm die Uhr, Nat", drängte Madison.

Ihre Freundin rührte sich nicht.

„Bitte, Schätzchen, tu's!" flehte Madison.

Aber Natalie saß reglos da. Blitzschnell packte der Gangster ihren Arm und riss ihr die teure goldene Cartier-Uhr vom Handgelenk. Gellend schrie sie auf, beinahe übertönte ihre schrille Stimme die ferne Polizeisirene.

„Verdammt! Was ist jetzt los?" schrie der Anführer und fuhr zu Cole herum. Seine Augen glitzerten gefährlich in den Schlitzen seiner Strumpfmaske. „Wer von euch hat die Bullen gerufen?"

„He, Mann", entgegnete Cole ruhig, „schau nicht *mich* an."

Während er sprach, ergriff ein kräftig gebauter Mann vom Nachbartisch die Initiative. Plötzlich zerrte er einen Revolver aus der Innentasche seines Jacketts und zielte auf den Anführer. „Lassen Sie die Waffe fallen!" befahl er in scharfem Ton. „Geben Sie auf, bevor Sie noch mehr Ärger kriegen!"

Sekundenlang glaubte Madison, der Bandit würde gehorchen und auch seine beiden Komplizen zur Kapitulation bewegen. Aber nein – obwohl vor den Fenstern an der Vorderfront des Restaurants die Lichter einiger Streifenwagen rotierten, fauchte er: „Wirf deine verdammte Pistole weg! Oder weißt du nicht, was ich sonst machen werde?"

Sein Herausforderer blieb unbeeindruckt. Der Detective im Ruhestand sah seine Chance, eine letzte Heldentat zu vollbringen. Daran würde ihn ein Grünschnabel mit einer Uzi nicht hindern. „Hör mal, mein Junge, sei nicht so dumm …", begann er gönnerhaft. Er hatte einen schwachen irischen Akzent.

Daraufhin donnerte ein Kugelhagel aus der Maschinenpistole. Alle Gäste des Mario's schrien, während der kräftige Mann mit einem ungläubigen Staunen im Blick zu Boden sank.

„Wer zum Teufel ist denn jetzt *dumm?*" höhnte der Anführer und schwenkte die Uzi im Kreis herum. „*Ich* nicht!" Dann wies er seine Komplizen an, die Türen zu versperren und alle Gäste in die Mitte des Lokals zu treiben.

„Oh Gott!" murmelte Cole. „Nun sind wir erledigt."

Und Madison ahnte instinktiv, dass er Recht hatte.

Dienstag, 10. Juli 2001, Las Vegas

Die Lider halb gesenkt, beobachtete Vincent Vernon Castle seine Frau Jenna. Sie war nicht nur hübsch, sondern ein richtiges Prachtstück mit seidenweicher Haut, schulterlangem Haar, das einen natürlichen honigblonden Ton hatte, hellblauen Augen, prallen Brüsten und sensationellen Beinen.

Auch Vincent sah nicht schlecht aus – er war 1,90 m groß, hatte dunkle Locken, ausdrucksvolle schwarze Augen, eine gerade Nase, ein Grübchen im Kinn und einen gut trainierten Körper. Scharenweise rannten ihm die Frauen nach. Erstens war er Teilhaber des äußerst erfolgreichen Castle Hotel and Casino, zweitens steinreich, ein Klassetyp und erst sechsunddreißig. Zum Leidwesen seiner Bewunderinnen, die ihn ständig umringten, war er bereits mit der reizvollen Jenna verheiratet.

Und es gab noch ein weiteres, schlimmeres Hindernis – er war ihr treu.

Seine Hochzeit hatte erst vor ein paar Monaten stattgefunden, und so blieb seinen Verehrerinnen immer noch Zeit.

„Heute Abend sieht Jenna besonders glücklich aus“, bemerkte die Frau, die neben Vincent auf einem roten Ledersofa in der Nische saß. Das sagte sie mit bedeutsamer, verführerischer Stimme und legte eine Hand auf seinen Schenkel. Jolie Sanchez, mit seinem Geschäftspartner und Jugendfreund Nando verheiratet, war ebenfalls eine Schönheit. Sie war Anfang dreißig, hatte bernsteinfarbene Katzenaugen, einen sinnlichen Schmollmund und langes schwarzes Haar.

Wenn Vincent es gewollt hätte, stände sie ihm zur Verfügung, und das wusste er.

Doch er widerstand der Verlockung, denn die Ehefrauen anderer Männer passten nicht zu seinem Stil – und an der Frau seines Partners würde er sich schon gar nicht vergreifen. Außerdem war Nando extrem temperamentvoll. Er war halb Kolumbianer und halb Franzose. Einmal hatte er einem Rivalen, von dem er sich bei irgendeinem Deal betrogen fühlte, ein Ohr abgeschnitten. Unglücklicherweise war der Mann fast verblutet. Dieses Erlebnis veranlasste Nando, gründlich nachzudenken, bevor er noch einmal die Beherrschung verlor.

„Sie schwärmt für Filmstars." Gleichmütig schlug Vincent die Beine übereinander, so dass Jolie gezwungen war, ihre Hand wegzunehmen.

„Ah, aber kein Filmstar kann sich mit ihrem Ehemann messen", schmeichelte sie ihm, wie sie es immer tat.

Während er ihr ein dünnes Lächeln schenkte, bezähmte er seinen wachsenden Zorn. Es war ihm peinlich, wie seine Frau sich dermaßen an Andy Dale ranschmiss. Andy war ein Kinostar mit strähnigem, schmutzig-blondem Haar und jungenhaftem Grinsen. Erst einen einzigen Hit hatte der Kerl gelandet. Wegen des großen Boxkampfs, der am nächsten Abend steigen sollte, war er in die Stadt gekommen. Seine Begleiterin, Anais, ein missgelauntes farbiges Supermodel, hatte sich offensichtlich zugekokst. Was ihr Freund trieb, schien sie nicht zu interessieren. Nando hatte die beiden zum Dinner eingeladen und war dann prompt mit der Ausrede verschwunden, er müsse sich um wichtige Geschäfte kümmern.

In letzter Zeit begann sich Vincent zu fragen, ob es ein Fehler gewesen war, Jenna zu heiraten. Sie war erst zweiundzwanzig Jahre alt und im Gegensatz zu ihm erstaunlich unerfahren. Von seinem Vater ermutigt, hatte er sich die Hörner gründlich abgestoßen. Als er siebzehn war, hatte Michael ihn mit einem zwanzigjährigen Callgirl für vierundzwanzig Stunden in eine Suite des MGM Grand geschickt und sämtliche Kosten übernommen. Welch ein Deal! Welch ein Dad!

Die Prostituierte hatte ihm alle Tricks beigebracht, die er beherrschen musste, um eine Frau zu beglücken. Und obwohl es ihm nicht besonders gefallen hatte, seine Zunge zwischen ihre Schenkel gleiten zu lassen, wusste er seither, wie prompt die Frauen darauf abfuhren.

„Wenn du nur gut aussiehst, erreichst du gar nichts", hatte sein Vater ihn belehrt. „Im Geschäftsleben musst du der Schnellste und der Klügste sein – und *wissen*, wie man eine Frau im Bett behandelt. Dann steht dir die Welt offen. Glaub mir, mein Sohn, *das* ist es, was einen Mann ausmacht."

Und Michael Castelli hatte tatsächlich eine ganze Menge auf dem Kasten. Ehrfürchtig schaute Vincent zu ihm auf – dass Michael die Mutter seines Sohnes, Dani, nie geheiratet hatte, spielte keine Rolle.

Noch hatte Vincent nichts vom Haftbefehl gegen seinen Vater und Michaels Verschwinden gehört. Mit seiner Halbschwester Madison stand er nur in losem Kontakt. Nur ein einziges Mal hatte er sie, vor einigen Monaten, unter ziemlich unangenehmen Umständen, getroffen. Der Vater hatte ihn angerufen und um einen Gefallen gebeten. Und natürlich hatte Vincent ihm diesen Wunsch erfüllt.

Was für ein großartiger Gefallen! Madison war mit ihrer Freundin Jamie und dem toten Sohn eines Milliardärs in einem Vegas-Hotelzimmer eingesperrt gewesen. Offenbar hatte Jamie den armen Kerl im Bett in sein verfrühtes Grab getrieben. Und Vincent sollte die Leiche diskret beseitigen. Das hatte er getan, ohne Fragen zu stellen.

Es ärgert ihn, dass Madison nichts von der zweiten Familie ihres Vaters ahnte. Wieso kannte *er* die Wahrheit, während *sie* behütet aufgewachsen war, im Glauben, sie sei Einzelkind?

Nun, das war sie nicht. Da gab es noch ihn und seine jüngere Schwester Sofia. Und wenn Madison sich für was Besseres hielt, irrte sie sich ganz gewaltig.

„Ohhh, *hören Sie auf!*“ quietschte Jenna, ihre Wangen waren gerötet. Spielerisch schob sie Andy Dale weg.

„Was geht da vor?“ fragte Vincent. Noch gelang es ihm, seine Wut zu zügeln.

„Andy will nur rausfinden, ob ich kitzlig bin“, kicherte Jenna.

„Darauf kannst du wetten!“ rief der Schauspieler und tastete wieder nach ihren runden Brüsten.

Da stand Vincent auf. „Kommen Sie, Andy“, bat er freundlich, „ich möchte Ihnen was zeigen.“

„Was denn?“ Andy war jung und berühmt und furchtbar eingebildet. Verdammt noch mal, er war ein *Filmstar,* also konnte er alles haben, was er wollte.

„Sicher wird's Ihnen gefallen“, versprach Vincent mit einem schwachen Lächeln.

„*Nicht*“, murmelte Jolie.

Andy erhob sich – knapp eins achtzig groß, dank der raffiniert verborgenen Plateausohlen in seinen maßgefertigten Schuhen, ohne die er ein gutes Stück kleiner wäre. „Wohin gehen wir?“ fragte er und folgte Vincent aus dem plüschigen Restaurant in das überfüllte Casino.

„Da gibt es etwas in meinem Büro, das Sie vielleicht interessiert“, antwortete Vincent gelassen.

„Wenn ich's schnupfen oder bumsen kann, bin ich Ihr Mann“, gluckste Andy.

Idiot, dachte Vincent. Noch zwei Filme, und du bist weg vom Fenster.

Dienstag, 10. Juli 2001, Marbella, Spanien

Sofia Castle liebte ihre Freiheit. Gut gewachsen, sonnengebräunt, attraktiv und gewieft, wusste sie jedoch nicht, was sie mit ihrem Leben anfangen sollte. Mit fünfzehn Jahren war sie von der Schule abgegangen. Allein schon der Gedanke an ein College hatte sie angewidert. Drei Jahre lang hatte sie mit zwei Freundinnen und einem schwulen Jungen ausgedehnte Rucksackreisen durch alle Kontinente unternommen. Einer nach dem anderen geriet in Schwierigkeiten. Zuerst wurde eine Freundin in Thailand wegen Drogenschmuggels verhaftet, ein Jahr später rannte die andere auf Hawaii mit einem verheirateten Surfer davon, den sie erst seit fünf Tagen kannte. Und Jace, der schwule Freund, wurde überall verprügelt.

„Was, zum Teufel, treibst du eigentlich?“ fragte ihn Sofia einmal.

„Gar nichts“, erwiderte er tugendhaft, „ich bin einfach nur ich selbst.“

Offenbar war er den meisten Leuten *zu* schwul.

Schließlich war Sofia von den vieren übrig geblieben und allein, abgesehen von ein paar flüchtigen Beziehungen.

Trotzdem wollte sie nicht nach Las Vegas heimkehren, wo der große Bruder Vincent sie herumkommandieren und ihre Mom ihr dauernd Vorschriften machen würde. Schon längst hatte die Hauptstadt aller Spielhöllen ihren Reiz verloren, und so zog Sofia nach Marbella. Dort jobbte sie während der Saison in einem Nachtclub als Fotografin, die von einem Tisch zum anderen wanderte und die Touristen ablichtete. Mit achtzehn war sie ein Freigeist. Weder ihre Mutter konnte sie kontrollieren, die es weiß Gott versucht hatte, noch Vincent, mit dem sie eine Hassliebe verband. Schon gar nicht gehorchte sie ihrem Vater Michael, dem sie erbittert grollte, weil er nie da gewesen war, wenn sie ihn gebraucht hatte.

Sie konnte auf sich selber aufpassen. Aber an diesem Abend war sie sich da nicht so sicher. Sie saß, zusammen mit zwei total bekifften alternden Playboys (mindestens vierzig Jahre alt) in einem Penthouse fest, und die gingen ziemlich rasant zur Sache. Vorher hatte sie sich mit ein paar Leuten zusammengetan, die sie amüsant fand. Kostenlosen Champagner und Gras lehnte sie niemals ab. Schließlich hatte sie die Clique in das Penthouse begleitet, und kurz danach waren alle bis auf die geilen alten Kerle verschwunden.

„Jetzt muss ich gehen“, verkündete sie nonchalant.

„Nein!“ protestierte der geile Spanier Nummer eins. Er hieß Paco, hatte Schlitzaugen, und sein braunes Haar erweckte den Eindruck, er habe es mit Stiefelwichse geglättet.

„Natürlich bleibst du bei uns“, entschied der geile Spanier Nummer zwei und machte schmatzende Geräusche mit seinen Lippen. Der dünne Mann, der einen naturweißen Seersucker-Anzug und glänzende zweifarbige Lackschuhe trug, roch nach Lavendel.

Zur Genüge stoned, wusste Sofia, dass es höchste Zeit war, die Flucht zu ergreifen. Allerdings vermutete sie, dass sie eingesperrt war. *Kein* gutes Zeichen. „Tut mir leid, Jungs." Sie ging zur Wohnungstür und drückte die Klinke herunter. Ja, sie war tatsächlich verschlossen. Verdammt! „Mein Alter ist ein Bulle", behauptete sie voller Zorn, weil sie sich in eine so blöde Situation gebracht hatte. „Und wir wollen doch keinen Ärger, nicht wahr? Lasst mich lieber raus, und ich meine – *sofort.*"

„Nein, nein – komm zu mir, *cara*", gurrte Paco, eilte ihr nach und grapschte mit seiner verschwitzten Hand nach ihrer nackten Schulter. „Wir zeigen dir, wie viel Spaß ein bisschen Sex macht."

„Besten Dank, nein", zischte sie und riss sich los. „Mach diese verdammte Tür auf, bevor ich sie eintrete!"

Die beiden Männer wechselten verschwörerische Blicke, und Paco hielt sie fest, während der andere näher kam.

Zum ersten Mal in ihrem jungen Leben verspürte Sofia kalte Angst. Jetzt hatte sie ernsthafte Probleme. Und das missfiel ihr gründlich.

Dienstag, 10. Juli 2001, Las Vegas

Meine Tochter ist in Schwierigkeiten. Von dieser Sorge wurde Dani Castle unentwegt verfolgt. An diesem Morgen war sie aus einem lebhaften Albtraum hochgeschreckt, sie hatte von Sofia geträumt. Seither musste sie ständig an das Kind denken. Und jetzt aß sie mit dem Mann, den sie heiraten sollte, zu Abend. Aber statt ihm die erforderliche Aufmerksamkeit zu schenken, starrte sie geistesabwesend vor sich hin.

Mit seinen über sechzig Jahren wirkte Dean King sehr distinguiert. Er war groß, breit und hatte dichtes silbergraues Haar. Niemals hatte er sie enttäuscht, niemals im Stich gelassen. Aber trotz der langjährigen Beziehung hoffte sie immer noch, eines Tages würde *Michael* sie heiraten und ihre Liaison endlich vor dem Standesamt offiziell machen.

Michael Castelli. Die Liebe ihres Lebens, der Vater ihrer beiden Kinder, Vincent und Sofia. Immer würde sie ihn lieben.

Mit ihren dreiundfünfzig Jahren war Dani immer noch eine schöne Frau. Sie war von Natur aus blond, hatte einen glatten Teint, meerblaue Augen und die Figur eines Showgirls. Früher war sie Bühnenstar in Vegas gewesen, jetzt organisierte sie hin und wieder ein PR-Event im Hotel ihres Sohnes. Sie war stolz auf Vincent. So viel hatte er erreicht, während ihn sein Dad nur geringfügig unterstützt hatte.

Ja, Vincent konnte gewiss auf sich selber aufpassen – es war Sofia, die ihr Kummer bereitete.

Beide Kinder glichen Michael, hatten seine olivenfarbene Haut und das schwarze Haar geerbt – und Sofia auch noch sein chaotisches Wesen. An einem denkwürdigen Tag, nach einem heftigen Streit mit ihrem Vater, hatte sie die Schule geschmissen, das Weite gesucht und nur eine kurze Nachricht hinterlegt.

Fünfzehn Jahre alt – und einfach verschwunden. Seither

rief sie ab und zu an, oder sie schickte ihrer Mutter eine Postkarte.

Dagegen konnte Dani nichts tun. Ihre Tochter hatte ihren eigenen Willen, genau wie Michael, den die Flucht seiner Tochter nicht zu beunruhigen schien. „Reg dich nicht auf, Dani, sie kann für sich selber sorgen“, hatte er ihr versichert.

Ja, *er* hatte leicht reden.

Manchmal glaubte sie, das einzige Kind, das ihm wirklich etwas bedeutete, wäre Madison, seine Tochter von einer anderen Frau.

„Woran denkst du?“ Dean beugte sich vor und griff über den Tisch hinweg nach ihrer Hand. Dani zog sie fort. Seine Treue und Ergebenheit waren grenzenlos. Vielleicht wuchs die Liebe gewisser Menschen noch, wenn sie zurückgewiesen wurden. In diesem Fall traf das anscheinend zu.

Dean lebte in Houston, besaß mehrere Ölquellen, er war steinreich und mächtig.

Und warum hast du ihn nicht geheiratet, Dani?

Weil ich ihn niemals liebte.

„An Sofia.“ Sie seufzte und nippte an ihrem Wein. „Dauernd mache ich mir Sorgen um sie, und ich wünschte, ich könnte sie sehen.“

Er musterte ihr Gesicht. „Hast du in letzter Zeit von ihr gehört?“

„Vor ein paar Wochen. Sie ist irgendwo in Spanien. Niemals verrät sie mir, wo *genau* sie sich aufhält.“

„Das habe ich dir schon so oft angeboten. Wenn du willst, engagiere ich einen Privatdetektiv, der Sofia aufspürt und nach Hause bringt.“

Entschieden schüttelte sie den Kopf. „Wenn sie es will, wird sie zurückkommen."

„Dann reg dich nicht auf."

Oh Gott, jetzt redete er wie Michael.

„Morgen früh habe ich einen Termin." Sie legte die Serviette auf den Tisch und schob ihren Stuhl zurück.

„Heißt das, unser Dinner ist beendet?" Fragend hob er die Brauen.

„Es macht dir doch nichts aus?"

„Würde es irgendwas ändern, wenn es mich stören würde?" Dani trieb ihn zum Wahnsinn, das war ihr schon immer gelungen. Und darin lag sein Problem – er kam einfach nicht von ihr los. Nicht einmal die Ehen mit zwei anderen Frauen hatten das Feuer in seinem Herzen gelöscht.

„Doch", log sie und überlegte, warum sie ihn immer noch hinhielt.

„Nun ...", begann er zögernd. „Ich könnte meine Abreise verschieben und noch einen Tag hierbleiben."

Was dir nichts nützen würde, wollte sie erwidern. Aber sie sprach die Worte nicht aus. Dean lebte für sie, und sie lebte für Michael, von dem sie seit Monaten nichts mehr gehört hatte. Wo mochte er sein? Was tat er? Es widerstrebte ihr, ihn anzurufen, denn auch sie hatte ihren Stolz.

Vor sechsunddreißig Jahren, mit siebzehn, hatte sie seinen einzigen Sohn geboren – und achtzehn Jahre später eine Tochter. Und obwohl er sie nicht geheiratet hatte, konnte sie nicht aufhören, ihn zu lieben.

Ja, es stimmt, dachte sie wehmütig. Wenn man abgewiesen wird, schürt es die Liebe noch.

Dienstag, 10. Juli 2001, New York

Ich laufe davon, dachte Michael Castelli. Wie eine Ratte, die durch die Kloaken gejagt wird. Dafür hasse ich mich selbst.

Aber ich habe keine Wahl. Ich habe keine verdammte Wahl.

Endlich hatte ihn die Vergangenheit eingeholt. Jetzt musste er entweder fliehen und die Wahrheit herausfinden – oder in einem lausigen Gefängnis verrotten.

Wenn er jemals wieder im Knast landete, würde er das nicht überleben.

Und in Michaels Welt hieß das wichtigste Spiel nun mal „Überleben".

2. KAPITEL

Michael, 1946

Anna Maria – eine hübsche dunkelhaarige junge Frau – sprach nicht allzu gut Englisch, obwohl ihr Ehemann, Vinny Castellino, es ihr beizubringen versucht hatte. Allerdings ohne nennenswerten Erfolg, was ihn kein bisschen störte. Nach seiner Ansicht konnte sie gar nichts falsch machen. Was bedeutete es schon, dass sie die englische Sprache nur mangelhaft beherrschte? Er war ja da und würde für sie sorgen – *und* für das Baby, das sie unter dem Herzen trug. In dem Häuserblock, in dem sie wohnten, gab es keinen stolzeren Mann. Vinny konnte seine Frau gar nicht aus den Augen lassen – so ein kleines Mädchen. Und so ein großer Bauch.

Als der Krieg zu Ende war, war sie ihm in der Nähe von Neapel über den Weg gelaufen. Sie war allein und verängstigt, denn sie hatte fast ihre ganze Familie verloren. Vinny freundete sich mit ihr an, schenkte ihr Schokolade und Nylonstrümpfe, schlief mit ihr und versprach, sie würden in Verbindung bleiben.

Dann kehrte er zu seiner festen Freundin nach Amerika zurück und versuchte, die junge Italienerin mit den großen, ausdrucksstarken Augen und dem kurvenreichen Körper zu vergessen. Seine Freundin Mamie – eine aufgetakelte blonde Friseuse, die in seiner Nähe in Queens wohnte – schöpfte sofort Verdacht. „Hast du da drüben irgendwas getan, das du nicht solltest?" fragte sie. Sie war gerade dabei, ihm auf dem Rücksitz vom verbeulten alten Pontiac ihres Vetters einen zu blasen, wie üblich voller Hingabe.

„Natürlich nicht“, beteuerte er schuldbewusst.

„Bist du sicher?“ beharrte sie.

„Klar“, log er.

„Das will ich dir auch raten“, drohte sie, „oder ich trage deine Eier als Ohrringe.“ Mamie konnte sich recht anschaulich ausdrücken, aber daran war er gewöhnt.

„Oh ja – JA!“ schrie er, sobald er seinen Höhepunkt erreicht hatte.

Aber Anna Maria ging ihm nicht aus dem Sinn. Ständig musste er an sie denken. Und nachdem ein paar Wochen verstrichen waren, erkannte er, dass er sie wiedersehen musste, obwohl Mamie ihn vor grausigen körperlichen Qualen warnte, falls er eine andere Frau auch nur ansah. Mit aller Macht wollte sie ihn heiraten. Wenn er nicht aufpasste, würde sie ihn zum Traualtar schleppen, ehe er wusste, wie ihm geschah.

Einige Monate später hatte er Anna Maria noch immer nicht vergessen können und erklärte seiner Mutter Lani, einer korpulenten Frau aus Sizilien, er würde nach Italien zurückkehren.

„Warum tust du das?“ fragte sie, die großen, abgearbeiteten Hände auf die breiten Hüften gestützt. „In Europa ist's nicht sicher, dort ist der Krieg gerade erst zu Ende gegangen.“

„Ich muss hin, Ma. Da gibt's jemanden, den ich wiedersehen will. Es ist mein Schicksal.“

„Schicksal?“ rief sie und verdrehte die Augen. „Was für ein Unsinn, bei meinem großen fetten Arsch! Da drüben hast du ein Mädchen, nicht wahr?“

„Nein, Ma“, protestierte Vinny.

„Ha! Lügner!“ Lani wischte sich die Hände an ihrer

Schürze ab. „Und wie willst du die Reise nach Italien bezahlen?“

„Dafür wirst du mir das Geld leihen“, erwiderte er zuversichtlich.

Das tat sie, weil er ihr einziges Kind war. Seit dem Tod seines Dads vor ein paar Jahren erfüllte sie ihm fast alle Wünsche. Außerdem wollte sie, dass Mamie aus seinem Leben verschwand. Von Anfang an hatte sie die ordinäre Blondine mit dem losen Mundwerk gehasst. Sie war einfach nicht gut genug für ihren feinen Sohn, und was er jetzt plante, würde ihn vielleicht vor dieser Person retten.

Also flog Vinny mit dem Segen seiner Mutter nach Italien und eilte zu Anna Maria, die überglücklich an seine Brust sank.

Drei Wochen später kam er zu Lanis Verblüffung mit einer schwangeren Ehefrau nach Hause – einer 17-jährigen Italienerin, die kaum ein Wort Englisch sprach.

Lani war zunächst bitter enttäuscht, weil er in ihrer Abwesenheit geheiratet hatte. Aber die Schwiegertochter aus der alten Heimat half ihr über den Kummer hinweg – wenn es auch schicklicher gewesen wäre, Anna Maria hätte sich nicht auf Anhieb schwängern lassen.

Trotzdem – die beiden waren ein Ehepaar, Mamie war weg vom Fenster, und Lani beschloss das Beste draus zu machen. Bald gewann Anna Maria ihre Zuneigung. Auch alle anderen entzückte sie durch ihre Sanftmut und ihre Verletzlichkeit, die unwiderstehlich waren.

Als Vinnys Dad gestorben war (Lani nannte es einen Herzinfarkt – in Wirklichkeit hatte er zu viel Bier getrunken, im Rausch seinen Kopf an einem Regal aufgeschlagen und sich nie mehr davon erholt), hatte sie seine Lebensmittelhandlung an einer Straßenecke übernommen. Sie betrieb den Laden ganz allein, bestellte die Ware, erledigte die Buchhaltung und kümmerte sich um alles andere. Meistens bediente sie auch die Kunden, obwohl sie dafür einen Mann namens Ernie beschäftigte. Doch der war schon über sechzig und nach ihrer Ansicht nutzlos.

Kurz nach Vinnys und Anna Marias Ankunft in New York wurden sie von Lani dazu angehalten, im Laden mitzuhelfen. Da sie bei ihr wohnten, fand sie das nur fair. Ernie stand vormittags hinter der Theke, ihre Schwiegertochter nachmittags, und ihr Sohn übernahm die Spätschicht.

„Sollte ich nicht ein eigenes Geschäft gründen, Ma?“ wandte Vinny ein. „Immerhin habe ich jetzt eine Ehefrau und bald eine Familie.“

„*Das* hier ist dein Geschäft“, betonte Lani. „Wenn ich nicht mehr da bin, gehört der Laden dir, und deshalb musst du dich verdammt noch mal dafür einsetzen.“

Sosehr er seine Ma auch liebte, er konnte den Tag seiner Alleinherrschaft kaum erwarten. Nicht, dass er ihr etwas Schlimmes wünschte – sie war die beste aller Mütter und verstand sich so gut mit seiner Frau, wie er es sich nie hatte träumen lassen.

Anfang Februar fegten kalte Stürme durch die Straßen. Anna Maria trug einen riesigen Bauch vor sich her, und das Baby würde in einigen Wochen zur Welt kommen. Doch sie bestand darauf, weiterhin im Laden zu arbeiten, schleppte sich durch Schnee und Regen und trat immer pünktlich ihren Dienst an. Auf keinen Fall wollte sie ihre Schwiegermutter im Stich lassen. Obwohl die Zeiten für alle schwer waren, hatte sie es gut getroffen. Was ihr vergönnt war, hielt sie nicht für selbstverständlich. Außerdem hatte sie sich an harte Arbeit gewöhnt. Vor der Begegnung mit Vinny war sie Zimmermädchen in einem Hotel, in dem die Deutschen wohnten, gewesen und hatte kämpfen müssen, um satt zu werden. Zweimal war sie vergewaltigt und ein paarmal verprügelt worden. Trotz ihrer zarten Konstitution hatte sie gelernt, für sich selber zu sorgen. Und dann war Vinny aufgetaucht, ihr Retter. Ihm zuliebe hätte sie *alles* getan. Sie vergötterte ihn. In ihren Augen war er der amerikanische Traum in Person – groß und hübsch und gütig. Was konnte sich ein Mädchen sonst noch wünschen?

Ernie hatte an den Wochenenden frei. Deshalb musste sie sich an diesem Samstagmorgen allein zurechtfinden. Es fiel ihr schwer, mit ihren geschwollenen Fingern den Schlüssel im rostigen Vorhängeschloss an der Hintertür herumzudrehen. Zudem war ihr ein bisschen übel. Sie hatte Vinny versprochen, dies sei das letzte Wochenende vor ihrer Niederkunft, an dem sie arbeiten würde. In Zukunft würde Ernie Anna Marias Schicht übernehmen, so hatte Lani es mit ihm vereinbart.

Im Laden stank es nach überreifem Käse und schalem Bier, dessen Geruch von der benachbarten Bar herüberdrang. Anna Maria erschauerte, aber es war draußen zu kalt, um das Fenster zu öffnen und frische Luft hereinzulassen. Sie rieb ihre frierenden Hände, schaltete das Licht ein, öffnete die Registrierkasse und die Vordertür. Dann wartete sie auf die ersten Kunden.

Die Castellinos hatten mehrere Stammkunden. Schon nach wenigen Tagen hatte sich Anna Maria ihre Namen gemerkt. Mr. Rustino kaufte stets zwei Laibe Brot und ein Dutzend Eier. Wenn Mrs. Bellimore drei kleine Flaschen Sodawasser gekauft hatte, ging sie einen Häuserblock weiter zur Spirituosenhandlung und holte sich ein Quart Gin – als wäre sie erst im Nachhinein auf diese Idee gekommen. Die Witwe Sylvana kaufte gar nichts und kam nur herein, um zu schwatzen. Alle Kunden liebten Lanis Schwiegertochter. Stets fragten sie nach ihrer Gesundheit, betasteten ihren Bauch und erkundigten sich, wann mit dem Baby zu rechnen sei, obwohl das die ganze Nachbarschaft schon wusste. Nur zu gern verbrachten die Leute ihre Zeit mit der netten jungen Italienerin, die sie an ihre Heimat erinnerte.

Im Laufe des Tages verdüsterte sich der Himmel, und es begann zu schneien. Anna Maria räumte die Lagerräume auf und vergewisserte sich, dass alles in Ordnung war. Ein paar Minuten nach vierzehn Uhr kam eine vollbusige Blondine in den Laden. Sie wurde von zwei jungen Männern begleitet, die wenig Vertrauen einflößten. Diese drei kannte Anna Maria nicht. Trotzdem fragte sie höflich, womit sie dienen könne.

Mit stark geschminkten Augen musterte die Blondine sie von Kopf bis Fuß. „Also *du* bist die ausländische Schlampe, die meinen Vinny eingefangen hat. Besonders hübsch bist du nicht – du fette Sau."

„Wie, bitte?" Instinktiv spürte Anna Maria, dass es Schwierigkeiten geben würde. „Mein Englisch – nicht gut ..."

„Darauf wette ich", spottete Mamie und warf ihr gefärbtes Haar zurück.

Anna Maria beobachtete die beiden jungen Männer, die im Laden umherwanderten und sich verdächtig für gewisse

Einzelheiten zu interessieren schienen. Während der eine in den Zeitschriften blätterte und dabei die Seiten umknickte, spielte der andere mit einem Stapel Konserven und stieß sie fast um.

„Bitte, kann ich helfen?“ Anna Maria trat hinter dem Ladentisch hervor.

„Oh ja, Schätzchen …“, erwiderte Mamie gedehnt. „Gib mir den Kerl zurück, den du gestohlen hast. Andererseits, wenn ich drüber nachdenke – den Trottel würde ich nicht einmal mehr nehmen, wenn du ihn in tausend Dollarscheine wickeln und vor meine Tür legen würdest.“ Gellend lachte sie über ihren eigenen Witz. „Kommt, Jungs!“ befahl sie und stolzierte zur Tür. „Hier stinkt's nach Spagettifressern. Jetzt brauche ich endlich wieder frische Luft.“

Sie verließen den Laden, und Anna Maria starrte ihnen irritiert nach.

Am späteren Nachmittag, als Vinny kam, um sie abzulösen, hatte sie das Trio vergessen. Er küsste und umarmte sie und flüsterte ihr zu, sie sei das schönste Mädchen auf der Welt. Dann ermahnte er sie, auf dem Heimweg gut aufzupassen, denn die Gehsteige seien glitschig. Ein Unwetter würde sich ankündigen. „Vielleicht sollte ich dich begleiten? Im Moment ist ohnehin keine Kundschaft da.“

Sie schüttelte den Kopf. „Nicht nötig.“

„Bist du sicher?“

„Ja, Vinny.“

Da nahm er sie wieder in die Arme und rieb sein Kinn an ihrer Wange. Sie liebte die Nähe seines kräftigen Körpers – vor allem, wenn das Baby in ihrem Bauch strampelte und wenn sie wusste, dass er es ebenfalls spürte. Insgeheim wünschte sie sich einen Jungen. Für Mädchen war das Leben – so wie sie es erfahren hatte – sehr hart.

Auf dem halben Weg nach Hause erinnerte sie sich an die vulgäre Blondine und ihre rüpelhaften Gefährten. Diesen Leuten misstraute sie – insbesondere, weil das Mädchen Vinnys Namen kannte. An ihrem ersten Arbeitstag im Laden hatte Lani sie aufgefordert, ihr sofort Bescheid zu geben, wenn irgendetwas Verdächtiges geschah. Nun, die drei waren zweifellos verdächtig. Über diesen unangenehmen Besuch hätte sie ihren Mann informieren müssen.

Obwohl die Gehsteige vereist waren und es bitterkalt war, beschloss sie, umzukehren und Vinny von dem Zwischenfall zu erzählen, Während sie zum Laden ging, fing das Baby plötzlich zu strampeln an. Lächelnd legte sie ihre Hände auf den Bauch und flüsterte: „Mein *bambino.* Mein *piccolo bambino.*"

In der Ferne grollte der Donner. Die Straße war dunkel und verlassen. Um vor dem drohenden Gewitter zu fliehen, hatten sich die meisten Menschen in ihre vier Wände zurückgezogen.

Als Anna Maria am Laden ankam, stand die Blondine vor der Ladentür. Sie hatte ein Tuch um das auffällige Haar gebunden. Bei Anna Marias Anblick blinzelte sie verwirrt.

„Verzeihen Sie, bitte." Anna Maria versuchte, sich an ihr vorbeizuschieben.

„Nicht so schnell, Schätzchen", entgegnete Mamie.

„Bitte, ich möchte hinein." Ärgerlich runzelte Anna Maria die Stirn.

„Das glaube ich nicht", fauchte Mamie und reckte arrogant ihr spitzes Kinn vor.

„Doch, ich glaube schon." Energisch drängte sich Anna Maria an ihr vorbei und betrat den Laden.

Entsetzt hielt sie inne. Was sie sah, raubte ihr den Atem. Vinny stand hinter der Theke, die Arme in der Luft. Während ihm ein Kumpan der Blondine einen Revolver vor die Nase hielt, räumte der andere die Kasse leer.

„*Bastardo!*" schrie Anna Maria. Ihr Zorn verdrängte ihre Angst. Sie erinnerte sich plötzlich an all das Böse und die Gewalt, die ihr in der Vergangenheit geschehen waren. „*Bastardo! Bastardo!*" wiederholte sie, bevor sie sich auf den bewaffneten Mann stürzte. Das hübsche Gesicht vor Zorn verzerrt, schlug sie mit beiden Fäusten auf ihn ein.

„Nein!" Verzweifelt versuchte Vinny, sie an dieser wahnwitzigen Attacke zu hindern. „Nicht, meine Süße! Nein!"

Zu spät. Der Gangster reagierte blitzschnell, richtete seine Waffe auf ihre Brust und befahl heiser: „Hau ab, verrücktes Biest!"

Aber sie ließ ihn nicht los, obwohl ihr Herz hämmerte und das Baby immer heftiger in ihrem Bauch strampelte.

Ohne Rücksicht auf seine eigene Sicherheit warf sich Vinny dazwischen, um seine Frau zu retten.

Dann geschah es. Ein Schuss. Ein zweiter. Ein dritter.

Die Männer packten das Geld und rannten davon.

New York Times 10. Februar 1945

Am Samstagabend holten die Ärzte einen gesunden Jungen ans Licht der Welt, nachdem die Mutter, Anna Maria Castellino, bei einem Raubüberfall auf einen Laden nieder-

geschossen und tödlich getroffen worden war. Auch ihr Ehemann, Vincenzio „Vinny" Castellino, wurde angeschossen und wird derzeit operiert, um eine Kugel aus seiner Wirbelsäule zu entfernen. Die Schießerei fand im Lani's statt, einer Gemischtwarenhandlung in Queens. Die Polizei sucht die zwei verdächtigen Männer, die den Laden ausraubten und zu Fuß mit einer blonden Komplizin flohen. Das Baby, einige Wochen zu früh geboren, wiegt vier Pfund und sechzig Gramm und sein Gesundheitszustand ist angeblich stabil.

Und so begann Vincenzio Michael Castellinos Lebensweg – mit einem bemerkenswerten Ereignis.

3. KAPITEL

Dani, 1945

Dashell Livingston hatte drei Ehefrauen, obwohl das im Staat Nevada nicht ganz legal war. Doch darum kümmerte er sich nicht. Als Mormone glaubte er, über dem Gesetz zu stehen, und er prahlte vor jedem, der ihm zuhörte, es sei das gute Recht eines Mannes, so viele Frauen zu heiraten, wie es ihm beliebe. Sieben Kinder hatte er gezeugt, lauter Mädchen, was ihn nicht störte, weil er erwartete, dass sie ihn in seinem Alter betreuen würden. Mädchen waren nützlich. Niemals würden sie ihm davonlaufen.

Dashell war ein großer Mann Ende fünfzig, mit wettergegerbtem Gesicht und einer schulterlangen weißen Mähne. Außerdem war er ein eingefleischter Spieler. Regelmäßig verließ er seine heruntergekommene Ranch ein paar Meilen außerhalb von Las Vegas, auf der er Pferde züchtete. Dann fuhr er in die Stadt und gewann genug Geld, um sich selbst und seine ständig wachsende Familie in den nächsten Monaten zu ernähren. In Vegas besuchte er auch ein Freudenhaus, um mit ein oder zwei Huren seinen unersättlichen sexuellen Appetit zu stillen.

Olive, seine Gemahlin Nummer eins, hatte ihm vier Kinder geschenkt. Jetzt, mit fast vierzig Jahren, führte sie das Regiment in seinem Haushalt und erteilte in seiner Abwesenheit alle Befehle. Mona, die Nummer zwei – eine kleine, zierliche Frau mit verängstigter Miene –, hatte ihrem bärenstarken Gatten drei Töchter geboren.

Mit einundzwanzig Jahren die jüngste der drei Frauen,

war Olives Kusine Lucy auch die hübscheste. Sie hatte lange weizenblonde Haare und leuchtend blaue Augen. Nach einer unglücklichen Ehe – ihr Mann hatte sie Tag für Tag übel beschimpft und misshandelt – war sie erschöpft und verzweifelt auf die Ranch gekommen.

Kurz nach der Hochzeit mit Dashell wurde sie schwanger. Bedauerlicherweise, denn sobald sie das festgestellt hatte, änderte sich die Atmosphäre in ihrem neuen Heim. Ihr zweiter Gemahl behandelte sie kühl und abweisend. Gebieterisch und anspruchsvoll, bürdete Olive ihr übermäßig viele Pflichten im Haushalt auf. Und Mona, die sie niemals willkommen geheißen hatte, ignorierte sie.

Lucy fürchtete, es sei vielleicht ein Fehler gewesen, sich dieser Großfamilie anzuschließen. Aber es gab kein Zurück. Da sie völlig mittellos war, sah sie keine Möglichkeit, die Ranch zu verlassen, die mitten im Nirgendwo lag. Außerdem erwartete sie ein Kind.

Wie sie wenig später herausfand, hielt Dashell nichts von Ärzten. „Habgierige Schurken, nur hinter dem Geld ihrer Patienten her!" murrte er mit seiner heiseren Stimme. „Hier draußen sorgen wir für uns selber."

Lucy konnte nicht glauben, dass er ihr den Beistand eines Doktors verwehrte, obwohl sie ihn darum anflehte.

„Nein!" herrschte er sie an. „Und hör auf, mich zu nerven!"

Verzweifelt bat sie seine beiden anderen Frauen um Hilfe.

„Warum bildest du dir ein, du wärst was Besseres als wir?" fragte Olive. Sie presste ihre Lippen zusammen und zeigte kein Mitleid.

„Nun, ich – ich dachte nur …“

„Lass das Denken lieber bleiben“, fauchte Olive.

„Keine Bange“, sagte Mona, „Dashell entbindet seine Frauen selber. Das hat er schon siebenmal geschafft.“

Mitten in der Nacht setzten die Wehen ein. Da sie während der Schwangerschaft weder von einem Arzt noch von einer Hebamme beraten worden war, wusste Lucy nicht, was ihr bevorstand, als die Fruchtblase platzte. Fast panisch schrie sie vor Schmerzen und weckte Mona, die mit ihrer jüngsten Tochter Emily im selben Zimmer schlief.

„Sei still!“ Abrupt setzte sich Mona im Bett auf. „Dieser Höllenlärm wird alle Toten wachrütteln.“

„Oh, ich – ich glaube, mein Baby kommt“, stammelte Lucy ängstlich und verwirrt.

„Nein, das geht jetzt nicht“, entschied Mona, als könnten ihre Worte die Geburt des Babys hinauszögern. „Dashell ist in die Stadt gefahren. Vor morgen Früh kommt er nicht zurück.“

„Dann musst du mich zu einem Arzt bringen“, keuchte Lucy, von neuen Wehen gepeinigt. Nie zuvor hatte sie solche Schmerzen gespürt. Sie schrie noch lauter und fürchtete, ihr ganzer Körper würde entzweigerissen.

„Unmöglich“, entgegnete Mona ungerührt. „Dashell hat den Laster genommen.“

Ihr hässliches Gesicht grimmig verkniffen, eilte Olive herein, während sie ihren Morgenmantel schloss. „Beiß da drauf“, verlangte sie in sachlichem Ton und warf ihrer jungen Kusine einen von Dashells Ledergürteln zu. „Und halt jetzt um Himmels willen den Mund, sonst erschreckst du die Kinder.“

„Bitte ...“, flüsterte Lucy und wand sich in unerträglichen Qualen. „Ihr – ihr müsst mich zu einem Doktor bringen.“

„Das wirst du schon hinkriegen“, sagte Olive und zog ihr die Bettdecke weg, während Mona die kleine Emily aus dem Zimmer scheuchte.

„*Bitte!*“ flehte Lucy. „Ich – brauche – einen Doktor!“

„Öffne die Beine“, befahl ihr Olive streng. „Du musst einfach nur pressen. Hör endlich mit diesem grässlichen Getue auf.“

Fünfundzwanzig Minuten später wurde die kleine Dani geboren, bevor ihre Mutter verblutete.

4. KAPITEL

Michael, 1960

„Wie alt bist du?“ fragte sie.

Dass *sie* neunzehn war, wusste Michael. Sie war neunzehn Jahre alt, hatte große Brüste und toupierte schwarze Haare sowie einen schwachen Schatten eines Schnurrbarts. Sie hieß Polly und wohnte nur ein paar Häuserblocks entfernt. Weil er sie für wahnsinnig sexy hielt, hatte er bereits alles über sie herausgefunden.

„Achtzehn“, log er. In Wirklichkeit war er fünfzehn, sah aber älter aus und glaubte optimistisch, die Schwindelei würde durchgehen.

„So?“ murmelte sie, nicht sonderlich überzeugt.

„Ja“, bestätigte er und zwinkerte heftig. Lange, dichte Wimpern umrahmten seine dunkelgrünen Augen.

„Hm …“ Polly musterte ihn abschätzend. Vielleicht war er noch nicht achtzehn, aber zweifellos der hübscheste Junge, den sie kannte. An den kam ihr derzeitiger Freund Cyril nicht mal annähernd heran. „Also, bist du tatsächlich achtzehn?“ fragte sie, um sich das selber einzureden.

„Klar“, antwortete Michael selbstsicher. „Warum?“ fügte er dreist hinzu. „Findest du, ich sehe älter aus?“

Sie stand mit ihm an der Straßenecke vor dem Apartment ihrer Freundin Sandi, die gerade ihre Geburtstagsparty gab. Michael hatte davon gehört und sich prompt unter die Gäste gemischt. Niemanden störte das, und nach einer Weile machte er sich an Polly heran. Als sie die Fete verlassen hatte, war er ihr gefolgt.

Aus den Fenstern von Sandis Wohnung wehte der Elvis-Song „Are You Lonesome Tonight“ herab. Vielleicht war das ein gutes Omen.

„Willst du Eis essen gehen?“ schlug Michael vor.

„Eis!“ wiederholte sie spöttisch und reckte ihre Nase hoch. „Nein, du bist nicht achtzehn.“

Weil Taten eine deutlichere Sprache sprechen als Worte, packte er Pollys Arm und drückte sie gegen die Hausmauer. Dann küsste er sie und schob ihr seine Zunge fast bis in den Hals. Erbost schob sie ihn weg. So leicht gab er sich nicht geschlagen. Instinktiv umfasste er ihre runden Brüste und befingerte die Knospen, so wie der hässliche Kerl in dem Pornofilm, den er zusammen mit seinen Kumpels gesehen hatte. Bingo! Nach ein paar Sekunden wehrte sie sich nicht mehr und stöhnte leise.

In seiner Hose wuchs eine Erektion, und Michael hoffte inständig, er würde diesem Drängen in dieser Nacht nachgeben können. Irgendwo, irgendwie. Das Handgetriebe hatte er genauso satt wie die Spioniererei seiner Grandma Lani, die dauernd vor der Badezimmertür lauerte und schrie: „Was machst du da drin? Wenn's was Schmutziges ist, prügle ich dich windelweich!“

Er presste seinen Körper an Polly, um ihr seine Erregung zu zeigen. Gleichzeitig bearbeitete er ihre großen Brüste und überlegte, ob er eine Hand unter ihren Pullover schieben sollte. Oder war das zu früh?

Inzwischen erwiderte sie seine Küsse mit feuchter Zunge und unverkennbarem Enthusiasmus – das war sicher ein gutes Zeichen.

Michael entschied, dass er nichts zu verlieren hatte, und

griff unter ihren Pullover, zog Pollys BH nach oben und berührte mit seiner Hand ihren weichen Körper.

„Moment mal!" kicherte sie und schnappte nach Luft. „Wir stehen auf der Straße. Hier kann uns jeder sehen."

„Nein."

„Doch."

„Gehen wir woandershin." Er schluckte und hoffte, es würde ihm nicht sofort kommen.

„Und wohin, du Klugscheißer?" fragte sie, zog ihren Pullover hinunter und fasste sich wieder.

„Wie wär's mit einem Hotel?" schlug er vor.

„Für was für ein Mädchen hältst du mich?" protestierte sie empört.

Für eins, das ich bumsen werde – oder ich sterbe, falls der Versuch missglückt …

Polly warf ihm einen prüfenden Blick zu. Wie verdammt hübsch er war … Und scharf. Und groß, wo's drauf ankam. Alles, was Cyril *nicht* war. „Hast du Geld für ein Hotel? Ich wohne nämlich bei meinen Eltern. Deshalb können wir nicht zu mir gehen."

„Klar hab ich Geld", prahlte Michael und bemühte sich, seine wilde Vorfreude zu verbergen.

„Worauf warten wir?" flötete sie und hängte sich bei ihm ein.

Du meine Güte! Endlich würde er ein Mädchen flachlegen. *Kaum zu glauben.*

Das Beste, was er bisher bei einem Mädchen erreicht hatte, war ein harmloses Gefummel mit seiner Schulkameradin Tina. Sie war hübsch und beliebt, aber von Experimenten hielt sie nichts. Nur ein paar Zungenküsse und ein bisschen Busengrapschen, mehr war nicht passiert. Sie hatte viel kleinere Brüste als Polly. Und die blieben immer verhüllt. „Sex ist etwas für die Ehe", verkündete Tina andauernd, ihr süßes Gesicht blieb dabei todernst. „Also müssen wir warten."

Als ob er heiraten würde ... undenkbar. Außerdem hatte er es satt, noch länger zu warten. Was er wollte, wusste er ganz genau. Und wenn er's nicht bald bekam, würde er durchdrehen.

Er war fünfzehn, er war ein Mann, und er *brauchte* Sex.

Eines Tages hatte er versucht, das Thema mit seinem Vater zu erörtern, der unglücklicherweise an einen Rollstuhl gefesselt war. Vinny starrte ihn minutenlang schweigend an. Schließlich schüttelte er den Kopf, während er die Stirn runzelte. „Verlieb dich bloß nicht", hatte er seinen Sohn gewarnt, „das würde dir das Herz brechen."

Michael wusste, wie verbittert sein Dad war. Trotzdem verstand er nicht, warum Vinny nie ein gutes Wort über irgendwen oder irgendwas sagte. Er saß in einem Rollstuhl, entweder zu Hause oder im Laden, und sprach nur selten. Wenn er daheim war, hockte er dauernd vor dem Fernseher, an seinem Lieblingsplatz.

Was für ein Leben ist das, überlegte Michael. Sicher nicht das Leben, das *ich* mir wünsche.

Seine Mutter Anna Maria hatte er nie kennen gelernt, wusste aber, wie sie ausgesehen hatte. Auf dem Kaminsims stand ein großes Foto von ihr. Links und rechts davon standen Kerzen, die sein Dad jeden Sonntag anzündete und vor denen er andächtig betete.

Lani hatte Michael erklärt, seine Mutter sei von bösen Ladendieben niedergeschossen worden und kurz nach seiner Geburt gestorben. Als er die Geschichte zum ersten Mal gehört hatte, war es ihm nicht so wichtig gewesen. Aber während er heranwuchs, dachte er immer öfter darüber nach. Statt bei liebevollen Eltern zu leben, so wie Tina, musste er sich mit einer Großmutter begnügen, die wegen ihrer Arbeit kaum Zeit für ihn fand, und mit einem Vater, der im Rollstuhl festsaß. Hätte er seine Mom nicht verloren, wäre alles ganz anders.

Weil er sich schon seit einiger Zeit für die näheren Umstände des Verbrechens interessierte, war er neulich in das Polizeirevier gegangen, um mehr über den Tod seiner Mutter herauszufinden. Der Dienst habende Detective, ein jovialer Typ, der Lani kannte, hatte die Akte bereitwillig hervorgeholt. „Viel gibt's da nicht zu erzählen, nur dass die Täter nie geschnappt wurden. Tut mir leid, mein Junge."

„Hat man nicht einmal herausgefunden, wer's war?"

Bedauernd hatte der Detective den Kopf geschüttelt. „Schon vor einer halben Ewigkeit wurde der Fall ad acta gelegt."

Das verstand Michael nicht. In einem Viertel, wo alle Leute einander kannten, wusste niemand, wer seine Mutter ermordet, seinen Vater zum Krüppel gemacht und den Laden ausgeraubt hatte?

Während er mit Polly die Straße entlangging, klammerte sie sich an seinen Arm. Sie duftete nach Blumen. Wie würde sie riechen, wenn er sie auszog? Er hatte einen Plan. Natürlich war seine Idee, mit dem Mädchen in ein Hotel zu gehen, nicht aus der Luft gegriffen. Sein bester Freund

Max arbeitete als Hilfsportier in einer kleinen Absteige und hatte angeberisch behauptet, sollte Michael irgendwann ein Zimmer brauchen, würde sich was arrangieren lassen.

Okay, dachte Michael, warten wir's ab, ob er sich nur wichtig machen wollte.

Das dunkle Hotel sah ziemlich schäbig aus. In der Halle stank es nach gekochtem Kohl. Pollys Arm fest an sich gepresst, marschierte er zur zerkratzten Empfangstheke, hinter der ein bebrillter alter Mann saß und in einem zerfledderten Pornoheft blätterte.

Typisch für mein Pech, kam es Michael in den Sinn, ausgerechnet heute Nacht hat Max frei.

Noch bevor er seine Enttäuschung herunterschlucken konnte, erschien sein Freund mit zwei dampfenden Kaffeetassen. Keineswegs von der langsamen Truppe, erfasste er die Situation auf Anhieb und reichte dem alten Mann eine Tasse. „Für dich, Burt!" rief er fröhlich. „Mach mal Pause. Du siehst so aus, als hättest du's nötig."

„Da hast du Recht", murmelte Burt, stand auf und schlurfte in ein Hinterzimmer.

„Hi", begrüßte Michael seinen Freund.

„Hallo." Nur mühsam verkniff sich Max ein wissendes Lächeln und sah Michael bedeutsam an.

„Ich – eh – hätte gern ein Zimmer", sagte Michael und versuchte, möglichst weltgewandt zu wirken.

„Klar." Max zog ein fleckiges, halb zerrissenes Reservierungsbuch zu sich heran und betrachtete die leeren Seiten. „Da hätte ich ein besonders schönes im ersten Stock, Nummer acht." Er griff hinter sich, nahm einen Schlüssel aus einem der Fächer und drückte ihn Michael in die Hand, wobei er Polly verstohlen musterte. Herausfordernd starrte sie ihn an.

Michael nahm ihre Hand und führte sie zur Treppe.

„Von diesem Freund, der in einem Hotel jobbt, hast du mir gar nichts erzählt“, warf sie ihm vor. „Jetzt verstehe ich, warum du mich so gedrängt hast.“

„Nicht, dass ich allzu oft hierherkomme“, verteidigte er sich und grinste verlegen.

„Hoffentlich oft genug, um zu wissen, was du tust.“ Wenn sie Cyril schon betrog, sollte sich das wenigstens lohnen.

„Jedenfalls weiß ich, wie der Hase läuft“, flunkerte er.

„Daran zweifle ich nicht“, entgegnete sie kokett.

Das triste kleine Zimmer war olivgrün gestrichen. In der Mitte stand ein schmales Bett mit einer Patchworkdecke, die schon bessere Tage gesehen hatte. Ein kleines Fenster ging in die Dunkelheit hinaus.

„Hmmm ...“ Polly schaute sich um. „Nicht gerade das Plaza.“

„Sind wir etwa wegen der noblen Ausstattung hier?“ konterte Michael, der vor Verlangen brannte.

„Ha! Finden wir mal raus, wie nobel *du* ausgestattet bist!“ Anzüglich leckte sie über ihre Lippen.

Seine Atemzüge beschleunigten sich. Welch ein Erlebnis – das Mädchen seiner Träume, in einem Hotelzimmer, neben einem Bett ... Plötzlich merkte er, dass er nicht *genau* wusste, was zu tun war. Ja, er musste ihre Brüste berühren. Ja, er musste sie auf leidenschaftliche Art küssen. Und danach? Sollte er ihn einfach reinstecken? Wollte sie das?

Es wäre nett gewesen, wenn sein Dad ihm irgendwelche

Hinweise gegeben hätte. Leider hatten ihm seine Kumpel in der Schule auch nicht viel geholfen. Lauter „Jungfrauen“, obwohl sie das Gegenteil behaupteten. Dieses *schmutzige* Abenteuer würde er als Erster genießen, und er konnte es kaum erwarten.

Polly trippelte ins winzige Bad. „Gleich bin ich wieder da!“ rief sie und versperrte die Tür hinter sich.

Hastig zerrte er die Decke vom Bett. Über das einst weiße Laken kroch eine Schabe, die er mit einem seiner Schuhe erschlug. Dann schnippte er sie unter einen Stuhl. Kein Mädchen mochte diese krabbelnden Biester. So viel wusste er.

Sollte er seine Hose ausziehen oder anbehalten? Eine schwierige Frage. Schließlich entschied er sich für Letzteres.

Als Polly aus dem Bad kam, war sie aus ihrem Pullover geschlüpft. Aber sie trug immer noch ihre kniehohen weißen Stiefel, den superkurzen Rock aus Lederimitat und einen weißen BH. „Nun?“ fragte sie aufreizend. „Fliegst du jetzt mit mir zum Mond, oder was?“

Betont kraftvoll packte er sie und küsste sie wieder, schob seine Zunge um ihre Zähne herum, knetete ihre Brüste, griff nach dem Verschluss des BHs an ihrem Rücken und kämpfte mit den Häkchen. Voller Ungeduld half sie ihm. Der BH rutschte weg, ihre Brüste lagen dar, groß und rund, mit hervorstehenden Knospen.

Oh Gott – zum zweiten Mal kam es ihm beinahe in der Hose.

Irgendwie gelang es ihm, seine Lust zu kontrollieren. Als sie aufs Bett sanken, hatte er beschlossen, jeden einzelnen Moment dieser phantastischen neuen Erfahrung auszukosten und das Ende möglichst hinauszuzögern. So, wie er loslegte, würde er es nicht allzu lange durchhalten.

„Wo bist du gewesen?" rief Großmutter Lani, bevor er zur Tür hereinkam. Ständig bestürmte sie ihn mit Fragen, kritisierte seine Freunde und versuchte herauszufinden, was er trieb. Damit machte sie ihn fast wahnsinnig.

„Was?" murmelte er, denn er war keineswegs in redseliger Stimmung. Im Augenblick hatte er nur einen einzigen Wunsch – in seinem Zimmer ungestört an das unglaubliche Erlebnis mit Polly zu denken und sich vielleicht einen runterzuholen, weil er schon wieder angetörnt war.

„Wo du warst, will ich wissen!" Lani verschränkte die Arme vor ihrer Brust.

Erriet sie, dass er soeben mit einem Mädchen geschlafen hatte? Grandma Lani hatte dafür einen sechsten Sinn.

Gebannt saß Vinny vor dem Fernseher, sah die „Andy Griffith Show" und hob nicht einmal den Kopf.

„Eh – ich bin mit ein paar Kumpels rumgezogen", antwortete Michael.

„Mit diesen Jungs wirst du noch Ärger kriegen", klagte Lani. „Du solltest öfter daheim bleiben, bei uns."

Klar, da würde ich jede Minute einen Lachkrampf kriegen.

„Heute ist ein Mädchen vorbeigekommen und hat Kekse für dich gebracht. Ein nettes kleines Ding."

„Wer war's denn?"

„Ich glaube, sie heißt Tina."

„Ach ja ..." Plötzlich erinnerte sich Michael an sein Versprechen, Tina anzurufen. Das hatte er vergessen. Wahrscheinlich war sie nur hier, um ihm nachzuspionieren. So waren die Mädchen nun mal. Alles wollten sie wissen. „Hat sie gefragt, wo ich bin?"

„Ja", bestätigte Lani. „Leider konnte ich's ihr nicht sagen, oder? Mir erzählst du ja auch nichts."

„Ich bin mit den Jungs rumgezogen", wiederholte er. „Die kennst du ja – Max und Charlie."

„Nichtsnutzige Flegel!" murrte Lani verächtlich. „Hoffentlich hast du nicht geraucht."

„Wer – ich?" fragte er unschuldig.

„Alle Jungs rauchen", murrte Lani. „Bilde dir bloß nicht ein, ich hätte keine Ahnung, was du machst, junger Mann! Lass dich bloß nicht von mir erwischen! Diese Qualmerei ist ein Laster. Und ich hasse jede Art von Laster!"

Das weiß ich, dachte Michael und versuchte, aus dem Wohnzimmer zu schleichen.

„Willst du deine Kekse nicht mitnehmen?" fragte sie und folgte ihm.

„Nein", erwiderte er hastig.

„Und denk daran, morgen arbeitest du im Laden."

„Wie oft soll ich's dir noch sagen?" Vinny riss seinen Blick vom Bildschirm. „An Samstagen arbeitet Michael *nicht* im Laden."

„Das ist doch lächerlich!" schnaufte Lani. „Reiner Aberglaube!"

„Nein, das ist es nicht." Vinny wandte sich zu seinem Sohn. „An einem Samstag arbeitest du *nicht* im Laden, verstanden, Michael? Hör nicht auf sie."

„Möge mir der Himmel beistehen!" seufzte Lani und

warf ihre Arme in die Luft. „Wird mich irgendjemand vor diesen beiden unmöglichen Männern retten?“

„Schon gut, Grandma“, versuchte Michael, sie zu beruhigen. „Was immer du willst, ich tu's …“

„Das wirst du nicht!“ fiel Vinny ihm ins Wort. „An einem Samstag gehst du nicht einmal in die Nähe des Ladens, aus Respekt vor deiner toten Mutter. Ist das klar?“

„Ja, ja“, stieß Lani irritiert hervor, „er hat's kapiert. Wenn du mich dazu zwingst, muss ich eben noch jemanden einstellen. Die Zeiten sind schon schlimm genug. Aber was kümmert's dich, wenn ich eine zusätzliche Ladenkraft bezahlen muss?“

„Tu's einfach.“ Vinny konzentrierte sich wieder auf den Fernseher.

Erleichtert flüchtete Michael in sein Zimmer und warf die Tür zu. Der Raum war klein, aber wenigstens war es sein eigenes Reich. An einer Wand hing ein Poster, ein vergrößertes Foto von Wilt Chamberlaine, neben einem glamourösen Bild von Liz Taylor, die sich in einem weißen sexy Badeanzug auf einer Couch mit Leopardenmuster rekelte.

In dieser Nacht musste ihn Elizabeth nicht inspirieren.

In dieser Nacht würde er tief und fest schlafen, weil er endlich ein Mann geworden war.

5. KAPITEL

Dani, 1960

An dem Tag, als sie ihre Periode bekam, wusste sie, dass sie dem schrecklichen Ort entfliehen musste, wo sie zu Hause war. Dreizehn Jahre alt, war sie noch ein Kind, aber sie sah schon wie eine junge Frau aus. Ihr Körper war für ihr Alter weit entwickelt, sie hatte seidiges blondes Haar, klare blaue Augen und ein fein gezeichnetes Gesicht.

„Kann's gar nicht erwarten, bis sie älter wird", erzählte ihr Daddy jedem, der ihm zuhörte. „Wie ein Pfirsich, reif zum Pflücken ..."

„Nimm dich bloß in Acht, Dani!" mahnte Emily, eine ihrer älteren Halbschwestern. „Sobald er deine Blutung bemerkt, fällt er über dich her."

„Nein", widersprach Dani trotzig, „das lasse ich nicht zu."

„Er wird dich zwingen, genauso wie mich."

Dass er Dani bereits missbraucht hatte, wusste Emily nicht. Als sie jünger gewesen war, hatte er sie manchmal in sein Zimmer geholt, die Tür versperrt und ihr befohlen, ihn zu berühren. „Wenn du ein großes Mädchen bist, machen wir noch viel mehr", hatte er gedroht und böse gelacht.

„Heißt das, du – du hast mit ihm geschlafen?" stammelte Dani, ohne ihr eigenes Geheimnis zu verraten.

„*Ich* war *nicht* scharf drauf." Bei dieser Erinnerung rümpfte Emily die Nase. „Er ist ein Schwein."

„Wie schrecklich!" stöhnte Dani und erschauerte. „Widerwärtig!"

„Bald kommst *du* dran“, prophezeite Emily. Sie war klein, hatte hellbraunes krauses Haar, einen kräftigen Körper und volle Brüste. Zwar war sie erst siebzehn Jahre alt, aber sie hatte sich bereits eine gewisse Lebensweisheit angeeignet. Dani bewunderte sie und folgte ihr auf Schritt und Tritt.

Obwohl Dashell schon über siebzig war, fiel er immer noch über alle weiblichen Mitglieder seiner Familie her. Nach Lucys unglückseligem Tod (die Frauen hatten sie hinten im Garten verscharrt und Dani – sobald sie alt genug gewesen war – eingeredet, Olive wäre ihre Mutter) hatte er noch zweimal geheiratet: eine ehemalige Prostituierte und einen entlaufenen Teenager. Die beiden hatten ihm zwei weitere Kinder geschenkt.

Dashell führte seinen großen Haushalt wie der Pascha, für den er sich hielt, und die Frauen fürchteten ihn. Wann immer es ihm gefiel, mussten seine vier Ehefrauen mit ihm schlafen, ebenso seine sieben älteren Töchter. Bereits zwei seiner Kinder hatte er geschwängert. Das nannte er den „großen Lebenskreis“.

Ängstlich blickte Dani dem Tag entgegen, an dem er sie zu sich rufen würde. Emily hatte sicher Recht, lange würde es nicht mehr dauern.

„Wenn du nicht willst, dass er auf dir liegt, musst du durchbrennen“, riet ihr Emily. „Oh Gott, ich wünschte, das hätte ich getan!“

„Wohin soll ich denn gehen?“

„Irgendwohin – nur weg von hier.“

„Kommst du mit?“

„Vielleicht“, antwortete Emily ausweichend. „Auf eines

müssen wir uns allerdings gefasst machen: Wenn wir erwischt werden, prügelt er uns halb tot. Der Mann ist furchtbar rachsüchtig. In seinem Zorn ist's ihm egal, was er tut."

Da sie sich mit Sam Froog angefreundet hatte, wusste sie über Dinge Bescheid, die den anderen verborgen blieben. Der aufgeweckte rothaarige junge Mann arbeitete gelegentlich auf der Ranch und hatte ein Auge auf sie geworfen. Auch sie mochte ihn. Immer wieder steckte er ihr verstohlen Bücher und Zeitschriften zu, und so erfuhr sie einiges über die Welt außerhalb der Ranch. Manchmal erzählte sie Dani davon.

Sam fuhr jeden Monat auf seinem Motorrad für ein paar Tage zur Ranch. Eines Abends hatte er mit Dashell in Vegas am Roulettetisch gesessen. Der alte Mann hatte ihm einen Job und einen guten Lohn angeboten. Meistens kümmerte sich der Bursche um die Pferde, striegelte sie, säuberte die Boxen und stockte den Futtervorrat auf.

Nachdem er Emily etwas näher gekommen war, flüsterte er ihr hinten im Stall zu: „Dein Alter ist ein Perverser."

„Was soll denn *das* bedeuten?" fragte sie und zupfte einen Strohhalm aus ihrem Haar.

„Dauernd bumst er alle diese Frauen. Was meinst du denn, wie man so einen nennt?"

„Ein Schwein."

„Nein, einen Perversling."

Und dann knutschten sie wieder.

Bald erzählte er ihr Geschichten über Las Vegas und das Leben außerhalb der Ranch. Wie aufregend das klang – Emily konnte es kaum fassen.

„Woanders geht's angenehmer zu als hier", erklärte sie

Dani. „Das sollten wir ausprobieren. Was haben wir schon zu verlieren?“

„Nichts“, erwiderte Dani im Brustton der Überzeugung. „Ich will bloß weg von hier, das ist mein sehnlichster Wunsch.“

Eifrig schmiedeten die beiden Schwestern Pläne und baten Sam um Hilfe. Er nickte und sagte, er würde sie beide auf dem Rücksitz seines Motorrads mitnehmen, falls sie es wirklich ernst mit ihrer Flucht meinten. „Wenn ich euch hier raushole, kann ich nicht zurückkommen. Der alte Knacker zahlt mir eine ganze Menge. Das Geld kann ich dann vergessen.“

„Überleg doch mal – wenn du Dani und mich rettest, bist du ein *Held*“, versuchte Emily ihm zu schmeicheln.

„Tatsächlich?“ Dieser Gedanke schien ihm zu gefallen.

„Klar“, beteuerte Emily und hauchte ihm einen Kuss auf die Wange.

„Wo ich wohne, weiß er nicht“, murmelte Sam nachdenklich. „Weil er nur alle zwei Monate in die Stadt kommt, wird er uns nicht aufspüren. Außerdem würden wir *ihn* sehen, bevor er *uns* bemerkt.“

„Also – bringst du uns weg?“

„Warum nicht?“ Sam sah sich bereits als Superman. „Natürlich helfe ich euch.“

„Dafür werden wir uns revanchieren“, versprach Emily.

„Worauf ihr wetten könnt!“ scherzte er.

Zwei Tage später schlichen sie mitten in der Nacht davon, während alle anderen schliefen. Sam schob das Motorrad ein gutes Stück von der Ranch weg, bevor er es zu starten wagte.

„Keine Bange, Dad wacht nicht auf“, versicherte Emily,

kletterte auf den Sozius und half Dani hinauf. „Der schläft wie ein Stein und schnarcht so laut, dass er nicht einmal den Furz eines Bären hören würde, wenn der direkt neben ihm steht."

„Das weiß ich." Plötzlich hatte Sam Bedenken. „Aber der Alte ist total behämmert. Wenn er uns schnappt …"

„Das wird er nicht", behauptete Emily.

„Eigentlich könnte ich ihn den Bullen ausliefern. Diese vielen Ehefrauen – das ist illegal."

„Wirklich?" Dani malte sich aus, wie wundervoll es wäre, Dashell in Handschellen zu sehen.

„Oh ja", bestätigte Sam zuversichtlich. „Und er schickt euch Mädchen nicht zur Schule. Auch damit verstößt er gegen das Gesetz."

„*Ich* habe Dani lesen und schreiben beigebracht", betonte Emily voller Stolz. „Und sie war eine sehr gute Schülerin."

Mit heftig klopfendem Herzen blickte Dani ihrer Zukunft entgegen. Sie kannte nur die Ranch, sonst nichts. Und die harte Arbeit, die Olive ihr aufgebürdet hatte. Jeden Tag war sie gezwungen worden, das Vieh zu füttern, das ganze Haus sauber zu machen. Sie hatte gekocht, gewaschen, genäht und die Böden geschrubbt – eine endlose Plackerei.

Die Arme um die Taille ihrer Halbschwester geschlungen, hoffte sie inbrünstig, sie würden dieser Hölle entrinnen. Und sie flehte den Allmächtigen an, er möge Dashell nicht auf ihre Fährte führen.

Als sie sich den Lichtern von Vegas näherten, stockte ihr Atem. „Das – das ist wie im Märchen!" Hingerissen sah sie sich um.

„Wart's nur ab", übertönte Sam das Rattern seines Motorrads und lachte. „Das Beste kommt noch."

„Wirklich?"

„Darauf kannst du Gift nehmen!"

Und tatsächlich – sobald sie den Strip erreichten, fehlten ihr zunächst die Worte. „Oh, mein Gott!" rief sie schließlich. „Schaut euch diese vielen Leute an!"

Nachdem sie die Straße hinauf- und hinuntergefahren waren, hielten sie vor einem Café. Dort lud Sam die Mädchen zu Hamburger, Milchshakes und Apfelkuchen ein. „Und was soll ich mit euch machen?" Erst jetzt überlegte er, wie es weitergehen sollte.

„Lass uns ein paar Tage bei dir auf dem Boden schlafen", schlug Emily vor. „Wir werden dich nicht nerven, das verspreche ich."

„Leider habe ich keinen Palast zu bieten, nur ein Zimmer. Da drin müssen wir *alle* schlafen."

Emily kicherte und warf ihm einen viel sagenden Blick zu. „Klingt amüsant."

„Ja, aber nicht, wenn deine Schwester zuschaut."

„Natürlich wird Dani nicht zuschauen. Die rollt sich in einer Ecke zusammen und schläft."

„Ganz bestimmt", bekräftigte Dani und verspeiste ihren Apfelkuchen. „Glaub mir, Sam, ich werde euch nicht stören."

„Morgen gehen wir auf Arbeitssuche", kündigte Emily an, „und dann quartieren wir uns woanders ein. Du wirst nicht bereuen, dass du uns hierhergebracht hast, Sam."

„Ohne Sozialversicherungskarten kriegt ihr keine Jobs", wandte er ein.

„Was ist das?“ fragte Dani.

„Etwas, das ihr dringend braucht.“

„Und wie kriegen wir's?“ wollte Emily wissen.

„Nun ja …“ Sam zögerte kurz. „Da kenne ich jemanden, der einen Mann kennt, der euch solche Karten vielleicht besorgen würde. Wahrscheinlich habt ihr keine Geburtsurkunden?“

„Nein“, erwiderte Emily, „wir sind froh, dass wir diese Klamotten am Leib haben.“

Zehn Tage später tauchte Sam mit zwei gefälschten Sozialversicherungskarten auf.

„Oh, du bist der Allerbeste!“ quietschte Emily und gab ihm einen dicken Kuss auf die Lippen.

„Danke.“ Verlegen zuckte er die Achseln. „Jetzt seid ihr mir *wirklich* was schuldig.“

„Das stört mich nicht“, entgegnete Emily lächelnd.

„Wie nett du bist, Sam …“, fügte Dani schüchtern hinzu. „Dafür wird dich der liebe Gott belohnen.“

„Hör bloß auf mit diesem frommen Gerede!“ schimpfte Emily und starrte ihre jüngere Schwester erbost an. „Jetzt sind wir nicht mehr auf der Ranch. Also, lass das bleiben.“

„Tut mir leid“, murmelte Dani.

„Mit diesem Quatsch hat Dashell uns bei der Stange gehalten“, fuhr Emily fort. „Dauernd hat er uns bedroht und erzählt, alles sei Gottes Wille. Wie er's mit uns getrieben hat – das war sicher *nicht* Gottes Wille.“

„Nein, sondern Inzest“, warf Sam ein.

„Inzest?“ wiederholte Dani. „Was bedeutet das?“

„Geh in die Bibliothek und find's raus.“

„Was ist eine Bibliothek?“

„Ach, du meine Güte!“ stöhnte Emily. „Ich dachte, ich hätte dir einiges beigebracht.“

„Offenbar nicht genug“, meinte Sam grinsend.

Mit ihrer gefälschten Sozialversicherungskarte gab sich Dani glaubhaft als 17-Jährige aus und bekam einen Job als Zimmermädchen in einem großen Hotel. Im selben Haus trat Emily die Stellung einer Kellnerin an. Sobald ihnen die ersten Gehälter ausbezahlt wurden, mieteten sie ein winziges Apartment. Den Großteil ihrer Freizeit verbrachte Emily immer noch bei ihrem Freund.

Wenn Dani nicht arbeitete, besuchte sie die öffentliche Bibliothek und lernte so viel wie nur möglich. So dumm zu bleiben – das fand sie gar nicht gut. Sie dürstete geradezu nach Wissen, und sie würde viel – sehr viel – lernen. Dazu war sie fest entschlossen.

Ihre Schönheit erregte schon bald die Aufmerksamkeit der Männer, die nichts von ihrem zarten Alter ahnten.

Allein schon der Gedanke an die Nähe eines Mannes ließ sie erschauern. Dashell, ihr gottesfürchtiger Vater, hatte dafür gesorgt, dass sie vor Männern einen starken Ekel empfand.

Nacht für Nacht wurde sie von Albträumen heimgesucht und erlebte noch einmal, was er ihr in ihrer Kindheit zugemutet hatte. *Fass das an, streichle es, leck daran.* Seine widerlichen Worte und Taten blieben ihr Geheimnis.

Energisch verdrängte sie die bösen Erinnerungen, doch die lebhaften Alpträume ließen sich nicht immer verbannen.

Jetzt war sie ein kleines Mädchen in einer großen Stadt. Und sie lernte endlich zu überleben.

6. *KAPITEL*

Dienstag, 10. Juli 2001, Los Angeles

Lass niemanden merken, dass du schwitzt. Sekundenlang lächelte Madison beinahe, als ihr diese Zeile aus einem idiotischen TV-Werbespot einfiel. Dann wurde ihr die gefährliche Situation wieder bewusst. Soeben war ein Mann erschossen worden.

Der Uzi-Gangster hatte alle Leute auf die eine Seite des Lokals getrieben, in die Nähe der Küche. Nun gestikulierte er mit seiner Waffe, während sich seine Komplizen einen Gefangenen nach dem anderen vornahmen. Etwa fünfundzwanzig Personen wurden untersucht. Die älteste war die Frau, die an dem Tisch neben Madison, Natalie und Cole gesessen hatte, die jüngste ein dünnes, sommersprossiges Teenager-Mädchen, das so aussah, als würde es jeden Moment in Tränen ausbrechen. Und wer konnte es der Kleinen verdenken?

Bedrückt schaute Madison zu dem Mann hinüber, der reglos am Boden lag. „Glaubst du, er ist tot?" flüsterte sie Cole zu und fürchtete die Antwort.

„Wer weiß?" erwiderte er achselzuckend.

„Sollten wir nicht irgendwas tun? Vielleicht die Blutung stoppen ..."

„Und wie willst du da hinkommen?"

„Wenn ich einen der Banditen bitte, dem Mann zu helfen ..."

„Klar", seufzte Cole sarkastisch, „das machen sie dann ganz sicher, Madison."

Wahrscheinlich hatte er Recht. Sie überlegte, wie Jake sich unter diesen Umständen verhalten würde. Hmmm ... So, wie sie ihn kannte, würde er vermutlich seine Kamera zücken und alles fotografieren.

Verdammt! Wäre er bloß bei ihr ... Dann fragte sie sich, ob es ihm gut ging, wann sie ihn wiedersehen würde. Jake war ein ganz besonderer Mensch. Den Gedanken, ihn zu verlieren, ertrug sie nicht. Zum Glück war er sehr intelligent. Falls er in Kolumbien Schwierigkeiten hatte, würde er sich irgendwie herausreden können.

„Bist du okay, Kid?" murmelte Cole.

„Ja", wisperte sie und erinnerte sich an die Zeit im College mit Natalie. Damals war Cole ein nichtsnutziger Teenager-Punk gewesen. Und jetzt nannte er sie „Kid". Seltsam, wie sich die Zeiten änderten ... „Aber ich sorge mich um deine Schwester."

Beide musterten Natalie, die sich immer noch in einem katatonischen Zustand befand. Das sah ihr gar nicht ähnlich. Normalerweise schwatzte sie ohne Punkt und Komma. Madison fasste ihre Freundin am Arm. „Das stehen wir durch. Das weißt du doch, oder?"

Schweigend nickte Natalie.

„Maul halten, verdammt noch mal! Wie oft denn noch?" schrie der Anführer der Gang. „Runter auf den Boden! Alle! Runter! Runter!"

Ebenso wie die anderen ging Madison auf die Knie. In Gedanken formulierte sie bereits eine Reportage. Wenn sie heil hier rauskam, würde sie diese Story schreiben. Deshalb musste sie sich jede Einzelheit merken.

„Hier drin wird's heiß." Auf Coles Stirn waren Schweißtropfen zu sehen. „Die müssen die Klimaanlage ausgeschaltet haben."

„Wer würde so was tun?" Madison zog ihre Jacke aus.

„Die Bullen. Wahrscheinlich haben sie das Gebäude schon umstellt."

„Also sind wir Geiseln?"

„Was denn sonst?" Dumme Frage, dachte sich Cole und sah sie an.

„Klar, was ich da sage, klingt blöd – aber sollte nicht irgendjemand versuchen, mit diesen Typen Kontakt aufzunehmen?"

„Das haben die Cops zweifellos vor", entgegnete er grimmig.

„Und wieso stellen sie die Klimaanlage ab?"

„Weil sie's den Schurken möglichst unbequem machen wollen."

„Tröstlich zu wissen ..."

„Diese Taktik ist nicht besonders gut."

„Warum nicht?"

„Weil die Kerle die Strumpfmasken abnehmen müssen, und dann können wir sie identifizieren."

„Jedenfalls gratuliere ich dir zur Auswahl dieses Lokals", witzelte Madison, um die Anspannung ein wenig erträglicher zu machen.

„Nun, ich dachte, du hättest dich in New York schrecklich gelangweilt. Und da wollte ich dir ein bisschen Action bieten."

„Das sag ich nicht noch einmal!" brüllte der Anführer. „Maul halten!"

Schüchtern hob die alte Dame ihre Hand, als würde sie

in einem Klassenzimmer sitzen. „Ich muss auf die Toilette“, gestand sie mit bebender Stimme.

„Pissen Sie in die Hose, Lady!“ knurrte er. „Weil Sie nämlich nirgendwohin gehen.“

Dann tönte zur allgemeinen Erleichterung eine Stimme aus einem Lautsprecher vor dem Restaurant. „Wenn Sie die Waffen niederlegen und herauskommen, wird niemand verletzt. Hören Sie mich! Kommen Sie mit erhobenen Händen raus!“

„Arschgeigen“, murmelte der Uzi-Mann. „Falls die glauben, ich würde das machen, haben sie Scheiße im Hirn.“

Nein, wollte Madison widersprechen. Nur *Sie* haben das Hirn voller Scheiße … Ausnahmsweise schwieg sie – denn das war die einzige Methode, um den Albtraum zu überleben.

„Was wollen Sie mir zeigen?“ Angeödet stapfte Andy Dale in Vincents teuer eingerichtetem Büro umher.

Vincent saß hinter seinem imposanten Mahagonischreibtisch und starrte den unbedeutenden kleinen Filmstar an. Mit einer weit ausholenden Geste wies er in den Raum. „Meine Bücher, meine Bilder, meine Kunstgegenstände.“

„Okay, steckt in einem Ihrer *Kunstgegenstände* ein bisschen Koks?“ Andy brach in irres Gelächter aus. „Wenn nicht, sind Sie mich los.“

„Warum koksen Sie?“ fragte Vincent und musterte ihn eisig.

„Warum steigen Sie morgens aus dem Bett?“ Gähnend sank Andy in einen Ledersessel.

„Hören Sie mir jetzt gut zu“, sagte Vincent leise und gleichmütig. „Wenn Sie meine Frau noch ein einziges Mal anrühren, breche ich Ihren Hühnerhals. Verstanden?“

„So reden Sie mit *mir?*“ Andy Dale blinzelte verwirrt, weil niemand so mit ihm sprach.

„Außer Ihnen sehe ich hier niemanden“, erwiderte Vincent mit ruhiger Stimme.

Der Schauspieler kniff die Augen zusammen und sah ihm ins Gesicht. „Verdammt noch mal, wissen Sie überhaupt, wer ich bin?“

„Viel wichtiger ...“, konterte Vincent kühl. „Wissen Sie, wer *ich* bin?“

„Was?“ fragte Andy mit geblähten Nasenflügeln verständnislos.

„Wenn Sie in den Spiegel schauen – wen sehen Sie da? Okay, ich verrate Ihnen, wen ich sehe, wenn ich *Sie* anschaue: einen schwachsinnigen, zugekoksten Filmstar, der sich einbildet, die Welt würde ihm gehören. Ich versichere Ihnen, das stimmt nicht.“

„Was zum Teufel soll diese Scheiße bedeuten?“ stieß Andy Dale hervor.

„Das will ich Ihnen gern erklären: Es ist mir verdammt egal, wie viele Leute Ihren mageren Arsch anbeten. Jedenfalls gehört meine Frau *nicht* zu ihren Fans. Und wenn Sie ihr noch mal zu nahe treten, werden Sie's bitter bereuen.“

„*Drohen* Sie mir?“ fauchte Andy entrüstet.

„Nein“, entgegnete Vincent seelenruhig, „ich sage einfach nur, wie's ist.“

„Und jetzt sag ich *Ihnen* was, Sie Idiot.“ Wütend sprang Andy auf. „Wenn ich das meinem Manager und meinem

Agenten erzähle, schlagen sie Ihre bescheuerten Eier zu Brei.“

„Wie alt sind Sie?“

„Alt genug, um verdammt noch mal zu tun, was ich will!“ zischte der Schauspieler kampflustig.

„Niemand tut, was er will. Da gibt's immer Kompromisse.“ Vincent stand hinter seinem Schreibtisch auf. „Jetzt gehen Sie mit mir zum Tisch zurück und benehmen sich wie ein braver Junge. Wenn nicht ...“ Obwohl er verstummte, war die Drohung unmissverständlich.

„Was ist das eigentlich? Ein verrückter Pacino-Film?“ explodierte Dale, sein Gesicht war hochrot.

„Wollen Sie mich herausfordern?“ Vincent ging zur Tür. „Kommen Sie. Und glauben Sie mir, Andy, wenn Sie meine Frau noch einmal anfassen, werden wir sehen, *wessen* Eier zerquetscht werden.“

„Wo waren Sie denn?“ fragte Jenna den Schauspieler, ohne ihren Mann zu beachten – das war ein großer Fehler.

Andy ignorierte sie und schnippte seine Finger in die Richtung des exotischen Models, das an einem Apfel-Martini nippte und sich fragte, für wen ein Mädchen die Beine breit machen musste, um von hier wegzukommen.

„Los!“ befahl Andy Dale mit gepresster Stimme.

„Was?“ fragte Anais verdutzt.

„Wir gehen.“

„Wohin?“

„Um *Himmels willen!*“

Dann erst hatte Anais es kapiert, glitt aus der Nische und präsentierte die ganze Pracht ihrer gut trainierten, schokoladenbraunen Schenkel, dazu einen Hauch sorgsam gestutzter Schamhaare, denn Slips waren ja *so* out.

„Warum gehen Sie denn?“ jammerte Jenna.

Das Model zuckte die Achseln, Andy runzelte die Stirn, und Jolie lächelte wissend. Natürlich war ihr klar, warum die beiden gingen: Vincent hatte dem Leinwand-Deckhengst zweifellos die wichtige Lektion „Hände weg von meiner Frau“ erteilt.

Nachdem Vincent neben Jenna Platz genommen hatte, erklärte er kühl: „Mr. Dale und seine Freundin werden erwartet.“

„Wo?“ Enttäuscht schürzte sie die Lippen.

„Interessiert dich das?“ Vincent fixierte sie mit einem stählernen Blick.

Impulsiv öffnete sie den Mund, um zu antworten. Dann besann sie sich eines Besseren. Wenn sich ihr Mann in dieser gewissen Stimmung befand, durfte man ihn nicht reizen.

Andy Dale stürmte mit seiner Freundin im Schlepptau davon.

„Gut gemacht, Vincent“, murmelte Jolie und streichelte mit ihren manikürten Fingern den Stiel ihres Champagnerkelchs. „Auf dich würde ich jeder Zeit tausend Dollar wetten.“

„Wo treibt Nando bloß diese Schwachköpfe auf?“ Seufzend schüttelte Vincent den Kopf. „Und er stöbert sie nicht nur auf, er hetzt sie mir auch noch an den Hals.“

„Darüber schien sich Jenna nicht zu beklagen“, goss Jolie noch etwas Öl ins Feuer.

„Jenna ist jung und dumm.“

Inzwischen hatte sich Jenna endgültig in ihren Schmollwinkel zurückgezogen, klopfte mit den frisch lackierten Fingernägeln auf die Tischplatte und sammelte ihre Kräfte für einen Wutanfall. Was Vincent zu Andy Dale gesagt hatte, wusste sie nicht. Aber was immer es gewesen war – es hatte den armen Mann in die Flucht geschlagen. Warum durfte sie nicht mit einem Filmstar reden? Wie oft bekam sie denn diese fantastische Chance?

Zur Hölle mit Vincent und seiner Eifersucht! Sie war nicht sein Eigentum, sondern seine Ehefrau – das war ein gewaltiger Unterschied. Und Jolie nervte sie mit ihrem selbstgefälligen Grinsen und dieser wissenden Miene. *Die ist einfach nur neidisch, weil Andy Dale auf mich scharf war. Nicht auf sie …*

„Ich gehe jetzt auf die Toilette", verkündete Jenna und stand auf.

„Bleib nicht so lange weg", sagte Vincent.

„Willst du mitkommen?" schlug sie herausfordernd vor.

„Hör mal, Süße, ein loses Mundwerk passt nicht zu dir", antwortete er. Es war höchste Zeit, dass er seine Frau endlich schwängerte und ihr diese Flausen austrieb …

„Also?" fragte Jolie, sobald Jenna verschwunden war. „Was hast du ihm gesagt?"

Lässig zuckte er mit den Schultern.

„Wenn sich Filmstars hier blicken lassen, ist's gut fürs Geschäft", meinte Jolie. „Wenn du Mr. Dale rausgeekelt hast, wird er sich in einem anderen Casino amüsieren. Und das wird Nando gar nicht gefallen."

„Hätte dein Ehemann uns Gesellschaft geleistet, wäre das nicht passiert." Vincent bestellte einen Scotch on the rocks. „Wo steckt er eigentlich?"

„Bei einer geschäftlichen Besprechung." Jolie fragte sich, ob Nando ihr die Wahrheit erzählt hatte. War „geschäftliche Besprechung" eine Umschreibung für „Rendezvous"? In Vegas wimmelte es von schönen, ambitionierten, *leichtfertigen* Frauen. Das wusste sie, weil sie früher auch zu dieser Kategorie gehört hatte. Und es würde sich lohnen, Nando einzufangen.

„Ach, Geschäfte halten ihn auf?" Vincent schaute ihr tief in die Augen.

„Oh Gott!" seufzte Jolie und versuchte zu erraten, ob er über Nandos Seitensprünge Bescheid wusste. „Manchmal glaube ich beinahe, ich habe mir den falschen Partner ausgesucht."

„Fang bloß nicht damit an." Was sie für ihn empfand, hatte er längst bemerkt.

„Womit?" fragte sie unschuldig und griff nach einer Zigarette.

Mit einem achtzehn Jahre älteren Bruder aufzuwachsen, hatte gewisse Vorteile. Sofia erinnerte sich, wie Vincent ihr ein paar Selbstverteidigungstricks beigebracht hatte, als sie eine hoch aufgeschossene 11-Jährige gewesen war.

„Tritt dem Kerl in die Eier und zerkratz ihm das Gesicht", hatte er ihr empfohlen. „Nur keine falsche Scheu, leg dich richtig ins Zeug."

„Wo *sind* denn ihre Eier?" fragte sie, scheinbar verwirrt, als hätte sie's nicht gewusst.

„Da", sagte er und zeigte zwischen seine Beine.

Blitzschnell trat sie zu, und er krümmte sich schreiend. Sobald die Schmerzen verebbt waren, jagte er sie durchs ganze Haus und jammerte, sie hätte ihn für immer verstümmelt.

Schließlich holte Vincent sie ein, sie wälzten sich am Boden, und er kitzelte sie, bis sie kreischend um Gnade flehte. Die Taktik „Tritt die Kerle in die Eier und zerkratz ihnen das Gesicht“ hatte sie noch kein einziges Mal angewandt. Aber diese Nacht schien sich für die Premiere zu eignen.

Paco war erregt. Das spürte sie an ihrem Schenkel, während er ihre Brüste begrapschte. Der andere Typ schlüpfte aus seinem weißen Jackett und öffnete den Reißverschluss seiner Hose. Offensichtlich wollte er zur Sache kommen.

Yeah, dachte Sofia und erinnerte sich an die Ratschläge ihres großen Bruders. *Ihr Trottel habt keine Chance. So oder so, ich hau ab.*

Wenn die Penthouse-Tür auch versperrt war – die doppelte Glastür, die zur Dachterrasse führte, stand weit offen. Das wusste sie, denn vorhin hatten die Gäste draußen etwas getrunken. Und soviel sie sich entsann, lag die Terrasse über einem Swimmingpool. Niemals würde sie sich von diesen beiden Widerlingen sexuell belästigen oder sogar vergewaltigen lassen. Undenkbar. Sie hieß Sofia Castle. Und sie konnte für sich selber sorgen. Das hatte sie schon immer getan.

Als Paco noch zudringlicher wurde, rammte sie ihr Knie zwischen seine Schenkel. Verblüfft stieß er einen Schmerzensschrei aus. In der nächsten Sekunde setzte sie einen flinken Tritt in dieselbe Richtung nach.

Entgeistert sprang der andere Mann vor. Ohne zu zögern,

fuhr sie ihm mit ihren Fingernägeln ins Gesicht, Blut quoll hervor. Nur zur Sicherheit trat sie ihm auch in den Leib.

„Biest!“ schrie er. „Amerikanisches Biest!“

Aber da rannte sie schon durch das Zimmer auf die Terrasse hinaus.

Das Penthouse lag im achtzehnten Stockwerk. Am Geländer angelangt, spähte sie nach unten – der Pool war viel weiter entfernt, als sie gedacht hatte. Das kannst du, sagte sie sich. Ja, du kannst es – alles ist besser, als mit zwei Scheusalen in diesem Apartment festsitzen ... Hinter sich hörte sie immer noch Pacos Stöhnen. Der andere folgte ihr.

Was hatte sie zu verlieren, wenn sie einfach heruntersprang?

Nur mein Leben, dachte sie grimmig.

Sie streifte ihre Schuhe ab, kletterte auf die Balustrade der Terrasse, maß die Entfernung, hielt den Atem an und sprang. Dabei warf sie sich möglichst weit nach vorn.

Während sie durch die Luft flog, rasten hundert Gedanken durch ihren Kopf, davon waren zwei am wichtigsten. *Werde ich's schaffen? Oder werde ich zerschmettert da unten auf dem Beton landen?*

Oh Gott, betete sie, wenn ich jemals deine Hilfe gebraucht habe – jetzt ist es so weit.

Dean begleitete Dani in die Halle ihres Apartmentgebäudes. Mit einem keuschen Gutenachtkuss auf seine Wange verabschiedete sie sich.

„Heißt das, ich darf nicht mit nach oben kommen?“ fragte er wehmütig.

„Heute Abend nicht.“ Wie immer ließ sie doch noch

einen Hoffnungsschimmer in der Luft hängen. „Wann bist du wieder da?“

„Wann *willst* du mich sehen?“

„Ruf mich an.“

„Das ist alles, was mir jemals vergönnt sein wird?“ seufzte er und verließ das Haus.

Ihr Sohn Vincent hatte ihr ein luxuriöses Apartment in einem Hochsicherheitsgebäude gekauft, vom Strip aus in zehn Minuten zu erreichen. In dem Komplex gab es alle modernen Annehmlichkeiten – ein Fitness-Studio, eine Sauna, ein Hallenschwimmbad, ein Restaurant. Wenn sie es gewollt hätte, hätte sie ein bequemes Leben führen und gar nichts tun können. Doch sie zog einen Job vor, von dem sie einiges verstand. Und es machte ihr Spaß, im Hotel-Casino ihres Sohnes wichtige PR-Events zu organisieren.

Ihr Apartment mit den drei Schlafzimmern lag im zwölften Stock. Falls Vincent jemals beschließen sollte, eine Familie zu gründen, wollte sie genug Platz für Enkelkinder haben. Allzu begeistert war sie nicht von dem Mädchen, das er geheiratet hatte. Jenna, ein hübsches blondes Baby mit einem spektakulären Körper, hatte absolut *nichts* im Hirn. Sie war viel zu dumm für Vincent …

Unglücklicherweise hatte er eine knackige Figur geheiratet, ohne den fehlenden Verstand zu bemerken. War das nicht das Problem der meisten Männer?

Weil sie Dean einen Korb gegeben hatte, war sie etwas nachdenklich. Offenbar hatte er mehr erwartet als nur ihre Gesellschaft beim Dinner. Doch im Moment hatte sie andere Sorgen, und sie war nicht in der Stimmung, um seinen endlosen Liebeserklärungen zu lauschen.

Sie stieg aus dem Lift, schloss die Tür des Apartments auf und betrat die kühle Marmorhalle. Als sie nach dem Lichtschalter griff, wurde sie von hinten unsanft gepackt. Die Angst ließ ihr Blut gefrieren. Sie öffnete den Mund, um lauthals zu schreien, aber aus ihrer Kehle rang sich kein einziger Laut.

7. KAPITEL

Michael, 1962

Einen Tag nach seinem sechzehnten Geburtstag verließ Michael die Schule. Seine Freunde beneideten ihn darum, dass er den ganzen Tag im Laden arbeitete.

„Warum hast nur *du* so viel Glück?“ fragte Max vorwurfsvoll.

„Weil er so ein hübscher Junge ist“, kicherte Charlie.

„Fahrt doch zur Hölle, ihr zwei!“ konterte Michael. „Jetzt bin ich ein berufstätiger Mann. Also nehmt euch lieber in Acht vor mir, ihr Versager.“

„Ja, ja“, stöhnten Charlie und Max unisono, „wir haben ja so *große* Angst vor dir!“

Seit ihrer frühen Kindheit waren die drei eng befreundet. Charlie, der große, bullige Sohn eines Polizisten, hatte ein kantiges irisches Gesicht und Elvis-Koteletten. Etwas kleiner und drahtig gebaut, hatte Max ein freundliches Grinsen, das seinen abgebrochenen Vorderzahn zum Vorschein brachte. Er hatte braunes Haar, das ihm immer wieder in die Stirn fiel. Und Michael war einfach nur umwerfend hübsch.

Als Vinny erfuhr, dass sein Sohn nicht mehr zur Schule ging, ärgerte er sich. Aber da er selber die Schule vorzeitig verlassen hatte, konnte er nicht viel dagegen unternehmen – schon gar nicht, weil Großmutter Lani den zusätzlichen Mitarbeiter willkommen hieß. Während sie älter wurde, schwanden ihre Kräfte allmählich dahin, und es freute sie, ihren Enkel hinter dem Ladentisch zu sehen.

Mit siebzehn Jahren führte Michael beinahe das alleinige Kommando im Lani's. Er war klug und ausgebufft, er wusste genau, was er tat, und die Kunden mochten ihn – besonders, wenn er sie anschreiben ließ und ihnen in schweren Zeiten half. Bald fand er Mittel und Wege, um die Finanzen aufzubessern, denn das Geschäft lief nicht gerade gut. Daher musste er was *tun.* Ohne Lanis Wissen begann er Nebengeschäfte abzuwickeln. Zum Beispiel hatte sie sich stets geweigert, Zigaretten zu verkaufen, was er idiotisch fand. „Grams, wir leben in den 1960er Jahren", hatte er ihr hundertmal erklärt. „Die Leute rauchen. Also muss man ihnen anbieten, was sie haben wollen."

Schließlich stimmte sie zu, und er traf ein Abkommen mit einem Bekannten. Der Mann lieferte ihm Zigarettenstangen, die zufällig von einem Laster gefallen waren. Für diese Ware zahlte Michael einen günstigen Preis, verkaufte sie im Laden zum handelsüblichen Tarif und erzielte einen beträchtlichen Profit, den er ins Lani's investierte. Ein anderer Bekannter versorgte ihn mit Kaffee in Dosen. Manchmal heimste er eine ganze Wagenladung Konserven ein, die ihren Bestimmungsort nie erreicht hatten.

Von alldem merkte Lani nichts. Da er jetzt auch die Buchführung erledigte, gab es keine Schwierigkeiten. Wegen ihrer Arthritis konnte die Großmutter ihre Hände kaum noch bewegen. Zudem war sie oft gedankenverloren und geistesabwesend, würdigte aber das Interesse ihres Enkels am Laden, um den sich Vinny nicht die Bohne scherte.

Was Michael trieb, fand er nicht illegal. Für ihn waren das einfach nur gute Geschäfte. Trotzdem weihte er weder Max noch Charlie ein, denn er wusste, sie würden seine Machenschaften missbilligen. Beide stammten aus Familien, die den Jungs auf die Finger schauten.

In vollen Zügen genoss Michael seine Machtposition. Und da er älter wirkte, als er war, zweifelte niemand an seiner Autorität. Auch sein Sexualleben war so ausgefüllt, wie er es sich wünschte.

Kurz nach seinem letzten Schultag hatte er mit Tina Schluss gemacht. Sie hatte von seiner Affäre mit Polly erfahren und ihn zur Rede gestellt. Ja, gab er zu, er würde jemand anderen kennen. So sanft wie möglich schlug er ihr vor, sie sollten sich nicht mehr sehen.

Tina machte ihm eine Szene und schmollte. Jedoch schon ein paar Wochen später ließ sie sich mit Max ein, der sein Glück kaum fassen konnte, denn Tina *war* nun mal das hübscheste Mädchen in der Schule. Und das sittsamste. Kein Sex vor der Ehe – *das* konnte Michael bestätigen. Wäre sie ihm in dieser Hinsicht etwas entgegengekommen, hätte er sich vielleicht nicht von ihr getrennt.

Max fragte ihn, ob es ihn störte. „Nur zu", hatte Michael großzügig erwidert. Insgeheim vermutete er, Tina wolle Rache üben und habe sich nur an seinen Freund rangeschmissen, um ihn eifersüchtig zu machen.

Mit Polly traf er sich immer noch regelmäßig. Obwohl sie fast einundzwanzig und er erst siebzehn war, verbrachten sie viele aufregende Abende in der letzten Reihe eines Kinos, wo er zur Hochform auflief.

Manchmal stellte ihnen Pollys Freundin Sandi ihr Apartment zur Verfügung. Das waren die wildesten Nächte. Außerdem gab es noch das Hotel. Aber weil Max nicht mehr dort arbeitete, musste Michael das Zimmer bezahlen, und das konnte er sich nicht allzu oft leisten.

Wie Polly freimütig zugab, war sie immer noch mit ihrem festen Freund Cyril zusammen, was Michael nichts ausmachte. Seine Beziehung zu ihr bestand nur aus Sex, das wussten sie beide. Und solange sie heißen Sex genossen – warum sollte es ihn interessieren, was sie sonst noch trieb?

Im Großen und Ganzen gefiel ihm sein Leben. Er arbeitete hart, trieb sich mit seinen Freunden herum, und Polly stand zur Verfügung, wann immer er Sex brauchte – also fast täglich. Sicher hatte er keinen Grund zur Klage.

Eines Tages jedoch schlenderten zwei Männer in den Laden. Der kleinere hängte das Schuld „Geschlossen" an die Tür und blieb daneben stehen, der größere kam auf Michael zu und stützte die Ellbogen auf die Theke. „Hallo, du da. Wie ich höre, laufen deine Geschäfte recht gut."

„Vielleicht." Michael kannte diesen Typen, er war ein berüchtigter Klugschwätzer.

„Heute ist dein Glückstag." Der Besucher kratzte sich am Kinn. „Mit meiner Hilfe wird's noch besser laufen."

„Wieso?"

„Wieso?" wiederholte der Mann. „Nun, Kleiner, du zahlst uns jede Woche ein bisschen was. Dafür wirst du nicht belästigt."

„Belästigt? Von wem?"

„Stell dich nicht blöd!" warnte ihn der Mann. „Wen ich hier repräsentiere, weißt du sehr gut."

Nur ein paar Sekunden lang spielte Michael mit dem Gedanken, das Angebot abzulehnen. Dann fiel ihm ein, was ein paar anderen Ladenbesitzern in dieser Gegend passiert war, die sich geweigert hatten, Schutzgeld zu entrichten. Er dachte an die zertrümmerten Fenster der Bar nebenan, das Feuer in der chemischen Reinigung und an den alten Mr. Cartwright von dem Pfandleihhaus, der zusammengeschlagen worden war. Einem Gerücht zufolge zahlten jetzt alle Geschäftsleute. „Vielleicht können wir was aushandeln", sagte Michael langsam.

„Sehr vernünftig", lobte der Mann, nahm eine Zigarettenpackung vom Ladentisch und riss sie auf. „Mein Boss mag schlaue Jungs, die ihm keinen Ärger machen."

„Wer ist Ihr Boss?"

„Ist das nicht eine dumme Frage ..." Der Kerl schüttelte eine Zigarette aus der Packung.

„Vito Giovanni", platzte Michael heraus. „Den würde ich gern kennen lernen."

„Ein Grünschnabel wie du?" Der Mann schnaufte belustigt. „Vergiss es."

Aber Michael vergaß es nicht. Als er einige Wochen später mit Polly im Kino knutschte, beobachtete er aufgeregt, wie Vito Giovanni im Zuschauerraum in Begleitung von mehreren Spießgesellen und seiner vulgären blonden Ehefrau Platz nahm.

Hastig schob er Pollys Hand aus seiner Hose. „Hör auf!" zischte er nervös.

„Was ist los?" fragt sie entrüstet.

„Siehst du den Mann da vorn?" flüsterte er und richtete sich auf, um genauer hinzuschauen. „Das ist Mr. Big."

„Ah, Mr. *Big*", spöttelte sie. „Und was heißt das?"

„Der Mann regiert diese Gegend."

„Was ist er denn? Der Bürgermeister?"

„Nein", erwiderte Michael ungeduldig, „Vito Giovanni."

Endlich hatte sie es kapiert. „Der Mafia-Typ?" fragte sie neugierig.

„Eher ein Mann, der die Dinge so regelt, wie's ihm passt", erläuterte Michael.

Polly legte den Kopf schief. „Und was hat *das* zu bedeuten?"

„Dass er macht, was er will."

Auf den Film „Der Gefangene von Alcatraz" mit Burt Lancaster in der Hauptrolle achtete Michael nicht mehr, denn er kannte nur noch einen einzigen Gedanken – Vito Giovanni saß ein paar Reihen vor ihm, und er *musste* ihn kennen lernen. Schon in seiner Kindheit hatte er Geschichten über den Mann gehört, der in diesem Viertel das Kommando hatte. Vito Giovanni war reich. Und mächtig. Genauso wollte Michael auch werden.

Als der Film begann, erwartete Polly die üblichen Aktivitäten von Michael. Aber er hatte keine Lust, sie anzufassen, weil ihm wichtigere Dinge durch den Sinn gingen. „Was hast du denn?" fragte sie nach fünf Minuten.

„Ich möchte den Film sehen", log er.

„Tut mir *leid* …", säuselte sie gedehnt und sarkastisch. „Dass wir hier sind, um den *Film* zu sehen, wusste ich nicht."

„Ich dachte, du magst Burt Lancaster."

„Nun, ich würde ihn nicht von der Bettkante stoßen", gestand sie kichernd.

Sobald der Film zu Ende war, sprang Michael auf, trat in den Mittelgang und wartete, bis Vito Giovanni endlich mit seinem Gefolge herankam.

„Verzeihen Sie, Mr. Giovanni“, sagte Michael und stellte sich vor den kleinen, korpulenten Mann, der nicht zuletzt wegen seiner Vorliebe für Kaschmirmäntel und fließende weiße Seidenschals berühmt war.

„Aus dem Weg, Rotznase“, befahl ein Leibwächter und schob Michael zur Seite.

„Ich will doch nur seine Bekanntschaft machen, sonst nichts“, protestierte Michael erbost und geriet fast aus dem Gleichgewicht.

„Hau ab!“ knurrte der Mann, und die Gruppe ging weiter.

Am nächsten Tag erschien Mrs. Giovanni im Laden, und Michael erkannte sie sofort. Mit ihrem hochtoupierten blonden Haar und dem üppigen Busen glich sie einem verblühten Hollywood-Starlet. Sie trug ein hautenges weißes Kleid und wurde von ihrem Vetter Roy begleitet, der vor der Tür wartete und eine Zigarette rauchte. Lässig kam sie zur Theke und fragte ohne Umschweife: „Bist du Vinny Castellinos Kid?“

„Eh – ja“, bestätigte Michael und versuchte, nicht ihre großen Brüste anzustarren.

„Worüber wolltest du mit meinem Mann reden?“

„Ich zahle ihm Schutzgeld“, antwortete er, verblüfft über ihren Besuch. „Deshalb dachte ich, wir sollten uns kennen lernen.“

Mrs. Giovanni warf ihren Kopf in den Nacken und lachte schallend. „Was für ein frecher kleiner Kerl du bist!“

„So klein nun auch wieder nicht“, widersprach er tollkühn.

„Du siehst Vinny ähnlich.“ Unter den stark getuschten

Wimpern hervor fixierte sie ihn. „Und du hast ein loses Mundwerk, was man von *ihm* nicht behaupten kann."

„Woher kennen Sie ihn?" fragte er, ziemlich schockiert, dass sie seinen Vater kannte.

„Ach, das ist lange her ..." Mit zusammengekniffenen Augen musterte sie ihn von Kopf bis Fuß. „Wie alt bist du eigentlich?"

„Zwanzig."

Sie lächelte spöttisch. „Ganz sicher nicht, Kleiner."

„Neunzehn", log er.

„Versuch's mit *siebzehn*", schlug sie vor und klopfte mit langen roten Fingernägeln auf die Theke. „Hab ich Recht?"

„Vielleicht", erwiderte er zugeknöpft.

„Natürlich habe ich Recht", sagte sie selbstgefällig.

„Wie gut kannten Sie meinen Dad?"

„Ziemlich gut." Viel sagend zwinkerte sie ihm zu. „Wenn du verstehst, was ich meine."

„Kannten Sie auch meine Mom?"

„Ach – *die*", seufzte sie verächtlich. „Für deinen Alten war sie nicht gut genug. Nur weil sie von ihm schwanger war, hat er sie aus Italien angeschleppt. Wahrscheinlich warst *du* das Brötchen in ihrem kleinen heißen Ofen."

Verwirrt fragte sich Michael, was er von dieser aufgedonnerten, respektlosen blonden Person mit den riesigen Brüsten halten sollte.

„Okay, Kiddo ..." Sorgsam strich sie ihren kurzen weißen Rock glatt. „Komm doch morgen Nachmittag um zwei zu Mr. Giovanni. Ich werde ihn bitten, dir ein bisschen was von seiner kostbaren Zeit zu schenken. Ach ...", fügte sie auf dem Weg zur Tür hinzu. „Sag Vinny, dass Mamie hier war."

„Mamie?"

„So heiße ich, Schätzchen."

„Okay, ich erzähl's ihm."

„Tut mir leid, dass er im Rollstuhl sitzt." Sie zögerte kurz. „So was handelt man sich nun mal ein, wenn man sich für den falschen Weg entscheidet."

„Eh?"

„Ganz einfach – Vinny ist der Versager, und ich bin die Siegerin."

„Nein, mein Dad ist kein Versager", verteidigte er seinen Vater. Eine Familie musste zusammenhalten. Außerdem wollte er nicht illoyal sein.

„Wie du meinst." Sie drehte sich um und leckte ihre vollen Lippen. „Bis morgen. Und komm nicht zu spät. Ich bin nicht besonders geduldig, Kleiner."

Dann verließ sie den Laden.

Aufgeregt schaute er ihr nach und konnte es kaum erwarten, seinen Dad zu fragen. Warum hatte Vinny nie erwähnt, dass er die Ehefrau des wichtigsten, mächtigsten Mann in der Nachbarschaft kannte? Und was noch viel cooler war – jetzt hatte er einen Termin bei Vito Giovanni, und wenn er sich ausmalte, wozu das führen könnte …

Als er nach Hause kam, sah Vinny „Ben Casey" im TV. Grandma Lani schlief tief und fest in einem Lehnstuhl, den Kopf zur Seite geneigt.

Michael trat neben seinen Vater, rüttelte an seiner Schulter und fragte: „Wer ist Mamie?"

„Was?" Die Stirn gerunzelt, blickte Vinny auf.

„Mamie – Mrs. Giovanni“, erklärte sein Sohn ungeduldig. „Sie behauptet, sie würde dich kennen. Angeblich kannte sie sogar meine Mom.“

„Warum verkehrst du mit solchen Leuten?“ Vinnys Wangen röteten sich.

„*Was* für Leute, Dad?“

„Abschaum, Gangster, Feiglinge!“ fauchte Vinny.

„Und woher kennst du Mrs. Giovanni?“

„Kümmere dich nicht drum“, erwiderte Vinny und drehte den Fernseher lauter.

Abrupt fuhr Grandma Lani aus dem Schlaf hoch. „Was ist passiert?“ krächzte sie. „Habe ich schon das Dinner gekocht?“

„Wer ist Mamie, Grams?“ wollte Michael wissen.

„Oh, *die*“, sagte sie missmutig. „Erzähl mir bloß nicht, *die* ist wieder aufgetaucht und versucht meinen Vincenzio in die Finger zu kriegen. Der sollte irgendjemand klarmachen, dass es zu spät ist. Jetzt ist er ein verheirateter Mann – und …“, verschwörerisch senkte sie die Stimme, „und seine Frau ist schwanger.“

Bald würden sie Grandma Lani in ein Heim geben müssen.

Offensichtlich konnte Michael den beiden keine Informationen entlocken. Und weil er mit Polly verabredet war, wollte er sich nicht länger damit aufhalten. An diesem Abend würden sie sich wieder in Sandis Apartment treffen. Er rannte schnell nach oben, duschte hastig und zog saubere Sachen an.

Als er das Haus verließ, wusste er noch immer nichts über Mrs. Giovannis Beziehung zu seinem Dad. Allerdings, falls er Grandma Lanis Behauptung glauben durfte, musste Mamie Giovanni tatsächlich vor all den Jahren seine Freundin gewesen sein.

Bei diesem Gedanken stockte Michaels Atem. Sex und Vinny, das passte nicht zusammen. Schon gar nicht Sex mit einer Frau wie Mamie. In seinen Augen war Dad ein verknöcherter alter Knacker, der an den Rollstuhl gefesselt war. Anders konnte er sich seinen Vater gar nicht vorstellen.

Polly wartete im Apartment ihrer Freundin. „Warum so spät?" fragte sie kurz angebunden.

„Jetzt bin ich ja da", erwiderte Michael beschwichtigend und freute sich darauf, in ihrem üppigen warmen Fleisch zu versinken.

„Heute haben wir nur zwei Stunden Zeit." Sie öffnete den Reißverschluss ihres Rocks und zog ihn aus.

„Lass die Strümpfe an", sagte er, als sie aus ihrem rosa Spitzenhöschen schlüpfte.

„Wie abartig!" rief sie. Aber Polly ließ den rosafarbenen Strumpfgürtel und die hellbraunen Feinstrümpfe, wo sie waren.

Sofort bekam Michael eine Erektion. Diese Wirkung übte sie immer auf ihn aus – obwohl er in seinem Alter eine steinerne Statue genauso aufreizend gefunden hätte.

„Willst du für mich tanzen?" schlug er vor und setzte sich auf die Kante von Sandis Klappsofa, über die Polly vorsorglich ein großes Handtuch gebreitet hatte.

„Sei nicht albern." Kichernd streifte sie ihren Pullover über den Kopf.

„Nun komm schon!" drängte er sie. „Das wird uns sicher anmachen."

„Hier gibt's keine Musik", protestierte sie.

„Ich werde irgendeine Melodie summen."

„Also gut." Allmählich gefiel ihr die Idee.

Er begann „Tossin' and Turnin'" zu summen und Polly drehte sich vor ihm herum. Wie ein Profi schwenkte sie die Hüften. Fasziniert betrachtete er das Dreieck aus dichtem schwarzem Haar, vom Strumpfgürtel umrahmt, und seine Begierde wuchs.

Nun probierte sie ein paar Stripper-Posen aus, reckte ihm ihren Unterleib entgegen und zog sich zurück.

Da packte er sie an den üppigen gekräuselten Haaren und zog sie neben sich aufs Bett.

„Autsch, das tut weh!" klagte sie. Aber sobald er seine Hand zwischen ihre Beine schob, spürte er, dass sie genauso erregt war wie er.

Hektisch zog er seine Hose mitsamt der Unterhose aus, dann spreizte er tatendurstig ihre Schenkel.

„Gib's mir, Mike, und mach's gut!" stöhnte sie, als er in sie eindrang.

So heiß war sie, so bereit für ihn, dass er glaubte, er würde sofort den Höhepunkt erreichen.

Sie schlang ihre Beine um seine Taille, aus ihrer Kehle rang sich ein heiserer Schrei.

Entschlossen zog er an ihren Knien, bis sie die Fußknöchel hinter seinem Nacken kreuzte.

Reiner Wahnsinn! Sechs feste Stöße, und dann erreichte er den Höhepunkt. Und das Allerbeste war, dass es noch nicht vorbei war, es schien eine halbe Ewigkeit zu dauern.

Sobald er fertig war, glitt er langsam von ihrem Körper und lachte triumphierend.

„Ziemlich gut, nicht wahr?“ murmelte sie und fuhr mit der Zunge über ihre Lippen.

„Geradezu *fantastisch!*“

„Das freut mich, weil's das letzte Mal war.“

„Warum?“ fragte er und hoffte, diese Aussage hatte nichts mit seiner Leistung zu tun.

Polly setzte sich im Bett auf und griff gleichgültig nach ihrem BH. Dann verkündete sie in beiläufigem Ton: „Cyril und ich werden heiraten. Und so ungern ich's dir auch sage, Mike – ich fürchte, das ist unser Abschiedsabend.“

8. KAPITEL

Dani, 1964

„Du bist ein sehr hübsches Mädchen“, sagte Mr. Lomas.

„Danke“, antwortete Dani und senkte die Lider ihrer blauen Augen, damit sie sein schmieriges Grinsen nicht sehen musste.

Er war der Manager des Estradido Hotels, in dem sie als Zimmermädchen arbeitete. Wie alt sie wirklich war, ahnte niemand, und das beruhigte sie. Wenn ihr Arbeitgeber die Wahrheit herausfand, würde sie den Job verlieren.

„Ja, sehr hübsch“, wiederholte Mr. Lomas.

Sie schwieg. Das hatte sie schon hundertmal gehört. Die Männer kamen dauernd zu ihr und machten ihr solche Komplimente.

Bisher hatte sie diese widerwärtigen Annäherungsversuche erfolgreich abgewehrt. Aber neulich hatte ihr Emily eine Lektion im strengen Tonfall einer großen Schwester erteilt. „Bald wirst du sechzehn. Wär's nicht an der Zeit, dass du dir einen Freund zulegst? Du kannst nicht ständig in der Bibliothek deine Zeit verbringen.“

„Da *gefällt's* mir“, erwiderte Dani eigensinnig. „Es macht Spaß, das alles zu lernen. Dazu hatte ich bisher keine Chance.“

Seufzend verdrehte Emily die Augen. Dani war so ein nettes Mädchen, und sie musste sich doch auch mal ein bisschen amüsieren, statt ihre gesamte Freizeit mit Büchern zu verplempern.

Inzwischen hatten Emily und Sam geheiratet. Sie war

in seine Wohnung gezogen, und Dani blieb in dem kleinen Apartment, das sie mit ihrer Halbschwester geteilt hatte. Die Miete konnte sie sich gerade noch leisten, aber ihr Schwager meinte, es wäre klüger, sie würde ein Mädchen bei sich aufnehmen. Dann müsste sie nur die halbe Miete zahlen.

Zum Glück schien Dashell seine beiden entlaufenen Töchter nicht zu suchen. Sam hielt stets nach ihm Ausschau, doch bis jetzt hatte er ihn nirgendwo entdeckt.

„Sicher weiß der Alte, dass ihr ihn wegen seiner Schweinereien anzeigen würdet", meinte Sam. „Und deshalb wagt er sich nicht mehr in die Stadt. Auf der Ranch fühlt er sich sicherer."

„Mir tun die anderen Kinder leid, die wir zurückgelassen haben", gestand Dani wehmütig. „Wenigstens *wir* sind ihm entkommen. Das verdanken wir dir."

„Und *ich* habe eine Ehefrau abgekriegt!" rief Sam großspurig und grinste breit. „Das beste Mädchen der Welt!"

Geschmeichelt kicherte Emily. Die beiden führten eine sehr glückliche Ehe. Nun arbeitete Emily als Kellnerin im Stardust Hotel, und Sam war Parkwächter im Desert Inn. Zufrieden mit ihren Jobs, genossen sie das Leben in Vegas. Manchmal ging Dani mit ihnen aus, aber das passierte nicht oft, denn sie vertiefte sich lieber in ihre Bücher.

„Ich hab mir etwas überlegt", fuhr Mr. Lomas, ein dünner Mann mit schütterem braunen Haar, das er sorgsam quer über die Stirn kämmte, und buschigen Brauen – wohl kaum ein Typ, der die reizvolle Dani erobern könnte – fort.

„Ja, Sir?"

„Vielleicht sollten wir zwei mal ausgehen und – eh – feiern", schlug er vor und kratzte sich dabei am Kinn.

„Verzeihen Sie, Mr. Lomas – was genau würden wir feiern?“ fragte Dani vorsichtig.

„Jetzt arbeiten Sie schon eine ganze Weile bei uns.“ Der Manager räusperte sich. „Noch nie habe ich Sie mit einem Freund gesehen. Und da Sie heute Geburtstag haben – das entnahm ich Ihrem Bewerbungsschreiben – , müsste Sie doch irgendjemand ausführen.“ Lächelnd entblößte er seine schiefen Zähne, die voller Tabakflecken waren. „Ich kenne ein nettes Motel, ganz in der Nähe. Dort wird ein exquisites Dinner serviert.“

Ja, dachte sie, und sicher gibt’s ein exquisites Zimmer mit einem exquisiten Bett, gleich neben dem exquisiten Speiseraum. Ich bin nicht mehr das naive Mädchen, das vor drei Jahren in die Stadt gekommen ist …

Seither hatte sie einiges gelernt, und sie fand es ratsam, den Männern aus dem Weg zu gehen. „Das ist sehr großzügig von Ihnen, Mr. Lomas“, beteuerte sie höflich, „aber ich glaube, es wäre eine schlechte Idee.“

„Warum?“ Sie sah in seiner linken Wange einen Nerv zucken.

„Weil Sie verheiratet sind.“

„Nun, ich bitte Sie nicht, meine Frau zu werden“, spottete er, nicht bereit, die Abfuhr mit Anstand zu akzeptieren. „Ich lade Sie nur zum Dinner ein.“

„Das habe ich verstanden, Mr. Lomas“, versicherte sie und wünschte, er würde sie in Ruhe lassen. „Vielleicht, wenn sich Ihre Gemahlin anschließt …“

„Vergessen Sie’s!“ Beleidigt stapfte er davon.

Fiona – eines der Zimmermädchen, das in der Nähe gestanden hatte – applaudierte leise. „Jetzt hast du ihm aber die Meinung gegeigt. Stell dir vor, wahrscheinlich hättest du eine Gehaltserhöhung bekommen."

„Auf die verzichte ich, wenn ich sie auf *diese* Weise verdienen müsste", entgegnete Dani verächtlich.

„Da hast du völlig Recht. Lomas ist ein *verheirateter* alter Wüstling, also gehört er zur allerschlimmsten Sorte."

„Genau."

„Weißt du, mein Freund hat ein paar wirklich nette Kumpel. Wenn du vielleicht mit *uns* ausgehen und feiern möchtest ...?"

Dani schüttelte den Kopf. „Nein, danke", erwiderte sie hastig. *Das wäre das Letzte, was ich mir wünsche ...*

„Warum willst du's nicht?"

„Weil ich kein Interesse habe."

„Woran?"

„An einer Beziehung."

„Wenn man jemanden trifft, muss man noch lange keine Beziehung anfangen", schnaufte Fiona pikiert.

„Außerdem", fügte Dani besänftigend hinzu, „gibt meine Schwester eine Geburtstagsparty für mich."

„Wie nett!" meinte Fiona schnippisch. „Danke für die Einladung."

„Keine *große* Party", betonte Dani hastig, „nur meine Schwester, mein Schwager und ich."

„Klingt furchtbar lustig."

Was Fiona dachte, kümmerte Dani nicht. Es war *ihr* Geburtstag. Den würde sie feiern, wie es *ihr* gefiel. Zudem waren Emily und Sam die einzigen Menschen, die ihr etwas bedeuteten.

Als sie mit ihrer Arbeit fertig war und bei dem Apartment

der beiden ankam, war es kurz nach sieben Uhr. Emily hatte ihr ein Festmahl versprochen, und Dani freute sich auf ein köstliches Brathuhn mit Kartoffeln nach Hausfrauenart – die Spezialität ihrer Schwester.

Sichtlich aufgeregt, öffnete Sam die Tür. „Wo ist sie?" rief er und spähte an Dani vorbei.

„Wer?" fragte sie enttäuscht, weil keine verlockenden Düfte aus der Küche drangen.

„Emily."

„Wie soll ich das wissen?" antwortete sie und zog ihre Strickjacke aus. „Ich dachte, sie wäre hier."

„Das dachte ich auch. Aber wie du siehst, ist sie nicht da."

„Und wo ist sie?"

„Das frage ich *dich*", erwiderte er genervt.

„Tut mir leid, ich habe sie nicht gesehen. Nach der Arbeit bin ich sofort hierhergekommen."

„Verdammt!" Sam runzelte die Stirn. „Schon seit drei Stunden müsste sie da sein."

„Hast du im Restaurant angerufen?"

„Ja."

„Und was haben sie gesagt?"

„Um vier Uhr war ihre Schicht vorbei, und sie hat sich pünktlich abgemeldet."

„Vielleicht ist sie einkaufen gegangen."

„Ihre Einkäufe hat sie schon gestern erledigt. In der Küche liegt das Essen bereit. Es muss nur gekocht werden." Seufzend fuhr er mit allen Fingern durch sein zerzaustes rotes Haar. „Das sieht ihr gar nicht ähnlich – sich einfach irgendwo rumzutreiben ..."

„Glaubst du denn – ihr ist was zugestoßen?“ fragte Dani zögernd.

„Keine Ahnung.“ Sam griff nach seiner Jacke. „Jedenfalls laufe ich zum Hotel rüber. Mal sehen, ob sie noch dort ist.“

„Gut, ich komme mit.“

Im Hotel-Restaurant, wo Emily angestellt war, gab es keine Neuigkeiten. So wie es der Manager am Telefon erklärt hatte, war sie um vier Uhr gegangen.

„Ist noch jemand hier, mit dem sie heute zusammengearbeitet hat?“ fragte Sam.

„Wahrscheinlich Sharon“, meinte der Manager.

„Darf ich mit ihr reden?“

„Okay, vielleicht finde ich sie irgendwo. Warten Sie hinten. Es ist nicht nötig, die Gäste zu stören ...“

„Ja.“ Sam ging mit Dani in einen kleinen Lagerraum hinter dem Lokal, wo sie warteten.

Fünfzehn Minuten später kam Sharon zu ihnen. „Was ist los, Sam?“

„Emily ist nicht nach Hause gekommen“, erklärte er bedrückt. „Hatte sie erwähnt, dass sie nach der Arbeit noch irgendwo hingehen wollte?“

„Nein, sie sagte nur, wir würden uns morgen wiedersehen.“

„Lass uns doch in den Krankenhäusern nachfragen“, schlug Dani vor.

„Sicher wird sie wohlbehalten auftauchen“, prophezeite Sharon fröhlich. „Ihr kennt doch Emily – sie ist stets verlässlich.“

„Oh ja“, stimmte Dani zu, immer noch bemüht, positiv zu denken.

Sechs Stunden später hatten sie in den Notaufnahmen aller Kliniken nach Emily gefragt, und nun versuchten sie, im Polizeirevier eine Vermisstenanzeige aufzugeben.

„Bei uns gilt man erst als vermisst, wenn man seit vierundzwanzig Stunden verschwunden ist", sagte der Dienst habende Polizist, ein großer Mann mit müden Augen und mürrischer Miene.

„Schon um halb fünf hätte sie daheim sein müssen", erklärte Sam energisch. „Und jetzt ist es ein Uhr morgens."

„Tut mir leid, wir können nichts tun."

„Verdammt!" schrie Sam und schlug mit einer Faust auf den Schreibtisch. „Irgendwas *müssen* Sie tun."

„Unmöglich", entgegnete der Cop. „Kommen Sie wieder, wenn die vierundzwanzig Stunden um sind."

Sam fluchte leise vor sich hin und ging hinaus, dicht gefolgt von Dani. „Am besten steige ich auf mein Motorrad und suche den Strip ab", entschied er. „In allen Hotels und Motels schaue ich nach, in jedem Casino. Irgendwo *muss* sie stecken."

„Sicher geht's ihr gut", meinte Dani aufmunternd.

Aber tief in ihrem Herzen wuchs die beklemmende Angst, dass sie Emily nie wiedersehen würden.

9. KAPITEL

Michael, 1964

„Ich komme zum Begräbnis deiner Grandma“, verkündete Mamie Giovanni, während sie durch den Laden trippelte und Konserven in den Einkaufskorb warf, den ihr ein Leibwächter ihres Ehemanns hinterhertrug.

„Nein, das müssen Sie aber nicht“, erwiderte Michael verblüfft.

„Doch“, beharrte Mamie. „ich kannte sie. Also sollte ich dabei sein.“

„Das ist wirklich nett von Ihnen, Mrs. G.“

Gleichgültig zuckte sie die Achseln. „Das ist das Mindeste, was ich tun kann …“

Mitten in der Nacht hatte Großmutter Lani das Zeitliche gesegnet. Sie war nicht allein gewesen, denn Michael hatte eine Krankenschwester engagiert. Unglücklicherweise war sie eingeschlafen und hatte den Tod ihrer Patientin erst am frühen Morgen bemerkt. Die Schwester geriet in Panik, rannte durchs ganze Haus und kreischte hysterisch, es sei nicht ihre Schuld.

Von Gewissensbissen gepeinigt, weil er beim Ableben seiner Grandma nicht anwesend war, rief Michael sofort den Arzt. Wenig später war der Doktor erschienen und hatte die Sterbeurkunde ausgestellt.

Das alles deprimierte Michael zutiefst.

Aber er trauerte nicht um Grandma Lani. Gegen Ende war sie senil gewesen, von Schmerzen gepeinigt, und er fühlte sich fast erleichtert, weil sie nicht mehr leiden musste.

Trotzdem würde er sie vermissen, denn sie hatte ihn stets gut behandelt.

Allzu bedrückt wirkte Vinny nicht. „Da, wo sie jetzt ist, geht's ihr besser", meinte er und schaute eine Wiederholung von „I love Lucy" an. „Wir leben in einer beschissenen Welt. Nun findet sie ein bisschen Frieden."

Zum Glück teilte Michael diese Geisteshaltung nicht. Es widerstrebte ihm, seinem Vater zuzustimmen, dass es eine düstere, hoffnungslose Welt sei. Nein, da wünschte er sich etwas ganz anderes – alles, was er nur kriegen konnte. Am liebsten würde er Vittorio Giovanni, einem angesehenen, reichen Mann, nacheifern.

Alle Leute nannten ihn einen Gangster. Aber von kriminellen Aktivitäten merkte Michael nichts. Soweit er's feststellen konnte, war Vito Giovanni ein cleverer Geschäftsmann, der immer und überall seinen Willen durchsetzte.

Vor zwei Jahren hatte Mamie Wort gehalten und ihn mit ihrem Ehemann bekannt gemacht. Sie redete Vito ein, sie würde Michael seit seiner Kindheit kennen, und sie müssten ihm unter die Arme greifen. Um seiner Frau einen Gefallen zu erweisen, gab Vito ihm verschiedene kleine Aufträge. Zum Beispiel lieferte Michael gelegentlich ein Päckchen für ihn ab, oder er lagerte verschiedene Sachen in seinem Laden.

„Irgendwie mag ich dich, mein Junge", sagte Vito nach ein paar Monaten. „Du bist verdammt schlau. Wenn du's nicht vermasselst, wirst du deinen Weg machen."

„Was sollte ich denn vermasseln?"

„Alles Mögliche, mein Kleiner", hatte Vito geantwortet und laut gelacht.

„Meinen Mann darfst du nicht beim Begräbnis deiner Großmutter erwarten“, bemerkte Mamie, während sie in ihrem üblichen Outfit im Laden umherstelzte – in hochhackigen Schuhen, knallengem Rock und tief ausgeschnittenem Pullover.

„Daran habe ich auch gar nicht gedacht“, erwiderte Michael.

„Du fährst mit mir im Auto“, bestimmte sie und warf zwei Dosen Tomatensauce in ihren Einkaufskorb.

„Das geht nicht“, wandte er ein und kam hinter der Theke hervor, „weil ich mit meinem Dad fahren muss.“

„Hmmm …“ Langsam schlenderte sie zum Ladentisch, stützte sich darauf und präsentierte ihr üppiges Dekolletee. „Wenn ich mir das vorstelle – Vinny wiederzusehen …“ Ihr Zunge glitt über glänzend bemalte Lippen. „Spricht er manchmal von mir?“

„Eh – ich hab nichts dergleichen gehört.“ Michael versuchte, seinen Blick von ihren prallen Brüsten loszureißen.

„Weiß er, dass du gelegentlich für meinen Mann arbeitest?“

„Nein“, entgegnete Michael hastig, „und ich werd's ihm auch nicht erzählen.“

„Ja, ja“, gab sie ihm Recht und nagte an ihrer Unterlippe. „So, wie ich Vinny kenne, würde er's missbilligen.“

Wie gut kannte sie Vinny eigentlich? Wann immer Michael nach Einzelheiten fragte, wechselte sie das Thema. Und jedes Mal, wenn er mit seinem Dad über Mamie reden wollte, handelte er sich einen ausdruckslosen Blick ein.

Seit Großmutters Tod fragte er sich, wem sie den Laden und das Haus vererbt hatte – ihrem Sohn oder ihrem Enkel?

Einen Unterschied würde es ohnehin nicht machen, eines Tages würde alles *ihm* gehören. Im letzten Jahr hatte er das Lani's ganz allein betrieben. Nur selten bemühte sich sein Vater ins Geschäft. Und wenn er mit seinem Rollstuhl hineinkam, bewies er, wie wenig er davon verstand.

Wie Michael in letzter Zeit festgestellt hatte, überschlugen sich die Frauen geradezu, um ihn zu umgarnen. Das fand er okay, denn Polly war längst aus seinem Leben verschwunden. Sie hatte Cyril geheiratet, und jetzt wohnten die beiden in der tiefsten Provinz. Kein großer Verlust. Sogar Mamie deutete hin und wieder ihr Interesse an – nicht, dass er auch nur einen Gedanken an eine solche Affäre verschwenden würde. Erstens war sie zwanzig Jahre älter als er und zweitens mit einem Mann verheiratet, dem er keinesfalls in die Quere kommen wollte.

Trotzdem ... bei den Frauen kam er gut an, und das nutzte er aus. Charmant flirtete er mit ihnen und betonte, wie fabelhaft sie aussahen, wie fantastisch sie dufteten. Er war nicht dumm. Natürlich wusste er, welche Vorteile ihm seine attraktive Erscheinung verschaffte.

Einmal pro Woche verbrachte er eine Nacht in einem nahe gelegenen Motel, jeden Freitag mit einer anderen Frau. Der Sex entspannte ihn. Und wenn er so richtig einen draufmachte, war er die ganze nächste Woche in bester Stimmung. Keine seiner „Freundinnen“ bedeutete ihm etwas. Alle waren sie austauschbar, dachte er. So leicht konnte er sie haben, und deshalb ließ der Reiz mit der Zeit nach.

Die Giovannis behandelten ihn wie ein Familienmitglied. An Feiertagen oder zu besonderen Anlässen luden sie ihn in ihr Haus ein. Bald stand ihm Vito näher als sein Dad.

Wie ihm einer von Vitos Leibwächtern anvertraute, konnte Mamie keine Kinder bekommen. Ein einziges Mal hatte sie einen toten Jungen zur Welt gebracht. Und seither sprach sie nicht mehr über Kinder. Allmählich glaubte Michael, sie würde in ihm den Sohn sehen, der ihr versagt blieb.

Am Tag des Begräbnisses war Vinny noch schlechter gelaunt denn je. Aufgebracht lenkte er den Rollstuhl in die Küche. „Muss ich da wirklich hin?" fragte er und fixierte seinen Sohn.

„Immerhin wird deine Mom beerdigt", gab Michael zu bedenken und gewann den Eindruck, *er* wäre der Erwachsene in dieser Beziehung. „Also musst du deinen Respekt bezeugen, Dad, das wäre nur recht und billig."

Dass Mamie Giovanni an der Zeremonie teilnehmen würde, erwähnte er nicht. Wie er sich eingestand, interessierte ihn Vinnys Reaktion auf ihren Anblick geradezu brennend.

„Scheiße!" murmelte Vinny und knallte seine Kaffeetasse auf den Tisch.

Die ganze Nachbarschaft erschien zur Beerdigung. In ihren Glanzzeiten war Grandma Lani eine angesehene Persönlichkeit und sehr beliebt gewesen. Der schlichte Trauergottesdienst fand in der Gemeindekirche statt. Danach trottete eine kleine Prozession zum Grab, um zuzusehen, wie der Sarg in der Erde versank. Während Michael den Rollstuhl seines Dads vor sich herschob, schaute er sich um und hoffte, Mamie zu entdecken. Bisher war sie nicht aufgetaucht. Auch jetzt sah er sie nicht. Wahrscheinlich hatte sie ihre Ankündigung, sie würde hierherkommen, nicht ernst gemeint. Was hatte sie auch beim Begräbnis seiner Grandma verloren? Der Priester sprach ein Gebet, segnete den Sarg, während Michael vor sich hinstarrte. Von jetzt an würde sich einiges ändern. Er musste sich vor niemandem mehr verantworten. In Zukunft konnte er schalten und walten, wie es ihm gefiel.

Plötzlich stieß ihn sein Freund Max an. „Schau mal!"

Michael drehte sich um.

Auf vier Zoll hohen Nuttenabsätzen, in einem hautengen, in der Taille gegürteten roten Kostüm und einer tief ausgeschnittenen schwarzen Bluse stolzierte Mamie Giovanni über das Gras, das gefärbte blonde Haar hoch aufgebauscht und das Gesicht grell geschminkt. Ihr Vetter Roy begleitete sie. Dicht hinter den Trauergästen blieb sie stehen und ragte wie ein Leuchtturm aus einem schwarzen Meer.

Max gluckste und unterdrückte einen Lachanfall.

„Halt deinen verdammten Mund!" wisperte Michael und warf einen raschen Blick auf seinen Dad, der Mamies Ankunft offenbar nicht bemerkt hatte.

Später kamen sie alle ins Haus. Ein paar Nachbarinnen hatten ein Büfett vorbereitet – kalten Braten, Salate, Kuchen. Als alle dasaßen, aßen und redeten, entstand eine richtig festliche Atmosphäre. Nach einer Weile verschwanden einige Frauen in Grandma Lanis Schlafzimmer und durchwühlten ihre Schränke.

Michael blieb stets in Max', Tinas und Charlies Nähe. Trotz des Sex-Verbots waren Max und Tina immer noch zusammen, anscheinend waren sie ein perfektes Paar. Entschlossen hatte sie Max gebändigt, und er genoss jede Sekunde, die er mit ihr verbrachte. Ihren einstigen Freund Michael behandelte sie mit kühler Verachtung – sie war immer noch beleidigt, weil er ihr den Laufpass gegeben hatte. Er vermutete, sie würde Max am liebsten von ihm loseisen. Doch da hatte sie keine Chance. Sie waren Kumpel fürs Leben, und kein Mädchen würde einen Keil zwischen sie treiben.

Während er in einem Salat herumstocherte, überlegte Michael, ob Mamie auftauchen würde.

Am anderen Ende des Zimmers, in seinem Rollstuhl zusammengesunken, hoffte Vinny, die Gäste würden bald verschwinden und er könnte endlich den Fernseher einschalten. Er hasste es, wenn das Haus voller Leute war, die seine Routine störten. Auch das Haus hasste er. Punktum.

Das hatte er seinem Sohn noch nicht erzählt, aber er plante, den Laden zu verscherbeln, auch das Haus, um nach Florida zu übersiedeln. Dort würde er ein Strandhaus und einen großen Fernsehapparat kaufen, und die restliche Welt sollte zum Teufel gehen. Michael war alt genug, um für sich selber zu sorgen, groß genug und hübsch genug. Außerdem konnte er *gehen,* verdammt noch mal. Bis jetzt hatte er's viel zu leicht gehabt. Sicher würde es ihm gut tun, auf eigenen Beinen zu stehen, ohne seine Grandma, die ihn dauernd verhätschelt hatte.

Manchmal, wenn Vinny den Jungen betrachtete, sah er sich selbst in diesem Alter – in einer Zeit, zu der seine Zukunft noch vor ihm gelegen hatte. Anna Marias Ermordung und seine Schusswunde bei dem Raubüberfall hatten nicht nur seine Beine, sondern auch seine Seele zerstört. An jenem schicksalhaften Tag war sein *richtiges* Leben zu Ende gegangen, und jetzt interessierte ihn nichts mehr.

Michael entdeckte Mamie, sobald sie das Haus betreten hatte. In ihrem knallroten Kostüm und mit dem aufgebauschten Haar war sie auch kaum zu übersehen. Alle Trauergäste gafften und begannen zu tuscheln, was ihr völlig egal war. Als Vito Giovannis Ehefrau hatte sie sich daran gewöhnt.

Zielstrebig steuerte sie Michael an. „Bring mich zu Vinny", befahl sie. Sofort sprang er auf und gehorchte.

Hinter sich hörte er Tina ätzen: „Wer ist denn *das?* Was für eine *Schlampe!*"

Er führte Mamie durch den überfüllten Raum zu seinem Vater. „Da ist eine alte Freundin, Dad, die dir guten Tag sagen möchte."

„Wer?" Unruhig rutschte Vinny in seinem Rollstuhl umher.

„Mamie Giovanni."

Und da stand sie zu seiner Verblüffung – Mamie, seine Ex, so kurvenreich, so blond, so vulgär wie eh und je.

„Hallo, mein Großer …", begann sie gedehnt, „lange nicht gesehen."

„Mamie", flüsterte Vinny erschrocken.

„Erinnerst du dich an mich?" fragte sie und lächelte ihn strahlend an. „Ich bin das Mädchen, das du damals abserviert hast. Weil du unbedingt dieses Miststück aus Italien anschleppen musstest."

„Red nicht so von meiner Frau!" fauchte er, das Gesicht vor Wut verzerrt.

„Oh, tut mir ja *so* leid!" flötete sie ironisch. „Haben wir sie nach ihrem Ableben zur *Madonna* verklärt?"

Mit ihrer respektlosen Hänselei schürte sie seinen Zorn. „Warum gehst du mir nicht aus den Augen?"

„Nun, ich dachte, ich sollte dich von der Sorge um mein Wohl erlösen, Vinny." In vollen Zügen genoss sie ihre Rache. „Ich habe nämlich den wichtigsten Mann in diesem Stadtteil geheiratet – Vito Giovanni. Sicher weißt du, wer das ist."

„Hast du nicht *gehört?*" schrie er und blinzelte zornig. „Raus mit dir!"

„Moment mal, Dad …", mischte sich Michael ein.

„Und du!" Entrüstet starrte Vinny seinen Sohn an. „Bist du verrückt? Wieso bringst du sie hierher?"

„Sie – eh – wollte Grandma die letzte Ehre erweisen", murmelte Michael unsicher.

„Ehre?" stieß Vinny hervor. „Dass ich nicht lache! Lani konnte sie nicht ausstehen. Das weiß sie. Dieses Biest kam nur her, um sich an meinem Unglück zu weiden." In scharfem Ton verlangte er: „Schaff sie raus!"

Noch nie hatte Michael seinen Vater so heftig reagieren gesehen, und jetzt beobachteten alle Leute die unerfreuliche Szene. „Eh – Mrs. G. – am besten gehen wir." Hastig packte er ihren Arm. „Ich – eh – begleite Sie hinaus."

Aber Mamie weigerte sich, das Feld zu räumen, bevor sie alles gesagt hatte, was ihr auf der Seele brannte. Sie schüttelte Michaels Hand ab und neigte sich über den Rollstuhl. „Wie du dich verändert hast, Vinny!" höhnte sie. „Komisch, als ich an deinem kleinen Schwanz gelutscht habe, wärst du nie auf die Idee gekommen, mich wegzuschicken." Mit diesen Abschiedsworten richtete sie sich auf und stolzierte zur Tür.

„Oh Gott!" Unter den Blicken aller Anwesenden rannte Michael ihr nach. „Warum mussten Sie das sagen – an dem Tag, an dem meine Grandma begraben wurde?"

„Warum, mein Kleiner?“ Sie verließ das Haus, hielt auf dem Gehsteig inne, und Michael eilte hinterher. „Weil's wahr ist. Bevor dein Dad mit der Italienerin angetanzt ist, war *ich* seine Geliebte.“

„Davon wusste ich nichts. Das haben Sie nie erwähnt.“

„Wir wollten heiraten. Aber dann hat ihn Miss *Italy* verführt, wurde prompt schwanger und zwang ihn, mich fallen zu lassen. Also wirf mir nicht vor, dass ich sauer bin.“

„Das alles hätten Sie mir erzählen müssen.“

„Ach, Scheiße, diese alten Geschichten ... übrigens, du musst mich nicht bedauern. Immerhin hab ich was Besseres gekriegt als Vinny Castellino.“

Verwirrt von dieser Neuigkeit, schüttelte er den Kopf. Mamie und sein Dad, ein Paar? Unmöglich ... Andererseits würde sie's nicht erfinden. „Eh – Mrs. G., so hätten Sie nicht über meine Mom reden dürfen.“

„Warum nicht?“ entgegnete sie herausfordernd. „Wo's doch die gottverdammte Wahrheit ist! *Du* hast sie nicht gekannt, Mikey. Ich sage dir, sie war eine Nutte. Mit ganz miesen Tricks hat sie Vinny eingefangen.“

„Sagen Sie das nicht!“

„Was sie hinter seinem Rücken trieb, wissen *alle.*“ Rachsüchtig kniff Mamie die Augen zusammen. „Die Leute behaupten, *sie* hätte den Raubüberfall zusammen mit ihrem Liebhaber eingefädelt. Und dann ging der Schuss nach hinten los. Jedenfalls war *sie* an Vinnys schwerer Verletzung schuld. *Ihretwegen* sitzt er jetzt im Rollstuhl.“

„Das – das glaube ich nicht.“

„Es ist die reine Wahrheit. Keine Ahnung, warum's dir dein Dad verheimlicht hat.“

„Nun muss ich wieder reingehen." Mühsam versuchte er, seine Gefühle wieder in den Griff zu bekommen. Mamie war ihrer Sache offenbar sicher. Und Vinny hatte ihm nichts erzählt ...

„Tut mir leid, dass du's von *mir* erfahren hast." Mit einem langen, rot lackierten Fingernagel berührte sie seine Wange. „Ich mag dich, Mikey, und ich hasse es, dich so unglücklich zu sehen. Aber für dich ist's besser, Bescheid zu wissen, nicht wahr?"

Warum? wollte er schreien. *Warum musste ich mir anhören, meine Mutter sei eine Hure gewesen, die meinen Vater reingelegt hat?*

Aber er sagte kein Wort. Stattdessen wandte er sich ab, stapfte die Straße hinab und ließ Mamie einfach stehen. Er konnte nicht in das Haus zurückkehren. Sofern es *ihn* betraf, war die Trauerfeier beendet.

10. KAPITEL

Dani, 1964

Dani sollte Recht behalten, denn sie sahen Emily nicht wieder. Monatelang suchten sie nach ihr, ohne dass sich irgendwelche Anhaltspunkte ergaben. Sam fuhr sogar zur Ranch, um festzustellen, ob Dashell sie entführt hatte. Den Wunsch seiner Schwägerin, ihn zu begleiten, hielt er für eine schlechte Idee – aus gutem Grund.

Was er herausfand, schockierte ihn. Die Ranch war verlassen und in chaotischem Zustand, als hätten die Bewohner in großer Hast das Weite gesucht, sogar die Pferde waren fort.

„Was glaubst du, was passiert ist?" fragte Dani, nachdem er zurückgekehrt war und von seiner Entdeckung erzählt hatte.

„Keine Ahnung ..." Sam war genauso verwirrt wie sie. „Jedenfalls war's verdammt unheimlich da draußen, und ich bin froh, dass du nicht mitgekommen bist."

„Sollen wir die Polizei informieren?" Ihre lebhafte Phantasie gaukelte ihr alle möglichen grausigen Dinge vor.

„Und was sagen wir den Cops?" erwiderte er gereizt. „So eine Scheiße interessiert sie nicht. Für die ist Emily nur eine weitere vermisste Person."

Wie üblich griff er zur Flasche – seinem einzigen Trost seit Emilys Verschwinden. Daran konnte Dani ihn nicht hindern, obwohl sie es versuchte. Er hörte nicht auf sie und zog es vor, in seinem Elend zu versinken. Daraus wollte er auch gar nicht auftauchen, und so musste sie ihm ihre gesamte Freizeit opfern, ihn umsorgen und rechtzeitig zur Arbeit schicken, für ihn kochen, seine Wohnung sauber machen und seine Kleidung waschen. Er war kein gewalttätiger, sondern ein weinerlicher Trunkenbold, der unentwegt von seiner Frau redete.

Wegen seiner Unzuverlässigkeit wurde er gefeuert und fing *ernsthaft* zu trinken an. Dani wusste nicht, was sie tun sollte. Zum Glück hatte sie immer noch ihren Job. Da sie sich nur mehr selten in ihrem eigenen Apartment aufhielt, gab sie es auf, sparte die Miete und schlief auf Sams Couch, während er im Schlafzimmer blieb. Das störte sie nicht. Immerhin hatte er sie vor einem Leben in der Hölle bewahrt, und jetzt musste sie *ihn* retten.

Schließlich entschied sie, es wäre an der Zeit, Emilys Sachen durchzuschauen, zusammenzupacken und aus Sams Blickfeld zu entfernen. Sie hatte schon öfter beobachtet, wie er einen Pullover seiner Frau oder ihren alten Morgenmantel an sein Gesicht drückte, wenn er abends im Wohnzimmer saß. Dabei wiegte er sich verzweifelt hin und her. Das war einfach ungesund. Deswegen kaufte sie am nächsten Tag nach der Arbeit eine große Reisetasche, in der sie die Habseligkeiten ihrer Schwester verstaute.

„Was tust du da?“ fragte Sam und versuchte, sie davon abzuhalten.

„Emily kommt nicht zurück.“ Energisch schob sie ihn weg und setzte ihre Tätigkeit fort.

„Doch, das weiß ich“, protestierte er. „Niemals würde sie mich verlassen – nicht *so!* Ich kenne meine Emily.“

„Nein, Sam, sie kommt nicht mehr.“ Als sie seine traurige Miene sah, fügte sie notgedrungen hinzu: „Weißt du was?

Ich werfe die Tasche mit ihren Sachen nicht weg, sondern stelle sie in den Schrank. Einverstanden?“

„Mach, was du willst“, seufzte er und holte seine Whiskeyflasche.

In der untersten Schublade der Kommode, hinter einem Wäschestapel verborgen, entdeckte sie Emilys Tagebuch. „Privat – nicht öffnen“, stand auf dem Einband.

Ihr Herz pochte schneller. Würde sie in diesem Buch einen Hinweis auf Emilys Verbleib finden? *Darf ich die Eintragungen lesen? Ist es richtig, die Geheimnisse eines anderen Menschen zu ergründen? Ja, wenn es um meine vermisste Schwester geht …*

Am nächsten Morgen nahm sie das Buch zur Arbeit mit. Sie hatte Sam nichts davon erzählt. Vielleicht enthielt es irgendetwas, das er nicht erfahren sollte. Während der Mittagspause saß sie in der kleinen Essecke, wo die Zimmermädchen ihr Lunch verspeisten, und begann zu lesen. Wie sie bald merkte, waren die Aufzeichnungen nicht nach Ereignissen an bestimmten Tagen, in Wochen oder Monaten geordnet, sondern einfach nur niedergeschriebene Gedanken, zufällig aneinandergereiht. Meistens handelten Emilys Einträge von Sam – wie sehr sie ihn liebte, wie gut er zu ihr und wie glücklich sie war, weil er ihre Schwester und sie selbst vor Dashell gerettet hatte.

In der Hoffnung auf einen Anhaltspunkt studierte Dani die letzte Eintragung.

Morgen wird Dani sechzehn, und ich bin so stolz auf sie. Trotz der harten Arbeit findet sie genug Zeit, um sich weiterzubilden. Sicher wird sie irgendwann was aus sich machen.

An ihrem Geburtstag werde ich ihr die Wahrheit erzählen. Darauf hat sie ein Recht. Sie soll wissen, dass Olive nicht ihre Mom ist und dass Lucy, ihre leibliche Mom, bei der Niederkunft starb. Was für ein herzloser Schuft Dashell war! Er begrub Lucy im hinteren Garten. Kein Trauergottesdienst. Nichts. Wenn Dani die Wahrheit kennt, will sie vermutlich auf die Ranch zurückkehren und das Grab ihrer Mom suchen. An ihrer Stelle würde ich meiner Mom ein anständiges Begräbnis bieten. Da gibt's nur ein Problem – ich hätte Angst, da hinzufahren. Auch Dani wird sich davor fürchten. Jetzt muss ich Schluss machen und für morgen einkaufen, damit ich die Lieblingsspeise meiner kleinen Schwester kochen kann. Sam und Dani sind mein Leben. So sehr liebe ich die beiden. Alles würde ich für sie tun.

Mit diesen Worten endeten Emilys Aufzeichnungen. Dani schloss das Tagebuch. Über ihre Wangen strömten Tränen. Von Gefühlen überwältigt, starrte sie ins Leere. Olive war ihr niemals eine gute Mutter gewesen. Dani hatte immer geglaubt, Olive lehne sie ab. Aber so plötzlich herauszufinden, ihre richtige Mom wäre bei der Geburt gestorben, erschütterte sie zutiefst.

Als sie an diesem Abend nach Hause kam, saß Sam in seinem Lieblingssessel und betrachtete ein Foto von Emily, das in einem glanzlosen dunklen Silberrahmen steckte. Sie beschloss ihm zu verschweigen, was sie erfahren hatte. Jetzt war es wichtiger, ihm Vernunft beizubringen. Sie legte einen Arm um seine Schultern. „Damit musst du aufhören", sagte sie sanft.

„Womit?" stieß er kampflustig hervor.

„Hör auf, um Emily zu trauern. Sie ist nicht mehr da, und wir sollten einen neuen Anfang machen."

„Wie denn?" lallte er. „Was schlägst du vor?"

„Erst mal musst du gesund werden. Ich habe mich nach einer Organisation namens ‚Anonyme Alkoholiker' erkundigt. Wenn du zu einer Versammlung gehst, wird man dir sicher helfen."

„Wozu?" fragte er tonlos. „Für was soll ich leben? Da gibt es nichts ..."

„Hast du mich vergessen?" flüsterte sie.

„Du bist noch ein Kind."

„Immerhin bin ich schon sechzehn", entgegnete Dani nachdrücklich. „Seit drei Jahren arbeite ich. Also kannst du mich nicht mehr als Kind bezeichnen."

„Doch."

„Bitte", flehte sie, „tu's für mich. Und wenn du's nicht für *mich* tun willst – dann für Emily. So sehr hat sie dich geliebt. Könnte sie dich in diesem Zustand sehen, würde ihr das Herz brechen."

„Okay, okay, ich denk drüber nach", versprach er widerstrebend.

„Danke." Erleichtert küsste sie seine Wange.

„Verzeihung", murmelte Dani errötend.

Nicht zum ersten Mal betrat sie ein Hotelzimmer, in dem sie einen nackten Gast antraf. Aber diesmal geriet sie in eine ganz andere Situation, weil zwei Frauen unter der Dusche der Penthouse-Suite Nr. 1 knutschten, die für die Hoteldirektoren und all die hohen Tiere reserviert war, wenn sie in die Stadt kamen.

„Tut mir so – so leid“, stammelte sie und floh schockiert aus dem Bad.

Ihre Schuld war es nicht, dass sie die beiden ertappt hatte. Vor der Eingangstür hing kein „Bitte nicht stören“-Schild. Und wenn die Leute ihre Privatsphäre schützen wollten, sollten sie wenigstens die Tür richtig abschließen.

„Warten Sie!“ rief eine der Frauen.

Dani blieb vor der Badezimmertür stehen und fragte sich, ob der Hotelmanager sie feuern würde.

Nach ein paar Minuten tauchte eine der Frauen auf, in ein flauschiges weißes Badetuch gewickelt. Sie war etwa Mitte vierzig, hatte gefärbtes blondes Haar und ordinäre Gesichtszüge. Über den prallen weißen Oberschenkeln endete das Tuch. Sie wirkte kein bisschen verlegen. „Haben Sie was gesehen?“

„Eh – nein, Ma'am“, stotterte Dani.

„Natürlich nicht.“ Die Frau nahm eine Handtasche aus Krokodilleder vom Nachttisch neben dem großen Doppelbett. „Nichts, was Sie irgendjemandem erzählen würden, oder?“

„Gar nichts“, versicherte Dani. Immer noch schockiert, rang sie nach Fassung. Zwei Frauen in inniger Umarmung – das war nicht normal …

„Da!“ Die Frau fischte drei Zehn-Dollar-Scheine aus ihrer Brieftasche und hielt sie ihr hin. „Für Sie.“

„Oh – das ist nicht nötig.“ Dieses Geld konnte Dani unmöglich annehmen.

Aber die Frau drückte es in ihre Hand. „Doch. Ich bleibe eine Woche hier, und da brauche ich ein Mädchen, für mich persönlich. Das sind *Sie.*“

„Oh – ich?“ Mühsam schluckte Dani.

„Ja. Das werde ich mit dem Manager regeln. Mein Mann macht Geschäfte mit diesem Hotel. Also wird man alle meine Wünsche erfüllen. Heute wünsche ich mir ein persönliches Dienstmädchen.“ Die Frau kicherte vulgär. „Kommen Sie bloß nicht auf dumme Gedanken! Morgen kommt mein Alter hierher. Und wenn *ich* mich amüsiere, heißt das noch lange nicht, dass er's auch darf. Also lassen Sie Ihre hübschen kleinen Finger von ihm. Und wenn Sie auch noch den Mund halten, ist alles paletti.“

Dani war sprachlos.

„Dann sind wir uns ja einig.“ Die Frau hielt das Badetuch fest, das hinabzurutschen drohte. „Da sind zwei Koffer, die müssen ausgepackt werden. Lassen Sie alles bügeln und schicken Sie einen Friseur in die Suite. Oh – und der Zimmerservice soll einen Eiskühler mit zwei Flaschen Champagner und ein paar Snacks bringen.“ Sie klatschte in die Hände. „Los, Schätzchen. Heute Abend brauche ich mein blaues Seidenkleid. Und in dem will ich keine einzige Falte sehen.“

„Aber – ich muss andere Zimmer sauber machen“, wandte Dani ein, die von diesem energischen Gast völlig eingeschüchtert war.

„Haben Sie mir nicht zugehört?“ fragte die Frau mit erhobener Stimme. „Ein Telefonat genügt, und Sie stehen ausschließlich *mir* zur Verfügung. Das werde ich jetzt erledigen.“

„Ja, Ma'am.“

„Nennen Sie mich Mrs. Giovanni. Ersparen Sie mir diese *Ma'am*-Scheiße.“

„Ja, Mrs. Giovanni.“

Mamie grinste. „So gefallen Sie mir viel besser.“

Wie es Mrs. Giovanni angekündigt hatte, telefonierte sie mit der Hoteldirektion, und Dani wurde zu ihrem persönlichen Dienstmädchen ernannt – für die ganze Woche und alle ihre künftigen Besuche in Vegas.

Bald freute sich Dani auf die Tage, die Mrs. Giovanni in der Stadt verbringen würde. Diese Arbeit fand sie viel angenehmer, als anonyme Hotelzimmer sauber zu machen und die Avancen diverser männlicher Gäste abzuwehren.

Mrs. Giovanni war eine erstaunliche Frau. Großmäulig und anspruchsvoll, trank sie eine ganze Menge und warf das Geld nur so um sich. Ihre Liebhaberinnen kamen und gingen, bei jedem Aufenthalt in Vegas lachte sie sich eine neue an.

„Unser Geheimnis", informierte sie Dani nach mehreren Wodkas und einem längeren Amüsement mit einer kurvenreichen lateinamerikanischen Sängerin. „Wenn du den Mund hältst, werde ich dir eines Tages irgendwas Gutes tun."

Ein paar Monate und drei Besuche später musterte sie Dani abschätzend. „Weißt du was, Süße? Für ein Dienstmädchen bist du viel zu hübsch. Willst du nicht unten bei der Tanztruppe mitmachen? In einer Show?"

„Wie, bitte?" Dani packte eine Einkaufstüte voller Kaschmirpullover aus, die Mamie soeben gekauft hatte.

„Obwohl ich dich brauche – hier oben vergeudest du deine Talente."

„Tatsächlich?"

„Keine Ahnung, warum ich dir helfe – wo ich dich eigentlich einsperren müsste, damit du meinem Alten nicht auffällst. Nicht, dass er noch einen hochkriegen würde. Ich werde dich Lou vorstellen, dem Kerl, der unten die Shows arrangiert. Kannst du tanzen?"

„Eh – nein."

„Macht nichts, das wirst du lernen."

„Ob ich das hinkriege, weiß ich nicht, Mrs. Giovanni."

„Oh, um Himmels willen", fauchte Mamie. „Diese Gelegenheit solltest du nutzen. Ich gebe dir eine ganz große Chance. Die darfst du verdammt noch mal nicht verpassen. Es sei denn, du willst ein Leben lang als Zimmermädchen schuften."

„Nun – ich würde sehr gern was Neues ausprobieren", gestand Dani zögernd.

„Hast du einen Freund?"

„Nein."

„Und wer ist der Junge, der dich immer am Hintereingang abholt?"

„Sam, mein Schwager."

„Hm … Also gut, ich rufe Lou an. Morgen wird er mit dir reden."

Lou warf nur einen kurzen Blick auf Dani und verkündete, wenn sie tanzen könnte, würde er sie sofort engagieren.

„Das kann ich nicht", gab sie zu.

„Dann lernen Sie's", riet er ihr und dachte: Wenn man so aussieht, wozu braucht man ein Talent?

Bereitwillig nahm sie Tanzunterricht. Schon nach kurzer Zeit beherrschte sie diese Kunst. Und als sie Lou ihre neu erworbenen Fähigkeiten vorführte, war er tief beeindruckt. „Okay, Schätzchen, Sie sind engagiert. Ein paar Wochen müssen Sie mit den anderen Mädchen proben, danach treten Sie auf."

Dass sie neuerdings der Tanzgruppe des Estradido-Hotels

angehörte, gefiel Sam ganz und gar nicht. „Dein alter Job war viel besser“, klagte er.

„Jetzt verdiene ich mehr Geld“, argumentierte Dani. „Und das kommt uns beiden zugute.“

„Ja, vielleicht“, gab er zu, immer noch skeptisch.

Seit ein paar Monaten ging er zu den Treffen der Anonymen Alkoholiker, die ihm anscheinend halfen. Er hatte zu trinken aufgehört, und nachdem er eine Zeit lang trocken gewesen war, konnte er sogar seinen alten Job wieder antreten.

Wie Bruder und Schwester lebten sie zusammen, nur durch die Erinnerung an Emily verbunden. Sie sprachen oft von ihr, fest entschlossen, sie niemals zu vergessen.

Aber außer Emily hatten sie keine gemeinsamen Interessen, und Dani wusste, sie würde bald in ein eigenes Apartment ziehen müssen.

11. KAPITEL

Dienstag, 10. Juli 2001

Im Restaurant war es unerträglich heiß, und Madison spürte, wie Schweißtropfen über ihren Rücken rannen. Besorgt spähte sie zu dem Mann hinüber, den ein gezielter Schuss niedergestreckt hatte. Soweit sie es feststellen konnte, rührte er sich nicht. Reglos lag er in seinem eigenen Blut.

Wenn er tot war … Bei diesem Gedanken erschauerte sie trotz der warmen Luft.

Während sie am Boden kauerte, einen Arm um Natalies Schultern gelegt, schaute sie zu Cole hinüber, der mit den anderen Männern neben der Küchentür saß. Der Uzi-Gangster hatte die Männer auf die eine Seite des Lokals gescheucht, die Frauen auf die andere.

Obwohl sie von drei Schurken in Schach gehalten wurden, achtete Madison nur auf den Anführer. *Ihn* musste man beobachten, *er* traf die Entscheidungen und befahl allen Leuten, den Mund zu halten – seinen beiden Spießgesellen inklusive.

Noch zweimal hatte der Polizist die Räuber per Lautsprecher aufgefordert, mit erhobenen Händen herauszukommen. Als ob sie das jemals tun würden …

Schließlich läutete das Telefon. Madison seufzte erleichtert. Jetzt würden hoffentlich richtige Verhandlungen beginnen und zur Befreiung der Geiseln führen. Der Bandit Nummer eins – so hatte sie ihn getauft – schlenderte zum Apparat und ergriff den Hörer. „Hier kommt niemand rein!“ schrie er, die Uzi locker in einer Hand. „Niemand! Wir haben verdammt viele Geiseln. Also kneifen Sie die Arschbacken zusammen und machen Sie die Lauscher auf!"

Die Antwort des Cops verstand Madison nicht. Offenbar missfiel sie dem Banditen Nummer eins.

„Scheiße!" brüllte er und knallte den Hörer auf die Gabel. Dann fuhr er zu den weiblichen Gefangenen herum. Unter der Strumpfmaske kniff er seine Augen zu schmalen Schlitzen zusammen.

„Mit Ihrem Geschrei werden Sie nichts erreichen", meinte Madison, erstaunt über ihre eigene Kühnheit.

„Was haben Sie gesagt?" herrschte er sie zwischen zusammengebissenen Zähnen hindurch an.

„Dass Sie mit Ihrem Geschrei nichts erreichen werden", wiederholte sie in ruhigem Ton, als würde sie ein widerspenstiges Kind ermahnen. „Wenn hier irgendwas passieren soll, müssen Sie mit der Polizei verhandeln und genau erklären, was Sie wollen."

„Sie trauen sich was, Lady", fauchte er.

„Weil ich Ihnen klarzumachen versuche, wie Sie am besten aus diesem Schlamassel rauskommen?"

„Was sind Sie denn?" fragte er angewidert, „eine Anwältin oder so was?"

„Nein", entgegnete sie sanft, „Journalistin. Wenn Sie einverstanden sind, schreibe ich Ihre Story. Sicher haben Sie gute Gründe für diese Aktion."

„Halten Sie's Maul!" Unverwandt starrte er sie an.

„Sie sind bewaffnet. Deshalb führen Sie hier das Kommando. Ich schlage Ihnen vor, Ihre Forderungen zu stellen, wenn der Officer wieder anruft. Wenn Ihre Wünsche erfüllt werden, lassen Sie die Geiseln frei."

Statt darauf einzugehen, befahl er seine Komplizen in eine Ecke und beriet sich mit ihnen.

Dumme Jungs, dachte Madison. Dumme Jungs, die einen Raubüberfall vermasselt haben und nicht wissen, was sie jetzt tun sollen.

Am anderen Ende des Raums schüttelte Cole den Kopf, als wollte er ihr bedeuten: *Wieso zum Teufel mischst du dich ein? Sei still und tu, was er sagt!*

Aber sie hatte lange genug geschwiegen. Sie erinnerte sich an ähnliche Fälle. Manchmal war ein Bündnis mit Geiselnehmern hilfreich. Was mochte das Schlimmste sein, was ihr der Bandit Nummer eins antun konnte? Würde er sie erschießen?

„Wie geht's dir?" flüsterte sie Natalie zu.

„Einen netten Abend stelle ich mir anders vor." Verzweifelt versuchte sich Natalie zusammenzureißen. „Oh Maddy, ich habe solche Angst. Wie gern würde ich aufwachen und herausfinden, dass es nur ein böser Traum war!"

„Wenigstens redest du wieder."

„Das verdanke ich dir", erwiderte Natalie und brachte ein schwaches Lächeln zu Stande. „Diesem Bastard muss ich Recht geben – du traust dich wirklich was."

„Das hat mein Vater auch mal gesagt." Madison lachte wehmütig. „Damit wollte er wahrscheinlich andeuten, ich würde nach ihm geraten."

„Mag sein. Jedenfalls fühle ich mich mit dir sicher."

„Nur das zählt", beteuerte Madison und setzte eine optimistische Miene auf, obwohl ihr angesichts der weiblichen Geiseln ganz anders zu Mute war. Zusammengesunken saßen die Frauen am Boden, die meisten waren traumatisiert wie Natalie. „Bleiben Sie alle ruhig“, mahnte sie leise. „Wenn alle besonnen bleiben, kommen wir heil hier raus.“

„Wer hat Sie denn zum Boss gewählt?“ zischte eine kleine Rothaarige in einem engen blauen Kleid. „Dieser Abschaum hat mir meinen 75 000 $-Verlobungsring von Harry Winston geklaut, diesem berühmten Juwelier. Den will ich wiederhaben.“

„Was ist mehr wert – Ihr Leben oder der blöde Schmuck?“ fragte Madison in scharfem Ton.

„Steigen Sie von Ihrem hohen Ross runter!“ verlangte die Rothaarige. „Die Cops werden diese Kerle erledigen. Also halten *Sie* sich raus!“

„Ach, sollte ich das tun?“ konterte Madison in wachsendem Zorn.

„Allerdings. So ungern ich Sie auch drauf hinweise – das ist keine Geschichte für eine Titelstory.“

Bevor Madison antworten konnte, begann das Telefon wieder zu klingeln. Der Uzi-Mann lief im Zickzack hinüber und riss den Hörer von der Gabel. „Wollen Sie reden? Dann hören Sie erst mal gut zu: Beschaffen Sie mir einen vollgetankten schwarzen Kleinbus. Parken Sie ihn vor dem Hinterausgang. Keine Bullen in der Nähe, keine beschissenen Scharfschützen! Wir steigen mit ein paar Geiseln in den Wagen. Sobald ich sicher bin, dass uns niemand folgt und kein Hubschrauber unsere Spur aufnimmt, lassen wir sie laufen. Wenn nicht – dann opfern Sie in jeder Viertelstunde das Leben einer Geisel. Von jetzt an haben Sie zwanzig Minuten Zeit, danach fange ich zu ballern an.“

„In zwanzig Minuten? Das ist viel zu knapp“, protestierte Madison mit trockenen Lippen. „Die Polizei braucht mindestens eine Stunde.“

Großer Gott, steckte sie jetzt mit diesen Banditen unter einer Decke? Reiner Wahnsinn …

„Fahren Sie zur Hölle!“ schrie der Gangster sie an und ging davon.

Erschrocken starrte sie ihm nach. Einen Menschen hatte er wahrscheinlich schon getötet. Welchen Unterschied würde es für ihn machen, wenn er sie alle umlegte?

Als Nando beim Dinner in Vegas auftauchte, herrschte eine angespannte Atmosphäre am Tisch. Jenna schmollte, Vincent war sauer. Und Jolie wollte ganz genau wissen, wo er gewesen war.

„He!“ rief Nando. Die Arme dramatisch ausgebreitet, schaute er seiner Frau in die Augen. „Ich lasse mich nicht gern ausfragen. Das weißt du. Ich habe dir erzählt, ich würde zu einer geschäftlichen Besprechung gehen. Und das war’s auch. Rein geschäftlich.“ Er war ein paar Monate jünger als sein Partner und bester Freund Vincent. Er war mutig und sehr männlich, sah aber nicht allzu attraktiv aus und hatte seinen besonderen Stil, der Männern und Frauen gefiel. Die beiden Kumpel waren zusammen aufgewachsen und hatten viel gemein.

Auf das weibliche Geschlecht übte Nando eine unwiderstehliche Wirkung aus, was seiner schönen Ehefrau nicht entging. Sie kniff ihre bernsteinbraunen Augen zusammen. Sie misstraute ihm. Andererseits – was immer er trieb, konnte sie auch tun – vorzugsweise mit Vincent, wenn er dazu bereit wäre. Was nicht zutraf. Zu schade.

„Wie geht's meiner Lieblingsschönheit?" Nando beugte sich hinab, um Jenna zu küssen.

„Höchste Zeit, dass du endlich auftauchst!" bemerkte Vincent, der sich ebenso wie Jolie fragte, ob sein Freund gerade von einem Seitensprung zurückkehrte.

„Wo ist Andy?" fragte Nando und schaute in die Runde.

„Der musste gehen."

„Weil Vincent ihn davongejagt hat", ergänzte Jolie.

„Scheiße!" Nando glitt in die Nische an ihrer Seite. „Da habe ich ein paar Leute, die in einen Film mit ihm investieren wollen."

„Sicher braucht er deine Investoren *furchtbar* dringend", bemerkte sie trocken.

„Tu mir einen Gefallen, Nando", verärgert runzelte Vincent die Stirn, „lad deine Arschlöcher nie wieder zum Dinner ein, wenn du dann die Fliege machst. Der Trottel hat sich auf Jenna gestürzt. Sein Glück, dass er hinaus*gehen* konnte!"

„Heiliger Himmel, Vin!" Nando schnippte mit den Fingern, winkte einen Kellner heran und bestellte noch eine Flasche Champagner. „Warum glaubst du, jeder wäre auf deine Frau scharf? Natürlich, sie ist klasse, aber vertrau mir – Andy Dale kann sich vor seinen weiblichen Fans kaum retten, der hat's nicht nötig, Jenna abzuschleppen."

„Halt ihn von mir *und* Jenna fern", warnte Vincent.

„Ja, ja", seufzte Nando unbeeindruckt.

„Von mir muss niemand irgendwen fernhalten", meldete sich Jenna mit kindlicher Piepsstimme zu Wort. „Und Andy hat gar nichts verbrochen. Das bildet sich Vincent nur ein, und deshalb fühle ich mich so *gedemütigt.*"

„Moment mal!“ Nando grinste. „Wenn man eine unwiderstehliche Frau heiratet, muss man damit rechnen, dass sich die Jungs an sie ranmachen. Das gehört einfach dazu. Gerade *ich* muss es wissen“, betonte er und umfasste Jolies nackte Schultern. „Schaut euch doch die Schönheit an, die *ich* gekriegt habe.“

Eine schuldbewusste Umarmung, dachte Jolie. Ganz klar, der Bastard bumst eine andere …

„Und jetzt?“ fuhr Nando fort. „Wollen wir alle mit langen Gesichtern rumsitzen oder uns amüsieren?“

„Bitte, lasst uns Spaß haben!“ flötete Jenna, inzwischen wieder etwas besser gelaunt. Sie mochte Nando. Immer wieder gelang es ihm, sie aufzuheitern.

„*Das* ist mein Mädchen.“ Lächelnd zwinkerte er ihr zu. „Geh doch mit Jolie die Nase pudern, oder was immer ihr treibt, wenn ihr drei Stunden in der Toilette rumhängt. Vin und ich haben was zu besprechen.“

„Was denn?“ fragte Jolie, und Nando warf ihr einen scharfen Blick zu.

„Okay, okay.“ Hastig stand sie auf. „Komm, Jenna.“

„Ich war erst vor ein paar Minuten draußen“, protestierte Jenna.

„*Komm!*“ wiederholte Jolie. „Die Jungs brauchen ein bisschen Zeit für sich. Vielleicht spielen wir an den Automaten, statt aufs Klo zu gehen. Hast du Kleingeld?“

„Es gefällt mir nicht, wenn du spielst.“ Nandos Lächeln wich aus seinem Gesicht.

„Nicht mal am Automaten?“ Jolie verdrehte die Augen. „Natürlich, da könnte ich die Bank sprengen!“

Während Nando seine Frau mit einem weiteren vernichtenden Blick bedachte, stand Jenna vom Tisch auf. „Hoffentlich wirst du dich bei Andy Dale entschuldigen, Vincent“, sagte sie kühl. „Keine Ahnung, was du zu ihm gesagt hast. Aber was immer es war, als er zurückkam, sah er nicht besonders glücklich aus. Du hast mich blamiert.“

„*Ich – dich?*“ fragte Vincent ungläubig.

„Ja“, bestätigte sie etwas unsicher.

„Oh Baby …“ Vincent schüttelte den Kopf. „Wenn du dir einbildest, das wäre eine Blamage gewesen, hast du noch keine erlebt.“

„Ich mag's nicht, wenn du so mit mir redest“, klagte sie.

„Geh lieber, bevor ich was sage, das ich vielleicht bereuen würde.“ Mit einer ungeduldigen Geste entließ er sie.

Jennas blaue Augen füllten sich mit Tränen. Manchmal verstand sie wirklich nicht, was mit ihrem Mann los war. Warum behandelte er sie dauernd wie eine Untergebene? Bedrückt folgte sie Jolie aus dem Restaurant.

„Nun, Nando, was hast du auf dem Herzen?“ fragte Vincent.

Nando nahm einen großen Schluck Champagner. „Heute habe ich ein Angebot bekommen.“

„So?“

„Da wir schon immer Partner waren, will ich dir die Chance geben, ebenfalls einzusteigen.“

„Worum geht's?“

„Also, ich kenne die Besitzer der StripBar Manray. Schon mal davon gehört?“

„Ja, ziemlich schäbiger Schuppen.“

„Klar“, stimmte Nando zu. „Die Hälfte der Mädchen geht nebenbei auf den Strich, die andere dealt mit Drogen.

Aber wenn wir uns da einkaufen, können wir ein Spitzenetablissement draus machen – mit erstklassigem Restaurant und exquisiten Frauen. Vegas verändert sich, Vin. In den letzten zehn Jahren wurde die Stadt von der *Familie* kontrolliert. Und jetzt? Zur Hölle mit der Familie, Vegas besinnt sich wieder auf seinen Ursprung – Mädchen und Spiele. Was hältst du davon?"

„Wem gehört die Spelunke?"

„Leroy Fortuno und Darren Simmons."

„Du meine Güte, Nando!" stöhnte Vincent angewidert. „Warum lässt du dich mit diesem Gesindel ein? Wir führen einen sauberen Betrieb. Willst du unseren Ruf ruinieren?"

„Immerhin könnten wir mit dem Manray ein Vermögen machen", versuchte Nando, seinen Freund umzustimmen.

„Oh ja, mit Nutten und Drogen. Nicht meine Welt."

„Gibt's in unserem Hotel und im Casino *keine* Nutten?"

„Die tauchen überall auf. Aber bei uns schaffen sie auf eigene Rechnung an, wir kassieren keine Provision."

„He, Vin!" stöhnte Nando gereizt. „Diesen Deal lasse ich mir nicht entgehen. Wenn du nicht mitmachst, werde ich eben allein Fortunos und Simmons' Partner."

„Weiß Jolie davon?"

„Meinst du etwa, ich rede mit meiner Frau über *Geschäfte?* Ich bin doch nicht *völlig* bescheuert." Nando brach in sein berühmtes irres Gelächter aus. „Auf dieser Welt erfüllen Frauen nur einen einzigen Zweck – und der hat *gar* nichts mit Geschäften zu tun."

Auf dem Weg zur Toilette mussten Jolie und Jenna das ganze Casino durchqueren.

Jolie stieß Jenna an. „Schau mal, wer da drüben sitzt!" Mit voller Absicht brachte sie die jüngere Frau in Schwierigkeiten.

„Wer?"

„Dein Freund, Andy Dale."

„Sag das nicht!" protestierte Jenna errötend. „Er ist *nicht* mein Freund."

„Nein, er wollte dich nur – du weißt schon", entgegnete Jolie mit einem geheimnisvollen Lächeln.

„Und wo genau ist er?" fragte Jenna möglichst beiläufig.

„An einem Blackjack-Tisch."

„Oh Gott!" rief Jenna verwirrt und unfähig, ihre flatternden Nerven zu beruhigen. „Vielleicht sollte ich rübergehen und mich entschuldigen."

„Wofür?" Verblüfft über Jennas Naivität, hob Jolie die Brauen.

„Für das, was mein Mann eben gesagt hat, um ihn rauszuekeln."

„*Du* hast mit ihm geflirtet", betonte Jolie.

„Keineswegs", verteidigte sich Jenna.

„Für mich hat's aber so ausgesehen."

„Ja, ich gehe zu Andy", entschied Jenna, „und erkläre ihm, Vincent habe es nicht so gemeint."

„Wie du willst." Jolie zuckte unbeteiligt die Achseln. „Aber ich muss dich warnen. Wenn Vincent das erfährt, kriegst du Ärger."

„Wirst du's ihm etwa erzählen?"

„Warum sollte ich?"

„Weil ihr zwei alte Freunde seid. Du kanntest ihn schon lange vor mir."

„Okay, ich werde ihm nichts verraten", versprach Jolie geduldig. „Wenn's unbedingt sein muss, geh zu Mr. Dale. Und mach dich bloß nicht lächerlich!"

„Wo treffen wir uns?"

„Ich rauche eine Zigarette in der Toilette. Und lass mich nicht zu lange warten. Wenn ich ohne dich zum Tisch zurückgehe, ist der Teufel los."

Aufgeregt nickte Jenna und eilte davon, um sich bei Andy Dale zu entschuldigen.

„Tun Sie mir nicht weh", flehte Dani atemlos. „Bitte, tun Sie mir nicht weh – was immer Sie wollen, ich bin zu allem bereit ..."

Wie rasend hämmerte ihr Herz gegen die Rippen, während der Eindringling sie von hinten festhielt. Er war stark und groß, sie war völlig wehrlos. In seinen Armen spürte sie harte Muskeln.

Wortlos berührte er ihre Brüste.

Um Himmels willen! Würde er sie vergewaltigen? Ging es etwa *darum*?

Warum hatte sie Dean nicht in ihr Apartment eingeladen? Hätte er sie begleitet, wäre das nie passiert.

Der Unbekannte öffnete die Schließe ihres BHs, die sich an der Vorderseite befand, und enthüllte ihren runden Busen. Mit seinen Fingerspitzen begann er die Knospen zu liebkosen.

Zu ihrem Entsetzen fühlte sie sich erregt. Seine linke Hand fuhr fort, eine ihrer Brüste zu streicheln, während die andere ihren Rock hochzog.

„Nein!" stöhnte sie. „Bitte, nicht!"

„Warum nicht? Hast du nicht behauptet, du wärst zu allem bereit?"

„Michael!" Als sie seine Stimme erkannte, drehte sie sich entrüstet um. „Verdammter *Bastard!* Wie kannst du es wagen, mich so zu erschrecken?"

„Nun, ich wollte sehen, ob du dich wehren würdest", erklärte er und lachte leise. „Sehr komisch!" Dani streckte die Hand nach dem Lichtschalter aus. „Wenn ich einen Herzinfarkt bekommen hätte …"

„Wer, *du?*" Er lachte immer noch. „Wohl kaum, du bist stark wie ein Pferd."

„Unglaublich, was du mir angetan hast!" schimpfte sie und schloss ihren BH.

„Und *ich* kann nicht glauben, dass du schon wieder mit Mr. Perfect ausgegangen bist. Gibt dieser Idiot denn niemals auf?"

„Nur weil du Dean seit Jahren hasst, musst du nicht so unhöflich über ihn reden. Wenn *du* mein Leben kontrollieren willst – hättest du mich doch geheiratet!"

„Wären wir verheiratet, hätten wir schon längst keinen Sex mehr."

„Wir *haben* keinen Sex."

„Wer sagt das?" Michael zog sie wieder an sich.

„Was machst du hier?" fragte sie und schob ihn weg. „Monatelang habe ich nichts von dir gehört. Und dann tauchst du plötzlich mitten in der Nacht auf und erschreckst mich halb zu Tode."

„Jetzt bin ich hier, genügt das nicht?"

„Nein, das genügt *nicht,* Michael. Wie den letzten Dreck behandelst du mich. Und dann erwartest du auch noch, ich würde dankbar in deine Arme sinken, als wärst du ein Himmelsgeschenk."

„Bisher hat's mit uns beiden immer funktioniert, nicht wahr?" erwiderte er und schlenderte ins Wohnzimmer. „Wie viele Jahre ist das jetzt her?"

„So lange, dass ich's besser weiß." Inständig wünschte sie, er wäre nicht so verdammt attraktiv.

„Willst du einen Drink?" fragte er und trat an die Bar.

„Bedien dich!" forderte sie ihn sarkastisch auf und musterte ihn etwas genauer. Ja, er war noch immer der attraktivste Mann, den sie je gesehen hatte. Nur wenige graue Strähnen durchzogen sein Haar. Offensichtlich befand er sich in ausgezeichneter Form, und er hatte es schon immer verstanden, sich stilvoll zu kleiden. Hochgewachsen, dunkelhaarig, umwerfend – er war die große Schwäche ihres Lebens …

Michael goss sich einen doppelten Scotch on the rocks ein. „Was möchtest du trinken, Baby?"

„Hör auf mit dem Unsinn, ich bin nicht dein Baby", entgegnete sie kühl.

„*Immer* bist du mein Baby gewesen. Die einzige Frau, die stets für mich da war, in guten und schlechten Zeiten."

„Warum musst du mich dauernd ausnutzen?" warf sie ihm vor.

„Was?" fragte er, die Stirn gerunzelt.

„Nur wenn du was brauchst, kommst du zu mir. In den restlichen Wochen und Monaten bin ich allein."

„Unsinn …"

„Nein", unterbrach sie ihn, „das ist eine Tatsache. Und noch etwas – wann immer ich eine Beziehung mit einem Mann anfange, tauchst du auf und verdirbst mir alles."

„Nicht mit Absicht."

„Oh, doch."

„Kommt deine Reue nicht ein bisschen zu spät?"

„Nein!" widersprach sie ihm ärgerlich. „Ein paar gute Jahre habe ich noch vor mir."

„Sicher, meine Süße", versuchte er, sie zu beschwichtigen. „Du bist nach wie vor eine ungewöhnlich schöne Frau."

Entschlossen, dieses Mal *nicht* auf seine Schmeichlereien hereinzufallen, reckte sie das Kinn vor. „Ich wiederhole: Was machst du hier?"

„Willst du die Wahrheit hören? Oder eine erfundene Story?"

„Zur Abwechslung wäre die Wahrheit ganz nett."

„Okay, du hast dich entschieden." In einem Zug leerte er sein Glas. „Die Polizei fahndet nach mir."

„Machst du Witze?"

„Wenn's bloß so wäre …"

„*Warum* wirst du gesucht?"

„Also – es geht um Folgendes …", antwortete er langsam. „Man wirft mir vor, ich hätte Stella und ihren Freund ermordet."

Einige Sekunden lang schaute Dani ihn schweigend an. So viele Geschichten hatte sie über Michael und Stella gehört, und sie wusste nicht, was sie glauben sollte. Sie musste schlucken. „Hast du's getan?" würgte sie schließlich hervor.

„Was *glaubst du* denn?"

„Dass du zu allem fähig bist."

„Ich hab's nicht getan, Dani, okay?" beteuerte er mit scharfer Stimme. „Darauf gebe ich dir mein Wort."

„Hast du mit einem Anwalt gesprochen?"

„Mit einem Anwalt!“ wiederholte er verächtlich. „Diese Typen hängen doch nur in ihren schicken Büros herum, stellen riesige Rechnungen aus und bumsen ihre Sekretärinnen oder Klientinnen.“

„Wie zynisch du bist, Michael …“

„Ach, Scheiße …“

„Also erzählst du mir“, seufzte Dani, „dass ein Haftbefehl gegen dich ausgestellt wurde, und jetzt bist du auf der Flucht?“

Michael nickte.

„Und weil du dich in meinem Apartment aufhältst, bin ich deine Helfershelferin?“

„Vermutlich.“

„Soll ich dich verstecken?“

„Das wäre der Sinn der Sache.“

„Oh, besten Dank!“ fauchte sie. „Als Ehemann kriege ich dich nicht, nur als Flüchtling!“

„Wieso faselst du ständig vom Heiraten?“ fragte er irritiert. „Unsere Beziehung, meine Süße, dauert schon viel länger als jede gottverdammte Ehe.“

Plötzlich hatte sie ihn satt. Schon wieder kam er zu ihr, weil er in Schwierigkeiten steckte, und das war einfach unfair. „Du kannst mich mal, Michael!“ Abrupt kehrte sie ihm den Rücken und ging davon, um zu verbergen, was für eine starke Wirkung er auf sie ausübte.

„Genau das hatte ich vor“, konterte er und folgte ihr.

„Ja, natürlich.“ Sie gab es auf.

Und als er sie umarmte, wusste sie, dass sie ihm nicht widerstehen konnte. Michael war eine Sucht, von der sie niemals loskommen würde.

Während Sofia durch die Luft flog, schien die Zeit stillzustehen. Würde sie ins Wasser fallen oder auf Beton landen?

Heiliger Himmel, so würdelos zu sterben – auf der Flucht vor zwei geilen alten Spaniern ... Ist das wirklich mein Schicksal?

Wenn ich's überlebe, fliege ich nach Hause, nahm sie sich vor. Dann ist endgültig Schluss mit dieser Scheiße ...

Einen Sekundenbruchteil später tauchte sie ins Wasser, und die Erleichterung überwältigte sie beinahe.

Immer tiefer sank sie hinab – hinab – hinab ...

Würde sie sich auf dem Grund des Pools den Schädel einschlagen? Wie tief würde sie noch nach unten rasen, bis sie endlich wieder hochkam?

Oh Mann, das war so verrückt ... Plötzlich schnellte sie empor, keuchend und prustend, die Lunge voller Wasser.

Ich hab's geschafft, ich hab's geschafft, dachte sie triumphierend, schwamm zum Rand des Beckens und zog sich auf den kalten Beton hinauf, wo sie zusammenbrach.

Oh Gott, ich hab's geschafft!

Eine Zeit lang blieb sie liegen, um neue Kräfte zu sammeln. Dann richtete sie sich auf und schaute nach oben.

Sichtlich verwundert, beugte sich Paco über die Balustrade der Terrasse.

„Fick dich ins Knie, Arschloch!" schrie sie. „Jetzt rufe ich die Bullen. Und wenn *die* nichts unternehmen, sage ich's meinem Vater, und er wird die ganze Scheiße aus euch rausprügeln, ihr verdammten alten Knacker!"

Würde er sie verstehen? Wahrscheinlich nicht, der Idiot sprach kein Englisch.

Was sollte sie jetzt tun? Nach Hause gehen? Ihre Handtasche – mit ihrem Reisepass und der Geldbörse – lag immer noch im Penthouse.

Als sie ins Haus gekommen war, hatte sie einen Portier gesehen. Sobald sie wieder normal atmen konnte, stand sie auf und eilte zur Vorderseite des Gebäudes, in die Eingangshalle. Als sie zum Empfang ging, starrte sie der Pförtner erschrocken an.

Welch seltsamen Anblick sie bieten musste, wusste sie – sie war klatschnass, ihre Augen waren Zorn erfüllt. „Gehen Sie ins Penthouse und bringen Sie mir meine Handtasche“, befahl sie. „Wenn sie die miesen Schweine da drin nicht rausrücken, sagen Sie ihnen, ich werde ihnen die Cops an den Hals hetzen.“

Nervös zuckte der Mann zusammen. „*Què?*“

„Das Penthouse, meine Handtasche. Die müssen Sie holen.“

Er verstand es noch immer nicht.

Unkontrollierbar begann Sofia zu zittern. Beinahe wäre sie ertrunken, sie konnte kein Spanisch und der Portier begriff nicht, was sie von ihm wollte.

Aber sie war verdammt wütend, und wenn sich dieser Trottel nicht endlich bewegte, würde sie einfach das ganze Haus zusammenschreien. „Tun Sie’s!“ kreischte sie. „Und zwar *jetzt!*“

12. KAPITEL

Michael, 1964

„Wer ist dieses Mädchen?“ Michaels Blick folgte der wohlgeformten Blondine, die am Ende der Mädchenriege die Beine hochwarf.

Manny Spiven schaute nicht einmal hin. „Nur eins von den unzähligen Vegas-Häschen, über die man hier dauernd stolpert“, gluckste er, amüsiert über seine eigene Wortwahl.

Michael starrte ihn kurz an. Diesen Kerl mochte er nicht. Aber es ging um Geschäfte, und weil er jetzt hauptberuflich für Vito Giovanni arbeitete, musste er sich wohl oder übel mit Manny vertragen. Innerhalb weniger Wochen war dies seine dritte Reise nach Vegas, wobei er als vertrauenswürdiger Kurier fungierte. Im Grunde bestand sein Job nur darin, Päckchen zu transportieren. Was darin steckte, wusste er nicht, wenn er auch vermutete, es würde sich um Dollars handeln. Das fand er okay. Was sollte denn falsch dran sein, Bargeld von einem Staat in den anderen zu befördern?

Während der letzten paar Monate hatte sich sein Leben ganz gewaltig verändert. Dass sein Vater den Laden und das Haus verkauft hatte, hatte ihn völlig überrumpelt. „Jetzt musst du auf eigenen Füßen stehen“, teilte Vinny ihm mit. „Deine Grandma hat dich verwöhnt und einen Weichling aus dir gemacht. Höchste Zeit für dich, ein Mann zu werden …“ Kurz nach dieser netten Ansprache drückte er seinem Sohn dreihundert Dollar in die Hand und verschwand mit dem restlichen Geld nach Florida.

Das konnte Michael zunächst nicht glauben. Grandma Lani würde sich im Grab umdrehen. Niemals hätte sie erwartet, Vinny würde alles verscherbeln und ihn mit lausigen dreihundert Dollar im Regen stehen lassen. *Ihm* hatte sie das Haus und den Laden vererben wollen – *nicht* seinem Dad. Zum Glück hatte er im Lauf der Jahre einiges gespart. Es war nicht viel, aber besser als gar nichts.

Max half ihm aus der Klemme und überredete seine Mom, ihn für ein paar Tage bei sich aufzunehmen, bis er eine Unterkunft finden würde. Was er tun sollte, wusste Michael nicht. Mit dreihundert Dollar und seinen Ersparnissen würde er nicht weit kommen.

Dann lud ihn Mamie Giovanni zum Dinner ein – hauptsächlich, um ihm zu erklären, Vinny sei schon immer ein nichtsnutziger Bastard gewesen und es überrasche sie nicht, dass er sich wie ein egoistischer, habgieriger Mistkerl benommen habe. Eine Woche später bestellte Vito ihn wieder in sein Haus und schlug ihm vor, nur noch für ihn zu arbeiten.

„Und was soll ich machen?" fragte Michael misstrauisch.

„Alles, was ich will." Vito lachte schallend.

„Einer Ihrer Leibwächter möchte ich nicht werden", sagte Michael tapfer. „Nicht mein Stil."

„Ein Halbstarker wie du?" erwiderte Vito, immer noch belustigt. „Vergiss es. Nein, mit dir hab ich was anderes vor."

Als Max von Michaels neuem Job erfuhr, hielt er entsetzt den Atem an. „Das ist ein verdammter *Gangster*, Mike! Warum lässt du dich mit ihm ein?"

„Weil ich Geld brauche."

„Denk doch an die Konsequenzen!“

Zum Teufel damit. Michael war auf einen Job angewiesen, und niemand außer Vito bot ihm einen an. Eine Woche später saß er in einem Flieger nach Las Vegas. Diese Stadt kannte er bisher nur aus dem Kino.

Vegas warf ihm fast um – diese lange Parade aus Neonlichtern und riesigen Spielpalästen. Ganz zu schweigen von hinreißenden Showgirls und Tänzerinnen, luxuriösen Hotels und opulenten Revuen …

Sein Kontaktmann war Manny Spiven, der im Estradido Hotel stationiert war, wo Vito Geschäfte machte. Auf Anhieb hatten sie einander gehasst. Manny – klein und übergewichtig, mit fettigem braunen Haar, Pockennarben und erschreckend großen Ohren – zog ein Bein nach. Diesem Gebrechen verdankte er seinem Ruhm. Einem Gerücht zufolge war er in den Schenkel geschossen worden, weil er Philippe Estradido, den Hotelbesitzer, vor einem Mafia-Anschlag beschützt hatte. Damals war Manny Parkwächter gewesen. Danach hatte sich sein Schicksal zum Besseren gewendet. Seither arbeitete er für Mr. Estradido ganz persönlich, erledigte für ihn dies und jenes.

Spiven war einundzwanzig und damit zwei Jahre älter als Michael. Er nutzte seine Erfahrung wie ein Schwert und behauptete, nur *er* wisse alles und der New Yorker Junge gar nichts.

„Wenn du so viel weißt …“ Michael riss seinen Blick von der reizvollen blonden Tänzerin am Ende der Mädchenriege los und lenkte seine Aufmerksamkeit auf Manny. „Was steckt in den Päckchen, die wir austauschen?“

Voller Angst, belauscht zu werden, ließ Manny seine blinzelnden Knopfaugen da- und dorthin schweifen. „Willst du mich verarschen?"

„Nein", erwiderte Michael und überlegte, welche Informationen Manny *tatsächlich* haben mochte.

„Nach so was darfst du nicht fragen."

„Weißt du's, oder weißt du's nicht?"

„Fahr zur Hölle", murmelte Manny. „Wenn ich's wüsste, würde ich's dir nicht erzählen."

„Also weißt du's nicht."

„Fahr zur Hölle", wiederholte Manny und runzelte die Stirn.

Sie saßen an einem vorderen Tisch in der Starburst Lounge und beobachteten die glanzlose Show, die aus einer müden farbigen Sängerin, einem nicht besonders lustigen Komiker und einer Tanztruppe bestand, lauter Frauen mit harten, stark geschminkten Gesichtern. Die Blondine am Ende der Reihe ausgenommen. Sie war etwas ganz Besonderes. Obwohl Michael erst neunzehn war, hatte er bereits einen Kennerblick, und dieses Mädchen gehörte zur Extraklasse.

Bisher hatte er in Vegas nur ein einziges Mal gebumst. Das war ein ziemlich unangenehmes Erlebnis gewesen, denn das Mädchen hatte ihm Filzläuse angehängt. Weil ihn der Juckreiz zwischen den Beinen fast zum Wahnsinn trieb, ging er in eine Apotheke und kaufte eine stinkende Salbe, die er einreiben musste. Nach diesem widerlichen Zwischenfall hatte er entschieden, wahrscheinlich würden alle Vegas-Girls an Geschlechtskrankheiten leiden. Zu viel Wirbel, zu viele Spieler. Außerdem – wer brauchte diese Nutten? Daheim in New York kannte er genug Mädchen, die ihn für die nächsten fünf Jahre beschäftigen würden.

Wie er allerdings zugeben musste – die Blondine auf der Bühne könnte ihn umstimmen. So hübsch und frisch sah sie aus, ganz anders als ihre verlebten Kolleginnen.

Manny behauptete, in Vegas alle Showgirls, Zigarettenverkäuferinnen und Kellnerinnen zu kennen. Natürlich war das gelogen. Wenn sie *ihn* kennen würden, müssten sie davonlaufen, wann immer er sich irgendwo blicken ließ. Während Michael jede Einzelne in ein Gespräch verwickeln könnte. Die Frauen redeten gern mit ihm, weil er nun mal den Bogen raushatte. Und was sein Aussehen anging, war er vom Schicksal zweifellos begünstigt worden. Dass er zudem noch Charme hatte, kam ihm ebenfalls zugute.

Dank einiger Fotos wusste er, wie sein Dad vor der Schussverletzung ausgesehen hatte. Vinny war sehr attraktiv gewesen. Offenbar hatte auch Mamie diese Meinung geteilt.

Nach der Show sagte Michael zu Manny, er sei müde und würde früh in die Federn kriechen.

„Willst du nicht ein bisschen Craps spielen?“ fragte sein Geschäftspartner eher desinteressiert.

„Nein, das mag mein Boss nicht. Dieser Trip ist rein geschäftlich.“

„Verdammte Geschäfte!“ Manny bohrte in der Nase. „Du verlierst ein paar Hundert und gewinnst ein paar – wen kümmert’s schon?“

„Meinen Boss. Wie gesagt, es würde ihn stören, wenn ich spiele.“ In Wirklichkeit vermutete Michael, dass es Vito völlig egal war, was sein Kurier trieb, solange die Lieferungen klappten.

Seufzend zuckte sein Kontaktmann die Achseln und

murmelte etwas vor sich hin, das wie „kein Mumm“ klang. Sie tauschten die Päckchen aus. Dann unterschrieb Manny einen Scheck, um die Rechnung in der Lounge zu begleichen, und schlurfte hinaus in die noch junge Nacht. Michael ging um das gerammelt volle Casino herum zur Bühnentür, wo die Tänzerinnen herauskommen würden.

Was er ihr sagen würde, hatte er noch nicht entschieden. Sicher würde ihm etwas Passendes einfallen. Er zündete sich eine Zigarette an und wanderte ungeduldig umher. Sollte er's mit einem abgenutzten Spruch versuchen? *Kennen wir uns? Wenn nicht, kenne ich Ihre Schwester, die sieht genauso aus wie Sie.* Das war idiotisch, funktionierte aber immer.

Zehn Minuten später tauchte sie mit einem anderen Mädchen auf, das langes braunes Haar, große Titten und vorstehende Zähne hatte. Michael blieb vorerst im Hintergrund und beobachtete die Blondine. Ohne Kostüm sah sie noch besser aus – und sie schien blutjung zu sein.

Zu jung? Nein, genau richtig.

Die beiden Mädchen standen beisammen und schwatzten. Und dann, als er gerade in Aktion treten wollte, brauste ein rothaariger Typ auf einem Motorrad heran. Die Blondine winkte ihrer Freundin zu, schwang sich auf den Sozius, und die Maschine ratterte davon.

„Scheiße“, flüsterte Michael. Miserabler Zeitpunkt. Die Brünette mit den großen Brüsten stand immer noch da, und er ging entschlossen auf sie zu. „Verzeihen Sie, Miss“, begann er höflich. „War das nicht Sarah, die soeben weggefahren ist?“

„Wer?“ Sie musterte ihn eingehend von oben bis unten. Was sie sah, gefiel ihr.

„Sarah – ein Mädchen, das ich in New York kennen gelernt habe."

„Wahrscheinlich meinen Sie Dani."

„Oh ..." In gespielter Verblüffung hob er die Brauen. „Sie sieht Sarah zum Verwechseln ähnlich. Vielleicht sind die beiden Schwestern."

„Mag sein."

„Haben Sie ihre Telefonnummer?"

Lachend verdrehte sie die Augen. „Als würde ich *Ihnen* Danis Nummer geben!"

„Warum nicht?"

„Das fragt ein fremder Kerl auf der Pirsch? Machen Sie Witze?"

Michael warf ihr einen unschuldigen Blick zu, mit dem er schon oft gepunktet hatte. „Sehe ich denn so verdächtig aus? Glauben Sie nicht, ich würde die Nummer verdienen?"

Entschieden schüttelte sie den Kopf, und das lange braune Haar flatterte um ihre Schultern. „Wohl kaum."

„Oh doch", konterte er und warf seinen ganzen Charme in die Waagschale. „Das wissen Sie doch."

Unwillkürlich kicherte sie. Jetzt hatte er sie rumgekriegt.

„Und wer war der Junge auf dem Motorrad?" fragte er betont beiläufig.

„Dani wohnt bei ihm. Was bedeutet, dass *Sie* aus dem Rennen sind." Nach kurzem Zögern fügte sie hinzu: „Aber *ich* bin ungebunden."

„Und auch sehr hübsch. Da gibt's nur ein Problem – morgen startet mein Flieger, und Sie wissen ja, wie's ist."

„Nicht so direkt." Kokett klimperte sie mit stark getuschten Wimpern.

„Ich muss nach New York zurück. Geschäfte."

„Wie schade ...", meinte sie, und ihre Miene sagte: *Warum bleibst du nicht länger hier?*

„Bald komme ich wieder."

„Schauen Sie noch mal vorbei", schlug sie aufmunternd vor. „Ich heiße Angela. Dann könnten wir zusammen was unternehmen."

Sollte er seine Chance bei Angela nutzen? Offensichtlich war sie scharf auf ihn. Nein, besser nicht. Es war der Name Dani, den er sich einprägte. Bei der nächsten Gelegenheit würde er sie ansprechen.

„Wie war's in Vegas?" Mamies scharlachrote Lippen hielten eine Zigarette, in einer Hand balancierte sie ein Wodkaglas. Sie rekelte sich auf der Wohnzimmercouch der Giovannis. Sie trug einen viel zu kurzen Lederrock, eine durchsichtige Bluse und rote Sandaletten.

Um Himmels willen, sie muss fast fünfzig sein, dachte Michael. Warum zieht sie sich nicht so an, wie's zu ihrem Alter passt? „Eine phantastische Stadt. Allerdings nicht New York."

„Und die Mädchen?" Mamie blies eine Rauchwolke in seine Richtung.

„Nicht übel", antwortete er unverbindlich.

„Wieso hast du keine feste Freundin? Immerhin bist du groß genug – und hübsch genug."

„Warum soll man die Kuh kaufen, wenn man die Milch umsonst kriegt?" zitierte er seine Grandma.

Da schrie sie vor Lachen. „Ein echter Weiberheld!" meinte sie und zwinkerte anzüglich. „Also willst du kein weinerliches Schnuckelchen am Rockschoß hängen haben?“

„Ganz sicher nicht“, stimmte er zu und wünschte, Vito würde endlich auftauchen, damit er ihm das Päckchen geben und verschwinden konnte. So nett Mamie auch zu ihm gewesen war – es gab Momente, wo er sich in ihrer Nähe verdammt unbehaglich fühlte. So wie jetzt.

„Sag mal, Mikey ...“ Genüsslich sog sie an ihrer Zigarette. „Wissen deine Betthäschen, wie man's macht?“

Warum stellte sie ihm so intime Fragen? „Eh?“ murmelte er und hoffte, sie würde das Thema wechseln.

„Oh, du weißt schon, was ich meine“, erwiderte sie und schlug die Beine übereinander. „Tun sie alles, was dir Spaß macht? Oder kümmern sie sich nur um ihr eigenes Vergnügen?“

„Mrs. G. ...“, begann er.

„Lass den Unsinn“, unterbrach sie ihn. „Höchste Zeit, dass du mich Mamie nennst. Und worauf ich hinauswill, weißt du ganz genau.“ Nach einer kurzen Pause fragte sie: „Blasen sie dir einen, so wie du's magst? Oder eher im Amateur-Stil?“

„Großer Gott ...“

„Verdammt noch mal, hör auf, den Schüchternen zu spielen!“ Ärgerlich drückte sie ihre Zigarette aus. „Das passt nicht zu dir.“

„Danke!“

„Besorgst du's den Mädchen? Kommt's ihnen mit dir?“ Ein lüsternes Glitzern in den grell geschminkten Augen, beugte sie sich vor und starrte ihn an. „Ich wette, im Bett bist du ganz große Klasse.“

Endlich rettete ihn Vitos Ankunft. Mit einer qualmenden Zigarre im Mund, klein und dick, in einem Smokingjackett aus dunkelgrünem Samt, einer grünen Hose und schwarzen Lackschuhen eilte er herein. Vittorio Giovanni hielt sich für einen unfehlbaren Modezaren. „Hast du's, mein Junge?" keuchte er und hustete.

„Klar, Mr. G."

„Gut, gut", krächzte er und schwenkte die Zigarre durch die Luft. „Gib's her, gib's her." Vito hatte die Angewohnheit, seine Worte zu wiederholen. Als würde eine einmalige Aussage nicht ausreichen.

Gehorsam übergab ihm Michael einen großen braunen Umschlag und wartete auf die Bezahlung, die er stets in bar bekam. In irgendeiner Tasche trug Vito immer ein dickes Banknotenbündel bei sich.

„Probleme?" fragte er und holte die üblichen Geldscheine hervor.

„Nein." *Wie kann's bei einem so einfachen Job Probleme geben?*

„Bist du sicher?"

„Oh ja."

„Hi, Schätzchen!" gurrte Mamie und winkte ihrem Ehemann mit einer Hand zu, an deren Finger viele protzige Ringe funkelten. „Wenn du gerade dabei bist, Zaster zu verteilen – hast du ein bisschen was für deine arme kleine Gattin übrig?"

„Trinkst du etwa schon mitten am Tag?" murrte er missbilligend.

„Nur um Michael Gesellschaft zu leisten."

„Gesellschaft!" murmelte er. „Dass ich nicht lache!

Allmählich entwickelst du dich zu einer gottverdammten Schnapsdrossel."

„Aber *Schätzchen!*"

Er ignorierte sie und wandte sich wieder zu Michael. „Beim nächsten Trip solltest du eine Knarre mitnehmen."

„Eh?"

„Eine Waffe. Peng. Peng. Verstehst du mich?"

Michael runzelte die Stirn. Eine Waffe zu tragen – das gehörte nicht zu den Dingen, die er richtig fand. „Nun – ja ..."

„Hast du schon mal gefeuert?"

„Nein, Mr. G."

„Dann musst du's lernen. Ich schick dir jemanden, der dir's beibringt."

„Meinen Sie wirklich ...?"

„Jetzt arbeitest du für *mich,* Kiddo", fiel Vito ihm ins Wort. „Wir leben in harten Zeiten. Da musst du auf alles gefasst sein. Und das bedeutet – *alles.* Hast du kapiert?"

Ja, das hatte Michael kapiert.

13. KAPITEL

Dani, 1964

Ein paar Wochen vor ihrem siebzehnten Geburtstag erkannte Dani, dass sie nicht länger bei Sam wohnen durfte. Das würde ihnen beiden nur schaden. Jetzt mussten sie getrennte Wege gehen. Aber da gab es ein Problem. Wann immer sie erwähnte, dass sie sich demnächst ein eigenes Apartment suchen wolle, brach er in Tränen aus und machte ihr ein schlechtes Gewissen.

Angela, ihre Freundin in der Tanzgruppe, gab ihr einen guten Rat. „Hör mal, du bist nicht für Sam verantwortlich. Anscheinend erwartet er, du würdest *alles* für ihn tun, und das ist total verrückt. Oder ist er etwa dein *Freund?*"

„Nein", antwortete Dani zögernd.

„Dann verschwinde aus seinem Leben." Entschlossen schob Angela ihr Kinn vor. „Ich brauche ohnehin eine Mitbewohnerin. Also wirst du bei mir einziehen."

Obwohl Angela von offensichtlich eigensüchtigen Motiven geleitet wurde, gab Dani ihr Recht. Bei Sam zu bleiben, wäre eine schlechte Idee. Wenn sie auch kein Liebespaar waren – er war furchtbar besitzergreifend. Jeden Tag bestand er darauf, sie mit seinem Motorrad zur Arbeit zu bringen, jeden Abend holte er sie am Bühneneingang ab. Nichts konnte sie unternehmen, ohne dass er sie dafür zur Rechenschaft zog. Er engte sie auf unerträgliche Weise ein. Wie Angela betont hatte, er war nicht Danis Freund. Und trotz ihrer Devise, keinen Mann in ihre Nähe zu lassen, dachte Dani, dass es interessant wäre, wenigstens ein Mal mit einem auszugehen. Ständig redeten die anderen Tänzerinnen über Männer. Davon waren sie geradezu besessen, und sie kam sich wie eine Außenseiterin vor.

Immer wieder überlegte sie, wie sie Sam ihre Entscheidung mitteilen sollte.

Oh – hey, Sam. Ich glaube, es ist für uns beide besser, wenn ich ausziehe. Dann könnten wir eine normalere Beziehung aufbauen.

Hm …

Wär's nicht an der Zeit, du würdest dich mal mit Mädchen treffen? Emily wird nicht zurückkommen.

Nein, gar nicht gut. Wenn sie Emily erwähnte, würde er ausrasten.

Widerstrebend entschloss sie sich, ihm die Wahrheit zu sagen. *Sam, ich ziehe aus, weil ich's einfach richtig finde.*

Doch sie konnte sich nicht zu einem klärenden Gespräch aufraffen. Für sie beide war Emilys Verschwinden eine Tragödie – und für Sam besonders schlimm, weil er sie so innig geliebt hatte.

Die Tanzgruppe im Estradido war keineswegs die beste in Vegas. Auch das Hotel ließ sich nicht mit den großen Luxus-Etablissements wie dem Stardust, dem Sands oder dem Desert Inn vergleichen. Es gehörte der Mafia. Das wusste jeder. Hier verspielten miese kleine Spieler ihr Geld, was Philippe Estradido sehr gut in den Kram passte. Alles, was er wollte, waren ihre Dollars, und er brauchte weder Filmstars noch Industriebonzen in seinem Casino.

Da Dani bei weitem das schönste Mädchen in der Truppe war, war sie bei den anderen, zumeist viel älteren Tänzerinnen, nicht sonderlich beliebt.

Nur Angela war noch jung genug, um sich nicht von Konkurrenz bedroht zu fühlen. „Weißt du, was du brauchst?“ fragte sie eines Abends, während sie neben ihr in der Garderobe saß. Vor einem großen Spiegel, der hinter ihrem gemeinsamen Toilettentisch hing, schminkten sie sich für die Show. „Einen netten Jungen, der dich aus seinem Dornröschenschlaf weckt. Mein Gott, Süße, wenn du nicht bald was unternimmst, wirst du als alte Jungfer enden.“

Dass Dani erst sechzehn war, ahnte ihre Freundin nicht und sie hielt sie, so wie alle anderen, für fast zwanzig.

„Neulich stand ein Typ vor der Bühnentür, der perfekt zu dir passen würde.“ Nach einer kurzen Pause fuhr Angela fort: „Auf den war ich selber scharf. Aber wenn er noch mal aufkreuzt, werde ich dir großzügig den Vortritt lassen.“

„Wer war's denn?“ fragte Dani neugierig, nicht ganz sicher, ob sie das Angebot annehmen wollte.

„Ein toller Mann!“ Geschickt befestigte Angela dichte, falsche schwarze Wimpern an ihren Lidern. „Mehr brauchst du nicht zu wissen.“

„Also, ich glaube, dazu bin ich noch nicht bereit ...“

„Du meine Güte!“ rief Angela und klimperte mit den angeklebten Spinnenbeinen. „Allmählich hab ich's satt, diesen Quatsch zu hören!“

„Tut mir leid“, murmelte Dani.

Angela inspizierte ihr Spiegelbild. „Und wann sagst du Sam, dass du zu mir ziehst? Wenn du dich nicht bald dazu durchringst, such ich mir jemand anderen.“

„Diese Woche“, beteuerte Dani.

„Versprochen?“ Angela griff nach ihrem knappen Kostüm und sah Dani streng an.

„Ja.“

Dazu war Dani fest entschlossen.

Ein paar Tage später kochte sie Sams Lieblingsspeise. Sie saßen am Küchentisch und aßen Brathuhn mit Pommes frites, während Frank Sinatras Stimme aus dem Radio tönte. Nach einer Weile schnitt Dani das heikle Thema an. „Sam, ich – eh – ziehe aus.“

Wie erwartet gab er vor, nichts zu hören.

„Hast du’s mitgekriegt? Ich ziehe aus“, wiederholte sie. „Angela braucht eine Wohngenossin. Und ich finde, es wäre eine gute Idee, wenn ich das Apartment mit ihr teilen würde.“

„Was?“ fragte er, die Stirn gefurcht.

„In Zukunft wohne ich bei Angela“, erklärte sie hastig. „Natürlich bleiben wir Freunde, du und ich. Wir werden uns regelmäßig sehen. Aber wir sollten auch mal andere Leute treffen.“

„Warum?“ Sam legte seine Gabel beiseite.

„Weil wir zu sehr aufeinander fixiert sind.“

Eine Zeit lang starrte er sie schweigend an. „So behandelst du mich? Du lässt mich im Stich?“

„Keineswegs“, versicherte sie ihm geduldig. „Ich glaube nur, es wäre besser …“

„Nein, Dani“, stieß er hervor. „Du bist zu jung, um auf eigenen Füßen zu stehen, und ich muss dafür sorgen, dass du nicht in Schwierigkeiten gerätst.“

„Wie oft soll ich’s denn noch sagen?“ stöhnte sie irritiert. „Ich mag jung an Jahren sein. Aber ich weiß sehr wohl, was auf dieser Welt geschieht. Und ich kann sehr gut auf mich selber aufpassen.“

„Auch Emily dachte, sie wäre fähig, auf sich selbst zu achten“, argumentierte er. „Und was ist mit ihr passiert? Du bist auf meinen Schutz angewiesen.“

„Was ihr zugestoßen ist, haben wir nicht herausgefunden.“

„Überall könnte sie stecken“, antwortete er grimmig. „Womöglich wurde sie von Sklavenhändlern verschleppt – in eines dieser Länder, wo man arme Mädchen in Bordellen gefangen hält und Ihnen Schlimmes antut. Weißt du überhaupt, was ein Bordell ist?“

„Ja.“

„Willst du auch einmal so enden?“ fragte er in strengem Ton. „Soll dir jemand eine Nadel in den Arm stechen und dich auf ein Schiff bringen, in ein fremdes Land?“

„Wovon *redest* du?“

„Wahrscheinlich ist das mit Emily geschehen.“

„Hör mal, Sam ...“, begann sie, fest entschlossen, nicht schwach zu werden. „Ich liebe dich sehr. Dass du mich gerettet hast, werde ich dir niemals vergessen. Trotzdem muss ich ausziehen.“

„Nein, das wirst du *nicht*“, beharrte er. „Wenn du's tust, erzähle ich den Leuten im Estradido, wie alt du bist, und dann verlierst du deinen Job.“

„In ein paar Wochen bin ich siebzehn, Sam“, entgegnete sie, bestürzt über seinen Erpressungsversuch. „Dann darf ich arbeiten.“

„Ja, aber sobald sie erfahren, dass du sie die ganze Zeit belogen hast, werden sie dich so oder so feuern.“

„Bitte, droh mir nicht!“ flehte sie, den Tränen nahe. „Ich möchte doch, dass wir Freunde bleiben.“

Abrupt schob er seinen Teller beiseite und stand auf. „Und wenn ich mehr will?"

„Was?" fragte sie verwirrt.

„Wenn ich mir mehr wünsche als deine Freundschaft? Meinst du nicht, das wärest du mir schuldig?"

Sie bemühte sich, vorzugeben, sie würde nicht verstehen, was er meinte. Aber das verstand sie nur zu gut. Beinahe erschauerte sie. Sam war Emilys Ehemann. Niemals hatte sie etwas anderes in ihm gesehen. „Nächste Woche ziehe ich aus", entschied sie und räumte den Tisch ab.

„Das darfst du mir nicht antun", jammerte er.

„Gar nichts tue ich dir an", protestierte sie. Oh Gott, warum fühlte sie sich so furchtbar schuldig?

„Doch."

Nach einem tiefen Atemzug äußerte sie sich ein letztes Mal zu diesem Thema. „Nächsten Montag, Sam. Das musst du einfach akzeptieren."

Eine Woche später zog sie aus.

„Also tust du es tatsächlich?" Erbost beobachtete er, wie sie ihre beiden Koffer zur Wohnungstür trug.

„Das habe ich dir deutlich gesagt."

„Aber ich glaub's nicht", murmelte er.

„Keine Bange, alles wird gut", versicherte sie. „Wahrscheinlich werde ich öfter hier sein als in meiner neuen Wohnung."

„Spar dir die Mühe", fauchte er gekränkt.

Angelas Apartment lag im fünften Stock eines schicken Gebäudekomplexes. Tief beeindruckt fragte sich Dani, wieso sich ihre Freundin eine so schöne Wohnung leisten konnte.

Sie hatten besprochen, wie viel sie zur Miete beitragen würde. Aber sobald sie die Räume sah, wusste sie, es würde unmöglich reichen.

„Mach dir deshalb keine Sorgen", sagte Angela leichthin, als Dani darauf zu sprechen kam. „Einem meiner Freunde gehört dieses Haus, und er hat mir einen guten Preis für die Miete gemacht."

Gewiss, Angela hatte viele Freunde. Soweit Dani das feststellen konnte, bedeutete ihr keiner irgendwas.

„Solche lüsternen Kerle gibt's wie Sand am Meer", erklärte Angela. „Man holt aus den armen Teufeln raus, was man kriegen kann. Dann zieht man weiter."

„Wie gern würde ich jemand *Besonderen* finden", gestand Dani wehmütig und erinnerte sich an die tiefe Liebe, die Sam und Emily verbunden hatte.

„Träum nur weiter! Die Kerle wollen nur das eine. Und sobald sie's bekommen haben, sind sie *Geschichte.*"

„Da draußen muss es doch auch nette Männer geben."

„Wie naiv du bist!" meinte Angela verächtlich. „Ich wette, du hast noch nie mit einem Mann geschlafen. Oder?"

Dani schüttelte den Kopf.

„Ha! Dann bist du die einzige 20-jährige Jungfrau in Vegas."

Sekundenlang war Dani versucht, ihr richtiges Alter zu verraten, aber dann besann sie sich anders. Wenn Angela die Wahrheit erfuhr, würde sie ihr vielleicht nicht mehr erlauben, bei ihr zu wohnen.

Zwei Tage später teilte ihr die Freundin mit, sie würden an diesem Abend zu viert ausgehen.

„So?" Dani riss die Augen auf.

„Zwei fabelhafte Jungs. Sicher wird's amüsant."

Fast vier Jahre lang hatte Dani alle Annäherungsversuche von Männern abgewehrt. Und jetzt erwartete Angela von ihr, mit einem Fremden auszugehen. Das widerstrebte ihr. Doch sie wollte keine Spielverderberin sein – und außerdem herausfinden, warum die Mädchen so viel Aufhebens um das starke Geschlecht machten.

Angela lieh ihr ein sexy Top aus Goldlamé und große Strass-Ohrringe. „Sei bloß nett zu dem Jungen. Sag ihm, er ist ein toller Hecht oder irgend so was Beschissenes. Auf solche Schmeicheleien fahren die Kerle total ab."

„Ich kenne ihn doch gar nicht", wandte Dani ein.

„Bald wirst du ihn kennen lernen", kicherte Angela.

Danis Hälfte der Doppel-Verabredung war klein und übergewichtig, mit fettigem Haar und den größten Ohren, die sie je gesehen hatte. Und sobald der Mann, der Manny Spiven hieß, den Mund aufmachte, merkte sie, welch schwerer Fehler es gewesen war, mit Angela mitzugehen. Der Begleiter ihrer Freundin war knochendürr, mit strähnigem blonden Haar und einer getönten Pilotenbrille, die am Ende seiner langen, spitzen Nase saß.

„Gerade wird Henry zum Dealer ausgebildet", prahlte Angela. „Ein ziemlich wichtiger Job."

„Behaupte bloß nicht, das sei mein *einziger* Weg zum Ruhm", mahnte Henry und zwinkerte ihr viel sagend zu. „Immerhin habe ich noch andere Vorzüge aufzuweisen."

„Oh ja", gurrte sie kokett, „auf die freue ich mich schon."

„Also, *das* lässt sich arrangieren", versprach er und richtete seine Aufmerksamkeit auf Dani. „Und wie lange bist *du* schon in der Stadt, Zuckerpüppchen?"

„Lange genug, um zu wissen, dass man besser einen großen Bogen um dich machen sollte“, verkündete Angela.

„Warum?“ fragte er selbstgefällig. „Heißt das, ich hätte einen gewissen Ruf zu verteidigen?“

„Das weißt du doch“, erwiderte sie, was ihn sichtlich entzückte.

In diesem Moment beschloss Manny, sich an der Konversation zu beteiligen. „Geht's dir gut?“ fragte er und warf Dani einen anzüglichen Blick zu. „*Mir* geht's nämlich ganz ausgezeichnet. Heute Abend nehmen wir die Stadt auseinander, kleine Lady. Du und ich, Dani und Manny – eine Wahnsinnskombination!“

Gefangen, dachte Dani. Jetzt sitze ich in der Falle. Warum habe ich mich bloß darauf eingelassen? Weil ich Angela einen Gefallen tun und ihr beweisen wollte, dass ich kein naives Mädchen bin, das nicht weiß, wie es sich benehmen muss …

„Wo essen wir?“ fragte Angela und hängte sich an Henrys Arm.

„Wo du willst, Schätzchen.“

Um nicht zurückzustehen, griff Manny nach Danis Arm. „Jetzt könnte ich ein großes saftiges Steak vertragen. Mein Mädchen und ich werden heute Nacht unsere ganze Kraft brauchen. Was, Babe?“

Zu Danis Leidwesen wurde es im Lauf des Abends immer schlimmer. Beim Dinner demonstrierte Manny die Tischmanieren eines Affen. Wie ein halb verhungerter Höhlenmensch verschlang er sein Steak. Danach spielte er für eine Ewigkeit an den Automaten im Sands. Als Henry und Manny endlich genug davon hatten, schlugen sie einen Spaziergang um den großen Pool im Freien vor. Dort drückte sich Manny an Dani und begrapschte ihre Brüste.

„Lass das!“ mahnte sie und schob ihn weg.

„Tu bloß nicht so, als wärst du schwer zu haben“, spottete er. „Du weißt doch, wie scharf du auf mich bist.“

„Oh, *bitte*“, fauchte sie. „Das ist nicht wahr.“

Mit dieser Antwort brachte sie ihn in helle Wut. „Verdammt, was glaubst du eigentlich, wer du bist? Eine blöde Hupfdohle in einer miesen Show. Sei froh und dankbar, dass ich mit dir ausgehe!“

Angela und Henry waren vorausgeschlendert. Nun standen sie neben einem menschenleeren Tresen und knutschten selbstvergessen. Offenbar war jeder Versuch, die Aufmerksamkeit der beiden zu erregen, völlig sinnlos.

„Ich gehe jetzt.“ Mühsam zwang sich Dani zur Ruhe.

„Erst wenn du das Dinner bezahlst“, entschied Manny erbost. „Was du gegessen hast, geht nicht auf *meine* Kosten. Das bist du mir schuldig.“

„*Wie,* bitte?“ rief sie empört.

„Das hast du doch gehört, dumme Ziege“, murmelte er und packte sie wieder.

„Nimm deine Pfoten weg!“ befahl sie. Mit aller Kraft befreite sie sich aus der Umarmung.

„Was ist eigentlich los mit diesen ganz besonders hübschen Schnepfen?“ murrte er. „Eine wie die andere – jede Einzelne bildet sich ein, man müsste sie wie Prinzessinnen behandeln.“

„Was hat mein Dinner gekostet?“ Verzweifelt kämpfte sie mit den Tränen.

„Was?“

„Da!“ Blindlings kramte sie in ihrer Geldbörse und drückte ihm ein paar Dollarscheine in die Hand. „Steck's ein – und tu mir einen Gefallen. Vergiss, dass wir uns begegnet sind.“ Ohne ein weiteres Wort eilte sie davon.

„Großkotziges Biest!“ schrie er ihr nach. „Bald wirst du von deinem hohen Ross runterfallen!“

Aber sie drehte sich nicht um.

14. KAPITEL

Michael, 1964

In New York herrschte helle Aufregung. Vito Giovanni machte plötzlich Schlagzeilen. Schon seit einer ganzen Weile beobachteten die FBI-Agenten seine Aktivitäten, und nun verklagten sie ihn wegen Steuerhinterziehung, was ihn maßlos ärgerte. Seine einflussreichen Anwälte versicherten ihm, das FBI hätte nichts gegen ihn in der Hand.

Aber die Presse stürzte sich auf den Fall. Gnadenlos verfolgten ihn die Reporter und „verunglimpften" ihn seiner Meinung nach. Wann immer er sein Haus verließ, wurde er von einer Meute hysterischer Fotografen erwartet, die um den besten Blickwinkel rangelten.

Mamie liebte das Interesse der Öffentlichkeit. „Jetzt fühle ich mich wie ein Filmstar", jubelte sie und probierte ein soeben erworbenes Outfit an.

„Lass den Unsinn!" mahnte Vito grimmig. „In meiner Branche muss man sich aus den Zeitungen raushalten."

„*Warum* denn, Schätzchen?" flötete sie. „Wir sind *berühmt!*"

„Scheiße!" knurrte er. „So was kann ich nicht gebrauchen."

Inzwischen lernte Michael, wie man eine Waffe benutzte. Vito hatte einen Lehrer für ihn gefunden, einen großen, finsteren Typen namens The Chronicle, mit dem er dreimal pro Woche zu einem Schießplatz fuhr. Dort zeigte ihm The Chronicle alle erforderlichen Tricks.

„Das ist eine Art Crashkurs", gab Michael vor Max an,

als er ihn von der Arbeit abholte. Derzeit verkaufte sein Freund Damenschuhe in einem Discountladen an der Seventh Avenue.

Missbilligend starrte Max ihn an und kratzte sich am Kopf. „Warum willst du schießen lernen?“

„Weil ich mich schützen muss“, erklärte Michael, während sie die Straße hinabschlenderten.

„Vor *was?*“

„Nun, man kann nie wissen ...“ Gleichmütig zuckte Michael die Achseln.

„Klar!“ ätzte Max. „Du musst dich vor dem Abschaum schützen, mit dem du dauernd rumhängst.“ Immer wieder wetterte er gegen die Kontakte seines Freundes zu der Giovanni-Familie, und das ging Michael ganz gewaltig auf den Geist.

Bisher hatten ihm diese so genannten Kontakte nichts weiter eingebracht als gutes Geld. „Du redest wie meine Grandma.“

„Besten Dank.“

„Keine Ursache.“

Beide in ihre eigenen Gedanken versunken, gingen sie weiter.

Warum lerne ich schießen, überlegte Michael. Eigentlich ist's verrückt. Und The Chronicle kommt mir wie ein totaler Freak vor, mit seinen ausdruckslosen toten Augen und seinem unheimlichen Gehabe. Aber – he, wenn Mr. G. will, dass ich schießen lerne, muss ich's tun, weil er der Boss ist.

Max dachte an etwas anderes. Da gab es etwas, das er seinem Freund erzählen musste. Und das wollte er möglichst bald hinter sich bringen, bevor's Michael von jemand anderem erfuhr. „Eh – ich habe Neuigkeiten", begann er unsicher.

„Ja?"

Weil Max nicht wusste, wie sein Freund reagieren würde, zögerte er kurz.

„Tina und ich", platzte er schließlich heraus, „wir – eh – wir heiraten in zwei Wochen."

Abrupt blieb Michael stehen. „*Waaas?*"

„Das hast du doch gehört", murmelte Max. „Und du sollst mein Trauzeuge sein."

„Ach, komm schon!" rief Michael ungläubig. „Ihr habt euch doch eben erst verlobt."

„Aber wir wollen nicht länger warten."

„Bist du verrückt?" stöhnte Michael. „Willst du wirklich heiraten? Das kannst du dir gar nicht leisten."

„Doch", behauptete Max.

„Heiliges Kanonenrohr!" rief Michael angewidert. „Du bist noch nicht einmal zwanzig, arbeitest in einem lausigen Schuhgeschäft und wohnst immer noch daheim. Was hast du einem Mädchen wie Tina zu bieten?"

„Offenbar hast du noch nie was von Liebe gehört", verteidigte Max seinen Entschluss. „So wie du bin ich nicht, du Superbumser. Nimm sie und lass sie fallen. Für *mich* ist das nichts."

„Okay", stimmte Michael lässig zu, „du bist ganz anders, nämlich ein Trottel."

„Immerhin noch besser als der Laufbursche eines Gangsters", schoss Max zurück.

„*Wen* nennst du den Laufburschen eines Gangsters?" Entrüstet ballte Michael die Fäuste.

„Du kriechst so tief in Giovannis Arsch rein, dass du schon eine ganz braune Nase hast!"

Mit fliegenden Fäusten begannen sie einen vorgetäuschten Boxkampf, so wie früher in der Kindheit. Desinteressiert schauten ihnen ein paar Passanten zu – zwei dumme Jungs, die sich nur abreagieren wollten.

Nach ein paar Minuten fand Michael das Spiel zu langweilig. „Gehen wir einen Burger essen", schlug er vor. „Später habe ich ein ganz heißes Date. Dafür muss ich Kraft tanken."

„Ach, du und deine heißen Dates!" höhnte Max. „Willst du niemals die Richtige suchen und ihr treu bleiben?"

„Warum sollte ich, wenn all die Muschis bei mir Schlange stehen?"

Seufzend schüttelte Max den Kopf. „Du solltest dir ein Mädchen wie Tina zulegen, sie ist einfach großartig."

„Genau das habe ich mal getan. Erinnerst du dich?"

Aber Max zog es vor zu vergessen, dass seine Braut früher mit Michael zusammen gewesen war. Darüber wollte er nicht nachdenken.

„Hat sie dich schon rangelassen?" hänselte Michael seinen Freund.

„Als ob ich dir das erzählen würde!"

„Warum nicht?"

„Moment mal, Mike, wir reden über das Mädchen, das ich *heiraten* werde."

„Ah, jetzt hab ich's kapiert!" Ein wissendes Grinsen umspielte Michaels Lippen. „Hast du ihr ein Kind gemacht?"

„Unsinn!" protestierte Max errötend.

„Okay, okay." Lachend schlug sich Michael auf die

Schenkel. „He, erinnerst du dich an die Zeiten, wo du in diesem schäbigen Hotel gejobbt hast? Da kam ich mit Polly rein, und du warst *grün* vor Neid."

„Tatsächlich?"

„Darauf kannst du deinen Arsch wetten."

„Was ist aus ihr geworden?"

„Die hat irgendeinen Idioten geheiratet. Jetzt wohnt sie draußen am Stadtrand. Wahrscheinlich ist sie eine fette alte Schachtel mit einem Haufen Bälger."

„*So* lange ist sie noch gar nicht verheiratet."

„Mit diesem Frauentyp geht's schnell bergab", meinte Michael, bog in eine ihrer Hamburger-Stammkneipen und zwinkerte dem Mädchen hinter der Theke zu.

Dann bestellte er das Übliche – einen Cheeseburger mit allem drauf. Max entschied sich für ein Sandwich mit gegrilltem Schinken.

„Also wirst du im Hafen der Ehe landen", bemerkte Michael, während sie an der Theke saßen und auf das Essen warteten.

„Ja", bestätigte Max verlegen. „Sieht so aus."

„Trottel!"

„Arschloch!"

„Wenn ich's mir überlege", begann Michael aus einem plötzlichen Impuls heraus. „Soll ich dich zu einem Ticket nach Vegas einladen, und wir feiern deinen Polterabend dort?"

„Warum fliegst du eigentlich dauernd nach Las Vegas?" fragte Max und nippte an seiner Cola.

„Geschäfte."

„Ha, *Geschäfte!* Machst du Witze?"

„Nein, wirklich“, beharrte Michael. „Ich muss was für Mr. G. erledigen.“

„Was?“

„Keine Bange, es ist legal.“

„Das behauptest *du*.“

„Willst du mitkommen oder nicht? Du wärst die ganze Zeit eingeladen.“

„Vegas …“ Max wurde unsicher. „Da würde Tina mich umbringen.“

„Schmier ihr Honig um's Maul“, schlug Michael vor, während das Mädchen die Teller auf die Theke stellte. „Vielleicht will sie mal abends mit ihren Freundinnen ausgehen.“

„Glaubst du?“ fragte Max unsicher.

„Klar.“ Michael griff nach der Ketschup-Flasche. „Ganz bestimmt.“

„Nun, mal sehen …“

„Du kommst mit. Keine Widerrede!“

Etwas später traf Michael sein heißes Date, eine asiatische Kellnerin, die auf extravagante Gymnastik stand. Mit Kartons voller Essen vom Imbiss und einem unersättlichen sexuellen Appetit erschien sie in seinem kleinen Einzimmer-Apartment. Sie bumsten, dann aßen sie – alles dreimal hintereinander. Weil sie so agil war, trieb sie sogar ihn an den Rand der Erschöpfung, und das sollte was heißen.

Schließlich ging sie nach Hause. Er mochte Mädchen, die genau wussten, wann es an der Zeit war zu verschwinden. Von Frauen, die klammerten, hielt er nichts. Dafür liebte er seine Freiheit viel zu sehr.

Nachdem er Max nach Vegas eingeladen hatte, fragte

er sich, wie er das Mr. G. beibringen sollte. Am besten gar nicht, entschied er. Da er seinem Freund diesen Trip bezahlte, musste er's dem Boss nicht verraten.

Eine Woche später holte er Max in einem Taxi ab, und sie fuhren zum Flughafen.

„Ich habe Tina nicht gesagt, wohin wir fliegen“, gestand Max aufgeregt, „und behauptet, du hättest in Atlantic City zu tun.“

„In Atlantic City?“ Verwundert hob Michael die Brauen.

„Ja, besonders glücklich war sie nicht darüber.“

„Wieso nicht?“

„Weil sie sich einbildet, du hättest einen schlechten Einfluss auf mich.“

„Jesus!“ rief Michael. „Schwingt sie schon jetzt den Pantoffel?“

„Unsinn!“ protestierte Max hastig. „Es ist nur – sie sollte sich nicht ausgeschlossen fühlen. Für eine Reise nach Vegas würde sie einen Mord begehen.“

„Tatsächlich?“ fragte Michael skeptisch. Als *er* mit Tina zusammen gewesen war, hatte sie niemals irgendwo hinfliegen wollen.

„Ja, sie ist ganz versessen auf diesen Rat Pack-Film. Deshalb musste ich ihr verheimlichen, dass ich mich ohne sie in Vegas amüsieren werde. Verstehst du das? Und wer weiß – vielleicht fahre ich eines Tages mit ihr hin.“

„Mit *deinem* Gehalt? Vergiss es.“

„Natürlich werde ich nicht bis in alle Ewigkeit in einem Schuhgeschäft schuften!“ erwiderte Max indigniert.

„Soll ich Mr. G. bitten, dich zu engagieren? Da kämst du endlich ans schnelle Geld.“

„Für den Dreckskerl würde ich keinen Finger krumm machen."

„Wirklich nicht?"

„Niemals."

„Zu *mir* ist er sehr nett."

„Liest du keine Zeitungen? Deinem Mr. Giovanni wirft man jede nur erdenkliche Scheiße vor."

Wessen Mr. G. verdächtigt wurde, wusste Michael ganz genau – Wucher, Erpressung, sogar Mord. Nichts davon war bewiesen. Also konnte man's ignorieren. „Ach, komm schon! Glaubst du etwa, was diese blöden Reporter schreiben?"

Klugerweise ließ Max das Thema fallen. Seinen Freund auf die Palme zu bringen – das wäre eine schlechte Idee. Insbesondere, weil Michael den Trip bezahlte.

Am späten Nachmittag landeten sie in Vegas. Mit geschwellter Brust ging Michael von Bord des Flugzeugs. Nun würde er seinem Kumpel all die Sehenswürdigkeiten zeigen, auf die dieser schon neugierig war. „Ich habe ein Zimmer im Estradido Hotel", verkündete er angeberisch. „Da schläfst du bei mir. Falls du ein kleines Schätzchen raufschmuggeln und ein bisschen Spaß haben willst, bevor Tina dir die Nüsse abschneidet, treibe ich mich im Casino rum, bis du fertig bist."

„Nicht nötig, ich werde keine Nummer schieben", entgegnete Max.

„Wirklich nicht?" Max rammte ihm seinen Ellbogen zwischen die Rippen. „Wart mal, bis du diese Vegas-Mädchen siehst. Glaub mir, die willst du nicht nur flachlegen, du wirst sogar drum *betteln,* dass du den Rest deiner armseligen Tage in dieser Stadt verbringen darfst."

„Also, *ich* nicht!" protestierte Max energisch.

„Wollen wir wetten?" fragte Michael grinsend.

Vito Giovannis rechte Hand Tommaso hatte Michael präzise Anweisungen erteilt, was den Austausch der diversen Päckchen betraf. Bei diesem Trip war das Paket größer als sonst, und deshalb trug er es nicht in der Innentasche seines Jacketts. Stattdessen hatte er es in einer Reisetasche verstaut.

„Lass es bloß nicht aus den Augen!" hatte Tommaso ihn ermahnt. „Bis du den anderen Umschlag gekriegt hast!" Tolldreist fragte Michael, was denn drin sei. „Frag Mr. Giovanni", hatte die rätselhafte Antwort gelautet.

Klar. Sicher. Als ob er das jemals wagen würde.

Die Routine änderte sich nicht. Erst sollte er Manny Spiven zu einem Drink mit anschließendem Dinner treffen, ein paar Stunden mit ihm verbringen, und dann würde der Austausch erfolgen. Am nächsten Morgen würde Michael nach New York zurückfliegen.

Was er nicht verstand – warum musste er so viel Zeit mit Manny verschwenden? Das fand er furchtbar lästig. Aber Tommaso hatte behauptet, das sei nötig.

Diesmal wollte er sofort nach dem Austausch verschwinden. Das würde Manny nichts ausmachen, da die Abneigung auf Gegenseitigkeit beruhte. Auf diese Weise konnte Michael den Abend nutzen, um Max die Stadt zu zeigen, und niemand würde etwas erfahren.

Als sie an der Hotelrezeption eincheckten, erhielt er

die übliche Nachricht, Manny würde ihn um acht vor dem Eingang der Starburst Lounge erwarten.

Scheiße! Womöglich würden sie den Widerling doch noch eine Weile am Hals haben. Und was sollte er mit der Nylontasche machen – den ganzen Abend mit sich herumschleppen?

„Diesen Kerl müssen wir treffen“, erklärte er Max. „Es wird nicht lange dauern.“

„Welchen Kerl?“

„Entspann dich. Wir genehmigen uns ein paar Drinks, essen was Gutes, sehen eine Show …“

„Aber ich will spielen.“

„Wie viel hast du zu verlieren?“

„Wer sagt denn, ich würde verlieren?“ prahlte Max.

„Verdammt, Amateurspieler sind genau das, wovon diese Stadt lebt.“

„Führ mich zu den Tischen, ich werde die Bank sprengen“, prophezeite Max zuversichtlich.

Beim Treffen mit Manny Spiven hatte Max jedes Zehncentstück verloren, das er bei sich hatte, und war in miserabler Stimmung.

„Hab ich's nicht gesagt?“ Diesen Kommentar konnte sich Michael nicht verkneifen. „Hier werden Anfänger unbarmherzig ausgebeutet.“

„Leih mir fünfzig Dollar“, flehte Max. „Das *musst* du für mich tun.“

„Hm …“

„Hab ich denn eine andere Chance, um doch noch alles zurückzugewinnen?“

„*Gar* keine Chance", betonte Michael grimmig.

„Gib doch dem armen Teufel die fünfzig Lappen", schlug Manny vor, während Max zur Toilette ging.

Michael warf ihm einen kurzen Blick zu. Von Manny Spiven brauchte er keine Anregungen. Was für seinen Kumpel gut und richtig war, wusste er besser, und der Idiot durfte sich keinen größeren Verlust leisten. „Nein, der ist erledigt. Das wird ihm eine Lehre sein."

„Wer ist er eigentlich?"

„Ein Freund."

„Weiß Mr. G., dass er dich begleitet hat?"

„Klar", log Michael.

„Komisch. Normalerweise legt er großen Wert auf Diskretion." Manny schlürfte seinen Drink. „Das hab ich mitgekriegt, als seine Alte hier aufgetaucht ist. Da hat er ihr alle gesellschaftlichen Kontakte verboten."

„Mrs. Giovanni kommt nach Vegas?" fragte Michael erstaunt.

„Manchmal. Aber ich bin ihr nicht begegnet. Um die kümmert sich immer nur Mr. Estradido." Manny senkte seine Stimme. „Angeblich verlustiert sie sich regelmäßig in der Dyke City."

„Was?" murmelte Michael verständnislos.

„Beim wechselseitigen Muschi-Lutschen." Manny schnitt eine Grimasse, die besagte: *Wie blöd bist du denn?* „Da ist sie ganz wild drauf."

Michael verbarg hinter einer gleichmütigen Miene, wie schockiert er war. Hatte Manny das erfunden? Mamie Giovanni – eine Lesbe? Wenn Mr. G. das herausfand, würde er durchdrehen.

Sobald Max von der Toilette zurückkehrte, gingen sie in die Lounge, gerade rechtzeitig vor dem Beginn der Show. Da Manny den *Maître d'* kannte, bekamen sie jedes Mal einen Tisch an der Bühne, und Michael musste seinen gefälschten Ausweis, den er zur Sicherheit stets in der Tasche hatte, nicht vorzeigen.

Er bestellte ein Bier, ebenso wie Max, der immer noch seinen Verlust beklagte.

„Kopf hoch!“ mahnte Michael leise. „Du willst dich doch amüsieren, oder?“

„Leih mir fünfzig Dollar, und ich amüsiere mich“, seufzte Max. „Dieses Geld muss ich mir zurückholen.“

„Sei vernünftig. Das schaffst du nicht.“ Michael glaubte, seinem Freund einen Gefallen zu tun.

Dann erklang die Musik. Die Mädchen erschienen auf der Bühne, in ihren knappen Spielzeugsoldaten-Kostümen mit goldenen Fransenbordüren, mit wippenden Brüsten und schwingenden Beinen. Sofort entdeckte Michael die Tänzerin, die ihm so gut gefiel. Dani hieß sie – Dani mit dem langen blonden Haar, den blauen Augen und dem strahlenden Lächeln. Von der sensationellen Figur ganz zu schweigen.

Grinsend neigte sich Manny zu ihm. „Siehst du die Puppe mit den Riesentitten?“ flüsterte er und zeigt auf Dani. „Die hatte ich schon. So toll ist sie gar nicht.“

„Was?“ Michael runzelte die Stirn.

„Hast du's nicht kapiert? Die bumst wie ein toter Fisch und riecht auch so.“ Gackernd rieb sich Manny die Hände.

„Quatsch“, erwiderte Michael beiläufig.

„Alle hatte ich schon. Und die da war eine totale Pleite.“

Michael starrte geradeaus und weigerte sich, dem Mistkerl die Freude zu machen und sich nach Dani zu erkundigen. Okay, sie hatte es mit Manny getrieben. Ende der Story. Er würde sie nicht einmal mehr mit Handschuhen anfassen.

„Fünfzig", wisperte Max beschwörend in sein Ohr. „Nur lausige fünfzig Dollar. Tu's für mich, Mike. Wenn ich den Verlust nicht wettmache, bringt Tina mich um."

Ärgerlich griff Michael in seine Tasche und hielt ihm fünf Scheine hin. „Da! Und wenn du's wieder versiebst, komm bloß nicht angerannt und verlang noch mehr!"

Max packte das Geld und eilte davon.

Angewidert schüttelte Michael den Kopf. Der Abend verlief ganz anders als geplant.

15. KAPITEL

Dani, 1964

„Rat mal, wer ganz vorn an einem Tisch sitzt“, sagte Angela, während sie die Kostüme wechselten.

Das wusste Dani schon. Sobald sie zu Beginn der Show die Bühne betreten hatte, war ihr Blick auf Manny Spiven gefallen. Um seine beklemmende Gegenwart zu ignorieren, hatte sie ihre ganze Willenskraft benötigt.

„Manny“, fuhr Angela fort. „*Und* er ist mit dem süßen Jungen aus New York zusammen, von dem ich dir erzählt habe. Wie wär's?“

Wen interessiert das denn, wollte Dani erwidern. *Manny Spiven ist ein ungehobeltes, widerwärtiges Schwein.* „Nein, danke“, antwortete sie kühl. *Mit einem von Manny Spivens Freunden würde ich mich nicht einmal treffen, wenn er der letzte Mann auf der Welt wäre.*

„Dann mach *ich* mich an ihn ran“, beschloss Angela voller Vorfreude. „Den lass ich mir nicht entgehen.“

Was Dani betraf, konnte Angela machen, was sie wollte.

Unbeeindruckt von den Anschuldigungen ihrer Freundin gegen Manny, hatte Angela versucht, weitere gemeinsame Verabredungen zu arrangieren. Dani hatte all ihre Vorschläge abgelehnt. Offenbar verfügte ihre Wohngenossin über einen unerschöpflichen Männervorrat, und unglücklicherweise nahm sie fast jede Nacht jemanden ins Apartment mit. Wenn Dani im Bett lag, drangen unüberhörbare eindeutige Geräusche aus dem Nebenzimmer zu ihr herüber. War es ein Fehler gewesen, hierherzuziehen?

Vielleicht musste sie Sam Recht geben, und sie konnte tatsächlich noch nicht auf eigenen Füßen stehen.

Eines Morgens hatte sie Geld auf dem Küchentisch liegen sehen. Als Angela in einem glänzenden Negligee aus ihrem Schlafzimmer kam, fragte Dani, woher die beträchtliche Summe stammen würde.

„Von Petey", hatte Angela gelassen erklärt. „Davon soll ich mir ein Geschenk kaufen. So ein netter Typ!"

Dani war naiv – aber nicht so naiv. Ließ sich Angela für ihre Liebesdienste bezahlen? Darauf schien alles hinzuweisen.

„Was Manny so Schreckliches verbrochen hat, verstehe ich noch immer nicht", bemerkte Angela nun und beugte sich zum Spiegel über dem Toilettentisch vor, um noch mehr Rouge auf den ohnehin schon grellroten Wangen zu verteilen. „Schätzchen, er ist ein *Mann.* Und die sind alle geil. Was ist schon dabei?"

„Das habe ich doch erzählt", entgegnete Dani geduldig. „Er begrapschte meine Brüste, dann beschimpfte er mich auf rüde Weise, weil ich ihn weggeschoben habe."

„Wahrscheinlich hast du seine Gefühle verletzt. Du musst die Kerle bemuttern", fügte Angela hinzu, um aus ihrem reichen Erfahrungsschatz zu plaudern. „Im Grunde sind sie alle kleine Jungs."

„Ich muss niemanden bemuttern."

„Und was hast du mit diesem Sam gemacht? Übrigens, heute Morgen hat er angerufen."

„So? Das hast du gar nicht erwähnt." Seit über zwei Wochen hatte Dani nichts mehr von Sam gehört und sich gefragt, wo er stecken mochte, warum er sich nicht meldete. Sie wollte ihn wirklich wiedersehen, denn er war ihr Rettungsanker – stets bereit, sie zu schützen.

„Tut mir leid." Angela griff in ihr Dekolleté und schob ihren Busen hoch.

„Die Show geht weiter!" rief der Inspizient. „Bewegt eure Ärsche auf die Bühne, Ladys!"

Nun fand Dani keine Zeit, um Sam anzurufen. Das musste noch eine Weile warten.

„Schau dir den süßen Jungen an", empfahl ihr Angela, während sie an einer Seite der Bühne in Stellung gingen. „Und vergiss nicht – du hast's vermasselt. Jetzt gehört er *mir.*"

Bei der nächsten Nummer traten einige Mädchen oben ohne auf. Das hatte Dani abgelehnt, obwohl sie genau die richtige Figur besaß und vom Regisseur dazu gedrängt worden war. „Dann bekämen Sie mehr Geld."

„Trotzdem bleibe ich lieber angezogen", hatte sie erwidert.

„He, Babe, was macht das für einen Unterschied? Man sieht sowieso alles."

Das stimmte nicht ganz. Obwohl das Kostüm winzig war, bedeckte es zumindest jene Körperteile, die sie nicht zeigen wollte.

Angela überlegte ernsthaft, ob sie sich ohne Oberteil präsentieren sollte. „So einen Job hätte ich sehr gern. Leider sind meine Titten nicht mehr das, was sie mal waren."

„Das würdest du wirklich tun?" hatte Dani schockiert gefragt. Allein schon der Gedanke, halb nackt vor ein paar Hundert Leuten herumzuhüpfen …

„Ja, vielleicht. Einer meiner Freunde ist Chirurg, und der hat versprochen, er macht's umsonst. Als Gegenleistung muss ich ihm nur einen kleinen Gefallen erweisen." Viel sagend hatte Angela ihr zugezwinkert. „Wenn du verstehst, was ich meine."

Das hatte Dani zu ihrem Bedauern bereits herausgefunden.

Die Mädchen begannen im Takt des Sinatra-Songs „Come Fly With Me" zu tanzen, das Lied war ein unverwüstlicher Dauerbrenner.

Geflissentlich ignorierte Dani die lüsternen Blicke, die Manny ihr zuwarf. Aber sie konnte es sich nicht verkneifen, seinen Begleiter zu mustern. Angela hatte Recht, er sah umwerfend aus. Groß und dunkelhaarig, unglaublich …

Als er merkte, dass sie ihn beobachtete, schaute er weg. Also kein Interesse … Und wenn schon? Sollte Angela doch glücklich mit ihm werden. *Ihr* war das egal.

Nach der dritten Nummer war sie müde, und ihre Füße schmerzten. Jeden Abend zwei Shows – das zehrte an ihren Kräften. Sie konnte es kaum erwarten, in ihr Bett zu sinken.

Sobald sie die Garderobe erreichten, entwickelte Angela hektische Aktivität. „Ich muss gehen!" In aller Eile zog sie sich um. „Ich begrüße Manny, dann muss er mich mit diesem fantastischen Typen bekannt machen. Wer weiß, was heute Nacht passieren wird?"

Das ahnte Dani schon jetzt. Würde Angela sich dafür bezahlen lassen? Aber Mannys Freund machte nicht den Eindruck, als hätte er das nötig. Er war viel zu hübsch … Wahrscheinlich rannten ihm die Mädchen sowieso schon scharenweise nach.

„Bis später, Süße, wir sehen uns daheim!“ rief Angela und stürmte aus der Garderobe.

„Was für eine Hure“, bemerkte Ellen, eine rothaarige, etwa 30-jährige Tänzerin mit unscheinbarem Gesicht.

„Was?“ fragte Dani.

„Eine Hure.“ Vorsichtig schlüpfte Ellen aus ihren schwarzen Netzstrümpfen. „Warum du mit ihr rumhängst, ist mir rätselhaft.“

„Das tu ich nicht, ich wohne nur bei ihr. Und du solltest nicht so schlecht über eine Kollegin reden.“

„Wenn du ihr Apartment teilst, schadest du deinem Ruf, Liebes. Du siehst wie ein *anständiges* Mädchen aus.“ Die Zehen gekrümmt, zog Ellen die Strümpfe von ihren Füßen.

Ich bin *ein anständiges Mädchen,* wollte sich Dani verteidigen, *ein anständiges Mädchen, das in eine schwierige Situation geraten ist …*

Aber sie schwieg.

Nachdem sie sich umgezogen hatte, suchte sie eine Telefonzelle und wählte Sams Nummer. Er war nicht zu Hause. Hatte er eine Freundin gefunden? Einerseits hoffte sie darauf, denn er verdiente es, glücklich zu sein. Und andererseits wünschte sie, er wäre immer noch allein. Obwohl sie nicht mehr mit ihm zusammenwohnte, hatte ihr die Gewissheit, er würde sie für den wichtigsten Menschen in seinem Leben halten, stets Trost gespendet. Ebenso wie sie hatte er keine Familie.

Im Apartment herrschte angenehme Ruhe. Wenn Angela daheim war, ging es meistens chaotisch zu. Nun genoss es Dani, die schönen Räume für sich allein zu haben – so herrlich kühl und ordentlich. Sie öffnete eine Campell's-

Dose mit Gemüsesuppe, setzte sich mit der kleinen Schüssel auf die Couch und sah eine Weile fern, bevor sie duschte und ins Bett kroch.

Eine halbe Stunde später wurde sie von lauter Musik geweckt – „Babylove“ von den Supremes, gefolgt von Dean Martin, der „Everybody Loves Somebody“ säuselte, und nachher erklangen die Beatles, „A Hard Day's Night“.

Sie zwang sich, nicht zu lauschen, den Lärm in Angelas Schlafzimmer zu ignorieren, und schließlich schlief sie wieder ein. Am nächsten Morgen wachte sie schon zeitig auf. Sie sprang aus dem Bett und ging in die Küche, wo sie den Kühlschrank öffnete und den Apfelsaft herausnahm. Als sie eine Scheibe Brot in den Toaster steckte, erklang eine Männerstimme. „Oh, verzeihen Sie.“

Die Wangen hochrot, fuhr sie herum. Sie trug nur ihr Babydoll-Nachthemd. Und das war ziemlich durchsichtig.

Im Türrahmen stand der attraktive junge Mann, der am letzten Abend neben Manny Spiven gesessen hatte.

„Wer sind Sie?“ platzte sie heraus und verschränkte die Arme vor der Brust. Bald erkannte sie, dass ihr das nicht half, die untere Körperhälfte zu verdecken.

„Eh – Michael, ein Freund von Angela.“

Klar. Letzte Nacht habe ich Sie grunzen und stöhnen gehört. Mussten Sie dafür bezahlen?

„Sie haben mich erschreckt“, warf sie ihm vor und steuerte den Rückweg in ihr Zimmer an.

„Tatsächlich?“ Seine dunklen Augen musterten sie von Kopf bis Fuß. „Vielleicht sollten Sie öfter erschrecken, das steht Ihnen sehr gut.“

Michael. Netter Name. Wie ein Filmstar sieht er aus …

Bevor sie die Flucht ergriff, zögerte sie kurz. Dann rannte sie an ihm vorbei in den sicheren Hafen ihres Schlafzimmers, zog ihren Morgenmantel an und band den Gürtel so fest wie möglich.

„Ihr Toast verbrennt!“ rief er aus der Küche herüber. „Soll ich ihn rausnehmen?“

Den Kopf würdevoll erhoben, kehrte sie in die Küche zurück, wo er sich eine Tasse Instantkaffee einschenkte. Den Toast hatte er auf einen Teller gelegt.

„Danke“, würgte sie hervor.

„Kaffee?“ bot er ihr an.

Eigentlich war das *ihre* Küche, aber er benahm sich so, als würde sie *ihm* gehören. Also wirklich, der Mann hatte Nerven ... „Nein“, erwiderte sie kühl.

„Tut mir leid, dass ich Sie gestört habe“, entschuldigte er sich und setzte sich an den Küchentisch. „Ich habe Max gesucht, und die Wohnungstür war nur angelehnt.“ Er grinste. „Wahrscheinlich hatten die beiden es furchtbar eilig.“

„Max?“ wiederholte sie verständnislos.

„Mein Kumpel. Letzte Nacht kam er mit Angela – eh – hierher. Und jetzt muss ich mit ihm zum Flughafen fahren, oder wir verpassen unsere Maschine.“

„Oh, ich – ich dachte, *Sie* wären bei Angela gewesen“, stammelte sie.

„Nein, ich nicht.“ Michael nippte an seinem Kaffee. Ohne diese grässliche Schminke im Gesicht sah Dani viel hübscher aus.

„Und heute Morgen sind Sie einfach hier hereinspaziert?“

„Okay, ich hätte klingeln sollen“, gab er verlegen zu.

„Aber, wie gesagt, die Tür war offen. Und dass hier noch jemand wohnt, wusste ich nicht."

„*Ich* wohne hier", erklärte sie unsicher, „zusammen mit Angela."

„Wer Sie sind, weiß ich – Manny Spivens Freundin."

„Keineswegs!" protestierte sie ärgerlich. „Dieses widerliche Schwein *hasse* ich!"

„Wirklich?" fragte er überrascht.

„Allerdings. Eines Abends gingen Angela und ich mit Manny und einem Freund aus, und es war grauenvoll. Der Kerl fiel über mich her. Als ich ihn abwehrte, beschimpfte er mich auf übelste Weise."

„Da hat er mir was anderes erzählt."

„*Wie,* bitte?" Gab es eine Manny Spiven-Version von jenem wenig denkwürdigen Date?

„Nun ja, er läuft herum und behauptet, er – eh – er wäre mit Ihnen im Bett gewesen."

„*Was?!*" Dani stieg das Blut in die Wangen. „Das ist nicht wahr!"

„Nun, offenbar hat er's erfunden."

Oh Gott, sie fühlte sich so gedemütigt! Wie konnte Manny Spivens es wagen, solche Lügen über sie zu verbreiten? „Ich sagte doch – er ist ein Schwein!" fauchte sie. „Ein mieses, verlogenes Schwein!"

Michael grinste. Das hätte er erraten können. So ein Mistkerl …

„Vielleicht sollten Sie ihm Manieren beibringen", fuhr sie erbost fort. „Wo er doch Ihr Freund ist!"

„Nein", widersprach er, „ich mache nur Geschäfte mit ihm. Mein *Freund* ist er sicher nicht."

„Nun, ich dachte …“

„Manny ist ein Arschloch“, konstatierte er, nahm sich einen Apfel und biss hinein. „Anscheinend haben Sie das schon selber herausgefunden.“

„Wenigstens in diesem Punkt sind wir einer Meinung.“

„Nachdem wir das Thema Manny erledigt haben – freut mich, Sie endlich kennen zu lernen.“

„Endlich?“ Mit großen blauen Augen sah sie in seine grünen.

„Wie ich gestehen muss, beobachte ich Sie schon eine ganze Weile“, erklärte er und verfluchte sich selber, weil er am letzten Abend die Chance verpasst hatte, Dani anzusprechen.

„Tatsächlich?“ fragte sie erstaunt und geschmeichelt.

„Vor ein paar Wochen habe ich Sie zum ersten Mal gesehen. Und als ich mich Ihnen vorstellen wollte, fuhren Sie mit irgendeinem Kerl auf einem Motorrad davon …“

„Das war mein Schwager“, unterbrach sie ihn rasch.

„Wie schön, dass er nicht zu Ihnen gehört.“

„Was?“ flüsterte sie atemlos.

„Dass er nicht Ihr Freund ist.“ Jetzt schaute er ihr so tief in die Augen, dass ihre Knie weich wurden.

Ehe sie antworten konnte, wankte Max in die Küche, die Augen verschleiert, nur mit zerknitterten Boxershorts bekleidet. Das Haar stand ihm zu Berge, als hätte er einen Finger in eine Steckdose gehalten.

„Heiliger Himmel!“ rief Michael. Nur mühsam unterdrückte er ein Lachen. „Du siehst beschissen aus!“

„Wasser“, keuchte Max, „ich brauche Wasser.“

„Das muss an der Wüstenluft liegen“, bemerkte Michael

trocken, zu Dani gewandt, „die bekommt den New Yorkern nicht."

„Sind Sie aus New York?" fragte sie.

„Ja." Michael stand auf. „Und nun müssen wir möglichst schnell zum Flughafen fahren."

„Oh ...", sagte sie leise – etwas enttäuscht.

„Bald bin ich wieder da", erklärte Michael fröhlich. „Und nächstes Mal soll uns Manny Spivens nicht in die Quere kommen." Lächelnd winkte er ihr zu. „Oder?"

„Nein." Zum ersten Mal in ihrem jungen Leben hatte Dani ein eigenartiges Gefühl in ihrer Brust und den Wunsch, diesen Mann zu packen und für immer festzuhalten.

16. KAPITEL

Dienstag, 10. Juli 2001

„Verdammt!“ brüllte der Uzi-Mann. Wütend und frustriert feuerte er ein Loch in die Wand.

Fast eine Stunde war verstrichen, und es geschah noch immer nichts. Bei jedem Telefonat hatte die Polizei versichert, ein Van sei unterwegs. Bisher keine Spur von einem sechssitzigen Wagen ...

„Sie da!“ brüllte der Bandit Nummer eins und zeigte auf Madison. „Kommen Sie her!“

In ihrem Magen breitete sich Eiseskälte aus. Würde er seine Drohung wahr machen und anfangen, die Geiseln zu erschießen? Hatte er sie zu seinem ersten Opfer erkoren?

Tapfer stand sie auf, ging zu ihm, und er hielt ihr das Telefon hin. „Erklären Sie den Bullen, noch fünf Minuten, oder jemand stirbt.“

Sie ergriff den Hörer und begann zu sprechen. Am anderen Ende der Leitung ertönte eine Stimme, die ihr wie das Gestammel eines Idioten vorkam. „Die meinen es ernst“, sagte sie eindringlich. „Wo bleibt der Van? Warum ist er noch nicht hier?“

„Wie viele Gangster sind da drin?“ Die Frage klang kalt und unpersönlich. „Alle bewaffnet?“

„Ja“, antwortete sie hastig, „*drei* Minuten, das ist okay.“

„Versuchen Sie, die Geiseln zu beruhigen. An solche Situationen bin ich gewöhnt. Wir arbeiten dran, Sie alle unversehrt da rauszuholen.“

Sollte das ein Witz sein? Sie saßen in diesem Restaurant

fest, mit drei bewaffneten Männern eingesperrt, die ihnen tödliche Kugeln androhten – und er forderte sie auf, die Leute zu *beruhigen*? Völlig verrückt …

„Was heißt das?“ fauchte der Uzi-Gauner. „Was wird in drei Minuten passieren?“

„Dann wollen die Polizisten einen Van hierherbringen.“

„Okay. Sie kommen mit uns.“

Erschrocken sprang Cole auf. „Ohne mich dürfen Sie die Frau nicht mitnehmen.“

Der Schurke musterte ihn von oben bis unten. „Sind Sie ihr Mann?“

„Ja“, log Cole.

„Gehen Sie verdammt noch mal zur Tür!“ Dann richtete der Bandit seine Waffe auf die Rothaarige in dem engen blauen Kleid. „Und Sie auch!“

„Geben Sie mir meinen Ring zurück“, jammerte sie, „meinen Verlobungsring!“

Aber er ignorierte sie.

Bitte, lieber Gott, betete Madison, schick die Cops bald mit einem Wagen zu uns! Sonst wird noch jemand sterben.

Als Jolie ihre dritte Zigarette rauchte, wurde ihr bewusst, dass Jenna schon viel zu lange auf sich warten ließ. Das war gar nicht gut, und sie würde nicht die ganze Nacht in der Damentoilette rumhängen. Ungeduldig drückte sie ihre Zigarette aus und kehrte ins Casino zurück. Dort drängten sich immer noch zahllose Leute, die ihr Leben verspielten. Während sie sich einen Weg durch die Menge bahnte, schaute sie zum Blackjack-Tisch hinüber, an dem sie Andy Dale gesehen hatte. Jetzt saß er nicht mehr da. Auch Jenna war verschwunden.

Oh Scheiße! Nun, daran bin ich nicht schuld ... Sie hatte ihn Jenna nur gezeigt *und* ihr eingeschärft, sie müsse sich beeilen. Zu schade, wenn die dumme Kuh solche Anweisungen nicht befolgte ...

„Wo ist meine Frau?" fragte Vincent, sobald Jolie den Tisch erreichte.

„Ich glaube, sie spielt an den Automaten", murmelte sie vage und setzte sich in die Nische.

„Jenna spielt nicht. Nur *du* bist ganz wild drauf."

„Heute Abend hatte ich keine Lust", erwiderte sie kühl.

„Hast du sie im Casino allein gelassen?"

„Hör mal, Vincent, ich bin nicht ihre Aufpasserin."

Mit eisigen Augen starrte er sie an.

„Vielleicht hat sie eine Freundin getroffen", warf Nando ein.

„Die würde sie hierherbringen", entgegnete Vincent und stand auf. „Ich bin gleich wieder da."

„Wie du willst." Nando zuckte mit den Schultern, verärgert über die Reaktion seines Partners auf den Deal, den er ihm vorgeschlagen hatte. Was war denn so schrecklich an Nutten und Drogen? In Vegas gehörte so was zur Tradition. Jeder verdiente dran. Warum sollten sie sich nicht auch ein Stück vom Kuchen abschneiden? Manchmal führte sich sein Kumpel furchtbar spießig auf.

Sobald Vincent außer Hörweite war, wandte sich Nando zu seiner Frau. „Wo ist sie?"

Jolie nippte an ihrem Champagnerglas. „Als sie Andy Dale entdeckte, rannte sie zu ihm. Daran konnte ich sie nicht hindern."

„Verdammt, Vin wird ihn windelweich prügeln", warnte

er. „Der Kerl macht ein Vermögen mit seinem Gesicht. Was glaubst du, wie er mit einer gebrochenen Nase und drei blauen Augen aussehen wird?"

„Mit *drei* blauen Augen?" wiederholte sie belustigt.

„Was ich damit meine, weißt du doch!" beschwerte er sich irritiert.

Jolie klopfte mit ihren langen, silbern lackierten Fingernägeln auf den Tisch. „Warum bist denn *du* so schlecht gelaunt?"

„Weil Vincent mich zum Wahnsinn treibt. Ich fürchte, unsere Partnerschaft hat lange genug gedauert."

„Mach dich nicht lächerlich!" mahnte sie verächtlich. „Wie Brüder liebt ihr euch."

„Klar", bestätigte er grimmig. „Und manchmal muss einer der Brüder abhauen, bevor sie einander die Kehle durchschneiden."

Nachdem Sofia minutenlang gekreischt und geflucht hatte, ohne den Pförtner zu beeindrucken, drohte er ihr seinerseits mit der Polizei.

„Okay, rufen Sie die Bullen!" schrie sie ihm ins Gesicht. „Genau das *will* ich! Darum *flehe* ich Sie an!"

In diesem Moment betrat jemand die Halle – ein großer, elegant gekleideter Mann, der Englisch und Spanisch sprach. „Gibt's Probleme?" fragte er mit kaum merklichem Akzent.

„Darauf können Sie Ihren Arsch wetten", zischte Sofia.

„Bitte, erklären Sie mir, worum es geht. Vielleicht gelingt es mir, Ihnen zu helfen."

Bereitwillig erzählte sie ihm die ganze Geschichte,

worauf er die Situation sofort erkannte. Er zog sein Jackett aus, legte es um ihre nassen Schultern und bat sie, sich wieder zu beruhigen.

„Ich hätte mich fast umgebracht, als ich vor den zwei Arschlöchern fliehen musste“, sprudelte sie hervor. „Machen Sie diesem Trottel klar, er soll mich in das Penthouse begleiten, damit ich meine Tasche holen kann. Wenn ich allein reingehe, fallen die Scheißtypen noch mal über mich her.“

In sanftem Ton redete er auf den Pförtner ein, der widerstrebend nickte.

„Kommen Sie auch mit nach oben, Señor?“ fragte Sofia den freundlichen Mann.

„Wenn Sie das für nötig halten ...“

„Oh ja, ich brauche Ihren Schutz.“

Zu dritt stiegen sie in den Lift und fuhren schweigend hinauf. Als sie das Penthouse erreichten, hämmerte Sofia mit beiden Fäusten gegen die Tür, die Paco nach einer Weile öffnete, ohne die Sicherheitskette zu entfernen.

„Seid froh, dass ich euch nicht *verklage,* ihr Mistkerle!“ schrie sie. „Um euch Perversen zu entrinnen, musste ich von der Terrasse springen. Was meint ihr, welchen Eindruck das vor Gericht machen würde?“

Paco antwortete auf Spanisch, gestikulierte wild, und Sofia verstand kein einziges Wort.

„Wo ist Ihre Handtasche?“ fragte der große Fremde.

„Da drin“, fauchte sie und zeigte an Paco vorbei ins Wohnzimmer.

Der Mann sprach Paco auf Spanisch an. Was immer er sagte, hatte die gewünschte Wirkung, denn der andere Möchtegern-Vergewaltiger erschien augenblicklich mit der Handtasche, gab sie heraus und knallte die Tür zu.

„Was haben Sie gesagt?" erkundigte sich Sofia. „Dass die beiden kranke Bastarde sind, denen man die Pimmel abhacken müsste?"

„Was für eine Ausdrucksweise", bemerkte ihr Retter, fasste sie am Arm und führte sie zum Lift.

„Versuchen *Sie* mal, von einer Terrasse zu springen und die Nerven zu behalten!" verteidigte sie sich. „Beinahe hätte ich mir das Genick gebrochen."

Der Lift hielt in der Halle, und der Pförtner *stürmte* praktisch zur Rezeption, als könnte er Sofia gar nicht schnell genug loswerden.

„Haben Sie eine Unterkunft, Miss?" fragte der hoch gewachsene Mann.

„Natürlich. Oh Gott, solche Schwachköpfe müsste man einsperren."

„Soll ich Sie nach Hause fahren?"

„Nicht nötig", erwiderte sie und gab ihm sein Jackett zurück, „ich nehme mir ein Taxi."

„Haben Sie noch immer nicht genug von nächtlichen Abenteuern?"

„Hm …" Sie zögerte kurz. „Wenn Sie mich im Auto nicht attackieren … Was mit den Leuten passiert, die mich ärgern, haben Sie ja gesehen."

„Ja, das habe ich gesehen", stimmte er belustigt zu und musterte sie erstaunt.

„Wer sind Sie eigentlich?"

„Gianni", stellte er sich vor. „Gianni Ruspeli."

„Du meine Güte, der berühmte italienische Designer?

Der diese coolen Jeans macht? Irgendwie kamen Sie mir gleich bekannt vor."

Er lachte leise. „Bei uns nennt man das Couturier. Und die Jeans betrachte ich nur als lukratives Amüsement."

„Okay, ein *Couturier,* was immer das heißen mag."

„Und Sie sind …?"

„Sofia."

„Ah, Sofia – ein schöner Name für eine wilde Schönheit."

„Ich bin weder wild noch schön. Nur stinksauer."

„Dann bleiben Sie in diesem Zustand, meine Liebe, das steht Ihnen ausgezeichnet."

Er steckte dem Pförtner ein paar Geldscheine zu, und sie verließen das Gebäude. Am Straßenrand parkte ein glänzender schwarzer Bentley. Ein uniformierter Chauffeur nahm Haltung an und hielt die Tür zum Fond auf.

Vorsichtig kletterte Sofia hinein. „Sie werden mich hassen, Mr. Ruspeli, weil ich die Polsterung ganz nass mache."

„Beneidenswerte Polsterung", murmelte er und stieg neben ihr ein.

„Wow, ein Mann, der wegen seines Wagens nicht ausrastet, das hat Seltenheitswert." Ins luxuriöse Leder zurückgelehnt, überlegte sie, ob sie noch einen Fehler beging. Womöglich war dieser Couturier nur noch ein Perverser aus der oberen Gesellschaftsschicht in einem teuren Anzug.

„Haben Sie schon mal gemodelt, Sofia?" fragte er.

„Oh, *bitte!* Jetzt muss ich mir auch noch Ihre Schmeicheleien anhören. Das wusste ich ja – mein zweiter Fehler heute Nacht …"

„Sie verfügen eine sehr exotische jugendliche Ausstrahlung. Vielleicht wären Sie das perfekte Model für meine neuen Jeans."

„Da habe ich den Salat." Seufzend verdrehte sie die Augen. „Sie bringen mich nur heim, wenn ich vorher probeweise nackt Modell in Ihrem Apartment stehe. Ist *das* der Deal?"

„Keineswegs", widersprach er gelassen. „Außerdem sind Sie viel zu jung für mich, Sofia, und ich bevorzuge Frauen, die sich zumindest ein *bisschen* kultiviert benehmen."

„Ha! Mal ganz was Neues!"

„Am besten gebe ich Ihnen meine Karte, und Sie rufen mich an, wenn Sie nächstes Mal in Rom sind."

„Rom liegt nicht direkt auf meinem Weg."

„Dann sollten Sie's einplanen."

„Warum?"

„Weil Sie ganz offensichtlich nichts zu verlieren haben, meine Liebe."

Mit Michael zu schlafen – das fand Dani genauso wundervoll wie beim ersten Mal. Und daran erinnerte sie sich sehr gut, obwohl seither über dreißig Jahre verstrichen waren. So attraktiv hatte er ausgesehen. Und sie war so naiv gewesen. Eine Jungfrau ... Wie eine Prinzessin hatte er sie behandelt und für eine ganze wunderbare Nacht ins Paradies entführt.

„Warum bist du hier?" flüsterte sie, während sie nach berauschenden Stunden in ihrem Kingsize-Bett lagen. „Kannst du nicht für immer aus meinem Leben verschwinden und mich in Ruhe lassen?"

„Wir haben Kinder, Dani“, entgegnete er leise. „Selbst wenn es nicht so wäre, würde ich mir wünschen, mit dir zusammen zu sein.“

„Würdest du das wirklich wollen, hättest du Stella nie geheiratet“, beschuldigte sie ihn.

„Ich habe sie geheiratet, weil ich von dir abgewiesen wurde. Und in gewisser Weise hat sie mich an dich erinnert.“

„Welch ein Trost …“

„Nur äußerlich. Von deiner bezaubernden, sanften Art hatte sie nichts. Deshalb bin ich immer wieder zu dir gekommen.“

„Nein, Michael“, seufzte sie. „Du kamst zu mir, wenn du Probleme hattest.“

„Das stimmt nicht“, protestierte er und griff nach einer Zigarette.

„Doch.“ Dani rückte die Kissen unter ihrem Kopf zurecht. „Und jetzt sag mir, was du vorhast. Wie wirst du dich aus deinem Schlamassel rauslavieren?“

„Ich habe Feinde“, erklärte er geheimnisvoll. „Schon seit langer Zeit versuchen sie, mich zu vernichten.“

„Behauptest du etwa, jemand hat Stella und ihren Freund getötet, um den Verdacht auf dich zu lenken?“

„Nun, es gibt viele Gründe, warum die Menschen dies oder jenes tun. Dazu gehört auch Rache.“

„Und wer will sich an dir rächen?“

„Es ist besser, wenn du das nicht weißt.“ Nach einer kurzen Pause fügte er hinzu: „Dani – du musst vorsichtiger sein.“

„Ich?“

„Wenn der Rachedurst meiner Feinde stark genug ist, um sie zum Mord an Stella und ihrem Freund zu treiben – dann muss ich mich fragen, ob du sicher bist. Womöglich sind sogar Madison und Sofia gefährdet."

„Mein Gott, Michael!" rief sie erschrocken. „Was sagst du da?"

„Wo *ist* Sofia?"

„Immer noch in Europa. Leider kann ich sie nicht dazu bewegen, nach Hause zu kommen."

„Ich brauche sie *hier*, Dani."

„Dann musst du sie finden. Sie ist ein Freigeist. Genau wie du. Ganz anders als Madison."

„Habe ich dir erzählt, dass sie Vincent kennen gelernt hat?"

„Wann?" fragte Dani verwirrt.

„Vor ein paar Monaten."

„Und wie haben sie sich getroffen?"

„Madison war in Vegas, brauchte Hilfe, und Vincent tat ihr den Gefallen."

„Welchen Gefallen?"

„Das willst du sicher nicht wissen."

„Warum hat Vincent mir nichts davon erzählt?"

„Das musst du mit *ihm* klären."

„Um Himmels willen, Michael, du bist zu kompliziert für mich. Da komme ich einfach nicht mit. Nur eines weiß ich – du solltest Vincent nicht in deine Machenschaften verwickeln."

„Mittlerweile ist er ein großer Junge."

„Hast du Madison denn jetzt endlich erzählt, dass er ihr Halbbruder ist?"

„Um das zu erraten, musste sie nur einen kurzen Blick auf ihn werfen."

„Hat sie sich aufgeregt?"

„Wer weiß?" Michael holte tief Atem. „Das letzte Mal sprach ich in New York mit ihr. Wenn Sofia nach Hause kommt, sollten sich die beiden kennen lernen."

„Sofia muss nicht erfahren, dass du noch eine andere Familie hast, die dir wichtiger ist."

„Unsinn, Dani, ich liebe alle meine Kinder gleichermaßen."

„Vielleicht bildest du dir das ein. Aber Madison ist bei dir aufgewachsen, im Gegensatz zu Vincent und Sofia. Hätte meine Tochter geglaubt, sie könnte auf dich zählen, wäre sie vielleicht nicht nach Europa durchgebrannt."

„Also gibst du *mir* die Schuld daran?"

„Jedenfalls wäre es nett gewesen, sie hätte dich öfter gesehen."

„Ich habe mein Bestes getan, Dani."

„Hast du dir nie überlegt, dass dein ‚Bestes' möglicherweise nicht gut genug war?"

„Großer Gott!" stöhnte er ärgerlich. „Mach mir nicht noch mehr Schwierigkeiten!"

„Schon gut, ich halte den Mund!" konterte sie, genauso erbost. „Wie immer."

Während Vincent das Casino durchquerte, suchte sein Blick alle Tische ab. Schließlich blieb er stehen und sprach mit seinem Saalchef. „Kennen Sie den Schauspieler Andy Dale?" fragte er ihn in scharfem Tonfall.

„Gewiss, Mr. Castle."

„An welchem Tisch hat er gespielt?“

„Blackjack. Nummer drei.“

„Ist meine Frau zufällig zu ihm gegangen?“

„Ja, Sir, die beiden haben das Casino gemeinsam verlassen.“

„Finden Sie heraus, welche Suite er bewohnt.“

„Sehr wohl, Mr. Castle.“

Ein paar Minuten später fuhr Vincent im Privatlift zu den Penthouse-Suiten hinauf, mit einem Generalschlüssel gerüstet.

Wie konnte Jenna nur so dumm sein? Er hatte sie geheiratet, weil sie jung und unschuldig war. Ganz anders als die unzähligen Mädchen, die vom Lebensstil, der in Vegas herrschte, verdorben wurden.

War sie *wirklich* so töricht, ihn zu betrügen?

Nein, daran zweifelte er.

Der Lift hielt in der Penthouse-Etage. Durch die Tür hörte er laute Musik, Gläser klirrten, helles Gelächter erklang. Die Tür des Aufzugs öffnete sich direkt im Wohnzimmer der Suite Nummer zwei. Diese Anlage kannte er sehr gut, denn er war an der Planung beteiligt gewesen. In der Mitte des Raums befand sich ein großer, runder Whirlpool aus grünem Marmor. Den Stein hatte Vincent in Italien bestellt. Deutlich erinnerte er sich an den Tag, an dem das Material geliefert worden war, und wie sich Nando und er selbst darüber gefreut hatten.

Nun saß Andy Dale in diesem Jacuzzi, eine nackte Anais an seiner Seite. Ihr perfekter schwarzer Oberkörper glänzte im Lampenschein.

Auf Andys anderer Seite saß Jenna, die kecken rosigen

Brüste deutlich sichtbar im sprudelnden Wasser. Jenna. Seine Ehefrau.

Zorn stieg in Vincent auf. Ihm wurde heiß und vor seinen Augen verschwamm die Szenerie in Rot.

„He, Mann!“ lallte Andy, völlig stoned. „Warum ziehen Sie nicht die Hose aus und kommen zu uns?“

Vier Minuten waren verstrichen. Immer noch kein Van. Fünf Minuten, sechs Minuten, sieben Minuten. Schließlich verlor der Bandit Nummer eins die Geduld. Vor lauter Zorn konnte er kaum noch klar denken. Als er die Waffe hob und von einer Seite zur anderen schwenkte, verschaffte ihm das ängstliche Geschrei seiner Geiseln wenigstens eine *gewisse* Genugtuung. „Ich hab’s den Bullen angedroht!“ schrie er und warf die Uzi auf den Boden. „Niemand kann behaupten, ich hätte die Hurensöhne nicht gewarnt!“

Ehe ihn jemand zurückhalten konnte, stürzte er sich auf die kleine Rothaarige, umklammerte ihren Hals und zerrte sie nach hinten, hielt so fest, dass sie sich nicht zu rühren vermochte. Aus ihrer Kehle drang ein halb erstickter Schrei.

Madison fühlte sich elend. Wie grauenhaft, solche Gewaltakte machtlos mit ansehen zu müssen …

Verzweifelt schaute sie zu Cole hinüber, der den Eindruck erweckte, er würde die Initiative ergreifen wollen. Dann kroch sie nach vorn und hoffte inbrünstig, es würde ihr gelingen, dem jungen Gangster Vernunft beizubringen.

Zu spät. Er riss eine kleinere Pistole aus seinem Gürtel, stieß einen ohrenbetäubenden Schrei aus und schoss die rothaarige Frau in den Kopf. Nach allen Seiten spritzte Blut.

Eine Sekunde später herrschte Totenstille.

17. KAPITEL

Michael, 1965

Immer öfter verbrachte Michael seine Zeit in Vito Giovannis Gesellschaft. Mr. G. hatte ihn auf seine Gehaltsliste gesetzt. Jetzt war er ein offizieller Mitarbeiter. Nicht, dass er zu den Leibwächtern zählen würde – der Don hatte ihn einfach nur gern in seiner Nähe.

Weil alle merkten, wie sehr Mr. G. ihn mochte, platzte Michael beinahe vor Stolz.

„Du musst immer eine Knarre bei dir tragen", mahnte Vito, „ zu deinem persönlichen Schutz."

„Den brauche ich nicht", wandte Michael ein und fühlte sich unwohl.

„Doch – wenn du für mich arbeitest", beharrte Mr. G.

Und so steckte Michael eine Pistole ein und kam sich ungeheuer wichtig vor. Er musste sich eingestehen, dass ihm die Waffe ein Machtgefühl verlieh, nach dem er süchtig werden konnte.

Voller Groll beobachtete Mamie seine enge Verbundenheit mit ihrem Ehemann. „Du hast gar keine Zeit mehr für mich, Michael", klagte sie. „Ständig hängst du mit dem so genannten Mr. Big zusammen."

Darüber beschwerte sich auch Max. Er behauptete, Michael würde seine Seele dem Teufel verkaufen und Vito Giovanni sei ein schlechter Mensch, der sich skrupellos bereicherte und auf allen herumtrampelte, die das Schicksal weniger begünstige.

Amüsiert lachte Michael seinem Kumpel ins Gesicht und

erklärte, er könnte ihm einen Job bei Mr. G. verschaffen. Dieses Angebot lehnte Max ab.

Seine grandiose Nacht in Vegas war ein denkwürdiges Ereignis gewesen. Erst hatte er seine ganze Barschaft beim Würfeln verspielt und dann, mit Michaels fünfzig Dollar, alles zurückgewonnen. Um das zu feiern, hatte er sich mit Tequila volllaufen lassen und alle Leute in seinem Blickfeld zu Drinks eingeladen, bis ihm das Geld ausgegangen war. Danach kam Angela an den Tisch. Max fuhr sofort auf sie ab, obwohl sie sich offensichtlich für Michael interessierte. Aber der hatte sie ignoriert.

Seither stand Max höllische Gewissensqualen aus, weil er Tina betrogen hatte, und nahm seinem Freund das Versprechen ab, ihr nichts zu erzählen.

„Warum machst du so ein Aufhebens darum?" fragte Michael. „Ihr seid ja noch gar nicht verheiratet. Mann, das war deine letzte Sause."

„Meine *aller*letzte, das schwör ich dir", murmelte Max bedrückt, „denn wenn Tina das jemals rausfindet, heiratet sie mich nie."

Aber sie heiratete ihn und war glücklich und zufrieden – und völlig ahnungslos, was seine Untreue betraf. Die Trauung fand in der Gemeindekirche statt, und Michael war ihr Trauzeuge.

Beim anschließenden Empfang flüsterte die Braut verführerisch in sein Ohr: „Das hättest du auch haben können, weißt du …"

Ja. Das wusste er.

Frauen! Auf keine konnte man sich verlassen. Abgesehen von Dani. In seinem Herzen spürte er, dass sie die Richtige für ihn war, und er fieberte dem nächsten Trip nach Vegas entgegen, dem ersehnten Wiedersehen.

Eine Woche später erfüllte sich sein Wunsch. Mr. G. vertraute ihm ein weiteres großes Päckchen an, und Michael fuhr frohen Mutes zum Flughafen.

Erst bei der Landung in Vegas wurde ihm bewusst, dass er Danis Telefonnummer nicht hatte. Wenigstens wusste er, wo sie wohnte. Und so verschwendete er keine Zeit, stieg in ein Taxi und ließ sich zu dem großen Apartmentkomplex bringen. Sicher würde sie sein Besuch überraschen. Und er hoffte, sie würde sich freuen.

Angela öffnete die Tür. „Oh – *Sie!*“ rief sie und warf ihr langes braunes Haar herausfordernd in den Nacken. „Ich hab's doch schon geahnt – Sie würden als Nächster an die Reihe kommen.“

Also gab es eine Reihe von Verehrern. Nett.

„Eh – ich wollte mit Dani reden.“

„So?“

„Max lässt Sie schön grüßen.“

„Max – wer?“ fragte sie verständnislos.

Sein Freund hatte ihm erzählt, dass Angela Geld haben wollte. „Aber als ich ihr sagte, ich sei pleite, hat sie's umsonst gemacht.“

„Erinnern Sie sich nicht an Max, meinen Kumpel?“

„Ach, dieser Geizkragen!“ Ärgerlich runzelte sie die Stirn. „Der ist mir Geld schuldig.“

„Wofür?“

„Für ein Geschenk.“

„Also hatten Sie Geburtstag, eh?“

„Sehr komisch.“

Offensichtlich wollte sie ihn nicht ins Apartment bitten, und er hatte nicht vor, noch länger vor der Tür zu stehen. „Sagen Sie mal – weiß Dani, dass Sie Geld dafür verlangen?“ fragte er, um sie aus dem Konzept zu bringen.

„Was?“ Angela biss auf ihre Unterlippe.

„Weiß sie's?“ wiederholte er.

„Wenn man gelegentlich ein Geschenk annimmt, verlangt man kein *Geld*“, betonte sie mit schriller Stimme.

„Ist Dani da?“

„Nein“, erwiderte sie gehässig.

„Wo finde ich sie?“

„Dani passt nicht zu Ihnen.“

„Das soll sie selber entscheiden.“

„*Ich* entscheide es für *sie.*“

„So?“

„Ja. Weil Sie das Mädchen ganz durcheinander bringen, Michael. Ihr attraktiven Jungs seid doch alle gleich – schrecklich arrogant!“

Es entstand eine Gesprächspause, in der sie einander voller Abneigung anstarrten. Für wen hält sich diese blöde Kuh, fragte sich Michael.

Wofür hält sich dieser aufgeblasene Kerl, überlegte Angela.

Und dann kam Dani aus ihrem Schlafzimmer, wo sie sich ein wenig ausgeruht hatte. Sobald sie Michael sah, leuchteten ihre Augen auf.

„Hallo!“ begrüßte er sie entzückt.

„Hallo!“ antwortete sie und lächelte schüchtern.

„Ich hätte Sie angerufen. Leider habe ich vergessen, nach Ihrer Nummer zu fragen.“

„Nicht so schlimm", sagte sie und sah mit ihren blauen Augen auf den Boden, was er unwiderstehlich fand.

„Sind Sie sicher?"

„Oh ja", beteuerte sie. Endlich erwiderte sie seinen Blick.

„Um Himmels willen", rief Angela. „Warum nehmt ihr euch kein Hotelzimmer?"

„Halt den Mund!" mahnte Dani zutiefst verlegen.

„Eh – vielleicht – sollten wir spazieren gehen", schlug Michael vor.

„Genau", stimmte Angela sarkastisch zu. „Am besten spazieren Sie mit Dani schnurstracks in ihr Bett, Michael."

„Tut mir leid", seufzte Dani, als sie das Haus verlassen hatten. „Sie meint es nicht böse. Aber das ist nun mal ihre Art."

„Wie gut kennen Sie Angela?"

„Gut genug, um ihr Apartment zu teilen."

Sollte er Angelas anrüchigen Nebenjob erwähnen? Besser nicht. Über diese Frau wollte er nicht reden. Er interessierte sich nur für Dani.

Sie fuhren in einem Taxi zum Sands Hotel, wo sie im Garten herumschlenderten. Dani bewunderte die Statuen und Brunnen – obwohl sie das alles sicher schon oft genug gesehen hatte. Wie ein kleines Mädchen freute sie sich, und das gefiel ihm.

Nach einer Weile gingen sie in das Estradido-Café. Während sie sich gegenübersaßen, beherrschte Michael die Konversation, erzählte von New York und seinem Leben, vertraute ihr sogar an, was mit Vinny und Grandma Lani geschehen war – lauter Dinge, über die er normalerweise niemals mit irgendwem sprach.

Aufmerksam hörte sie zu und ließ ihn nicht aus den Augen.

„Und Sie?“ fragte er schließlich. „Wie sind Sie in Vegas gelandet?“

„Auf einem Motorrad.“ Ihre Geschichte würde er wohl kaum glauben. Außerdem war sie nicht bereit, ihn in das alles einzuweihen.

Michael lachte. „Klingt wie ein aufregender Trip.“

„Oh, das war's auch.“

„Klar, darauf würde ich wetten.“

Sie wünschte, sie könnte bis in alle Ewigkeit mit ihm in diesem Café sitzen, seinen Geschichten lauschen, sein hübsches Gesicht betrachten. Doch sie musste bald zur Arbeit gehen, und es missfiel dem Leiter der Tanzgruppe, wenn die Mädchen nicht pünktlich waren. Manchmal ging er sogar so weit, ihr Gehalt zu kürzen, wenn sie nicht rechtzeitig auftauchten.

„Wie spät ist es?“ fragte sie besorgt.

„Warum? Haben Sie was vor?“

„In einer Stunde beginnt die erste Show. Und ich muss mich hinter der Bühne melden.“

„Natürlich“, erwiderte er lässig, „weil die Show ohne Sie miserabel ist.“

„Sagen Sie das nicht“, protestierte sie bescheiden.

„Natürlich sage ich's. Nur Ihretwegen lohnt sich's, das ganze Gehopse zu betrachten.“

Und dann neigte er sich zu ihr über den Tisch und presste seinen Mund auf ihren. Mit einer Leidenschaft, die sie nie zuvor empfunden hatte, erwiderte sie seinen Kuss.

„Komm“, sagte er und half ihr aufzustehen. Ohne ein weiteres Wort verließen sie das Café.

„Ich muss noch etwas aus meinem Zimmer holen", erklärte er, ergriff ihre Hand und führte sie zum Lift.

Gehorsam folgte sie ihm, obwohl sie wusste, dass sie sich hinter der Bühne auf die Show vorbereiten müsste.

Sobald sie sein Zimmer betraten, küsste er sie wieder. In vollen Zügen genoss sie den Augenblick, von erwartungsvoller Freude verzaubert. Was würde jetzt geschehen?

Sie sanken aufs Bett, und er hörte gar nicht auf, sie zu küssen, bis sie vor heißer Sehnsucht kaum noch Luft bekam. Endlich verstand sie, warum die Mädchen so verrückt nach Männern waren, und ihr wurde ganz schwindlig.

Schon nach wenigen Minuten begann er sie auszuziehen – erst öffnete er ihre Bluse, dann zog er ihren BH aus. Als er ihre Brüste berührte, stockte ihr Atem, und sie wölbte sich ihm entgegen, zitternd vor Ekstase. Dann streifte er ihren Rock mitsamt dem Höschen nach unten. Ohne Zögern öffnete sie die Beine. Hingerissen von ihrer Schönheit, bedeckte er ihren Körper mit seinem.

Sobald er ihre Jungfräulichkeit bemerkte, richtete er sich bestürzt auf. „Oh Gott, das hättest du mir sagen müssen."

„Nein, nein!" Ungeduldig zog sie ihn zu sich herab. „Liebe mich, Michael, das wünsche ich mir."

Nur sekundenlang zauderte er. Warum nicht, zum Teufel? Wenn sie's wollte … Ganz sanft ging er mit ihr um, drang langsam in sie ein, tat nichts, das sie erschrecken würde.

Als sie blutete, löste er sich von ihr und tröstete sie. Zärtlich hielt er sie umfangen, bis sie sich sicherer fühlte, und liebkoste ihren Busen. Bald stöhnte sie vor Lust. Überall küsste er sie. Seine Lippen glitten nach unten, und sie presste ein Kissen auf ihr Gesicht, verzweifelt bemüht, die Schreie ihres Entzückens zu bezwingen.

Sie liebten sich sehr lange. Schließlich fielen sie erschöpft und zufrieden in einen erholsamen Schlaf, bis sie irgendwann wieder aufwachten.

„Hungrig?“ fragte er und strich über Danis Haar.

„Halb verhungert“, gestand sie und glaubte, auf Wolken zu schweben. Michael bestellte ein Dinner beim Zimmerservice. Dann fütterte er sie mit Krabben und Pommes frites, Eiscreme und Erdbeeren.

Eng umschlungen schliefen sie wieder ein.

Am nächsten Morgen wachte Michael als Erster auf. Ihm fiel ein, dass er es versäumt hatte, Manny zu kontaktieren und die Päckchen auszutauschen. Außerdem hatte er den Flug nach New York verpasst – außerdem hatte Dani beide Shows am vergangenen Abend sausen lassen. Alles vermasselt … Aber was bedeutete das schon? Es hatte sich gelohnt.

Das goldene Haar auf dem Kissen ausgebreitet, schlief sie immer noch. Ihre glatten Wangen waren vom Genuss der Nacht gerötet, die Brüste entblößt. Michael konnte nicht widerstehen und streichelte die rosigen Knospen. Dani bewegte sich.

Sofort war er wieder erregt. Aber er wollte sich ihr nicht aufdrängen. Immerhin hatte sie zum ersten Mal Liebe gemacht, und vielleicht war sie da unten noch wund.

„Dani, wir müssen aufstehen“, flüsterte er.

Seufzend schmiegte sie sich in seine Arme, öffnete langsam die Augen. Nun konnte er seine Erektion nicht mehr verbergen, denn sie drückte gegen ihren Bauch.

„Hallo, Schlafmütze“, begrüßte er Dani. „Alles haben wir versäumt – meinen Rückflug inklusive.“

Liebevoll berührte sie seine Wange. „Nein, du darfst nicht abreisen“, hauchte sie. „Das verbiete ich dir.“

„Tatsächlich?“

„Oh ja.“

Und dann, als sei es ganz natürlich, lenkte sie seine Erektion an die richtige Stelle und entführte ihn erneut ins Paradies.

Zehn Minuten später klingelte das Telefon. Tommaso rief aus New York an. „Was für eine Scheiße treibst du eigentlich?“ fragte er mit kalter harter Stimme. „Gestern Abend hast du die Lieferung vermasselt, und glaub mir – das ist gar nicht gut. Außerdem bist du nicht planmäßig in den Flieger gestiegen. Mr. Giovanni ist verdammt sauer.“

„Oh Gott ...“ Michaels Gedanken überschlugen sich. „Offenbar war ich bewusstlos ... Ich habe Fieber ... Und ich erinnere mich an nichts.“

„Fieber, eh?“ murmelte Tommaso skeptisch.

„Erhöhte Temperatur. Magenschmerzen. Keine Ahnung, was ich mir eingefangen habe.“

„Hör mal zu, du Würmchen. Triff dich mit Manny, tausch das Päckchen aus, dann fahr zum Flughafen und beweg deinen blöden Arsch hierher. Kapiert?“

„Klar“, versicherte er und legte auf. Zum ersten Mal merkte er, dass er nicht mehr sein eigener Herr war. Er arbeitete für Vito Giovanni und musste nach seiner Pfeife tanzen. Welch eine Erkenntnis ...

Das Telefonat hatte den Bann gebrochen. Jetzt konnte er die Realität nicht mehr verdrängen. „Ich muss gehen, Dani.“

„Wann kommst du zurück?“

Gute Frage. Hoffentlich hatte er seine Vegas-Trips nicht verbockt. „Bald“, versprach er.

„Ich werde dich vermissen, Michael“, flüsterte sie.

„Nicht so wie ich dich.“ In aller Eile zog er sich an.

„Michael?“ murmelte sie und beobachtete ihn.

„Ja?“ Hastig knöpfte er sein Hemd zu.

„Die letzte Nacht war etwas ganz Besonderes.“

„Das weiß ich.“

„Habe ich dich enttäuscht?“

„Du? Mich? Machst du Witze?“ Er griff nach seinem Jackett, beugte sich zu Dani hinab und küsste sie.

Für ein paar Sekunden klammerte sie sich an ihn. „Michael …“

„Was gibt’s, meine Süße?“

„Ich liebe dich.“

In New York war es kalt und düster – und Mr. G. tobte vor Zorn. „Wenn du noch mal Mist baust, fliegst du raus!“

„Tut mir leid, ich war krank.“

„Krank? Ha! Wahrscheinlich hast du dir von einer Vegas-Nutte einen blasen lassen.“

„Nein, ich …“

„Halt deinen Mund! Erst die Arbeit, *dann* das Vergnügen. Vergiss das nicht. Und lüg mich nie wieder an!“

Wieso macht er so ein Getue drum, überlegte Michael. Was steckt in den Päckchen, die er hin- und herbeförderte? Warum war es so schrecklich, wenn der Austausch einen Tag später abgewickelt wurde?

Danach würde er Mamie fragen. Die wusste alles, und

manchmal gab sie ihre Informationen bereitwillig weiter – vor allem, wenn sie ihrem Mann zürnte, was in letzter Zeit immer öfter vorkam.

Als sie eines Tages aus dem Kosmetiksalon zurückkehrte, passte er sie ab.

„Was willst du?“ fragte sie und schwenkte ihre Hand mit den frisch lackierten Fingernägeln vor seiner Nase.

„Lange nicht gesehen. Deshalb wollte ich mal vorbeischauen und ‚Hallo‘ sagen.“

„Ach, wirklich?“ Misstrauisch starrte sie ihn an.

„Ja“, bestätigte er und versprühte seinen ganzen Charme. „Da, ich habe Ihnen Schokolade mitgebracht – Ihre Lieblingssorte.“

„Wie leicht bist du eigentlich zu durchschauen?“ spottete sie. Trotzdem nahm sie die Schachtel entgegen. „Weil du den großen Boss geärgert hast, kommst du zu mir. Was ist denn los, Mikey? Hast du Angst, er wird dich wieder auf die Straße werfen, wo du hingehörst?“

„Natürlich nicht.“

„Doch!“ beharrte sie ironisch. „Und was hast du in Vegas getrieben? Was war wichtiger als dein Job?“

„Wie oft soll ich's noch erklären? Ich war krank.“

„Oh ja, und ich bin Doris Day!“

Offenbar war das der falsche Zeitpunkt, um Fragen zu stellen. Also würde er den Inhalt des nächsten Päckchens inspizieren und die Wahrheit selber herausfinden. Unglücklicherweise bot sich vorläufig keine Gelegenheit dazu. Vito schickte wieder seine Frau nach Vegas, vertraute ihr die Lieferungen an, und Michael musste als Chauffeur fungieren, was ihm gründlich missfiel.

„Wenn du irgendwann meine rechte Hand werden willst, musst du *alles* tun“, betonte Vito. „Mal dies, mal das. Was stört dich dran?“

„Nun, ich war immer sehr gern in Vegas.“

„Kein Wunder.“ Vito paffte eine dicke Zigarrenwolke in Michaels Gesicht. „Wen würde das *nicht* amüsieren?“

„Wann darf ich wieder hinfliegen?“

„Wenn ich's dir sage.“

Und Vitorio Giovanni war kein Mann, der Widerworte duldete.

Michael beschloss, Dani erst anzurufen, wenn er wusste, wann er nach Vegas zurückkehren würde. So ein süßes Mädchen … Anscheinend bedeutete er ihr sehr viel, und so wollte er keine falschen Hoffnungen auf ein Wiedersehen wecken, das er womöglich erst in ein paar Wochen oder Monaten ankündigen konnte.

Obwohl er nicht mit ihr telefonierte, dachte er sehr oft an sie. Eigentlich *immer.* Sie war einzigartig. Ein solches Mädchen hatte er nie zuvor kennen gelernt. Einerseits wollte er die Beziehung vertiefen, andererseits fürchtete er eine zu enge Bindung. Er hatte sie entjungfert. Und sie hatte ihm ihre Liebe gestanden. Um Himmels willen! Wenn er nicht aufpasste, würde er sich an Max ein Beispiel nehmen und um ihre Hand bitten! Reiner Wahnsinn … er musste wirklich kühlen Kopf bewahren. Er war erst neunzehn, zu jung, um bei einer Frau zu bleiben – wo da draußen so viele andere warteten.

Und doch … Dani ließ sich einfach nicht aus seinen Gedanken verbannen.

Als seine asiatische Freundin unerwartet auftauchte,

schickte er sie nach Hause, weil er nicht in Stimmung war. Zum ersten Mal.

„Ich habe dieses Mädchen kennen gelernt“, vertraute er Max an.

„Ha!“ jubelte Max, der sofort erriet, was los war. „Also hat’s dich endlich erwischt.“

„Mich? Keineswegs.“

„Doch, *dich.*“

„Im Augenblick interessiere ich mich nicht für andere Mädchen. Nicht einmal bumsen will ich.“

„Weil du angebissen hast.“

„Jedenfalls denke ich oft an sie.“

„So ist das nun mal.“

„Was muss ich tun, um sie zu vergessen?“

„Nichts“, erwiderte Max und grinste boshaft. „Dein Schicksal ist besiegelt. Willkommen im Club.“

Eine Woche später fragte Tommaso Michael, ob er jemals einen Laster gefahren habe.

„Ich glaube, das kriege ich hin“, antwortete Michael und fragte sich, was nun passieren würde.

„Gut. Heute Abend, um zehn. Mr. Giovanni sagt, du sollst hinter dem Alissio’s warten. Dort holt Roy dich ab und bringt dich hin.“

„Wohin?“

„Das wirst du rechtzeitig merken.“

Besonders erfreulich klang das nicht. Roy, Mamies Vetter, war ein mürrischer älterer Mann mit einem Frettchengesicht und einem leichtem Lispeln. Gelegentlich übernahm er einen Job für Mr. G.

„Darüber musst du mir ein bisschen mehr erzählen“, verlangte Michael.

„Gar nichts erzähle ich dir“, erwiderte Tommaso. „Du arbeitest für Mr. Giovanni. Und du machst, was Mr. Giovanni will. *Capisci?*“

Seit Michael in Vegas Mist gebaut hatte, war alles anders geworden. Sogar Mamie behandelte ihn kühl und gleichgültig. Als wäre er nur einer von vielen Handlangern. Und das passte ihm nicht. Wenn er den Laster herumkutschiert hatte, würde er ein ernstes Wort mit Mr. Giovanni reden. Er war nicht irgendein Laufbursche, sondern was Besseres.

Mit einiger Verspätung kam Roy in einem braunen Ford an.

„Wo ist der Laster?“ fragte Michael.

„Steig ein, Kleiner, ich bringe dich hin.“

Eine Stunde später waren sie weit draußen auf dem Land, und die Fahrt nahm noch immer kein Ende.

„Wo zum Teufel sind wir?“ wollte Michael wissen.

„Mr. Giovanni möchte feststellen, ob du ein bisschen Mumm in den Knochen hast.“ Roy steuerte den Ford an den Rand der verlassenen Straße.

„Eh?“

„Steig aus“, befahl Roy und schaute auf seine Uhr. „In etwa zehn Minuten kommt ein Laster hier vorbei. Ein Fahrer. Große Fuselfracht. Wenn du den Hurensohn erledigst und die Karre zu Arnies Garage in Queens fährst, hast du gute Arbeit geleistet.“

„Verarschen Sie mich?“ würgte Michael hervor.

„Nein.“ Roy gab ihn ein Blatt Papier. „Da, Arnies Adresse. Du wirst erwartet. Und jetzt verschwinde.“

Widerstrebend stieg Michael aus dem Ford. „Und was soll ich mit dem Lastwagenfahrer machen?"

Roy beugte sich herüber und schloss die Beifahrertür. „Dein Problem, mein Süßer. Bis später."

Dann brauste er davon und ließ Michael mitten im Nirgendwo stehen.

18. KAPITEL

Dani, 1965

„Ich erwarte ein Baby", gestand Dani, die Augen voller Tränen.

„Warum erzählst du das *mir?*" rief Angela brüsk und ohne Mitleid. „Wieso sagst du's nicht dem Blödmann, der dich geschwängert hat?"

„Weil – weil er sich seit jener einen Nacht nicht mehr meldet." Über Danis Wange rollte eine Träne. Michael hatte ihr die Unschuld geraubt und danach nicht einmal eine Blume geschickt. Vielleicht las sie zu viele Liebesromane. Aber er hätte wenigstens anrufen können.

„Männer!" fauchte Angela. „Einer wie der andere! Selbstsüchtige Schweine, die uns Mädchen nur ausnutzen!"

„Es muss doch auch *nette* Jungs geben."

„Soll das ein Witz sein?" Angela lachte verächtlich. „Lauter Ratten. Und jetzt müssen wir *deine* Ratte aufstöbern."

„Wozu?" fragte Dani erschrocken.

„Damit der Bastard die Abtreibung bezahlt."

„Nein, ich – ich will das Baby nicht loswerden."

„Hör auf zu spinnen, Mädchen!" mahnte Angela energisch. „Das ist die einzige Lösung deines Problems. Es sei denn, du willst das Kind verkaufen ..." Nachdenklich runzelte sie die Stirn. „Das wäre gar keine schlechte Idee. Für ein Baby, das so aussieht wie du, würden ein paar reiche Ehepaare ein Vermögen zahlen."

Dani starrte sie entsetzt an. „Dass du so was sagst, glaube ich einfach nicht."

„Wieso nicht? Es stimmt nun mal. Und *du* kannst dir kein Baby leisten."

„Wer behauptet das?"

„Eigentlich solltest du's selber wissen. Du hast keine Ersparnisse. Nichts! Und sobald dein Bauch wächst, musst du deinen Job aufgeben. Was dann?"

„Ich suche mir eine andere Arbeit, bei der's nicht auf meine Figur ankommt."

„Schätzchen, das ist *Vegas*", betonte Angela. „Hier kommt's überall drauf an."

Bedauerlicherweise konnte Dani ihr nicht widersprechen. In dieser Stadt wurden nur hübsche Frauen beschäftigt. Für Schwangere gab es keine gut dotierten Stellen.

„Wie ich annehme, ist dieser attraktive New Yorker der Daddy", fuhr Angela fort. „Dass der nichts taugt, hätte ich dir gleich sagen können. Ich wette, er hatte nicht mal einen Gummi dabei. Oder?"

„Nun – für mich war's das erste Mal", vertraute Dani ihr an. „Ich dachte, da wäre eine Schwangerschaft unmöglich."

„Ha!" schnaubte Angela. „Wer hat dir denn *dieses* Märchen eingeredet?"

„ *Michael war es nicht*", flüsterte Dani.

„Und was *hat* er gesagt?"

„Dass er bald wieder nach Vegas fliegt."

„Wie lange ist das her?"

„Sieben Wochen."

„Typisch!" schimpfte Angela angewidert. „Einmal im Honigtöpfchen untertauchen, und dann verschwinden die Kerle auf Nimmerwiedersehen. Weil ich das weiß, knöpfe ich ihnen jedes Mal ein paar Scheine ab."

„So etwas tun nur Prostituierte“, murmelte Dani.

„Und was meinst du, worum’s geht, wenn man die Beine breit macht, meine Süße? Wach endlich auf! Das alles ist nur ein *Geschäft,* und die klugen Mädchen lassen sich bezahlen – nicht schwängern.“

„Aber – er erschien mir so nett“, wandte Dani leise ein.

„Wenn die Männer einer Muschi nachjagen, sind sie *alle* nett.“

„Wie zynisch du bist, Angela …“

„Oh ja, ich bin zynisch, und du bist in anderen Umständen. Jetzt sag mal – wer von uns beiden hat’s *richtig* gemacht?“

Dani seufzte und wünschte, sie könnte mit Emily reden. Sicher würde ihr die Schwester einen guten Rat geben – der einzige Mensch, dem sie jemals etwas bedeutet hatte. Natürlich abgesehen von Sam. Seit Wochen hatte sie nichts mehr von ihm gehört und ein paarmal versucht, ihn telefonisch zu erreichen. Doch er war nie daheim. An diesem Abend würde sie nach der Show vor seinem Apartment warten.

Weil du seine Hilfe brauchst, flüsterte eine innere Stimme.

Nein, niemand muss mir helfen. Ich komme auch allein zurecht …

Könnte sie bloß etwas gegen ihr gebrochenes Herz tun … Michael hatte sie zurückgelassen – schwanger, mit gebrochenem Herzen.

Über zwei Stunden wartete sie vor Sams Wohnung, bis er endlich erschien. An die Tür gelehnt, saß sie am Boden. Betrunken torkelte er zu ihr, von einer Wasserstoffblondine mit dunklen Haarwurzeln und breiten Hüften begleitet.

„Wer ist das?" gackerte sie. „Deine Frau?"

Hastig stand Dani auf. „Dauernd versuche ich dich anzurufen, Sam, schon seit Wochen. Aber du meldest dich nie. Geht es dir gut?"

„Moment mal, Schätzchen!" Die Frau legte einen Arm um seine Schultern. „Es ist zwei Uhr morgens. Warum gehst du nicht nach Hause? Den da habe *ich* eingefangen."

Mit zitternden Fingern suchte Sam seinen Schlüssel. „Was machst du hier, Dani?" lallte er.

„Ich wollte dich sehen …"

„Verschwinden Sie!" fiel die Frau ihr ins Wort. „Wir beide haben ein – Geschäft zu erledigen."

„Ja, ja – geh heim", murmelte Sam und fuhr mit beiden Händen durch die Luft.

„Meinst du mich?" fragte Dani.

„Nein, *die* da."

„Und wie soll ich nach Hause kommen!" kreischte die Frau, wütend über die Entwicklung der Dinge.

„Gib ihr Geld!" schlug Dani rasch vor.

„Ja, ja …" Sam zog seine Brieftasche hervor. „Da – Geld."

Sie nahm ihm die Brieftasche aus der Hand und hielt der Frau zehn Dollar hin, was mit einem vernichtenden Blick bedacht wurde.

Auf Dani gestützt, wankte Sam in die Wohnung.

„Du solltest nicht so viel trinken", schimpfte sie.

„Ja, ich weiß", gab er unglücklich zu. „Aber ich weiß nicht, was ich sonst tun soll."

„Sam, ich habe nachgedacht", begann sie ernsthaft.

„Worüber?"

„Vielleicht hattest du Recht, ich müsste mich *wirklich* um dich kümmern."

„Du hast mich einfach fallen lassen", warf er ihr vor.

„Nein, ich dachte nur, unser Zusammenleben würde uns beiden schaden." Zögernd fuhr sie fort: „Wenn ich dich in diesem Zustand sehe, wird mir klar, dass du tatsächlich jemanden brauchst, der für dich sorgt. Und – ich glaube, das wäre *meine* Pflicht."

„Wirklich?" fragte er hoffnungsvoll.

„Jetzt sollten wir nicht darüber reden. Ich komme morgen wieder, wenn du nüchtern bist. Und dann gehen wir frühstücken."

„Okay", murmelte er.

Sie führte ihn ins Schlafzimmer und half ihm aufs Bett, zog ihm die Schuhe und Socken aus und lockerte seinen Gürtel. Wenige Minuten später schnarchte er.

War sie heimtückisch? Kehrte sie wegen ihrer Schwangerschaft zu ihm zurück? Weil sie sich wünschte, *er* würde für *sie* sorgen? Oder war es andersherum? Würde sie sich an Sam wenden, wenn Michael ihren Traum von einer gemeinsamen Zukunft erfüllt hätte?

Wohl kaum.

Was die Männer anging, hatte Angela völlig Recht. Die wollten nur das eine. Und sobald sie's bekommen hatten, machten sie sich aus dem Staub.

Sam war anders. Vielleicht konnte sie sein Leben teilen.

Jedenfalls war's einen Versuch wert.

Zwei Wochen später heirateten Dani und Sam in einer kleinen Kirche. Sie hatte ihm von dem Baby erzählen wollen.

Doch das hatte Angela ihr ausgeredet. „Es wäre unfair. Heirate ihn, schlaf mit ihm, lass ihn in dem Glauben, das Kind wäre von ihm. *Das* würde ich fair nennen."

„Ich finde es hinterlistig."

„Unsinn!" argumentierte Angela. „Es ist einfach nur *klug.* Und für das Kind am besten. Soll das arme kleine Ding aufwachsen, ohne zu wissen, wer sein Vater ist? Und Sam würde es nicht so lieben wie sein eigenes Fleisch und Blut."

Eigentlich hatte Dani nicht geplant, seine Frau zu werden. Aber sobald er nüchtern geworden war, hatte er ihr einen Heiratsantrag gemacht. Und plötzlich sah sie darin die Lösung aller ihrer Probleme.

Offensichtlich würde sie Michael nie wiedersehen. Für ihn war sie nur eine Eroberung von vielen gewesen – und jene Nacht ein kurzes, amüsantes Abenteuer. Mit jedem Tag wuchs ihr Groll gegen ihn.

In der Hochzeitsnacht lagen Dani und Sam halb angezogen nebeneinander im Bett. Nichts geschah. Doch sie wusste, sie würde ihn möglichst bald verführen müssen. Unglücklicherweise scheute sie vor körperlichen Kontakten ebenso zurück wie er.

Aber die Ehe musste vollzogen werden. So schnell wie möglich.

Am nächsten Abend putzte sie ihre Zähne, bürstete ihr Haar, verdrängte alle Hemmungen und zog ihr Nachthemd aus. Nackt ging sie ins Schlafzimmer.

Allzu lange dauerte es nicht, bis Sam auf ihre Provokation reagierte. Er zerrte sie ins Bett und warf sich auf sie. Sekunden später erreichte er seinen Höhepunkt. Danach strahlte er übers ganze Gesicht und rief: „War das nicht fantastisch?“

Ganz anders als der erste Liebesakt mit Michael … Noch ehe es richtig begonnen hatte, war es vorbei gewesen. Und es bedeutete gar nichts. Trotzdem nickte sie und schluckte ihre Tränen hinunter. *Fantastisch?* Kein bisschen.

Sie wartete vier Wochen, dann informierte sie Sam über ihre Schwangerschaft. Mit einem Jubelschrei nahm er sie in die Arme.

Dani wurde von heftigen Schuldgefühlen geplagt, die sich nicht verscheuchen ließen.

19. KAPITEL

Michael, 1970

Am 10. Februar feierte Michael seinen fünfundzwanzigsten Geburtstag, für ihn ein besonders denkwürdiger Tag, denn er hatte die letzten fünf Jahre im Gefängnis verbracht, in einem stinkenden Höllenloch. An diesem Tag war er endlich entlassen worden.

Zweifellos hatte ihn jemand verpfiffen. Und nun wollte er herausfinden, wem er das verdankte.

Er vermutete, Tommaso hätte mit Mamies unfähigem, vertrotteltem Vetter Roy unter einer Decke gesteckt. Keiner der beiden hatte ihn je gemocht, was auf Gegenseitigkeit beruhte. Schon immer hatte er Tommaso misstraut. Und Roy, ein ekelhafter Jammerlappen, durfte nur für Mr. G. arbeiten, weil er zufällig mit Mamie verwandt war.

Während Michaels Untersuchungshaft hatte ihm der Don einen Anwalt geschickt. Der Mann teilte ihm mit, Mr. Giovanni wisse nichts von jenem Überfall auf den Laster mit der Schnapsladung.

„Das *muss* er doch wissen", protestierte Michael. „Immerhin wurde ich von ihm dazu beauftragt."

„Nein, Mr. Giovanni hat keine Ahnung, wovon Sie reden. Also empfehle ich Ihnen, seinen Namen im Zusammenhang mit diesem Verbrechen *nicht* zu erwähnen, wenn Ihr Fall vor Gericht verhandelt wird. Zu Ihrer eigenen Sicherheit."

„Welches verdammte Verbrechen meinen Sie?" rief Michael erbost. „Ich habe den Fahrer nicht angerührt, die Karre nur gestoppt und ihm gesagt, er soll abhauen. Das hat er kampflos getan."

„Aber Sie hielten ihm eine Pistole vor die Nase, nicht wahr?"

„Ja", gab Michael zu.

„Das wird der Bezirksstaatsanwalt als bewaffneten Raubüberfall und Mordversuch bezeichnen. Ganz zu schweigen von der Tatsache, dass Sie keinen Waffenschein besaßen."

„Stellen Sie das klar!" Michael geriet in Panik. „Ich bin doch kein Verbrecher!"

„Nun, Sie haben den Mann mit vorgehaltener Waffe bedroht und den Laster entwendet."

„Nur für fünf Minuten. Eine Meile weiter unten auf der Straße hielten mich die Bullen auf." Michael holte tief Luft. „Komme ich gegen Kaution frei?"

Das wäre möglich gewesen. Aber keiner seiner Freunde konnte die hohe Summe aufbringen. Max telefonierte sofort mit Vinny, der in väterlichem Ton erklärte, er sei nicht überrascht, und seinem Sohn jede Hilfe verweigerte. Und so musste Michael bis zur Gerichtsverhandlung hinter Gittern ausharren.

Nach einem kurzen Prozess verurteilte ihn der Richter zu acht Jahren.

Nur eine einzige Dummheit – und Michael saß in der Scheiße. Das erschien ihm völlig unwirklich. Aber es war grausame Realität.

Der Knast übertraf seine schlimmsten Befürchtungen. So gut es ging, hielt er sich von seinen Mitgefangenen fern. Das war nicht so einfach. Als blutiger Anfänger betrachtet, avancierte er schon bald zur Zielscheibe aller hartgesottenen Häftlinge. Wann immer sie ihn attackierten, wehrte er sich energisch. Mit der Zeit erwarb er den Ruf einer echten Kämpfernatur. Mehrere Narben bewiesen seinen Kampfeswillen.

Wenn man in diesem Inferno überleben wollte, musste man stark bleiben. Jeden Tag trainierte er im Hof und kräftigte seine Muskeln. Nach einer Weile freundete er sich mit Gus an, der für fünf Jahre wegen Wuchers saß – ein umgänglicher, redseliger Typ. Draußen arbeitete er für Dante Lucchese.

„Wenn du rauskommst, besuch mich mal", sagte Gus ein paar Tage vor seiner Entlassung.

„Klar", versprach Michael.

Während der ersten beiden Jahre jobbte er in der Gefängnisküche und der Wäscherei, dann bekam er einen besseren Job in der Bibliothek. Dort arbeitete er mit Karl Edgington zusammen, der bei einer Wall Street-Firma angestellt gewesen war und zwei Millionen Dollar veruntreut hatte. Karl, ein sanftmütiger, gebildeter Sonderling, erzählte unablässig von seinen beiden Katzen und seiner wertvollen Briefmarkensammlung. Bei den Mithäftlingen galt er als Irrer, und sie ließen ihn in Ruhe. Aber Michael fand ihn hoch interessant – vor allem, weil Karl eine ganze Menge über Dollars und den Aktienmarkt wusste. Michael stellte ihm zahllose Fragen, um möglichst viel über die faszinierende Finanzwelt zu lernen. Bereitwillig sprach Karl darüber.

„Ein paar Tausend habe ich beiseite gelegt", vertraute Michael ihm eines Tages an. „Was meinst du, was ich damit anfangen soll?"

„Was ich dir sage. Dann wirst du ein Vermögen machen."

„So?" Argwöhnisch hob Michael die Brauen. „Und warum sollte ich dir trauen?"

Karl zuckte die Achseln. „Manchmal muss man was riskieren."

„Wärst du im Stande, mein Geld zu verdoppeln?"

„Da weiß ich noch was Besseres."

„Und das wäre?"

„Kannst du den Mund halten und meine Anweisungen befolgen, wenn du entlassen wirst?"

„Natürlich."

„Sehr gut. Was ich dir vorschlage, nützt uns beiden."

„Wie meinst du das?"

„Für dich wäre es ebenso vorteilhaft wie für mich."

„Spuck's endlich aus."

„Ich gebe dir eine Telefonnummer. Wenn du draußen bist, ruf diese Person an. Danach sehen wir weiter."

Obwohl Michael noch immer nicht wusste, ob Karl vertrauenswürdig war, notierte er die Nummer und verwahrte den Zettel an einem sicheren Ort.

In schlaflosen Nächten dachte er oft an Dani, und es drängte ihn, ihr zu schreiben. Aber welchen Sinn hätte das? Da er ein Sträfling war, würde er ihr zweifellos einen Gefallen tun, wenn er sie in Ruhe ließ. Sie würde eine unvergessliche Erinnerung an schönere Zeiten bleiben. Mehr durfte er nicht erwarten.

Niemand außer Max besuchte ihn im Knast. Guter alter Max, ein verheirateter Mann, der treue Freund, der ihn unterstützte, so gut er es vermochte. Niemals versäumte er einen Besuchstermin.

Am Tag der Entlassung wartete Max vor dem Gefängnistor. Er fuhr einen gebrauchten Ford Mustang. In einem Hemd mit Paisleymuster, einer ausgestellten Hose und einem zottigen Dufflecoat, das Haar im Beatles-Stil geschnitten, wirkte er hochzufrieden mit sich selber.

„Verdammt, was ist denn *mit dir* passiert?“ Nur mühsam unterdrückte Michael sein Lachen. „Wieso läufst du in diesen schwulen Klamotten rum?“

„Du kannst mich mal“, konterte Max. „Das ist *Mode.*“

„Mode? Echt beschissen!“ Ganz tief atmete Michael die kalte, frische Luft ein. Freiheit – welch ein Gefühl!

„ Vergiss das Outfit.“ Max schlug seinem Freund auf den Rücken. „Wie gefällt dir mein Schlitten?“

„Nicht übel.“ Mike ging um den Mustang herum, bevor er auf der Fahrerseite einstieg. „Offensichtlich bist du ein gemachter Mann.“

„Allerdings!“ bestätigte Max enthusiastisch. „Tinas Vater hat mich zum Partner in seinem Autogeschäft ernannt. Eines Tages werde ich's übernehmen.“

„Da kannst du ja eine ruhige Kugel schieben.“

„Jetzt hör mir mal zu!“ wandte sich Max in strengem Ton an ihn. „In Zukunft gehst du diesem Abschaum aus dem Weg, der dich hinter Gitter gebracht hat. Du siehst ja, was aus dir geworden ist! Wenn du wieder mit diesen Gangstern rumhängst, wird's noch mal passieren.“

„Okay, okay“, murmelte Michael, nicht in der Stimmung für eine Strafpredigt.

„Erst mal wohnst du bei uns“, fügte Max hinzu und startete den Motor. „Tina richtet die Couch im Wohnzimmer für dich her.“

„Moment mal! Nachdem ich mich fünf Jahre in einer

miesen Zelle abgequält habe, soll ich auf eurer verdammten Couch schlafen?“

„Das hast du früher auch getan, und du wirst es wieder tun.“ Beide Hände am Lenkrand fuhr Max wie ein alter Knacker. „Nur, bis du eine andere Unterkunft findest.“

„Vielleicht ein oder zwei Nächte ...“, murmelte Michael. Erst jetzt wurde ihm bewusst, dass er kein anderes Quartier hatte. „He, hat diese Rostlaube keinen Saft unter dem Deckel?“

„Doch, du Idiot, natürlich!“ prahlte Max und gab Gas.

Inzwischen hatte er sich zu einem richtigen Familienmenschen entwickelt und zwei Kinder bekommen – den 4-jährigen Harry, nach Tinas Dad benannt, und die 2-jährige Susie. Mit der finanziellen Unterstützung seines Schwiegervaters hatte er ein kleines Haus in dem Viertel gekauft, in dem er aufgewachsen war.

Voller Stolz fuhr er mit Michael dorthin, parkte am Straßenrand, und sie gingen durch den winzigen verschneiten Vorgarten in das Haus. Tina öffnete die Tür und begrüßte Michael mit einer unbeholfenen Umarmung. Dann befahl sie Max, die Schuhsohlen abzustreifen, um keinen Schnee reinzuschleppen. Offenbar hatte sie das Kommando im Haushalt, und das sollte der Gast sofort bemerken.

Obwohl sie immer noch hübsch aussah, hatte sie ein paar Pfund zugelegt. Das spielte keine Rolle, denn sie roch köstlich und fühlte sich sicherlich noch besser an. Mittlerweile hatte er vergessen, wie es war, die Nähe einer Frau zu spüren. Dagegen musste er was unternehmen.

„Was hast du vor, Michael?“ fragte Tina neugierig und hängte sich bei ihm ein.

„Keine Ahnung“, antwortete er vage. „Darüber habe ich noch nicht nachgedacht.“

„Klar“, spöttelte Max. „Fünf Jahre lang hast du da drin festgesessen und kein einziges Mal überlegt, was du nach deiner Entlassung tun wirst.“ Er lachte dreckig. „An *deiner* Stelle wüsste ich's.“

„Max!“ rief Tina in gebieterischem Ton. „Michael soll sich wie zu Hause fühlen. Frag ihn, ob er was trinken möchte.“

„Verdammt, das ist nicht mein *Gast,* sondern mein bester Kumpel. Den muss ich nicht *fragen.* Was er will, kann er sich selber nehmen. Und das weiß er auch.“

Tina warf ihm einen frostigen Blick zu. Wie er mit ihr redete, missfiel ihr. Noch dazu vor ihrer einstigen großen Liebe!

„Wo sind die Kids?“ Michael stolperte über einen Spielzeuglaster mitten im Wohnzimmer. „Die will ich endlich kennen lernen.“

„Max dachte, es wäre besser, wenn sie die Nacht bei meiner Mom verbringen“, erklärte Tina, „damit du dich an die Freiheit gewöhnen kannst … ups!“ Erschrocken presste sie eine Hand auf ihren Mund. „Darf ich so was sagen?“

„Klar“, erwiderte er leichthin, „so empfindlich bin ich nicht.“

„Wie *war's* denn, so lange hinter Schloss und Riegel zu sitzen?“ fragte sie, die Augen groß und rund vor Neugier. „So wie in den Gefängnissen, die man im Kino sieht?“

„Stell nicht solche Fragen!“ stieß Max hervor. „Darüber will er nicht reden.“

„Schon gut“, sagte Michael geduldig. „Jedenfalls würde ich's niemandem empfehlen.“

„Das wollte ich schon die ganze Zeit wissen“, gestand Tina. „*Warum* hast du den Laster aufgehalten und den Fahrer mit einer Waffe bedroht? Ich meine – das war doch ziemlich dumm, oder?“

„Ja, Tina“, bestätigte er wehmütig. „Jedenfalls habe ich meine Lektion gelernt.“ Wenn er sich nächstes Mal auf was Illegales einließ, wollte er seinen Komplizen gründlich auf den Zahn fühlen, um sicherzugehen, dass sie ihn nicht verpfeifen würden.

„Gut.“ Mit sichtlichem Vergnügen spielte sie die Ehefrau des besten Freundes. „Also, ich habe über deine Zukunft nachgedacht. Am besten nimmst du dir ein Beispiel an Max. Wir finden ein nettes Mädchen für dich, du heiratest, kriegst ein paar Kinder und führst ein anständiges Leben.“

Genau, dachte er. Und dabei langweile ich mich zu Tode …

Max ging in die Küche, um zwei Dosen Bier aus dem Kühlschrank zu nehmen, und Michael folgte ihm. „Wenigstens habe ich mir im Knast den Vietnamkrieg erspart. Wieso ist *dein* Arsch nicht rekrutiert worden?“

„Wegen meines Asthmas.“ Max reichte ihm ein Bier. „Hast du von Charlie gehört?“

„Nein, was ist mit ihm passiert?“

„Er war drüben, und da wurde ihm ein Bein weggeschossen. Jetzt ist der arme Teufel ein Invalide und bekommt keinen Job. Die ganze Zeit sitzt er daheim und säuft, um sein Elend zu vergessen.“

„Ich würde ihn gern sehen.“

„Okay, wir besuchen ihn.“

„Anscheinend geht’s dir recht gut.“

„Nun ja, nicht schlecht", entgegnete Max bescheiden. „Ein eigenes Haus, ein Auto, zwei Kinder. Und Tina – *sie* ist die Allerbeste."

„Dann bist du ein glücklicher Mann."

„Das kannst du zweimal sagen."

Zum Abendessen kochte Tina Spagetti, die sie vor dem Fernseher von Plastiktellern aßen. Offenbar war Max von der Krankheit angesteckt worden, die auch Vinny befallen hatte – TV-Stielaugen.

Zuerst sahen sie die „Johnny Cash-Show", dann „Rowan & Martin's Laugh-In", gefolgt von „Gunsmoke". Tina begann sich zu langweilen und ging davon, um mit einer Freundin am Telefon zu schwatzen.

Beim Fernsehen trank Max noch drei Bier. Dazu verspeiste er zwei ganze Beutel Kartoffelchips.

„Willst du ein paar Fettreserven horten?" witzelte Michael. Nicht nur Tina hatte zugenommen.

Verlegen tätschelte Max seinen Bauch. „Ja, die Folgen des Ehelebens ... Warum soll man sich anstrengen und in Form bleiben, wenn das Glück nebenan im Schlafzimmer wartet? Damit wirst du dich bald befassen, was?" fragte er und zwinkerte seinem Freund zu. „Fünf Jahre ohne Muschi – oh Gott, wie hast du's bloß ausgehalten?"

„Das willst du gar nicht wissen."

„Wirst du eine deiner alten Freundinnen besuchen?"

„Nein."

„He, vielleicht gehen wir zwei morgen aus", schlug Max eifrig vor. „Wie in alten Zeiten. Das wird Tina nicht stören."

„*Was* wird Tina nicht stören?" fragte sie misstrauisch, als sie ins Wohnzimmer kam.

„Eh – wenn ich mit meinem alten Kumpel morgen Abend ausgehe.“

„Da komme ich auch mit.“ Sie sammelte die leeren Bierdosen ein und brachte sie in die Küche.

„*So* ein Abend soll's nicht werden!“ rief er ihr nach, schaute Michael an und schnitt eine Grimasse.

„Wenn das so ist, *stört's* mich“, erwiderte sie und kehrte zurück. „Falls ihr in eine dieser schäbigen Stripper-Kneipen gehen wollt, bin ich *natürlich* dagegen.“

„Das haben wir gar nicht vor, Schätzchen“, behauptete Max unschuldig. „Nur ein paar Drinks. Dabei holen wir nach, was wir fünf Jahre lang verpasst haben.“

„Sehr gut!“ zischte sie. „Wenn ihr das macht, gehe ich mit den Mädchen aus.“

Damit erregte sie Max' Aufmerksamkeit, denn er war sehr eifersüchtig. „Du weißt doch, dass ich das nicht will.“ Ärgerlich runzelte er die Stirn.

„Zu schade“, erwiderte sie bissig, und sie begannen zu streiten.

Heiliger Himmel, dachte Michael, in fünf Jahren ist das der erste Abend, den ich in Freiheit verbringe. Und da soll ich zuschauen, wie die beiden aufeinander losgehen?

„Ich bin ziemlich müde“, unterbrach er das Gezänk. „Macht's euch was aus, wenn ich schon schlafen gehe?“

„Oh, tut mir leid“, entschuldigte sich Tina zerknirscht, „ich richte die Couch für dich her.“ Sie holte Kissen und eine Decke, dann wünschte ihm das Ehepaar eine gute Nacht und ging nach oben.

Während er sich rastlos auf seinem improvisierten Lager umherwarf, lauschte er den lauten Stimmen, die aus dem oberen Stockwerk herabdrangen. Warum hörten sie nicht endlich zu streiten auf? Welch ein seltsames Gefühl, *nicht* in einer verschlossenen Zelle zu liegen, wo das Licht zu einem bestimmten Zeitpunkt gelöscht werden musste ... Wenn er's wollte, konnte er aufstehen, durch die Straßen wandern und alles tun, was ihm gefiel. Endlich wieder frei ...

Aber dazu hatte er keine Lust, denn er kannte nur einen einzigen Gedanken – er musste herausfinden, wer ihn damals verraten hatte. Das würde er am nächsten Tag in Angriff nehmen.

„Mikey!“ kreischte Mamie. „Also, ich glaub's nicht!“

„Glauben Sie's“, empfahl er ihr. „Und hören Sie auf, mich Mikey zu nennen.“ Sie standen vor dem Haus der Giovannis. Auf dem Gehsteig lag frisch gefallener Schnee. Eisige Kälte drang durch die Kleidung. Soeben war Mamie herausgekommen, auf dem Weg zu einem goldenen, von einem Chauffeur bewachten Cadillac, der am Straßenrand parkte. In einen dicken Pelzmantel gehüllt, wie üblich übertrieben stark geschminkt, begann sie, Spuren des Alters unübersehbar zu zeigen.

Ein junger Bodyguard trat vor. „Alles in Ordnung, Mrs. Giovanni?“ fragte er und starrte Michael an.

„Ja, Mo.“ Mit einer lässigen Geste verscheuchte sie ihn, die auffälligen Ringe an ihren Fingern funkelten im Morgenlicht. Bewundernd musterte sie Michael. „Du bist ja richtig erwachsen geworden.“

„Erstaunlich, was fünf Jahre im Knast bewirken“, erwiderte er sarkastisch. „Ach ja – und herzlichen Dank für die zahlreichen Besuche.“

„Tut mir leid, ich pflege mich nicht in Gefängnissen aufzuhalten.“ Mamie tätschelte ihre toupierte Hochfrisur. „Willst du mit Vito reden?“

„Genau.“

„Du hast doch sicher einen Termin?“

„Brauche ich einen?“

„Gewiss, mein Lieber“, sagte sie und ging zu ihrem Auto.

Der junge Leibwächter warf Michael einen unwirschen Blick zu und öffnete ihr den Wagenschlag.

Als sie einstieg, enthüllte sie etwas zu viel von ihren Schenkeln. „Auf bald, Mikey. Jetzt muss ich mich beeilen.“

Michael schaute dem Cadillac nach. Anscheinend gehörte Mamie Giovanni nicht mehr zu seinen Fans. Sobald das Auto außer Sichtweite war, läutete er an der Haustür. Ein weiteres unbekanntes Gesicht erschien. „Ja?“ Misstrauisch beäugte ihn ein Gorilla, der so aussah, als würde er eine Waffe bei sich tragen.

„Eh – ich möchte zu Mr. Giovanni. Ich bin Michael Castellino.“

„Warten Sie.“ Der Mann schlug ihm die Tür vor der Nase zu. Ein paar Minuten später kam er zurück. „Mr. Giovanni ist gerade in einer Besprechung und lässt fragen, was Sie wollen.“

Großer Gott, wenn die Giovannis ihren Hauseingang sicherten, war er wirklich unpassierbar.

„Es handelt sich um eine Privatsache.“

„Dann schreiben Sie ihm einen verdammten Brief.“ Die Tür fiel wieder ins Schloss.

Was ging hier vor? Früher wäre Michael beinahe Vitos

neue rechte Hand geworden, und jetzt ließ ihn der Boss in der Kälte stehen – wie einen Exsträfling, der um Almosen bettelte. Aber das strebte er gar nicht an. Stattdessen wollte er einfach nur die Wahrheit herausfinden.

Er schlenderte um die Ecke zu einem Café. Dort schüttete er zwei Tassen starken schwarzen Mokka in sich hinein. Die Kellnerin, eine junge Frau mit blondem Kraushaar und dem schwachen Schatten eines Schnurrbarts, versuchte ihn zu becircen. Aber er ignorierte sie und zündete sich eine Zigarette an, dann kehrte er zu Giovannis Haus zurück und wartete auf der anderen Straßenseite.

Um Viertel nach zwei eilte Tommaso heraus. Zielstrebig ging er die Straße entlang.

Michael überquerte die Fahrbahn und passte sich den schnellen Schritten des schwergewichtigen Mannes an. „Lange nicht gesehen, was?"

„Jesus Christus!" rief Tommaso verwirrt. „Ich dachte, du hättest acht Jahre gekriegt."

„Wie so was läuft, weißt du ja. Wegen guter Führung wurde ich schon nach fünf Jahren entlassen."

„Also bist du wieder da", bemerkte Tommaso missmutig.

„Scheint so ..." Kurze Pause. „Eh – vorhin wollte ich Mr. G. besuchen und hörte, er sei beschäftigt."

„Stimmt." Tommaso nickte mehrmals. „Jetzt ist Mr. Giovanni *wirklich* eine ganz große Nummer. Wenn du ihn sprechen möchtest, musst du dich sechs oder sieben Wochen vorher anmelden."

„Oh, tatsächlich?"

„So ist es." Entschlossen ging Tommaso weiter, und Michael zündete sich noch eine Zigarette an.

„Ich hätte ein paar Fragen an dich."

„Ja?"

„Während der letzten fünf Jahre, in meiner Zelle, hatte ich viel Zeit, um nachzudenken. Da hat man sonst kaum was anderes zu tun."

„Was für Fragen?" stieß Tommaso hervor.

„Nun, es geht um Folgendes ..." Michael blies eine Rauchwolke in die Winterluft. „Als Mr. Giovannis Anwalt zu mir kam, behauptete er, sein Mandant wüsste nichts von jenem Überfall auf den Laster. Ist das nicht seltsam?"

„Gab's da einen Überfall? Auf einen Laster?" Tommaso starrte gerade aus. Unbeirrt trottete er den Gehsteig entlang.

„Ich meine den Coup, den du mir aufgetragen hast. Erinnerst du dich?"

„Keine Ahnung, wovon du redest", erwiderte Tommaso, ohne eine Miene zu verziehen.

„Ist es deinem Gedächtnis entfallen?"

„Ich habe keinen blassen Schimmer, was ...", begann Tommaso.

„Mieses Schwein", unterbrach ihn Michael mit leiser, sanfter Stimme und packte ihn am Kragen. „Du hast mich reingelegt, um mich aus dem Weg zu räumen. Warum? Weil ich mich zu gut mit Mr. G. verstand? Ist's so gewesen, verdammt noch mal?"

Wütend schob Tommaso ihn weg. „Mr. Giovanni hält nichts von grünen Jungs, die auf eigene Faust lospreschen und Mist bauen!" schrie er, hochrot im Gesicht. „Und es gefiel ihm ganz und gar nicht, dass du seinen Namen da reinziehen wolltest. Wag dich nie wieder in seine Nähe! Und lass mich gefälligst in Ruhe! Wenn du mich noch mal belästigst, wirst du's bitter bereuen!"

„Ach, wirklich?"

„Willst du's ausprobieren?"

„Fahr zur Hölle!" Michael ging davon, klug genug, um zu erkennen, dass er vorerst nichts erreichen würde.

Aber die Stunde der Rache würde kommen. Im Gefängnis hatte er gelernt, geduldig zu sein. Eines Tages würden Tommaso und Roy für ihre Niedertracht büßen. Ohne jeden Zweifel.

20. KAPITEL

Dani, 1970

Der Teenager hing vor dem Bühneneingang herum und zitterte vor Nervosität. „Verzeihen Sie, Miss, darf ich Sie um ein Autogramm bitten?“

„Natürlich“, antwortete Dani liebenswürdig. „Wie heißt du?“

„M M Mark“, stotterte er, kaum fähig, an sein Glück zu glauben.

„Was für ein netter Name …“ Sie nahm das abgegriffene Autogrammbuch entgegen. „Für Mark, alles Gute, Dani Castle“, schrieb sie mit stilvollen Schnörkeln hinein, indem sie ihren Künstlernamen benutzte. „Dani Froog“ war ihr unpassend erschienen, und es störte Sam nicht, dass sie nicht seinen Nachnamen angenommen hatte. Sie fand, „Castle“ würde fabelhaft klingen. Dieses Wort hatte sie in einem Reisemagazin entdeckt.

„Oh – eh – vielen Dank“, stammelte der Junge, die Wangen feuerrot.

„Gern geschehen.“ Dani schenkte ihm ein warmherziges Lächeln.

Jetzt gehörte sie zu den beliebtesten Solo-Showgirls im Krystle Room des Magiriano, des großen Luxushotels, wo man begabte Tänzerinnen sehr zu schätzen wusste, wie menschliche Wesen behandelte und sie auch entsprechend bezahlte.

Mit diesem Engagement hatte sie sich um Lichtjahre von der Estradido-Truppe entfernt, trat in einer verschwenderisch ausgestatteten Show auf und trug glamouröse extravagante Kostüme. Tag für Tag sagte sie sich, wie viel Glück sie mit ihrem Traumjob hatte.

Nach der Geburt ihres Sohnes, den sie Vincent Vernon genannt hatte, war sie ins Estradido zurückgekehrt, wenig später einem Talentsucher aus dem Magiriano aufgefallen und vom Fleck weg engagiert worden. Es war harte Arbeit gewesen und sie hatte sehr viel proben müssen. Aber allmählich war sie zu einem der ersten Showgirls aufgestiegen. Sie hatte eine heiß begehrte Position. Sie lebte für ihr Kind und ihren Beruf. Aber es gab auch noch Sam, ihren Ehemann, der in regelmäßigen Abständen Sauftouren unternahm. Außerdem hatte er auch noch zu spielen begonnen, mit *ihrem* Geld.

Sie billigte ihm nur ein geringes Taschengeld zu und verweigerte ihm den Zugriff auf ihr Gehaltskonto. Nachdem sie eine Anzahlung für ein kleines Haus geleistet hatte, sparte sie, um Vincent jene Ausbildung zu ermöglichen, die ihr selbst versagt geblieben war. Das betrachtete sie als ihr gutes Recht, weil *sie* die Familie ernährte, seit Sam seinen Job aufgegeben hatte.

Damit war sie einverstanden gewesen, denn so konnte er für den fast 5-jährigen Vincent sorgen – den hübschesten Jungen der Welt. Wann immer sie mit ihm durch die Straßen ging, blieben die Leute stehen, um seine langen seidigen Wimpern und die tief liegenden dunklen Augen zu bewundern. „Der wird mal zu einem richtigen Ladykiller heranwachsen“, hatte jemand bemerkt.

Ganz sicher nicht, wenn es nur irgendwie in Danis Macht stand, das zu verhindern.

Er war Michael wie aus dem Gesicht geschnitten, was ihr einerseits gefiel, weil er so zauberhaft aussah. Andererseits erinnerte sie seine Ähnlichkeit schmerzhaft an ihren One-Night-Stand.

Für sie war Michael gestorben, und sie hoffte, ihn nie wieder zu sehen. Jetzt war sie zweiundzwanzig, nicht mehr so naiv. Was die Männer betraf, wusste sie Bescheid.

Wenn sie zurückblickte, sah sie sich selbst als unschuldiges Lamm, das zur Schlachtbank geführt worden war. Wie musste Michael über ihre Dummheit gelacht haben ... *Die hübsche jungfräuliche Dani – die nehme ich bei der Hand, dann bringe ich sie in mein Hotelzimmer hinauf. Jeden einzelnen Moment wird sie genießen. Danach kümmere ich mich ums nächste unberührte Blümchen.*

Zum Teufel mit ihm!

Aber sie hatte zuletzt gelacht und Sam geheiratet, einen gesunden Sohn geboren und einen gut bezahlten Job bekommen. Konnte sie sich noch mehr wünschen?

Vielleicht ein bisschen Liebe und Romantik. Nach jener einen blitzartigen Aktion hatte Sam nie wieder mit ihr geschlafen. Ein paarmal hatte er's versucht, aber keine einzige Erektion zu Stande gebracht. Das störte sie nicht allzu sehr. Im Grunde war sie sogar erleichtert. Für Sex interessierte sie sich nicht. Sie war zufrieden mit ihrem Leben.

Zum Glück glaubte Sam tatsächlich, Vincent Vernon würde von ihm stammen. Weniger erfreulich war seine Unzuverlässigkeit, wenn er sich betrank. Deshalb vertraute sie ihm das Kind nur ungern an.

Dass Vincent nicht Sams Sohn war, wusste niemand außer Angela. Seit sie nicht mehr im Estradido auftrat, hatte Dani sie aus den Augen verloren, aber gehört, ihre ehemalige Zimmergenossin würde nicht mehr tanzen, sondern nur mehr auf den Strich gehen. Damit schien sie genug zu verdienen.

Inzwischen hatte Dani eine neue Freundin gefunden – Gemini, eine hübsche brünette Französin, die an ihrer Seite tanzte. Die geschiedene junge Frau hatte einen Sohn namens Nando, der nur wenige Monate älter als Vincent war. Da sich die beiden Jungs gut verstanden, spielten sie oft miteinander, und ihre Mütter hatten beschlossen, sie im selben Kindergarten anzumelden.

Sam mochte Gemini nicht. Keinen, den er für eine Bedrohung hielt, mochte er, denn er wollte Dani und Vincent für sich allein haben. Für alle anderen empfand er wilde Eifersucht, die zu gelegentlichen Wutausbrüchen führte. Das ignorierte Dani. Langsam, aber stetig ging es mit ihm bergab. Er war nie über Emilys Verschwinden hinweggekommen, und Dani konnte ihm nicht helfen, seine erste Ehefrau zu vergessen. In gewisser Weise war Emily immer anwesend, stand zwischen ihnen, und Dani hatte gelernt, dies zu akzeptieren.

Vincent war ihr Retter. Sein hübsches kleines Gesicht zu betrachten, die Liebe in seinen dunklen Augen zu lesen – mehr brauchte sie nicht. „Mommy, ich liebe dich“, beteuerte er jeden Abend, wenn sie ihn ins Bett brachte und ihm eine Geschichte vorlas, bevor sie zur Arbeit ins Magiriano ging.

„Danke, mein Engel“, antwortete sie und küsste ihn. „Auch Mommy liebt dich – über alles in der Welt.“

Wenn Sam sich volllaufen ließ, engagierte sie einen Babysitter für das Kind. Das missfiel ihrem Mann. „Glaubst du etwa, ich könnte nicht auf ihn aufpassen?“ schrie er.

„Falls du weggehen willst, muss jemand bei Vincent bleiben. Du darfst ihn nicht allein lassen."

Eines Abends hatte er es getan. Nach der Show zurückkehrt, hatte sie den Jungen ohne Aufsicht angetroffen und einen hysterischen Anfall bekommen. Nie wieder würde das geschehen, schwor sie sich. Manchmal überlegte sie, wie sich die Dinge entwickelt hätten, wäre Emily nicht verschwunden. Würde Sam immer noch mit seiner ersten Frau glücklich sein? Hätte er nicht zu trinken begonnen? *Und wäre ich schwanger geworden?* Wenn Emily sie damals beraten hätte, wäre sie vielleicht klüger gewesen.

Doch es lohnte sich nicht, darüber nachzudenken, denn es spielte keine Rolle. Sie hatte Vincent, und er bedeutete ihr *alles.* Eines Tages kehrte sie mit ihm vom Marktplatz zurück und glaubte, Mandy Spives zu sehen – ein grässlicher Moment. Unwillkürlich umfasste sie die kleine Hand ihres Sohnes noch fester.

„Was'n los, Mommy?" Mit großen Augen schaute er zu ihr auf.

„Nichts", antwortete sie, als Manny Spives – er war es tatsächlich – an ihr vorbeieilte und kaum Notiz von ihr nahm. Natürlich würde er sie nicht wiedererkennen. Mittlerweile waren einige Jahre vergangen, und sie hatte sich verändert. Auf der Bühne eine strahlende Göttin, präsentierte sie sich im Privatleben ganz anders – das lange blonde Haar im Nacken zusammengebunden, ohne Make-up, mit einer Großmutterbrille, schlicht gekleidet.

Bei Mannys Anblick kehrten all die Erinnerungen zurück – an die Nacht, in der er mit seinem New Yorker Begleiter im Zuschauerraum gesessen hatte. Und am nächsten

Morgen hatte Michael ihr von den schrecklichen Lügen des Schurken erzählt. Und dann – ein paar Wochen später, die einzige gemeinsame Nacht voll unvergesslicher Leidenschaft …

Verdammt, sie musste ihn endlich aus ihren Gedanken verbannen.

Du denkst nur an ihn, weil er Vincents Vater ist, flüsterte eine innere Stimme. *Deshalb hast du Vincent nach ihm benannt.*

Oh nein.

Doch. Erinnerst du dich an das Café im Estradido? Dort hatte er erwähnt, sein voller Name laute Vincenzio Michael Castellino.

Ja, daran erinnerte sie sich. Aber es hing nicht mit dem Namen zusammen, den sie ihrem Sohn gegeben hatte. Vincent war einfach nur ein populärer Name, der gut klang.

Als sie an diesem Abend nach Hause kam, wurde sie von einem enthusiastischen Sam begrüßt. „Ich habe einen fantastischen Plan“, verkündete er aufgeregt. „Damit werden wir Millionen verdienen.“

Das war seine neueste Marotte – dauernd drängte er Dani, in dieses oder jenes Projekt zu investieren.

„Was ist es diesmal?“

„Windmühlen! Alle Leute wollen Windmühlen, ein ganz neuer Steuertrick. Und …“, triumphierend machte er eine Pause, „weißt du was? Diese Windmühlen werde *ich* bauen.“

„Oh, du wirst Windmühlen bauen?“ fragte sie geduldig.

„Oh ja.“ Freudestrahlend ging er umher. „Ich habe jemanden kennen gelernt, der wird mir zeigen, wie man's angeht."

„Willst du eigenhändig Windmühlen bauen?"

„Natürlich nicht, ich engagiere ein Team, das ich beaufsichtigen werde."

„Klingt gut", erwiderte sie und dachte: Was für eine blödsinnige Idee.

„Also bist du einverstanden!" rief er überglücklich. „Dafür musst du mir nur zehn Riesen geben."

Oh ja, ganz klar – du brauchst mich und mein Geld.

„So viel habe ich nicht, Sam", entgegnete sie in ruhigem Ton. *Selbst wenn ich's hätte, würde ich dir nicht erlauben, eine solche Summe in Windmühlen zu stecken.*

„Das hast du falsch verstanden, Schätzchen." Hektisch bewegte er beide Arme durch die Luft. „Hier geht's um ein ganz großes Geschäft. Wie gesagt, diese Windmühlen werden uns Millionen einbringen."

Entschlossen schwieg sie. Wieder brach er einen Streit vom Zaun, und sie hasste ihn, weil er dabei keine Rücksicht auf Vincents Anwesenheit nahm.

„Nun?" fragte er kampflustig. „Gibst du mir das Geld oder nicht?"

Oh Gott, warum mutete er ihr diesen Unsinn zu? „Um mich zu wiederholen, ich habe keine zehntausend Dollar."

„Doch, die hast du." Auf seiner Oberlippe glänzten Schweißperlen. „Jede Woche legst du was zur Seite. Du verdienst ein Vermögen. Nur ich kriege nichts davon."

„Was ich mit meinem Geld mache, habe ich dir erklärt", entgegnete sie leise. „Ich bringe es zur Bank, um für Vincents Studium zu sparen."

„Warum willst du ihn aufs College schicken? Da waren wir beide ja auch nicht. Und es hat mich nie gestört."

„*Dich* vielleicht nicht. Aber *ich* hätte jedenfalls sehr gern studiert."

Wütend starrte er sie an. „Also wirst du mir nicht helfen?"

„Mit *Hilfe* hat das nichts zu tun."

„Okay, ich verschwinde!" schrie er. „Hol dir einen Babysitter für heute Abend." Krachend fiel die Tür hinter ihm ins Schloss.

Es war einfach unmöglich, mit Sam auszukommen. Offenbar legte er keinen Wert auf eine glückliche Ehe. Sie sah ihn nur lächeln, wenn er mit Vincent im Park Ball spielte. Aber das geschah sehr selten.

„Ist Daddy böse?" Der Junge zog seine Spielzeugeisenbahn über die hölzernen Gleise.

„Nein, natürlich nicht", versicherte sie.

„Böse! Böse! Böse!" rief er in fröhlichem Singsang.

Was mochte die Zukunft bringen? Ihr Sohn sollte nicht in dieser Atmosphäre ohne Liebe oder Respekt aufwachsen. Und die Streitigkeiten mit Sam eskalierten zusehends. Sie musste eine Entscheidung treffen. Je früher, desto besser für sie alle.

21. KAPITEL

Dienstag, 10. Juli 2001

„Ich kann nicht atmen ..." Qualvoll rang Natalie nach Luft. „Ich fürchte, ich falle in Ohnmacht."

„Nicht!" flehte Madison. Auch sie stand Todesängste aus, die sie krampfhaft versuchte zu verbergen. Ihre Wangen waren mit Blut bespritzt. Auf ihrer Brust schien eine bleischwere Last zu liegen. Sie sah immer noch den sinnlosen Mord vor sich, das war erst einige Minuten her. Unentwegt dachte sie an Jake. Wäre er bloß hier und würde die Geiseln retten ...

Voller Zorn und Frust riss der Anführer der Bande plötzlich seine Strumpfmaske vom Kopf und schleuderte sie beiseite. Er war blass, mit schmalem Gesicht, spitzem Kinn und langer Nase, sein Haar militärisch kurz geschnitten. Auf seiner Haut glänzte Schweiß, seine Augen flackerten wild, als wäre er high.

Wie ein Neo-Nazi sieht er aus, dachte Madison, oder wie einer dieser Skinheads, die alle Menschen hassen.

„Merkt ihr jetzt, wozu ihr mich zwingt, ihr Arschlöcher?" schrie er. „Was ihr mir antut? Schafft einen gottverdammten Van hierher, oder ich knalle noch jemanden nieder!" Dann zog er sich an das andere Ende des Lokals zurück, wo er mit seinen beiden Komplizen dicht zusammenstand.

Cole zog ein Tuch von einem der Tische und breitete es über die junge Frau, die der Gangster niedergeschossen hatte. Offensichtlich war sie tot. Die weiblichen Geiseln jammerten und schluchzten, die männlichen kauerten schweigend am Boden, starr vor Entsetzen.

„Hast du sein Gesicht gesehen, Cole?“ flüsterte Madison. „Er ist noch ein Kind.“

„Ich wünschte, ich hätte seine miese Visage *nicht* gesehen“, erwiderte Cole grimmig.

„Ja, ich auch. Der Junge ist höchstens siebzehn.“

„Hör mal, ich versuche, mit einigen Leidensgenossen zu reden. Vielleicht können wir die Schurken überwältigen.“

„Lass das lieber bleiben. Der Anführer hat eine Uzi und würde nur ein paar Sekunden brauchen, um uns alle zu ermorden.“

„Das glaube ich nicht.“

„Warum nicht? Immerhin hat er schon zwei Menschen umgebracht – und nichts zu verlieren.“

„Sicher können wir ihn unschädlich machen. Wie du gesagt hast – er ist noch ein Kind.“

„Weißt du nicht, wozu Kinder fähig sind? Erinnerst du dich an das Massaker in der Columbine School?“

„Und was sollen wir *tun?*“ fragte Cole bedrückt. „Einfach dasitzen und unser Schicksal akzeptieren? Sollen wir kampflos zuschauen, wie er uns der Reihe nach erschießt?“

Natürlich hatte er Recht, sie mussten etwas unternehmen. Aber es wäre reiner Wahnsinn, ein Risiko einzugehen.

„Am besten rede ich wieder mit der Polizei“, schlug sie tapfer vor. „Vermutlich beabsichtigen die Cops gar nicht, einen Van hierherzubringen, und ich kann sie vielleicht umstimmen.“

Der Bandit Nummer eins stolzierte in die Mitte des Raums. Nachdem er die Maske abgenommen hatte, schien er zu triumphieren und vor Selbstbewusstsein zu strotzen. Verächtlich musterte er seine Gefangenen. Madison hob eine Hand. Als sie weißes Pulver auf seiner Nasenspitze entdeckte, wurde ihr fast übel.

„Was zum Teufel wollen Sie?“ kreischte er, ein gefährliches Glitzern in den Augen.

„Erlauben Sie mir, noch einmal mit der Polizei zu sprechen.“

„Letztes Mal haben Sie Mist gebaut.“

„Bitte – ich weiß, ich kann Ihnen helfen.“ Beinahe überschlug sich ihre Stimme. „Darf ich es noch einmal versuchen?“

„Okay, und machen Sie den Bullen klar, was hier drin passiert“, befahl er höhnisch. „Alle fünfzehn Minuten stirbt jemand.“

„Heute Nacht will ich nicht allein bleiben“, gestand Sofia, sobald der Bentley vor der Pension hielt, in der sie wohnte.

„Wie, bitte?“ fragte Gianni. Noch nie war ihm ein solches Mädchen begegnet. Sofia steckte voller Überraschungen.

„Heute Nacht will ich nicht allein bleiben“, wiederholte sie und biss auf ihre Unterlippe. „Kann ich nicht bei Ihnen auf dem Boden übernachten?“

Erstaunt hob er die Brauen. „Möchten Sie mit mir kommen?“

„Sie sind doch vertrauenswürdig, oder?“ fragte sie. Dann entschied sie, dass er’s war. „Außerdem“, fügte sie hinzu, „wissen Sie ja, wozu ich im Stande bin, wenn Sie’s nicht sind. Dann schreie ich, bis die Wände wackeln.“

„Okay. Ich wohne in einem Hotel. Da werde ich ein Zimmer für Sie buchen."

„Anscheinend verstehen Sie nicht, worum's geht. Ich brauche kein Zimmer. Im Augenblick kann ich nicht allein sein."

„Sie *können* nicht allein sein?"

„Manchmal drehe ich mitten in der Nacht durch und habe böse Träume."

„Wollen Sie mit mir schlafen?"

„Nicht *mit* Ihnen, nur im selben Zimmer."

„Was Sie da sagen, ergibt keinen Sinn, junge Dame", sagte Gianni in strengem Ton.

„He, nennen Sie mich nicht *junge Dame*, wie ein alter Knacker, der schon reif für den Friedhof ist. Wie alt sind Sie eigentlich?"

„Sechsundvierzig. Also nach Ihren Maßstäben – ein alter Knacker?"

„Sind Sie denn vielleicht schwul?" Prüfend schaute sie in seine Augen.

„Sehe ich etwa schwul aus?" rief er gekränkt.

„Nein." Eher wie ein Model aus einem Magazin für teure Herrenmoden, dachte sie. „Es ist nur so – heutzutage weiß man das nie. Um ehrlich zu sein", seufzte sie, „ich wünschte, Sie wären schwul."

„Tatsächlich?"

„Jace, einer meiner besten Freunde, war schwul. Da gab's ein Problem – ich brachte ihn einfach nicht unter Kontrolle. Während wir zusammen durch Europa reisten, geriet er dauernd in Schwierigkeiten."

„In welche?"

„Nun, in Situationen, die Ihnen missfallen würden, Gianni."

„Darf ich fragen, wie alt Sie sind?"

„Nun – eh – achtzehn."

„Wie lange sind Sie durch Europa gereist?"

„Das war cool", antwortete sie ausweichend. Über ihre Reisen wollte sie nicht reden.

„Wären Sie meine Tochter, hätten Sie's *nicht* cool gefunden."

„Mein Dad kümmert sich einen Scheißdreck um mich." Lässig zuckte sie die Achseln. „Ich glaube, er ist froh, dass er mich los ist."

„Wo steckt er?"

„Wer weiß? Manchmal in New York, manchmal in Vegas. Da komme ich übrigens her, aus Vegas."

„Werden dort tatsächlich Menschen geboren?"

„Was glauben Sie denn? Dass die Leute nur hinkommen, um ihr Geld zu verspielen?"

„Eine merkwürdige Stadt."

„Waren Sie schon mal dort?"

„Einmal, bei einer Wohltätigkeitsgala."

„Natürlich", entgegnete Sofia sarkastisch. „Warum sollte sich ein würdevoller, kultivierter Mann wie Sie denn auch sonst in eine so abgeschmackte, kitschige Atmosphäre begeben?"

„Was meinen Sie?"

„Sie sind so *spießig*", erklärte sie und verzog das Gesicht.

„*Wie*, bitte?"

„Spießig. Relaxen Sie doch ein bisschen, das wird Sie wirklich nicht umbringen."

„Oh, ich bin völlig entspannt. *Sie* sind nervös, Sofia.“

„Also?“ Der Gedanke an die drohende Einsamkeit nahm ihr fast den Atem. „Darf ich bei Ihnen schlafen oder nicht?“

„Liebes Mädchen, so verlockend der Vorschlag auch klingt – ich fürchte, meine Freundin wäre dagegen.“

„Was, Sie haben eine Freundin?“ fragte sie verwirrt.

„Warum überrascht Sie das?“

„Keine Ahnung, irgendwie wirken Sie – asexuell.“

„Eine schlimmere Kränkung kann man einem Italiener gar nicht zufügen.“

„Tut mir leid.“

„Wieso glauben Sie das?“

„Das weiß ich nicht …“ Unsicher rutschte sie auf dem weichen Ledersitz herum. „Sie ruhen so unerschütterlich in sich selbst – in Ihrem teuren Anzug, in Ihrem Snobismus. Deshalb kann ich mir nicht vorstellen, dass Sie's mit irgendjemandem aushalten. Wer ist denn Ihre Freundin?“

„Ein berühmtes Model.“

„Oh!“ kicherte sie. „Ein Boss, der sein Personal bumst?“

„Was für ein ordinäres Mädchen Sie sind …“

„Darauf fahren manche Leute ab.“

„Ich nicht, Sofia.“

„Okay, manchmal sitze ich allein in meinem Bett und bekämpfe meine Albträume. Nicht, dass *Sie* sich deshalb sorgen müssen“, fügte sie hinzu und umfasste den Griff der Autotür.

Da legte er seine Hand über ihre. „Nein, kommen Sie mit mir.“

„Und Ihre Freundin?“

„Die ist in Paris."

„Dann war's nur ein Trick, um mich abzuwimmeln?"

„Würde mir das gelingen?"

„Nein."

„Gut." Gianni klopfte an die Glaswand, die den Fond vom Chauffeur trennte. „Bitte, zum Hotel, Manuel."

„Welches Hotel ist das?" fragte Sofia.

„Das Marbella Club."

„Wo sonst?" murmelte sie.

Wäre Vincent bewaffnet gewesen, hätte er eine Kugel in Andy Dales Filmstargesicht gefeuert. Wie konnte sich dieser kleine, unbegabte Schauspieler einbilden, sein widerwärtiges Verhalten würde ungestraft bleiben?

Und was ging in Jennas Kopf vor? Nackt in einem Whirlpool, mit einem anderen Mann, in *seinem* Hotel? Sie musste verrückt sein. Offenbar hatte sie den letzten Rest ihres Verstandes verloren. Nun musste er sich scheiden lassen. Sie hatte ihn respektlos behandelt, das schlimmste Verbrechen, das sie verüben konnte.

„Komm da raus", befahl er, kaum fähig, die Worte hervorzuwürgen.

„Ach, Schätzchen!" piepste sie mit ihrer Kleinmädchenstimme. „Tut mir *so* leid. Ich weiß, ich hätte zum Tisch zurückkommen müssen. Aber da traf ich Andy und Anais, und sie luden mich hierher ein. Gerade wollte ich dich anrufen und fragen, ob du dich zu uns gesellen willst."

„Ich wiederhole – komm da raus."

Herausfordernd starrte sie ihn an. „Und wenn ich mich weigere?" fragte sie, um ihn zu testen.

„Nicht einmal *du* kannst so blöd sein.“ Dann richtete er seine Aufmerksamkeit auf Andy Dale. „Und Sie kommen auch raus. Packen Sie Ihren Kram zusammen, nehmen Sie Ihre Freundin und verlassen Sie das Hotel.“

„Reden Sie mit *mir?*“ Andy Dales Brauen schnellten empor.

„Ja, mit Ihnen.“

„Wissen Sie, wer ich bin?“

Großer Gott, hatten sie nicht vor kurzem ein ähnliches Gespräch geführt? „Wissen Sie, wer *ich* bin?“ konterte Vincent.

„Oh ja“, spottete Andy. „Ein Arschloch, das seiner Frau völlig egal ist.“

Für diesen Abend hatte Vincent genug erduldet. Mit langen Schritten ging er zum Pool, packte Jenna am Arm und zerrte sie heraus.

„Autsch!“ jammerte sie – nur halb nackt, in einem winzigen, jetzt durchsichtigen Tanga. „Du tust mir weh!“

„Zieh dich an!“ zischte er.

„So darfst du mich nicht behandeln“, protestierte sie. „Ich bin deine Ehefrau! Nicht dein Eigentum!“

„Gewiss, meine Ehefrau“, bestätigte er heiser. „Und *meine* Ehefrau sitzt fast nackt in einem Jacuzzi, mit diesem miesen Schmierenkomödianten!“

„Moment mal!“ rief Andy. „Wen beleidigen Sie hier eigentlich? Letztes Jahr habe ich einen Golden Globe gewonnen. Das sollten Sie nicht vergessen.“

„Gar nichts vergesse ich. Und jetzt bewegen Sie Ihren reizlosen Arsch da raus!“

„Sobald ich dazu bereit bin, werde ich hinaussteigen“,

verkündete Andy. „Und in der Zwischenzeit rufe ich meinen Manager an. Diesem Schuppen blüht die schlechteste PR, die ein Hotel nur kriegen kann."

„Was Sie machen, ist mir scheißegal. Ich schicke jemanden hierher, der Sie hinauswirft. Auf *meinem* Grund und Boden haben Sie nichts mehr zu suchen."

„Wie gemein du bist!" klagte Jenna. Sie begann zu schluchzen, das hübsche Gesicht vor Selbstmitleid verzerrt. „Das alles ist *meine* Schuld, und Andy hat gar nichts verbrochen."

„Halt den Mund, Jenna, es reicht!" fauchte Vincent. „Und zieh dich endlich an!" Schmollend griff sie nach ihrem Kleid.

„Gehen wir irgendwohin?" Träge rekelte sich Anais im sprudelnden Wasser, ihre spitzen Brustwarzen schauten aus dem sprudelnden Wasser hervor.

„Nein!" stieß Andy hervor.

„Doch", verbesserte ihn Vincent. Gewaltsam holte er den Schauspieler aus der Wanne und warf ihn zu Boden. Plötzlich war Andy ein wehrloses nasses Etwas.

„Scheiße!" winselte er und versuchte, seine Blöße zu bedecken. „Dafür werden Sie büßen, mitsamt Ihrem verdammten Hotel!"

Mittlerweile hatte sich Jenna in ihr Kleid gezwängt. Vincent hob ihre Schuhe auf, umklammerte ihren Arm und führte sie zum Lift.

„Vorerst bleibe ich hier." Michael stieg aus dem Bett. „Falls du deine Putzfrau erwartest, ruf sie an und sag ihr ab."

„Das gefällt mir so an dir, Michael", erwiderte Dani

und richtete sich auf. „Wie du meine Gefühle berücksichtigst …“

„Darauf achte ich doch immer.“

„Habe ich dir meine Gastfreundschaft angeboten?“

„Willst du mich etwa wegschicken?“ fragte er und schlüpfte in seine Hose.

„Spielt das eine Rolle?“ seufzte sie und griff nach ihrem Morgenmantel.

„Komm schon, Schätzchen, streiten wir nicht. Ich brauche einen sicheren Hafen, wo ich ungestört nachdenken kann. Und den finde ich nur bei *dir.*“

„Klar, nur bei mir …“ Warum ließ sie sich nach all den Jahren immer noch von Michael breitschlagen?

„Also, was ich jetzt will …“, begann er in geschäftsmäßigem Ton. „Ruf Vincent an, er soll herkommen.“

„Es ist schon spät.“

„Sicher treibt er sich im Casino herum, nicht wahr? Oder in seinem Restaurant.“

„Ich lasse ihn nicht beschatten, Michael.“

„Versuch, ihn zu erreichen. Ich muss ihn sehen.“

„Jetzt?“

„Nein, in ein oder zwei Wochen, das wäre völlig okay.“

„Spar mir deinen Sarkasmus. Mal sehen, was ich tun kann.“ Sie nahm den Telefonhörer ab und wählte die Nummer des Hotelmanagers. „Ist Vincent da, Mario?“

„Vorhin war er im Casino, Mrs. Castle. Er sagte, er würde ins Penthouse gehen. Heute Abend haben wir ein paar prominente Gäste. Vielleicht amüsiert er sich auf einer Party.“

„Vincent ist kein Partytyp. Das wissen wir alle.“

„Nun ja – ich glaube, er hat die *andere* Mrs. Castle gesucht – seine Frau."

„Ah ... Wenn Sie ihn sehen, würden Sie ihn bitten, mich anzurufen? Es ist dringend."

„Natürlich, Mrs. Castle."

Dani legte auf. „Zufrieden, Michael?"

„Bei dir bin ich immer zufrieden."

„Um Himmels willen, fang nicht mit *dieser* Tour an!"

„Komm mit, trinken wir was."

Resigniert folgte sie ihm ins Wohnzimmer.

„Was hast du eigentlich heute Abend mit diesem Trottel gemacht?" fragte er und trat an die Bar. „Du weißt doch, dass ich ihn nicht ausstehen kann."

„Wie oft soll ich's dir noch sagen? Dean ist kein Trottel, sondern ein sehr netter Mann, der mir immer wieder geholfen hat."

„Wann hast *du* jemals Hilfe gebraucht? Wo du doch so großen Wert auf deine Unabhängigkeit legst?" Michael schenkte ihr einen Wodka ein und fügte Eiswürfel hinzu.

„Hör bloß *damit* auf!" mahnte sie. „Dafür bin ich nicht in Stimmung."

„Okay, beruhige dich", bat er grinsend.

Nichts nahm er ernst, und das ärgerte sie maßlos. Aber wann immer er lächelte, konnte sie ihm nicht böse sein.

„Weiß Madison, dass du auf der Flucht bist?" erinnerte sie ihn an seine Situation.

„Bin ich das? Auf der Flucht?" Wehmütig verzog er die Lippen. „Ist es so weit mit mir gekommen?"

„Wenn die Polizei dich sucht und nicht findet, bist du ganz bestimmt auf der Flucht."

„Soll ich sie anrufen?" Michael reichte ihr den Drink.

„Warum fragst du *mich?* Sie ist *deine* Tochter."

„Ja, ich werde sie anrufen", entschied er. „Und *du* versuchst Sofia zu erreichen. Sag ihr, sie soll sofort nach Hause kommen. Vincent wird ein paar Leute abkommandieren, die euch alle beschützen."

Als Madison acht Jahre alt gewesen war, hatte sie eine Familie erfunden. Da gab es einen Daddy, der immer da war, wenn sie ihn brauchte, und eine warmherzige, liebevolle Mommy, außerdem einen großen Bruder, den sie anbetete, weil er sie vor allen Gefahren beschützte. Sie nannte ihn Cooper.

Mit Cooper verbrachte sie einen Großteil ihres imaginären Lebens. Gemeinsam bestanden sie unglaubliche Abenteuer. Sie lachten und spielten. Stets setzte sich der eine für den anderen ein.

In Wirklichkeit war sie mit acht Jahren ein sehr einsames Kind gewesen. Stella, ihre distanzierte Mutter, eine schöne blonde Marilyn Monroe-Imitation, litt jedes Mal, wenn das kleine Mädchen irgendetwas brauchte, unter Kopfschmerzen.

Und Michael, der attraktive Vater, unternahm ständig Geschäftsreisen.

Nur die Kindermädchen, die kamen und gingen, waren Madisons Bezugspersonen. Und so wurde der imaginäre Bruder ihr bester Freund, der einzige Mensch, auf den sie sich verlassen konnte.

Als sie Vincent kennen gelernt hatte, war sie völlig verblüfft gewesen. Also existierte tatsächlich ein Halbbruder, von dem sie nichts gewusst hatte. Ein Bruder, der ihr glich – der genauso aussah wie Michael. Jene Begegnung hatte sie zutiefst erschüttert.

Und jetzt saß sie in der Gluthitze des Mario's, mit einer Killerbande und hysterischen Geiseln, und wünschte inständig, Cooper würde auftauchen und sie retten. Und wenn nicht Cooper, vielleicht ihr *richtiger* Halbbruder Vincent. Oder Jake – ihr wundervoller Jake …

Aber weil keiner von den dreien erschien, musste sie das Problem selber lösen. Verdammt, sie würde heil hier rauskommen. Ganz bestimmt!

„Lassen Sie mich mit der Polizei reden!“ beschwor sie den Banditen Nummer eins, der auf und ab spazierte und mit seiner Uzi herumfuchtelte.

„Tun Sie das!“ In seinen Augen loderte wilder Hass. „Und wenn Sie nichts erreichen, sind Sie das nächste blöde Biest, das eine Kugel in den Kopf kriegt.“

Madison erschauerte. Sollte die schlimmste Nacht ihres Lebens auch die letzte werden?

22. *KAPITEL*

Michael, 1970

Nach dem erfolglosen Versuch, den Don zu sprechen, und der Diskussion mit Tommaso überlegte Michael, was jetzt zu tun war. Er musste Mr. G. alles erklären und seinen Job zurückerobern. Wie sollte er denn sonst Geld verdienen? Außerdem vermisste er die Giovannis. Für ihn waren die beiden wie eine Familie gewesen, und er fühlte sich mit Vito stärker verbunden als mit seinem richtigen Vater. Und wenn sich Mamie in heiterer Stimmung befand, war sie gar nicht so übel.

Unglücklicherweise würde es ihm schwer fallen, an Mr. G. heranzukommen. Und wenn es ihm gelang – wem würde Vito glauben? Ihm oder Tommaso? Letzten Endes entschied er, nur Mamie könnte ihm helfen. Und die hatte ihn nicht besonders freundlich begrüßt.

In der Zwischenzeit saß er auf Max' und Tinas Couch fest und musste sich anhören, wie die beiden seine Zukunft planten.

Max hatte seinen Schwiegervater dazu überredet, Michael einen Job in der Autohandlung anzubieten. „Dass du im Knast warst, weiß er. Trotzdem gibt er dir eine Chance, wenn du versprichst, du würdest nichts Schlimmes mehr anstellen."

„Moment mal!" Entsetzt erschauderte Michael bei dem Gedanken, Autos zu verkaufen, um seinen Lebensunterhalt zu verdienen. „Du kennst mich doch. Für einen Job von neun bis fünf bin ich nicht geschaffen."

„Also sagst du nein?“ rief Max beleidigt.

„Hör mal, um meine beruflichen Aussichten kümmere ich mich selber, okay?“

„Weißt du, was dein Problem ist?“

„Spuck’s aus.“

„Du bist ein undankbares Arschloch“, erklärte Max in liebevollem Ton, weil er in Michael den Bruder sah, den er nie gehabt hatte. Und er liebte ihn wirklich.

Ein paar Tage vor Michaels Entlassung aus dem Gefängnis hatte ihn Karl Edgington an die Telefonnummer erinnert, die er anrufen sollte. „Vertrau mir. Da kannst du eine Menge Geld machen.“

Sollte er einem Mann trauen, der zwei Millionen veruntreut hatte? Da war er sich nicht sicher. Aber er verwahrte die Nummer, für alle Fälle.

Tina wollte ihn einigen ihrer Freundinnen vorstellen.

„Geh mir nicht auf den Geist, Tina!“ stöhnte er. „Deine Freundinnen *kenne* ich. Wir waren alle zusammen in der Schule, nicht wahr?“

„Nein, jetzt habe ich andere Freundinnen“, erwiderte sie, fest entschlossen, Michael eine Ehefrau zu vermitteln. „Die solltest du kennen lernen. Lauter *anständige* Mädchen“, fügte sie bedeutsam hinzu.

„Erst mal muss ich von eurer Couch runterkommen. *Danach* werde ich an Mädchen denken.“

„Oh, ich sehe dich sehr gern auf unserer Couch“, versuchte sie, mit ihm zu flirten.

Das tat sie in letzter Zeit etwas zu oft, und er hoffte, es würde seinen Freund nicht wurmen. Jeden Tag, wenn Max zur Arbeit ging, war er mit Tina und den Kindern allein im Haus. Normalerweise setzte sie die beiden Kleinen ins Wohnzimmer vor den Fernseher, wo sie Kekse aßen und sich endlose Trickfilme anschauten.

„Tut ihnen das gut, Tina?“ fragte Michael eines Morgens. „Sollten sie nicht lieber im Park spielen?“

„Wenn sie Ruhe geben, ist's okay. Gehen wir in die Küche, ich mache Kaffee.“

Er glaubte, sie wäre immer noch sauer, weil er sie vor all den Jahren abserviert hatte. Ab und zu nervte sie ihn mit bissigen Kommentaren und deutete an, sie hätten zusammenbleiben können.

Und so beschloss er, das Thema anzuschneiden, bevor sie etwas sagte, das sie vielleicht bereuen würde. „Weißt du, es freut mich, dass du so glücklich mit Max bist“, begann er und setzte sich an den Küchentisch. Dann fügte er ein Kompliment hinzu. „Obwohl du zwei Kids hast, bist du nach wie vor ein süßes Baby.“

Sichtlich beglückt, löffelte sie Instantkaffee in zwei Tassen und goss heißes Wasser darauf. „Meinst du?“

„Klar, das dachte ich schon *immer.*“

„Hmmm …“, murmelte sie und reichte ihm eine dampfende Tasse. „Wenn ich so süß bin – warum hast du dann mit mir Schluss gemacht?“

„Komm schon, Tina, wir waren Kinder.“ Michael griff nach der Zuckerdose. „Damals wussten wir noch gar nicht, was wir wollten.“

„Also, *ich* wusste es“, betonte sie und schaute ihn eindringlich an.

„Ja“, bestätigte er prompt, „du wolltest heiraten, und ich war gegen eine ernsthafte Bindung.“

„Warum?“

„Weil ich nicht so bin wie Max. Das ist ein *ehrbarer* Junge. Nun habt ihr Kinder und ein schönes Haus, alles in bester Ordnung.“

„Ja, vielleicht“, stimmte sie vage zu und nahm ihm gegenüber Platz.

„*Vielleicht?* Red keinen Scheiß!“

„Es ist nur – du und ich, Michael, wir beide – das war ganz was Besonderes, nicht wahr?“ Plötzlich glänzten ihre Augen.

Verdammt, die Konversation führte *eindeutig* in die falsche Richtung. „Ich wiederhole“, sagte er entschieden, „wir waren Kinder. Und zum Glück bist du schlau genug gewesen, mich nicht an dich ranzulassen.“

„Obwohl du dauernd drum gebettelt hast“, ergänzte sie mit einem wissenden Lächeln.

„Ja, obwohl ich dauernd drum gebettelt habe“, gab er zu. Bei dieser Erinnerung musste er grinsen. Damals war er mit einem konstanten Ständer herumgelaufen. Und Tina hatte genauso hartnäckig ihre Unschuld gehütet.

Sie befingerte den Rand ihrer Kaffeetasse, eine fast anzügliche Geste. „Möglicherweise ist es noch nicht zu spät ...“

„Stopp!“ Michael hob abwehrend eine Hand. „Hör sofort auf mit diesem Unsinn!“

„Oh, ich will dich nur ein bisschen hänseln“, gestand sie und lachte.

„Ja – das konntest du schon immer großartig, wenn ich mich recht entsinne.“

An diesem Tag kam Max früher von der Arbeit nach Hause, und sie zogen zu zweit los, um ihren alten Freund

Charlie zu besuchen, der immer noch bei seinen Eltern wohnte und beschissen aussah.

Das war nicht mehr der Charlie, an den sich Michael erinnerte. Den großen, bulligen, stets gut gelaunten Charlie mit den Elvis-Koteletten gab es längst nicht mehr. An seine Stelle war ein deprimierter 25-Jähriger getreten, mit Bürstenschnitt und müden Augen. Schon jetzt, um vier Uhr nachmittags, roch sein Atem nach Alkohol. Nicht nur ein Bein, auch seinen Lebensmut hatte er in Vietnam verloren.

Diese Verzweiflung kannte Michael. Oft genug hatte er sie im Blick seines Vaters gesehen, während er heranwuchs. „He, Mann, wie geht's?" fragte er in erzwungenem fröhlichen Ton.

„Wie soll's mir schon gehen, mit einem einzigen verdammten Bein?"

„Tut mir leid. Sicher fühlst du dich lausig."

„Der Doktor hat mir diese blöde Plastikprothese aufgehalst", klagte Charlie. „Mit der hab ich höllische Schmerzen."

„Gibt's da nichts Besseres?"

„Zu teuer."

Am nächsten Tag informierte sich Michael über die Einzelheiten, ging an seine Ersparnisse heran und gab Max eine beträchtliche Summe, mit dem Auftrag, eine erstklassige Prothese zu beschaffen. „Sag ihm bloß nicht, dass ich das Ding bezahle."

„Woher hast du so viel Geld?" wollte Max wissen.

„Hab ich für schlechte Zeiten gespart."

Für den nächsten Abend hatte Tina ein Date zu viert arrangiert und ignorierte Michaels Protest. Susie und Harry lagen bereits im Bett, als die Babysitter eintrafen, die Delagado-Zwillinge – blutjunge Mädchen, klein und schlank, exotische Schönheiten mit dunklem Teint, weit auseinander stehenden Augen, vollen Lippen und glänzendem schwarzen Haar. Catherine war still und gewissenhaft, Beth ziemlich temperamentvoll.

„Wo hast du denn *die* aufgestöbert, Tina?“ fragte Michael.

„Sie wohnen nebenan bei ihrer Tante Gloria“, erklärte sie und spähte in den Spiegel. „Vor ein paar Monaten kamen sie aus Kuba hierher. Die Tante gibt Unterricht in lateinamerikanischen Tänzen. Angeblich versteht sie was von ihrem Geschäft. Da sollten wir mal hingehen.“

„Süße kleine Babes, was?“ Max stieß Michael verstohlen an. „Keine Ahnung, warum meine Alte die zwei in meine Nähe lässt. Welch ein Glück für mich …“

„Hör auf deine Frau!“ Tina warf ihm einen warnenden Blick zu. „Unzucht mit Minderjährigen ist strafbar.“

„Wie alt sind sie denn?“ erkundigte sich Michael.

„Zu jung für dich.“ Max lachte dreckig.

„Fünfzehn“, verkündete Tina triumphierend. „Und *zehn* Jahre zu jung für euch *beide.*“

Diese Ansicht schien Beth nicht zu teilen. Sobald sie Michael sah, machte sie ihm schöne Augen. Aber er tat so, als würde er es nicht bemerken. Ein Kind in einem voll erblühten weiblichen Körper … außerdem erweckte sie den Eindruck, sie würde einen Mann in verdammt große Schwierigkeiten bringen.

Die junge Frau, die Tina für ihn ausgesucht hatte, war zu groß und zu ernsthaft. Natürlich passte sie nicht zu ihm – eine Bankangestellte namens April. Sie gingen zu viert ins

Kino. Nachdem Max und Michael die Damen auf ihre Plätze verfrachtet hatten, schlenderten sie ins Foyer, um Popcorn zu kaufen.

„Oh Gott!“ stöhnte Michael, an den Tresen gelehnt. „Was habt ihr mir angetan?“

„So ein nettes Mädchen.“ Max ergriff zwei Schokoriegel und vier Popcorn-Tüten. „Sehr intelligent.“

„Das Letzte, was ich brauche, ist ein *nettes* Mädchen“, murrte sein Freund.

„Vergiss es nicht – die Hässlichen sind immer am dankbarsten.“

Glaubt er wirklich, nur weil ich ein paar Jahre im Knast war, kann ich nicht selber einen Hasen finden? Idiotisch …

Nach dem Kino gingen sie in ein Restaurant, und die zwei Frauen stritten darüber, wer süßer sei – Paul Newman oder Steve McQueen.

„Mit McQueen würde ich mich jederzeit einlassen.“ Tina bestellte einen Burger und Pommes frites.

Entschieden schüttelte April den Kopf. „Paul Newman sieht so aus, als hätte er nicht nur Muskeln, sondern auch ein Hirn.“

Also ist sie auf der Suche nach einem schlauen Kopf, dachte Michael. Den wird sie bei mir nicht finden, weil ich der Trottel bin, den die Gauner reingelegt haben. Der Blödmann, der fünf Jahre hinter schwedischen Gardinen saß …

Mit jedem Tag wuchsen seine Wut und sein Frust. Irgendetwas musste er unternehmen, und zwar bald. Noch länger durfte er nicht tatenlos rumsitzen.

Ein paar Abende danach tauchten die Delagado-Zwillinge wieder auf. Tina und Max waren zu einer Hochzeitsfeier gegangen, und Michael sollte später nachkommen. Kaum waren die Schwestern eingetroffen, eilte Catherine die Treppe hinauf, um festzustellen, ob die Kinder schliefen. Dann setzte sie sich mit ihren Schulbüchern an den Küchentisch.

Beth tänzelte ins Wohnzimmer. „Hi, Michael", grüßte sie, schenkte ihm ein Sexy-Lächeln und sank auf die Armstütze seines Sessels.

„Hi, Schulmädchen."

Wie er zugeben musste, war sie bildschön mit ihrem üppigen schwarzen Haar, das über die Taille hinabreichte, den teuflischen braunen Augen und dem reizvollen Schmollmund. Sie trug enge Bluejeans und ein kariertes, in der Taille verknotetes Hemd, das glatte braune Haut entblößte. „Haben Sie mich vermisst?" fragte sie kokett.

„Ja", antwortete er, um mitzuspielen. „Geradezu verzweifelt."

„Kein Wunder", meinte sie und hob herausfordernd die Brauen.

„Wie war's heute in der Schule?"

„Wie immer." Seufzend schnitt sie eine Grimasse. „Da muss ich in einer Klasse voller Baby-Jungs sitzen. Hassen Sie Baby-Jungs etwa nicht?"

„Was sind Baby-Jungs?"

„Diese Typen, die nichts von Mädchen wissen." Vage zuckte sie die Achseln. „Ich mag *Männer.* Richtige Männer."

„Tatsächlich?" Wo hatten sich solche Mädchen versteckt, als *er* fünfzehn gewesen war?

„Allerdings." Ihre Zunge glitt über die vollen Lippen.

„Und wie viele *richtige* Männer hast du schon kennen gelernt?“

„Oh, da würden Sie staunen.“

„Darauf wette ich.“

„Sehr viele“, behauptete sie selbstbewusst.

„Ja?“

„Ja“, wiederholte sie und imitierte seinen Tonfall, ihr Blick entsprach einer unmissverständlichen Einladung.

Lachend schüttelte er den Kopf. „Du bist verrückt.“

„Um so was zu merken, muss man selber verrückt sein“, konterte sie und spielte mit einem zierlichen Kruzifix aus Amethyst, das an einer dünnen goldenen Halskette hing.

„Fünfzehn, nicht wahr?“ Gähnend streckte er sich. „Wenn du erwachsen bist, werden die Männer sicher bei dir Schlange stehen.“

„Glauben Sie, Michael, ich *bin* erwachsen.“

„Sagt das Schulmädchen“, neckte er sie.

Ihre dunklen Augen funkelten. „In Kuba werden die Frauen schneller erwachsen.“

„Das sehe ich“, bemerkte er und stand auf.

Schmollend schob sie ihre Unterlippe vor. „Ich habe schon viele Männerherzen gebrochen.“

„Danke für die Warnung.“

„Das kriege ich *wirklich* hin.“

„Daran zweifle ich nicht.“

„Mein Daddy hat mir gesagt, ich kann jeden Mann erobern, den ich will.“

„Oh, das hat er dir erzählt?“

„Mhm.“

„Und wo *ist* dein Daddy?“

„Auf Kuba, ein politischer Gefangener", erklärte sie in beiläufigem Ton. „Deshalb hat er's arrangiert, dass wir aus dem Land gebracht wurden. Nun sind wir schon sechs Monate hier."

„Wie klug von ihm ..."

„Ich glaube, Amerika gefällt mir. Abgesehen von den Baby-Jungs. Mit denen hat man keinen Spaß. Auf Kuba sind die Jungs – erwachsener."

„Du sprichst perfekt Englisch."

„Unser Vater hat uns erklärt, eine gute Ausbildung sei sehr wichtig."

„Ein weiterer Beweis für seine Intelligenz."

„Ja, wir haben schon in unserer Kindheit mehrere Sprachen gelernt."

„Und wo ist eure Mom?"

„Die rannte mit einem anderen weg, als wir drei Jahre alt waren. Sie war ziemlich wild – genau wie ich."

„Bist du stolz darauf?"

„Also, *Sie* haben's nötig, so zu reden!" fauchte sie. „Sind Sie nicht eben erst aus dem Gefängnis entlassen worden?"

Großer Gott, wie schnell sich schlechte Neuigkeiten verbreiten ...

„Nun muss ich gehen." Michael wandte sich zur Tür.

„Wie schade", seufzte sie und folgte ihm. Mit einem Fuß war er schon draußen, als sie ihm nachrief: „Haben Sie eine Muschi gehabt, seit Sie wieder draußen sind?"

Schockiert blieb er stehen. „*Was?*"

„Nur eine Frage", entgegnete sie unschuldig. „Das ist doch nicht so schlimm, oder?"

Verblüfft runzelte er die Stirn. Was für ein erstaunliches

Mädchen … „Frag mich noch mal, wenn du fünf Jahre älter bist.“

„Ha! Sie wissen gar nicht, was Ihnen entgeht.“

Genau, und er hatte auch gar nicht vor, das herauszufinden.

Als er die Hochzeitsfeier erreichte, hatte Tina zwei weitere Kandidatinnen für ihn aufgespürt – eine Brünette mit vorstehenden Zähnen und eine blasse Rothaarige. Beide attackierten ihn wie Ameisen einen Erdnussbuttertopf, bestürmten ihn mit Fragen, und zwischendurch erzählten sie ihm alles über sich selber. Was ihn nicht im Mindesten interessierte. „Allmählich kriege ich Ohrenschmerzen“, beschwerte er sich bei Max.

„Nach meiner Ansicht solltest du die Rothaarige bumsen“, schlug Max vor und grinste anzüglich. „Die hat's am nötigsten.“

„Treib's *du* doch mit ihr.“

„Ich bin ein verheirateter Mann.“

„Sag Tina wenigstens, sie soll mir keine Frauen mehr an den Hals hetzen.“

„Warum? Willst du dich nicht abreagieren?“

„Das werde ich tun, wann *ich's* für richtig halte.“

„Leg endlich los! Schon seit einer ganzen Woche bist du draußen. Hast du dir im Knast einen anderen Geschmack angewöhnt?“

„Zum Teufel mit dir, Max, das ist gar nicht komisch.“

„Und warum bist du nicht scharf?“

„Willst du die Wahrheit oder eine Lüge hören?“

„Lieber die Wahrheit.“

„Am Tag nach meiner Entlassung war ich bei einer

Nutte“, log Michael. Es fiel ihm leichter, irgendwas zu erfinden, als zu erklären, warum er keine Lust auf Sex hatte.

Beinahe traten die Augen seines Freundes aus den Höhlen. „*Was* hast du getan?“

„Ja, ich hab dafür bezahlt. Zum ersten Mal.“

„Wieso denn?“

„Weil es mir zu mühsam ist, Süßholz zu raspeln, eine Frau ins Bett zu locken und ihr weiszumachen, sie würde mir was bedeuten. Im Augenblick muss ich mich auf was anderes konzentrieren. Also tun mir den Gefallen und sag Tina, sie soll mich mit diesen Mädels verschonen.“

„Du meine Güte! Du hast dafür bezahlt? Wie war's?“

„Völlig unkompliziert. Genau das, was ich im Moment brauche.“

Kurz danach kündigte Tina an, die Tante der Delagado-Zwillinge würde eine Party geben, um den sechzehnten Geburtstag der Mädchen zu feiern. „Ich habe versprochen, wir würden vorbeischauen. Die Frau ist große Klasse. Sicher wird's lustig.“

„Wir dürfen die Kinder nicht allein lassen“, wandte Max ein.

„Doch“, widersprach Tina, auf diesen Spaß wollte sie keinesfalls verzichten. „Was ist schon dabei? Die beiden schlafen, und wir sind gleich nebenan.“

„Ich hüte die Kids“, sagte Michael, „und ihr zwei amüsiert euch.“

„Nein, das wäre unfair …“, begann Tina.

„Nützt meine Anwesenheit lieber aus“, unterbrach er sie. „Bald werde ich verschwinden.“

„Wenn du meinst …“ Es missfiel ihr immer noch, ihn daheim zu lassen.

„Völlig sicher“, beteuerte er. Statt den sechzehnten Geburtstag der beiden Mädchen zu feiern, blieb er viel lieber zu Hause.

An diesem Tag hatte er Gus getroffen, seinen Kumpel aus dem Knast. „Da bahnt sich was an, das dich vielleicht interessiert“, teilte Gus ihn mit.

„Was denn?“

„Darüber werde ich dich rechtzeitig informieren. Ein Spitzenjob. Da kann man das große Geld machen.“

„Und was müsste ich dafür tun?“

„Fahren. Das kannst du doch?“

Michael war fünfundzwanzig, arbeitslos und ein Exsträfling. Hatte er eine Wahl?

Ja. Er könnte die Telefonnummer wählen, die Karl Edgington ihm gegeben hatte. Vielleicht würde er das tun. Irgendwann.

An diesem Abend entschied er, er würde die letzte Nacht auf Max' und Tinas Couch verbringen. Allmählich wurde er träge und führte ein viel zu komfortables Leben. Außerdem passte es nicht zu seinem Stil, seinen Freunden auf der Tasche zu liegen. Wenn Gus ihm diesen Job anbot, würde Michael ihn annehmen. Er brauchte Geld. So schnell wie möglich.

Aus dem Nachbarhaus drang lateinamerikanische Musik herüber. Michael schaltete den Fernseher ein und schaute sich ein Montagabend-Footballspiel an.

Nach einer Weile musste er eingeschlafen sein, denn das Nächste, was ihm bewusst wurde, waren heulende Sirenen und rotierende Lichter vor dem Fenster. Erschrocken sprang er auf und rannte aus dem Haus. Auf dem Gehsteig drängte sich eine Menschenmenge, zwei Sanitäter trugen eine Bahre zu einer Ambulanz. Michael packte den Arm einer rundlichen Frau, die ein geblümtes Kleid trug. „Was ist los?“

„Oh Gott, sie ist tot“, jammerte sie. Über ihre Wangen rollten dicke Tränen, ihre Augen waren mit Mascara verschmiert. „Die Ärmste ist gestorben.“

„Wer?“ fragte er atemlos.

„Nun haben die kleinen Kinder keine Mutter mehr“, schluchzte sie. „Welch eine Tragödie!“

Plötzlich entdeckte er Max. Sein Freund saß am Gehsteigrand, den Kopf in die Hände gestützt.

Um Himmels willen! Irgendwas musste Tina zugestoßen sein – etwas Schreckliches.

23. KAPITEL

Dani, 1970

„Da gibt's jemanden, den du kennen lernen solltest", sagte Gemini.

„Was meinst du?" fragte Dani irritiert. „Wenn's ein Mann ist, geht es nicht, weil ich immer noch verheiratet bin."

Sie saßen im Park und beobachteten Vincent und Nando, die sich im Sandkasten vergnügten. Ihren Sohn spielen zu sehen, war Danis Lieblingsbeschäftigung. So ernsthaft und konzentriert ging er zu Werke, während Nando lieber herumtobte.

„Oh, *bitte!*" mahnte Gemini mit ihrem weichen französischen Akzent. „Du liebst deinen Ehemann nicht, Dani. Das weiß ich. Du bist eine Frau, und du brauchst ein erfülltes Leben. Verlass ihn endlich!"

„Nein, das kann ich nicht", erwiderte Dani, von Gewissensbissen gequält. „Als ich Hilfe brauchte, war er immer für mich da."

„Ich verstehe, dass du dich Sam verpflichtet fühlst. Immerhin ist er der Vater deines Kindes. Aber da er weder dir noch Vincent die Liebe schenkt, die ihr beide verdient, musst du an eure Zukunft denken."

„So einfach ist das nicht, sondern ziemlich kompliziert", klagte Dani und runzelte die Stirn.

„*Alles* ist kompliziert. Schau *mich* an! Obwohl Nandos Vater aus einer reichen Familie stammt, trennte ich mich von ihm. Ich fand mein Glück wichtiger als sein Geld."

„*Warum* ist deine Ehe gescheitert?"

„Weil er mich misshandelt hat. Sein Vater war ein mächtiger Mann in Kolumbien – und Moralis nur der Sohn. Seinen Frust ließ er an mir aus, mit seelischer *und* körperlicher Grausamkeit. Nach Nandos Geburt erkannte ich, dass ich meine Ehe beenden musste, um zu überleben. Und so kam ich hierher."

„Wieso hast du dich für Vegas entschieden?" fragte Dani. „Du hättest auch woandershin gehen können."

„Als mir Moralis über den Weg lief, war ich eine Tänzerin in Paris. Ich wollte nicht nach Frankreich zurückkehren, und ich nahm an, in Vegas würde ich einen guten Job finden."

„Ist er dir nicht gefolgt?"

„Doch. Aber ich dachte, wenn man einen Schlussstrich gezogen hat, wäre es unklug, noch einmal von vorn anzufangen."

„Dauernd überlege ich, ob ich die Scheidung einreichen soll", seufzte Dani und betrachtete ihren Sohn, der eifrig mit Nando Sandkuchen backte. „Ich ertrage Sams Trunksucht nicht mehr, es wird jetzt immer schlimmer mit ihm. Außerdem weigert er sich zu arbeiten. Die ganze Zeit streiten wir. In einer solchen Atmosphäre sollte Vincent nicht aufwachsen."

„Sicher nicht."

„Und Sam verlangt ständig Geld von mir, das er in irgendwelche verrückten Projekte stecken will."

„Hoffentlich gibst du's ihm nicht."

„Nein, natürlich nicht. Ich spare mein Geld für Vincents Studium."

„Deine Situation ist schwierig. Aber für einen Jungen

ist es immer besser, wenn es einen Mann in seinem Leben gibt."

Dani nickte. „Das weiß ich. Deshalb fällt es mir ja so schwer, eine Entscheidung zu treffen." Nach kurzem Zögern fuhr sie fort: „Sam hat meine Schwester und mich aus einer schrecklichen Notlage gerettet. Darüber will ich nicht reden. Aber glaub mir – es war furchtbar. Er brachte Emily und mich nach Vegas und sorgte für uns. Etwas später heiratete er meine Schwester, und die beiden waren sehr glücklich, bis sie eines Tages verschwand. Wir haben sie nie gefunden. Und da hielt ich es für meine Pflicht, Sam über seinen Kummer hinwegzuhelfen."

„Das hast du getan."

„Eine Zeit lang. Dann wurde ich schwanger, und *er* kümmerte sich um *mich.*"

„Das musste er ja auch. Es war sein Baby. Was hätte er sonst tun sollen?"

„Nein", gestand Dani, „er ist nicht Vincents Vater."

„Sagst du die Wahrheit?" fragte Gemini bestürzt.

„So etwas würde ich wohl kaum erfinden."

„Weiß Sam Bescheid?"

Dani schüttelte den Kopf. Dass sie ihr Geheimnis verraten hatte, bereute sie nicht. Ganz im Gegenteil, sie fühlte sich sogar erleichtert, weil sie ihre Seelenlast mit ihrer besten Freundin teilte.

„Wenn er nicht Vincents Vater ist, bist du nicht für ihn verantwortlich", entschied Gemini. „Warum solltest du diesen Mann für den Rest deines Lebens ernähren?"

Dem konnte Dani nicht widersprechen. Was sie Sam verdankte, hatte sie ihm vergolten. Natürlich würde es ihr sehr schwerfallen, ihm zu erzählen, Vincent sei nicht sein Sohn. Aber davor durfte sie sich nicht drücken. Es wäre unfair.

„Heute Abend gehe ich nach der Show mit meinem Manager essen“, erklärte Gemini. „Komm doch mit, dann kannst du seinen Freund aus Houston kennen lernen. Einen sehr netten Mann.“

„Wenn er so nett ist, warum interessierst *du* dich nicht für ihn?“

„Nun, er hat dich auf der Bühne gesehen“, verkündete Gemini lächelnd. „Und er will unbedingt deine Bekanntschaft machen.“

„Um ehrlich zu sein, Gem, ich habe die Nase voll von den Männern. Für mich gibt es nur noch meinen Sohn, er bedeutet mir *alles.*“

„Darf ich fragen, wer sein richtiger Vater ist?“

„Bei jener Begegnung war ich noch sehr jung. Wahrscheinlich ist er nicht viel älter gewesen. Doch er hatte keine Ahnung, dass ich erst sechzehn war. Sicher nahm er an, wir wären im gleichen Alter. Ich schätzte ihn auf neunzehn oder zwanzig. Leider blieb es bei einer einzigen Liebesnacht.“

„Und was tat er, nachdem du ihn über deine Schwangerschaft informiert hattest?“

„Die verschwieg ich ihm.“

„Warum?“

„Weil ich nach jener Nacht nie wieder von ihm hörte. Deshalb – beschloss ich, Sam zu heiraten.“

„Und Vincent für sein Kind auszugeben?“

Dani nickte beschämt.

„Vielleicht ist deinem Liebhaber etwas zugestoßen. Das Schicksal kann manchmal sehr grausam sein.“

„Ja, möglicherweise."

„Wenn er von seiner Vaterschaft wüsste, könnte er dir helfen, seinen Sohn zu ernähren. Findest du nicht, er hätte ein Recht auf die Wahrheit?"

„Nein!" protestierte Dani in scharfem Ton. „Vincent gehört *mir*, *ich* bin es, die immer für ihn da war. Und ich werde immer für ihn da sein."

„Wenn du meinst …", begann Gemini skeptisch.

„Genau das meine ich."

„Kommst du heute Abend mit?"

„Besser nicht."

„Bist du sicher?"

„Ganz sicher."

Ein paar Wochen später warf sie Sam hinaus. Um vier Uhr morgens war er sternhagelvoll nach Hause getorkelt, über die Möbel gestolpert und hatte obszön geflucht. Müde stieg sie aus dem Bett, lief nach unten und hoffte, sie würde ihn zum Schweigen bringen, bevor er Vincent weckte.

Er war nicht allein. An einem Arm hing eine grell geschminkte Nutte, die eine halb volle Whiskeyflasche in der Hand hielt.

„Was ist denn los?" lallte Sam und starrte Dani aus blutunterlaufenen Augen an. „Willst du nicht mit uns feiern?"

„Raus!" schrie sie. Plötzlich verlor sie die Nerven. „Verschwinde aus meinem Haus! Und komm nie mehr zurück!"

Kampflos wankte er ins Freie. Wie eine Klette klebte die Frau an ihm.

Am nächsten Tag erwartete Dani, er würde zurückkommen und sie um Verzeihung bitten. Erstaunlicherweise tat er es nicht.

Ein paar Monate verstrichen, dann schlug Gemini erneut ein gemeinsames Dinner mit ihren beiden Freunden vor.

Diesmal stimmte Dani zu. Und so lernte sie Dean King kennen. Beinahe verliebte sie sich in ihn.

24. KAPITEL

Michael, 1971

„Ich lasse das Kind abtreiben, und du *bezahlst* dafür." Herausfordernd warf Beth ihr langes schwarzes Haar in den Nacken.

„*Was?*" rief Michael entsetzt. Sie hatte ihn ins Haus ihrer Tante eingeladen. Und jetzt konfrontierte sie ihn *damit?*

„Das hast du doch gehört", antwortete sie so beiläufig, als würde sie eine Zahnwurzelbehandlung ankündigen.

„Machst du Witze?" Wütend ging er auf und ab. „Wir haben nur ein einziges Mal miteinander geschlafen. Und das ist Monate her."

„*Zwei* Mal in einer Nacht", verbesserte sie ihn. „Dabei hast du mir ein Kind angedreht, und jetzt musst du die Abtreibung bezahlen."

Verdammt, warum hatte er sich jemals mit diesem wilden Kind eingelassen? Beth war verrückt. Und er selber auch, weil er ihren Reizen nicht widerstanden hatte. „Wieso zum Teufel glaubst du, dass es *mein* Baby ist?"

„Natürlich ist es deins", erwiderte sie voller Verachtung. „Wenn du daran zweifelst, wird's dir ein Vaterschaftstest beweisen."

Michael starrte diese verführerische Kindfrau an, die ihn beschuldigte, er habe sie geschwängert. Mühsam versuchte er, seine Gedanken zu ordnen. So viel hatte sich während der letzten Monate ereignet, so schnell war das alles geschehen … In jener schicksalhaften Nacht hatten die Sanitäter nicht Tina in den Krankenwagen getragen, sondern die Tante der Zwillinge. Bei einem sinnlichen Tango mit Max hatte sie einen tödlichen Herzanfall erlitten, und seither wurde der Ärmste von heftigen Schuldgefühlen verfolgt.

Nach Glorias Ableben waren ihre Nichten allein zurückgeblieben. Der Nachlassverwalter hatte es arrangiert, dass sie weiterhin im Nachbarhaus wohnen konnten, unter Max' und Tinas Vormundschaft. Inzwischen war Michael in sein eigenes kleines Apartment gezogen.

Er hatte entschieden, es würde sich nicht lohnen, Vito Giovanni um neue Aufträge zu bitten. Woanders konnte er genauso gut Geld verdienen. Und so nahm er den Job an, den Gus ihm angeboten hatte. Ein paar erfolgreiche Fuhren brachten ihm die Mitgliedschaft in Gus' Crew ein, die in den Diensten der Lucchese-Familie stand.

Außerdem wählte er endlich die Nummer, die Karl Edgington ihm gegeben hatte. Eine Frau war dran.

„Michael Castellino", meldete er sich. „Karl hat mir empfohlen, Sie anzurufen."

„Wird auch Zeit. Am Telefon werden wir nichts besprechen. Treffen wir uns morgen Nachmittag um vier vor dem Plaza."

„Wie erkenne ich Sie?"

„Ich werde *Sie* finden."

Und das fiel ihr nicht schwer. Sie hieß Warner Carlysle, eine typische Schönheit aus besseren New Yorker Kreisen – groß und arrogant, mit kastanienrotem Haar. Wie sich zu Michaels Verblüffung herausstellte, war sie Karl Edgingtons Geliebte und verwaltete das veruntreute Geld – eine Million in nicht gekennzeichneten Scheinen, von der die Detectives, die ihn verhaftet hatten, nichts wussten.

„Dieses Geld muss legalisiert werden", erklärte sie. „Offensichtlich kann Karl sich nicht selber darum kümmern. Innerhalb eines bestimmten Zeitraums sollen Sie's in dem Aktienmarkt investieren. Ganz langsam, Schritt für Schritt. Dafür bekommen Sie zehn Prozent."

„Und wenn ich's vermassle?"

„Das wird nicht passieren. Ich übermittle Ihnen Karls Instruktionen. In regelmäßigen Abständen erhalten Sie eine bestimmte Summe. Dabei kann gar nichts schieflaufen, glauben Sie mir.."

„Wieso vertraut er *mir?*"

„So sanftmütig, wie er aussieht, ist er nicht. Wenn Sie ihn betrügen, schaden Sie nur sich selber. Befolgen Sie seine Anweisungen, und alle Beteiligten werden hohe Gewinne erzielen."

Genau das hatte er getan und beträchtlich davon profitiert.

Oh Gott, welch ein schrecklicher Fehler war jene eine Nacht mit Beth gewesen. Sein Fehler … Dafür musste er jetzt büßen.

Sie war siebzehn und schwanger – *er* sechsundzwanzig und stocksauer.

„Lass den verdammten Test machen." Nur widerstrebend beschloss er, seine Pflicht zu erfüllen. „Wenn er positiv ausfällt, heiraten wir."

„Ist ja großartig!" Entrüstet schob sie ihre Unterlippe vor. „Ich bin zu jung für die Gefangenschaft in einer Ehe – und *ganz sicher* zu jung, um ein Baby zu kriegen. Ich will's loswerden, Michael. Und *du* wirst dafür zahlen."

Anscheinend war das Mädchen noch dreister als er.

„Nein“, entgegnete er in scharfem Ton. „Von Abtreibungen halte ich nichts.“

„Wen interessiert’s denn, was *du* denkst?“

Jetzt verlor er endgültig die Geduld. „Hast du nicht zugehört? Wie oft muss ich es dir denn noch sagen, Beth?“ schrie er. „*Keine* Abtreibung!“

„Glaubst du, ich halse mir in *meinem* Alter ein Baby auf?“ Aus ihren braunen Augen schienen Funken zu sprühen. „Wenn du’s unbedingt wissen willst – ich werde Modezeichnerin, die allerbeste.“

Sie war bereits vom Gymnasium abgegangen und besuchte eine Mode-Akademie. Wenigstens plante sie eine berufliche Zukunft, im Gegensatz zu den Frauen, die er näher kannte. Die wollten *alle* heiraten, *alle* waren ganz versessen auf den goldenen Ring am Finger. Bisher hatte ihn keine eingefangen.

Nach *seiner* Meinung würde ihm die Ehe einen goldenen Nasenring einbringen. Daran hatte er bisher keinen Gedanken verschwendet. Und jetzt machte er Beth einen Heiratsantrag, den sie *ablehnte.* Unfassbar!

Bei einem Bier in der Stammkneipe vertraute er sich Max an.

„Lieber Gott!“ stöhnte Max. „Warum musstest du sie denn bumsen? Sie ist doch erst *siebzehn,* um Gottes willen! Hast du nicht genug Weiber? Musstest du sie auch noch flachlegen? So was Blödes!“

„Ja, das war ziemlich dumm“, gab Michael zu. „Aber sie hat mich dauernd angemacht.“

„Und da konntest du nicht widerstehen?“

„Offenbar nicht.“

„Wie war sie denn im Bett?“ Anzüglich kniff Max die Augen zusammen.

„Lass mich bloß in Ruhe! Über meine Frauen rede ich nie. Das weißt du doch.“

„Oh, besten Dank!“ stieß Max empört hervor. „Seit sechs Jahren bin ich verheiratet, und *du* willst mir nicht einmal was erzählen. Als ob es dich umbringen würde, einem armen Ehemann einen billigen Kick zu gönnen!“

Diesen Kommentar ignorierte Michael. „Eines kann ich dir jedenfalls sagen, ich werde ihr nicht erlauben, *mein* Baby abzutreiben.“

„Und was willst du machen?“ fragte Max sarkastisch. „Fesselst du sie an deinen Bettpfosten?“

„Tina soll mit ihr reden. Wenn das Baby auf der Welt ist, entwickelt Beth vielleicht irgendwelche mütterlichen Instinkte. Passiert das nicht bei allen Frauen?“

„Wie soll *ich* das wissen?“ Max nahm einen großen Schluck Bier. „Wenn du vernünftig wärst, würdest du ihr eine Abtreibung erlauben.“

„Nein, das finde ich nicht richtig, Max. Was würdest denn *du* empfinden, wenn’s um Susie oder Harry ginge?“

„Okay, okay, ich hab’s begriffen.“

„Redest du mit Tina?“

„Klar. Aber ich warne dich. Meine schöne Gemahlin wird deine Eier zum Frühstück verspeisen.“

„Hoffentlich schmecken sie ihr.“

„Du widerliches, lüsternes Schwein!“ tobte Tina. „Warum konntest du deine schleimigen Finger nicht von ihr lassen?“

Resignierend zuckte Michael die Achseln. „Schon gut,

du hast Recht. Ich hätte sie niemals anrühren dürfen. Glaub mir – es war *mein* Fehler."

„Und zwar ein ganz gewaltiger." Wütend starrte sie ihn an. „Verstehst du's denn nicht? Max und ich sollen auf die Mädchen aufpassen und sie vor alten Wüstlingen von deiner Sorte schützen."

„Ein *alter* Wüstling bin ich nun wirklich nicht."

„Jedenfalls ein Widerling. Einfach grauenvoll, was du dem armen kleinen Mädchen angetan hast!"

„Nun, komm schon, Tina, so ein abgebrühtes Kind wie Beth ist mir noch nie begegnet", verteidigte er sich.

„Soeben hast du es gesagt – ein *Kind.* Also hättest du sie nicht anfassen dürfen."

„Aber ich hab's nun mal getan. Und was passiert jetzt?"

„Du musst sie heiraten."

„Das habe ich ihr bereits angeboten, und sie will's nicht."

„Du hast ihr einen *Heiratsantrag* gemacht?" fragte Tina schockiert.

„Allerdings."

„Und sie hat nein gesagt?"

„Ja", bestätigte er müde. „Hör mal, wenn sie das Baby kriegt, werde ich beide ernähren. Aber eins steht fest – keine Abtreibung!"

„Das hast du nicht zu entscheiden."

„Es ist *mein* Baby."

„Woher weißt du das?" Tina hob die Brauen. „Heißt das, sie hat nur mit *dir* geschlafen?"

„Immerhin hat sie einem Vaterschaftstest zugestimmt. Außerdem schwört sie, dass es von mir ist."

„Und du glaubst ihr?"

„Ja."

„Okay, wenn du meinst", seufzte Tina. „Ich rede mit ihr. Nicht *dir* zuliebe – nur weil ich mich um *sie* sorge. Und, Michael …"

„Was?"

„Behalt von jetzt an deinen scharfen kleinen Schwanz in der Hose."

„Klein, Tina?"

Unwillkürlich kicherte sie. „Das habe ich nie herausgefunden, nicht wahr?"

Zwei Tage später bestellte ihn Tina in ihr Haus. „Wie oft hast du's mit ihr getrieben?"

„Einmal."

„Ein Schuss – ein Treffer. Ich war mit ihr beim Gynäkologen, und der hat festgestellt, dass sie im fünften Monat ist. Also musst du mit ihr geschlafen haben, kurz nachdem du hier ausgezogen bist."

„Wer erinnert sich schon an so was?"

Aber er erinnerte sich nur zu gut.

Es war eine dieser heißen Sommernächte gewesen, und er hatte Tina und Max zum Dinner besucht. Als er das Haus verließ, sah er Beth nebenan auf den Eingangsstufen sitzen. Sie trug ein knappes rotes Top mit einem Nackenträger und kaum vorhandene Shorts. „Hey, Michael!" rief sie, winkte ihm, und er ging zu ihr. Sie rauchte eine Zigarette und nippte an einer Coladose. Aus ihrem Transistorradio tönte kubanische Musik. „Hast du mich vermisst?" fragte sie kokett wie eh und je.

Blitzschnell riss er ihr die Zigarette aus der Hand. „Du sollst nicht rauchen!" mahnte er.

„Gib mir sofort den Glimmstängel zurück!“ kreischte sie, sprang auf und stemmte ihre Hände in die Hüften.

Um sie zu ärgern, nahm er langsam und genüsslich einen tiefen Zug. Da boxte sie ihn in den Magen und entriss ihm ihre Zigarette.

„Wie geht's dir?“ fragte er grinsend.

„Ich langweile mich.“ Missgelaunt setzte sie sich wieder und streckte ihre langen Beine aus.

„Wo ist Catherine?“

„Übers Wochenende verreist.“

„Warum hast du nicht bei Max und Tina gegessen?“

„Da hätte ich mich noch mehr langweilt.“

„Warum? Ich war doch da.“

„Genau das meine ich.“

„Was für ein freches Ding du bist!“

„Ausgerechnet *du* sagst das?“

„Wo sind denn alle deine Freunde heute Abend?“ fragte er und setzte sich zu ihr.

„Ha!“ fauchte sie angewidert. „Das habe ich dir schon mal gesagt – ich mag *Männer,* keine Jungs.“

„Und wie alt bist du jetzt?“

„Alt genug, um zu tun, was ich will.“ Aufreizend starrte sie ihn an.

„Daran zweifle ich. Nach meiner Meinung musst du dich in den nächsten paar Jahren noch mit Jungs begnügen.“

„*Wirklich,* Michael?“ Beth warf ihm einen weiteren provozierenden Blick zu.

„Ja.“

„Wow! Wie heiß es ist!“ stöhnte sie und fächelte sich mit einer Hand Kühlung zu.

Ihre spitzen Brustwarzen waren unübersehbar. Allzu viel verbarg das dünne rote Top nicht. Und offensichtlich trug sie keinen BH.

„In unserem Kühlschrank ist das Gefrierfach zusammengekracht", klagte sie und beobachtete, wie er ihre Brüste taxierte. „Da gibt's keinen einzigen Eiswürfel. Würdest du mal reinschauen?"

„Ruf einen Handwerker an", schlug er lässig vor.

„Bitte, Michael, *bitte*", flehte sie und stand auf.

„Okay, okay", murmelte er und folgte ihr ins Haus. Die Räume waren so ähnlich angeordnet wie in Max' und Tinas Domizil, aber anders eingerichtet, mit farbenfrohen Sofas, grellen abstrakten Gemälden und Ethno-Teppichen. Mit diesem Dekor hatte Gloria ihrem extravaganten Geschmack Ausdruck verliehen.

In der Küche sah es chaotisch aus, überall türmte sich schmutziges Geschirr.

„Catherine kümmert sich um den Haushalt", erklärte Beth, bückte sich und hob den Futternapf ihrer Katze auf.

„Wo ist das Eis-Problem?" fragte Michael und bemühte sich, ihr Hinterteil nicht anzustarren, so rund und einladend in den engen Shorts.

Sie zeigte auf den Kühlschrank, und er ging hinüber. Das Transistorradio in der Hand, aus dem Salsa-Rhythmen dröhnten, blieb sie ihm auf den Fersen. „Michael …"

„Ja?" antwortete er und öffnete den Kühlschrank.

„Ich finde dich *wahnsinnig* sexy."

„Und *ich* finde dich *wahnsinnig* jung", konterte er und inspizierte den großen Eisklumpen, der die Klappe des Gefrierfachs blockierte.

„Ich bin keine Jungfrau mehr“, verkündete sie.

„Dann lass die Fahnen raushängen.“

Michael versuchte, den Eisklumpen mit seinen Fingern herauszubrechen – ein sinnloses Unterfangen. „Hast du einen Eispickel?“

„Würde ein Hammer genügen?“

„Wenn nichts anderes da ist …“

Beth riss eine Schublade auf und reichte ihm einen Hammer.

Als er danach griff, schlang sie plötzlich die Arme um seinen Hals und küsste ihn. Ein warmer, feuchter Mund, eine heiße Zunge, die mit seiner spielte …

„Beth …“, begann er. Zu spät. Prompt trat sein Penis in Aktion.

Und Beth war auf Draht. Sie spürte seine Erektion, und ehe er überlegen konnte, was nun geschehen würde, öffnete sie den Reißverschluss seiner Hose und schob ihre Hand hinein.

Oh Gott, was sollte er tun? Er war auch nur ein Mensch. Sekunden später zog sie ihr Top aus und entblößte perfekte kleine Brüste mit reizvoll aufgerichteten Knospen. „Ich will dich“, wisperte sie heiser. „Ich will dich, Michael. Jetzt.“

Während er ihren Busen betastete, seufzte sie wohlig und bewegte ihre Hand in seiner Hose. Zum Teufel mit ihrem Alter! Nun hatte er den Punkt erreicht, wo es kein Zurück mehr gab, und er beabsichtigte auch gar nicht, sich zu beherrschen.

Sie sanken auf den kalten Linoleumboden, und er riss ihr die Shorts vom Leib. Unter der Hose trug sie, ebenso wie er, keinen Slip. Ihre Haut war heiß und klebrig und so verlockend. Ein paar Sekunden lang saugte er an ihren Brustwarzen, seine Hand glitt zwischen ihre Schenkel, dann drang er in sie ein.

Ekstatisch stöhnte sie, wand sich unter ihm umher und hob ihm die Hüften entgegen, immer wieder, im Takt der aufpeitschenden Salsa-Klänge. Beide genossen die Erfüllung in vollen Zügen, eine wilde Explosion, so phantastisch, dass er Beth erneut begehrte, sobald eine kurze Ruhepause verstrichen war. Und er tat sich keinen Zwang an.

Danach wagte er sich, von Schuldgefühlen geplagt, nicht mehr in ihre Nähe.

Fünf Monate waren seither vergangen. Und jetzt *das!*

„Für eine Abtreibung ist es ohnehin zu spät", konstatierte Tina, um wie üblich das Kommando zu übernehmen.

„Alles klar", stimmte er zu. „Sie wird das Baby kriegen, und ich heirate sie."

„So ungern ich dir auch die wunderbare Illusion raube, dass dich alle Frauen anflehen, mit ihnen vor den Traualtar zu treten – Beth hat andere Pläne. Das weißt du."

In diesem Augenblick nervten ihn ihre Sticheleien heftiger denn je. „Und was soll passieren?" fragte er tonlos.

„Morgen zieht sie zu dir."

„Das begreife ich nicht", erwiderte er verwirrt. „Obwohl sie sich weigert, mich zu heiraten, will sie bei mir wohnen?"

„Sie meint, es wäre eine gute Idee."

„Eher eine schlechte."

„Warum? Du wolltest sie doch heiraten."

„Das ist was anderes."

„Okay. Hoffentlich wird's dir eine Lehre sein, und du hältst deinen Schwanz in Zukunft etwas zurück."

Wieso gewann er den Eindruck, diese unangenehme Situation würde Tina köstlich amüsieren?

Wenigstens liefen seine Geschäfte ausgezeichnet. Die Zusammenarbeit mit Gus' Team funktionierte bestens. Zudem heimste er eine Menge Dollars ein, indem er Karl Edgingtons Bargeld investierte und zehn Prozent kassierte, bevor er den Rest auf ein Schweizer Nummernkonto überwies. Das alles war ziemlich kompliziert, aber Karl hatte den Deal gut geplant. Niemals tippte er auf die falschen Aktien. Der Mann war ein Genie. Und Michael machte ein Vermögen.

Gus' Leute mischten überall mit, von den Deals diverser Kredithaie bis zum Eintreiben von Schutzgeldern. Gelegentlich wickelten sie größere Raubüberfälle auf Lastwagen ab, und Michael hatte genug zu tun.

„Wenn irgendjemand einen Mann braucht, der irgendwas nach Vegas bringt – darin bin ich geübt", ließ er verlauten.

Gus lachte ihm ins Gesicht. „Auf diese Art verschiebt Mr. Lucchese keine Drogen. Da ist er schlauer."

„Drogen? Damals nahm ich an, ich würde Geld transportieren."

„Natürlich hat dir Vito Giovanni Rauschgift angehängt. Sei froh, dass du nicht geschnappt wurdest. Heute würdest du sicher nicht frei herumlaufen, wenn das FBI deinen erbärmlichen Arsch festgenagelt hätte."

Scheiße, dachte Michael. Ohne es zu wissen, hatte er Drogen über die Staatsgrenzen befördert. Welch ein Idiot war er gewesen! Und warum hatte ihn Mamie, dieses gemeine Biest, nicht gewarnt?

Bald merkte er, dass ihm einer von Dante Luccheses Konsorten aus dem Weg zu gehen schien. Der Mann hieß Bone. Und er sah auch wie ein Knochen aus. Bleiche Haut spannte sich über ein Totenkopfgesicht mit Eispickelaugen und grauen Schlupflidern. Fast fünfzig Jahre alt, schlurfte er mit hängenden Schultern herum. Wie jeder wusste, war er Mr. Luccheses Vollstrecker. Wann immer jemand ausgeschaltet werden musste, erledigte Bone den Job. Mit diesem Geschäftszweig befasste sich Michael nicht. Zum Mörder war er nicht geschaffen. Nur auf dem Aktienmarkt entwickelte er Killerinstinkte.

„Hat Bone ein Problem mit mir?" fragte er Gus eines Tages.

„Was für ein Problem?" Gus schob seinen Kaugummi von einer Wange in die andere.

„Nie redet das Arschloch mit mir. Der nickt mir nicht einmal zu."

„Keine Ahnung, was er gegen dich hat." Gus knabberte an einem Niednagel. „Vielleicht solltest du ihn ansprechen. Weil er früher für deinen ehemaligen Boss gearbeitet hat."

„Tatsächlich?"

„Ja, für die Giovanni-Familie. Muss vor deiner Zeit gewesen sein. Wie ich gehört habe, war er eng mit dem Vetter von der alten Lady befreundet."

„Mit Roy, Mamie Giovannis Vetter?"

„Ja. He, ist das nicht der Kerl, der dich reingelegt hat?"

„Genau."

„Vielleicht meint Bone, du dürftest nicht hier sein."

„Wieso *das?*“

„Weiß ich nicht. Frag ihn.“

Aber Michael verzichtete darauf, denn Bone strahlte irgendwas aus, das von einer Konversation abzuraten schien.

Die Delagado-Zwillinge hatten mehrere Verwandte, die im ganzen Land verstreut lebten. Nun erwies sich, wie vorteilhaft das war. Während Beth in das Haus übersiedelte, das Michael für sie beide gekauft hatte, beschloss ihre Schwester, eine entfernte Kusine zu besuchen. Catherine, der seriöse, sittsame Zwilling, regte sich maßlos über Beths Schwangerschaft auf und glaubte, Michael hätte ihre Schwester ausgenutzt.

„Warum ziehen wir eigentlich zusammen, Beth?“ fragte Michael, als sie die Umzugskartons auspackten. „Das ist verrückt, wir sollten heiraten.“

„Warum?“ fragte sie gleichmütig. „Du liebst mich nicht. Und ich liebe dich nicht.“

„Weil wir ein *Baby* kriegen“, versuchte er sie umzustimmen. „Er soll das Gefühl haben, bei richtigen Eltern aufzuwachsen, nicht wahr?“

„Wieso glaubst du, dass es ein Junge wird?“ Beth nahm mehrere T-Shirts aus einem Karton und stapelte sie unordentlich aufeinander.

„Natürlich wird’s ein Junge“, behauptete er.

„Sei dir da nicht so sicher“, protestierte sie und tätschelte ihren Bauch. „*Ich* vermute, das Geschlecht wird vom dominierenden Elternteil bestimmt.“ Boshaft grinste sie. „Und das bin *ich.*“

„Bildest du dir das wirklich ein?“

Statt zu antworten, schenkte sie ihm das verführerische,

betörende Lächeln, das ihn in solche Schwierigkeiten gebracht hatte.

In letzter Zeit besuchte er Max und Tina sehr oft, weil es ihm Spaß machte, mit den Kindern zu spielen. Harry war ein echter Lausejunge und Susie ein süßer Wildfang. Aber Mädchen ließen sich nun mal nicht mit Jungen vergleichen, und er wünschte sich einen Sohn, dem er alles beibringen würde, ein Spiegelbild seiner eigenen Persönlichkeit, auf das er stolz sein konnte. Jedenfalls wollte er ein besserer Vater werden als Vinny, der ihn niemals mit Liebe und Aufmerksamkeit verwöhnt hatte.

„Wie fett ich geworden bin!" beschwerte sich Beth und spähte in einen Spiegel. „Ich sehe aus wie eine alte Sau."

„Unsinn", widersprach er und überlegte, was er mit all seinen anderen Freundinnen machen sollte, nachdem sie jetzt bei ihm wohnte. Zwei oder drei Mädchen traf er regelmäßig. Musste er diese Affären aufgeben?

„Doch!" jammerte sie und drehte sich zur Seite. „Schau mich an! Eine wahre Schande ist das!"

„Sei nicht albern!" mahnte er und lachte belustigt. Von der Schwangerschaft war ihr kaum etwas anzumerken, denn sie sah immer noch hinreißend aus.

Wütend wandte sie sich zu ihm und starrte ihn mit schmalen Augen an. „Oh, findest du es etwa komisch, dass ich so fett bin?"

„Nein, ich halte dich für ein ganz besonderes Mädchen. Wenn du erwachsen bist, wirst du einen Mann sehr glücklich machen."

„Dich nicht, was, Michael?" Plötzlich wurde sie ernst.

„Nein, nicht mich. Wie wir *beide* beschlossen haben, ist

unsere Wohngemeinschaft nur ein vorübergehendes Arrangement. Wenn das Baby auf der Welt ist, sehen wir weiter. Und in der Zwischenzeit tut jeder von uns, was er will."

„*Falls* wir's wollen", verbesserte sie ihn.

„He, als du neben Tina und Max gewohnt hast, sind ständig irgendwelche Jungs zu dir gekommen. Meinst du, das hätte ich nicht gemerkt? Also geh aus und amüsier dich. Genau das habe ich auch vor."

„Mit diesen Kerlen habe ich nie gevögelt", beteuerte sie unschuldig. „Nur du hast mich gebumst. Und ein Kerl auf Kuba. Da war ich vierzehn."

„Um Himmels willen, Beth", rief er, „du redest ja wie ein Waschweib!"

Erstaunt legte sie den Kopf schief. „Was dagegen?"

„Du schaust manchmal so unschuldig drein. Dann machst du den Mund auf und schockierst mich."

„Tut mir leid, Michael", entschuldigte sie sich ironisch. „Habe ich deine zarten Gefühle verletzt?"

Für ihre neunmalklugen Widerworte war er nicht in Stimmung. „Was soll das heißen – du hast nur mit *mir* geschlafen? In jener Nacht warst du keine Jungfrau mehr."

„Natürlich nicht."

„Und?"

„Wie gesagt, da hat's einen Kubaner gegeben."

„Wer war er?"

„Mein heimlicher Liebhaber."

„Was offenbar bedeutet, dass du mir nichts erzählen willst."

„Genau", bestätigte sie lächelnd.

„Jetzt muss ich gehen. Ich habe Geld auf den Küchentisch

gelegt. Kauf eine Wiege und den ganzen Kram. Allmählich sollten wir anfangen, unseren Haushalt zu organisieren."

„Wollen wir das nicht gemeinsam erledigen? Wie ein frisch verheiratetes Ehepaar."

„Setz mich bloß nicht unter Druck, Beth."

„Moment mal!" zischte sie. „Dieses Baby kriege ich für *dich.* Also stehe ich unter *deinem* Druck. Okay?"

„Hast du nicht was Wichtiges vergessen? Du bekommst das Baby nur, weil's zu spät für eine Abtreibung ist."

„Oh, ich hasse dich!" Plötzlich benahm sie sich so, wie es ihrem Alter entsprach. „Wirklich, ich *hasse* dich!"

„Wow! Echte Emotionen. Welch eine nette Abwechslung ..."

„Schon immer habe ich sehr viel für dich empfunden, Michael." Abrupt wechselte sie die Stimmungslage. „Als ich dich zum ersten Mal sah, wusste ich sofort – ich würde dich einfangen. Und jetzt habe ich dich."

Irritiert schüttelte er den Kopf. „Beim besten Willen – ich verstehe dich nicht. Ich hätte dich geheiratet. Aber das lehnst du ab."

„Ist's nicht besser, erst mal abzuwarten, ob wir zusammenpassen? Ohne das ganze legale Zeug?"

Mit ihren großen braunen Augen schaute sie zu ihm auf, und er hielt den Atem an. Würde er sich in diese Kindfrau verlieben, die sein Baby unter dem Herzen trug?

Immer wieder fragte er sich, was *wirklich* in ihrem Gehirn vorging. „Wie gelassen du alles hinnimmst ..."

„Warum sollte ich mich aufregen?"

„Übrigens, du siehst *nicht* hässlich aus, sondern wunderschön. Du strahlst geradezu."

„Oh …“ Ein Lächeln erhellte ihr Gesicht. „Tatsächlich?“

„Oh ja“, erwiderte er wehmütig. „Zu meinem Bedauern bist du ein sehr schönes Kind.“

„Dass ich kein Kind bin, weißt du“, konterte sie boshaft.

„Das versuchst du mir dauernd einzureden.“

„Dank meiner Schwangerschaft ist es offensichtlich, was wir getan haben“, sagte sie leise, in verführerischem Ton. „Sollten wir's nicht feiern?“ Zärtlich legte sie ihre Arme um seinen Hals, sie näherte ihre Lippen seinem Ohr.

„Spiel nicht mit mir, Beth“, mahnte er.

„Da irrst du dich, Michael“, flüsterte sie, und ihre Zunge glitt über sein Ohrläppchen. „Ich spiele nicht mit dir.“

Vier Monate später erwachte sie mitten in der Nacht und begann wie am Spieß zu schreien. „Ich bekomme ein Baby!“ kreischte sie hysterisch. „Und das tut verdammt *weh!*“

Hastig sprang Michael aus dem Bett und zog sich an, rannte aus dem Haus und winkte ein Taxi heran. Auf der Fahrt zum Krankenhaus schrie und fluchte Beth unablässig.

Als sie ihr Ziel erreichten, zuckte das Personal der Klinik zusammen.

„Bitte, Mr. Castellino, versuchen Sie Ihre Frau zu beruhigen“, beschwor ihn eine der Krankenschwestern. „Diese Ausdrucksweise können wir nicht dulden.“

„Sie ist nicht meine Frau.“

„Sind Sie Ihr Onkel?“

Lachend schüttelte er den Kopf und strahlte sie an. „Nein, ich bin der Vater des Babys.“

„Oh …“ Missbilligend presste sie die Lippen zusammen.

„Deshalb müssen Sie sich nicht sorgen“, erwiderte er, während Beths markerschütterndes Geschrei und ihre vulgären Flüche die sterile Luft erfüllten. „Ich wollte sie heiraten. Aber sie hat Nein gesagt.“

„Albernes Mädchen.“

„Ganz meine Meinung.“

Während sie Beth auf eine Bahre in den Kreißsaal rollten, rannte er zu einer Telefonzelle, um Max und Tina anzurufen. „Kommt her, wir kriegen ein Baby!“

„Klar, wir fahren sofort los“, versprach Max.

Als die beiden eintrafen, hatte Beth ein gesundes Mädchen geboren, das neun Pfund wog und dichte schwarze Locken hatte.

„Wir nennen sie Madison“, verkündete Beth. Den Säugling an die Brust gedrückt, das lange dunkle Haar schweißnass, lag sie im Krankenhausbett und lächelte zufrieden.

„Was ist das für ein Name?“ fragte Michael.

„Ein ganz besonderer – für ein besonderes Mädchen“, erwiderte sie leise.

„Und ich habe nichts zu sagen?“

„Gewöhn dich dran“, empfahl Max seinem Freund und lachte. „So ist das nun mal. Ob man verheiratet ist oder nicht, die Frauen setzen immer ihren Willen durch.“

„Da, nimm sie!“ Beth überreichte Michael die kleine Madison.

Vorsichtig hielt er das Baby in seinen Armen.

Madison.

Eine Schönheit. Genau wie ihre Mutter.

25. KAPITEL

Dani, 1971

Neulich hatte sich Sams Anwalt an Dani gewandt und ihr mitgeteilt, sein Mandant würde seinen Sohn gern regelmäßig sehen. Deshalb müssten sie die Besuchszeiten arrangieren. Als sie Gemini bei einem Lunch im Desert Inn darüber informierte, riet ihr die Freundin, dem Juristen die Wahrheit zu erzählen.

„Das kann ich erst, wenn ich's Sam gesagt habe", erklärte Dani.

„Ich dachte, das hättest du längst getan."

„Nein. Nachdem ich ihn hinausgeworfen hatte, habe ich ihn nie wieder gesehen. Es erschien mir sinnlos, Kontakt mit ihm aufzunehmen, weil er Vincent offensichtlich nicht besuchen wollte. Deswegen bekam ich den Eindruck, das Kind würde ihn gar nicht interessieren."

„Da hast du dich geirrt. Nun musst du dir auch einen Anwalt nehmen, der mit seinem verhandelt."

„Sicher wird's ein Vermögen kosten."

„Ist dir das der Schutz deines Sohnes nicht wert?" fragte Gemini.

„Doch, natürlich."

„Am besten lässt du dich von Dean beraten, Dani. Mit solchen Dingen kennt er sich aus, und er schwimmt im Geld. Ganz bestimmt wird er dir helfen."

„Vor einiger Zeit hast du behauptet, Geld sei nicht so wichtig."

„Ja, aber Dean ist nicht nur reich – du bedeutest ihm sehr

viel. Wenn du klug wärst, würdest du ihn einfangen, bevor ihn dir eine andere vor der Nase wegschnappt. Stattdessen wahrst du Distanz, und so etwas gefällt keinem Mann. Vermutlich fühlt er sich verschmäht."

„Für seine Gefühle bin ich nicht verantwortlich." Dani wünschte, die Freundin würde ihr Dean nicht dauernd aufdrängen. Damit erreichte sie nur das Gegenteil ihrer kupplerischen Absichten.

Dean King, der Aufsichtsratsvorsitzende einer großen Ölfirma, lebte in Houston. Dreiunddreißig Jahre alt, ledig und unermesslich reich, sah er zudem noch gut aus und war sehr charmant. Er vergötterte Dani, und er mochte Vincent sehr gern.

Konnte sie noch mehr verlangen? Trotzdem – irgendetwas hinderte sie daran, mit ihm eine engere Beziehung einzugehen.

„Er ist verrückt nach dir", betonte Gemini. „Warum weist du ihn so beharrlich ab?"

„Weil ich Angst habe." Allein schon der Gedanke an die intime Nähe eines Mannes jagte einen Schauer über Danis Rücken.

„Wovor?" Gemini stocherte in ihrem Salat herum.

„Dass er mich verlassen könnte", gestand Dani.

„Mach dich nicht lächerlich!"

„Okay, ich weiß, ich bin albern. Aber ich brauche einfach noch etwas Zeit."

„Wie viel Zeit?" fragte Gemini, während der Kellner ihr Wasserglas nachfüllte. „Bald wird Dean die Geduld verlieren. Was glaubst du, wie lange er noch wartet, bis du endlich mit ihm schläfst?"

„Das kann ich nicht …“ Beinahe geriet Dani in Panik.

„Warum nicht? Es wäre nur natürlich. Immerhin bist du keine Jungfrau mehr. Du warst verheiratet. Und du hast ein Kind.“

„Das verstehst du nicht. Michael war der Erste, mit dem ich schlief.“

„Wer ist Michael?“

„Vincents richtiger Vater, der Mann, von dem ich dir erzählt habe. Dann heiratete ich Sam, und – da geschah es nur ein einziges Mal.“

Verblüfft runzelte Gemini die Stirn. „Nein, das darf nicht wahr sein!“

„Ist es aber …“

„Heißt das – du hast nur zweimal in deinem Leben Liebe gemacht?“

Dani nickte. „Für grandiosen Sex bin ich leider nicht geschaffen.“

„Oh, mein Gott!“ seufzte Gemini. „Armes Mädchen, du brauchst die Hilfe eines Psychologen – aber vor allem einen Mann, der ganz sanft mit dir umgeht. Dazu wäre Dean im Stande. Und jetzt, wo ich Bescheid weiß, werde ich ihn noch mehr ermutigen.“

„Bitte, nicht!“ flehte Dani.

Gemini hatte eine unüberschaubare Anzahl von Verehrern. Im Gegensatz zu Danis früherer Wohngenossin Angela war sie sehr wählerisch. Wenn sie mit jemandem ausging, der ihren hohen Ansprüchen nicht ganz genügte, gehörte er schon nach dem ersten Date zur Vergangenheit. Dani bewunderte ihre Freundin, die den Männern so überlegen begegnete. Dazu wäre sie nicht fähig.

„Warte nicht zu lange, bis du Dean um Rat fragst", drängte Gemini und winkte den Kellner zu sich, um die Rechnung zu begleichen. „Heute Abend gehst du mit ihm essen, nicht wahr?"

„Ja, er verbringt das Wochenende in Vegas."

„Sei nett zu ihm."

Gemini hat Recht, dachte Dani. Wenn ich die Beziehung mit Dean nicht vertiefe, werde ich ihn möglicherweise verlieren …

Doch es spielte keine Rolle, denn eines Tages würde er sie ohnehin verlassen. Darin unterschied er sich sicher nicht von anderen Männern.

Sie dinierten in Deans Penthouse im Stardust Hotel. An diesem Abend befand er sich in besonders romantischer Stimmung, obwohl er auch sonst dazu neigte. Der Tisch auf der Terrasse war für zwei Personen gedeckt, geschmückt mit brennenden Kerzen und einer Vase voller rosa Rosen. Im Hintergrund spielte ein Geiger dezente klassische Musik.

„Was feiern wir denn?" fragte Dani.

„Dich." Dean küsste ihre Wange. „Immer nur dich."

Nachdem sie in zwei Shows getanzt hatte, war es spät geworden. Viel lieber wäre sie sofort nach Haus gegangen, zu Vincent, aber zweifellos schlief er tief und fest. Sie hatte ein tüchtiges Kindermädchen engagiert, das im Haus wohnte und gut für ihn sorgte. Wenn er die Frau auch mochte – er hatte Dani erklärt, zusammen mit Mommy sei alles viel schöner.

Kein einziges Mal hatte er nach Sam gefragt. Nun, vielleicht spürte das Kind, dass dieser Mann nicht sein richtiger Vater war.

„Mach dir's bequem“, bat Dean. „Ich schenke dir ein Glas Champagner ein.“

„Nein, danke, ich trinke keinen Alkohol“, erinnerte sie ihn.

„Das ist ein ganz besonderes Dinner“, erwiderte er und nahm eine Flasche Cristal aus dem Eiskübel.

„Hast du Geburtstag?“ Den hatte sie hoffentlich nicht vergessen.

„Nein.“ Lächelnd füllte er die Gläser. „Ab und zu darfst sogar du Champagner trinken, nicht wahr?“

„Ja, ich denke schon.“

Er setzte sich ihr gegenüber, und sie stießen miteinander an. „Weißt du, Dani … Für eine so schöne, mondäne Frau bist du im Grunde deines Herzens eher häuslich veranlagt.“

„Wieso findest du mich *mondän?*“

„Immerhin gehörst du zu den besten Showgirls in einer Vegas-Spitzenshow. Auf der Bühne wirkst du hinreißend elegant und glamourös.“ Prüfend schaute er sie an. „Aber das bist du gar nicht, oder?“

„Natürlich nicht“, bestätigte sie und bezauberte ihn mit einem strahlenden Lächeln. „*Gemini* ist glamourös, ich bin einfach nur eine Mommy.“

„Also sehr glücklich.“

„Warum?“

„Weil du in so jungen Jahren ein Kind bekommen hast.“ Nach einer kurzen Pause fügte er hinzu: „Was ich dir sagen will – nie zuvor habe ich eine Frau gefunden, mit der ich mein Leben verbringen will.“ Bedeutungsvoll sah er ihr in die Augen. „Bis jetzt.“

Was ihr jetzt bevorstand, wusste sie. Dank der romantischen Szenerie. Und so gern sie ihn auch mochte, sie schreckte vor einer engeren Bindung zurück.

„Für heute Abend habe ich deine Lieblingsspeisen bestellt“, fuhr er fort. „Zuerst Kaviar, dann Hummer und zuletzt ein Schokoladensoufflee – die Spezialität des Chefkochs.“

Unsicher spielte sie mit ihrem Champagnerkelch. „Das sind nicht meine Lieblingsspeisen.“

„Von jetzt an wirst du sie stets bevorzugen.“

„Ich habe noch nie Kaviar gegessen.“

„Dann wirst du eine Premiere genießen.“

Während der Mahlzeit kündigte Dani an, sie würde einen Anwalt engagieren.

Aufmerksam hörte Dean ihr zu. „Bist du schon geschieden?“

„Nein.“

Er beugte sich vor und musterte sie aufmerksam. „Hast du es vor?“

„Ja.“

„Du musst an Vincent denken. Bedauerlicherweise wird dein Ex ein Besuchsrecht fordern.“

„Glaubst du das?“

„Gewiss, er ist Vincents Vater.“

Dani zögerte kurz. „Und wenn er’s nicht ist?“

„Wie, bitte?“ fragte Dean verwirrt.

Sollte sie ihm die ganze traurige Geschichte anvertrauen? Warum nicht? Sie hatte nichts zu verlieren.

„Bis jetzt habe ich nur Gemini davon erzählt …“

„Wovon?“ Gespannt hob er die Brauen.

Nach einem tiefen Atemzug gestand sie: „Sam ist nicht Vincents Vater.“

„Wirklich nicht?“

In knappen Worten schilderte sie die Ereignisse.

Als sie verstummt war, lächelte er. „Dann könnte *ich* der Vater sein, den der Junge niemals hatte.“

„Schon jetzt ist er ganz begeistert von dir.“

„So?“

„Weil du ihn maßlos verwöhnst.“

„Das weiß ich. Und es macht mir genauso viel Spaß wie ihm. Er ist ein wundervolles Kind.“

„All diese teuren Spielsachen!“ tadelte sie. „Warum überschüttest du ihn mit Geschenken? Willst du irgendwas nachholen? Warst du ein sozial benachteiligtes Kind?“

„Keineswegs, ich genieße es einfach nur, wenn er sich freut.“

„Wie nett.“

„Und jetzt – während wir auf das Soufflee warten, möchte ich dir eine Frage stellen.“

„Welche?“

„Dani ...“, begann er, griff in die Tasche seines Jacketts und zog ein Cartier-Etui hervor. „Würdest du mir die Ehre erweisen, meine Frau zu werden?“

Er öffnete das Etui, und sie starrte einen funkelnden Solitär im Diamant-Smaragd-Schliff an.

Obwohl sie es mehr oder weniger erwartet hatte, war sie doch sehr überrascht. Bisher hatte sie ihm nur Gutenachtküsse geboten. Sonst nichts. Und jetzt machte er ihr einen Heiratsantrag.

„Ich würde dir das Leben ermöglichen, von dem du immer geträumt hast“, beteuerte er und hielt ihr den Ring hin. „Nicht nur dir – auch deinem Sohn. Die besten Schulen würde er besuchen, die exklusivsten Universitäten. Ganz egal, welchen Beruf er eines Tages ergreifen will – er hätte großartige Chancen. Anwalt, Wissenschaftler, ein Footballstar …“

„Darüber – muss ich nachdenken“, flüsterte sie stockend und betrachtete den Ring, der auf ihrer Handfläche lag. *Weil meine Sinnenlust nicht mehr existiert – weil ich nicht weiß, ob ich jemals wieder mit einem Mann schlafen kann …*

„Was gibt's da zu überlegen?“ fragte Dean erstaunt. „Probier den Ring an. Mal sehen, ob er dir passt. Verloben wir uns doch endlich!“

„Lass mir etwas Zeit, Dean“, bat sie und gab ihm den Ring zurück. „Ich bin noch nicht einmal geschieden.“

„Deshalb musst du dir keine Gedanken machen – ich besorge dir den besten Scheidungsanwalt von Vegas.“

Bedrückt senkte sie den Blick. „Glaub mir, ich weiß deinen Antrag zu schätzen, und ich fühle mich sehr geschmeichelt.“

„Ist das ein Nein?“

„Ein *Vielleicht.*“

„Damit kann ich leben“, antwortete er lächelnd.

„Das hoffe ich“, sagte sie leise, „weil es keine andere Möglichkeit gibt.“

„Vorerst?“ Beschwörend ergriff er ihre Hand.

„Ja, Dean, vorerst.“

26. KAPITEL

Dienstag, 10. Juli 2001

„Bringen Sie den verdammten Van her!“ schrie Madison ins Telefon. „Halten Sie uns nicht *noch* länger hin! Hier geht’s um Leben oder Tod. Zwei Menschen sind gestorben. Verstehen Sie das? Zwei Menschen wurden *erschossen!* Also kümmern Sie sich gefälligst um den Van! Sofort! Oder es wird Ihnen leidtun, glauben Sie mir. Ich bin Journalistin, und ich schwöre Ihnen – Ihre Fotos werden riesengroß auf allen amerikanischen Titelblättern erscheinen. Tun Sie endlich was!“

„He, Baby!“ rief einer der Gangster, schlenderte herüber und musterte sie bewundert. „Sie riskieren wirklich eine kesse Lippe.“

Der Bandit Nummer eins warf ihm einen warnenden Blick zu.

Aber sein Komplize, der dem Beispiel seines Anführers gefolgt war und die Strumpfmaske ebenfalls abgenommen hatte, ließ sich nicht beirren. „Und eine Klassefigur haben Sie auch.“ Aufreizend griff er sich in den Schritt. „Diese ganze Scheiße macht mich richtig scharf.“

„Moment mal“, schrie der Obergauner, „du bist nicht hier, um eine Geisel flachzulegen, sondern um die verdammte Kohle zu kriegen! Schau mal in den Sack! Was haben wir?“

„Ziemlich viel“, antwortete der dritte Schurke, der die Beute eingesammelt und in einem schwarzen Müllsack aus Plastik verstaut hatte. „Zwei Rolex-Uhren, acht Handys, Schmuck und eine ganze Menge …“

„Bevor sie unsere Ärsche aufhängen, müssen wir verschwinden“, unterbrach ihn der Anführer.

„Heutzutage werden Verbrecher nicht mehr gehängt“, mischte sich Madison ein und strich eine Haarsträhne aus ihren Augen. „Stattdessen röstet man sie auf dem elektrischen Stuhl. Und das wird euch passieren, wenn ihr noch jemanden umbringt.“

„Meinen Sie, das interessiert mich? Jetzt können wir euch alle niederknallen, das würde keinen Unterschied machen.“

Natürlich, es ist ihnen egal, dachte Madison. Für diese Jungs ist das ein alltäglicher Job, und wenn Menschen sterben – einfach nur Pech ... „Tun Sie das, um einer Gang zu imponieren, der Sie sich anschließen wollen?“ Wie sie festgestellt hatte, waren alle drei Ganoven sehr jung, weiß – und stoned. „Wenn ja, wär's besser, Sie würden eine Bank ausrauben.“

„Also, ihr reichen Typen bringt mich wirklich zum Lachen“, spottete der Bandit Nummer eins. „Warum sollen wir einen Banküberfall riskieren, wo Sie doch alle wehrlos hier rumlungern, mit Ihren kostbaren Ringen und Armbändern und dem ganzen Scheißkram?“

„Haben Sie so etwas schon einmal gemacht?“ fragte sie und ignorierte Cole, der bei einigen anderen Geiseln in der Ecke saß und ihr stumm signalisierte, den Mund zu halten.

„So was ist ein Kinderspiel“, prahlte der Anführer. „Man spaziert rein, feuert ein paar Kugeln in die Zimmerdecke, scheucht die Leute zu Boden, packt alles ein, was sie bei sich tragen, und haut ab. Hätte der Hurensohn nicht seine Kanone gezückt, wären wir längst über alle Berge.“

„Aber Sie sind immer noch da“, konstatierte Madison.

„Und wer muss als Nächster dran glauben?“ Seine glanzlosen, von Drogen umschatteten Augen bohrten sich in ihre. „Vielleicht *Sie,* Lady?“

Doch sie ließ sich nicht einschüchtern. „Der Van ist unterwegs“, behauptete sie mit kühler Stimme.

„Für Sie wär's echt günstig, wenn Sie Recht hätten.“

„Oh ja, ich *habe* Recht“, erwiderte sie zuversichtlich.

„Was für einen Mist schreiben Sie eigentlich?“ Lässig beugte er sich über die Theke hinweg und nahm eine Packung Lucky Strike.

„Artikel für eine Zeitschrift.“

„Und welche beschissene Zeitschrift ist das?“ fragte er misstrauisch und berührte sein Ohrläppchen, in dem sie drei Stecker funkeln sah.

Die Neo-Nazi-Szene kann ich ausschließen, überlegte sie, diese Kids agieren auf eigene Faust, was die Situation noch erschwert. *„Manhattan Style.“* Sie schaute ihm direkt in die Augen. „Geben Sie mir eine Zigarette?“

„Sie werden ja immer frecher, Lady“, nörgelte er, aber er erfüllte ihren Wunsch.

Das hielt sie für ein gutes Zeichen. „Erzählen Sie mir Ihre Geschichte“, schlug sie vor, um an sein Ego zu appellieren. „Wenn ich einen Bericht über diese Geiselnahme schreibe, wollen die Leser und Leserinnen sicher wissen, was Sie dazu veranlasst hat.“

„Ganz einfach.“ Der Bandit Nummer eins warf ihr ein Streichholzheftchen zu. „Diese Scheiße, die ich dauernd im TV sehe, will ich auch haben – ein schickes Auto, eine Rolex, ein Haus, Ferien auf Hawaii ...“

Forschend betrachtete sie sein schmales, blasses Gesicht. „Sind Sie Amerikaner?“

„Klar, zum Teufel. Warum fragen Sie?“

„Woher kommen Ihre Eltern?“

„Sind Sie ein Seelenklempner, wie der Typ in den ‚Sopranos‘?“

Hmmm ... Also wohnte er in einem Haus oder Apartment mit TV-Anschluss, wahrscheinlich bei seinen Eltern, die nicht ahnten, was er trieb, wenn sie nicht aufpassten. „Wenn mich nicht alles täuscht, stammt Ihre Familie aus Russland oder Polen.“ Obwohl sie das Rauchen aufgegeben hatte, zündete sie sich die Zigarette an.

„Aus Russland, *blöde Kuh!* Sind Sie jetzt glücklich?“

„Warum quatschst du mit ihr?“ fragte einer der beiden anderen Jungs und wanderte zu seinem Boss. „Die will dich nur einwickeln, damit wir sie alle laufen lassen.“

„Glaubst du das?“

„Allerdings!“ bestätigte der Bandit Nummer zwei, ein magerer Bursche mit tückischen Augen. An einer Seite seines Halses wand sich das Tattoo einer schwarzen Schlange empor.

Umso leichter kann ich dich identifizieren, dachte Madison. Falls wir diesem Albtraum jemals entrinnen ...

„Gehen Sie zu Ihrem Alten rüber!“ befahl der Anführer und riss ihr die Zigarette aus der Hand. „Wieso sind Sie eigentlich mit einem Neger verheiratet?“

„Das ist Amerika. Hier herrscht eine andere Art von Freiheit als in Ihrer Heimat.“

„Reden Sie keinen Quatsch!“ herrschte er sie an. „Ich bin ein Amerikaner. Schon mit fünf Jahren kam ich hierher.“

„Aber Sie sind gebürtiger Russe."

„Nein, ich bin kein gottverdammter Russe!" schrie er, hochrot vor Zorn. „Mit dieser Bolschewikenscheiße, von der meine Mom dauernd faselt, habe ich nichts zu tun. Ich bin ein Amerikaner. Und *das* da, Lady, ist amerikanische Lebensart. Was man nicht hat, nimmt man sich. Bei *mir* funktioniert das!"

Endlich hatte sie die Tür zu seiner Seele geöffnet.

Jenna überlegte, mit welcher Taktik sie Vincent am ehesten gnädig stimmen würde. Sollte sie ihn schluchzend um Verzeihung bitten? Oder kühl und abweisend behandeln?

Da er ohnehin nicht mit ihr redete, spielte es keine Rolle.

Seite an Seite standen sie im Lift und fuhren zu ihrem Penthouse hinauf. Sie bewohnten die oberste Etage des Hotels, ein Apartment, das sie hasste.

Vor der Hochzeit hatte sie geglaubt, sie würden in einem großartigen, luxuriösen Haus leben, inmitten eines gut bewachten, sicheren Viertels – so wie Jolie und Nando. Aber nein, Vincent hatte darauf bestanden, in diesem Penthouse zu bleiben, wo er seine Geschäfte stets im Augen behalten konnte.

Was hatte sie denn so Schreckliches verbrochen? Sie hatte mit einem Filmstar in einem Jacuzzi gesessen. Das würden andere Leute sensationell finden!

Hätte sie sich bloß mit Andy Dale fotografieren lassen … Wäre Vincent nicht so ein grässlicher Langweiler, hätte sie ihre Polaroidkamera aus der Handtasche genommen und ihn gebeten, ein paar Schnappschüsse zu machen.

Nun konnte sie es kaum erwarten, ihre Freundinnen

anzurufen und zu erzählen, sie habe die halbe Nacht mit Andy Dale in einem Jacuzzi verbracht – mit dem Star aller ihrer Lieblingsfilme! Vor lauter Neid würden sie Magenschmerzen kriegen.

Zum Teufel mit Vincent! Immer musste er ihr alles verderben.

Schweigend betraten sie das Apartment.

„Vincent ...“, begann sie, fest entschlossen, ihre Meinung zu äußern.

„Heute Nacht will ich nicht mit dir reden“, unterbrach er sie frostig. „Geh ins Bett, wir unterhalten uns morgen.“

„Du bist nicht mein Daddy!“ protestierte sie wütend. „Manchmal redest du mit mir, als ob du’s wärst!“

„Wenn du dich wie ein Kind benimmst, wirst du auch so behandelt. Was würdest denn *du* sagen, wenn du mich mit Cameron Diaz oder Catherine Zeta-Jones in einem Whirlpool ertappen würdest?“

„Die kennst du nicht einmal“, konterte sie verächtlich.

„Jederzeit könnte ich ein Treffen mit den beiden arrangieren. Wie wäre dir dann zu Mute?“

„Du bist ja nur eifersüchtig.“ Schmollend schob sie ihre Unterlippe vor.

„Um meine Eifersucht geht es nicht, Jenna, sondern um den Respekt, den du mir schuldest. Das ist *mein* Hotel. Und wenn die Leute sehen, wie *meine Frau* sich aufführt, schadet es meinem Ansehen.“

„Wie altmodisch du bist!“ klagte sie. „Jeder andere wäre überglücklich, wenn ein Filmstar sein Hotel beehren würde, und sogar noch glücklicher, wenn sich seine Ehefrau um so eine prominente Persönlichkeit kümmert.“

„Müsste die Ehefrau dieses imaginären Hotelbesitzers den vertrottelten Star auch bumsen? Würde das zu ihrer Gastfreundschaft gehören?“

„Vincent! Sei nicht so vulgär! Ich habe mit niemandem gebumst.“

„Aber du hast dich mit nackten Titten in einem Jacuzzi gerekelt. Ist das etwa nicht vulgär?“

„Sicher wäre es albern gewesen, *angezogen* im Wasser zu sitzen. Außerdem – in Südfrankreich laufen alle Frauen am Strand oben ohne herum, die schämen sich nicht für ihren Körper.“

„Sosehr es mir auch widerstrebt, dich daran zu erinnern, Jenna – wir sind nicht in Südfrankreich.“

„Aber wir haben unsere Flitterwochen dort verbracht“, wandte sie missgelaunt ein. „*Alle* Mädchen trugen kein Bikinioberteil. Damals hattest du *nichts* dagegen.“

Dieses Gespräch führte zu nichts. Vorerst konnte er Jennas Anblick nicht ertragen. Hätte er bloß auf seine Mutter gehört und eine kluge Frau geheiratet, nicht dieses blonde Dummchen … „Wie gesagt, jetzt will ich nicht darüber reden. Geh ins Bett.“

Beleidigt rauschte sie ins Schlafzimmer.

Vincent trat ans Fenster und betrachtete das Lichtermeer. Da stand er, in der obersten Etage *seines* Hotels. Und statt alles zu genießen, was er erreicht hatte, kochte er vor Wut.

Daran war sein Partner schuld. Dauernd lockte Nando dieses verdammte Filmvolk ins Hotel und behauptete, es sei gut fürs Geschäft. Das verstand er völlig falsch. Um gute Geschäfte zu machen, mussten sie hochkarätige Spielernaturen ins Casino holen, große Tiere, die mit ihrem Geld nur so um sich warfen, die es gleichmütig riskierten, ein Vermögen zu verlieren. Mit Filmstars handelte er sich nur Verluste ein. Denen konnte man nicht einmal einen Kugelschreiber geben, damit sie ihre Schuldscheine unterzeichneten.

Vincent ging zum TV-Apparat, drückte auf die Fernbedienung und schaltete die Nachrichtensendung ein. Noch eine Verfolgungsjagd. Noch ein Mord. Noch eine Geiselnahme in Kalifornien – dreißig Leute in Beverly Hills, in einem Restaurant von bewaffneten Gangstern festgehalten.

In diesem Augenblick läutete das Telefon, und er nahm den Hörer ab.

„Mr. Castle? Vorhin war Ihre Mutter am Telefon. Sie möchte möglichst bald mit Ihnen sprechen."

„Danke, Mario", antwortete Vincent.

Dass Dani ihn so spät anrief, war ungewöhnlich. Während er ihre Nummer wählte, fragte er sich, was sie von ihm wollte.

Sie meldete sich sofort. „Oh Vincent, ich habe eine Überraschung für dich."

„Was für eine?"

„Komm sofort in mein Apartment."

„Bist du okay?"

„Ja."

„Was ist denn los?" seufzte er irritiert. „Kann es nicht bis morgen warten?"

„Nein."

„Bist du sicher?"

„Natürlich."

„Okay, ich bin gleich da", versprach er ärgerlich.

„Gut", erwiderte sie und legte auf.

Sofia folgte Gianni ins Marbella Club, wo ihn lächelnde Gesichter und bewundernde Blicke begrüßten. Junge Frauen winkten und warfen ihm Kusshände zu. „Oh Mann, wie populär Sie sind!“ bemerkte Sofia und blieb ihm auf den Fersen.

„Ja, und wahrscheinlich möchten alle Leute wissen, was für eine abgesoffene Ratte ich hier reinschleppe.“

„Tut mir leid. Ruiniere ich Ihren untadeligen Ruf?“

„Keineswegs.“

„Wahrscheinlich wär’s besser gewesen, ich hätte ein paar Kleider aus meinem Zimmer geholt. Können Sie mir was leihen?“

„Sicher hat Anais irgendwas bei mir vergessen, wie üblich.“

Sofia begleitete ihn in seine Suite, deren Fenster zum Meer hinausgingen. An einer Wand hing ein vergrößertes Foto von Anais. Den Rücken zur Kamera gewandt, trug sie nur Jeans mit Nieten, die tief auf den Hüften saßen. Die Überschrift lautete: „Schwarz oder weiß? Gianni oder Bluejeans?“

Die Augen zusammengekniffen, inspizierte Sofia das Poster. „Wie ich zugeben muss, sieht sie genial aus.“

„Das weiß ich.“ Gianni legte eine CD mit klassischer Musik auf.

„Ist Anais Ihre Freundin?“

„Stimmt.“

„Sie muss ziemlich berühmt sein.“

„Ein Supermodel.“

„Wahrscheinlich habe ich sie schon ein paarmal in Zeitschriften gesehen.“

„Also lesen Sie Zeitschriften?“ fragte er belustigt.

„Und Bücher. Ich bin sogar zur Schule gegangen. Obwohl ich in Vegas aufgewachsen bin.“ Gähnend streckte sie sich, die Ereignisse dieser Nacht forderten allmählich ihren Tribut. „Die Schule hat mich angeätzt. Da konnte ich ohnehin nichts lernen. Also bin ich lieber losgezogen, um die Welt auf eigene Faust zu erforschen.“

„Und? Sind Sie inzwischen klüger geworden?“

„Sagen wir's mal so – die heutige Nacht war lehrreich. Klar, ich will's nicht bestreiten“, fuhr sie blinzelnd fort, „ich bin ausgerastet. Aber ich finde, unter diesen Umständen habe ich mich ganz gut gehalten.“

„War's denn so fabelhaft, von einer Terrasse zu springen?“

„Immerhin in einen Swimmingpool ...“, ergänzte sie.

„Hätten Sie ihn verfehlt, wären Sie auf Beton gelandet – und tot. Dann würden wir nicht hier stehen und Ihre Heldentaten erörtern.“

„He“, entgegnete sie herausfordernd, „ich bin aber ins Wasser gefallen – und jetzt total traumatisiert.“

„Wie tröstlich, das zu wissen.“

„Sind Sie wahnsinnig in dieses Model verliebt?“ Sofia warf sich auf eine Couch.

„Was für eine indiskrete Frage!“

„Heißt das – ja?“

„Anais ist sehr kompliziert“, sagte er und zündete sich eine lange, dünne kubanische Zigarre an.

„Wie alt?“

„Fünfundzwanzig, in der Model-Branche *ziemlich* alt. Deshalb hat sie Angst vor der Zukunft und möchte Schauspielerin werden.“

„Wie lange sind Sie schon mit ihr zusammen?“

„Was sollen all diese Fragen, Sofia?“ Gianni blies eine dünne Rauchwolke in die Luft.

„Im Auto haben Sie *mich* ausgehorcht. Jetzt bin *ich* dran.“

„Gehen Sie ins Bad. Dort finden Sie einen Bademantel. Ziehen Sie ihn an, bevor Sie sich erkälten. Inzwischen bestelle ich was zu essen. Sie sind sicher hungrig. Was möchten Sie?“

„Ein Clubsandwich. Es sei denn, hier gibt's Burger mit Fritten.“ Sofia sprang auf. „Für einen Burger im amerikanischen Stil könnte ich *töten.*“

„So dramatisch muss es nicht werden“, erwiderte er und lächelte schwach. „Mal sehen, was ich tun kann. Wenn Sie gegessen haben, rufen wir Ihre Eltern an. Vielleicht sollten Sie für eine Weile nach Hause zurückkehren.“

Mit schmalen Augen starrte sie ihn an. „*Bevor* ich Sie in Rom besuche? Oder danach?“

„Also sind Sie interessiert?“

„Nun, das hängt davon ab, was Sie planen.“ Sofia versuchte, ihre Begeisterung zu verbergen. Natürlich wäre es phantastisch, nach Rom zu fliegen und einen Model-Job zu ergattern.

Gianni zeigte auf Anais' Foto. „Außer ihr brauche ich ein neues Gesicht für meine nächste Jeans-Werbekampagne. Möglicherweise eignen Sie sich dafür. Wenn Sie nach Rom kommen, muss mein Fotograf Probeaufnahmen machen. Dabei wird er feststellen, ob Sie die erforderlichen Qualitäten besitzen.“

„Oh! Wow!“ spottete sie und grinste ihn an. „Bedeutet das – ich werde *entdeckt?*“

„Mag sein“, antwortete er, ohne auf ihren Sarkasmus einzugehen. „Falls die Kamera Sie liebt …“

„Cool. Dann hält mich nichts mehr in Spanien. Nehmen Sie mich nach Rom mit?“

„Wollen Sie das?“

„Warum nicht? Es wäre ein Abenteuer.“

„Okay, Sofia. Morgen reisen wir ab.“

„Mit welcher Fluglinie?“

„Mit keiner. Ich benutze meinen eigenen Jet.“

„Klar. Was denn sonst?“

Jolie konkurrierte mit niemandem, denn sie betrachtete Nando als Herausforderung. Dadurch sicherte sie sich seine Treue. Bisher hatte das sehr gut funktioniert, wie sie zufrieden geststellte. Aber sie war eine Realistin und er ein Mann. Deshalb musste sie ihn daheim befriedigen, so gut sie es vermochte. An seinem letzten Geburtstag – dem sechsunddreißigsten – hatte sie eine Stripper-Stange im Schlafzimmer aufgebaut.

Bei diesem Anblick hatte er vor Lachen geschrien. Aber als sie ihm vorführte, was sie damit anfangen konnte, verging ihm das Lachen. Und er war scharf gewesen wie nie zuvor. Solche Privat-Shows reservierte sie für besondere Gelegenheiten.

Auch an diesem Abend erweckte Nando den Eindruck, er hätte so etwas nötig. Deutlich genug spürte sie seine innere Anspannung. „Was ist denn los, Schätzchen?“ fragte sie, sobald sie ihr Haus in einer luxuriösen, hermetisch abgeriegelten Wohngegend erreichten.

„Vincent.“ Geradewegs steuerte er die Bar im tiefer gelegten Wohnzimmer an, wo überdimensionale, mit Leopardenfellen bezogene Sofas zwischen marmornen Couchtischen standen.

„Hat er was getan?"

„Nein, er tut *nie* irgendwas."

„Was meinst du?" erkundigte sie sich teilnahmsvoll.

„Er ist so schrecklich stur. Zum Beispiel sollen keine Filmstars in unser gottverdammtes Hotel kommen. Und er will keine Risiken eingehen. Bloß nicht expandieren! Ich habe ein grandioses Angebot. Mir diesem Deal würden wir Unsummen verdienen, die könntest nicht einmal du ausgeben. Aber er ist dagegen."

„Warum?"

„Weil's mit Drogen und Nutten zusammenhängt. So ein Quatsch! Diese Stadt lebt von Drogen und Nutten."

„Beruhige dich. Du bist ja ganz aufgedreht."

„Kein Wunder! Heute Nacht werde ich kein Auge zutun."

„Doch", murmelte sie. „Gib mir ein bisschen Zeit, nur fünf Minuten, und warte im Schlafzimmer auf mich. Wenn ich mit dir fertig bin, wirst du völlig relaxed sein und gar nicht mehr wissen, warum du dich aufgeregt hast."

Endlich traf der Van ein, und Madison genoss kurzfristig ihren Triumph. Hatte *sie* die Cops dazu überredet?

Wie auch immer, der Wagen war da, und nur das zählte.

„Jetzt passiert Folgendes", entschied der Bandit Nummer eins. „Die Gefangenen, die wir mitnehmen, ziehen Tücher von den Tischen. Schneiden Sie Löcher für die Augen rein. Dann ziehen Sie die Tücher über Ihre Köpfe. Sie da!" wandte er sich an Madison. „Kommen Sie mit. Ihr Alter auch. Und die da.“ Er zeigte auf Natalie.

„Lassen Sie meine Freundin hier“, bat Madison. „Es geht ihr nicht gut.“

„Verdammt, sie begleitet uns!“ herrschte er sie an und suchte drei weitere Geiseln aus – einen jungen italienischen Kellner, das Mädchen mit der Wunde an der Schläfe und eine Frau in mittleren Jahren. „Während wir rausgehen, nehmt ihr uns in die Mitte, und wenn jemand Mist baut, blas ich ihm das beschissene Hirn raus. Kapiert?“

Alle nickten.

„Und die anderen Arschgeigen – da rüber in die Ecke! Haltet den Mund!“

Madison schaute Cole an, der fast unmerklich die Wimpern senkte, um ihr zu bedeuten: *Tu, was er sagt.* Also zog sie ein Tuch von einem Tisch und schnitt mit einem Messer zwei Löcher hinein. Natalie folgte ihrem Beispiel. „Welch ein Albtraum!“ flüsterte sie. „Werden wir's überleben?“

„Ganz sicher“, versuchte Madison, sie zu beruhigen und eine Zuversicht zu bekunden, die sie nicht empfand.

„Wohin bringen sie uns?“

„Keine Ahnung, was dieser Irre vorhat …“, flüsterte Madison. Wenn sie ihre Freundin auch ermutigte – sie wusste, in welch großer Gefahr sie schwebten. Aus einem Impuls heraus konnte einer der Gangster, die unter Drogen standen, jederzeit losballern. Oder es juckte die Scharfschützen von der Polizei in den Fingern …

Nun konnten die Geiseln nur noch hoffen und beten.

27. KAPITEL

Michael, 1972

Dank der Mutterschaft war Beth etwas sanftmütiger geworden, was sie aber nicht daran hinderte, jede Nacht erbost zu schimpfen, wenn sie von gellendem Geschrei aus dem Schlaf gerissen wurde. Entschieden weigerte sie sich, ihre Tochter zu stillen. „Nicht mein Ding." Angewidert rümpfte sie die Nase. „Das ist einfach – igitt!"

„Wär's nicht gesünder für das Baby?" fragte Catherine zweifelnd. Vor kurzem war sie von ihrem Verwandtenbesuch wieder zurückgekehrt und half ihrer Schwester eifrig, Madison zu betreuen.

„Red keinen Scheißdreck!" fauchte Beth und warf ihr einen vernichtenden Blick zu.

„Wenn Madison größer wird, musst du deine Ausdrucksweise kontrollieren", meinte Michael.

„Ach, tatsächlich?" entgegnete sie kühl.

„War nur so ein Gedanke", sagte er in mildem Ton.

Inzwischen hatten sich Michael und Beth an ihr häusliches Dasein gewöhnt. Obwohl sie nicht verheiratet waren, lebten sie wie Mann und Frau zusammen, was beiden immer besser gefiel. Fantastischer Sex und keine Eheringe. Er war glücklich. Oder nicht? Manchmal überlegte er, wie sie als Ehepaar zurechtkommen würden. Immerhin hatten sie ein gemeinsames Kind. Warum sollten sie's nicht versuchen?

Seit Madisons Geburt interessierten ihn seine früheren Freundinnen nicht mehr. Am liebsten blieb er daheim, bei Beth und dem Baby und Catherine, die sich – nachdem sie ihren anfänglichen Schock überwunden hatte – von ihrer besten Seite zeigte.

Und Beths wilde Zeiten waren anscheinend vorbei. Jetzt rannte sie nie mehr zu Partys, die ganze Nächte dauerten, und flirtete nicht mehr mit jedem Mann, den sie sah. Sie liebte Madison ebenso wie er. Sooft sie auch mit Michael stritt, in einem Punkt stimmten sie überein: Ihre Tochter war das süßeste Baby auf der Welt – eine Kombination ihrer Eltern, mit dunklen Locken und funkelnden grünen Augen, eine zauberhafte Schönheit.

Manchmal, wenn sie mitten in der Nacht erwachte und nach ihrem Fläschchen schrie, eilte Michael in ihr Zimmer, hob sie aus der Wiege und fütterte sie. So ein warmes, zutrauliches kleines Bündel in seinem Arm. Mit großen Augen schaute sie ihn erwartungsvoll an. Wann immer er sie betrachtete, empfand er eine Art von Liebe, die er nie zuvor gekannt hatte. Sie war *sein* Baby, *seine* Zukunft, die Familie, die er immer entbehrt hatte.

Als Madison sechs Monate alt war, zog Catherine ins Haus. Wie ihre Schwester war sie erst achtzehn, aber viel reifer und tüchtiger. Michael fand ihre Gegenwart sehr angenehm, weil sie nicht nur das Baby, sondern auch Beth im Auge behielt. Nun fühlte er sich sicherer, während er seinen Geschäften nachging, vor allem, weil er seine Jobs meistens nachts erledigte. Beth behauptete, es habe sie immer sehr nervös gemacht, wenn sie mit dem Baby allein im Haus gewesen war.

Eines Morgens erwachte sie, sprang aus dem Bett und beschloss, ihr Studium an der Mode-Akademie fortzusetzen. „Bezahlst du's, Michael? Das wirst du nicht bereuen."

„Wenn du sicher bist, dass du's wirklich willst, bezahle ich's sehr gern."

„*Ganz* sicher!" jubelte sie. „Ich werde *weltberühmt*, bald wirst du's sehen!"

„Ach, tatsächlich?" Belustigt über ihren Enthusiasmus, lächelte er.

„So stolz wirst du auf mich sein, Michael!"

„Das bin ich schon jetzt", beteuerte er und zeigte auf Madison, die strampelnd und glucksend in ihrer Wiege lag.

„Ach, wirklich?"

„Darauf kannst du wetten", bekräftigte er und umarmte sie.

Und er meinte es ernst.

Wie ein Lauffeuer verbreitete sich die Neuigkeit, Vito Giovanni habe sich von Mamie getrennt. Eines Nachts hatte er sie mit einer Frau im Ehebett ertappt, einen Tobsuchtsanfall bekommen und beide aus dem Haus geworfen. Angeblich war er jetzt mit einer Freundin zusammen – einer 22-jährigen Stripperin namens Western Pussy.

Eines Tages saßen ein paar Jungs in ihrem Stammlokal und pokerten. Bone war da und Gus. Als Michael eintrat, tuschelten sie gerade kichernd über Mamies sexuelle Neigung.

„Schon immer war sie ein Dreckstück", teilte Bone allen Anwesenden mit. „Genau wie ihr Vetter Roy, dieser Stinkstiefel."

Diesen Moment fand Michael günstig, um Bone zu unterbrechen.

„Ach ja, Mamie", begann er und rückte einen Stuhl an

den Tisch. „Schon in Vegas hat sie's mit den Weibern getrieben, das wusste jeder."

Bone warf ihm einen ausdruckslosen Blick zu. Mit seinen gelben schiefen Zähnen und der hässlichen Narbe, die sich über seine ganze linke Wange zog, sah er geradezu gespenstisch aus. „Reden Sie mit mir?" fragte er frostig.

„Gibt es irgendeinen Grund, warum ich's *nicht* tun sollte?"

„Ah, ein richtiger Witzbold!" höhnte Bone.

„Okay, okay, reißt euch zusammen", mischte sich Gus ein. „Der Krieg findet außerhalb dieses Raums statt. Nicht drinnen."

„Vergiss es", murrte Bone.

Aber Michael wollte nichts vergessen. „Haben Sie was gegen mich?" fragte er etwas später und versperrte dem älteren Mann den Weg zur Tür.

Bone musterte ihn mit seinen kleinen unsteten Augen. „Haben Sie wirklich keine Ahnung?"

„Eh?"

„Kommen Sie schon!" forderte Bone ihn heraus. „*So* dumm können Sie gar nicht sein."

Verständnislos starrte Michael ihn an.

„Oh, jetzt begreife ich's ...", sagte Bone gedehnt und amüsierte sich köstlich. „Hat's Mamie Ihnen nie erzählt?"

„*Was?*"

„Von Ihrer Mama." Bone befingerte seine Narbe. „In jener Nacht war ich dabei."

In Michaels Magen breitete sich Eiseskälte aus. „Was zum Teufel sagen Sie da?"

„Den Raubüberfall, bei dem Ihre Mom getötet und Ihr

Alter angeschossen wurde, hat *Mamie* inszeniert", verkündete Bone triumphierend. „Zusammen mit Roy. Er hat gefeuert, während Mamie draußen Schmiere stand." Nach einer langen Pause fügte er hinzu: „Haben Sie's *jetzt* kapiert?"

„Unmöglich", flüsterte Michael.

„Hören Sie nicht zu?" Bone grinste boshaft. „Das sagte ich doch – ich war *dabei.*"

„Sie waren dabei", wiederholte Michael dumpf.

„Früher habe ich Mamie, diese Kuh, gebumst", fuhr Bone fort. „Wie sich herausstellte, war sie ein ganz gemeines Biest. Bei einem großen Deal hat sie mich reingelegt." Er fuhr mit einem Handrücken über seine Nase. „Oh ja, über Mamie und ihren Vetter, diesen Mistkerl, weiß ich eine ganze Menge."

„Also hat Roy meine Mutter getötet? Ist es das, was Sie mir sagen wollen?"

„Genau." Bone stocherte mit einem Fingernagel zwischen seinen Zähnen. „Das habe ich mit eigenen Augen gesehen. Aber ich bin nicht schuld dran. Am Nachmittag haben wir den Laden ausgekundschaftet. Und später kamen wir zurück. Scheiße – ich hatte keinen blassen Schimmer, dass Roy wen niederknallen würde."

„Oh Gott", Michael war blass geworden.

„Jetzt wissen Sie's. Was werden Sie tun?" fragte Bone spöttisch. „In all den Jahren hat Mamie einen Affen aus Ihnen gemacht und Sie nach ihrer Pfeife tanzen lassen."

Darauf gab Michael keine Antwort. Verzweifelt zwang er sich zur Ruhe. Nun musste er einen klaren Kopf behalten. *Niemals impulsiv handeln* – diese Lektion hatte er gelernt. In seiner Brust brannte ein fast unkontrollierbarer Zorn.

Stimmte es tatsächlich? Hatte Roy seine Mom erschossen – und Mamie draußen Schmiere gestanden?

Auf schreckliche Weise ergab es einen Sinn, denn es erklärte, warum Mamie immer so interessiert an Vinny gewesen war – und warum sie sich mit seinem Sohn angefreundet hatte. Welch ein grausames, herzloses Vergnügen musste es ihr bereitet haben – zu wissen, dass *sie* die Schuld am Tod seiner Mutter trug …

Ohne ein weiteres Wort kehrte er Bone den Rücken und ging davon. Wäre er noch länger hier geblieben, hätte er den Bastard wahrscheinlich umgebracht.

Als er an diesem Abend nach Hause kam, saß Beth auf dem Bett, bemalte ihre Zehennägel mit Silberlack und lauschte den Rolling Stones. Die Musik tönte aus der Stereoanlage, die er für sie gekauft hatte. „Gibt's was Neues?" fragte sie fröhlich und wippte im Takt zu Mick Jaggers laszivem „Satisfaction".

„Nichts, worum du dich sorgen müsstest", erwiderte er, ging ins Bad und starrte sein Spiegelbild an.

„Habe ich etwa behauptet, ich würde mich sorgen?" überschrie sie den Song. „Ist diese Nummer nicht irre? Oh, ich liebe Mick? Du auch?"

Mit irgendjemandem *musste* er reden. Und Beth war zu jung. Mit so schrecklichen Tatsachen dufte er sie nicht belasten. Er eilte in die Küche hinunter und nahm eine Dose Bier aus dem Kühlschrank. Dann setzte er sich an den Tisch und überlegte, ob er Max einweihen sollte.

Keine gute Idee, denn sein Freund würde nur wieder das Thema anschneiden, auf dem er dauernd herumritt. „Jetzt arbeitest du schon wieder für einen Gangster!" hatte er sich beklagt. „Waren fünf Jahre im Knast nicht genug? Willst du's noch mal durchmachen?"

„Wenn jemand einen italienischen Namen hat, glaubst du automatisch, er hängt mit der Mafia zusammen", verteidigte sich Michael. „Wie oft soll ich dir's noch sagen? Dante Lucchese ist ein Geschäftsmann!"

„Und was für Geschäfte betreibt er?"

„Müllentsorgung."

Stöhnend hatte Max die Augen verdreht.

Also konnte Michael ihm sein Problem nicht anvertrauen – und schon gar nicht Charlie, der in einer Bank arbeitete, seit er seine neue Prothese benutzte. Allmählich ging es mit ihm bergauf. Nun, vielleicht war es sogar vorteilhaft, dass es niemanden gab, der versuchen würde, Michael von seinem Plan abzubringen. Was er tun musste, wusste er. Roy hatte seine Mutter ermordet und seinen Vater zum Krüppel gemacht – und ihn selbst der Kindheit beraubt, die ihm sonst vergönnt gewesen wäre.

In seinem Inneren siedete die Wut wie ein Vulkan kurz vor dem Ausbruch. Erst jetzt wurde ihm richtig bewusst, dass er all die Jahre auf eine Gelegenheit gewartet hatte, den Mord an seiner Mutter zu rächen. Und weil er endlich die Wahrheit kannte, musste er sich nicht mehr gedulden. Ja, er würde die Initiative ergreifen.

Sie würden büßen. Alle. Und zwar bald.

Offensichtlich hatte Mamie ihrem Noch-Ehemann ein großzügiges finanzielles Arrangement entlockt, denn sie zog in ein Apartment an der Park Avenue, und Roy quartierte sich bei ihr ein.

Sie war eine echte Überlebenskünstlerin. Nachdem sie den besten New Yorker Scheidungsanwalt engagiert hatte, drohte sie, gewisse Aspekte von Mr. G.s geschäftlichen Aktivitäten zu enthüllen, wenn er nicht die geforderten Alimente herausrückte. In der Zwischenzeit gab sie das Geld ihres künftigen Exgemahls in erschreckendem Tempo aus, für alles, was ihr Herz begehrte, für *jeden,* der ihre Sinne reizte.

Aufmerksam beobachtete Michael ihr Apartment-Gebäude und ihre Gewohnheiten – aus sicherer Entfernung, damit sie ihn nicht entdeckte. Wie er bald herausfand, besaß sie zwei Hunde – verhätschelte weiße Zwergpudel. Dreimal am Tag wurden sie von verschiedenen Leuten auf die Straße geführt. Das erste Mal, am frühen Morgen, kümmerte sich der Pförtner darum, zu Mittag Mamie selbst, und am späten Abend kam Roy an die Reihe.

Zwei Wochen, nachdem Michael von Bone die Wahrheit erfahren hatte, setzte er seinen Entschluss in die Tat um. Es war an der Zeit. An diesem Abend wartete er im Park hinter einem Baum, auf halber Strecke des Weges, den Roy normalerweise mit den Hunden zurücklegte. Es war eine kalte, dunkle Nacht, der Park menschenleer – eine äußerst günstige Situation. Im schwarzen Schatten verborgen, erinnerte er sich an The Chronicle und alles, was Mr. G.s Revolvermann ihm beigebracht hatte. Nun konnte er diese Fähigkeiten nutzen.

Während er wartete, stampfte er mit den Füßen, um sich warm zu halten. Er dachte an Beth und ihr verführerisches Lächeln. Und an seine wunderbare Tochter Madison. Wie sehr er die beiden liebte … *Alles* bedeuteten sie ihm.

Nach etwa zwanzig Minuten sah er Roy durch den Park wandern. Sobald der Mann nahe genug herangekommen war, trat Michael hinter dem Baum hervor und versperrte ihm den Weg.

„He, Roy!“ rief er in freundlichem Ton. „Kennen Sie mich noch?“

Die Augen zusammengekniffen, spähte Roy verwirrt ins Dunkel. „Wer ist das?“

„Michael Castellino.“

Gellend begannen die Pudel zu kläffen und an den Leinen zu zerren.

„Was zum Teufel machst *du* denn hier?“ murmelte Roy missgelaunt und fixierte Michael unsicher. „Mitten in der verdammten Nacht?“

„Ich ging spazieren, und als ich Sie sah, überlegte ich mir, das wäre eine nette Gelegenheit, alte Erinnerungen aufzufrischen.“

„Erinnerungen? Was soll das?“ Die Hunde bellten immer schriller.

„Ach, das wissen Sie doch“, erwiderte Michael leichthin. „ Es betrifft Mamie und meinen Dad.“

„*Was?*“

„Hat's sie's früher nicht mit meinem Dad getrieben? Und war sie nicht stinksauer, als er sie fallen ließ, um meine Mom zu heiraten?“

Mit einer Schuhspitze versuchte Roy nach einem der kläffenden Hunde zu treten. „Schnauze, verdammte Ratten!“ schimpfte er.

„Erinnern Sie sich an den Laden meiner Grandma, das Lani's?“ fuhr Michael fort. Obwohl er wusste, was er tun würde, war er ruhig und gelassen. „Hilft das Ihrem Gedächtnis auf die Sprünge?“

„Was?“ wiederholte Roy, von den Pudeln abgelenkt, die einander jetzt anknurrten.

„Eine Zeit lang hat meine Mom dort gearbeitet“, fügte Michael hinzu, mit leiser, sanfter Stimme. „Als sie mit mir schwanger war.“

„Willst du auf irgendwas Bestimmtes raus?“ fragte Roy irritiert. „Allmählich friere ich mir die Eier ab.“

„Ja, so ist es“, bestätigte Michael beiläufig, zog seine Waffe hervor und richtete sie auf Roy. „Um klarzustellen, worum es geht – Sie sind ein Stück Scheiße, das es nicht verdient, noch länger zu leben.“

Roy erblasste. „Um Himmels willen!“ würgte er hervor und geriet in Panik. „Pack das Ding weg!“

„Was ist denn los?“ fragte Michael in gespieltem Staunen. „Mögen Sie keine Knarren? Jagen sie Ihnen Angst ein?“

„Pack das weg!“ Beinahe fielen Roys Augen aus den Höhlen.

„Ich wette, meine Mom hatte Angst. Genauso wie Sie in diesem Moment. Und wie gesagt, sie war mit mir schwanger. Also konnte sie nicht weglaufen, um sich zu retten, oder? Eine wehrlose Zielscheibe. Ist's nicht so gewesen?“

„Großer Gott!“ Aus Roys Mundwinkel quoll Speichel. „Ich hab Mamie gewarnt und ihr gesagt, sie soll sich nicht mit dir einlassen. Eines Tages würdest du Ärger machen, das wusste ich. Aber die dumme Gans hörte nicht auf mich. Dauernd wollte sie mit dir zusammen sein. Da ist sie richtig drauf abgefahren.“

„Bis *Sie* mich aus dem Weg räumten, nicht wahr?“ Jetzt nahm Michaels Stimme einen härteren Klang an. „Damals haben Sie mich verpfiffen, Roy. Acht Jahre wurden mir aufgebrummt. Davon musste ich nur fünf absitzen. Für Sie war das sicher eine bittere Enttäuschung."

„Nein, ich war's nicht!" winselte Roy. „*Sie* wollte dich ausschalten – *meine* Idee ist's nicht gewesen."

„Wirklich nicht?"

„Das schwöre ich, Mike", wimmerte Roy. Seine Hände begannen zu zittern. „Glaub mir, ich mag dich – du warst immer höflich zu mir."

„Freut mich zu wissen."

„Steck doch dieses Ding ein, bevor jemand verletzt wird!" flehte Roy.

„Meinen Sie, das sollte ich tun?"

„Ja, ja, genau das."

„So wie Sie meine Mom verschont haben?"

„Auf die habe ich nicht geschossen."

„Ach, tatsächlich nicht?"

„Es war …", begann Roy.

„Erinnern Sie sich an The Chronicle?" fiel Michael ihm ins Wort. „Und wie Vito mir erklärt hat, ich müsse schießen lernen? Was für ein fabelhafter Lehrer The Chronicle war! So viel hat er mir beigebracht." Er hob die Waffe höher und zielte auf Roys Gesicht. „Soll ich Ihnen verraten, wie das Spiel heißt? Vergeltung. Sie haben meine Mutter getötet, das Leben meines Vaters zerstört. Dafür werden Sie jetzt bezahlen." Nun stand eine lange Pause. „Merken Sie sich meinen Namen, Roy. Michael Castellino. Denken Sie daran – auf Ihrem Weg zur Hölle." Und dann schoss er Roy in den Kopf. Seelenruhig wandte er sich ab und schlenderte davon.

Einer seiner Feinde war nun immerhin erledigt, zwei standen noch auf der Liste.

28. KAPITEL

Dani, 1972

„Was, du hast ihm den Ring zurückgegeben?“ rief Gemini verblüfft. „Warum?“

„Weil ich nicht ja gesagt habe“, erklärte Dani, „und deshalb sah ich keinen Grund, den Ring zu behalten.“

Für ihren Auftritt bereit, standen sie hinter den Kulissen – zwei bildschöne Frauen, beide blond, in identischen knappen Kostümen, die viel Haut enthüllten, voller Pailletten, Federn und Spitzenrüschen, mit extravagantem Kopfschmuck. Langbeinig und vollbusig, verkörperten sie die erotischen Phantasien aller männlichen Zuschauer.

„Bist du verrückt?“ Gemini leckte über ihre glänzend bemalten Lippen. „*Niemals* darf ein Mädchen kostbare Juwelen ablehnen.“

„Ich wollte Dean nicht hinters Licht führen.“

„Armes Baby, du musst noch sehr viel lernen.“

„Und *du* wirst es mir sicher beibringen.“

„Genau das habe ich vor.“

Als die Musik erklang, rangelten einige Mädchen um die besten Positionen an der Rampe. Dani und Gemini mussten erst ein paar Minuten nach den anderen Tänzerinnen auftreten – die sensationellsten aller Showgirls, hinreißend und glamourös.

„Wie seid ihr verblieben?“ fragte Gemini.

„Er musste nach Houston fliegen“, erwiderte Dani. „In ein paar Wochen kommt er zurück, und ich habe versprochen, dann würde ich ihm eine Antwort geben. Übrigens hat er mir den Namen eines Anwalts aufgeschrieben, den ich anrufen soll."

„Worauf wartest du?" Gemini warf einen kurzen Blick in den großen Spiegel hinter der Bühne. „Ruf ihn an!"

„Das werde ich tun." Den ganzen Tag hatte sich Dani mit ihren Gefühlen beschäftigt. Wie einfach wäre es, Deans Antrag anzunehmen, ihre Sachen zu packen und mit ihrem Sohn nach Houston zu ziehen ... aber eine innere Stimme hielt sie zurück. Sie weigerte sich, eine weitere lieblose Ehe einzugehen, so wie mit Sam. Außerdem wäre es Vincent gegenüber unfair, ihm einen Vater zu präsentieren, der vielleicht wieder aus seinem Leben verschwinden würde. Wusste sie überhaupt, was Liebe war? Nur ein einziges Mal hatte sie Liebesworte ausgesprochen – in Michaels Armen.

Ah, Michael ... eine magische Nacht in ferner Vergangenheit ... Damals war sie fast noch ein Kind gewesen. Und doch – sie konnte ihn nicht vergessen. Wie sollte ihr das auch gelingen, wenn Vincent sie ständig an ihn erinnerte?

Am nächsten Morgen trainierten Dani und Gemini im Fitnesscenter, wohl kaum die traumhaften, unnahbaren Geschöpfe des letzten Abends – ungeschminkt, die Haare zu schlichten Pferdeschwänzen zusammengebunden, in Sportsachen. Wenn sie ihre fabelhaften Jobs behalten wollten, mussten sie in Form bleiben, und dafür strengten sich beide gewissenhaft an.

„Glaubst du an die Liebe?" fragte Dani, während sie mittelschwere Gewichte stemmte.

Gemini nickte, nachdem sie eine Reihe schweißtreibende Sit-ups beendet hatte. „Natürlich. Aber du darfst Leidenschaft nicht mit Liebe verwechseln", mahnte sie und griff ein Handtuch. „Unglücklicherweise ist die Leidenschaft nie von langer Dauer. Als ich Moralis heiratete, Nandos Vater, war er der großartigste Liebhaber, den ich je gekannt hatte. In seiner Nähe konnte ich gar nicht *atmen.* Tag und Nacht dachte ich an ihn."

„Genauso ging es mir mit Michael", seufzte Dani, legte die Gewichte beiseite und stieg auf das Laufband.

„Das lässt sich nicht vergleichen. Wie lange warst du mit Michael zusammen? Einen Tag, eine Nacht?"

„Ja, du hast Recht", bestätigte Dani träumerisch, „aber so tiefe Emotionen hatte ich nie zuvor empfunden. Und die Art, wie wir Liebe machten ..."

„Es war dein erstes Mal", hob Gemini hervor, „also konntest du gar nicht feststellen, ob er gut oder schlecht im Bett war."

„Großartig ..." An jede Einzelheit erinnerte sich Dani.

„Weißt du, was du brauchst? Verabrede dich mit verschiedenen Männern, damit du Erfahrungen sammeln kannst."

Dani schüttelte den Kopf. „Dann hätte ich das Gefühl, ich würde Dean betrügen."

„Unsinn! Du hast nicht einmal seinen Ring angenommen."

„Das stimmt. Trotzdem finde ich, es wäre nicht richtig, andere Männer kennen zu lernen."

„Dann solltest du Dean heiraten!" rief Gemini ungeduldig. „Einen besseren Rat kann ich dir nicht geben."

Ein paar Tage später besuchte Dani den Anwalt, den Dean ihr empfohlen hatte. Gemini begleitete sie, um sie moralisch zu unterstützen. Morgan Spelling Jones war eine extravagante Persönlichkeit – Mitte fünfzig, ein Texaner mit lauter Stimme, gerötetem Gesicht, einem herzhaften Lachen und großen, makellos manikürten Händen. Zu einem naturweißen Anzug trug er einen überdimensionalen Cowboy-Hut und bestickte Lederstiefel. Milde ausgedrückt, wirkte seine äußere Erscheinung ziemlich exzentrisch.

„Oh, das muss mein Glückstag sein!“ Freudestrahlend begrüßte er die beiden Frauen in seinem Büro. „Heute Morgen blickt der Allmächtige besonders gnädig auf mich herab, wenn zwei so exquisite Schönheiten meine Domäne beehren.“

„Mrs. Castle möchte mit Ihnen über ihre Scheidung sprechen“, informierte ihn Gemini, sank in einen Sessel vor dem Schreibtisch und schlug die langen Beine übereinander.

„Und Mrs. Castle *wird* ihre Scheidung durchsetzen.“ Morgan inspizierte Geminis Beine. „Das heißt – falls sie *mich* mit der Prozedur beauftragt.“

„Dean King hat mir geraten, ich solle mich an Sie wenden“, sagte Dani und setzte sich neben ihre Freundin.

„In der Tat, und er schwärmt in den höchsten Tönen von Ihnen, kleine Lady. Und nun …“ Er nahm einen teuren goldenen Füllfederhalter von der Lederplatte seines wuchtigen Schreibtisches und zückte einen gelben Block Kanzleipapier. „Würden Sie mir all die hässlichen Details anvertrauen?“

„Was hältst du von ihm?“ fragte Gemini, sobald sie das Büro verlassen hatten.

„Ein interessanter Mann.“

„Interessant oder tüchtig?“

„Beides.“

„Hmmm … Meinst du nicht, die Kombination von reich verzierten Stiefeln und einem Cowboy-Hut würde ihm eine gewisse Sinnlichkeit verleihen?“

Dani kicherte. „Machst du Witze?“

„Keineswegs“, entgegnete Gemini mit einem fast ernsthaften Lächeln. „Ich mag Männer mit – Marotten.“

Und sie mochte ihn so sehr, dass sie sich regelmäßig trafen. Sechs Wochen später waren sie verheiratet. Das Verdienst an dieser Blitzhochzeit beanspruchte Dani für sich, weil sie die beiden miteinander bekannt gemacht hatte.

Dean flog nach Vegas, um an der Hochzeitsfeier teilzunehmen, die auf der großen Ranch des Bräutigams stattfand, ein paar Meilen außerhalb der Stadt.

Wie sich herausstellte, war Morgan millionenschwer. Ein erfolgreicher Anwalt, hatte er zudem ein beträchtliches Vermögen von seinen Eltern geerbt. Seine Familie gehörte zum alten Geldadel. Davon hatte Gemini nichts gewusst und sich nur in seinen Stil verliebt. Dass er fast dreißig Jahre älter war, störte sie nicht im Mindesten. Zum Glück verstand er sich großartig mit ihrem geliebten Sohn. Das fand auch Dani wundervoll, denn Vincent würde seinen Freund Nando oft auf der Ranch besuchen. Dort konnten die beiden Jungs, die unzertrennlich waren, reiten, schwimmen und im Freien spielen.

Nur ein einziger Schatten trübte Danis Freude am Glück ihrer Freundin – Morgans Ranch erinnerte sie an ihre Kindheit und Dashell. Wie gut, dass sie ihrem perversen Vater entronnen war … Welches Schicksal hätte ihr gedroht, wäre die Flucht damals vereitelt worden?

Das fragte sie sich sehr oft. In vielen Nächten wurde

sie immer noch von lebhaften Albträumen gepeinigt. Und manchmal spielte sie mit dem Gedanken, an den Ort ihres Leids zurückzukehren, um das Grab ihrer Mutter zu suchen.

Doch sie entschied jedes Mal, es würde sie zu sehr bedrücken. Dieses Grauen gehörte der Vergangenheit an, die sie endgültig begraben musste, um sich wirklich frei zu fühlen.

„Jetzt bist du dran“, flüsterte Gemini ihr nach der Trauung zu. „Wenn *ich* diesen Schritt wage, schaffst du es auch.“

Auch Dean drängte Dani. Aber sie zögerte nach wie vor.

„Schlaf wenigstens mit ihm!“ verlangte Gemini. „Dabei wirst du herausfinden, ob ihr im Bett zusammenpasst.“

Muss ich mich dazu durchringen?

Ja, weil es alle anderen taten.

Hinter der Bühne war Sex das wichtigste Gesprächsthema. Ein Showgirl hatte sogar mit Frank Sinatra geschlafen und war zur Heldin des Tages avanciert.

Nur Dani interessierte sich nicht für Sex. In ihrem Leben spielte er keine Rolle. Sex führte nur zu Schwierigkeiten, dass wusste sie aus leidvoller Erfahrung.

Ein paarmal hatte Morgan mit Sams Anwalt gesprochen. „Ein ganz mieser Ganove“, teilte er Dani mit. „Was deinen Sohn betrifft – Sam fordert kein Besuchsrecht. Alles, was er will, ist Geld – das ganz große Geld.“

„Wie viel?“ fragte sie, bitter enttäuscht, weil Sam so tief gesunken war.

„Alimente – und falls das nicht klappt, eine einmalige Zahlung von fünfzigtausend Dollar.“

„Fünfzigtausend!“ rief sie erstaunt. „Wo soll ich das hernehmen?“

„Gar nichts musst du zahlen. Allerdings wäre es der einzige sichere Weg, um den Mistkerl für immer von der Liste deiner Ärgernisse zu streichen.“ Nach einer kurzen Pause schlug er vor: „Oder wir engagieren einen Killer.“

„*Was?*“ Entsetzt schnappte sie nach Luft.

„Nur ein Scherz, meine Liebe.“

Dean kam ihr zur Hilfe. Ohne sie zu fragen, beriet er sich mit Morgan und zahlte die fünfzigtausend.

Eine Woche später schlief sie mit ihm.

So schlimm, wie sie erwartet hatte, war es gar nicht. Zärtlich und rücksichtsvoll, ging er ganz langsam vor. Doch sie konnte das Gefühl nicht überwinden, sie wäre nur mit ihm ins Bett gegangen, weil er sie von Sam freigekauft hatte.

Wie eine Hure, dachte sie. Eine sehr hoch bezahlte Hure. Trotzdem eine Hure.

Dean geriet in einen Freudentaumel. „Jetzt steht es fest!“ jubelte er und holte den Ring erneut hervor.

„Also – sind wir verlobt“, flüsterte sie, als er ihr den grandiosen Solitär an den Finger steckte.

„Niemals wirst du's bereuen, mein Liebling, niemals!“ versicherte er und strahlte vor Glück. „Wenn du dir ein paar Tage freinehmen kannst, fliege ich mit Vincent und dir nach Houston. Dann könnt ihr euch in meinem Haus umsehen. Und falls du die Einrichtung ändern willst – ich bin mit allem einverstanden, was dir gefällt.“

„Oh, das ist sehr nett von dir“, murmelte sie. Schon jetzt fühlte sie sich unter Druck gesetzt.

„Vielleicht solltest du deinen Job aufgeben. Nun hast du's nicht mehr nötig zu arbeiten."

„Doch", widersprach sie. „Ich brauche meine Unabhängigkeit, Dean. Irgendwann möchte ich dir das Geld zurückzahlen, das du Morgan für Sam gegeben hast."

„Sieh es einmal so, Darling – wenn wir verheiratet sind, ist *mein* Geld *dein* Geld. Da besteht kein Unterschied."

„Für mich schon, es ist eine Schuld, die ich begleichen muss."

„Das werden wir noch sehen", erwiderte er, nicht im Geringsten an den fünfzigtausend Dollar interessiert. „Du hilfst mir doch, die Verlobungsparty zu planen? Stellst du die Gästeliste zusammen?"

Wortlos nickte sie. *Das ist meine Zukunft. Also sollte ich mich allmählich wie eine glückliche Braut fühlen.*

29. KAPITEL

Michael, 1972

Michael blätterte in den Zeitungen und musste sich ziemlich lange gedulden, bis er einen Hinweis auf Roys Ableben fand. Erst vierundzwanzig Stunden später entdeckte er einen kurzen Artikel, ganz unten auf der dritten Seite, den er sofort zu lesen begann.

Mann im Central Park erschossen. Täter unbekannt.

Als er weiterlesen wollte, kam Beth in die Küche, auf dem Weg zur Mode-Akademie. Hastig legte er die Zeitung beiseite und nahm seine Kaffeetasse.

„Was hast du heute vor?“ fragte sie, eindeutig für die Freizeit gekleidet – in hautengen Jeans, einer schulterfreien Folklore-Bluse und halb offenen Highheels.

„Am Nachmittag habe ich eine Besprechung. Danach gehöre ich ganz dir.“

Den Kopf schief gelegt, betrachtete sie ihn forschend. „Was genau machst du eigentlich, Michael?“

„Dies und das, von jedem ein bisschen was“, antwortete er ausweichend und nippte an seinem Kaffee.

Nicht zum ersten Mal versuchte sie herauszufinden, womit er sein Geld verdiente. Schon kurz nach der ersten Begegnung hatte sie ihn mit Fragen bestürmt. Das hatte er sich energisch verbeten. Je weniger sie wusste, desto besser. Vor allem durfte sie nichts von Warner Carlysle und von den Investments erfahren. Die waren so profitabel, dass er sich wahrscheinlich bald von Gus' Team trennen und seine eigenen Geschäfte abwickeln konnte.

„Das sagst du immer", warf Beth ihm vor und sah ihn vorwurfsvoll an.

„Glaub mir, du willst es gar nicht wissen – es würde dich nur langweilen."

„Solange du genug Geld nach Hause bringst, sollte ich mich nicht drum kümmern", meinte sie und warf ihr langes dunkles Haar in den Nacken. „Aber ich würde es hassen, wenn die Polizei dich wieder verhaftet – das muss schrecklich gewesen sein."

Offenbar hatten ihr Max und Tina die Ohren vollgejammert, und das missfiel ihm gründlich. „Wo ist Madison?" wechselte er das Thema.

„Catherine spaziert mit ihr durch den Park. Später wollen wir in den Zoo gehen. Kommst du mit?"

„Wie gesagt, ich habe eine Besprechung."

Michael stand auf, schlang die Arme um ihren schlanken Körper und drückte sie an sich, bis sie kaum noch atmen konnte.

„Warum zerquetschst du mich?" japste sie.

„Damit du mich heute in Erinnerung behältst."

„Oh!" Sie lachte leise. „Mr. Romantic!"

„Sogar ich kann romantisch sein, wenn ich's will", beteuerte er grinsend.

„Das weiß ich", flüsterte sie, „und es gefällt mir."

„Wirklich?"

„Ja, Michael."

Sie war klug, frech und sexy. Und trotz ihrer Jugend hatte sie eine reife Seele. Ohne jeden Zweifel – mit jedem

Tag wuchs seine Liebe zu ihr. Eine Überraschung, gegen die er nichts einzuwenden hatte.

„Beth, ich habe nachgedacht."

„Ja?" Mit großen, leuchtend braunen Augen schaute sie ihn an.

„Vor Madisons Geburt haben wir über eine Heirat gesprochen."

„Nicht *wir,* nur *du*", betonte sie.

„Es ist an der Zeit."

„Wofür?"

„Wir werden unsere Hochzeit planen."

„Oh nein, nein, nein. Davon will ich nichts wissen."

„Komm schon, Schätzchen", bat er eindringlich, „denk an Madison."

„Sie ist ein sehr glückliches Baby."

„Das weiß ich. Trotzdem solltest du über meinen Vorschlag nachdenken."

„Warum?"

„Deshalb."

„Deshalb?"

Oh Gott, sie konnte so verdammt stur sein … „Okay, jetzt verrate ich dir die *gute* Neuigkeit. Wenn dir das Eheleben auf den Geist geht, können wir uns jederzeit scheiden lassen."

Seufzend schnitt sie eine Grimasse. „Wie komisch du bist, Michael …"

„Und du bist noch komischer – die einzige Frau in meinem Bekanntenkreis, die *nicht* heiraten will."

„Da müsstest du doch vor Freude in die Luft springen."

„Quatsch!" stieß er ärgerlich hervor. „Ob dir das passt oder nicht, wir werden heiraten."

„So?“

„Ja.“

„Ist das ein Befehl?“

„Allerdings.“

„Okay“, sagte sie kleinlaut.

„Okay – was? Bist du damit einverstanden?“

Beth lächelte. „Das werde ich dir rechtzeitig mitteilen.“

„Wirklich?“

„Vielleicht.“

„Was für eine grässliche Frau!“

„Oh Michael!“ rief sie und lachte entzückt. „*Endlich* nennst du mich eine Frau. Ja, vermutlich werde ich dich doch noch heiraten.“

„Braves Mädchen!“

„Nein“, verbesserte sie ihn, immer noch lächelnd. „Brave *Frau.*“

Nachmittags lungerte Michael meistens mit einigen von Gus' Jungs in der Stammkneipe herum. Sie pokerten, spielten Billard und saßen vor dem Fernseher, um die Sportsendungen und Pferderennen anzuschauen. Dabei schlossen sie Wetten ab und tranken ein oder zwei Bier. An diesem Tag spähte er vorsichtig in die Runde. Er wusste, dass Bone ihn des Mordes an Roy verdächtigte. Immerhin war es Bone gewesen, der ihn über die Einzelheiten des Verbrechens an Anna Maria und Vinny informiert hatte. Zwei Wochen später war Michael in Aktion getreten. Um die Zusammenhänge zu erraten, musste man kein geniales Hirn besitzen. Aber Bone ließ sich nicht blicken, und niemand erwähnte Roys Tod.

Um fünf Uhr verließ Michael die Kneipe und sah zwei

Männer neben einem schwarzen Cadillac stehen, der auf der anderen Straßenseite parkte. Sobald er ihre prüfenden Blicke bemerkte, schlenderte er lässig hinüber und an ihnen vorbei. Prompt hielten sie ihn auf, was ihn nicht überraschte.

„Michael Castellino?“ fragte der eine.

„Ja?“ In diesem Kerl erkannte er den Türsteher wieder, der ihm damals den Zugang zu Mr. G.s Haus verwehrt hatte.

„Mr. Giovanni möchte Sie sehen.“

„Jetzt?“

„Ja, jetzt. Kommen Sie.“

Unbehaglich kletterte Michael in den Fond des Cadillacs. Aber was konnte Mr. G. ihm schon antun? Es gab nichts, was ihn mit dem Mord an Roy in Verbindung brachte. Die Waffe hatte er zusammen mit ein paar Ziegelsteinen in einen schwarzen Müllsack gesteckt und in den East River geworfen. „Wenn du jemanden erledigt hast, darfst du die Knarre nicht behalten“, hatte The Chronicle ihm eingebläut. „Eine neue Knarre ist billiger, als belastendes Beweismaterial aufzuheben.“

Guter Rat, den Michael befolgt hatte.

Auf der Fahrt zu Vito Giovannis Haus herrschte eisiges Schweigen. Als der Wagen hielt, stieg Michael aus und ging die Eingangsstufen hinauf. Jemand öffnete die Tür und bedeutete ihm, einzutreten.

Sechs Jahre lang hatte er Vito Giovanni nicht gesehen. Der Mann war gealtert. Einst so elegant in edlen Kaschmirmänteln und teuren Seidenkrawatten, wirkte er jetzt älter und bleicher, mit dicken Brillengläsern und schlecht gemachten, schneeweißen falschen Zähnen.

„Mike!“ rief er und schlug ihm auf die Schulter. „Schau einer an, du bist ja richtig erwachsen geworden.“

„Ja“, bestätigte Michael vorsichtig. „Erwachsen.“

„Endlich erfreust du mich mal wieder mit deiner hässlichen Visage. Willst du was trinken?“

„Ich nehme einen Jack.“

„Ich nehme einen Jack“, äffte Vito ihn nach. „Wie du mittlerweile redest – da hast du was dazugelernt, Mr. Cool. Und du siehst besser aus denn je.“

„Danke“, antwortete Michael unsicher. Was zum Teufel wollte Vito von ihm?

„He, Luigi!“ rief der Hausherr. „Mach für Mike einen Jack Daniel’s on the rocks – und für mich auch einen.“ Wieder zu Michael gewandt, erklärte er: „Das ist Sinatras Lieblingsdrink. Vor ein paar Monaten war mir die Ehre vergönnt, den Mann kennen zu lernen. Fantastischer Typ! Genau meine Kragenweite.“

Für Sinatra schwärmte Michael nicht sonderlich. Er zog Elvis oder Beths wilde Salsa-Rhythmen vor.

„Wahrscheinlich fragst du dich, warum ich dich hierher gebeten habe.“ Vito nahm ein Feuerzeug aus massivem Gold vom Tisch und zündete sich eine dicke Zigarre an.

„Ja.“

„Da ist jemand, der mit dir reden will.“

„Wer könnte das sein?“

„Eine alte Freundin“, erwiderte Vito, schnippte mit den Fingern, und Luigi öffnete die Tür.

Langsam trat Mamie ein. Welch ein Anblick! Gelb gefärbtes Haar mit schwarzem Haaransatz, mindestens einen Zoll lang, geschwollene rote Lider, viel zu dick – und immer noch wie ein Teenager gekleidet, in einem kurzen Lederrock, einem engen orangeroten Pullover, in Nutten-Highheels.

Verächtlich starrte Michael sie an. Jetzt, wo er die Wahrheit kannte, hasste er sie abgrundtief.

„Vermutlich hast du gehört, dass Mamie und ich nicht mehr zusammen sind.“ Vito paffte seine Zigarre. „Aber da sie so viele Jahre meine Frau war, respektiere ich sie. Und wenn sie mit einem Problem zu mir kommt, ist das auch *mein* Problem. *Capisce?*“

Michael nickte. Wohin würde dieses Gespräch führen?

„Also …“, fuhr Vito fort und sank in seinen Lieblingssessel. „Mamie hat ein *großes* Problem.“

„So?“

„Das weißt du doch!“ Wütend musterte sie Michael. „Mein Vetter Roy, mein bester Freund! Wie Geschwister haben wir uns geliebt.“

„Jemand hat Roy erledigt“, berichtete Vito so beiläufig, als würde er über eine verlorene Brieftasche reden. „Draußen auf den Straßen wird gemunkelt, das könntest *du* gewesen sein, Mike.“

„Warum sollte ich so was tun?“ fragte Michael und bemühte sich um eine möglichst ausdruckslose Miene.

Luigi brachte ihm den Drink, und Michael nahm einen großen Schluck. Den brauchte er.

Müde seufzte Vito auf. „Lass mich die Geschichte erzählen, die sich gerade rumspricht. Vor vielen Jahren wurde deine Mama bei einem Raubüberfall erschossen. Die Leute sagen, du würdest glauben, Roy sei in das Verbrechen verwickelt gewesen. Deshalb habest du ihn kaltgemacht.“

Ohne mit der Wimper zu zucken, schwieg Michael.

„Davon habe ich erst jetzt gehört.“ Vito schlürfte seinen Whiskey. „Und meine Frau ...“ Er zeigte auf Mamie, die zusammengesunken auf der Couch kauerte und Michael immer noch fixierte. „Sie kam zu mir gerannt, hysterisch und in Tränen aufgelöst. Schau sie doch an!“

Da erwiderte Michael ihren Blick, und seine Augen sandten ihr eine Botschaft. *Ja, ich habe Roy erschossen. Und ich würde ihn noch einmal niederknallen, wenn's möglich wäre.*

„Alles hat mir mein Vetter bedeutet“, jammerte sie. „Und ich will mich an seinem Mörder rächen.“

„Ja, ich weiß, wie Sie sich fühlen.“ Michael bezwang den Wunsch, in ihr dick geschminktes Gesicht zu spucken. „Auch ich würde mich gern für den Mord an meiner Mom rächen.“ Während sich seine Gedanken überschlugen, holte er tief Atem. Warum war die Wahrheit nach all den Jahren plötzlich ans Licht gekommen? Hatte Bone dafür gesorgt? Wenn ja? Warum? „Und weil wir gerade über Gerüchte reden“, fügte er hinzu, um aufs Ganze zu gehen. „Neulich hörte ich, bei diesem Raubüberfall hätten auch *Sie* mitgemischt. Eine Lüge, Mamie? Oder stimmt's?“

Nach einem raschen Blick auf ihren Exehemann kniff sie die rot umrandeten Augen zusammen. „Wer sagt das?“

Jetzt war es Vito, der sie durchdringend anstarrte. „Hattest du was damit zu tun, Mamie? Wenn's so ist, solltest du's verdammt noch mal zugeben.“

„Nein“, murmelte sie schuldbewusst.

„Passt das nicht großartig zusammen?“ stieß Michael hervor, fest entschlossen, Mamie in die Enge zu treiben.

„Damals waren Sie die Geliebte meines Dads. Dann lernte er meine Mom kennen, machte ihr ein Kind, heiratete sie – und kurz danach wurde sein Laden überfallen. In den Zeitungen stand, die Cops hätten eine Blondine und zwei Männer gesucht."

„Mamie, sag lieber die verdammte Wahrheit!" forderte Vito.

„Was soll das?" fauchte sie ihn gehässig an. „Ich bin hergekommen, weil ich deine Hilfe brauche. Stattdessen werde ich von dieser Rotznase in die Mangel genommen."

Plötzlich lachte Vito. „Also warst du tatsächlich an diesem Mord beteiligt, nicht wahr?"

„Nein!" presste sie zwischen zusammengebissenen Zähnen hervor.

„Oh, doch", entschied er, legte seine Zigarre in einen Aschenbecher und stand auf. „Eine gute Lügnerin warst du noch nie. Was ist passiert? Hat Roy gefeuert?"

„Unsinn, Roy war's nicht!" Sie wurde immer zorniger und versprühte Gift und Galle. „Der wusste gar nicht, wie eine Knarre funktioniert. Bone hat die Nutte abgeknallt. Und das auch nur, weil sie auf ihn losging. Da blieb ihm gar nichts anderes übrig. Reine Notwehr!" Triumphierend wandte sie sich an Michael. „Zufrieden?"

Mit einiger Mühe bezwang er das Bedürfnis, in ihr verdammtes Gesicht zu schlagen. „Krankes Biest! Wie können Sie damit leben?"

„All die Jahre habe ich mich um dich gekümmert!" kreischte sie, die rot bemalten Lippen vor Wut verzerrt. „Und das ist jetzt der Dank dafür!"

„Oh nein, an *mir* waren Sie gar nicht interessiert, Mamie.

Sie haben nur für mich gesorgt, um Ihr schlechtes Gewissen zu besänftigen."

„Undankbarer Versager!" schrie sie. „Du bist genauso wie dein Daddy, dieser Taugenichts! Zwei ganz miese Versager!"

„Großer Gott, Mamie!" rief Vito angewidert. „Verschwinde, verdammt noch mal." Ungeduldig schnippte er wieder mit den Fingern. „Fahr sie nach Hause, Luigi."

„Und was machst du mit *ihm*?" zischte sie und zeigte auf Michael. „Er hat meinen Roy *ermordet*, meinen Vetter! Soll er etwa davonkommen? Dafür wirst du büßen", schrie sie Michael an, als Luigi ihren Arm nahm und sie aus dem Zimmer führte. „Das wirst du mir bezahlen!"

„Kann man den Frauen jemals trauen?" stöhnte Vito, sobald sie den Raum verlassen hatte.

„Tut mir leid ...", begann Michael.

Mit einer knappen Geste brachte Vito ihn zum Schweigen. „Keine Entschuldigungen! Du hast getan, was dir richtig erschien. Aber jetzt solltest du dich vor Bone hüten." Er lachte sarkastisch. „Vielleicht kriegst du einen neuen Job."

„Und welcher wäre das?"

„Willst du mein Vollstrecker werden? Da würdest du ein Vermögen machen?"

„Dafür – eigne ich mich nicht", entgegnete Michael langsam.

„Also hängst du gern bei der Lucchese-Familie rum, eh?" Vitos Finger umschlossen das Whiskeyglas.

„Nun, ich kann nicht klagen." Über sein anderes lukratives Geschäft wollte Michael nicht reden.

„Du könntest wieder für *mich* arbeiten. Früher hatte ich große Pläne mit dir."

„Ja, das dachte ich auch. Sobald ich aus dem Knast kam, wollte ich Sie besuchen. Da gab's ein Problem – man erklärte mir, ich müsste mich sechs Wochen im Voraus anmelden."

„Davon wusste ich nichts."

„Ich wäre gern zu Ihnen zurückgekehrt, Mr. G. Obwohl Tommaso und Roy mich damals verpfiffen haben."

„Tatsächlich?"

„Wissen Sie's denn nicht?"

„Scheiße! Nein!"

Sollte Michael ihm glauben? Da war er sich nicht sicher! „Wo steckt Tommaso eigentlich?"

„Im Krankenhaus. Unglücklicherweise geriet der arme Bastard in ein Kreuzfeuer."

Michael nickte. Vor ein paar Wochen hatte er in der Zeitung einen Bericht über eine Schießerei vor einem Spielsalon gelesen. Offenbar hatte der Schütze Mr. Giovanni verfehlt, und die Kugel war in Tommasos Schulter gedrungen. Schade, dass sie sein Herz verfehlt hatte …

„Also?" fragte Vito. „Kommst du wieder zu mir?"

„Da, wo ich jetzt bin, verdiene ich ganz gut."

„Bei mir würdest du viel mehr kriegen."

„Vor all den Jahren habe ich mich sehr wohl in Ihrer Nähe gefühlt, Mr. G. Und ich war immer loyal. Aber dass ich Sie nach meiner Freilassung nicht besuchen durfte, ärgert mich immer noch."

„Loyalität …" Vito rieb sich die Hände. „Klar, die ist sehr wichtig. In einer mächtigen Position braucht man Leute, die einem den Rücken decken – treu ergebene Menschen."

Zustimmend nickte Michael.

„Denkst du drüber nach?“ fragte Vito.

„Ja, natürlich.“

„Gut, gut. Lass mich bloß nicht zu lange warten! Ich bin nicht besonders geduldig.“

Da gab es etwas, was Michael erledigen musste, obwohl er davor zurückschreckte. Er würde nach Miami fliegen, wo sein Vater ein Apartment am Meer bewohnte. Die Adresse kannte er. Im Lauf der Jahre hatte er sich regelmäßig über seinen Dad informiert, aber kein einziges Wort mit ihm gewechselt, seit Vinny mit dem ganzen Geld abgehauen war. Nur lausige dreihundert Dollar hatte er seinem Sohn überlassen.

Als er Beth erklärte, er würde seinen Vater besuchen, flehte sie ihn an, sie mitzunehmen.

„Nein“, erwiderte er, „nicht nötig.“

„Oh ja, Michael, bitte!“ rief sie und warf ihre Arme um seinen Hals. „Das *ist* nötig. Miami. Die Sonne. Die Musik. Und das köstliche Essen!“ Nach einer langen, bedeutsamen Pause lächelte sie verführerisch. „Und Sex.“

„Nein, Beth“, entgegnete er entschieden, „du bleibst hier.“

„Weiß er von Madison?“ spielte sie die familiäre Trumpfkarte aus. „Er möchte sie sicher sehen. Immerhin ist er ihr Großvater.“

„Aber kein großväterlicher Typ. Eher herzlos. Außerdem soll er nichts von Madison erfahren.“

„Das ist unfair!“ Schmollend runzelte sie die Stirn. „Ich *will* mitkommen. In Miami ist es cool, das würde mich für meine Modedesigns inspirieren.“

„Tut mir leid, Honey. Fair oder unfair, damit musst du leben."

„Zum Teufel mit dir, Michael!" Aus ihren braunen Augen funkelten zornig.

Eins musste man Beth lassen, sie hatte Temperament. Und ein erstaunliches Mundwerk. Er kannte keine Frau, die sich mit ihr messen konnte. Dafür liebte er sie. „Heute Abend komme ich zurück. Warte nicht auf mich, es wird sicher sehr spät."

„Als ob ich auf dich warten würde!" entgegnete sie verächtlich. „Ich gehe aus, und Catherine wird das Baby hüten."

„Wieso bleibst du nicht daheim?"

„Warum sollte ich? Wenn du *ohne* mich nach Miami fliegst?"

„Was hat das denn damit zu tun? Ich besuche meinen Dad."

„Ich weiß, Michael. Und während *du* in Miami bist, amüsiere ich mich mit meinen Freunden. Wie du immer wieder betonst, wir sind nicht *verheiratet.*"

Warum empfand er plötzlich Eifersucht?

Irgendetwas hatte Beth an sich, das in ihm den Wunsch weckte, sie allein zu besitzen.

In Miami war es unerträglich schwül. Michael nahm sich vor dem Flughafen ein Taxi und fuhr zu Vinnys Apartment, das in einem gut erhaltenen, grellrosafarben gestrichenen alten Gebäude lag. Nachdem er den Chauffeur bezahlt hatte, durchquerte er eine muffige Halle und betrat den Lift. Darin roch es nach verkochtem Kohl und Katzenpisse.

Langsam polterte die Kabine zum dritten Stock empor, wo er an die Wohnungstür seines Vaters klopfte.

Zu seiner Verblüffung wurde die Tür von einer Frau geöffnet. „Ja?“ murmelte sie nicht besonders freundlich. Etwa Mitte vierzig, dünn, mit strähnigem braunen Haar und langer Nase, trug sie einen alten geblümten Hauskittel und einst rosarote Plüschpantoffel.

„Ich suche Vinny Castellino“, erklärte er und fragte sich, ob er die richtige Adresse herausgefunden hatte.

„Da sind Sie nicht der Einzige“, erwiderte sie in scharfem Ton.

„Wie, bitte?“

„Wenn Sie Schulden eintreiben wollen, haben Sie Pech. Seit letzter Woche ist er bankrott. Also hauen Sie ab!“

Eine solche Begrüßung hatte er sich nicht vorgestellt. „Ich bin Michael.“ Bevor sie ihm die Tür vor der Nase zuschlagen konnte, schob er blitzschnell einen Fuß in den Spalt. „Vinnys Sohn.“

„Oh, in diesem Fall … Haben Sie Geld? Weil Ihr Daddy nämlich völlig abgebrannt ist.“

„Wie kann das sein? Er hat das Haus und den Laden verkauft. Also müsste er im Geld schwimmen.“

„Arztrechnungen“, antwortete sie vage. „Und anderer Kram. Außerdem spielt er.“

„Was?“

„*Irgendeine* Freude braucht ein Mann im Leben, nicht wahr?“

„Ist er da?“

„Kommen Sie rein“, seufzte sie, zog die Tür weiter auf und ließ ihn eintreten.

In der Wohnung war es so hell, dass er sofort die dicken Staubschichten auf allen Möbeln sah. Den fadenscheinigen Teppich schmückte ein Kaleidoskop aus Flecken. Ein großer Balkon ging zum Meer hinaus. Dort saß Vinny in seinem Rollstuhl, einen tragbaren Fernseher auf den Knien. Vor seinen Füßen lag eine zusammengerollte, räudige orangegelbe Katze.

Langsam und vorsichtig trat Michael näher. „Dad?“ Beinahe blieb ihm das Wort im Hals stecken.

Vinny wandte den Kopf zu ihm. In seinem früher so attraktiven Gesicht zeigte sich keine Spur von Überraschung. „Ich habe gehört, du warst im Gefängnis.“

Noch eine nette Begrüßung. Aber Michael hatte so etwas Ähnliches erwartet.

„Hat mich nicht gewundert“, fuhr Vinny fort. „Schon immer hat deine Grandma gesagt, aus dir wird nichts. Ich tat mein Bestes, um dich auf den rechten Weg zu bringen. Leider wolltest du auf niemanden hören.“

„Ich möchte mit dir reden.“

„Worüber?“

Michael schaute die Frau an, die in der Balkontür stand und neugierig lauschte.

„Da es um persönliche Dinge geht – würde es Ihnen etwas ausmachen …?“

„Verschwinde!“ befahl Vinny und verscheuchte sie mit einer lässigen Handbewegung.

Schweigend stapfte sie ins Zimmer.

„Deine – eh – Freundin hat mir verraten, du wärst pleite, Dad.“

„Bist du etwa hergekommen, um Geld zu verlangen?“

„Damals hast *du* den Verkaufserlös eingesteckt und mir nur schäbige dreihundert Dollar gegeben!" fauchte Michael erbost. „Und nun wirfst du mir meine Gefängnisstrafe vor." Dann merkte er, dass er aus dem Konzept geriet, und das wollte er nicht. „Nein, ich will kein Geld", versicherte er, fest entschlossen, den alten Groll zu begraben. „Deshalb bin ich nicht hier."

„Spuck's aus, mein Sohn."

Michael holte eine Packung Zigaretten hervor und zündete sich eine an. „Was genau in jener Nacht passiert ist, hast du mir nie erzählt."

„Welche Nacht meinst du?" fragte Vinny und blinzelte ihn an.

„Die Nacht, in der Mom erschossen wurde."

Vinny spielte mit der TV-Antenne. „Was gibt's da zu erzählen?"

„Eine ganze Menge. Ich muss die Einzelheiten wissen."

„Das hab ich dir alles gesagt."

„Nein. Wenn ich Fragen gestellt habe, wolltest du nie darüber reden. Auch Grandma hat immer den Mund gehalten."

„Was ist denn so wichtig, dass du's jetzt unbedingt hören willst?"

„Ich habe meine Gründe."

„Keine Ahnung, warum ich das alles noch mal aufwärmen soll", murrte Vinny. „Das mag ich nicht. Dazu kannst du mich nicht zwingen."

Michael legte die Zigarette in einen alten Aschenbecher auf dem wackeligen Tisch und nahm ein Bündel Banknoten aus der Tasche seines Jacketts. Dann zählte er zehn Hundertdollarscheine ab, die er seinem Vater hinhielt. „Da. Vielleicht frischt das dein Gedächtnis auf."

„Wo hast du so viel Geld her?" fragte Vinny misstrauisch.

„Ich habe eine Bank ausgeraubt", sagte Michael ausdruckslos. Nach einer kurzen Pause fügte er hinzu: „Nein, im Ernst, Dad, ich mache legale Geschäfte. Ich hatte Glück auf dem Aktienmarkt."

„Was verstehst denn *du* davon?"

„Sehr viel." Michael verlor allmählich die Geduld. „Nimmst du den Zaster oder nicht?"

Natürlich konnte Vinny nicht widerstehen. Er zögerte nur ein paar Sekunden, bevor er die Geldscheine ergriff und in seiner Hosentasche verstaute. Endlich begann er zu reden. „Ich war im Laden, und da tauchten zwei Rotzlöffel auf, die mich rumschubsten. Während der eine mich mit einer Knarre bedrohte, räumte der andere die Registrierkasse aus."

„Sprich weiter", ermutigte ihn Michael.

„In diesem Moment kam Anna Maria herein. Eigentlich sollte sie schon daheim sein. Es schneite, und sie hatte Schneeflocken im Haar und auf dem Mantel. Als sie sah, was passierte, warf sie sich auf den Kerl mit der Pistole." Nun schwieg Vinny eine Weile, von Erinnerungen an jenen verhängnisvollen Tag gequält. „Ich schrie sie an, um sie zurückzuhalten. Doch sie beachtete mich nicht." Noch eine lange Pause. „Der Bastard knallte sie einfach nieder, und ich versuchte sie zu retten. Aber es war zu spät." Seine Stimme zitterte. „Dann wurde auch ich angeschossen, sie schnappten sich das Geld und rannten davon."

„Erzähl mir von den Schurken."

„Was denn?"

„Groß oder klein, dick oder dünn?“

„Einer war klein, der andere ein großer Widerling. Alle beide sah ich deutlich genug, und ich beschrieb sie den Cops. Trotzdem wurden sie nie erwischt.“

„Welcher ist bewaffnet gewesen?“

„Der Große, Hagere – der hatte seltsame, flackernde Augen“, entsann sich Vinny. „Und eine lange Narbe auf der Wange.“

Verdammt, diese Beschreibung passte auf Bone.

„Bist du *sicher*, Dad?“

„Klar. Diese Nacht werde ich nie vergessen.“

Also hat Mamie ausnahmsweise nicht gelogen, dachte Michael bedrückt. Bone war der Todesschütze, Bone ist der Mörder meiner Mutter – und schuld daran, dass mein Vater im Rollstuhl sitzt … Oh Gott, er hatte den falschen Mann getötet.

„Was soll das alles?“ fragte Vinny. „Warum gräbst du diese schrecklichen Dinge aus, an die ich nicht mehr denken will?“

„Erinnerst du dich an deine alte Freundin Mamie?“

„An wen?“

„Mamie. Sie hat Vito Giovanni geheiratet. Als sie bei Grandmas Beerdigung aufgekreuzt ist, warst du stinksauer.“

„Ach ja …“ Vinny runzelte die Stirn. „*Diese* blöde Kuh.“

„In jener Nacht war sie dabei, auch ihr Vetter Roy.“

„Das erfindest du.“ Vinny wurde blass.

„Nein. Vor kurzem kam ich dahinter. Sie hat den Überfall organisiert und vor dem Laden Schmiere gestanden.“

„Dieses verdammte, elende Biest!“ schrie Vinny.

„Keine Bange, ich kümmere mich drum.“

„Und wie willst du's anfangen?“

„Glaub mir, es ist besser, wenn du's *nicht* weißt.“

30. KAPITEL

Dani, 1972

Vincent war ein ernsthaftes, schönes Kind mit langen, seidigen schwarzen Wimpern und dunkelgrünen Augen – und ungewöhnlich intelligent. Schon als 2-Jähriger konnte er das ABC aufsagen und auf Englisch und Spanisch bis hundert zählen. Auch Nando war klug und aufgeweckt, weigerte sich aber, sein wildes Temperament zu zügeln. Unablässig musste er die Welt erforschen, kühne Experimente durchführen und brachte sich immer wieder in Schwierigkeiten. Die beiden Jungen standen sich so nah wie Brüder. Obwohl sie erst sieben Jahre alt waren, standen sie in bedingungsloser Loyalität füreinander ein.

In der Schule brillierte Vincent, im Gegensatz zu Nandos schwachen Leistungen. Manchmal fürchtete Dani, der Racker würde einen schlechten Einfluss auf ihren Sohn ausüben. Doch sie unternahm nichts, weil sie es unfair fand, die beiden engen Freunde zu trennen.

Kurz nachdem Nandos Mutter geheiratet hatte, gab sie ihren Job im Magiriano Hotel auf. Das bekümmerte Dani, denn sie würde die Gesellschaft ihrer Freundin bei den abendlichen Shows vermissen. „Tagsüber werden wir uns immer noch sehen“, versprach Gemini. „Es sei denn, Morgan und ich verreisen. Das tut er gern und oft. Natürlich muss ich ihn dann begleiten.“

Sie vereinbarten, Dani würde in Geminis Abwesenheit für Nando sorgen.

An einem Freitagmorgen brach das Ehepaar zu einem

verlängerten Wochenende nach Chicago auf und setzte Nando auf der Fahrt zum Flughafen bei Dani ab.

Diesen Nachmittag verbrachte sie mit den Kindern im Park. Sie nahm auf einer Bank Platz und beobachtete, wie sich Nando in Szene setzte. Als er auf dem Karussell einen Kopfstand versuchte, schrien die kleineren Kinder, die im Sandkasten spielten, vor Entzücken.

Allmählich wurden die beiden Jungs zu groß, um sich im Park zu vergnügen. Viel lieber fuhren sie zur Ranch hinaus. Dort konnten sie reiten und herumtoben.

Ein Mann näherte sich, den sie nicht bemerkte, bis er direkt vor ihr stand. „Verzeihen Sie“, sprach er sie an.

Verwirrt zuckte sie zusammen und blickte zu ihm auf. Der schlanke, attraktive Fremde trug Jeans, ein blaues Sportjackett und ein weißes Hemd. Im offenen Kragen kräuselte sich dunkelblondes Haar. Sein Kinn war unrasiert, seine Augen schienen ins Leere zu starren. Wie ein Amerikaner wirkte er nicht. „Kann ich Ihnen helfen, Sir?“

„Sie sind Dani Castle, nicht wahr?“ fragte er mit fast unmerklichem ausländischen Akzent.

„Ja ...“ Wahrscheinlich hatte er sie auf der Bühne gesehen und wollte sie um ein Autogramm bitten.

„Sie haben etwas, das mir gehört“, behauptete er und bewegte knackende Fingerknöchel.

„Oh ...“ Unbehaglich schaute sie sich um. Würde ihr jemand helfen, wenn der Mann durchdrehte? Manche Fans rasteten aus. Allerdings kam er ihr nicht wie ein Bewunderer vor. „Und was wäre das?

„Mein Junge.“

„Ihr – Junge?“ wiederholte sie stockend.

„Ja“, bestätigte er und ließ seinen Blick über den Spielplatz gleiten. „Ich bin Moralis, Geminis Ex. Sicher hat sie Ihnen eingeredet, was für ein mieser Kerl ich bin.“

Nur selten hatte Gemini von ihm gesprochen. Eigentlich hatte sie nur erwähnt, er sei der Sohn eines reichen Mannes und habe sie misshandelt. Nach der Scheidung hätten sie beschlossen, einander nie wiederzusehen. Und jetzt war er hier …

Unaufgefordert setzte er sich neben Dani und berichtete, vier Jahr lang habe er Nando gesucht und erst kürzlich – mit der Hilfe eines Privatdetektivs – in Vegas aufgespürt.

„Ich – ich dachte, das alles hätten Sie mit Gemini geregelt“, stammelte Dani. In solche Kontroversen wollte sie nicht hineingezogen werden.

„Nachdem ich ihr Unsummen gezahlt hatte, verschwand sie mit meinem Sohn“, sagte er bitter. „Ohne mich zu informieren, wohin sie übersiedeln würde, verließ sie mein Land. Nun habe ich ihren Aufenthaltsort endlich festgestellt.“ Er stand auf. „Wo ist Nando?“

„Da müssen Sie sich gedulden, bis Gemini in ein paar Tagen nach Vegas zurückkommt.“

„Nein“, protestierte Moralis entschieden. „Ich bin hierher gekommen, um meinen Sohn zu holen, und ich werde es tun.“

„Das können Sie nicht …“

„Wer würde mich daran hindern?

„Ich.“

„Ach – *Sie?*“ Beinahe lachte er ihr ins Gesicht.

„Das Sorgerecht für Nando wurde Gemini zugesprochen“, erklärte sie und hoffte, sie würde ihn zur Vernunft bringen. „Wenn Sie es mit ihr teilen möchten, müssen Sie vor Gericht gehen."

„Begreifen Sie nicht, was ich Ihnen klarzumachen versuche?" rief er ärgerlich. „Sie hat mir meinen Sohn weggenommen. In meinem Land ist das illegal – in meinem Land besitzt ein Mann alle Rechte!"

Beunruhigt schluckte sie. Moralis war ihr unheimlich. Auf keinen Fall würde sie ihm eine Begegnung mit Nando erlauben, ehe Gemini sie dazu ermächtigte. „Sagen Sie mir, wo Sie wohnen, und ich melde mich bei Ihnen."

„Ich will meinen Sohn", verkündete er, ein gefährliches Glitzern in den Augen. „Und zwar *jetzt.*"

„Unmöglich. Ich kann Ihnen Nando nicht übergeben, weil ich für ihn verantwortlich bin."

„Elendes Biest", stieß er plötzlich hervor. „Ihr verdammten Amerikanerinnen seid genauso niederträchtig wie die Französinnen."

Furchtlos stand Dani auf. So groß wie er, schaute sie ihm kühl und gelassen ins Gesicht. „Um Nando mitzunehmen, brauchen Sie eine gerichtliche Verfügung. Also verschwinden Sie."

„Oh nein, das werde ich *nicht* tun."

Aus den Augenwinkeln sah sie einen Streifenwagen vorbeifahren. „Wenn Sie mir Schwierigkeiten machen, winke ich die Polizei heran, und Sie werden verhaftet."

„*Drohen* Sie mir?" herrschte er sie an.

„Ich bemühe mich nur um eine Lösung, die für alle Beteiligten angenehm wäre. Natürlich wollen Sie Ihren Sohn sehen. Aber Sie müssen auch *meine* Situation verstehen."

„Verschonen Sie mich mit dieser Scheiße." Entschlossen

ging er zu den Jungs, die sich auf den Schaukeln amüsierten. „Nando, hier ist dein Papa! Ich möchte dich abholen."

Erstaunt stoppte das Kind das Karussell und drehte sich um. Dani lief zur Straße hinüber und winkte den Streifenwagen heran. Als er hielt, beugte sie sich zum Fenster herunter. Glücklicherweise kannte sie einen der Cops. Er hieß Burt und besuchte regelmäßig ihre Show.

„Hi, Dani – wie geht's?" fragte er.

„Nicht so gut. Dieser Mann ist Geminis Ex und versucht ihren Sohn mitzunehmen. Können Sie was dagegen unternehmen?"

„Klar, wir reden mal mit ihm."

Burt und seine Kollegin stiegen aus und eilten zu Moralis, der Nando hochgehoben hatte und durch die Luft schwenkte. Obwohl sich der kleine Junge nicht an seinen Vater erinnerte, schien er keine Angst zu empfinden. Ganz im Gegenteil, für ihn war die Begegnung ein aufregendes Abenteuer. Und er liebte jede Art von Abenteuern.

„Hast du mich vergessen?" fragte Moralis. „Ich bin dein Papa. Dein *Papa!*"

„Kann ich mal mit Ihnen reden, Sir?" fragte Burt.

Darauf ließ sich der Kolumbianer nicht ein. „Nein, ich bin beschäftigt."

„Stellen Sie den Jungen auf den Boden und kommen Sie mit", mischte sich die rothaarige Polizistin in energischem Ton ein. „Dann werden wir uns unterhalten."

„Zum Teufel mit Ihnen!" fauchte Moralis.

Vincent, der die Szene beobachtet hatte, rannte zu Dani. „Wer ist der Mann, Mommy? Was will er von Nando?"

„Nichts, Darling." Hastig ergriff sie seine Hand.

„Warum ist Nando bei ihm?“ beharrte Vincent.

„Weil er ein – Verwandter ist. Wenn Tante Gem zurückkommt, werden wir alles klären.“

„Ich will runter!“ schrie Nando plötzlich. „Lass mich los!“ Und dann rammte er sein Knie in den Magen seines Vaters.

„Kleiner Scheißkerl!“ schimpfte Moralis. Mit einem Arm umklammerte er das Kind, die andere Hand hatte er erhoben, um seinen Sohn ins Gesicht zu schlagen.

Bevor es dazu kam, packte Burt sein Handgelenk. Moralis verlor sein Gleichgewicht, Nando entglitt ihm und landete am Boden, und die beiden Männer rangen miteinander.

Dani wartete nicht ab, was geschehen würde. Stattdessen stürzte sie sich auf Nando, packte die kleine Hand und scheuchte die beiden Jungs zu ihrem Auto. „Steigt ein, schnell!“ befahl sie. Ohne einen einzigen Blick zurück fuhr sie nach Hause. Dort teilte ihr die Haushälterin mit, ein Mr. Sanchez habe nach seinem Sohn gefragt. „Und da schickte ich ihn in den Park.“

„Tun Sie das *nie wieder!*“ mahnte Dani. „*Niemandem* dürfen Sie erzählen, wo ich bin – es sei denn, Sie kennen die Person.“ Sie führte die Jungs nach oben, dann lief sie zum Telefon und rief in Chicago an. Aber Gemini und Morgan waren nicht im Hotel. Danach wählte sie Deans Nummer in Houston. Zu ihrer Erleichterung meldete er sich, und sie schilderte die Ereignisse.

„Nur keine Panik, Dani. Bring die Jungs auf die Ranch und sag deiner Haushälterin, sie soll niemandem verraten, wo ihr seid. Inzwischen werde ich mit Morgan sprechen. Sicher weiß er, was zu tun ist.“

„Danke, Dean.“

„Hat dich der Kerl bedroht?“

„Nein. Aber er war mir unheimlich.“

„Sorg dich nicht, ich kümmere mich drum.“

Das liebte sie an ihm. Wann immer sie Probleme hatte, stand er ihr bei – obwohl sie immer noch zögerte, ihn zu heiraten. Wenn er ihr vorschlug, einen Termin für die Hochzeit festzulegen, hielt sie ihn jedes Mal hin. „Wir sind verlobt. Genießen wir das noch ein bisschen.“

„Was ist das für eine Verlobung, wenn ich in Houston lebe und du in Vegas bleibst?“ hatte er bei einem dieser Gespräche erwidert.

Gewiss, sie musste ihm Recht geben. Trotzdem schreckte sie vor dem endgültigen Schritt zurück.

„Bis in alle Ewigkeit werde ich nicht warten“, hatte er sie gewarnt.

„Das weiß ich, Dean, und ich versprech's dir – bald.“

Dabei hatten sie's vorerst bewenden lassen.

Als Gemini aus Chicago zurückkehrte, bat sie ihre Freundin, Morgan zu verschweigen, wie sich Moralis verhalten hatte – abgesehen von seinem Versuch, Nando zu entführen.

„Eigentlich dachte ich, du hättest alles mit ihm geregelt“, sagte Dani beim Lunch im Ranch-Haus.

„Nicht direkt“, antwortete Gemini.

„Nach seiner Version bist du vor vier Jahren mit Nando verschwunden, und seither hat er euch gesucht.“

„Oh, das ist eine lange Geschichte.“ Gemini nippte an ihrem Eistee. „Damals hinterließ ich eine Spur, die in Paris endete. Ich nahm an, er würde uns eine Zeit lang in Europa suchen und dann vergessen.“

„Offenbar ist das nicht passiert."

„Moralis leidet unter schweren seelischen Störungen. Weißt du noch, was *du* mit Sam durchgemacht hast?"

„Moment mal, das lässt sich nicht vergleichen. Sam ist nicht Vincents richtiger Vater. Außerdem ist er nicht seelisch gestört, sondern Alkoholiker."

„Jedenfalls musste ich fliehen." Geminis Augen sahen traurig aus. „Niemand *ahnt* auch nur, wie gewalttätig Moralis werden kann. Wenn er die Nerven verliert, ist es ihm egal, was er tut. Sei froh, dass er nicht über dich hergefallen ist!"

„Ja, das hatte er vor. Zum Glück kam der Streifenwagen vorbei."

„Glaubst du, Nando hat ihn wiedererkannt?"

„Anscheinend nicht."

„Gott sei Dank!"

„Wird Moralis zurückkommen?"

Gemini schüttelte den Kopf. „Nachdem du die Polizei eingeschaltet hast, wird er's nicht wagen."

„Glaubst du wirklich, der kleine Zwischenfall mit den Cops wird ihn aus Vegas vertreiben?"

„Sobald er merkt, dass er mich nicht mehr so behandeln kann wie früher, wird er verschwinden. Jetzt sorgt Morgan für meine Sicherheit."

Vielleicht hat sie ihn nur deshalb geheiratet, dachte Dani. Ein älterer, mächtiger reicher Mann kann sie beschützen … So nahe ihr Gemini auch stand, offenbar gab es Dinge, die Dani nicht wusste. „Wenn du darüber reden willst, ich bin da."

„Danke, Dani, du bist eine gute Freundin."

„Darum bemühe ich mich."

Einige Wochen verstrichen, und Moralis ließ sich nicht mehr blicken.

Erleichtert atmete Gemini auf. „Wenn er zurückkommt, würde Morgan ihn verhaften lassen."

„Ist das möglich?"

„Alles ist möglich", erwiderte Gemini. In ihrer Ehe mit einem mächtigen Mann fühlte sie sich geborgen.

Aber Dani fürchtete, Moralis würde sich nicht so leicht geschlagen geben. In seinen Augen funkelte der Zorn. Er wirkte wild entschlossen und sehr wütend.

Dean flog in die Stadt zurück und bedrängte Dani erneut. Nachdem sie ein einziges Mal mit ihm geschlafen hatte, erwartete er, sie wäre dazu bereit, wann immer er sie besuchte. Doch sie weigerte sich und wandte sich mit verschiedenen Ausreden heraus.

Eines Tages fragte er. „Tun wir's oder tun wir's nicht, Dani?"

„Was?" Scheinbar erstaunt, hob sie die Brauen, obwohl sie genau wusste, was er meinte.

„Heiraten wir?" Seine Stimme klang seltsam kühl. „Wenn nicht …"

„Ja?"

„Wenn nicht, muss ich meine Konsequenzen ziehen."

Wovon redete er? „Wie bitte?"

„Nun, ich habe gewisse Bedürfnisse, die du nicht erfüllst."

„Soll ich dir jetzt den Ring zurückgeben?"

„Nein."

„Was – dann?"

„Liebe mich, so wie ich dich liebe. Ist das denn wirklich zu viel verlangt?"

„Ich – ich bin mir nicht sicher, ob ich das kann", gestand sie zögernd.

„Warum nicht?"

„Ich brauche Zeit."

„Die hattest du."

Da wusste sie, dass sie eine Entscheidung treffen musste. Wenn sie Dean nicht bald heiratete, würde er sie verlassen.

Hilfe suchend wandte sie sich an Gemini, und die Freundin erzählte, Morgan habe ihr anvertraut, Dean würde sich in Houston mit einer Frau treffen. Diese Neuigkeit traf Dani wie ein Schlag ins Gesicht. Was bedeutete das? Dean gehörte doch *ihr.* Immer war er für sie da, immer treu.

Oder nicht?

Als er sich das nächste Mal in Vegas aufhielt, erklärte sie ihm bei einem beschaulichen Dinner nach der Show, sie sei bereit, einen Hochzeitstermin festzusetzen. Diesen Entschluss bekräftigte sie, indem sie die Nacht in seiner Hotelsuite verbrachte.

Am Morgen strahlte er vor Glück. „Das wirst du nie bereuen, Darling."

„Heiraten wir schon nächste Woche", schlug sie vor, voller Angst, sie würde sich anders besinnen.

„Möchtest du keine große Hochzeit planen, mit allem Drum und Dran?"

„Nein. Und wenn Gemini und Morgan einverstanden sind, lassen wir uns auf der Ranch trauen."

„Was immer du willst, mein Liebling."

Am Tag vor der Hochzeit fuhr Dani mit Vincent zur Ranch. Wie schnell dies alles geschehen war, konnte sie kaum glauben. Nur sechs Tage, nachdem sie Ja gesagt hatte, begann der Vorabend ihrer Eheschließung zu dämmern. Sie hatte sich ein Brautkleid ausgesucht, im Magiriano gekündigt, ihr Auto verkauft und das Haus einem netten jungen Paar aus New Orleans vermietet.

Bald würde sie mit Vincent nach Houston übersiedeln und in ihrem neuen Heim wohnen, das sie noch gar nicht kannte. Verrückt ... Oder doch nicht? Dean war warmherzig und fürsorglich, liebte sie aufrichtig, auch ihren Sohn. Wenn alles gut ging, würden sie glücklich werden.

Aber Vincent war gar nicht glücklich, weil er Nando und die Ranch, seine Schule und all die anderen Freunde verlassen würde, um in Houston zu leben. Immer wieder versprach ihm seine Mutter, sie würden oft nach Vegas fliegen.

Morgan wollte mit Dean in der Stadt übernachten. „Am besten lassen wir euch Mädchen allein, damit ihr diesen ganzen Weiberkram planen könnt“, scherzte er mit seiner dröhnenden Stimme. „Sobald eine Hochzeit bevorsteht, sollten vernünftige Männer das Feld räumen, weil dann alle Frauen durchdrehen.“

„Unsinn, du willst doch nur einen freien Abend genießen“, neckte ihn Gemini und lächelte liebevoll. „Denk dran, du darfst nur gucken, nichts anfassen.“

Grinsend rückte er seinen Stetson zurecht. „Was für eine kluge Frau ich geheiratet habe! Die versteht was von Männern. Also bin *ich* ein sehr kluger Mann.“

Eine Stunde, nachdem die beiden das Haus verlassen hatten, rief Moralis an. Das Dienstmädchen gab Gemini Bescheid, und sie beschloss, mit ihrem Ex zu reden, obwohl Dani ihr davon abriet.

„Jetzt jagt er mir keine Angst mehr ein." Entschlossen hob Gemini das Kinn.

„Stell lieber fest, wo er ist, und lass Morgan mit ihm telefonieren", schlug Dani vor.

„Nein", erwiderte Gemini entschieden. „Er wird mir Nando nicht wegnehmen. Niemals! Und er muss es von *mir* hören."

Resignierend zuckte Dani die Achseln. Sie hatte ihre eigenen Probleme. Beharrlich weigerte sich Vincent, den Anzug anzuprobieren, den sie ihm für die Hochzeit gekauft hatte. Wie ein störrisches Balg benahm er sich. Und Nando bestärkte ihn darin. Vielleicht würde es allen beiden gut tun, wenn sie sich eine Zeit lang nicht sahen.

Gemini verbrachte fast eine halbe Stunde am Telefon. Als sie aus ihrem Schlafzimmer kam, rannen Tränen über ihr Gesicht.

„Was ist denn los?" fragte Dani mitfühlend.

„Nichts", schluchzte Gemini. „Oh, es ist so verdammt schwierig ..."

„Was hat er gesagt?"

„Alles in Ordnung, er wird abreisen."

„Und warum regst du dich so auf?"

„Nun ja – die Vergangenheit ... Immerhin hat uns eine tiefe Leidenschaft verbunden, die ich nicht vergessen kann."

„Mommy!" schrie Vincent. „Komm, schau dir Nandos Hund an! Was für *riesige* Flöhe der hat! Kaufen wir auch einen Hund? Nando sagt, sein Hund *frisst* die Flöhe. Ich will auch einen Hund, der Flöhe frisst."

Bestürzt eilte Dani hinaus, um den schmutzigen Köter zu

inspizieren, den Nando einmal aus dem Teich gerettet hatte. Er war riesengroß, mit dichtem, zottigem Fell. Begeistert hatte sich Vincent auf das keuchende Tier geworfen.

„Runter mit dir!" befahl Dani. „Der arme Hund ist kein Pferd."

„Willst du ihn auch reiten, Mommy?" fragte Vincent ermutigend. „Schau mal, ich kann's!"

„Runter mit dir!" wiederholte Dani.

„Verpiss dich!" kicherte Vincent.

„Was hast du gesagt?" rief Dani schockiert.

„Verpiss dich!" erläuterte Nando und brüllte vor Lachen. „Hast du's kapiert, Mommy?"

„Nein", entgegnete sie streng. „So schreckliche Wörter will ich nie mehr hören."

„Verpiss dich!" kreischten beide Jungen einstimmig. „Verpiss dich! Verpiss dich! Verpiss dich!"

„Rein mit euch! Sofort!"

Widerstrebend folgten sie ihr ins Haus.

In der Küche bereitete Mrs. Braxton, Morgans langjährige Köchin, Hamburger und Pommes frites für die Kinder vor. Die Maniküre, die Gemini bestellt hatte, legte im Speisezimmer ihre Utensilien zurecht. Außerdem hatte Gemini eine Masseuse, eine Kosmetikerin und eine Friseuse gebucht. Jeden Augenblick würden sie eintreffen.

„Am Abend vor deiner Hochzeit sollst du nach Strich und Faden verwöhnt werden, Dani", hatte ihr die Freundin erklärt.

„Wo ist Gemini, Mrs. Braxton?" fragte Dani.

„Ich soll Ihnen ausrichten, sie sei noch einmal weggefahren, Mrs. Castle."

„Hat sie gesagt, wohin?“

„Nein, sie erwähnte nur, sie würde bald zurückkommen.“

Dani fühlte sich nicht beunruhigt, bis eine Stunde verstrich. Dann zwei, dann drei. Schließlich machte sie sich ernsthafte Sorgen. Die Maniküre und die Masseuse, die Kosmetikerin und die Friseuse waren gekommen und gegangen.

Wo trieb sich Gemini herum, um elf Uhr abends? Traf sie sich mit Moralis? Wohin konnte sie sonst gefahren sein?

Dani wählte die Nummer des Hotels, in dem Dean ein Penthouse besaß. Dort wollte er mit seinem Freund Morgan übernachten. Aber die beiden Männer meldeten sich nicht. Sie hinterließ eine Nachricht. Sobald sie in die Suite zurückkehrten, sollten sie anrufen.

In diesen letzten Stunden vor der Hochzeit müsste sie glücklich sein. Doch sie fühlte sich genauso wie damals, als Emily verschwunden war. Krank und elend, der Verzweiflung nahe …

Während sie im vorderen Wohnzimmer saß, glitt ihr Blick zwischen der Uhr und der Tür hin und her. Nach Mitternacht versuchte sie noch einmal Dean und Morgan im Hotel zu erreichen. Immer noch keine Antwort. Die beiden feierten. Und Gemini …

Was mochte geschehen sein? Nur eins wusste Dani – der beklemmende Druck auf ihrer Brust kündigte eine weitere Tragödie an – etwas Schreckliches.

31. KAPITEL

Michael, 1972

Dass Michael wahrscheinlich den falschen Mann erschossen hatte, deprimierte ihn. Andererseits – als er darüber nachdachte, beschloss er, es zu akzeptieren. Für jenes Verbrechen mussten alle drei Beteiligten büßen.

Kaltblütig hatte er einen Menschen getötet. Das erschien ihm unwirklich. Trotzdem hatte er es getan. Und falls es nötig war, würde er die Tat wiederholen.

Für seine Mutter.

Für die Frau, die er nicht gekannt hatte.

Ihr zu Ehren.

Zweifellos glaubte Bone, die Wahrheit würde nie ans Licht kommen, nachdem er Michael veranlasst hatte, Roy zu beseitigen. Doch der Saukerl hatte nicht mit Mamie und ihrem losen Mundwerk gerechnet.

Eine weitere wichtige Frage – von wem hatte Mamie erfahren, *er* sei Roys Mörder? Bone war ein gefährlicher Bastard. Schätzungsweise führte er irgendwas im Schilde. Und wer mochte darüber Bescheid wissen? Das musste Michael feststellen.

Was sollte er jetzt tun? Die Seiten wechseln und zur Giovanni-Familie zurückkehren? Vielleicht wäre das das Beste. Vito würde jederzeit Verständnis für Rachegelüste aufbringen.

Erst gegen Mitternacht traf Michael daheim ein. Catherine saß im Wohnzimmer und strickte einen Pullover. So wie ihre Schwester war sie bildschön, aber ihr fehlte Beths

Temperament. „Hi, Michael“, begrüßte sie ihn und legte einen Finger an die Lippen. „Pst, Madison schläft.“

„Wo steckt Beth?“ fragte er und sah sich um.

„Sie ist mit Freunden ausgegangen.“

„Wann kommt sie zurück?“

„Nun, du kennst sie ja.“ Catherine ließ ihr Strickzeug in den Schoß fallen. „Da wir sie ohnehin nicht kontrollieren können, sollten wir’s gar nicht versuchen.“

„Das will ich ja gar nicht.“

„Doch.“

Manchmal ging sie ihm auf den Geist. „Hat sie zufällig erwähnt, dass wir über eine Heirat reden?“

„Nein.“

„Nein?“ wiederholte er gereizt. „Dann muss sie ja vor lauter Freude ausflippen.“

„Auf ihre Weise liebt sie dich, Michael“, versicherte sie in entnervendem salbungsvollen Ton. „Aber das musst du verstehen – als unser Vater aus politischen Gründen verhaftet wurde, geriet Beths Welt aus den Fugen.“

„Wieso?“

„Schon vorher war sie ein bisschen wild, und danach … Weißt du, dass du nicht ihr erster Mann warst?“

„Das habe ich bereits herausgefunden“, erwiderte er frostig. „Sei froh, sonst hättest du nämlich deine Grenzen überschritten.“

„Verzeih mir …“ Catherine sprang auf. „Soll ich Madison das Fläschchen geben, wenn sie wach wird? Oder willst *du’s* tun?“

„Was ich will? Ich möchte endlich wissen, wo sich meine Lebensgefährtin rumtreibt“, rief er frustriert, „die Mutter meines Kindes! Wer sind diese Freunde, mit denen sie zusammen ist?“

„Ein paar Leute von der Mode-Akademie.“

„Männer? Frauen?“

„Beides.“

„Wenn ich sie jemals mit einem anderen Mann erwische, bring ich sie um!“ drohte er.

„Sag so was nicht, Michael.“

„Das meine ich ernst.“

„Reg dich ab, sie betrügt dich nicht. Sie hat nur ihren Spaß.“

„Spaß, eh?“

„So einfach ist es nicht für Beth. Sie muss ein Baby versorgen, den Haushalt führen und …“

„Sei nicht albern“, unterbrach er sie. „*Du* bist es, die hier alles macht. Beth putzt sich heraus, geht auf eine schicke Modeschule, und jetzt zieht sie die ganze Nacht mit ihren verdammten Freunden herum!“

„Tut mir leid, dass ich's dir gesagt habe.“

„Immerhin ist's mein gutes Recht, die Wahrheit zu erfahren.“

„Wie geht es deinem Vater?“

„Nach wie vor ein Versager … Hör mal, ich habe keine Lust, hier rumzuhängen. Ich verschwinde.“

„Sicher ist Beth bald wieder da.“

„He, sie will ihre Freiheit haben, und ich nehme mir meine.“

Wütend stürmte er aus dem Haus und stieg in sein Auto. Eine Zeit lang fuhr er ziellos durch die Straßen, dann ging er in eine Bar, wo sich eine vollbusige junge Frau mit kastanienroten Locken und einer Stupsnase zu ihm setzte. „Ich bin ein Dessous-Model.“ Mit einem einladenden Lächeln zeigte sie ihm perlweiße Zähne. „Möchten Sie auf einen Schlummertrunk mit zu mir kommen? Ich beiße nicht. Das verspreche ich Ihnen. Es sei denn, Sie bitten mich darum.“

Die Versuchung starrte ihm mitten ins Gesicht. Aber er war nicht interessiert, weil er nur Beth begehrte. Nach zwei weiteren Jack Daniel's kehrte er allein in sein Haus zurück.

Beth war noch immer nicht daheim.

Müde fiel er aufs Bett, schaltete den Fernseher ein und rauchte eine Zigarette, dann fiel er in einen rastlosen Schlaf.

Am nächsten Morgen schlummerte Beth neben ihm, die dunklen Locken auf dem weißen Kissen ausgebreitet, ein langes entblößtes Bein ausgestreckt.

Einerseits grollte er ihr. Und andererseits erregte sie ihn. Wortlos legte er sich auf ihren Körper.

„Michael“, flüsterte sie und blinzelte. „Was machst du?“

„Ich besorg's dir“, stieß er hervor. „Ist das okay?“

„Nein, es ist *nicht* okay.“ Verbissen wehrte sie sich. „Geh – runter – von – mir ...“

Aber er umklammerte Beths Handgelenke und streckte ihre Arme über ihren Kopf, drang in sie ein und bewegte sich immer schneller, bis er seinen Höhepunkt erreichte.

Wenige Sekunden später bedauerte er sein egoistisches Verhalten. An seiner Eifersucht durfte er ihr nicht die Schuld geben – nur an seiner mangelnden Selbstkontrolle. Unsicher schaute er sie an. Sie war von ihm weggerutscht und wandte ihm den Rücken zu.

„Diese Woche kündigen wir unsere Hochzeit an“, entschied er mit schroffer Stimme. „Und damit basta.“

„Ich hasse dich.“ Die braunen Augen voller Zorn, drehte sie sich zu ihm um.

„Unsinn.“

„Doch, ich hasse dich! Du hast mich – *vergewaltigt!*“

„Tut mir leid, Baby“, murmelte er. „Keine Ahnung, was in mich gefahren ist.“

„Ha!“

„In Miami war es furchtbar, und als ich dann endlich nach Hause kam, warst du nicht da“, versuchte er sich nun zu entschuldigen.

„Ich *sagte* doch, ich würde ausgehen.“

„Das weiß ich.“

Beth rückte etwas näher zu ihm. „Hat's dich aufgeregt, deinen Vater wiederzusehen?“

„Nein“, log er.

„Offenbar schon.“

„Also gut“, gab er zu, „ich war sauer.“

„Das dachte ich mir. Hätte ich dich bloß begleitet!“

„Klar, du hattest Recht. Wie immer.“ Michael zog sie an sich. „Warum bist du trotz deiner Jugend so verdammt schlau?“

„Reiner Zufall, nehme ich an.“

„Verzeih mir, dass ich so grob war. Das wollte ich nicht. Es ist nur – ich glaube, ich habe dich vermisst.“

„Ach, wirklich?“

„Ist das nicht komisch?“

Seufzend schmiegte sie sich an ihn. „Also hast du mich vermisst … Darüber freue ich mich, denn es bedeutet, dass ich dir wichtig bin.“

Er setzte sich auf und griff nach einer Zigarette. „So viel

habe ich noch nie für irgendwen empfunden, Beth. Niemals. Du bist einfach die Richtige."

Verführerisch lächelte sie ihn an. „Oh, wie schön ..."

„Das musst du mir glauben." Um wettzumachen, was er ihr zuvor angetan hatte, streichelte er ihre Brüste so, wie sie es mochte. Aus Erfahrung wusste er, welche Liebkosungen ihr am besten gefielen.

„Mmmm, das tut gut", seufzte sie, „sehr gut."

Michael glitt nach unten, spreizte ihre Beine und reizte sie mit seiner Zunge. Darum bat sie ihn immer wieder. Meistens versagte er ihr den Wunsch, weil er es unmännlich fand, eine Frau auf diese Weise zu befriedigen. Aber wenn man sie liebte und wenn sie einen selber auch mit dem Mund beglückte – warum sollte man ihr die Lust missgönnen? Ihre Ekstase und ihre glatten, festen Schenkel erregten ihn erneut. Reumütig beschloss er, seine idiotische Eifersucht zu vergessen und Beth in Zukunft besser zu behandeln.

Ein paar Tage später fuhr er zur Modeschule, um sie abzuholen. Er wollte sie überraschen und zum Dinner in ihr Lieblingsrestaurant ausführen. Dort würde er ihr den Ring überreichen, den er gekauft hatte. Ein Freund Warner Carlysles, der sich in der Juwelenbranche auskannte, hatte ihn günstig von Tiffany's beschafft. Kurz nach fünf tauchte Beth auf, seine schöne Kindfrau, seine zauberhafte Braut – Arm in Arm mit einem jungen Kerl, nicht viel älter als sie. Lebhaft plauderten und kicherten sie, ohne Michael zu bemerken, der geduldig im Auto wartete – wie der Trottel des Jahres.

Beth. Seine Beth mit einem anderen Mann.

Von wildem Zorn erfüllt, sah er rot. Am liebsten hätte er das Arschloch zu Brei geschlagen.

Stattdessen tat er gar nichts. Er beobachtete, wie die beiden davongingen. Dann fuhr er nach Hause.

Catherine verbrachte das Wochenende bei einer Freundin. Die Betreuung ihrer kleinen Nichte hatte sie einem Babysitter übertragen. Sobald Michael daheim eintraf, bezahlte er das Mädchen und schickte es weg.

„Wo ist der Babysitter?“ fragte Beth, als sie zwei Stunden später das Haus betrat und Michael in der Küche sitzen sah, eine glucksende, fröhlich wippende Madison auf den Knien.

„Den habe ich entlassen. Ich fand das Mädchen überflüssig.“

„Wenn Catherine nicht da ist, brauche ich Hilfe – das *weißt* du doch!“ jammerte sie und schlüpfte aus ihrer kurzen, bestickten Jacke.

„Eigentlich dachte ich, du könntest mal *eine* Nacht selber zurechtkommen.“

„Verdammt, Michael!“ Erbost öffnete sie den Kühlschrank. „Ich wünschte, du würdest so etwas nicht entscheiden, ohne mich zu fragen.“

„Was denn?“

„Einen Babysitter wegzuschicken, den ich dringend benötige.“

Nur mühsam bezwang er seine Wut. „*Warum* würdest du das Mädchen brauchen, Beth?“

„Weil ich müde bin“, erklärte sie und schenkte sich ein Glas Milch ein.

„Von der Schule?“ Forschend betrachtete er ihr Gesicht.

„Zufällig *ja.*“

„Wieso bist du so spät nach Hause gekommen?“

„Bald fangen die Prüfungen an. Da muss ich die Designs für meine erste Kollektion vorlegen.“ Ihre braunen Augen strahlten. „Oh, es ist so aufregend! Nächstes Jahr werde ich richtige Kleider entwerfen.“ Sie nahm ihm Madison aus den Armen und bedeckte das kleine Gesicht mit Küssen. „Wer ist das süßeste Kind von der Welt?“ gurrte sie und wurde mit einem zahnlosen Grinsen belohnt. „Weißt du was? Heute Abend wird Daddy dich baden? Ist das nicht wundervoll?“

„Geht nicht“, sagte er kurz angebunden, „ich muss weg.“

„Machst du Witze?“

„Nein, ich habe zu tun“, antwortete er ausweichend.

„Du *weißt* doch, wie ungern ich allein bin. Catherine ist nicht da …“

„Das habe ich vergessen.“

„Oh, du unfairer Schurke!“

„So ist’s nun mal, Babe.“ Eine kurze Pause. „Übrigens, wie war’s heute in der Schule?“

„Danach hast du schon mal gefragt. Außerdem ist das keine *Schule,* Michael“, erwiderte sie und setzte Madison in den Babystuhl, „sondern eine Akademie.“

„Ist irgendwas Interessantes passiert?“

„Oh ja, ich hab zwei Lehrern einen geblasen“, hänselte sie ihn. „Findest du das interessant genug?“

„Beth!“ fuhr er sie an. „Pass auf, wie du redest!“

Unbeeindruckt kicherte sie. „Oh, du bist so prüde!“

So hatte ihn noch niemand bezeichnet.

„Nun …“ Beth zuckte lässig die Achseln. „Da du mich doch gleich verlassen wirst, werde ich den kleinen Engel jetzt ins Bett bringen.“

„Tu das", murmelte er, immer noch verärgert über ihren geschmacklosen Scherz. Hatte sie dem Kerl einen geblasen, mit dem sie aus der so genannten Akademie gekommen war? Seine Beth mit einem anderen? Unerträglich …

Neugierig starrte sie ihn an. „Stimmt irgendwas nicht, Michael?"

„Warum glaubst du das?" fauchte er.

„Irgendwie wirkst du – angesäuert."

„Gerade habe ich mir überlegt …" Entschlossen rang er nach Fassung. „Ich würde deine Freunde gern kennen lernen. Gehen wir doch mal alle miteinander aus."

Entschieden schüttelte sie den Kopf. „Die würdest du nicht mögen. Sie passen nicht zu dir."

„Aber zu dir schon? Willst du *das* damit sagen?"

„Ganz einfach – meine Freunde und ich haben gemeinsame Interessen."

„Und da kann ich nicht mitreden?"

„Oh, ich wusste gar nicht, dass du auch Damenmode entwerfen willst!" konterte sie spöttisch.

Er hasste es, wenn sie so mit ihm umging. „Also, dann wünsche ich dir einen schönen Abend", verabschiedete er sich kühl. „Bis nachher."

„*Bitte*, komm nicht so spät nach Hause." Sie hob Madison aus dem Stühlchen. „Wenn du Glück hast, warte ich auf dich."

„Spar dir die Mühe." Ohne die geringste Ahnung, wohin er gehen sollte, verließ er das Haus. Aber er *musste* davonlaufen, sonst wäre er explodiert.

Morgen würde er sie zur Rede stellen. Und in dieser Nacht sollte sie leiden – und sich fragen, womit sie seinen

Unmut erregt hatte. Schließlich landete er in der Stammkneipe und setzte sich zu Gus, der ihm erzählte, Bone sei schon seit mehreren Tagen verschwunden.

„Warum?“ fragte Michael.

„Wahrscheinlich erledigt er einen Job für Lucchese. Warum interessiert dich das?“

„*Mich?* Das interessiert mich überhaupt nicht, ich bin froh, wenn ich seine abscheuliche Fresse nicht sehe.“

„Klar“, stimmte Gus ihm grinsend zu, „ein verdammt hässlicher Hurensohn!“

„Woher hat er diese Narbe an der Wange?“

„Er hat mir erzählt, er wäre in der Kindheit von seinem Dad geschnitten worden.“

„Also ist das schon lange her?“

„Ja“, bestätigte Gus ungeduldig. „Pokern wir, oder was?“

„Okay.“

Nach zu vielen Jack Daniel’s verlor er ein halbes Vermögen. Außerdem fühlte er sich beschissen.

Daheim würde er Beth fragen, was für ein mieses Spiel sie mit ihm trieb. Jetzt hatte er endgültig die Nase voll. Wenn sie mit einem anderen bumste, sollte sie’s gefälligst zugeben.

Und was dann?

Zum Teufel mit der Liebe, die müsste man für Schwächlinge reservieren.

Im Grunde wünschte er sich nur, Beth in den Armen zu halten. Jetzt gehörte sie zu seinem Leben, mit ihrem verführerischen Lächeln und ihren frechen Widerworten.

Und die kleine Madison. Seine Tochter, sein eigenes

Fleisch und Blut. Oh Gott, wie viel sie ihm bedeutete! Es störte ihn nicht einmal, dass Beth keinen Jungen geboren hatte. Dafür würde ihnen noch genug Zeit bleiben.

Verdammt, was stimmte eigentlich nicht mit ihm? Wenn er ernsthaft drüber nachdachte, würde er's wissen – Beth betrog ihn nicht.

Langsam fuhr er nach Hause, weil er's satt hatte, wegen ständiger Geschwindigkeitsüberschreitungen von den Bullen gestoppt zu werden. Mittlerweile war es zwei Uhr am Morgen, die Straße verlassen. Hätte er bloß den Abend zu Hause verbracht, statt Unsummen zu verspielen und sich volllaufen zu lassen …

Zum Glück fand er einen Parkplatz direkt vor seinem Haus. Als er die Eingangstreppe hinaufstieg, glaubte er ein Geräusch zu hören. Eine Katze sauste an ihm vorbei. Verwirrt sah er ihr nach.

Am nächsten Morgen würde ihn ein gewaltiger Kater peinigen. Die Verandalampe funktionierte nicht. Die musste er reparieren. Mit unsicheren Fingern steckte er den Schlüssel ins Schloss und nahm sich vor, Beth zu wecken und ihr zu versichern, wie sehr er sie liebte.

In der Diele fiel irgendjemand oder irgendetwas auf seinen Kopf und überrumpelte ihn. Das Gehirn benebelt, lag er am Boden und reagierte nicht schnell genug.

Dann hörte er es – einen Schuss.

Und ringsum färbte sich alles schwarz.

32. KAPITEL

Dienstag, 10. Juli 2001

„Bleibt alle dicht beisammen – nur keine Panik“, mahnte Cole grimmig. „Und senkt die Köpfe!“

Die Geiseln, die mit den Banditen zum Van gehen sollten, hatten sich am Hinterausgang des Restaurants versammelt. Sie waren von Tischtüchern verhüllt, die bis zu ihren Hüften reichten.

Im Lokal hatte der Anführer die männlichen Gefangenen gezwungen, die Krawatten abzunehmen, und alle aneinander gefesselt. Dadurch sollte ein Fluchtversuch vereitelt werden.

Vor lauter Angst schwitzten und zitterten sie, als der Gangster sie um seine beiden Komplizen und sich selbst scharte. Auf diese Weise würden sie den Scharfschützen der Polizei keine Zielscheiben bieten.

„Sie fahren“, wandte sich der Bandit Nummer eins an Cole, „und die anderen steigen hinten ein.“

„Wohin geht's?“ fragte Cole.

„Das werden Sie schon noch merken.“

Madison wünschte, Natalie müsste nicht mitkommen, denn sie würde sich viel sicherer fühlen, wäre ihre Freundin bei den anderen im Mario's geblieben.

„Wenn ich ‚los‘ sage, lauft ihr zum Van“, erklärte der Obergangster. „Falls ein Arschloch aus der Reihe tanzt, wird er abgeknallt.“

Lieber Gott, lass die Polizei keinen Blödsinn machen, betete Madison stumm. Außerdem hoffte sie, die Cops hätten einen großen Van hergeschickt. Welch eine Ironie, wenn sie nicht alle hineinpassen würden …

Der Anführer öffnete die Hintertür und blinzelte in grelle Scheinwerfer. „Sagen Sie den Trotteln, sie sollen das verdammte Licht abschalten!" befahl er Cole. „Oder wir gehen nicht raus."

„Knipsen Sie die Scheinwerfer aus!" schrie Cole und nahm an, die Polizisten würden ihn für einen der Ganoven halten.

Nichts geschah.

„Licht aus, oder wir rühren uns nicht vom Fleck!" brüllte er.

Nach drei Sekunden erloschen die Scheinwerfer. Madisons Magen drehte sich um. Welch eine gefährliche Situation … Wenn kein Zündschlüssel steckte … Wenn der Tank nicht gefüllt war … Wenn die Scharfschützen zu feuern begannen …

Alles erschien ihr möglich. Beklommen erinnerte sie sich an einen Raubüberfall vor ein paar Jahren in Beverly Hills, auf ein Juweliergeschäft am Rodeo Drive. Sobald die Geiseln aus dem Laden gekommen und zum Parkplatz geeilt waren, hatte die Polizei das Feuer eröffnet und mindestens einen Unschuldigen getötet.

Wie eine Prozession, ein gigantisches bewegtes Zelt, trotteten sie an der Rückseite des Restaurants zum Van hinüber.

Mitten in der Nacht erwachte Sofia aus einem grausigen Albtraum. Zitternd und entsetzt richtete sie sich auf.

Gianni hatte sie gedrängt, das Bett zu benutzen, während er sich auf die Couch legen würde.

Das lehnte sie ab. „Sobald ich in Ihrem Bett eingeschlafen bin, verziehen Sie sich in eine andere Suite“, argumentierte sie, „und das wäre total uncool, weil ich nicht allein sein will.“

„Also gut“, hatte er geduldig zugestimmt, „ich nehme das Bett, und Sie übernachten auf der Couch.“

Nun starrte sie verängstigt ins pechschwarze Dunkel. Schon in der Kindheit hatte sie unter bösen Träumen gelitten. Wahrscheinlich hing das damit zusammen, dass ihre Mom zur Arbeit gegangen und Vincent, viel älter als Sofia, irgendwo unterwegs gewesen war, um seine eigenen Interessen zu verfolgen. Meistens blieb sie mit verschiedenen Babysittern allein zu Hause. Sie hatte keines dieser Mädchen gemocht. Alle waren bösartig und ekelhaft. Und eines hatte sie besonders schlecht behandelt.

Aber daran wollte sie jetzt nicht denken. In einem großen weißen T-Shirt, das Gianni ihr geliehen hatte, stand sie von der Couch auf und stolperte über einen Schemel. Dann tappte sie ins Schlafzimmer.

Gianni schlief in seinem Bett, ein Buch vor sich, eine Lesebrille auf der Nasenspitze.

Vorsichtig entfernte sie das Buch und die Brille. Er rührte sich nicht. Nach kurzem Zögern schaltete sie die Nachttischlampe aus und kroch zu ihm ins Bett. Manchmal wurde sie von ihrer Einsamkeit überwältigt und hatte das Gefühl, auf der ganzen Welt würde es niemanden geben, dem sie etwas bedeutete. Doch sie wusste, dass ihre Mom sie trotz aller Differenzen liebte – auch Michael, auf seine Weise. Und ihr großer Bruder hatte sie stets beschützt. Als sie ein Teenager gewesen und die ersten Male mit Jungs ausgegangen war, hatte Vincent einen ihrer Freunde fast umgebracht.

„Mit dreizehn bist du noch zu jung für Dates!“ warnte er sie.

„Für gar nichts bin ich zu jung“, protestierte Sofia. Da ihr anmaßender Bruder sie auf Schritt und Tritt überwachte, konnte sie unmöglich ein normales Leben führen.

Insgeheim schwärmte sie für seinen besten Freund Nando, der ihr bedauerlicherweise keinen einzigen Blick gönnte. Für den war sie *viel* zu jung gewesen.

Sie rückte näher zu Gianni. Wenn sie sich an ihn kuschelte, würde er's nicht merken, oder? Und so schmiegte sie sich an einen Mann, den sie erst seit ein paar Stunden kannte, genoss die tröstliche Löffelposition und versank im Tiefschlaf.

Um Nando in die richtige Stimmung zu bringen, ließ Jolie stets einen ganz besonderen Song erklingen, eine Mischung aus Soul und Rap – Ushers „Good Ol' Ghetto“. Der Beat war perfekt, langsam und funky. Und Ushers heisere sexy Stimme erregte auch *sie.*

Siegessicher nahm sie das passende Outfit aus ihrem Schrank – ein knappes rosa Bandeau-Top und einen kurzen schwarzen Stretchrock. Darunter trug sie einen Tanga mit einem Loch über dem Venusberg, einen BH, der die Brustwarzen nicht verhüllte und vorn zu öffnen war, und halterlose Spitzenstrümpfe.

In einer Stadt voller Strip-Clubs, Lap-Dancers und verschwenderischer Nackt-Shows hatte Jolie eine großartige Methode gefunden, um ihren Ehemann ans traute Heim zu fesseln. Zumindest versuchte sie's, denn Nando war wohl kaum der Typ, der zu unwandelbarer Treue neigte.

Sie schüttelte ihr langes rabenschwarzes Haar, besprühte sich von Kopf bis Fuß mit Angel, stellte den Bose CD-Player ein und betrat das Schlafzimmer.

Die Hände hinter dem Kopf verschränkt, lag Nando auf dem Bett und grinste erwartungsvoll.

Und – Action … Was zu tun war, wusste sie ganz genau. Mit wiegenden Hüften ging sie zu ihm, im Takt der aufwühlenden Musik, strich über ihre Schenkel und reckte ihm die Hüften entgegen.

„Oh *Babe!*" ächzte er. „Zieh – dich – aus …"

Langsam, stets in Ushers Rhythmus, streifte sie das Top nach unten. Dann beugte sie sich zu Nando hinab, bedeutete ihm, den BH zu öffnen, und ihre Brüste sprangen heraus.

„Geile Titten", lobte er atemlos, als würde er sie zum ersten Mal sehen.

Seit drei Jahren waren sie verheiratet, und der Sex knisterte immer noch. Sie streifte Nandos Mund mit ihren Brustwarzen, zerrte den Stretchrock hoch und setzte sich rittlings auf ihren Ehegatten. Vollständig bekleidet, wippte sie im Lap-Dancer-Stil.

Jede einzelne Sekunde genoss er, vor allem, als sie den Reißverschluss seiner Hose aufzog und ihm ein denkwürdiges Handgetriebe bot. Längst hatte sie herausgefunden, dass es einem Mann manchmal gefiel, sich wieder wie ein 14-Jähriger zu fühlen.

Danach griff er in die Nachttischschublade und hielt seiner Frau tausend Dollar hin, die sie ohne Zögern nahm.

„Preisgünstig", meinte er amüsiert.

„Das weiß ich", erwiderte sie und lächelte mysteriös. „Allmählich überlege ich, ob ich das Honorar erhöhen sollte."

„Zieh dich an, wir gehen aus."

„Wohin?"

„Ich möchte dich mit meinen künftigen Partnern bekannt machen."

„Und Vincent?"

„Zum Teufel mit ihm."

„Überraschung", begrüßte Michael seinen Sohn an der Tür.

„Jesus Christus!" rief Vincent. „Wo kommst *du* denn her?"

„Was für ein netter Empfang …"

„Warum verrätst du mir nicht, wo du herkommst?"

„Komplizierte Story."

„Wo ist Mom?"

Dani eilte aus dem Schlafzimmer, in einem hellblauen Hemd, einer schmalen schwarzen Hose, das lange blonde Haar hochgesteckt. Immer wieder bewunderte Vincent die strahlende Schönheit seiner Mutter. Die Zeit konnte ihr nichts anhaben. Welch sein Narr war sein Vater, weil er sie nicht heiratete … Jedes Mal, wenn er seine Eltern fragte, warum sie nicht vor den Traualtar traten, speisten sie ihn mit den gleichen ausweichenden Antworten ab. Das fand er idiotisch, weil es offensichtlich war, dass sie zusammengehörten. Dani, normalerweise stets Herrin der Lage, verwandelte sich in einen schmachtenden Teenager, sobald Michael auftauchte. Und *er* behandelte sie, als wären sie seit Jahren glücklich verheiratet.

„Leider ist was Unangenehmes passiert." Michael räusperte sich.

„Was?" fragte Vincent und fürchtete sofort, es würde mit Sofia zusammenhängen.

„Nun – es ist ziemlich schlimm."

„Spuck's aus."

„Dein Vater wird beschuldigt, er hätte Stella und ihren Freund ermordet", platzte Dani heraus.

„Quatsch!" rief Vincent ungläubig.

„Zu meinem Bedauern wurde ein Haftbefehl gegen mich erlassen", erklärte Michael. „Wahrscheinlich werden die Bullen bald hier herumschnüffeln."

„Du meine Güte!" stöhnte Vincent. Als wäre der Abend noch nicht schlimm genug verlaufen, musste er auch noch erfahren, sein Vater laufe vor einer Mordanklage davon.

„Falls es dich interessiert – ich hab's nicht getan", beteuerte Michael. „Ich wurde reingelegt."

„Von wem?"

„Schon seit vielen Jahren habe ich Feinde – eine uralte Geschichte."

„Verrückt."

„Allerdings."

„Und was soll *ich* tun?"

„Kümmere dich um deine Mutter. Außerdem musst du Madison und Sofia verständigen. Ich finde, die beiden sollten für eine Weile hierherkommen."

„Warum?"

„Damit sie beschützt werden. Das kannst du doch arrangieren, nicht wahr?"

„Ja. Aber wie ich gestehen muss – ich habe keine Ahnung, wo sie sind."

„Madison ist in New York", sagte Michael. „Am besten rufe ich sie sofort an."

„Meinst du, sie fliegt hierher?"

„Wenn ich ihr klarmache, dass es wichtig ist – ganz bestimmt."

„Und Sofia?"

„Spür sie auf. Wenn du's nicht schaffst, wird sie jemand anders finden, und Vincent, glaub mir – das könnte ein böses Ende nehmen."

Als Jenna die Tür ins Schloss fallen hörte, blinzelte sie fassungslos. Wie konnte Vincent es wagen, an ihr herumzunörgeln und sie anzuschreien – und dann ließ er sie im Apartment allein?

Wütend rannte sie aus dem Schlafzimmer und sah sich um. Eindeutig – er war verschwunden.

Schnell wie der Blitz lief sie zum Telefon. „Mr. Andy Dales Suite", sagte sie zur Telefonistin.

„Einen Augenblick, bitte …"

Anais meldete sich. Zumindest klang es so.

„Ist Andy noch da? Hier spricht Jenna Castle."

„Hey, Baby." Anais' Stimme hörte sich fast freundschaftlich an. „Gerade packen wir unsere Sachen zusammen, dann verschwinden wir aus dieser Bruchbude. Willst du mit ihm reden?"

„Ja, bitte."

„Klar, Baby. Feierst du später mit uns?"

„Vielleicht", erwiderte Jenna hoffnungsvoll.

Dann kam Andy an den Apparat, offenbar nicht ganz so gut gelaunt wie Anais.

„Verfolgt mich dein ausgeflippter Ehemann? Das habe ich gründlich satt."

„Deshalb rufe ich ja an – um mich zu entschuldigen",

beteuerte Jenna. „Manchmal bildet sich Vincent irgendwas ein. Es ist ja nicht so, dass zwischen dir und mir was gelaufen wäre."

„Was ich bedauere", entgegnete Andy etwas munterer.

„Wirklich?"

„Hast du das Knistern nicht gespürt?"

„Doch!" Aufgeregt hielt sie den Atem an. „Wohin gehst du jetzt?"

„Ich habe eine Suite im Bellagio. Begleitest du uns? Da wollen wir uns amüsieren. Aber bring bloß nicht deinen Alten mit! Und erzähl dem Arschloch nicht, was du vorhast. Noch eine Konfrontation würde ich wohl kaum verkraften."

Vor lauter Glück wusste sich Jenna kaum zu fassen. Andy Dale war ein berühmter Filmstar. In dieser Nacht würde sie ihre große Chance nutzen. Sollte sie die verpassen, nur weil Vincent vor lauter Eifersucht ausrastete?

Niemals! „Gleich bin ich bei euch, Andy."

„Schlaues Baby ..."

In der dunklen Gasse näherte sich die Gruppe einem schwarzen Van. Vermutlich sind diese Sekunden am gefährlichsten, dachte Madison.

Sobald sie den Wagen erreichten, stellte sie erleichtert fest, dass er groß genug war. Hoffentlich enthielt er ein Ortungsgerät.

Aus einem nahen Lautsprecher dröhnte eine Stimme. „Warum kapitulieren Sie nicht? Lassen Sie die Geiseln gehen und die Waffen fallen, ergeben Sie sich!"

Der Anführer stieß Madison mit seiner Pistole in die

Rippe. Sie konnte seinen Angstschweiß riechen. Obwohl er den hartgesottenen Macker markierte, spürte sie seine Nervosität. „Gehen Sie weiter“, murmelte er, und sie gehorchte. Würden sie auf eine Straßensperre stoßen, wenn sie die Gasse verließen?

Unsanft schob er sie auf den Beifahrersitz des Van, und die anderen zwängten sich hinten hinein.

Cole landete auf dem Fahrersitz, der Bandit Nummer eins quetschte sich an seine Seite. Auf seiner anderen wurde Madison gegen den Wagenschlag gepresst.

Wenn die Scharfschützen jetzt zu feuern begannen, wäre sie eine grandiose Zielscheibe – und Cole am Steuer erst recht. Er startete den Motor, und der Anführer beugte sich vor, um herauszufinden, ob der Tank voll war. „Los!“ schrie er. „Geben Sie Gas!“

„Wohin?“ fragte Cole.

„Zum Beverly. Holen Sie alles aus der Karre raus!“

„Okay“, sagte Cole und trat das Pedal durch.

Lautlos begann Madison zu beten. Würden sie in wenigen Minuten sterben?

33. KAPITEL

Michael, 1974

An ihrem dritten Geburtstag saß Madison mit mehreren kleinen Gästen im Garten hinter Tinas und Max' neuem Haus, wo sie jetzt wohnte. Fasziniert beobachtete sie einen komischen Mann, der wie ein Clown gekleidet war, bunte Ballons aufblies und zu verschiedenen Tiergestalten formte. Susie, Max' und Tinas 7-jährige Tochter, lag neben ihr im Gras, ein süßes Mädchen mit Zahnlücken und einem zauberhaften Lächeln. So nett war ihr 8-jähriger Bruder Harry nicht. Seine Lieblingsbeschäftigungen bestanden darin, an ihren Haaren zu zerren, ihre Puppen zu demolieren und sie zu hänseln, bis sie schluchzte.

Ständig ermahnte ihn seine Mutter, er müsse sich anständig benehmen, und Max forderte sie jedes Mal auf, den Mund zu halten. „Er ist ein Junge. So sind Jungs nun mal."

„Nicht *dieser!*" protestierte sie regelmäßig.

Michael erschien etwas später. Während er in der Küchentür stand, betrachtete er seine Tochter. Welch eine entzückende kleine Schönheit ... so temperamentvoll, genau wie Beth.

Dem Himmel sei Dank für Max und Tina, dachte er. Als er sie gebraucht hatte, waren sie da gewesen – echte Freunde, stets an seiner Seite, wann immer er ihre Freundschaft nötig hatte. Im Gegensatz zu Catherine, die ihn des Mordes an ihrer Schwester beschuldigte. Die letzten beiden Jahre – ein einziger Alptraum ...

In jener Nacht war er betrunken nach Hause getorkelt

und niedergeschlagen worden. Und dann kam er zu sich, einen Revolver in der Hand – *seinen* Revolver. Verwirrt schaute er zu den Polizisten auf, die ihn umringten.

Beth war tot, in den Hinterkopf geschossen, Madison schlief in ihrer Wiege. Vor dem Haus drängten sich Reporter. Irgendjemand las Michael seine Rechte vor, und er wurde wegen Mordes an Beth verhaftet.

Aber den hatte er nicht verübt. Wieder einmal war er das Opfer eines abgekarteten Spiels geworden, wieder einmal musste er kämpfen, um seine Unschuld zu beweisen.

Diesmal unterstützte ihn Vito Giovanni, engagierte den besten Strafverteidiger und übernahm alle Kosten. Mr. G. war ein kluger Mann, und so ahnte er, dass Mamie irgendwie mit der Sache zu tun hatte. Und weil er Michael aufrichtig mochte, plagte ihn sein Gewissen.

Natürlich log sie und bestritt, sie sei in den Mord verwickelt gewesen.

„Meine Anwälte holen dich da raus, Mike", versprach Vito. Und das schafften sie.

Danach musste Michael einen unglaublichen Medienrummel ertragen. Die Presse salbte ihn zu Vittorio Giovannis blauäugigem Jungen. Aber er hatte keine blauen Augen, und er war nicht der „Junge" irgendeines anderen Mannes. Nicht nur die tiefe Trauer um Beth quälte ihn, sondern auch die Sensationsgier unzähliger Reporter, die ihn gnadenlos verfolgten.

Der Tag seiner Festnahme war ansonsten ereignislos verlaufen. Und so katapultierte ihn seine ungewöhnlich attraktive äußere Erscheinung auf alle Titelblätter. Die reißerischen Schlagzeilen widerten ihn an:

Der Ruhm, mochte er auch vergänglich sein, nahm beängstigende Formen an. Täglich bekam er Briefe von hingerissenen Frauen. Zu Tausenden schrieben sie ihm, schickten ihm ihre Fotos, die sie in leicht bekleidetem Zustand zeigten, und verkündeten, dass sie ihn heiraten, seine Kinder gebären und ihn retten wollten. Verrückt …

Das alles nahm er hin – was blieb ihm auch anderes übrig? Nach einer sieben Monate langen Untersuchungshaft fand sein Prozess statt, und schließlich wurde er freigesprochen.

Niemals würde er Catherines Gesicht vergessen – an jenem Tag, wo sie in den Zeugenstand trat und behauptete, er habe gedroht, Beth umzubringen, wenn sie einen anderen Mann auch nur anschauen würde.

Gewiss, das hatte er gesagt. Damals war er wütend gewesen. Aber er hatte es nicht ernst gemeint. Und das wusste Catherine.

Auch andere Zeugen wurden befragt – Leute, die er nicht kannte, die mit Beth das Mode-Institut besucht hatten. Viele berichteten, sie habe oft erwähnt, sie würde mit einem wahnsinnig eifersüchtigen Mann zusammenleben. Dass sie so etwas erzählt hatte, bezweifelte er nicht. Damit hatte sie jene Aufmerksamkeit erregt, die ihr stets wichtig gewesen war.

Aber der Verteidiger hatte eine Zeugenaussage nach der anderen zerpflückt.

Tina und Max nahmen Madison bei sich auf und betreuten sie wie ein eigenes Kind. Für immer würde er in der Schuld seiner Freunde stehen.

Nach Beths Tod hatte Catherine erfolglos um das Sorgerecht für das Kind gekämpft.

Wo sie sich jetzt aufhielt, wusste er nicht. Er hasste sie. Warum glaubte sie, er habe Beth getötet, die Liebe seines Lebens? Unvorstellbar ... Manchmal, wenn er sich an jene Nacht erinnerte, war das Grauen unerträglich. Und der Schmerz ...

Nun war einige Zeit seit seinem Freispruch verstrichen, und er wollte seine Tochter wiederhaben.

„In unserem Haus ist sie besser aufgehoben", erklärte Tina.

„Nein", widersprach er, „sie soll bei mir aufwachsen."

„Aber du wohnst in einem schäbigen Hotel. Wer soll für Madison sorgen?"

„Ich miete ein Apartment und engagiere ein Kindermädchen."

„Willst du, dass eine fremde Frau deine Tochter großzieht? Dann wärst du unfair zu Madison. In Susies und Harrys Gesellschaft ist sie glücklich."

„Ja, Tina, und das weiß ich zu schätzen. Trotzdem will ich mein Leben zurückgewinnen. Und Madison *ist* mein Leben."

Nach seiner Entlassung aus dem Gefängnis hatte er seinen Namen Castellino in Castelli geändert, die Briefe und Fotos seiner Verehrerinnen zerrissen und sich bemüht, aus dem Rampenlicht zu verschwinden. Zum Glück erinnerten sich die Menschen nur kurz an die Schlagzeilen. Also war es nur eine Frage der Zeit, bis er in Vergessenheit geriet.

Bone hatte die Stadt verlassen. Laut Gus war er an die Westküste gezogen. Keine Sekunde lang hatte Michael bezweifelt, dass Bone und Mamie die Schuld an Beths Ermordung trugen. Gemeinsam mussten sie einen diabolischen Plan ausgeheckt haben. Aber warum? Das war die große Frage. Was hatte das Mädchen ihnen getan? Hassten sie ihn erbittert genug, um sein Liebesglück zu zerstören?

„Sieh's mal *so*", hatte Vito Giovanni ihm geraten. „Du hast Roy um die Ecke gebracht. Dann kam jemand auf die Idee, dir's auf grausame Weise heimzuzahlen. Lass es dabei bewenden. Nun seid ihr quitt, du und deine Feinde."

Quitt? War Vito verrückt? Oh nein, sie waren nicht quitt.

„Michael", unterbrach Tina seine Gedanken, „würdest du mir helfen, die Torten hinauszutragen?"

„Klar."

„Oh, ich kann dieses Wochenende in Vegas kaum erwarten!" gestand sie aufgeregt, als sie ihm in die Küche folgte. „Das wird so viel *Spaß* machen!"

Gab es denn noch Spaß auf dieser Welt? Das wusste er nicht. Und es war ihm auch egal. Er hatte Tina und Max ein Wochenende in Las Vegas versprochen. Dort wollten sie ihren Hochzeitstag feiern, und er würde sein Bestes tun, damit sie ihren *Spaß* hatten.

Während alle „Happy Birthday" sangen, hopste Madison umher und quietschte vor Vergnügen. Vergeblich bemühte sich Harry, ihr die Geburtstagstorte ins Gesicht zu drücken. Susie stieß ihn beiseite, und Tina schrie die beiden an. Überall wimmelte es von Kindern und Spielzeug und Luftballons.

„Daddy, ich liebe dich", flüsterte Madison und drückte einen dicken, klebrigen Kuss auf seinen Mund. „Sooo sehr liebe ich dich!"

Er hob sie hoch und drückte sie an sich. „Baby, du bist meine Welt! Weißt du das? Meine ganze Welt bist du."

„Ich bin die ganze große Welt meines Daddys", verkündete sie stolz. „Daddy, ich liebe dich."

„Ja, mein Kätzchen", stimmte er zu und stellte sie auf den Boden. „Und darüber bin ich sehr glücklich."

Niemals würde er Beths Verlust überwinden. Aber wenigstens hatte er seine kostbare Tochter – immerhin *etwas.*

Die Rückkehr von Max und Tina nach Vegas weckte Erinnerungen. Glücklicherweise nicht an Beth. Irgendwie war es ihm gelungen, sein Leben in verschiedene Teile zu zerstückeln. Und Beth gehörte nicht zu den Vegas-Erinnerungen. Da sie die Kinder Tinas Eltern anvertraut hatten, wusste er Madison in guten Händen.

Schon nach der Landung schwebte Tina im siebten Himmel. „Oh, mein Gott!" jubelte sie ekstatisch. „Werden wir Elvis sehen?"

„Da kriegen wir keine Karten", erwiderte Max, stets der Pessimist.

„Das arrangiere ich", versprach Michael. „In dieser Stadt habe ich einige Kontakte." Reine Angeberei. Aber warum nicht, zum Teufel? Wenn Tina scharf auf Elvis war, sollte sie ihn in Fleisch und Blut erleben.

Trieb sich Manny Spiven immer noch in Vegas herum? Und dann dachte er aus unerfindlichen Gründen an die Blondine. Wie hieß sie doch gleich? Dani. Ja. Dani. So lange war es her. Ein One-Night-Stand. Warum fiel ihm das jetzt wieder ein? Ob er sie sehen würde? Tanzte sie immer noch im Estradido?

Nein, wahrscheinlich war sie längst verheiratet und lebte in Omaha, mit drei Kindern und einem fetten Ehemann.

„*Alles* will ich sehen!“ kreischte Tina, während sie in einem Taxi vom Flughafen in die City fuhren. „In jedes Hotel will ich gehen, in jedes Casino. Und ich will den Strip rauf- und runterfahren. Ach, wie aufregend! Ihr habt ja keine Ahnung!“

Dass sie im Estradido Hotel wohnen würden, verdankten sie Vito Giovanni. Er hatte die besten Suiten für die drei reservieren lassen. Dafür war Michael ihm dankbar. Diese Gunst verdiente er auch, denn er hatte Mr. G. empfohlen, diverse Aktien zu kaufen. Die hatten ihren Wert innerhalb von drei Wochen verdoppelt.

„Wo hast du diesen Scheiß gelernt?“ fragte Vito und sah ihn prüfend an.

Gleichmütig zuckte Michael die Achseln. „Einfach nur Glück.“

„So was musst du öfter für mich tun.“

„Wird gemacht“, hatte Michael versprochen.

Karl Edgingtons Tipps waren immer goldrichtig. Im Lauf der Jahre hatte Michael ein Vermögen erworben. Nun musste er für niemanden mehr arbeiten, er war sein eigener Herr – mit der Hilfe Karls, der laut Warner Carlysle demnächst aus dem Gefängnis entlassen werden sollte.

„Im Wohnzimmer gibt’s einen Whirlpool, Michael!“ jubelte Tina, als sie im Hotel eingecheckt hatten und sich in der Bar auf einen Drink trafen. „*Glaubst* du das?“ Enthusiastisch riss sie die Augen auf. „Im *Wohnzimmer.* Max ist der glücklichste Mann auf der Welt!“

„Bin ich das?“ fragte Max verblüfft.

„Oh ja. Weil du jetzt baden und gleichzeitig fernsehen kannst."

„Vielleicht bade ich mit dir", schlug er anzüglich vor.

„Sei nicht so widerlich!" zischte sie.

„Hast du die Spiegel an der Schlafzimmerdecke gesehen, direkt über dem Bett?" Max stieß Michael zwischen die Rippen.

„Die sind mir entgangen."

„Schau dir das mal an. Verdammt sexy, wenn du mich fragst."

In letzter Zeit schien Max alles sexy zu finden. Offenbar empfand er die typische Angst eines Ehemanns, irgendwas zu versäumen.

„Morgen besorge ich uns Karten für Elvis", kündigte Michael an.

„Wenn du das hinkriegst, liebe ich dich bis in alle Ewigkeit!" flötete Tina.

„Und was ist mit *mir?*" wandte Max ein.

„Ach, *du!* Du bist mein Mann, und ich werde dich immer lieben."

„Essen wir heute Abend im Hotel", schlug Michael vor. „Und danach sehen wir uns die Show an."

„Nein, ich will nicht *hier* essen", klagte Tina. „Gehen wir doch ins Sands, ins Desert Inn oder ins Magiriano! Meine Freundin hat mal im Magiriano gewohnt und gesagt, das sei am allerbesten. Dort soll's eine erstaunliche Show geben."

„Was immer du willst, ich werd's arrangieren."

Glückstrahlend nickte sie.

„Zwei Nächte in Vegas, und du wirst dich nach Hause

sehnen, Max", meinte Michael und lachte über Tinas Begeisterung.

„Solange ich Zeit fürs Casino finde …"

„Denk lieber an letztes Mal", mahnte Michael.

„Ach, das ist so lange her", erwiderte Max lässig. „Jetzt *weiß* ich, was ich tue."

„Dafür bekommt er hundert Dollar", entschied Tina, ganz die strenge Ehefrau, „und dabei bleibt's."

„Ja, Liebling." In Max' Hosentasche steckten fünfhundert, die er unbemerkt nach Vegas geschmuggelt hatte und die zwischen seinen Fingern juckten, wann immer er sie berührte.

Bevor sie nach oben gingen, beschloss Tina, an den Automaten zu spielen. Sie erwischte eine Glückssträhne, und nach fünfundvierzig Minuten und zwei Jackpots besaß sie fünfzehnhundert Dollar. „Oh – mein – *Gott*", quietschte sie. „Welch ein Paradies! Könnten wir doch jedes Wochenende nach Vegas fliegen!"

„Können wir nicht", murrte Max missgelaunt, weil er bereits hundert Dollar verloren hatte. „Leih mir was von deinem Geld – ich will's noch mal versuchen."

„Kommt gar nicht in Frage, das gehört mir. Spiel du mit deinen hundert Dollar."

„Du egoistisches Biest!" schimpfte er.

„Jetzt tust du mir Unrecht", konterte sie. „Das habe *ich* gewonnen, und ich geb's für die Kids aus."

„Nur zu! Dauernd verwöhnst du sie."

„Müsst ihr unbedingt streiten?" stöhnte Michael. „Eigentlich dachte ich, wir wollen uns hier erholen."

„Das haben wir ja auch *getan!*" erwiderte Tina und warf Max einen vernichtenden Blick zu.

„Okay“, sagte Michael. „Also lasse ich einen Tisch im Magiriano reservieren und kaufe Karten für die Show. In einer Stunde brechen wir auf. Wollt ihr raufgehen und duschen?“

„Warum, stinke ich?“ scherzte Max.

„Hau bloß ab“, seufzte Michael.

Während Tina und Max nach oben fuhren und immer noch zankten, betrat Michael den Show-Raum. Dort traf er niemanden an, also ging er hinter die Bühne. Ein Inspizient teilte ihm mit, die Mädchen seien noch nicht angekommen.

„Ich suche – eh – Dani. Arbeitet sie noch hier?“

„Hier haben wir keine Dani.“

„Und Angela?“

„Da gibt's zwei Angelas.“

„Um welche Zeit tauchen sie normalerweise auf?“

„Sind Sie ein Verwandter?“ erkundigte sich der Inspizient.

„Ja.“

„Um fünf sind sie da.“

„Danke.“ Michael hoffte, eine der Angelas könnte ihm erzählen, wo er Dani finden würde.

Warum suchte er sie eigentlich?

Aus keinem bestimmten Grund. Nur zum Zeitvertreib.

Die erste Angela war nicht die Frau, an die er sich erinnerte, auch nicht die zweite – eine verlebte Brünette, die ihn einlud, nach der Show wiederzukommen. Dann würde sie ihm die „Sehenswürdigkeiten“ zeigen. Das lehnte er ab.

„Tut mir leid.“

„Mir auch.“ Fröhlich, aber auch etwas wehmütig zwinkerte sie ihm zu.

Konnte das alles sein, was den Frauen an ihm auffiel?

Sein gutes Aussehen? Das war nützlich gewesen, als er in jüngeren Jahren alle fünf Minuten gehofft hatte, irgendwen zu bumsen. Jetzt würde er bald seinen dreißigsten Geburtstag begehen, und er hatte genügend Erfahrungen gesammelt. One-Night-Stands gehörten zur Vergangenheit. Stattdessen sehnte er sich nach Liebe und Nähe, nach einer Frau, die ihn erregte und zugleich inspirierte – einer Frau wie Beth.

Doch darin lag das Problem. Solche Frauen gab es nirgendwo.

Für die große Vegas-Nacht herausgeputzt, erschien Tina in der Hotelhalle – in einem kurzen schwarzen Cocktailkleid und sehr hohen Stöckelschuhen, das Haar hochtoupiert.

„Nun, wie gefällt dir meine Frau?“ fragte Max prahlerisch. „Ist sie nicht fabelhaft?“

„Klar“, stimmte Michael zu.

„Und *meine* zwei Begleiter sind die hübschesten Männer von Vegas“, brüstete sich Tina und stolzierte zur Straße hinaus, wo sie in ein Taxi stiegen.

Entzückt schaute sie sich im Magiriano um, bewunderte die sprudelnden Springbrunnen und die Kakadus in ihren Käfigen. Auf dem Weg zum Krystle Room durchquerten sie das Casino, und Max setzte sich an einen Blackjack-Tisch.

„Nein!“ Energisch zerrte Tina ihn von seinem Stuhl hoch. „Jetzt nicht, erst *nach* der Show. Nicht jetzt.“

Michael drückte dem *Maître d’* zwanzig Dollar in die Hand, und sie bekamen einen Tisch direkt vor der Bühne.

„Oh, ich bin so glücklich!“ quietschte Tina. „Heute erfüllt sich ein langjähriger Traum!“

Lächelnd nickte Michael. Wie nett, dass jemand immer noch Träume hatte …

34. KAPITEL

Dani, 1974

„Verdammte Scheiße!" kreischte eine junge Tänzerin namens Penelope, die für ihren frechen Schnabel bekannt war. „Jetzt ist irgendein Trottel auf meine Schleppe gestiegen!" Neunzehn Jahre alt, fast eins achtzig groß und bildschön, ersetzte sie Gemini und trat neben Dani auf.

Da gab es nur ein einziges Problem – niemand konnte Gemini ersetzen.

Seit einem Jahr arbeitete Dani wieder im Magiriano. Sie musste sich irgendwie beschäftigen, und nichts erfüllte diesen Zweck besser als zwei Shows pro Abend im Krystle Room, wo man sie für einen altgedienten Profi hielt.

Mit sechsundzwanzig ein alter Hase – so war das in Vegas.

„Beruhige dich, Liebes", bat Eric, der nette schwule Inspizient, der sich stets rührend um Dani kümmerte. „Mit deiner Fäkalsprache irritierst du alle Leute."

„Fäkalsprache?" rief Penelope. „Red kein dummes Zeug, blöde Schwuchtel! Du musst doch schon schlimmere Wörter gehört haben." Sie war eine richtige Nervensäge. Mit einem jungen Mafioso-Typen verlobt, glaubte sie, jeder müsste ihren knackigen 19-jährigen Arsch küssen.

Dani bemühte sich um eine neutrale Beziehung zu dem Mädchen. Doch das war unmöglich. Sie vermisste Gemini. Jeden Tag dachte sie an ihre Freundin.

Am Abend vor Danis Hochzeit war Gemini tatsächlich zu Moralis gefahren. Warum sie sich trotz der schwierigen gemeinsamen Vergangenheit dazu entschlossen hatte, verstand niemand. Sie war in sein Hotelzimmer gegangen. Dort bewies er wieder einmal seine gestörte Persönlichkeit, sperrte sie ein, misshandelte und vergewaltigte sie. Außer sich vor Zorn schüttete er ihr schließlich Säure ins Gesicht. Nach dieser schrecklichen Tat hielt er sie, trotz ihrer höllischen Schmerzen, drei Tage lang gefangen, bis ein Zimmermädchen misstrauisch wurde und die Polizei alarmierte.

Als die Cops eintrafen, war es zu spät. Auf der Fahrt zum Krankenhaus erlag Gemini ihren schweren Verletzungen. Morgan war ein gebrochener Mann. In seiner Verzweiflung warf er Dani vor, sie hätte seiner Frau niemals erlauben dürfen, an jenem Abend die Ranch zu verlassen. Doch sie fand seine Anschuldigung ungerecht.

Moralis wurde verhaftet. Noch in derselben Nacht gelang es ihm irgendwie, sich in seiner Zelle zu erhängen.

Immer wieder versuchte Dean in den nächsten Monaten, Dani zu trösten. Es nützte nichts, sie war untröstlich. „Nein, ich kann dich nicht heiraten“, erklärte sie schließlich. „So vielen Menschen habe ich Unglück gebracht. Erst Emily. Jetzt Gemini. Das darf ich dir nicht antun.“ Eine Zeit lang blieb er bei ihr in Vegas. Erfolglos bemühte er sich, sie umzustimmen. Letzten Endes gestand sie ihm, sie würde ihn nicht mehr treffen, das sei unerträglich. Und so kehrte er nach Houston zurück. Drei Monate später erfuhr sie, er habe eine andere geheiratet.

Das hatte sie nicht gestört. Für sie kamen engere Beziehungen ohnehin nicht in Frage. Nicht einmal Freundschaften. Deshalb machte es ihr auch nichts aus, dass sich Penelope wie eine alberne Diva benahm.

Hin und wieder rief Dean an, obwohl er verheiratet war. „Wie geht es dir?“ Jedes Mal stellte er dieselbe Frage.

„Gut“, pflegte sie zu antworten.

„Wir bleiben doch Freunde, nicht wahr, Dani?“

„Solange deine Frau nichts dagegen hat …“

Sie freute sich, weil er jemanden gefunden hatte, der offenbar zu ihm passte – ein nettes Südstaatenmädchen aus einer wohlhabenden Familie.

Kurz nach Moralis' Selbstmord war sein millionenschwerer Vater Esai aus Kolumbien nach Vegas geflogen, um seinen Enkel abzuholen. Dani flehte ihn an, Nando ihrer Obhut zu überlassen. „Bitte, Mr. Sanchez, für ihn wäre es besser, weil er *Sie* doch gar nicht kennt. Mein Sohn liebt ihn wie einen Bruder. Bei uns ist der Junge glücklich.“

„Das glaube ich nicht“, lautete die kühle, endgültige Antwort.

Nandos Abreise stürzte Vincent in tiefe Verzweiflung. Schmerzlich vermisste er seinen besten Freund. Obwohl er erst neun Jahre alt war, entwickelte er sich zum Einzelgänger und weigerte sich, andere Freundschaften zu schließen. In der Schule zeigte er ausgezeichnete Leistungen. Fast in allen Fächern erzielte er Bestnoten. Auch im Sport brillierte er. Dani und das Kind standen sich sehr nahe. Eine engere Mutter-Sohn-Beziehung konnte es gar nicht geben. Gemeinsam gingen sie ins Kino, fuhren Rad, und manchmal ruderten sie in einem Boot auf den Lake Mead hinaus. Oder sie fuhren in die Wüste und erforschten die Natur.

„Schau dir meine verdammte Schleppe an, Eric!“ rief Penelope. „Rettungslos ruiniert!“

„Nein, Liebes“, widersprach Eric und zupfte an der zerrissenen Schleppe. „Alles in Ordnung. Jetzt gehst du auf die Bühne, und du wirst eine phantastische Show hinlegen."

„Hau ab, du miese kleine Tunte!" herrschte sie ihn an.

„Sprich nicht so mit Eric", mischte sich Dani ein.

„Willst *du* mir erzählen, wie *ich* mich benehmen soll?" entrüstete sich Penelope und musterte sie verächtlich.

„Irgendjemand *muss* es doch tun." Seufzend zuckte Dani die Achseln.

„Für wen, zum Teufel, hältst du dich eigentlich?" kreischte Penelope. „Dieses Hotel könnte mein Freund *kaufen,* wenn er's will. Und dann wird *dein* Arsch gefeuert!"

„Nur zu, das interessiert mich nicht."

„Arrogantes Biest!" fauchte Penelope.

„*Sie* ist das Biest", flüsterte Eric in Danis Ohren.

Manchmal versuchte ihr Penelope auf der Bühne eins auszuwischen. Das stellte sie sehr subtil an. Aber Dani bemerkte es. Nachdem sie ein paarmal gestolpert war, beschloss sie es dem Mädchen mit gleicher Münze heimzuzahlen. Eines Abends streckte sie einen Arm aus, und Penelopes Kopfschmuck flog in die Luft. Diesen Trick wiederholte Dani am nächsten Abend. Prompt gab Penelope ihre Attacken auf.

Penelope hatte viele Bewunderer. Aber sie war nicht so beliebt wie Dani. Ein besonders treuer Fan besuchte jedes Mal ihre Show, wenn er zwei- oder dreimal pro Jahr an einem Kongress in Vegas teilnahm.

Kurz nachdem sie ins Magiriano zurückgekehrt war, hatte sie der Manager der Tanztruppe in sein Büro gerufen. „Jetzt ist's an der Zeit, Dani, du musst endlich oben ohne auftreten."

„Nein, niemals."

„Es wäre sehr geschmackvoll, und es würde nur ein paar Minuten dauern“, versicherte er. „An deinen effektvollen Auftritten ändert sich nichts. Du trägst ähnliche extravagante Kostüme – nur mit unbekleidetem Busen. Wär's denn so schrecklich, wenn du damit das doppelte Gehalt bekämst?“

„Also, ich weiß nicht ...“, antwortete sie zögernd.

„Was hast du schon zu verlieren, meine Liebe? Du bist ein Star, eins der schönsten Showgirls von Vegas. Solange es noch möglich ist, solltest du das ganz große Geld machen.“

„Wäre es nicht – vulgär?“

„Heutzutage nicht mehr. In allen großen Hotels gehen die Spitzenmädchen topless auf die Bühne. Deshalb müssen wir wettbewerbsfähig bleiben.“

„Ich denke darüber nach.“

Nach einem wochenlangen inneren Konflikt gab sie ihm Recht – sie hatte tatsächlich nichts zu verlieren. In glamourösen teuren Kostümen konnte sie sich stilvoll präsentieren. Außerdem existierte kein Mann, den sie eifersüchtig machen würde. Und wie der Manager beteuerte, würde sie nur kurzfristig mit entblößtem Busen erscheinen. Schließlich siegte die Verlockung des verdoppelten Honorars. Was sie verdiente, sparte sie für Vincents Ausbildung, und das Extrageld wäre eine große Hilfe. Als allein erziehende Mutter führte sie kein einfaches Leben. Wenn sie nur ihren Busen herzeigen musste, um ihr Gehalt zu erhöhen – warum nicht?

Als sie dem Manager ihren Entschluss mitteilte, strahlte er vor Freude. „Du wirst das Publikum zu Begeisterungsstürmen hinreißen, Dani. Scharenweise werden sich die Leute an der Kasse drängen, nur um dich zu sehen.“

Und diese Voraussage traf ein. Auch ihre langjährigen treuen Verehrer waren entzückt und gründeten sogar einen offiziellen Fanclub.

Dani genoss ihr Doppelleben. Als Vincents Mutter ging sie zu Elternversammlungen, Schwimmwettbewerben und zu den Spielen der Baseball-Liga für Kinder – ohne Make-up, ohne schicke Kleider, einfach nur eine Mom von vielen, die in der Schule für den Tag der offenen Tür Kekse backten. Und als Dani Castle, das berühmte, zauberhafte Showgirl, lockte sie zahllose Männer in ihre Nähe. Doch sie lehnte alle Anträge ab.

Welches Leben zog sie vor? Diese Entscheidung würde ihr leicht fallen. Jederzeit würde sie sich mit der Mutterrolle begnügen. Wäre sie nicht auf das Geld angewiesen, würde sie die Glamour-Welt von Vegas sofort verlassen.

An diesem Abend, zwischen den beiden Shows, war ein Mann in der Garderobe erschienen, die sie mit Penelope teilte, und hatte ihr seine Visitenkarte übergeben. Er arbeitete für das Männermagazin *Playpen* und erklärte, er habe schon viel von ihr gehört. „Nun würden wir Sie gern für unsere Zeitschrift fotografieren, Ma'am."

„Dafür interessiere ich mich nicht."

„Das sollten Sie aber. Wir würden ein großzügiges Honorar bezahlen und einen der besten Fotografen engagieren. Auf der Bühne geizen Sie doch auch nicht mit Ihren Reizen. Wollen Sie unsere Leser *nicht* beglücken?"

Sie hatte die Visitenkarte entgegengenommen und versprochen, darüber nachzudenken – ihre übliche Antwort.

Vielleicht war Penelope deshalb so schlecht gelaunt – weil sich der Mann nicht an *sie* gewandt hatte.

So gut es ging, flickte Eric die zerrissene Schleppe.

„Du lieber Himmel, wie ungeschickt du bist!“ stöhnte Penelope.

Da erklang die Musik für das Entree, und er atmete erleichtert auf. „Köpfe hoch, Titten raus, Mädchen – gebt euer Bestes!“

„Als hättest *du* was damit zu tun“, spottete Penelope und ergriff ein paar Eiswürfel, um ihre Brustwarzen aufzurichten. Und dann tänzelten sie im Rhythmus von „The Most Beautiful Girl in the World“ ins Rampenlicht.

35. KAPITEL

Michael und Dani, 1974

Michael bestellte eine Flasche Champagner. Da Tina und Max so viel für ihn getan hatten, wollte er ihnen ein ganz besonderes Wochenende bieten. Zuvor hatte er dem Portier des Estradido hundert Dollar zugesteckt und ihn beauftragt, Eintrittskarten für die Elvis-Show am nächsten Abend zu besorgen. „Wenn Sie's schaffen, kriegen Sie noch mehr."

„Oh ja, bitte!" rief Tina, als eine Fotografin zum Tisch kam, und posierte strahlend zwischen ihren beiden Begleitern.

Nach einem köstlichen Dinner, das aus Hummer, Steaks und Schokoladensoufflé bestand, fing die Show mit einem Auftritt bildschöner Tänzerinnen an. Einigen raffinierten Zaubertricks folgten faszinierende chinesische Akrobaten, die dem Publikum „Ahs" und „Ohs" entlockten.

Michaels Blick hatte die Mädchenriege abgesucht – nur für alle Fälle. Während Max praktisch Schaum vor dem Mund hatte, schüttete Tina den Champagner in sich hinein, als würde er demnächst aus der Mode kommen.

Und dann erschienen die berühmten Magiriano-Showgirls zu den Klängen von „The Most Beautiful Girl in the World". Die sechs hochgewachsenen Schönheiten trugen Oben-ohne-Kostüme aus Satin und Spitze, mit wallenden Chiffonschleppen voller Marabufedern und Diademe aus Strass. In ihren Highheels über eins achtzig groß, schritten sie anmutig die grandiose Doppeltreppe herab und stellten sich aufreizend in Positur.

Anerkennend stieß Max einen leisen Pfiff aus, und Tina rammte ihm ihren Ellbogen zwischen die Rippen.

Wie erstarrt saß Michael da. Das Mädchen zur Linken war Dani – das Mädchen aus seiner Vergangenheit. Jenen One-Night-Stand hatte er nie vergessen. Nun war sie etwas älter und wahrscheinlich viel klüger – und atemberaubend schön.

Zum ersten Mal seit Beths Ermordung fühlte er sich wieder zu einer Frau hingezogen. Fast zehn Jahre mussten seit seiner Begegnung mit Dani verstrichen sein. Wahrscheinlich erinnerte sie sich gar nicht mehr an ihn, oder sie würde nicht mit ihm reden. Vielleicht war sie verlobt. Oder verheiratet.

Sobald die Show beendet war, sprang er auf.

„Warum so eilig?" protestierte Tina. „Trinken wir erst mal den Champagner. Den sollten wir nicht verschwenden."

„Ich möchte nur eine alte Freundin begrüßen. Treffen wir uns später im Casino."

„Welche alte Freundin?" wollte Max wissen.

„Wo im Casino?" fragte Tina.

„Keine Bange, ich werde euch schon finden."

„Michael …"

Aber er hörte ihr nicht mehr zu und ging hinter die Bühne.

Als Dani die Bühne betrat, geschah etwas Seltsames – sie glaubte Michael Castellino zu erkennen. Möglichst reglos behielt sie ihre Pose bei, musterte das Publikum, aber an einem der vorderen Tische saß ein Mann, der ihm frappierend glich. Wegen der grellen Rampenlichter sah sie ihn nur undeutlich. Trotzdem …

Nein, das konnte nicht sein. Zu viel Zeit war vergangen,

und er durfte nicht in ihr Leben zurückkehren, von Vincent erfahren – und Ansprüche stellen.

Sie wandte ihren Blick ab und hoffte, er würde verschwinden. Ein paar Minuten später schaute sie wieder hin, und er saß immer noch da. Aber er war es nicht. Die hellen Scheinwerfer spielten ihren Augen einen Streich. Den Kopf hoch erhoben, stolzierte sie wie eine Königin über die Bühnenbretter.

In die Garderobe zurückgekehrt, traf sie zu ihrem Leidwesen Penelopes Verlobten Joey an, der sich auf der Couch rekelte. Oft genug hatte sie dem Mädchen eingeschärft, hier sei er nicht willkommen. An ihre Oben-ohne-Auftritte hatte sie sich gewöhnt. Aber aus nächster Nähe von diesem Kerl begafft zu werden, war unerträglich.

„Als würde er *dich* anschauen, wenn er *mich* hat, verdammt noch mal!" hatte Penelope argumentiert.

Nun reichte es Dani, und sie beschloss mit dem Manager zu reden.

„Wie geht's, Püppchen?" Joey stand von der Couch auf, ein nicht besonders attraktiver Bursche mit fettigem schwarzen Haar und spitzen Zähnen. Lüstern starrte er sie an.

„Nicht allzu gut", erwiderte sie eisig. „Würden Sie bitte draußen warten, während ich mich umziehe."

„Da gibt's nichts, was ich nicht schon tausendmal gesehen hätte", spottete er, sichtlich von ihren Brustwarzen fasziniert.

„Mag sein, aber ich lege großen Wert auf meine Privatsphäre."

„Nicht so prüde, Püppchen!" Grinsend trat er näher. „Wo ist meine Penny?"

„Auf dem Weg hierher, um Ihren dreckigen Blick von mir loszueisen“, fauchte sie, ergriff ein Handtuch und bedeckte ihre Blößen.

„Großer Gott, ich rühr Sie doch gar nicht an!“ verteidigte er sich.

„Raus!“ schrie Dani. Plötzlich verlor sie die Geduld.

Nachdem er widerstrebend in den Flur geschlurft war, warf sie die Tür hinter ihm zu und versperrte sie. Bald hämmerte Penelope schreiend dagegen.

Dani ließ sich Zeit. Gemächlich schminkte sie sich ab und schlüpfte in ihre Straßenkleidung. Erst dann öffnete sie die Tür.

Wütend stürmte Penelope in die Garderobe. „Was zum Teufel ...“

Dani ignorierte sie und steuerte den Bühnenausgang an.

„Miststück!“ rief Penelope ihr nach.

Auf dem Weg nach draußen wandte sich Dani an Eric. „Entweder quartiert ihr sie in einer anderen Garderobe ein – oder mich. Sonst komme ich nicht wieder.“ Es tat ihr gut, sich zu behaupten. Warum auch nicht? Sie hatte einen Fanclub, und die Redaktion einer Zeitschrift bot ihr ein beträchtliches Honorar für Fotos an. Also konnte sie allmählich anfangen, ihren Erfolg zu genießen.

Von diesen Gedanken erfüllt, trat sie in die Nacht.

Draußen stand Michael und rauchte eine Zigarette.

„Wohin ist Michael gegangen, Max?“ fragte Tina, als sie sich mit den anderen Zuschauern aus dem Krystle Room drängten.

„Keine Ahnung“, entgegnete ihr Ehemann, nur daran

interessiert, möglichst schnell zu den Blackjack-Tischen zu kommen. Hoffentlich würde er bald an einem sitzen.

„Sollen wir hier warten?“

„Nein, Tina, er hat gesagt, er wird uns finden.“

„Und was machen wir jetzt?“

„Was du tust, weiß ich nicht. Jedenfalls werde *ich* mein Glück beim Blackjack versuchen.“

„Dann spiele ich an den Automaten.“

„Viel Spaß.“

„Verlier nicht dein ganzes Geld!“

„Ich verliere *nie.*“

Und so gingen sie zufrieden getrennte Wege.

Sie wich nicht zurück, sie lief nicht davon, obwohl sie es wollte. Da stand Michael Castellino, so gelassen, als hätten sie sich erst am Vortag zuletzt gesehen.

„Hallo“, grüßte er und warf seine Zigarette zu Boden. „Erinnerst du dich an mich?“

Ob sie sich an ihn erinnerte? Alles hatte sie getan, um ihn zu vergessen. Ohne Erfolg. Und jetzt war er zurückgekehrt, nach fast zehn Jahren.

„Nein, tut mir leid“, log sie.

„Michael.“ Er trat einen Schritt näher. „Michael Castelli.“

„Castellino“, verbesserte sie ihn impulsiv – und verriet sich. Am liebsten hätte sie sich ihre Zunge abgebissen.

„Also erinnerst du dich doch. Wie nett. Übrigens, ich habe meinen Namen geändert. Jetzt heiße ich Castelli.“

„Was machst du hier?“ fragte sie, um einen kühlen, unpersönlichen Ton bemüht.

„In diesem Moment frage ich mich, ob ich dich zu einem Drink einladen darf.“

„Ich glaube nicht.“

„Oh, du *glaubst* nicht?“ Prüfend schaute er in ihre Augen. „Besser als ein klares Nein. Immerhin habe ich eine Chance, fünfzig zu fünfzig.“

Sie standen voreinander, zwei Fremde, die ein Kind gezeugt hatten. Davon wusste er nichts. Er ahnte nicht einmal, dass er der Vater eines wundervollen 9-jährigen Jungen war.

Schlag bloß keine Wurzeln, mahnte eine innere Stimme. *Geh weg …*

Doch sie konnte sich nicht bewegen, ihre Beine ließen es nicht zu.

„Natürlich ist es eine etwas unangenehme Situation, Dani. Nach einer einzigen traumhaften Nacht habe ich nichts mehr von mir hören lassen.“

„So könnte man's zusammenfassen“, bestätigte sie frostig.

„Da gab es gewisse Umstände, die es mir verwehrten, wieder nach Vegas zu kommen – oder dich anzurufen.“

Dani schwieg und weigerte sich nachzufragen.

„Bist du – eh – verheiratet oder so was?“ fragte er verlegen – ein Gefühl, das er normalerweise nicht kannte.

„Geschieden“, antwortete sie leise. „Und du?“

„Ich habe nie geheiratet.“

„Ach …“

„Du siehst phantastisch aus.“

Du auch, wollte sie sagen. Doch die Worte blieben unausgesprochen. Er war so verdammt attraktiv.

„Nur ein Drink, Dani. Wie wär's?“

„Ich trinke keinen Alkohol."

„Dann lade ich dich zu einem Milchshake ein."

So unwiderstehlich … Was konnte es schon schaden, wenn sie auf einen Drink mit ihm mitkam? Er war nur ein Mann. Und wie man mit Männern umging, wusste sie inzwischen. „Also gut", stimmte sie zu. „Ein Milchshake. Schokolade. Und dann muss ich nach Hause."

Eine Stunde später lagen sie in seinem Bett im Estradido Hotel und liebten sich leidenschaftlich.

So etwas hatte sie nie wieder empfunden seit jener einzigen Nacht. *Niemals.* Sex war etwas, das andere Leute praktizierten. Nicht *sie.* Daran war sie nicht interessiert.

Trotzdem schwelgte sie jetzt in Michaels Armen, und sie hatte das Gefühl, die Welt wäre stehen geblieben – und außer ihm würde kein Mensch existieren.

Unter seinen zärtlichen Händen und Lippen stöhnte und bebte sie vor Entzücken. Seine Haut berührte ihre, sein Mund erforschte ihren ganzen Körper …

In eine andere Zeit zurückversetzt, an einen anderen Ort, vermochte sie vor Glück kaum zu atmen.

Zum ersten Mal seit Beths tragischem Tod spürte er, wie der Schmerz nachließ. Dani strahlte etwas Tröstliches aus, etwas Warmes, Nahrhaftes. Plötzlich erfüllte ihn ein seltsamer innerer Friede. Bei ihr zu sein – das erschien ihm so gut, so richtig.

Auch der Sex war unglaublich. Kein Leistungsdruck. Einfach nur ein wunderbares Verschmelzen. Und er wusste, sie teilte seine Emotionen.

Danach lagen sie nebeneinander – schweigend und angenehm ermattet.

„Wow!“ flüsterte er nach einer Weile. „Das war unglaublich.“

„Ja“, stimmte sie zu.

„Und du warst – du *bist* sensationell.“

„Willst du nicht aufstehen, dich anziehen und verschwinden? Ist’s nicht an der Zeit?“ *Noch* mehr durfte nicht geschehen.

„Eh?“

„Du weißt schon – soll sich die Geschichte nicht wiederholen? In zehn Jahren sehen wir uns wieder.“

„Autsch!“ seufzte er und richtete sich auf. „Wo ich war, habe ich dir erzählt. Ich dachte, es würde dir missfallen, einen Brief aus dem Gefängnis zu bekommen. ‚Liebe Dani, ich schreibe dir aus dem Knast …‘“

„Das wäre mir lieber gewesen, als *gar nichts* von dir zu hören.“

„Ja, ich weiß.“ Michael nahm sich eine Zigarette. Nach einer längeren Pause fügte er hinzu: „He, ich habe oft an dich gedacht.“

„Wie tröstlich.“

„Dani, damals waren wir beide noch Kinder“, sagte er eindringlich.

„Allerdings, ich war erst sechzehn.“

„*Was?*“

Sie lächelte schwach. „Damit wollte ich dich nicht erschrecken.“

„Großer Gott!“ Verwirrt schüttelte er den Kopf. „Dafür hätte ich beinahe hinter Gitter landen können.“

„Dort warst du ja auch“, erwiderte sie trocken.

„Ja, aber nicht wegen Unzucht mit einer Minderjährigen.“

Sie berührte sein Gesicht – die gleiche Nase, die gleichen Augen und Lippen wie ihr kleiner Vincent. Um Himmels willen, wenn er den Jungen sah, würde er's sofort merken. Also durften sie einander nicht begegnen.

„Heute Abend warst du spektakulär.“ Bewundernd schaute er sie an. „Als du auf die Bühne kamst, blieb mir die Luft weg.“

„Wirklich?“

„Oh ja. Vorher hatte ich mich im Estradido nach dir erkundigt, dann dachte ich, du wärst verheiratet und längst aus Vegas verschwunden. Und dann sah ich dich auf der Bühne des Magiriano. Sicher kannst du dir vorstellen, wie verblüfft ich war.“ Beschwörend schaute er in ihre Augen. „Eine schicksalhafte Begegnung, nicht wahr?“

„Gewissermaßen“, bestätigte sie zögernd.

„Ja.“ Entschlossen lachte er. „Also war es vorbestimmt.“ Dann hob er lächelnd die Brauen. „Dani Castle – was für ein interessanter Name! Den las ich im Programm.“

„Du besitzt ein Programm?“

„Das habe ich auf dem Weg nach draußen gekauft. Wie bist du auf Castle gekommen?“

„Dieses Wort las ich in einer Reisebroschüre, und ich dachte, es wäre ein passender Künstlername.“

„Dani Castle“, wiederholte er.

„Bitte, Michael ...“, begann sie und vergaß alle Hemmungen. „Ich finde, du redest zu viel.“

„Tatsächlich?“ fragte er grinsend.

„Oh ja", wisperte sie und strich mit einem Finger über seinen Bauch.

„Nun, wenn das so ist …" Hingebungsvoll küsste er ihre Brüste.

Das zweite Mal erschien ihr noch viel schöner, und sie versuchte herauszufinden, woran es lag. Mit Sam war der Sex eine Katastrophe gewesen. Und Dean? Trotz seines eifrigen Bestrebens, sie mit seinen Liebeskünsten zu verwöhnen, hatte sie steif wie ein Brett dagelegen, kein bisschen erregt.

Warum konnte nur Michael dieses Feuer in ihr entzünden?

Sie fand es nicht heraus und es war auch egal. Diesen Augenblick wollte sie einfach nur genießen.

Innerhalb von zwei Stunden verlor Tina alles, was sie zuvor gewonnen hatte. Als sie auf ihre Uhr schaute, stellte sie erschrocken fest, wie viel Zeit verstrichen war. Wo zum Teufel steckte ihr Ehemann? In ihr Spiel an verschiedenen Automaten vertieft, hatte sie ihn gar nicht vermisst.

Und warum suchte Michael nicht nach ihnen?

Sie eilte ins Casino und entdeckte Max an einem Blackjack-Tisch, wo er offensichtlich hohe Summen gewann. Nun hatte sich das Blatt zu seinen Gunsten gewendet. Erst *sie,* dann *er* …

„Darling!" Aufgeregt blieb sie hinter ihm stehen. „Du hast gewonnen!"

„Sogar eine ganze Menge!" verkündete er freudestrahlend. „Komm mir bloß nicht zu nahe, du würdest mir kein Glück bringen."

„Besten Dank!" Beleidigt trat sie einen Schritt zurück.

„Pst, ich muss mich konzentrieren."

„Gibst du mir ein bisschen Geld zum Spielen?"

„Nein." Schützend legte er beide Hände über seine Chips.

„Was heißt das – *nein?*"

„Vorhin habe *ich* nichts von dir gekriegt. Warum sollte ich jetzt *dir* was geben?"

„Wie selbstsüchtig du bist!" beschwerte sie sich. „*Meinen* Gewinn wollte ich für die Kinder ausgeben."

„Dann tu's doch."

„Unmöglich."

„Warum?"

„Weil ich alles verloren habe."

„Großer Gott!" stöhnte Max. „Da hast du einen Hunderter. Los. Verlier ihn!"

„Oh, du bist ja so *großzügig*", sagte sie sarkastisch. „Wie viel hast du eigentlich gewonnen?"

„Keine Ahnung. Verschwinde."

„Wo ist Michael?"

„Irgendwo in der Nähe."

„Okay, mit diesem Hunderter werde ich mein ganzes Geld zurückgewinnen."

„Klar, Baby, so sieht richtiger Kampfgeist aus."

Hmmm, dachte sie. An den Spieltischen ist Max ein ganz anderer Mann. Entschlossen, sexy, Herr der Lage. So gefällt er mir ... Erst würde sie ihr Geld zurückgewinnen – und ihn dann nach oben zerren. Nach so vielen Ehejahren war er in Bett nicht mehr so enthusiastisch wie am Anfang. Vielleicht würde sie in dieser Nacht doch wieder ein paar Funken entzünden.

„Bitte, *kein* Zimmerservice", protestierte Dani lächelnd.

Michael streckte sich träge aus und grinste. „Vielleicht Champagner und Kaviar?"

„*Das* wäre eine Abwechslung."

„Wovon?"

„Weißt du's nicht mehr? Letztes Mal gab's Eiscreme mit Erdbeeren."

Da lachte er. „Du kannst bestellen, was du willst."

„Erlaubst du's?"

„Natürlich."

„Shrimps und Pommes frites. Dazu Eiscreme mit Erdbeeren."

„Wie nett", flüsterte er.

„Diese Nacht war nett", erwiderte sie leise. „Eine nette Nacht mit dir – und in zehn Jahren sehen wir uns wieder."

„Komm schon, Dani!" klagte er. „Reib mir's nicht dauernd unter die Nase! Das habe ich dir doch erklärt. Fünf ganze Jahre musste ich in einer Zelle verbringen. Und als ich endlich rauskam, dachte ich, inzwischen wäre zu viel Zeit verstrichen." Seine nächsten Worte wählte er sehr vorsichtig. „Und dann hatte ich – noch mehr Schwierigkeiten."

„Welche?"

„Hast du's nicht zufällig in der Zeitung gelesen?"

„Etwas über *dich?*"

„Die New Yorker Zeitungen waren voll davon. Vermutlich ist die Neuigkeit nicht bis nach Vegas gedrungen. Gott sei Dank!"

„Worum ging es denn?"

„Ich wurde eines Verbrechens beschuldigt, das ich jedoch nicht begangen hatte."

„Hast du deshalb deinen Namen geändert?“ fragte Dani neugierig.

„Ich brauchte einen neuen Anfang, und alle Leute wussten, wer ich war … He, macht’s dir was aus, wenn wir jetzt *nicht* darüber reden?“

„Nein, das stört mich nicht.“

„Dafür bin ich dir dankbar.“

„Wann fliegst du nach New York zurück?“

„Übermorgen. Zumindest hatte ich das ursprünglich vor. Aber vielleicht bleibe ich ein paar Tage länger hier. Wärest du damit einverstanden?“

„Das weiß ich nicht, Michael“, antwortete sie unsicher. „Was heute Nacht geschah, sollten wir nicht vertiefen, weil …“

„Weil ich unzuverlässig bin“, unterbrach er sie. „Stimmt’s?“

„Meinetwegen musst du nicht hierbleiben“, beteuerte sie in ruhigem Ton. „Es war *meine* Entscheidung, dich in dieses Zimmer zu begleiten.“

„Heißt das, ich hätte dich letztes Mal gezwungen?“

„Damals war ich unberührt und hatte keine Ahnung, was mich erwarten würde.“

„Ach, großartig!“ konterte er, nur halb im Scherz. „So ist’s recht, einfach toll, wie du meine Schuldgefühle schürst!“

„Das wollte ich nicht!“

„He – weißt du noch, was du damals gesagt hast?“

„Nein.“ Nur zu gut erinnerte sie sich.

„Dass du mich liebst. Das habe ich nie vergessen.“

„Da siehst du, was für ein dummes kleines Mädchen ich war“, erwiderte sie leichthin.

„Nicht dumm, sondern wundervoll. Und das bist du immer noch."

„Jetzt muss ich daheim anrufen."

„Wer erwartet dich?"

„Habe ich's nicht erwähnt? Inzwischen bin ich Mutter geworden."

„Oh ..." Erstaunt runzelte er die Stirn. „Junge oder Mädchen?"

„Ein kleiner Junge."

„Kein Witz? Und ich habe eine Tochter – soeben ist sie drei geworden. Vielleicht sollten die beiden einander kennen lernen."

„Sagtest du nicht, du wärest nie verheiratet gewesen?"

„Ich habe mit einer Frau zusammengelebt – sie war noch sehr jung. Wenn wir mal Zeit haben, werde ich dir alles erzählen."

„Wo ist sie jetzt?"

„Sie – eh – starb vor einer Weile."

„Das tut mir leid."

„He, das Leben geht weiter." Mit seiner Trauer wollte er Dani nicht belasten. Und außerdem – wie sehr er Beth geliebt hatte, war seine Privatsache.

„Wo ist deine Tochter?"

„Sie lebt bei meinen Freunden Max und Tina. Jetzt will ich sie zu mir holen."

„Das solltest du auch, immerhin ist sie dein Kind."

„Ja, Madison ist zauberhaft."

„Madison? Welch für ein ungewöhnlicher Name! Sieht sie dir ähnlich?"

„Oh ja." Michael lachte. „Armes Mädchen."

„Hast du ein Foto?“ Würde seine Tochter ihrem Sohn gleichen?

„Wenn ich ja sage – bin ich dann ein übertrieben stolzer Dad?“

„Dagegen wäre nichts einzuwenden.“

Er sprang aus dem Bett, ging zum Tisch und ergriff seine Brieftasche. Als er zu Dani zurückkehrte, bewunderte sie seinen Körper – schlank und muskulös, mit breiten Schultern und flachem Bauch.

Seufzend wünschte sie, diese Nacht würde bis in alle Ewigkeit dauern.

Doch das Glück würde nur ein paar Tage währen. Dann würde er wieder abreisen. Und das war's dann, dachte sie. Es sei denn, ich gestehe ihm die Wahrheit …

Krampfhaft versuchte Max cool zu bleiben, während er am Blackjack-Tisch saß und eine Partie nach der anderen gewann. Doch es fiel ihm sehr schwer, denn er wäre am liebsten aufgesprungen und hätte geschrien. Immer wieder einundzwanzig! Unglaublich!

„Eine Karte?“ fragte der Dealer.

Max nickte.

Wahnsinn! Schon wieder einundzwanzig. An diesem Abend konnte gar nichts schief gehen!

„Nun muss ich meine Freunde aufspüren, bevor sie ihr ganzes Geld verspielen.“ Michael stieg wieder aus dem Bett. „Komm mit. Ich möchte dich mit ihnen bekannt machen.“

„Bist du sicher?“

„Wenn ich's nicht wäre, würde ich dich darum bitten?“

Sie zogen sich an und fuhren mit einem Taxi zu Magiriano. Während der ganzen Zeit hielt er Danis Hand fest. Am Ziel angelangt, erreichte er das Casino gerade noch rechtzeitig, um Max vom Blackjack-Tisch wegzuzerren – bevor der Schwachkopf alles verlor, was er gewonnen hatte.

„Sei vernünftig!“ mahnte Michael und umklammerte den Arm seines Freundes. „Du musst endlich lernen, wann du Schluss machen musst.“

Ausnahmsweise befolgte Max diesen vernünftigen Rat und verließ den Spieltsich.

„Und jetzt darfst du Dani begrüßen“, sagte Michael, sobald sie sich in sicherer Entfernung vom Spieltisch befanden.

Erst jetzt starrte Max die schöne Blondine an, die Michaels Hand hielt. Er erkannte sie sofort – das hinreißende Baby im Oben-ohne-Kostüm, das sie vorhin in der Show bewundert hatten, das zweite Mädchen von links. Wie hatte Michael das bloß geschafft, diese Schönheit an Land zu ziehen? Verdammt glücklicher Bastard …

„Hi, Dani.“ Lächelnd nickte Max ihr zu.

„Hi, Max.“ Belustigt erinnerte sie sich an den jungen Mann, der eine Nacht heißer Leidenschaft mit Angela verbracht hatte.

„Wieso kennt ihr euch, Mike?“ fragte er verblüfft.

„Offenbar hast du deinen Polterabend vergessen“, erwiderte Michael grinsend.

„Eh?“ Max blinzelte verständnislos.

„Hieß sie nicht Angela?“

„Großer Gott!“ Nervös schaute sich Max im Casino um. „Lass das bloß nicht Tina hören!“

„Wärest du damals nicht sternhagelvoll gewesen,

wüsstest du, dass Dani bei Angela gewohnt hat. Fällt's dir *jetzt* ein?"

„Ach ja, *Dani.* Das Mädchen, von dem du ständig geredet hast."

„Da siehst du's, Darling." Lächelnd wandte sich Michael zu ihr um. „Die ganze Zeit habe ich von dir geredet. Max dachte schon, ich sei verrückt geworden."

„Warum haben Sie das vermutet, Max?" fragte sie.

„Weil – nun ja – er schwärmte von Ihnen, und Sie waren so weit weg, in Vegas. Eigentlich nahm ich an, er würde in den nächstbesten Flieger steigen und zu Ihnen zurückkehren. Und dann – eh – kam was dazwischen."

„Schon gut", sagte Michael, „sie weiß, was mir passiert ist."

„Tatsächlich?"

„Ja", bestätigte Dani.

„Außerdem habe ich ihr versichert, solche Geschäfte würde ich nicht mehr machen. Ach, übrigens – was dieses Investment angeht, gib mir deine viertausend Dollar, die kann ich verdoppeln."

„Da will ich erst Tina fragen."

„Brauchst du auch ihre Erlaubnis, wenn du pinkeln gehst?"

„Zum Teufel mit dir!"

„Wo steckt sie eigentlich?"

„Sie verliert mein Geld an den Automaten."

„Suchen wir sie." Kurz danach spürten sie Tina auf, die gerade ihre letzten zehn Dollars verspielte.

„Wenn die auch noch weg sind, hörst du auf", befahl Michael. „Das ist Dani. Und jetzt gehen wir alle was trinken."

„Wer *ist* sie?“ zischte Tina in Max’ Ohr, kein bisschen erfreut, weil eine vierte Person den gemütlichen Abend zu dritt störte.

„Erinnerst du dich nicht?“ flüsterte Max. „Sie hat bei der Show mitgemacht. Und Michael kennt sie von früher. Aber das ist schon lange her.“

Sie saßen in einem der Salons und tranken Champagner, um Max’ Viertausend-Dollar-Gewinn zu feiern. Während er sich in seinem Erfolg sonnte, kochte Tina vor Wut. Sie hatte nicht nur ihr eigenes Geld verloren, sondern auch die hundert Dollars ihres Ehemanns an den Automaten verzockt.

Außerdem war sie verwirrt, denn normalerweise war *sie* das hübscheste Mädchen in jeder größeren oder kleineren Gesellschaft. Aber jetzt hatte Michael diese schöne, hochgewachsene Blondine angeschleppt. Alle Leute starrten nur *sie* an. Und das missfiel Tina gründlich.

„Ich mag sie nicht“, flüsterte sie Max zu.

„Das wird Michael verkraften“, spottete er.

„Was meinst du?“

„Er fickt *sie*, nicht dich.“

„Großer Gott, du bist *so* vulgär! Wieso glaubst du, dass er mit ihr schläft?“

„Schau die beiden doch an.“

„Eigentlich dachte ich, er würde Beths Andenken etwas länger respektieren.“

„Beth ist seit zwei Jahren tot, und ein Mann muss weiterleben.“

„Manchmal bist du richtig *widerlich.*“

Dani hatte inzwischen beschlossen, Michaels Freunde

besser kennen zu lernen. „Was machen Sie beruflich?“ fragte sie Tina.

„Nun, ich – eh – ich kümmere mich um meine Kinder. Und *er* …“ Tinas Daumen wies auf Max. „So viel Arbeit habe ich mit ihm. Dauernd verstreut er seine Klamotten am Boden, nie hilft er mir im Haushalt, überall lässt er seine leeren Bierdosen stehen und …“

„Moment mal!“ wehrte sich Max. „Redest du von *mir?* Jeden Tag stehe ich im Morgengrauen auf und verkaufe Autos, um meine Familie zu ernähren.“

„Vielleicht können Sie mir einen Rat geben, Max“, sagte Dani. „Ich überlege mir, ob ich ein neues Auto kaufen soll.“

„Oh, tatsächlich? Was fahren Sie jetzt?“

„Einen Cadillac. Schon seit einiger Zeit stelle ich mir was Sportlicheres vor. Mein Sohn will mir eine Corvette einreden.“

„Ah, Sie haben einen Sohn?“ fragte Tina und versuchte sich für Michaels schöne Freundin zu erwärmen.

„Ja.“

„Wie alt ist er?“

„Neun. Und Ihre Kinder?“

„Susie ist sieben, Harry acht – dieses kleine Monster! Aber was erzähle ich Ihnen! Sicher wissen Sie, wie solche Jungs sind.“

„Mein Sohn ist sehr eifrig in der Schule.“

„Dann beneide ich Sie …“

Zu Michaels und Max’ Erleichterung entdeckten die beiden Frauen plötzlich gemeinsame Interessen.

„Ich hatte schon Angst, sie würden sich nicht verstehen“,

murmelte Michael. „Aber seitdem Tina angefangen hat, über dich zu jammern, ist alles okay."

„Vorhin sagte Max, Sie würden Michael schon lange kennen." Tina konnte es kaum erwarten, etwas mehr zu erfahren. „Wo sind Sie sich denn begegnet?"

„Wo sind wir uns begegnet, Michael?" warf Dani ihm den Ball zu.

„Hier in Vegas. Eine – eh – gemeinsame Freundin hat uns miteinander bekannt gemacht."

Lachend schüttelte Dani den Kopf. „Warum erzählst du Tina nicht die Wahrheit? Ich war sechzehn und noch unberührt. Eines Tages trat Ihr Freund Michael in mein Leben und nutzte meine Naivität aus."

Tina warf ihm einen gehässigen Blick zu. „Ach ja, unser Michael schwärmt für 16-jährige Jungfrauen."

Er sah Tina direkt in die Augen, als wolle er sagen: *Halt den Mund,* und Tina verstand die Botschaft.

Später rief Dani, von Michael gedrängt, ihre Haushälterin an und erklärte ihr, sie würde diese Nacht nicht heimkommen.

Während sie telefonierte, ermahnte er Tina in kühlem Ton, Beth und die tragischen Ereignisse nicht zu erwähnen. „Das erzähle ich Dani, wann *ich's* für richtig halte. Ich will sie nicht in die Flucht schlagen."

„Wie du meinst. Aber ich finde, du machst einen Fehler."

„Dann ist's *mein* Fehler. Okay?"

Dani kam vom Telefon zurück, und sie unternahmen eine Tour durch alle großen Hotels. Erst um drei Uhr morgens landeten sie im Estradido.

„Oh, es war ja *so* amüsant!“ jubelte Tina, als sie im Lift nach oben fuhren. „Ziehen wir morgen wieder los?“

„Schlaf – ich brauche meinen Schlaf!“ stöhnte Max. „Gib mir ein Bett!“

„Ein nettes Paar“, meinte Dani, nachdem Michael sie in seine Suite geführt hatte.

„Ja“, stimmte er zu. „Max ist ein echter Freund, schon seit einer Ewigkeit. Und Tina? Ständig nörgelt sie an ihm rum und tritt ihn in den Hintern. Aber darauf fährt er ab, glaube ich jedenfalls.“

Dani ging zum Fenster und bewunderte die spektakuläre Aussicht. „Hör mal, Michael, du solltest mit den beiden nach New York zurückfliegen. Wenn du dir *wirklich* eine Beziehung mit mir wünschst – komm allein zurück. Dann wüsste ich, dass du mich nicht nur für One-Night-Stands brauchst.“

„Glaubst du das von mir?“ fragte er gekränkt.

„Also, ich …“

„Ich *muss* nicht abreisen“, unterbrach er sie.

„Aber ich will es.“

„Soll das ein Test sein?“

„Gewissermaßen.“

„Wenn du mir misstraust …“

Jetzt fiel sie *ihm* ins Wort. „Gehen wir’s auf meine Weise an, Michael.“

„Was immer du willst“, kapitulierte er und nahm sie in die Arme.

Verrückt, dachte sie. Ich verbringe die Nacht mit einem Mann, den ich kaum kenne. Und ich bin glücklicher denn je.

Am Tag der Abreise fuhr Dani die drei in ihrem Cadillac zum Flughafen. Inzwischen zählte sie zu Tinas besten Freundinnen.

Die letzten vierundzwanzig Stunden hatten sie in vollen Zügen genossen. Der Höhepunkt war Elvis Presleys erstaunliche Show im Hilton gewesen. Dort hatten sie direkt vor der Bühne gesessen, und Tina war fast in Ohnmacht gefallen.

„Du musst uns unbedingt in New York besuchen, Dani", entschied sie an diesem Morgen. „Unglaublich, dass du noch nie da warst!"

„Ja, vielleicht fliege ich mal hin." Dani warf Michael, der auf dem Beifahrersitz saß, einen verstohlenen Seitenblick zu.

„*Natürlich* kommt sie nach New York", betonte er. „Das heißt – falls *ich et*was dazu zu sagen habe."

„Sehr gut!" rief Tina. „Oh, ich freue mich schon ganz wahnsinnig drauf, dir unsere Stadt zu zeigen, Dani!"

Am Flughafen stieg sie mit Max aus, und sie gingen in den Terminal. Michael blieb noch eine Weile neben dem Wagen stehen und presste Dani an sich. „Was du denkst, weiß ich nicht." Zärtlich streichelte er ihr Haar. „Für mich war's jedenfalls eine wunderbare Zeit."

„Vierundzwanzig Stunden länger als letztes Mal", flüsterte sie.

„In zwei Wochen bin ich wieder da."

„Pass auf, dass du nicht verhaftet wirst."

„Das hab ich doch erklärt – in dieser Branche bin ich nicht mehr tätig."

„Wie erfreulich ..."

„Könnte ich nächstes Mal bei dir wohnen? Was meinst du?“

„Unmöglich, Michael. Ich sagte doch – ich habe einen Sohn.“

„Und der darf mich nicht kennen lernen?“

„Vielleicht, wenn du zurückkommst …“

„Heißt das – lässt du niemals Männer bei dir übernachten?“ Erstaunt zog er die Brauen hoch.

„In meinem Leben gibt es keine Männer.“

„Ist das wahr?“

„So ein Mädchen bin ich nicht.“

„Der Star einer Vegas-Show, hinter dem alle Kerle in dieser Stadt her sind … Und sie ist nicht so ein Mädchen!“ Michael schüttelte den Kopf. „Das soll ich glauben?“

„Glaub, was du willst.“

„In diesem Moment will ich dich küssen.“

„Nur zu“, flüsterte sie atemlos.

Als sich ihre Lippen fanden, spürte Dani seine Erregung an ihrem Schenkel.

Mit sanfter Gewalt schob sie ihn weg. „Du bist unersättlich.“

„Daran gebe ich *dir* die Schuld.“

„Oh, das freut mich“, erwiderte sie lächelnd.

„Dani …“ Plötzlich wurde er ernst. „Ich muss dir etwas erzählen. Aber jetzt möchte ich nicht darüber reden.“

„Ich laufe dir nicht davon.“

„Okay, ich rufe dich an.“ Er küsste sie noch einmal. Endlich hatte er ein bisschen inneren Frieden gefunden. Und das bedeutete ihm sehr viel.

36. KAPITEL

Dienstag, 10. Juli 2001

Der Van schlitterte eine kleine Straße entlang. Die Augen zusammengekniffen, spähte Madison durch die Windschutzscheibe – bereit, sich sofort zu ducken, falls irgendetwas den Weg versperren würde. Über dem Wagen dröhnte ein Hubschrauber, wahrscheinlich von einem Fernsehsender. Die Cops hatten die Medien nicht unter Kontrolle, die agierten auf eigene Faust.

„Biegen Sie am Ende der Gasse auf den Beverly", befahl der Bandit Nummer eins und sah sich unruhig in alle Richtungen um. „Wenn sich jemand in unseren Weg stellt, überfahren Sie den Hurensohn."

Besorgt schaute Madison über ihre Schulter, um festzustellen, ob Natalie okay war. Die Frau mit der Platzwunde an der Schläfe schluchzte leise.

Reiner Wahnsinn, dachte Madison. Wohin zum Teufel bringt er uns? Was plant der Schurke? Er hätte im Restaurant bleiben und sich ergeben sollen …

In halsbrecherischem Tempo steuerte Cole den Van auf den Beverly und touchierte einen geparkten Jaguar.

„Wenn Sie eine rote Ampel sehen, fahren Sie einfach weiter!" schrie der Anführer. „Und zwar ohne lange zu überlegen!"

„Oh Gott, wir können alle sterben!" klagte die verletzte Frau.

„Wenn er nicht macht, was ich sage, sind Sie ohnehin alle tot, das können Sie mir glauben."

„Nimmst du mich wirklich zu einer geschäftlichen Besprechung mit?“ fragte Jolie erfreut. Das erlebte sie zum ersten Mal, und sie fand es großartig.

„He, Babe, du sollst mal sehen, wie's die Profis so machen.“

„Wie die Profis *was* machen?“

„Ich zeige dir einen Strip-Club, in den ich mich vielleicht einkaufen werde.“

Viel sagend hob sie die Brauen. „Oh, du führst *mich* in einen Strip-Club?“

„Irgendwie habe ich das Gefühl, das wirst du lehrreich finden“, erwiderte Nando grinsend.

„Deutest du an, ich müsste mich weiterbilden?“

„Also, *das* wäre das Letzte, was du brauchst. Ich will wissen, was du von meinen potenziellen Geschäftspartnern hältst.“

„Und was hat Vincent damit zu tun?“

„Gar nichts.“

„Warum hat er kein Interesse dran?“

„Er merkt einfach nicht, dass sich Vegas verändert.“

„Glaubst du das wirklich?“

„Ja. Allmählich kehren wir zu den Ursprüngen zurück – Mädchen und Sex, das ist der neue Trend.“

„Was ist mit dem Familienprogramm passiert?“

„*Dieser* Geschäftszweig ist out.“

„Erzähl das mal der Mom-und-Pop-Fraktion.“

„Hör zu, Schätzchen ...“, begann Nando in seinem eindringlichsten Ton. „Diese Kneipe ist ziemlich schäbig. Aber weil ich dich kenne, wirst du das Potenzial sofort sehen. Mit deinem Stilgefühl kannst du dir vorstellen, wie viel ein neues

Dekor ausmachen wird. Da würde ich dir freie Hand lassen. Was immer nötig ist, um aus diesem Schuppen ein Spitzenlokal zu machen, musst du organisieren. Wenn's klappt, lasse ich dich vielleicht sogar in der Geschäftsführung mitmischen."

„Wirklich?"

„Oh ja", bestätigte Nando großmütig. „Warum nicht?"

„So hast du noch nie mit mir geredet."

„Erstaunlich, was ein kleines Training am Stripper-Pfosten bewirken kann, nicht wahr?" Lachend hob er die Brauen. „Wenn du diese beiden Kerle siehst, wirst du sie auf Anhieb hassen. Aber vergiss nicht – die beiden sitzen auf einer Goldmine."

„Brauchst du nur Partner, weil Vincent nicht mitmacht? Würdest du sonst den ganzen Laden kaufen?"

„Und superschlau ist meine Frau auch noch."

„Vielleicht sollte ich mal mit Vincent reden?" schlug sie vor.

„Übst du irgendeinen Einfluss auf meinen besten Freund aus, den ich *nicht* habe?"

„Ich bin eine Frau, Nando. Manchmal macht es einen Unterschied."

„Klar, Babe, du bist eindeutig eine Frau."

„Erzähl mir was über diese Typen, die wir heute treffen."

„Zwei Schwarze, die schon seit einiger Zeit in Vegas rumhängen. Mit deinem Charme wirst du sie aufs Kreuz legen."

„Hoffentlich meinst du das nicht wörtlich."

„Wenn du jemals einen anderen Mann anschaust, Baby, stecke ich ihm seine Eier in den Hals."

„Wie nett, dass ich dir so wichtig bin, Nando …"
„Ja, nicht wahr?"

„Was, du hast noch nie gekokst?" Andy Dale riss verblüfft die Augen auf, als hätte Jenna verkündet, durch ihre Kehle wäre noch nie ein Schluck Milch geflossen.

Jenna schüttelte so heftig den Kopf, dass ihre blonden Locken um die Schultern flogen. „Kein einziges Mal. Mein Mann hält nichts von Drogen."

„*Drogen*? Koks ist keine Droge, sondern ein Genussmittel, bei dem man sich entspannt. Wie Alkohol und Zigaretten. Wenn's möglich wäre, würden die Ärzte sogar Kokain verschreiben. So einfach ist das."

„Eigentlich dachte ich, davon wird man süchtig."

„Wer hat dir das eingeredet? Dein Alter?"

„Nun ja, Vincent hat behauptet, das Zeug könnte einen Menschen zerstören."

„Damit meinte er *harte* Drogen. Heroin und die ganze Scheiße. Jetzt erkläre ich dir mal, was passiert, wenn du ein bisschen kokst. Du lehnst dich ganz entspannt zurück und freust dich deines Lebens. *Und* du bist scharf auf wilden Sex. Schau mal Anais an."

Gehorsam spähte Jenna zum anderen Ende des luxuriösen Zimmers hinüber, wo Anais ihre gesamte Kleidung abgelegt hatte, bis auf einen winzigen Tanga und mehrere goldene Kreuze, die an ihrem Hals hingen.

„Sieht sie wie ein Junkie aus?" fragte der Filmstar.

„Nein, Andy."

„Dann schnupf mal ein bisschen. Du bist viel zu verklemmt. Komm, ich zeig dir, wie's geht."

„Aber – ich bin nur hier, weil ich mich für Vincents Benehmen entschuldigen will, manchmal versteht er nicht, dass die Leute in der Filmbranche ein bisschen anders sind.“

„Aber *du* verstehst das, nicht wahr?“ Andy ergriff Jennas Hand.

„Natürlich, du bist ein Schauspieler – ein *Künstler.*“

„Genau“, bestätigte er, zufrieden mit ihrer Einschätzung. „Ein *Künstler.* Und jetzt ...“ Er führte sie zur Bar hinüber, auf deren Theke er mehrere Kokainlinien gezogen hatte. „Wenn ich diesen Geldschein zusammengerollt habe, hältst du dein süßes kleines Näschen drüber und atmest ein. Du *schnupfst.* Schaffst du das?“

„Glaubst du *wirklich,* das wird mir nicht schaden?“ fragte sie leicht verunsichert.

„Kein bisschen.“

Immer noch zögernd, nahm sie ihm den Geldschein aus der Hand. Dann begann sie vorsichtig zu schnupfen, musste sofort niesen und verstreute etwas weißes Pulver auf den Boden.

„Um Himmels willen!“ schrie Andy. „Was zum Teufel *treibst* du denn?“

„Tut mir leid“, murmelte sie beschämt. Wie hatte sie nur so dumm sein können?

„Ein Glück, dass ich genug von dem Zeug habe“, murrte er.

Anais schlenderte herüber. „Gib was auf meine Titten“, befahl sie und reckte ihm ihren nackten Busen entgegen.

„Später“, erwiderte er und versuchte, sie mit einer knappen Geste wegzuscheuchen.

„Jetzt!“ rief sie gebieterisch – eine Frau, die es gewöhnt war, ihren Willen durchzusetzen. „Und streu auch was auf meine Muschi.“

„Gleich“, versprach Andy, die Stirn gerunzelt. „Erst mal will ich Jenna beibringen, wie man schnupft, ohne alles auf den Boden zu prusten.“

„Bestell noch Champagner“, verlangte Anais, nicht bereit, ihre Ansprüche herunterzuschrauben. „Ich will mir die Haare waschen.“

„Was – *jetzt* wäschst du deine Haare?“ Endlich schenkte er ihr seine ungeteilte Aufmerksamkeit.

„Ja.“

„Okay.“

Anais lächelte träumerisch. „Wenn mein Freund wüsste, wo ich bin, wäre er gar nicht glücklich.“

„Wer *ist* dein Freund?“ Von diesem Mann wusste er nichts.

„Der ist megareich“, informierte sie ihn. „Mega-, mega-, megareich.“

„Das bin ich auch“, sagte Andy, was nicht ganz stimmte. Wenn er seinen Agenten, den PR-Agenten, den Friseur, den Manager, den Fahrer und seinen Finanzberater bezahlt hatte, blieb nicht viel übrig.

„Bestell *zehn* Flaschen Champagner.“ Geistesabwesend berührte Anais ihre Brustwarzen. „Darin will ich baden.“

„Vielleicht solltest du dir einfach nur die Haare waschen.“ Andy wandte sich wieder zu Jenna, der mittlerweile etwas schwindlig war und die abenteuerlustig wurde. „Versuchst du's noch einmal?“

„Oh ja!“ rief sie eifrig. „Sehr gern!“

Schon zweimal hatte Michael die Nummer seiner Tochter Madison gewählt. Er hinterließ keine Nachricht auf dem Anrufbeantworter, weil er fürchtete, es wäre zu gefährlich, jemand anderem seinen Aufenthaltsort zu verraten.

„Wenigstens weißt du, wo Madison ist", seufzte Dani. „Wie sollen wir Sofia finden?"

„Gute Frage", erwiderte Michael. „Wann hast du zuletzt von ihr gehört?"

„Vor ein paar Wochen. Da war sie in Marbella, in Spanien."

„Keine Ahnung, warum du ihr erlaubst, um die ganze Welt zu gondeln", murmelte Vincent ärgerlich. „Du solltest drauf *bestehen,* dass sie nach Hause kommt."

„Hast *du* jemals versucht, Sofia irgendwas vorzuschreiben?" verteidigte sich Dani. „Nicht einmal als sie klein war, wollte sie sich was sagen lassen."

„Wahrscheinlich gerät das Kind nach mir", meinte Michael. „Alles muss nach *ihrem* Willen gehen."

„Jetzt sieht man ja, wohin's dich gebracht hat", bemerkte Dani.

„Hat sie dir eine Adresse oder eine Telefonnummer in Marbella gegeben?" Michael ignorierte den Kommentar. „Können wir sie irgendwo erreichen?"

„Sie arbeitet als Fotografin in einem Nachtclub."

„Als Fotografin!" rief Vincent. „Was ist denn *das* für ein Job?"

„Hat sie gesagt, in welchem Club?" fragte Michael.

„Nein", entgegnete Dani. „Du kennst sie ja. Wann immer sie anruft, weigert sie sich, ihre Nummer zu verraten. Was soll ich da tun?"

„Am besten setze ich sofort jemanden auf sie an“, stieß Vincent hervor. „Wir werden sie finden.“

„He“, wandte Michael ein, „wenn *wir* sie nicht aufstöbern, wird’s auch keinem anderen gelingen – eindeutig ein Vorteil.“

„Glaubst du, die Lage ist ernst?“

„Allerdings.“

„Was wirst du unternehmen?“

„Morgen fliege ich nach L.A. Dort will ich jemanden treffen.“

„Wen?“

„Niemanden, den du kennst“, entgegnete Michael schroff. „Inzwischen solltest du hier alles erledigen, worum ich dich gebeten habe – ich melde mich. Wenn jemand Fragen stellt – ich war nicht hier. Die Warnung gilt auch für deine Frau.“

„Also *das* weiß ich“, versicherte Vincent.

„Gut.“

„Wie geht’s Jenna?“ fragte Dani.

„Gut, Mom“, erwiderte Vincent hastig. Was seine Mutter für seine Frau empfand, wusste er, und er missgönnte ihr die Genugtuung, zu gestehen, sie habe Recht behalten. Die Probleme mit Jenna würde er auf *seine* Weise lösen. Wenn es sein musste, mit einer Scheidung.

Mitten in der Nacht erwachte Sofia erneut. Sie lag neben einem fremden Mann. In seinem seidenen Pyjama fühlte er sich so gut an. Sie schmiegte sich noch enger an ihn, strich über den glatten Stoff und genoss es, das edle Material unter ihren Fingern zu spüren.

Heutzutage trug niemand mehr Pyjamas. Warum schlief er nicht nackt? Als sie ihren Körper noch fester an seinen drückte, bewegte er sich.

Nun glitt ihre Hand nach unten, und sie merkte, dass ihn ihre Nähe beglückte. Als er vollends erwachte, *liebte* sie ihn bereits. Wild und hemmungslos ritt sie auf ihm.

„Mein Gott!" keuchte Gianni. „Was treibst du da?"

„Um ehrlich zu sein – ich spiele *nicht* Tennis", kicherte sie. „Halt den Mund, was ich dir biete, solltest du würdigen."

Energisch stemmte er seine Hände gegen ihre Schultern und schob sie von sich.

„Bist du verrückt?" rief sie. „Ich mache *Liebe* mit dir. Willst du's denn nicht?"

„Nein, Sofia." Ärgerlich richtete er sich im Bett auf.

„Doch, natürlich!" widersprach sie. „Du warst ganz hart – und bereit."

„Hör mal, ich habe *geschlafen*", betonte er und griff nach dem Schalter der Nachttischlampe.

„Oh, mein Gott, du *bist* schwul, nicht wahr?" japste sie.

„Nein, Sofia, ich bin *nicht* schwul." Er stieg aus dem Bett, marschierte ins Badezimmer und warf die Tür hinter sich zu.

Eine Premiere – ein Mann, der *nicht* gebumst werden wollte.

Als er ein paar Minuten später zurückkehrte, trug er einen Bademantel über seinem seidenen Pyjama. „Fällst du *ständig* so ungeniert über fremde Männer her?" fragte er, immer noch wütend.

„Besonders unangenehm war's dir *nicht.*"

„Wie ich schon sagte, ich habe geschlafen. Ich glaubte zu träumen."

„Cooler Traum, eh?" Allmählich kam sie sich albern vor.

„Für beiläufigen Sex interessiere ich mich nicht. Schon gar nicht mit einem Mädchen, für das ich verantwortlich bin."

„Verantwortlich?" rief sie. „Du – für mich? Soll das ein Witz sein?"

„Wenn ich mich mit einer Frau einlasse, weiß ich gern etwas mehr über sie. Und von dir weiß ich fast nichts."

„Oh!" erwiderte sie gekränkt. „Da kann ich dich beruhigen. Ich leide nicht an Geschlechtskrankheiten."

„Gehst du immer so mit Leuten um, die du nicht kennst?"

„Immer nicht." Sofia beschloss ihn zu hassen und war froh, weil sie sich *nicht* bis zum Ende geliebt hatten.

„Dein Glück, dass ich zu vernünftig war, um die Situation auszunutzen."

„Heißt das, ich muss froh sein, dass es dir in mir nicht *gekommen* ist?"

„Wie gewöhnlich du dich ausdrückst ..."

„Und deine Freundin Anais ist sicher eine perfekte *Dame.*"

„Mit dir hat Anais nichts zu tun."

„Tut mir leid", murmelte sie, plötzlich zerknirscht. „Ich dachte, es wäre eine nette Revanche, nachdem du mich hier übernachten lässt ..."

„Also bist du jetzt eine Hure?"

„Zum Teufel mit dir!" kreischte sie und sprang aus dem

Bett. Wie konnte er es wagen, so mit ihr zu reden? Für wen hielt er sich eigentlich?

Gianni schwieg.

„Hör mal, ich mag dich“, sagte sie nach einer längeren Pause. „Hier gefällt’s mir. Ich war *gern* mit dir im Bett. Warum bist du so spießig?“

„Versuch doch zu begreifen, dass die Dinge nicht immer so einfach sind, wie du’s glaubst. Um jemandem zu danken, muss man nicht mit ihm schlafen. Ich verlange keine sexuellen Vergünstigungen.“

„Willst du deiner Freundin treu bleiben?“

Seufzend schüttelte er den Kopf. „Das verstehst du nicht.“

„Den meisten Männern würde es Spaß machen, mit mir zu bumsen!“

„Davon bin ich überzeugt.“

„Findest du mich nicht sexy?“

„Sogar *sehr* sexy.“

„Wenn das so ist – warum willst du die Gelegenheit nicht nutzen?“

„Für solche Diskussionen bin ich zu müde, Sofia.“ Gianni gähnte herzhaft. „Geh wieder ins Bett, ich lege mich auf die Couch. Reden wir morgen darüber.“

„Okay“, stimmte sie erbost zu und funkelte ihn an, „dann tanze ich eben nach *deiner* Pfeife. Ich nehme an, das tun *alle* Leute.“

„Rufen Sie die Arschlöcher an und sagen Sie ihnen, der Hubschrauber soll verschwinden, oder ich werfe eine Geisel aus dem Wagen.“

„Ich habe kein Telefon", erwiderte Madison. „Das haben Sie gestohlen – erinnern Sie sich?"

„Scheiße!" Der Bandit Nummer eins drehte sich um. „Gib mir ein gottverdammtes Handy, Ace!"

Endlich ein Name. Ace. Vermutlich ein Spitzname.

War Ace der Mann mit dem Schlangentattoo am Hals? Nein, Ace war der Dritte – der Kleinere mit der gepiercten Nase, der die Beute in einem schwarzen Müllsack verstaut hatte.

Jetzt lag dieser Sack auf seinen Knien, und er wühlte darin. Bald fand er ein Handy, das er seinem Boss hinhielt. Der griff danach und drückte es in Madisons Hand. „Rufen Sie die Bullen. Sofort!"

„Bitte, tun Sie uns nicht weh!" stöhnte das verletzte Mädchen, das hinter ihm saß. „Bitte, bitte, warum lassen Sie uns nicht frei?"

„Verdammt, halten Sie die Klappe!" schrie der Anführer und wandte sich wieder zu Madison. „Rufen Sie endlich an, dummes Biest!"

„Und wen soll ich anrufen? Haben Ihnen die Polizisten eine Nummer genannt?"

„Belehren Sie mich nicht, Lady. Wählen Sie 911. Wenn der Hubschrauber nicht in einer Minute abhaut, fliegt eine Geisel raus."

Als sie die Nummer 911 tippte, meldete sich die Telefonzentrale des nächsten Polizeireviers.

„Hier ist Madison Castelli", sagte sie, so ruhig sie es vermochte. „Ich gehöre zu den Geiseln aus dem Restaurant am Beverly Boulevard. Jetzt sitzen wir im Van. Bitte hören Sie genau zu. Sagen Sie den Polizisten, der Hubschrauber, der über unserem Wagen fliegt, soll sich entfernen. Sonst werfen die Geiselnehmer jemanden auf die Straße …"

Der Bandit Nummer eins entriss ihr das Handy und warf es nach hinten. „Hoffen Sie, dass die Mistkerle tun, was Sie gesagt haben. Wenn nicht, landet eins von euch Arschlöchern am Straßenrand."

37. KAPITEL

Michael, 1975

Als Karl Edgington aus dem Gefängnis entlassen wurde, hatte Michael ein beträchtliches Vermögen erworben. Für einen Großteil dieser Einnahmen bezahlte er Steuern, und so war fast alles legal. Während der vergangenen vier Jahre hatte er Karls Instruktionen präzise befolgt und gleichzeitig mit dem Geld des inhaftierten Mannes auch seine eigenen zehn Prozent investiert.

Jetzt, wo Karl draußen war, fragte sich Michael, wie es weitergehen würde.

Warner Carlysle rief ihn an und schlug ein Dinner im „21“ vor.

„Eigentlich dachte ich, Karl würde es vorziehen, dass ich ihn daheim besuche“, wandte Michael ein.

„Nein, Karl findet eine Begegnung in der Öffentlichkeit besser.“

Michael hatte noch nie im 21 diniert, wusste aber, dass es ein sehr berühmtes Restaurant war. Und so kaufte er bei Saks einen Anzug, ein Hemd, eine Krawatte und Schuhe, um sich dem Anlass entsprechend zu präsentieren. Er wollte möglichst gut aussehen – und vor allem auch künftig mit Karl zusammenarbeiten.

Im Lauf der letzten Monate war viel geschehen. Er hatte ein schönes Apartment gemietet, ein Kindermädchen engagiert, und Madison war zu ihm gezogen. Die meisten Wochenenden verbrachte sie bei Tina und Max, ebenso wie er selbst, wenn er nicht nach Vegas flog.

Seine Beziehung zu Dani vertiefte sich. Alle paar Wochen ging er an Bord eines Fliegers, und sie verlebten wundervolle Stunden. Obwohl sie ein Haus besaß, stieg er stets im Hotel ab. Sie lud ihn nicht ein. Wenn er erwähnte, er würde ihr Zuhause gern einmal sehen, erklärte sie, es sei noch zu früh für seine Begegnung mit ihrem Sohn.

„Warum?" hatte er letztes Mal gefragt. „Seit drei Monaten sind wir zusammen. Sollte ich ihn nicht endlich kennen lernen?"

„Vielleicht bei deinem nächsten Besuch. Aber du kannst noch immer nicht bei mir wohnen."

„Wieso nicht?"

„Vincent ist zu jung, es wäre nicht richtig."

„Offenbar bist du ein altmodisches Mädchen."

„Stört dich das?"

Nein, keineswegs. Gerade das gefiel ihm an ihr. Sie gehörte nicht zu den Frauen, die dauernd um die Häuser zogen. Und sie glich auch nicht Beth.

Aber Beth war einzigartig gewesen.

Bisher hatte er keine konkreten Pläne geschmiedet, weil er erst einmal die Bekanntschaft von Danis Sohn machen musste. Wenn alles klappte, erwartete er, sie würde ihren Job aufgeben und zu ihm an die Ostküste ziehen.

Das wäre am besten, denn er war nicht allzu versessen drauf, dass sie über die Bühne spazierte und ihre Titten herzeigte. Neulich hatte er sie zu einem Besuch in New York überredet. Dafür würde sie sich eine Woche freinehmen, und er freute sich sehr darauf.

Sicher war es vorteilhaft, wenn sie in einer anderen Umgebung über die Zukunft reden konnten, wo Dani nicht jeden Abend von der Show abgelenkt wurde. Sie hatte Madison noch nie gesehen, und er hoffte, sie würde sich in sein süßes, kluges kleines Mädchen verlieben. Falls das geschehen und das Kind ihr ebenfalls sein Herz schenken würde, stand einer Heirat nichts mehr im Wege.

„Du benimmst dich, als würde die Queen unsere Stadt beehren“, warf Tina ihm vor, während sie Bettzeug, Handtücher und Geschirr kauften, um Danis Ankunft vorzubereiten.

„Ich will nur, dass sie sich bei mir wohl fühlt.“

„Also, das muss wirklich Liebe sein“, meinte Tina auf dem Weg zur Bettwäsche-Abteilung bei Bloomingdale’s.

„Okay, man könnte sagen, es ist was Ernstes.“

„Freut mich für dich.“ Tina inspizierte ein paar Laken. „Eh – Michael …“

„Ja?“

„Hast du ihr schon von Beth erzählt?“

„Von Beth? Wie meinst du das?“

„Nun …“, begann Tina unbehaglich. „Was damals passiert ist – der Mord …“

Dieses Thema schnitt er niemals an. Aber er konnte Tina nicht widersprechen, er musste Dani reinen Wein einschenken. „Dieses Wochenende sag ich’s ihr“, erwiderte er schroff. „Darüber wollte ich vorher nicht reden.“

„Erklär ihr alles, Michael“, beschwor Tina ihn. „Immerhin wurdest du des Mordes an Beth beschuldigt. Hier waren die Zeitungen voll davon. Ein Glück, dass Dani das von niemand anderem erfahren hat!“

„Schon gut, du hast Recht.“ Wie er sich verhalten musste, wusste er schließlich selber, und er brauchte von ihr keine gottverdammte Lektion.

„Wir alle haben nie an deiner Unschuld gezweifelt“, fuhr Tina fort.

„Besten Dank“, erwiderte er trocken.

Ein paar Tage später traf er sich mit Karl und Warner zum Dinner. Sie brachten ihre Freundin Stella mit, eine schöne junge Frau. Mit schulterlangem platinblonden Haar und cremeweißer Haut, einem Schmollmund und üppiger Figur hätte sie Marilyn Monroe doubeln können.

„Was machen Sie denn beruflich?“

„Ich bin Model in einem Modegeschäft“, erklärte sie, nippte an ihrem Martini und ließ ihren Blick durch das Restaurant schweifen. „Wenn Kunden von außerhalb in die City kommen, führe ich ihnen die Kleider vor. Früher hat Warner zusammen mit mir gemodelt, und jetzt steige ich in die Modeschmuck-Branche ein. Dabei hilft mir Karl.“

„Hört sich nach einer guten Idee an.“

„Das ist es auch. Warner ist eine ausgezeichnete Geschäftsfrau. Und für Design hatte sie sich schon immer interessiert.“

Design – dieses Wort erinnerte ihn an Beth. *Eines Tages werde ich die beste Designerin der Welt sein,* hatte sie immer wieder geprahlt. Wäre sie am Leben geblieben, hätte sie's wahrscheinlich geschafft. Was sie sich vorgenommen hatte, war ihr stets gelungen.

„Sind Sie schon lange mit Karl befreundet?“ fragte Stella und spielte mit dem Stil ihres Martiniglases.

„Ja, gewissermaßen.“ Michael kehrte in die Gegenwart zurück. „Wie schön Sie sind, Stella ... Hoffentlich halten Sie dieses Treffen nicht für rein geschäftlich.“

„Eigentlich dachte ich nicht, es wäre ein Blind Date“, erwiderte sie bissig. „Nur um Warner einen Gefallen zu tun, bin ich hier.“ Sie trank wieder einen Schluck Martini. „Zu einem Blind Date wäre ich nicht gegangen. Das habe ich noch nie getan. Und ich werde es niemals tun.“

„Das haben Sie auch gar nicht nötig.“

Stella schenkte ihm ein träumerisches Marilyn Monroe-Lächeln. „Da haben Sie völlig Recht.“

Als die Mädchen in der Toilette verschwanden, begann Karl zu reden. „Freut mich, dass du so tüchtig warst, Michael. Du hast alle meine Anweisungen befolgt – und noch viel mehr getan. Hoffentlich ist genug dabei herausgesprungen.“

„Zweifellos.“

„Dann gibt's keinen Grund, warum wir das Arrangement nicht beibehalten sollten.“

„Warum brauchst du mich noch, jetzt, wo du draußen bist?“

„Weil man seine Pluspunkte *immer* nützen sollte. Wenn du vernünftig bist, befolgst du meinen Rat und hältst dich an diese Devise: Beschäftige deine Freunde und gib ihnen zehn Prozent. Du wirst staunen, wie gut das funktioniert.“

Welch ein interessanter Mann, dieser Karl Edgington …, dachte Michael.

Wenn er sein Leben weiterführen und Madison wie ein verantwortungsvoller Vater großziehen wollte, musste er die Vergangenheit begraben. Genau das versuchte er. Obwohl es ihn drängte, den Mord an seiner Mutter und Beth zu rächen, entschied er, es sei klüger, nichts zu unternehmen. Eine weitere Gefängnisstrafe durfte er nicht riskieren. Jetzt stand Madison an erster Stelle, er musste immer für sie da sein.

Was keineswegs bedeutete, dass er Mamie und Bone vergessen hatte. Irgendwann würde sich eine Gelegenheit bieten. Und wenn sie idiotensicher war, würde er die Initiative ergreifen.

Hin und wieder traf er sich mit Vito Giovanni, der jetzt mit seiner Lieblingsstripperin Western Pussy zusammenlebte.

„So ein süßes Herzchen!“ schwärmte er. „Schau sie dir doch mal an, aus der mache ich einen Star.“

„In welcher Branche?“ fragte Michael.

„Porno. Im Augenblick ist das der ganz große Hit. Und dieses Schätzchen kriegt einfach alles hin.“

„Deine Freundin soll ein *Pornostar* werden?“

„Warum nicht? Darauf fährt sie ab. Und um die Wahrheit zu gestehen ...“ Vito zwinkerte lüstern. „Ich auch.“

Über Geschmack lässt sich nicht streiten, dachte Michael.

Am nächsten Abend führte Vito ihn in den Gentlemen's Club, wo Western Pussy auftrat. Dazu hatte Michael zwar keine Lust, aber da er sich jetzt um alle Geldanlagen des alten Don kümmerte, wäre es unklug gewesen, ihn zu verärgern.

Sobald Western Pussy auf der Bühne erschien, begann das männliche Publikum enthusiastisch zu schreien und zu grölen. Sie gehörte zu den aggressiven Stripperinnen, mit Riesentitten und prallem Hintern.

Während sie über die Bühne wirbelte und Kunststücke vorführte, die normalerweise nur Schlangenmenschen vollbrachten, brüllte der alte Don vor Lachen. „Ist sie nicht toll?“ Begeistert schlug er auf Michaels Rücken. „Das großartigste kleine Mädchen auf der Welt!“

Als *klein* konnte man Western Pussy wohl kaum bezeichnen. Michael war fasziniert. So etwas hatte er noch nie gesehen. Aber er verstand noch immer nicht, warum die Männer Stripperinnen so großartig fanden. Warum sollte man zuschauen, wenn man nichts anfassen durfte?

Am späteren Abend lud Vito ihn in sein Lieblings-Steakhouse ein. Natürlich kam auch Western mit und konnte sich's nicht verkneifen, unter dem Tisch ihr Bein an Michaels Schenkel zu drücken.

Heiliger Himmel, erst Mamie – und jetzt *das.* Was würde *noch* alles passieren?

Sobald er nach Hause kam, rief er Dani an. Ihr Sohn meldete sich.

„Hi", grüßte Michael. „Ist deine Mommy da?"

„Sie ist noch nicht daheim", erwiderte der Junge.

„Hier ist Michael." Nun erwartete er, das Kind würde eine passende Antwort geben. *Oh ja, ich weiß, wer Sie sind. Mommy hat mir alles von Ihnen erzählt ...*

Nichts dergleichen.

„Michael, der Freund deiner Mommy", erklärte er. „Hat sie mich erwähnt?"

„Nein."

„Wirklich nicht? Okay, wir werden uns schon noch kennen lernen. Was magst du am liebsten? Baseball, Football oder Basketball?"

„Die gefallen mir alle."

„Wenn ich nächstes Mal nach Vegas komme, werden wir uns treffen."

„Bye."

Michael legte den Hörer auf die Gabel. Warum hatte

Dani ihrem Sohn nichts von ihm erzählt? Großer Gott, jetzt waren sie ein Paar. Okay, er lebte in einer anderen Stadt. Trotzdem gehörten sie zusammen. Er ging ins Bett und schaltete den Fernseher an. Schon nach wenigen Minuten schlief er bei der Johnny Carson Show ein und träumte von Beth. Zumindest glaubte er, es war Beth. Doch es konnte auch Dani sein. Als er erwachte, wusste er nicht, welche Frau es gewesen war. Ein gutes Zeichen?

Das wusste er nicht. Lange würde es nicht mehr dauern, bis Dani nach New York kam. Und dann würden sie ihre gemeinsame Zukunft planen. Ungeduldig fieberte er diesem Tag entgegen.

38. KAPITEL

Dani, 1975

Wann immer Dean nach Vegas flog, führte er Dani zum Dinner aus.

„Was hält deine Frau von diesen Trips?“ fragte sie eines Abends. Mittlerweile hatten sie zu einer platonischen Beziehung gefunden, die ihr sehr gut gefiel. Doch sie überlegte, wie seine Ehefrau in Houston darüber denken mochte.

„Ich komme auch aus geschäftlichen Gründen hierher, weil ich gemeinsam mit Morgan eine Firma betreibe.“

„Das wusste ich nicht.“

„Ich hab’s dir erzählt. Offenbar warst du nicht bei der Sache.“

„Tut mir leid“, murmelte sie.

„Vor einem Jahr haben wir das Unternehmen gegründet. Es hängt mit Viehzucht zusammen.“

„Klingt interessant.“

„So interessant, dass du dich nicht daran erinnerst.“

„Dafür habe ich mich bereits entschuldigt.“

„Was viel wichtiger ist …“ Dean beugte sich vor. „Wie geht es dir?“

„Großartig“, erwiderte sie und nippte an ihrem Wein.

„Du siehst zauberhaft aus – und du strahlst geradezu.“ Sekundenlang zögerte er, als fürchtete er die Antwort auf seine Frage. „Wirst du jetzt mein Herz brechen und erzählen, du hättest jemanden kennen gelernt?“

„Ehrlich gesagt, das stimmt leider, Dean“, gab sie zu und lächelte hilflos.

Dean wurde rot. Trotz seiner Ehe waren die Gefühle für Dani nicht erloschen. Obwohl sie ihn verlassen hatte, würde er sie immer lieben. „Und wer ist der geheimnisvolle Mann?“ erkundigte er sich, um einen beiläufigen Ton bemüht.

„So geheimnisvoll ist er gar nicht.“

„Warum hast du ihn dann nie erwähnt?“

„Keine Ahnung …“, entgegnete sie vage. „Vielleicht wollte ich abwarten, ob was draus wird.“

„Und?“

„Freu dich für mich, Dean“, bat sie lächelnd, „so wie ich mich an deinem Glück freue.“

„Natürlich, Dani. Wenn du den Richtigen gefunden hast, ist es wundervoll. Aber ich wüsste gern mehr über ihn.“

„Wer bist du – mein Vater?“ fragte sie belustigt.

„Ich will nur auf dich aufpassen. Immerhin lebst du in einer gefährlichen Stadt.“

„Wem sagst du das?“ Dani stellte ihr Weinglas beiseite. „Bringst du deine Frau *deshalb* nie hierher? Ich würde sie gern kennen lernen.“

„Dazu wird sich schon noch eine Gelegenheit ergeben.“

„Wann?“

„Bald“, versprach er ungeduldig. Viel lieber wollte er über Danis Freund reden.

„Wir könnten alle zusammen essen gehen.“

„Gestern Abend habe ich deine Show gesehen“, merkte Dean an, um sie von seiner Frau abzulenken. „Du hast spektakulär ausgesehen.“

„Oh, tatsächlich? Seit einiger Zeit überlege ich, ob ich im Magiriano kündigen soll.“

„Was heißt denn *das*?“

„Mein Freud möchte mich öfter in New York sehen.“

„Hat er dir einen Heiratsantrag gemacht?“

„Noch nicht. Aber wahrscheinlich wird er sich dazu entschließen.“

„Hör auf meinen Rat, Dani“, mahnte Dean streng. „Gib nichts auf, bevor er dir einen Ring an den Finger gesteckt hat. Du bist für deinen Sohn verantwortlich.“

„Das weiß ich. Nächstes Wochenende fliege ich an die Ostküste. Ich glaube, dann werden wir über die Zukunft reden.“

„In diesem Fall – wünsche ich dir das Allerbeste.“

„Danke, Dean.“ Voller Zuneigung nickte sie ihm zu. „Wir werden immer Freunde bleiben, nicht wahr?“

„Gewiss“, beteuerte er und verbarg seinen Kummer. Dani – *seine* Dani – liebte einen anderen ... „Und wie heißt der mysteriöse Mann?“

„Michael.“

„Michael – und?“

„Warum so viele Fragen?“

„Oh, ich wusste nicht, dass es ein Geheimnis ist.“

„Ist es nicht. Michael Castelli.“

„Netter italienischer Name.“

„Er ist auch ein netter italienischer Junge.“

„Ein *Junge?* Wie alt?“

„Dreißig.“

„Hm. Und was macht er?“

„Investments. Bitte, Dean, ich weiß, du meinst es gut mit mir. Aber ich lasse mich nicht gern verhören.“

„Okay, ich halte den Mund.“

„Wunderbar.“

Sobald Dean in seinem Hotelzimmer angekommen war, rief er sein Büro in Houston an. „Informieren Sie sich über einen gewissen Michael Castelli. Versuchen Sie möglichst viel herauszufinden. Es ist dringend."

Wenn Dani ihn heiraten wollte, musste er alles über diesen Mann erfahren.

Vincent war tief betrübt, weil seine Mutter ohne ihn verreisen wollte, obwohl er die Haushälterin mochte – eine fröhliche Jamaikanerin mit drei Kindern.

„Nur für eine Woche", versicherte Dani. „So lange wirst du's ertragen."

„Nein!" widersprach er eigensinnig.

„Doch."

„Nein!"

„Doch."

„Nein!"

„Du unmöglicher kleiner Affe!" schimpfte sie und rang ihn zu Boden.

Kichernd wehrte er sich.

Sie hatte entschieden, es wäre unfair, ihren Sohn noch länger von seinem leiblichen Vater fernzuhalten. Wenn sie in New York eintraf, würde sie Michael die Wahrheit sagen.

„Kann ich nicht mitkommen, Mommy?" flehte Vincent.

„Nein, Darling, tut mir leid."

„Warum nicht?"

„Weil das keine Reise für kleine Jungs ist."

„Ich bin schon ein großer Junge!" rief er entrüstet.

„Erst zehn. Nicht groß genug."

„Ich wünschte, Nando wäre hier", klagte er.

„Ja, Schätzchen, ich weiß. Wenn ich wieder da bin, rufe ich seinen Großvater in Kolumbien an. Vielleicht erlaubt er ihm, uns zu besuchen."

„Nur Nando ist mein Freund, die anderen Jungs in der Schule sind so dumm."

„Warum sagst du das?"

„Weil sie mich verspotten."

„Wieso denn?"

„Deinetwegen."

„Was?"

„Mark Timson sagt, du zeigst auf der Bühne deine Titten her."

Oh Gott, genau das wollte sie *nicht* hören. „Was behauptet er?"

„Überall erzählt er, seine Eltern hätten deine Show – und deinen Busen gesehen. Hast du ihn hergezeigt, Mommy?"

„So ist das nicht, Darling. Ich trage ein schönes, glänzendes Kostüm und … Lass es mich erklären. Was ich mache – damit verdiene ich Geld. Deshalb wohnen wir in diesem schönen Haus, und ich kann Reggie bezahlen, die für dich sorgt."

„Darf ich mir deine Show mal angucken, Mommy?"

„Natürlich, wenn du älter bist."

„Okay", stimmte er gelangweilt zu. „Jetzt würde ich gern fernsehen."

„Nur eine halbe Stunde, dann musst du deine Hausaufgaben machen."

„Die sind schon fertig, Mommy."

Kein Wunder, so etwas erledigte er stets in unglaublichem Rekordtempo.

Nun lastete eine neue Sorge auf ihrer Seele – er wusste, dass sie oben ohne auf der Bühne stand. Mit diesem Problem hatte sie gerechnet – aber nicht so früh. Sie beschloss, mit Michael darüber zu reden. Vielleicht würde er ihr helfen. In letzter Zeit besprach sie sehr viel mit ihm. Sie hatte das Männermagazin erwähnt, in dem Fotos von ihr erscheinen sollten. Davon riet er ihr ab. „Meistens werden solche Bilder aus dem Zusammenhang gerissen. Lass es lieber bleiben. Eines Tages wirst du's bereuen."

Und so hatte sie das Angebot abgelehnt, und die Redaktion war an Penelope herangetreten.

„Vermutlich bist du nicht fotogen", spottete die.

Aber Dani hatte sie ignoriert.

Was sollte sie für die Reise einpacken? Michael hatte am Telefon erklärt, in New York würde es regnen, und sie besaß keine wetterfesten Sachen – nicht einmal einen Regenmantel.

Zum ersten Mal würde sie in ein Flugzeug steigen. Das fand sie sehr aufregend. Michael hatte ihr angeboten, nach Vegas zu fliegen und sie abzuholen. „Das schaffe ich allein", hatte sie protestiert, „ich bin schon ein großes Mädchen."

„Okay, dann erwarte ich dich am Flughafen, Dani."

Am nächsten Morgen würde sie abreisen. Der Manager im Magiriano hatte ihr großzügig eine Urlaubswoche gewährt. Diesen Abend musste sie noch einmal auftreten. Vegas erlebte gerade einen Boom, und sie hatte auch Angebote von anderen Hotels erhalten. Obwohl sie die höheren Honorare reizten, fühlte sie sich wohl im Krystle Room. Und was ihr die Zukunft bringen würde, wusste sie nicht. Wenn Michael fragte, ob sie ihn heiraten wolle … dann würde sie Ja sagen.

Dean hatte angerufen und gefragt, ob sie nach der Show mit ihm essen gehen würde. „Tut mir leid, ich muss packen", erwiderte sie. „Außerdem haben wir uns erst vor zwei Tagen gesehen."

„Das weiß ich, aber ich muss dir etwas Wichtiges erzählen."

Schließlich hatten sie sich im Bar-Restaurant des Hotels verabredet, das ganz in Rot ausgestattet war. Dort hatte sie schon öfter mit Michael diniert.

Dean wirkte nervös, und sie fragte sich, ob es Schwierigkeiten in seiner Ehe gab. Hoffentlich nicht, denn sie war nicht in der Stimmung, um ihm irgendwelche Ratschläge zu erteilen.

„Allzu lange kann ich nicht hier bleiben", warnte sie ihn, sobald sie Platz genommen hatte. „Morgen muss ich zeitig aufstehen."

„Deshalb wollte ich noch heute mit dir reden."

Er winkte einen Kellner zu sich und bestellte eine Flasche Wein.

„Worum geht's?"

„Um deinen neuen Freund."

„Du meinst Michael."

„Ja."

Ihre Finger trommelten auf den Tisch. „Du kennst ihn gar nicht."

„Aber ich weiß einiges über ihn."

„Was hast du auf dem Herzen, Dean?" seufzte sie und sah ihn ungeduldig an.

„Dani ...", begann er in möglichst neutralem Ton. „Bist du über seine Vergangenheit informiert?"

„Ich glaube, das geht dich nichts an." Allmählich ärgerte sie sich über Dean.

„*Du* gehst mich etwas an", entgegnete er ernsthaft. „Immerhin sind wir Freunde. Erinnerst du dich?"

Mühsam zwang sie sich zur Ruhe. Dean wollte nur ihr Bestes, und er liebte sie aufrichtig. „Falls du die Gefängnisstrafe meinst, die er wegen des Überfalls auf einen Laster absitzen musste – das hat er mir erzählt."

„Davon rede ich nicht."

„Wovon denn sonst?"

„Er hat eine Tochter, nicht wahr?"

„Ja."

Dean räusperte sich. „Weißt du, was mit der Mutter des Kindes geschah?"

„Sie ist gestorben."

„Weißt du auch, auf welche Weise?"

„Nein. Darüber spricht Michael nicht gern. Ich nehme an, sie war krank."

„Das *nimmst* du an?"

Nun verlor sie die Geduld. „Worauf willst du eigentlich hinaus, Dean?"

„Du bist für deinen Sohn verantwortlich. Und du darfst nicht in eine Situation geraten, die nicht nur dich, sondern auch Vincent gefährden würde."

„Um Himmels willen, was meinst du?"

„Was ich dir jetzt sagen muss … Wahrscheinlich wirst du mich dafür hassen. Es besteht die Möglichkeit, dass Michael Castelli – oder Castellino, wie er früher hieß – seine Freundin ermordet hat."

„*Was?*"

„Sie wurde in den Hinterkopf geschossen."

Dani wurde bleich. „Bist du verrückt?"

„Hier steht alles schwarz auf weiß."

Dean reichte ihr einen großen braunen Umschlag. „Lies es selber."

„Keine Ahnung, was das soll …"

„Wenn du die Zeitungsausschnitte gelesen hast, wirst du's merken. Ja, er wurde freigesprochen – aber nur, weil er von erstklassigen Anwälten verteidigt wurde. Die hat sein mächtiger Boss bezahlt, ein New Yorker Mafioso." Nach einer kurzen Pause fuhr Dean fort: „So leid es mir auch tut, Dani – es wäre denkbar, dass Michael Castelli trotzdem ein Mörder ist."

„Oh – mein Gott", stammelte sie und fühlte sich elend.

„Würdest du diesem Mann wirklich etwas bedeuten, hätte er dir schon am Anfang eurer Beziehung reinen Wein eingeschenkt."

„Ich – ich dachte, das hätte er getan."

„Wie lange seid ihr schon zusammen?"

„Drei Monate."

„Und in diesen drei Monaten hielt er es nie für nötig, dir das alles zu erzählen? Findest du das nicht verdächtig?"

„Dean, du kennst ihn nicht, er ist …"

„*Was* ist er, Dani? Den Zeitungsartikeln zufolge muss er ein Mafia-Killer sein, der seine Freundin erschoss, weil er dachte, sie würde ihn betrügen. Diese Frau war die *Mutter seines Kindes.* Für einen solchen Mann willst du deine Existenz aufs Spiel setzen?"

„Gib mir die Zeitungsausschnitte und lass mich gehen", würgte sie hervor, kaum fähig zu atmen.

„Ich fahre dich nach Hause."

„Spar die Mühe", erwiderte sie und stand auf. „Ich nehme mir ein Taxi."

„Diese Erkundigungen zog ich doch nur ein, weil ich auf dein Wohl bedacht war, Dani."

„Mein *Wohl?*" In ihren Augen brannten Tränen. „Verstehst du's denn nicht? Ich *liebe* ihn!"

„Natürlich musst du tun, was du für richtig hältst", sagte er resignierend und folgte ihr aus dem Restaurant. „Ich bitte dich nur – denk an deinen Sohn. Er sollte an erster Stelle stehen. Bring ihn nicht in Gefahr – und dich selber auch nicht."

39. KAPITEL

Michael, 1982

„Wo ist deine Mom?“ fragte Jamie, ein niedliches, flachsblondes 11-jähriges Mädchen mit Zahnspangen, und sah sich interssiert um.

„Im Bett“, antwortete Madison, ebenfalls elf Jahre alt, groß und schlaksig, mit langem dunklen Haar und hellwachem Gesicht. „Sie schläft fast immer.“

„Warum?“

„Keine Ahnung.“ Desinteressiert hob Madison die Schultern.

„Ich bin halb verhungert!“ klagte Jamie.

„Gehen wir in die Küche. Ich glaube, die Köchin hat Kekse gebacken.“

„Mmmmm! Wenn ich bei dir übernachte – dürfen wir ‚Remington Steel‘ gucken?“

„Alles, was uns gefällt“, erwiderte Madison leichthin. „Dad ist nicht da, und Mom kümmert sich nicht darum, was ich mache.“

„Wie gut du’s hast!“ meinte Jamie neidisch.

„Ja, das stimmt“, bestätigte Madison, obwohl sie sich eine Mutter wünschte, die ihr etwas mehr Aufmerksamkeit schenkte.

„Dauernd ist meine Mom hinter mir her.“ Jamie folgte ihrer Freundin in die Küche. „Fast *nie* lässt sie mich fernsehen.“

„Das nervt.“

„Darauf kannst du wetten. Meine Mom glaubt, ich müsste

immer noch mit Barbie-Puppen spielen, und sie begreift einfach nicht, dass Jungs *viel* cooler sind.“

„Außer den Jungs in unserer Schule.“ Madison schnitt eine Grimasse. „Die finde ich ätzend.“

„Wann kommt dein Dad nach Hause?“ Jamie nahm sich einen ofenwarmen Schokoladenkeks.

„Hoffentlich bald. Jedes Mal bringt er mir wahnsinnig viele Geschenke mit.“

„Das habe ich dir schon so oft gesagt“, neidisch runzelte Jamie die Stirn, „du bist das glücklichste Mädchen, das ich kenne.“

„Meinst du?“ Auch Madison biss in einen Keks.

„Oh ja.“

Am späteren Nachmittag überraschte Michael seine Tochter, indem er früher heimkam – mit Geschenken beladen, wie sie es ihrer Freundin prahlerisch prophezeit hatte.

„Hallo, Mädchen.“ Auch Jamie begrüßte er freundlich. „Was treibt ihr denn?“

„Wir warten auf dich, Daddy.“ Die großen grünen Augen voller Liebe, schaute Madison zu ihm auf.

„Sehr gut, weil ich schrecklich viel Zeug gekauft habe.“

„Was bringst du mir denn diesmal mit?“

„Nun – eigentlich wollte ich dir einen Luchsmantel oder einen Cadillac überreichen“, hänselte er sie, „aber dann dachte ich, vielleicht gefällt dir dieser Sony-Videorecorder und ein Recorder mit farbigem Bildschirm von Radio Shack besser.“

„Oh Daddy, das ist so *cool!* Du bist der Allerbeste!“ Lachend schlang sie ihre Arme um seinen Hals.

„In meiner Tasche findest du noch ein paar andere Sachen, Schallplatten und Bücher. Such dir einfach aus, was du magst."

„Oh Daddy, du verwöhnst mich viel zu sehr." Seufzend wandte sie sich zu Stella, die soeben aus dem Schlafzimmer gekommen war.

Sie stand auf der Schwelle und musterte die beiden Mädchen, schenkte ihnen ein schwaches Lächeln und winkte Michael zu, dann verschwand sie wieder im Schlafzimmer, mit der gemurmelten Erklärung, sie leide an heftigen Kopfschmerzen.

„Heute hat Mommy wieder Kopfweh", verkündete Madison, falls ihr Vater nichts verstanden hatte.

„So? Gibt's sonst noch was Neues?"

Madison kicherte, und er grinste seine kostbare Tochter an. So klug war sie, schlauer als jeder Junge. Alles an ihr liebte er.

„Habt ihr Mädchen schon gegessen?" fragte er. „Wenn nicht, führe ich euch ins 21 aus."

„Wohl kaum", erwiderte Madison und kicherte immer noch.

„He, eines Tages tu ich's, wenn ihr alt genug seid."

„Schon jetzt will ich ins 21 gehen, Daddy!" flehte sie. „Angeblich ist es das vornehmste Restaurant in der Stadt."

„Höre sich *das* einer an!" rief er, über ihre Ausdrucksweise amüsiert. Wie viele 11-jährige Mädchen würden solche Sätze zu Stande bringen?

„Bekommst du da immer den besten Tisch, Daddy? Wirst du wie ein König behandelt?"

„Natürlich, Zuckerpüppchen."

„Wie gut dein Dad aussieht!" meinte Jamie bewundernd, als sie die Geschenke in Madisons Zimmer schleppten.

„Wie ein Filmstar, nicht wahr?" erwiderte Madison stolz, und Jamie nickte.

Inbrünstig beneidete sie ihre beste Freundin, die alles durfte, was ihr verboten wurde, und die einen so attraktiven Dad hatte.

„Cool ist er auch", ergänzte Madison.

„Total cool", bestätigte Jamie.

Madison wühlte in ihrer Plattensammlung. „Cyndi Lauper oder Go-Gos?"

„Go-Gos!" kreischten sie wie aus einem Mund und wälzten sich lachend am Boden.

Michael ging ins Schlafzimmer, wo Stella auf dem Bett lag und im *Harper's Bazaar* blätterte. „*Schon wieder* Kopfschmerzen?"

Stöhnend legte sie die Zeitschrift beiseite. „Eine Migräne."

„Geh doch endlich zu einem Arzt."

„Ja, das werde ich wohl tun müssen."

„Hast du dich um Madison gekümmert, während ich verreist war?" fragte er und setzte sich auf die Kante des Kingsize-Betts.

„Natürlich", log sie. In Wirklichkeit verbrachte sie überhaupt keine Zeit mit Madison. Deshalb legte sie großen Wert auf eine tüchtige Haushälterin und eine erstklassige Köchin. Auf kinderliebes Personal konnte sie nicht verzichten.

Stella war *nicht* kinderlieb. Seit Jahren Madisons Mutter zu spielen, diese Mühe zerrte an ihren Nerven. Materiell betrachtet, besaß sie alles, was sie sich wünschte. Aber für Michael stand seine Tochter an erster Stelle, was seine Ehefrau maßlos ärgerte.

„Wie schnell Madison gewachsen ist, Darling …“, bemerkte sie.

„Ja, das ist wahr“, stimmte er zu und lockerte seine Krawatte.

„Und sie ist so klug. Um ehrlich zu sein – ich fürchte, die Schule, die sie besucht, ist nicht gut genug für sie. Und so habe ich mich nach anderen Möglichkeiten erkundigt.“

„Tatsächlich?“

„Ja, und ich habe ein erstklassiges Internat gefunden, auf das wir sie schicken sollten. Ein begabtes Kind wie Madison muss gefördert werden.“

„Ein Internat?“ wiederholte er unsicher. „Hast du mit ihr darüber gesprochen?“

„Nein, sie ist noch zu jung, um zu erkennen, was ihr gut tut. Aber ich habe mich mit einigen Freundinnen unterhalten. Alle meinen, sie müsste die bestmögliche Ausbildung erhalten. Die würde ihr das Internat bieten.“

„Wo liegt es?“ Ob das eine gute Idee war, bezweifelte er.

„In Connecticut.“

„Dann könnte sie jedes Wochenende nach Hause kommen.“

„Falls sie's will.“

„Also, ich weiß nicht recht … Wahrscheinlich möchte sie sich nicht von Jamie trennen.“

„Jamie macht einen ziemlich kindischen Einruck. Meinst du nicht auch? Da ist Madison viel reifer für ihr Alter.“

„Oh ja.“ Michael vertraute auf Stellas Urteil. Immerhin hatte er sie geheiratet, nicht wahr?

Nachdenklich ging er in sein getäfeltes Ankleidezimmer und zog sein Jackett aus. Michael Castelli, Geschäftsmann, Investments, Immobilien-Mogul. Oh Mann, in dieser Welt hatte er es ziemlich weit gebracht.

Von Dani so herzlos im Stich gelassen, hatte er sich an die nächstbeste Frau gewandt. Zufällig war das Stella gewesen, Warner Carlysles gute Freundin.

Und Stella konzentrierte sich ausschließlich auf ihn, schenkte ihm ungeteilte Aufmerksamkeit, sorgte für sein Wohl und verwöhnte ihn im Bett. Das alles bedeutete ihm nicht viel. Aber er glaubte, sie wäre eine gute Mutter für sein Kind. *Ohne* Mutter, so wie er selbst, sollte Madison nicht aufwachsen. Seiner Tochter durfte es an nichts fehlen. Und dazu gehörten auch verantwortungsvolle Eltern.

Ein paar Monate nach dem Beginn seines Verhältnisses mit Stella hatte er das Thema angeschnitten. Bereitwillig ging sie auf den Deal ein, den er ihr vorschlug. „Wenn ich dich heirate, muss Madison dich für ihre *richtige* Mom halten."

„Was ist aus ihrer leiblichen Mutter geworden?"

„Beth lebt nicht mehr. Was geschehen ist, darf Madison niemals herausfinden. Von jetzt an bist *du* ihre Mutter." In seinem Leben würde Madison stets die wichtigste Rolle spielen. Keine Halbgeschwister sollten mit ihr wetteifern. „Und, Stella – noch etwas?"

„Ja?"

„Wir werden keine Kinder bekommen. Würdest du das akzeptieren?"

Damit war sie zu seiner Erleichterung sofort einverstanden. An einem Frühlingsnachmittag heirateten sie. Karl und Warner fungierten als Trauzeugen.

Er liebte sie nicht. Nie wieder würde er eine Frau lieben. Stella besaß weder Beths Leidenschaft noch Danis Sanftmut – nur atemberaubende Schönheit. Äußerlich erinnerte sie ihn manchmal an Dani.

Vor dem Traualtar dachte er an jenen unglückseligen Tag. Dani hatte ihn zwar nicht vor dem Altar stehen lassen, aber am Flughafen, wo er auf sie gewartet hatte. Sie war nicht angekommen. Als er in Vegas anrief, teilte ihm ihre Haushälterin mit, Mrs. Castle und ihr Sohn seien verreist und würden vorerst nicht zurückkehren.

Am nächsten Tag bekam er einen Eilbrief.

Lieber Michael, die Umstände haben sich geändert. Wir können uns nicht mehr sehen. Bitte, versuch nicht, Verbindung mit mir aufzunehmen. Dani.

Was sie zu diesem Entschluss bewogen hatte, wusste er nicht. Sein Stolz war verletzt, und er verwarf den ersten Impuls, nach Vegas zu fliegen und eine Erklärung zu verlangen.

Vier Monate später hatte er Stella geheiratet.

Das Glück war ihm während dieser letzten sieben Jahre treu geblieben, und sein Vermögen wuchs immer noch zusehends. In finanzieller Hinsicht konnte er mehr oder weniger tun, was er wollte.

Und Stella war süchtig nach dem Lebensstil, den er ihr bot – ein luxuriöses Apartment an der Park Avenue, Ferien auf den Bahamas, Shopping in Paris und London. Nur eins störte sie, die Existenz einer 11-jährigen Tochter, die insbesondere überdurchschnittlich intelligent war und ihrem Vater viel mehr bedeutete als seine Ehefrau. Darüber ärgerte sie sich Tag und Nacht. Aber was sie empfand, ließ sie Michael nicht merken. In seiner Gegenwart spielte sie stets die fürsorgliche Mutter.

Nach einer Weile hatten sich Tina und Max geweigert, die Castellis zu besuchen.

„Soll ich ehrlich sein, Michael?" fragte Tina. „Stella ist ein eiskaltes Biest, und sie mag mich ebenso wenig wie ich sie. Also werden wir eure Wohnung nicht mehr betreten. Wenn du uns sehen willst, komm zu uns und bring deine Tochter mit."

Das tat er. Jedes Wochenende fuhr er mit Madison zum Haus seiner Freunde, wo sie schöne Stunden verbrachten. Bald übte Stella Druck auf ihn aus, und er besuchte die beiden immer seltener. Deshalb fühlte er sich schuldig. Max war immerhin sein bester Kumpel, und sie hatten viel zusammen erlebt. Aber seiner Tochter zuliebe legte er Wert auf eine gute Ehe.

Allmählich führte Stella ihn in ihren Freundeskreis ein. Sie hatte viele Bekannte aus der Künstlerszene und ging mit ihm zu Vernissagen und Ballettabenden, in die Oper und ins Theater, auf Partys und in schicke neue Restaurants.

Das alles genoss er, abgesehen von Opern- und Ballettaufführungen, die ihn schrecklich langweilten. Diese Qualen ertrug er nur, weil Stella so enthusiastisch dafür schwärmte. Und sie sah jedes Mal wie eine Million Dollars aus, wenn sie an seinem Arm ging, in den Designerkleidern, die er bezahlte, in Pelzmänteln, mit sündhaft teurem Schmuck. Diamanten waren zweifellos ihre besten Freunde.

Manchmal stellte er sich vor, wie sein Leben verlaufen wäre, wäre Beth am Leben geblieben. Sicher ganz anders …

Und was wäre geschehen, hätte er Dani geheiratet? Er malte sich aus, wie sie zusammen im Bett liegen und Hamburger essen, fernsehen und einfach nur ihren Spaß haben würden. Trotz ihres glamourösen Vegas-Ruhms war sie ein einfaches Mädchen – im Gegensatz zu Stella, die nur im Bett herumhing, wenn sie Kopfschmerzen hatte, oder Zeitschriften lesen wollte, um herauszufinden, welche aufregenden Neuigkeiten die Welt der Schönen und Reichen zu bieten hatte. Ihre Körperpflege und ihre kosmetischen Behandlungen nahm sie ungeheuer wichtig. Täglich erschienen Maniküren, Masseusen und Kosmetikerinnen im Apartment und befriedigten Stellas anspruchsvolle Bedürfnisse. Diesen Unsinn hatte sie auch Michael einzureden versucht. Nur eine einzige Pediküre – und er war schreiend davongelaufen.

Hauptsächlich konzentrierte er sich auf seine Geldanlagen und baute ein finanzielles Imperium auf. Davon verstand er eine ganze Menge, denn er hatte sich stets bemüht, möglichst viel über sein Geschäft zu lernen – erst im kleinen Stil von Grandma Lani, dann im großen von Karl Edgington. Geld war seine Leidenschaft, und er hatte ein Talent mit Zahlen umzugehen.

Im Lauf der Jahre hatte er gemeinsam mit Karl diverse Gebäude, Einkaufszentren und andere Immobilien erworben. Außerdem hielt er den Kontakt mit Vito Giovanni aufrecht und kümmerte sich um dessen Aktien. Eines Tages hörte er, Mamie habe ihr New Yorker Apartment verlassen und sei an die Westküste übersiedelt. Mr. G. lebte immer noch mit der vierzig Jahre jüngeren Western Pussy zusammen.

Und so war alles in bester Ordnung, was Michaels Finanzen betraf. Er hatte ein Büro an der Wall Street gemietet und beschäftigte einen kleinen, aber tüchtigen Mitarbeiterstab. Dazu zählte auch sein alter Freund Charlie, der sich um die Buchhaltung kümmerte.

Vor einigen Jahren hatte Michael ihm einen Kurs an der Handelsschule bezahlt. Charlie hatte die Abschlussprüfungen mit Bravour bestanden. Jetzt bezog er ein beträchtliches Gehalt, erfreute sich eines sicheren Jobs und war mit einer hübschen jungen Frau verheiratet, die ebenfalls im Büro arbeitete.

Michael mochte Charlie sehr gern. Allerdings sahen sie sich niemals privat, weil Stella behauptete, man müsse das Geschäftliche vom Amüsement trennen.

Im Grunde hatte er alles, was er sich wünschen konnte – eine schöne Frau, eine liebevolle, intelligente Tochter und genug Geld, um sich jeden erdenklichen Luxus zu gönnen. Warum war er trotzdem unglücklich?

Das wusste er nicht.

Aber Max – mittlerweile der Besitzer mehrerer Autohandlungen – beantwortete ihm seine Frage, während sie sich eines Tages zum Lunch trafen. „Wegen deiner Lebenslüge."

„Was ist denn *das* für ein Quark?"

„Stella ist ein Snob", erwiderte Max, „eine Society-Zicke, die sich für den Nabel der Welt hält."

Wütend über die beleidigende Kritik brach Michael den Kontakt zu Max ab. Das fand er bedauerlich, denn Max war, von Charlie abgesehen, sein einziger Freund aus alten Zeiten, nach denen er sich zurücksehnte. Die fröhlichen Stunden mit Tina und Max fehlten ihm. Um diesen

Kummer zu verdrängen, stürzte er sich wie ein Besessener in seine Arbeit.

Von Stella beauftragt, teilte er seiner Tochter mit, sie würde in Zukunft ein Internat besuchen. Prompt brach Madison in Tränen aus. „Das will ich nicht, Daddy", schluchzte sie.

„Es geschieht zu deinem Besten, Prinzessin."

„Nein!"

„Bald wirst du dich daran gewöhnen."

„Nein, niemals!" widersprach sie entschlossen.

„Doch, das verspreche ich dir."

Mit großen grünen Augen – *seinen* Augen – starrte sie ihn an. Sie glichen einander. Nur ihr olivenfarbener Teint und die üppigen dunklen Locken würden ihn stets an Beth erinnern.

„Also gut, Daddy, ich gehe aufs Internat", stimmte sie schließlich zu. „Aber ich schwöre dir, du wirst mich schmerzlich vermissen."

Damit behielt sie Recht, obwohl Stella ihre gesellschaftlichen Aktivitäten in Madisons Abwesenheit noch forcierte.

Immer öfter unternahm er Geschäftsreisen, inspizierte hier ein Einkaufszentrum, dort ein Grundstück. Und so wuchs sein Imperium.

Michael Castelli war ein sehr erfolgreicher Mann – Michael Castellino gehörte einer fernen Vergangenheit an.

40. KAPITEL

Dani, 1982

„Wenn du mich nicht heiratest, suche ich mir eine andere“, drohte Dean.

„Dann wünsche ich ihr viel Glück“, entgegnete Dani lächelnd.

„Das wird irgendwann passieren. Warum wartest du, bis wir alt und grau sind?“

„*Des*halb.“

„*Wes*halb?“

„Weil ich dir erst einmal das Geld zurückzahlen muss, das ich dir schulde“, erklärte sie geduldig.

„Wenn du das weiterhin in diesem Tempo abwickelst, liegen wir beide unter der Erde, bevor wir heiraten können!“

„Streitet ihr schon wieder?“ Grinsend kam Vincent in die Küche. „Wie ein altes Ehepaar ...“

Mit seinen siebzehn Jahren ungewöhnlich attraktiv, war er Michael wie aus dem Gesicht geschnitten. Langes schwarzes Haar, ebenmäßige Züge. Über eins achtzig groß, athletisch gebaut. Die Mädchen waren ganz verrückt nach ihm, was ihnen wenig nützte, weil ihn sein Studium und seine sportlichen Leistungen viel mehr interessierten.

Inzwischen war Dani Anfang dreißig und sah immer noch hinreißend aus. Dass sie einen fast erwachsenen Sohn hatte, konnte sie kaum glauben. Der Junge brauchte einen Vater, und so war sie Dean dankbar. Obwohl sie ihm eine romantische Beziehung verweigerte, kümmerte er sich rührend um Vincent und verbrachte so viel Zeit wie nur möglich mit ihm. Das fiel ihm nicht leicht, da er immer noch in Houston lebte.

Seine Scheidung hatte die Situation vereinfacht. Warum seine Ehe gescheitert war – danach hatte Dani nie gefragt. Das wusste sie ohnehin. Sie war die Liebe seines Lebens, daran würde sich nie etwas ändern. Auch sie liebte ihn, aber nur wie einen großen Bruder.

In den letzten sieben Jahren hatte Dani nicht auf Sex verzichtet. Die Affäre mit Dean war zwar endgültig beendet, aber es hatte andere Männer gegeben. Keiner genügte ihren Ansprüchen. Im Augenblick schlief sie mit niemandem. Irgendwie fühlte sie sich als Single glücklicher.

Ihr Sohn hatte kürzlich erfahren, Nandos Großvater sei gestorben. Nun wollte Vincents Freund nach Vegas kommen, und Vincent drehte fast durch vor lauter Freude. „Oh Mom, das wird so cool – ich kann's kaum erwarten."

„Mach dir nicht zu große Hoffnungen", warnte sie ihn. „Du hast Nando sehr lange nicht gesehen. Vielleicht ist er nicht mehr der, der er früher einmal war."

„Unsinn!" rief er entschieden. „Wir sind wie Brüder. Daran hat sich nichts geändert."

Dani trat immer noch im Magiriano auf. Jeden Abend bildeten ihre beiden Solo-Nummern die Höhepunkte der Revue, und die Schar ihrer Fans wuchs nach wie vor. Dani Castle, das wunderschöne Showgirl, war zu einer Vegas-Legende geworden. Dass sie sich oben ohne zeigte, stürzte ihren Sohn immer wieder in Verlegenheit. „Wann hörst du endlich damit auf?" nörgelte er unentwegt. „Für so was bist du zu alt."

„Mach mir bloß keine Vorschriften!" wehrte sie sich.

„Diesem Job verdanken wir unser tägliches Brot, und du kannst die beste Schule besuchen. Wenn du deinen College-Abschluss hast, werde ich zum letzten Mal auf der Bühne stehen."

„Also, willst du dich mit vierzig immer noch ausziehen?" jammerte er. „Oh, das ist so *abartig!*"

„Ich *liebe* deine Komplimente, Vincent!"

„Komm schon, Mom, es ist einfach uncool. Und Nando darf's nicht rausfinden."

„Dann nimm ihn nicht in die Show mit."

„Ganz bestimmt nicht! Aber im ganzen Hotel hängen Fotos von dir."

„Auch dieses Problem lässt sich lösen – geh einfach nicht mit ihm ins Magiriano."

Dean stellte sich auf Vincents Seite. „Vielleicht solltest du dich *wirklich* von der Bühne zurückziehen, Dani."

„Wieso? Meinst du, ich sehe nicht mehr gut genug aus?"

„Du bist schön wie eh und je", beteuerte er.

„Warum soll ich meinen Job trotzdem aufgeben? Was anderes kann ich nicht."

„Heirate mich", schlug er vor, immer noch hoffnungsvoll. „Dann musst du nicht mehr arbeiten."

Schon wieder, dachte sie. Und doch – unwillkürlich fühlte sie sich geschmeichelt.

Aufgeregt betrat Vincent das Flughafengebäude und konnte es kaum erwarten, den besten Freund aus seiner Kindheit wiederzusehen. Würde Nando sich verändert haben?

Als er in die Ankunftshalle kam, mit einer Reisetasche

und einem Stapel Zeitschriften, gab es keinen Zweifel. Das war eindeutig Nando, das gleiche mutwillige Funkeln in den Augen wie früher. Jetzt trug er sein Haar sogar noch länger als Vincent, dazu hautenge zerrissene Jeans und ein schwarzes Hemd.

Nur Nando würde im Sommer ein schwarzes Hemd tragen. Nicht hübsch im konventionellen Sinn, wirkte er auf aparte Weise attraktiv – und unglaublich dünn.

Vincent holte tief Luft. Wie begrüßten zwei Männer einander? Das wusste er nicht, weil es in seinem Leben keinen Vater gab, der ihm das beigebracht hätte.

Nando winkte ihm, ließ die Hälfte seiner Magazine fallen, hob sie wieder auf und stürmte zu ihm. „He, du Hurensohn!" schrie er. „Du siehst ja noch besser aus als damals. Leck mich, du Arschloch!"

„Du mich auch!" entgegnete Vincent.

Und dann umarmten sie sich.

„Tut mir leid, dass dein Großvater gestorben ist", sagte Vincent, als sie den Flughafen verließen.

„Vergiss es! Esai war ein mieser alter Bastard."

„Tatsächlich?"

Eine hübsche junge Frau ging vorbei, und Nando schnalzte anerkennend mit der Zunge. Aber sie ignorierte ihn. „Und jetzt die gute Neuigkeit – mit einundzwanzig erbe ich alles. Also bin ich ein schwerreicher Junge."

„Du?"

„Ja, *ich!*" prahlte Nando. „Das Geld wird treuhänderisch verwaltet. Deshalb kriege ich's noch nicht in die Finger. Wenn's so weit ist, geht die Post ab!"

„Wow! Cool."

„Dann kaufe ich mir einen *Ferrari!*“ Nando zwinkerte einem anderen Mädchen zu.

„Rot?“

„Nein. Schwarz. Und wir zwei fahren rund um die Welt.“

„Wirklich?“

„Darauf kannst du deinen Arsch wetten.“

„Und das College?“

„Wer will schon seine Zeit auf dem College verschwenden?“

„Meine Mom möchte in den Osten fliegen und sich dort die Universitäten anschauen.“

„Ist deine Mom immer noch so ein süßes Babe?“

„Nun, sie – eh – sieht gut aus.“

„Verdammt heiße Lady“, bemerkte Nando.

„Red nicht so über meine Mutter.“ Ärgerlich runzelte Vincent die Stirn.

„Tut mir leid.“ Nando pfiff einer Brünetten in einem kurzen roten Kleid nach.

Inständig hoffte Vincent, sein Freund würde nichts von Danis Shows im Magiriano erfahren. Schlimm genug, dass er in der Schule dauernd gehänselt wurde ... Wenn Nando seine Mutter so sah – es wäre zu demütigend.

Als sie am Haus ankamen, eilte Dani ihnen entgegen und lächelte warmherzig. „Was für ein großer Junge du geworden bist!“ meinte sie und umarmte Nando.

„Ja, Mrs. Robinson“, antwortete er, grinste dreist und kostete die Umarmung zu lange aus.

„Wie, bitte?“

„Nur ein Scherz“, erklärte Nando.

Vincent führte ihn in sein Zimmer hinauf.

„Hast du Zigaretten?“ Neugierig schaute sich Nando um.

„Ich rauche nicht.“

„Oder Gras?“

„Drogen nehme ich auch nicht.“

„Jesus!“ rief Nando. „Oh Mann, hast du ein Schwein, weil ich endlich in dein tristes Leben zurückkehre!“

„Nicht in *diesem* Haus“, protestierte Vincent hastig, „sonst kriegt Mom einen Anfall.“

„Erzähl bloß nicht, sie hat dich in ein Muttersöhnchen verwandelt!“

„Sie arbeitet hart. Deshalb will ich ihr keinen Ärger machen.“

„Hast du schon einen Hasen flachgelegt?“ Nando warf sich aufs Bett. „Ist dir irgendeine Spitzenmuschi über den Weg gelaufen?“

„Geht so“, antwortete Vincent ausweichend. In Wirklichkeit war er völlig unerfahren.

„Also nur Mittelmaß.“ Nando gähnte. „Offensichtlich muss ich dir was beibringen, und diese Art der Erziehung wird *nicht* in der Schule stattfinden.“

Dani wusste nicht, ob sie sich über Nandos Besuch freuen sollte. Sein wildes Temperament hatte er immer noch. Und jetzt war er kein Kind mehr. Mit seinen siebzehn Jahren sah er älter aus.

Einen ganzen Monat würde er in ihrem Haus verbringen. Also musste sie die beiden Jungs im Auge behalten, und sie hoffte, Nando würde keinen allzu schlechten Einfluss auf ihren Sohn nehmen.

Am nächsten Tag würde Dean nach Houston zurückfliegen. Wie üblich dinierten sie nach der Show zusammen.

„Keine Bange, Vincent wird nicht in Schwierigkeiten geraten“, versicherte er. „Er ist ein guter Junge.“

„Glaubst du das?“ fragte sie besorgt.

„Ja, Dani. Und *du* bist eine wundervolle Mutter.“

„Auch das bezweifle ich, Dean. Ich musste ihn ganz allein großziehen, und ich habe mein Bestes getan. Aber ich fürchte, ich habe einige Fehler gemacht.“

„Welche denn?“

Sie ergriff ihr Weinglas und trank einen Schluck. „Zum Beispiel – die Affäre mit Michael …“

„Fängst du schon wieder damit an?“ Über den Mann, den er für seinen gefährlichsten Rivalen hielt, wollte er nicht reden. „Damals habe ich dir die Zeitungsausschnitte gegeben. Du hast deine Entscheidung getroffen und die Interessen deines Sohnes gewahrt. Was völlig richtig war.“

„Manchmal bin ich mir nicht so sicher …“

„Hat er jemals versucht, dich umzustimmen?“ fragte er in energischem Ton.

„Nein“, murmelte sie.

„Warum sorgst du dich dann? Beweist das nicht, wie wenig du ihm bedeutest?“

„Herzlichen Dank, Dean“, entgegnete sie sarkastisch. „Nun hast du’s geschafft, dass ich mich *großartig* fühle.“

„Du wirst dich noch viel besser fühlen, wenn du mit diesem Unsinn aufhörst.“

„Welchen Unsinn meinst du?“

„Die unabhängige Frau zu spielen, die immer noch drauf besteht, mir dieses verdammte Geld zurückzuzahlen, die als Stripperin auftritt …"

„Ich bin keine Stripperin!" unterbrach sie ihn frostig, „sondern ein Showgirl, das in glamourösen Kostümen auf der Bühne erscheint. Findest du das so furchtbar verwerflich?"

„Allzu glücklich ist Vincent nicht darüber."

„Allmählich sollte er anerkennen, dass ihm mein Job den Lebensstil ermöglicht, an den er sich gewöhnt hat", fauchte sie. Verdammt, warum wurde sie dauernd kritisiert?

„Sehr wohl, *Madam.*"

„Wann kommst du zurück?"

„Das – kann ich noch nicht sagen", antwortete er zögernd. „Ich habe eine Frau kennen gelernt."

„Wirst du wieder heiraten?" fragte Dani leichthin.

„Wenn *du* mich nicht erhörst – wahrscheinlich."

„Hmm – dann solltest du diesmal einen Ehevertrag aufsetzen", hänselte sie ihn.

„Gewiss, Liebes."

Versöhnlich lächelten sie sich an. Mit der Zeit schien sich die enge Freundschaft noch zu vertiefen.

Nandos Besuch entwickelte sich zu Danis Albtraum. Wie sie befürchtet hatte, war er wilder denn je und übte einen bedenklichen Einfluss auf Vincent aus. Am liebsten zog er um die Häuser.

„Du bist zu jung, um in den Casinos zu spielen", warnte Dani ihn.

„Das tun wir gar nicht, Mrs. Castle", beteuerte er und

schaute sie unschuldig an. In seiner Hosentasche steckte ein gefälschter Ausweis mit getürktem Geburtsdatum.

Natürlich glaubte sie ihm nicht. Außerdem wusste sie, dass er Pot rauchte – der Geruch drang durch das ganze Haus.

„Nimmt Nando Drogen?" fragte sie ihren Sohn.

„Nein, Mom."

„Aber ich rieche Gras."

„Ach ja …", antwortete Vincent vage, „Nandos Spezialzigaretten. Die muss er rauchen, für seinen – eh – Hals."

„Wovon *redest du?*" Erbost runzelte sie die Stirn. „Willst du mich für dumm verkaufen?"

„Nein, Mom, ehrlich – das ist ein Medikament."

„Nicht in *diesem* Haus. Sag Nando, hier *darf* er nicht rauchen, weder medizinische Zigaretten noch andere."

„Komm, Mom, wenn ich ihm das sage, stehe ich wie ein Idiot da."

„Soll *ich's* ihm klarmachen?"

„Nein", widersprach Vincent eingeschnappt . „Überlass das lieber mir."

Nando schwärmte für die Rolling Stones. Tag und Nacht ließ er ihre Musik in voller Lautstärke laufen. Die aufpeitschenden Rock 'n' Roll-Klänge ließen die Wände erzittern und bereiteten Dani heftige Kopfschmerzen.

Nur der Himmel mochte wissen, was die Jungs trieben, wenn sie arbeitete. Zu ihrem Leidwesen konnte sie die beiden nicht vierundzwanzig Stunden pro Tag überwachen.

Eines Nachts kam sie nach Hause und traf Mädchen an. Nicht nur zwei, sondern fünf. Alle saßen in ihrer Küche und rauchten, tranken Wein und amüsierten sich sichtlich.

Ungefähr zwanzig Jahre alt, in ziemlich knappen Outfits sahen sie verdächtig wie Nutten aus.

„Kann ich dich kurz sprechen, Vincent?“ Dani stand in der Küchentür und fühlte sich wie eine Gefängniswärterin.

Schwankend stand er auf. „Ja, Mom?“

„Hast du Alkohol getrunken?“

„Nein.“

„Was geht hier vor?“

„Eh?“ murmelte er, sichtlich angeheitert.

„Wer sind die Mädchen?“ fragte sie wütend.

„Nandos Freundinnen“, erklärte er, und sein hübsches Gesicht verzog sich zu einem albernen Grinsen. „Ich habe gesagt, es ist okay, wenn sie hier rumhängen.“

„Nun, es ist *nicht* okay.“

„Heißt das, ich darf keine Freunde einladen?“ lallte er kampflustig.

„Das wollte ich nicht andeuten.“

„Und was *deutest* du an?“

Vor all den Leuten wollte sie ihm keine Szene machen. Sicher wäre es nicht besonders hilfreich, wenn er sich gedemütigt fühlte. „Sieh zu, dass sie in der Küche bleiben“, befahl sie. „Bring sie *nicht* in dein Zimmer!“

„Klar, Mom“, erwiderte er ironisch. „Auf keinen Fall will ich deine zarten Gefühle verletzen.“

In diesem Moment erkannte sie, dass Vincent eine starke Hand brauchte – einen Vater.

Und um den Tatsachen ins Auge zu blicken – er *hatte* einen Vater. Michael Castelli, dem sie davongelaufen war. Gewiss, man hatte ihn des Mordes angeklagt. Dean schien ihn für schuldig zu halten. Aber er war freigesprochen worden, und sie hatte ihm niemals die Chance gegeben, ihr alles zu erklären. *Warum* hatte er ihr nie die Wahrheit erzählt? Nun wurde ihr bewusst, wie unfair es war, Vincent seinen Vater vorzuenthalten.

Wenn sie an Michael dachte, empfand sie immer noch tiefes Bedauern. Niemals hatte sie aufgehört, ihn zu lieben. Diesem Gefühl musste sie sich stellen.

Sobald Nando abreiste, würde sie mit Vincent nach New York fliegen und ein College für ihn aussuchen. Ihr Entschluss stand fest – sie würde Michael die Wahrheit sagen.

Zweifellos hatte Vincent das Recht, seinen richtigen Vater kennen zu lernen. Es war an der Zeit.

41. KAPITEL

Dienstag, 10. Juli 2001

In halsbrecherischem Tempo raste der Van den Beverly Boulevard entlang, und Madison fürchtete, bei einem Unfall durch die Windschutzscheibe zu fliegen. Hätte sie bloß einen Sicherheitsgurt! Ziemlich idiotischer Gedanke unter diesen Umständen ...

Schweigend konzentrierte sich Cole aufs Fahren. Dafür war sie dankbar. Unglücklicherweise surrte der Hubschrauber immer noch über dem Fluchtwagen, seine grellen Scheinwerfer erhellten den schwarzen Himmel.

„Der verdammte Helikopter soll endlich abhauen!" schrie der Bandit Nummer eins.

„Das liegt nicht in meiner Macht", erwiderte Madison.

„Ekelhafte Kuh", murmelte er. „Sie kommen sich wohl verdammt schlau vor."

„Leider kann ich nichts tun", stieß sie zwischen zusammengebissenen Zähnen hervor. „Da sitzen Reporter drin, und die halten sich an ihre eigenen Gesetze."

„Wenn sie nicht bald verschwinden, gibt's Ärger. Noch zwei Minuten, und ich werfe eine von euch Arschgeigen raus!"

Hinter ihnen begann die verletzte Frau wieder zu stöhnen.

„Haben Sie denn gar kein Gewissen?" giftete Madison den Obergangster an. „Schon *zwei* Menschen sind gestorben. Was für ein Monstrum sind Sie eigentlich?"

„*Ich* habe nichts zu verlieren", spottete er, seine kleinen widerlichen Augen voller Hass. „*Ihr* seid die verdammten Loser. Wenn ihr diese ganze Scheiße nicht unter Kontrolle habt, ist's nicht *meine* Schuld."

Aus dem Manray drang ohrenbetäubender Lärm. Große Fotos von nackten Mädchen hingen neben dem Eingang. Davor stand ein Mann, der sein Bestes tat, um Gäste in die Kneipe zu locken.

Nando stoppte seinen Ferrari am Straßenrand und drückte dem Parkwächter zwanzig Dollar in die Hand. „Passen Sie gut auf den Schlitten auf. Wenn ich rauskomme, kriegen Sie noch mal zwanzig."

„Sehr wohl, *Sir.*"

„Ist das nicht eine *kultivierte* Szenerie ...", bemerkte Jolie gedehnt und schaute sich um.

„Vergiss nicht, was ich dir gesagt habe", mahnte Nando, ergriff ihre Hand und führte sie ins Lokal. „Klar, eine Bruchbude. Aber wir werden den schicksten Strip-Club der Stadt daraus machen. Hier können die Jungs ihr Geld verjubeln und müssen nicht fürchten, wir würden sie wie Weihnachtsgänse ausnehmen."

Auf diese Anzahl nackter Gestalten war Jolie nicht vorbereitet. Überall tummelten sich hüllenlose Mädchen. Nicht einmal die Kellnerinnen waren angezogen. An einem Ende des Raums verrenkten sich Lap-Dancer, auf der Bühne zogen zehn Frauen ihre Show ab, splitternackt und hemmungslos.

„Was für ein Drecksloch!" Jolie rümpfte die Nase. „Die Mädchen sind nicht mal attraktiv."

„Was hast du denn erwartet? Die Folies aus Paris?"

„Was glaubst du, warum die Besitzer dir eine Partnerschaft angeboten haben?“

„Weil sie möglichst viel aus dieser Kaschemme rausholen wollen. Und ich kann den jetzigen Umsatz verdreifachen.“

„Also, ich finde immer noch, auch Vincent müsste da einsteigen.“

„Ach ja, Vincent, unser Saubermann.“

„Womit hat er dich dermaßen geärgert?“

„Schau mal“, erklärte Nando, „da ich mit ihm aufgewachsen bin, kenne ich ihn besser als sonst jemand. Ständig wurde er von seiner Mutter unterdrückt.“

„Magst du Dani nicht?“

„Sie ist okay. Aber sie hat ihn total vereinnahmt.“

„Hältst du ihn deshalb für verklemmt?“

„Jetzt hast du's begriffen – er *ist* verklemmt.“ Nando führte seine Frau durch den großen Raum. „Wahrscheinlich bumst er nur im Dunkeln.“

„So rappelvoll, wie der Schuppen ist, müssen die hier ein Vermögen verdienen.“

„Ja – mit miesem Publikum, das jeden Cent zweimal umdreht. Wenn wir erst mal am Ruder sind, wird's eine Klasse-Bar, mit Privatsalon, einer Vip-Lounge und lauter Spitzenmädchen. Babe, ich sage dir, wir werden Geld wie Heu verdienen.“

„Aber ich fühle mich hier nicht wohl, Nando.“ Unbehaglich beobachtete sie eine dünne schwarze Kellnerin mit riesigen Brüsten, die mit gekonntem Hüftschwung vorbeiging und ein Tablett voller Drinks balancierte.

„Wir sind ja nicht da, um uns zu amüsieren“, argumentierte Nando. „Gib's zu, die Pinte ist einfach genial. Denk dran, was ich immer sage …"

„Schon gut, ich weiß", seufzte sie, „auf die Lage kommt's an."

„Ah, da sind die Jungs, Leroy und Darren. Sei bloß nett zu ihnen!"

„Als ob ich das nicht immer wäre …"

„Bin ich jetzt *stoned?*" kicherte Jenna, völlig zugedröhnt.

„Nur in guter Stimmung", erwiderte Andy und streichelte ihren Arm.

„Nein, ich glaube, ich bin stoned. Alles in mir prickelt und kitzelt."

„Nur weil du zu viel anhast." Andy zupfte an ihrem Kleid. „Soll ich dir helfen?"

„Nein, lass das", protestierte sie und wich zurück.

„Nicht so schüchtern, meine Süße."

„Das bin ich nicht."

„Dann zeig mir die hübschen kleinen Titten, die du mir den ganzen Abend entgegengereckt hast."

„Gar nichts habe ich dir entgegengereckt."

„Nun mach schon!" drängte er, „schau Anais an – *die* ist nicht schüchtern."

Jenna musterte das schöne Model mit der ebenholzschwarzen glänzenden Haut. Die Beine gespreizt, rekelte sich Anais auf der Couch.

„Weißt du, dass sie Mädchen mag?" fragte Andy und knabberte an Jennas Ohrläppchen.

„Auch ich mag natürlich Mädchen, ich habe wirklich sehr viele Freundinnen."

„So meine ich's nicht." Der Filmstar strich sein Markenzeichen aus der Stirn, das schmutzig-blonde Haar und lächelte sie nachsichtig an. „Hast du's mal schon mit einem Mädchen gemacht?"

„Was denn?" Verwundert riss sie die Augen auf.

„Oh, mein Gott! Du bist verdammt jung, was?"

„Zweiundzwanzig", informierte sie ihn sachlich. „Und du?"

„Auch", murmelte er.

„Was ist dein Sternzeichen?"

„Spielt keine Rolle."

„Doch", versicherte sie, „das Sternzeichen eines Menschen ist der Schlüssel zu seiner Persönlichkeit."

„Zieh dich aus, ich will mir deine Titten anschauen."

„Lieber nicht ..."

„Heute Nacht habe ich sie schon gesehen. Im Jacuzzi. Erinnerst du dich? Was ist schon dabei, wenn du sie mir noch mal zeigst?"

„Okay", stimmte sie zu und streifte den Saum ihres Kleides nach oben.

„So gefällst du mir viel besser." Erwartungsvoll rieb er sich die Hände.

Dani floh in ihr Schlafzimmer und sank aufs Bett. Jetzt brauchte sie ein wenig Ruhe, ihre Gedanken überschlugen sich. So viel war geschehen – Michaels unerwartete Ankunft, die neue Mordanklage gegen ihn, die sie unweigerlich an jene andere erinnerte.

Erst Beth.

Jetzt Stella.

Wenn sie auch von seiner Unschuld überzeugt war – sie fand es seltsam, dass so etwas zweimal passierte.

Aus dem Nebenraum drangen Stimmen herüber. Vater und Sohn verbündeten sich. Jedes Mal, wenn sie die beiden zusammen sah, war sie glücklich.

Sie griff nach der TV-Fernbedienung und schaltete die Nachrichten ein. Sekunden später hörte sie Madisons Namen, auf dem Bildschirm flimmerte ihr Foto.

„Michael!“ Abrupt richtete sie sich auf. „Michael – Vincent – schnell, kommt zu mir!“

„Was ist los?“ rief Michael und stürmte ins Schlafzimmer, dicht gefolgt von Vincent.

„Derzeit findet eine wilde Verfolgungsjagd in Hollywood statt“, verkündete die Nachrichtensprecherin, eine Blondine, schöner als jeder Filmstar. „Zusammen mit vier anderen Geiseln sitzt die Journalistin Madison Castelli im Van, von drei Gangstern festgehalten. Offenbar sind schon zwei Menschen erschossen worden.“

„Mein Gott!“ Michael starrte den Fernseher an und wurde blass. „Also sind sie schon *vor* uns an sie herangekommen. Verdammte Bastarde!“

Sofia fand keinen Schlaf. Was geschehen war, beschämte sie zutiefst. Wie sollte sie Gianni am nächsten Morgen in die Augen schauen? Der erste Mann, der sie zurückgewiesen hatte … unglaublich …

So vorsichtig wie möglich stieg sie aus dem Bett, suchte ihre Kleider und zog sich an. Dann verließ sie die Hotelsuite.

Mit schnellen Schritten durchquerte sie die Halle und

bat den Mann an der Rezeption, er möge ihr ein Taxi bestellen.

„Darf ich fragen, wohin Sie fahren wollen?“ erkundigte sich der hochnäsige Empfangschef.

„*Fragen* dürfen Sie. Aber das geht Sie nichts an.“

Nachdem er ihr einen verächtlichen Blick zugeworfen hatte, teilte er ihr mit, das Taxi würde in fünfzehn Minuten vorfahren.

„Ich warte draußen“, murmelte sie, eilte aus dem Luxushotel und setzte sich auf den Rand des Gehsteigs.

Bye, Gianni. Tut mir leid, dass es nicht geklappt hat …

„Verdammte Scheiße!“ fluchte der Bandit Nummer eins und spähte zu den Scheinwerfern des Hubschraubers hinauf. „Mach die Seitentür auf.“

„Eh?“ fragte Ace auf dem hinteren Sitz.

„Mach die Tür auf und wirf diese Heulsuse raus!“

„Moment mal, ich bremse!“ rief Cole und steuerte den Straßenrand an.

„Okay, wenn Sie eine Kugel ins Hirn kriegen wollen …“

„Nein!“ schrie das Mädchen, als es von zwei Geiselnehmern gepackt wurde. „Nein, nein, *nein!*“

Zu spät. Ace und sein Komplize öffneten die Seitentür und warfen die junge Frau wie einen Müllsack aus dem rasenden Wagen.

Abrupt verstummte ihr Geschrei.

42. KAPITEL

Michael und Dani, 1982

Während Michael in seinem Büro saß, erfuhr er von seiner Sekretärin Marcie, eine gewisse Tina sei am Telefon. Und wie er der fürsorglichen Mitarbeiterin sofort anmerkte, wollte sie ihn nicht mit ihr verbinden. „Sie sagt, es sei *privat.*" Ungläubig verzog sie den Mund.

„Schon gut, ich rede mit ihr", beschloss er und nahm den Hörer ab.

„Michael?"

„Hallo, Tina!" meldete er sich, aufrichtig erfreut über den Anruf seiner alten Freundin. „Wie geht's dir?"

„Sehr gut, vielen Dank", antwortete sie kühl. „Nicht, dass du dich drum kümmern würdest ... Wir sehen uns ja nie mehr."

„Das stimmt nicht."

„Doch. Übrigens, auch Max geht's gut, falls es dich interessiert."

Gute alte Tina, schnippisch wie eh und je ... „Einfach wundervoll, wieder mal deine Stimme zu hören."

„Ach, wirklich? Das überrascht mich."

„Komm schon, Tina!" stöhnte er. „Dass du dich nicht mit Stella verträgst, kannst du *mir* wohl kaum vorwerfen."

„Und warum triffst du dich nie mit deinem besten Freund? Wer ist *daran* schuld?"

Nun würde die Strafpredigt sofort beginnen. Tina verstand es einfach meisterhaft, einem Mann den Wind aus den Segeln zu nehmen.

„Was immer passiert ist“, argumentierte sie, „es war sicher nicht schlimm genug, um eine so langjährige Freundschaft zu beenden.“

„Stella ist meine *Frau,* Tina. Also muss ich sie *respektieren.*“ Oh Gott, Vito Giovannis Schatten ... Hatte der Mann einen so großen Einfluss auf ihn ausgeübt?

Ja.

Und manchmal spürte Michael diese Wirkung immer noch.

„Aber das ist nicht der Grund meines Anrufs“, erklärte Tina.

„Und was willst du von mir?“

„Jemand sucht dich.“

„Wer?“

„Erinnerst du dich an Dani?“

Erinnerte er sich an Dani? Ja, natürlich erinnerte er sich an Dani. „Was ist mit ihr?“ fragte er und versuchte möglichst gleichmütig zu erscheinen.

„Sie verbringt gerade ein paar Tage in New York und hat mich angerufen.“

„Ach, tatsächlich?“

„Ja, sie möchte dich sehen.“

Er holte tief Luft und zündete sich eine Zigarette an. „So? Dani will *mich* sehen?“ „So ist es. Ich habe ihr versprochen, dich zu informieren. Wenn es dich interessiert – sie wohnt im Plaza.“

„Nett von dir, mir das mitzuteilen. Aber hast du vergessen, dass ich verheiratet bin? Deshalb werde ich sie vermutlich *nicht* anrufen.“

„Sie hat gesagt, sie muss mit dir reden.“

Noch ein tiefer Atemzug. „Hat sie erwähnt, worüber?"
„Nein, ich soll dir nur ausrichten, es sei wichtig."
„Wirst *du* sie sehen?"
„Vielleicht besucht sie uns mit ihrem Sohn."
„Oh, dann lernst wenigstens *du* ihn kennen."
„Heißt das – du kennst ihn nicht?"
„Ich bin ihm nie begegnet. Und das war einer der Streitpunkte zwischen uns – sie wollte mir den Jungen nicht vorstellen." Seufzend legte er die Zigarette in einen marmornen Aschenbecher. „Ich glaube, das war einer der Gründe, warum sie sich von mir trennte. Wer weiß? Jedenfalls gehört sie zu meiner Vergangenheit, und die werde ich nicht ausgraben."
„Gehören wir *auch* zu deiner Vergangenheit, Michael?" Plötzlich nahm Tinas Stimme einen sehnsüchtigen Klang an.
„Nein", beteuerte er gerührt. „Für dich und Max und die Kinder wird es immer einen Platz in meinem Herzen geben."
„Lieb von dir ..."
„Wenn ich will, kann ich sehr nett sein", witzelte er.
„Charlie hat uns von dir erzählt. Jetzt bist du ein ganz großes Tier."
„Quatsch", murmelte er verlegen.
„Wie geht's Madison?"
„Ein unglaubliches Mädchen", sagte er und zog wieder an seiner Zigarette. „Erst elf Jahre alt – und das klügste Kind der Welt."
„Ist Stella eine gute Mutter?"
„Eine absolut wunderbare Frau." Michael blies eine Rauchwolke in die Luft.

„Daran zweifle ich nicht“, erwiderte Tina sarkastisch, „wenn sie Zeit dafür findet.“ „Was soll denn *das* bedeuten?“

„Nun, ich lese die Klatschspalten. Deine teure Gemahlin ist nie daheim. Dauernd hängt sie bei irgendwelchen Events rum, Vernissagen oder Wohltätigkeitsgalas …“

„Ja, Stella setzt sich eifrig für wohltätige Zwecke ein.“

„Klar.“

„Jedenfalls, Tina – wir treffen uns bald. Das verspreche ich dir.“

„Max würde dich sehr gern wiedersehen. Aber erzähl ihm bloß nicht, dass ich's dir gesagt habe. Wahrscheinlich wird er dir die Hölle heiß machen.“

„Irgendwie werde ich's schon verkraften.“

„Ja, ich glaub's auch.“

Nachdenklich legte er den Hörer auf die Gabel. Dani Castle. Sieben Jahre lang hatte sie geschwiegen. Und nun wollte sie ihn plötzlich sprechen. Was mochte sie von ihm wollen?

Einerseits erwachte seine Neugier, andererseits wusste er, dass er sich nicht in ihre Nähe wagen durfte. Sie mussten einander nur anschauen, und die faszinierende Chemie zwischen ihnen würde sofort wieder stimmen.

Nein, nicht mehr. Er war verheiratet, die Situation hatte sich verändert. *Außerdem – Stella ist Madisons Mutter, das werde ich nicht vermasseln …*

Ein paar Sekunden verstrichen. Dann griff er zum Telefon.

Heiliger Himmel, willst du's dir nicht überlegen?

Offenbar nicht.

Marcie gab ihm die Nummer, und er kritzelte sie auf seinen Notizblock. Minutenlang starrte er sie an, bevor er sie wählte.

Als sich die Rezeption des Hotels meldete, bat er um eine Verbindung mit Dani Castle.

„Jetzt ist gerade niemand im Zimmer, Sir. Möchten Sie eine Nachricht hinterlassen?“

„Nein, danke, ich versuche es später noch einmal.“

Eine einfache Tatsache – er wollte sie sehen und herausfinden, warum sie ihm den Laufpass gegeben hatte.

Nicht, dass es ihn übermäßig interessieren würde.

Oder doch?

An diesem Abend sollte er mit Stella eine weitere langweilige Opernaufführung besuchen. Der Bekanntenkreis seiner Frau reizte ihn nicht mehr. Am Anfang war er ganz versessen darauf gewesen, aber inzwischen begleitete er sie nur mehr, um seine Pflicht zu erfüllen. Das amüsierte ihn kein bisschen. Von ihren Freundinnen hielt er nichts. Die waren schrecklich dünn. Beinahe konnte man sie durch Mauerritzen schieben. Außerdem strotzten sie vor Bosheit, klatschten dauernd übereinander, und eine versuchte die andere mit kostbaren Juwelen auszustechen. Und die Männer? Trotz seines Erfolges schauten sie auf ihn herab, weil er nicht aus der richtigen Gesellschaftsschicht stammte.

Er rief Stella zu Hause an und erklärte, er könne nicht mit ihr in die Oper gehen.

„Das musst du“, entgegnete sie kühl.

„Nein“, entgegnete er in ruhigem Ton, „ich habe eine wichtige Besprechung.“

„Oh Gott, Michael, das ist so ärgerlich!“ klagte sie. „Du weißt doch, wie ich es hasse, *allein* in der Öffentlichkeit zu erscheinen.“

„Nimm meinen Ersatz mit“, schlug er vor und meinte den schwulen Kunsthändler, der manchmal für ihn einsprang, wenn er verhindert war.

„Gut“, stimmte Stella frostig zu, „das werde ich tun.“

Bevor er ein zweites Mal im Plaza anrief, wartete er eine Stunde. In Danis Zimmer meldete sich immer noch niemand. Er beschloss, sein Büro erst zu verlassen, wenn er sie erreicht hatte.

Dani Castle ... Nie hätte er erwartet, wieder von ihr zu hören.

„Unfassbar!“ Tina riss die Haustür auf. „Also hast du nur sieben Jahre gebraucht, um uns zu besuchen!“

Lächelnd stand Dani vor ihr. „In der Zwischenzeit hatte ich einige Probleme“, erklärte sie und stellte fest, dass Tina etwa fünfzig Pfund zugenommen hatte. Aber sie sah nach wie vor sehr hübsch aus. „Das ist mein Sohn Vincent“, fügte sie hinzu und gab dem Jungen einen kleinen Stoß.

Sobald Tina ihn anschaute, stockte ihr Atem. „Oh – mein – Gott ... Jetzt weiß ich, warum du Michael sprechen willst ...“

Viel sagend runzelte Dani die Stirn, warf ihrem Sohn einen Seitenblick zu, und Tina verstand den Wink mit dem Zaunpfahl.

„Was für ein schönes Haus!“ meine Dani, als sie hineingingen.

„Oh ja“, bestätigte Tina voller Stolz, „Max hat viel erreicht. Neulich hat er mir sogar eine Corvette gekauft. Die Kinder sind nun *wirklich* aus dem Gröbsten raus, und ich habe mehr Zeit für mich selber. Deshalb dachte ich, wenn ich *jetzt* keine Corvette kriege, kommt's nie dazu." Sie wandte sich wieder Vincent zu: „Wie alt bist du, mein Junge?"

„Siebzehn", antwortete er und fragte sich, wer zum Teufel diese Frau war. Und was hatten sie hier zu suchen?

„Du musst meinen Sohn Harry kennen lernen, der ist sechzehn. Und meine Tochter Susie ist vierzehn. Kaum zu fassen, dass ich die Mutter zweier Teenager bin ..." Tina führte die Gäste ins große, komfortable Wohnzimmer. Vor einem Sessel spielte ein Hund mit zwei Katzen, es gab überdimensionale Sofas, Bücher und überall Zeitschriften – ein richtiges Zuhause. „Übrigens, ich habe das Telefongespräch geführt", sagte sie leise, „um das du mich gebeten hast."

„Danke." Dani beobachtete ihren Sohn, der rastlos umherwanderte.

„Also – eh, Vincent ... Ist das dein erster Trip nach New York?" erkundigte sich Tina.

„Ja, vorher bin ich nie aus Vegas rausgekommen."

„Oh, Las Vegas ist ja so spektakulär!" schwärmte Tina. „Hat deine Mutter erzählt, wie wir letztes Mal dort waren und Elvis sahen? Die tollste Nacht meines Lebens! Und da beziehe ich auch meine Hochzeitsnacht mit ein."

Alle lachten.

Träge lungerte Harry auf einer Couch herum. Übergewichtig, mit Sommersprossen übersät, trug er ein konstantes ironisches Grinsen zur Schau, und er besaß einen geradezu dämonischen Humor.

„Sag Hallo zu Vincent", forderte Tina ihn fröhlich auf. „Er lebt in Las Vegas. Und das ist seine Mom, Dani."

„Hi", murmelte Harry.

„Willst du mit Vincent hinaufgehen und ihm dein Zimmer zeigen?"

„Mein Zimmer?" Harry schnitt eine Grimasse. „Meinst du den Schweinestall? So nennst du's doch immer."

„Bitte, Harry!" tadelte seine Mutter. „Wir haben Gäste."

„Okay, Mom." Harry winkte Vincent zu sich. „Komm mit."

Widerstrebend folgte Vincent ihm nach oben.

„Oh, mein Gott!" flüsterte Tina und drehte sich zu Dani um. „Michaels Sohn, nicht wahr?"

„Ist das so offensichtlich?"

„Offensichtlich? Er ist ihm wie aus dem Gesicht geschnitten."

„Ja, das stimmt."

„Warum hast du's Michael nie erzählt?" fragte Tina aufgeregt. „Sicher weiß er's nicht, oder?"

„Nein, er hat keine Ahnung."

„Und jetzt willst du's ihm sagen?"

„Dazu habe ich mich nach all den Jahren entschlossen. Es wäre nur fair."

„Inzwischen ist er verheiratet. Hast du's gehört?"

„Nein ..." Dani spürte einen Schmerz in ihrer Brust. „Doch das spielt keine Rolle – es geht um Vincent und seinen Vater."

„Damals ist sein Herz gebrochen, weil er am Flughafen vergeblich auf dich gewartet hat." Tina zögerte kurz. „Darf ich fragen, was passiert ist?"

„Ich habe erfahren, was mit Beth geschehen war."

„Um Himmels willen!" rief Tina. „Und ich hatte ihn so eindringlich gebeten, dir alles zu erzählen."

„Unglücklicherweise hat er's nicht getan." Dani seufzte auf. „Und als ich's herausfand, war's ein ziemlich großer Schock."

„Glaub mir – er hat es nicht getan", versicherte Tina hastig. „Er wurde von niederträchtigen Leuten reingelegt, mit denen er sich früher mal eingelassen hatte ... Kurz vor seiner Geburt war seine Mom erschossen worden. Danach geschahen gewisse Dinge ...und der Mord an Beth war ein komplizierter Racheakt."

„Über den Tod seiner Mutter war ich informiert – über Beths nicht ..."

„Hättest du mich bloß angerufen! Ich hätte dir alles erklärt."

„Daran habe ich nicht gedacht."

„Michael ist ein wunderbarer Mann. Nie hat er jemandem was zu Leide getan. Frag doch Max!"

„Jetzt ist es zu spät", meinte Dani wehmütig.

„Und wie willst du ihm die Wahrheit verraten? Da hast du ein schwieriges Problem. Du kannst nicht mit Vincent zu Michael gehen, so wie du hierher gekommen bist. Da würde er's sofort merken. Und seine Frau würde ausflippen."

„Wie ist sie denn?"

„Ein eiskaltes Biest."

„Tatsächlich?"

„Oh ja", bekräftigte Tina. „Warum er sie geheiratet hat, versteht niemand – von ihrer Schönheit abgesehen. Und weil er eine Mom für Madison brauchte. Das ist Stella nicht.

Michael vergöttert seine kleine Tochter. Früher brachte er sie oft hierher, aber jetzt sehen wir sie nicht mehr."

„Was glaubst du, was ich tun sollte?"

„Sag einfach: ‚Michael, du hast einen 17-jährigen Sohn'. Es wäre unsinnig, endlos lange um den heißen Brei herumzureden."

„Sicher hast du Recht."

„Weiß Vincent Bescheid?"

„Nein, ich habe mich noch nicht zu einem Geständnis durchgerungen."

„Wow, Dani, nun musst du eine ganze Menge erklären."

„Allerdings."

„Ich würde dir so gern helfen."

„Das kannst du nicht. Aber ich danke dir für dein Angebot."

Kurz nachdem Dani und Vincent das Hotelzimmer betreten hatten, läutete das Telefon. Hastig nahm sie den Hörer ab.

„Hier ist Michael. Heute rief mich Tina an und sagte, du würdest mich gern sprechen."

„Eh – ja ..." Unbehaglich schaute sie zu ihrem Sohn hinüber, der vor dem Fernseher saß und mit der Fernbedienung durch die Kanäle zappte.

„Worum geht's?" Michaels Stimme klang kalt und abweisend, was sie ihm nicht verübeln durfte.

„Können wir uns sehen?"

„Ist das nötig?"

„Oh ja, ich musst dir etwas Wichtiges erzählen."

„Geht das nicht auch am Telefon?" So leicht würde er's ihr wirklich nicht machen.

„Nein.“

„Jetzt ist es zehn vor neun“, konstatierte er schroff. „In fünfzehn Minuten erwarte ich dich in der Bar deines Hotels.“

„Eigentlich dachte ich an ein Dinner morgen Abend …“

„In der Bar, in fünfzehn Minuten“, unterbrach er sie brüsk, „oder vergiss es.“

„Gut, ich komme.“ Obwohl sie seinen Groll verstand, war sie deprimiert.

„Wohin gehst du, Mom?“ fragte Vincent.

„Ich treffe einen alten Freund, unten in der Bar“, erklärte sie und nahm ihr blaues Lieblingskleid aus dem Schrank, das zu ihren Augen passte.

„Warum putzt du dich so heraus?“

„Ich wünschte, du würdest nicht so viele Fragen stellen.“ Sorgsam befestigte sie winzig kleine goldene Stecker an ihren Ohrläppchen. „Darf ich mich nicht hübsch machen, wenn ich einen alten Freund wiedersehe?“

„Doch, aber du – bist so nervös. Und du besprühst dich mit Parfüm – diese ganze Scheiße.“

„Bitte, nicht diese Ausdrucksweise, Vincent!“ mahnte sie streng.

„Du meine Güte!“ rief er und musterte sie erbost. „Wenn ich nicht einmal zu Hause so reden darf – wo denn sonst? In der Schule?“

„Nirgendwo – weil es sich nicht schickt“, erwiderte sie und zupfte an ihren Haaren.

„Nando sagt, du hältst mich viel zu kurz an der Leine.“

„Ach, das sagt Nando?“ fauchte sie irritiert.

„Ja."

„Vielleicht, weil er keine Mutter hat, die sich um *ihn* sorgt. Könnte er deshalb neidisch sein? Wäre das denn möglich?"

„Nando? Neidisch auf *mich?*" Vincent schrie vor Lachen. „Ganz bestimmt nicht!"

„Wie auch immer – warum siehst du nicht fern? Bald bin ich wieder da."

„Großartig! Wir fliegen nach New York, und *ich* sitze im Hotelzimmer vor dem Fernseher, während *du* dich amüsierst."

„Es wird nicht lange dauern."

„Übrigens, Nando hat mir einen Trip nach Kolumbien angeboten", verkündete er, weil er wusste, das würde seine Mutter ärgern.

„*Was?*"

„Er schickt mir ein Ticket."

„Wenn du glaubst, ich lasse dich allein nach Kolumbien fliegen, irrst du dich ganz gewaltig."

„Natürlich fliege ich hin", forderte er sie heraus. „Daran kannst du mich nicht hindern."

Für einen Streit war dieser Zeitpunkt denkbar ungünstig. „Sieh fern!" Ungeduldig ergriff Dani ihre Handtasche. „Und mach mich nicht wahnsinnig!"

Vincent hatte Recht. Warum putzte sie sich so heraus, nur um einen alten Freund zu sehen? Aber Michael war viel mehr als ein alter Freund – die Liebe ihres Lebens, und das würde er immer bleiben.

Trotzdem durfte sie nicht vergessen, dass er verheiratet war. Das wollte sie respektieren – obwohl Tina seine Frau ein „eiskaltes Biest“ genannt hatte. Ein letztes Mal blickte sie in den Spiegel. Hatte sie sich *sehr* verändert?

Nein, fast gar nicht.

„Bestell dir irgendwas beim Zimmerservice“, sagte sie auf dem Weg zur Tür.

„Oh, herzlichen Dank, Mom!“ entgegnete Vincent sarkastisch.

Michael verließ das Bürogebäude und nahm sich ein Taxi. Seinen Wagen mit Fahrer hatte er nach Hause geschickt, damit der Mann Stella und ihren Begleiter zur Oper chauffieren konnte. Es störte ihn nicht, in ein Taxi zu steigen. Er genoss es sogar. Ein eigener Wagen mit Fahrer – das war nicht *seine,* sondern Stellas Idee. „Wir leben in New York“, hatte sie betont. „Hier gibt es keine Parkplätze. Deshalb brauchen wir einen Chauffeur.“

Warum auch nicht? Alle ihre Freundinnen ließen sich von Fahrern durch die Stadt kutschieren.

Was wollte Dani nach all dieser Zeit von ihm? Einerseits blickte er dem Treffen erwartungsvoll entgegen, andererseits wäre er ganz zufrieden gewesen, hätte er nie wieder von ihr gehört.

Dani Castle – eine Vision aus seiner Vergangenheit.

Als Dani die Bar betrat, wurde sie von allen Männern angestarrt. Daran war sie gewöhnt. Diese Wirkung übte sie *immer* auf das starke Geschlecht aus. Sie entdeckte einen Ecktisch und setzte sich. Nach ein paar Minuten erschien der Kellner, um ihre Bestellung aufzunehmen.

„Ein Glas Cola“, sagte sie und merkte, dass ihre Hände

zitterten. Michael verspätete sich. Würde er überhaupt kommen? Wenn nicht, wäre sie keineswegs überrascht …

Ein paar Sekunden später stand ein großer, bärtiger Mann vor ihrem Tisch. „Darf ich die schöne Lady zu einem Drink einladen?“ Der Geruch seines After Shaves überwältigte sie beinahe.

„Danke, das ist sehr großzügig von Ihnen“, antwortete sie kühl, „aber ich fürchte, mein Mann wüsste es nicht zu schätzen.“

„Oh – verzeihen Sie.“ Blitzschnell zog er sich zurück.

Dani klopfte mit ihren Fingern auf die gläserne Tischplatte. Dann steckte sie nervös eine Handvoll Nüsse in den Mund. Der Kellner servierte ihr Getränk. Um sich zu ermutigen, nahm sie einen großen Schluck. Was für eine unmögliche Situation … Michael mitzuteilen, er habe einen Sohn, erschien ihr relativ einfach. Aber wie sollte sie das Vincent beibringen? Er dachte immer noch, Sam Froog sei sein Vater. Den hatte er seit Jahren nicht mehr gesehen. Nachdem Sam jene beträchtliche Abfindung erhalten hatte, war er aus dem Leben seiner Familie verschwunden.

Als sie aufblickte, sah sie ihn. Michael Castelli. Attraktiver denn je, durchquerte er die Bar, in einem dunklen Anzug und einem weißen Hemd, mit perlgrauer Krawatte.

Oh Gott, er faszinierte sie genauso wie vor all den Jahren – allein schon sein Anblick erhitzte ihr Blut.

Seine dunkelgrünen Augen schweiften durch den Raum, bis er sie entdeckte. Dann ging er zu ihr. Zielstrebig bahnte er sich einen Weg zwischen den Tischen und blieb vor ihr stehen. „Dani, hallo.“

„Hi, Michael."

Kein Körperkontakt, nicht einmal ein Händedruck.

Er rückte einen Stuhl heran und setzte sich. „Was trinkst du?"

„Cola."

Er schnippte mit den Fingern, und der Kellner eilte herbei. „Jack Daniel's on the rock. Und noch ein Glas Cola für die Lady."

„Ja, Sir, sofort", versicherte der Kellner, sichtlich beeindruckt von der Autorität, die Michael ausstrahlte.

„Nun, Dani?" Seine Stimme klang etwas freundlicher als am Telefon, aber immer noch kühl. „Was führt dich nach New York?"

„Mein Sohn hat mich begleitet, weil wir ein College aussuchen wollen."

„Wie geht es deinem Sohn?" fragte er höflich.

„Sehr gut, danke. Und Madison?"

„Ausgezeichnet."

„Jetzt muss sie schon ein großes Mädchen sein."

„Elf." Gelegentlich schaute er auf seine Uhr, eine teure goldene Rolex. „In fünfzehn Minuten muss ich gehen, ich bin verabredet."

„Nun – ich dachte, wir würden den Abend zusammen verbringen", begann sie unsicher. „Aber wenn du's nicht willst – ich würde es verstehen."

„Ach, das verstehst du?" fragte er in scharfem Ton.

„Hör zu, Michael", sprudelte sie hervor, „was ich tat, war unverzeihlich. Aber – du warst nicht ehrlich zu mir."

„In welcher Hinsicht?"

„Beth."

„Oh …“ Plötzlich senkte er den Blick. „Wie hast du's herausgefunden?“

„Ein Freund hat mir die Zeitungsausschnitte geschickt.“

„Das muss ein wunderbarer Freund sein“, murmelte er.

„Jedenfalls hatte ich einen Schock erlitten, weil ich die Wahrheit auf *diese* Weise erfuhr. Ich hatte vermutet, wir würden uns – sehr nahe stehen. Und ich wollte es nicht riskieren, nach New York zu fliegen – zu einem Mann, den ich gar nicht richtig kannte.“

„Und das konntest du natürlich nicht mit mir besprechen. Es war unmöglich, mich anzurufen und zu fragen: ‚He, Michael, warum zum Teufel hast du mir nichts erzählt?'“

„So etwas hättest du mir nicht verheimlichen dürfen.“

„Und mein Freispruch war dir scheißegal, was?“ fragte er ausdruckslos.

Dani seufzte. Offenbar würde die Begegnung nicht lange dauern – und nicht besonders angenehm verlaufen. „Wie ich sehe, hast du keine Lust, ein bisschen Zeit mit mir zu verbringen. Das werfe ich dir nicht vor. Also werde ich dir ohne weitere Umschweife mitteilen, worum es geht.“

„Sehr gut.“

„Bereite dich auf eine Überraschung vor. Gleich wirst du erschrecken …“

„ Nichts, was du tust oder sagst, kann mich erschrecken, Dani. Du hast mich einfach fallen lassen. Erinnerst du dich? Ich muss gestehen – das war wirklich schlimm für mich. Aber was du *jetzt* zu bieten hast, interessiert mich nicht besonders.“

Zum Teufel mit seiner kalten Gleichgültigkeit … Es war schon schwierig genug, ohne die negativen Schwingungen, die ihr entgegenströmten. „Wahrscheinlich hast du dich gewundert, weil ich dir meinen Sohn niemals vorstellen wollte."

„Was hat denn *das* mit irgendwas zu tun?"

„Dafür gibt es einen Grund."

„Und der wäre?"

Nach einem tiefen Atemzug befolgte sie Tinas Rat. „Vincent ist *unser* Sohn."

„Bitte?" Michael starrt sie an, als zweifelte er an ihrem Verstand.

„In unserer ersten Nacht wurde ich schwanger." Beinahe überschlug sich ihre Stimme.

„Jesus *Christus!*"

„Ich bekam das Baby, Vincent – deinen Sohn. Das verschwieg ich dir, weil du offensichtlich unsere Beziehung nicht ernst nahmst. Ein paar Jahre später kamst du zurück, wir waren wieder zusammen, und ich dachte, ich müsste dir alles sagen. Deshalb wollte ich nach New York fliegen." Leise und bedrückt seufzte sie. „Oh Gott, Michael, ich *weiß*, ich hätte es dir schon damals in Vegas erzählen müssen. Nun fühle ich mich schuldig, weil Vincent seinen Vater braucht. Es tut mir so leid."

„Das glaube ich einfach nicht."

„Aber es ist wahr", beteuerte sie, den Tränen nahe. „Im bewussten Zeitraum schlief ich nur mit dir – mit keinem anderen."

„Warst du nicht verheiratet?" stieß er hervor.

„Ich habe Sam damals nur wegen meiner Schwangerschaft geheiratet – und ich ließ ihn sehr lange Zeit in dem Glauben, es wäre *sein* Baby."

„Und *mir* wirfst du meine Heimlichtuerei vor!“ Vorwurfsvoll schaute er in ihre Augen. „Wie hinterhältig du bist!“

„Für *meine* Fehler darfst du Vincent nicht bestrafen.“

„Ich *kenne* Vincent nicht einmal.“

„Weil ihr euch so ähnlich seht, wollte ich dich nicht mit ihm bekannt machen. Heute war ich mit ihm bei Tina, und da fiel sie aus allen Wolken.“

„Also weiß *Tina* Bescheid – und ich erfahre es erst *jetzt?* Nicht zu fassen!“

„Nun muss ich auch meinem Sohn reinen Wein einschenken. Ich dachte, ihr solltet euch morgen endlich kennen lernen.“

„Hast du den Verstand verloren?“ fuhr er sie an. „Ich bin verheiratet, Dani. *Verheiratet.* Und Madison hält Stella für ihre *Mutter.* Sollte ihr irgendjemand was anderes erzählen, wird's ihm verdammt leid tun.“

„Das verstehe ich“, flüsterte Dani kleinlaut.

„Gut. Einfach fabelhaft, dass du nach siebzehn Jahren zu mir kommst und mir von meinem Sohn erzählst. Und weißt du was? Es ist zu spät, ich *will* ihn nicht sehen. Auch von *dir* möchte ich nichts mehr wissen. Nun werde ich aufstehen und gehen. Und tu uns beiden einen großen Gefallen – komm nie wieder in meine Nähe!“

43. KAPITEL

Michael und Dani, 1982

Verblüfft stand Tina in ihrer Haustür. „*So* schnell habe ich nicht mit deinem Besuch gerechnet, als ich sagte, wir sollten uns mal wiedersehen."

„Ich muss mit dir reden", erklärte Michael und schob sich an ihr vorbei.

„Warum?" Tina folgte ihm. „Heute Abend essen wir etwas später, und wir sind gerade beim Dinner."

„Ich will kein Dinner."

„Das habe ich dir auch gar nicht angeboten."

„Vielen Dank!"

„Sag lieber Hallo zu Max. Sonst glaubt er, da würde etwas Seltsames passieren."

„Genau das passiert, Tina. Etwas Seltsames." Abrupt drehte er sich zu ihr um. „Warum zum Teufel hast du mich nicht gewarnt?"

„Heißt das, Dani hat's dir erzählt?"

„Allerdings."

„Was wirst du tun?"

„Warum muss ich *irgendwas* tun?" entgegnete Michael grimmig. „Sie hat einen Sohn großgezogen, von dem ich glauben soll, er wäre von mir. Verdammte Scheiße!"

„He!" Max kam aus dem Esszimmer. „Was ist denn los? Jesus!" rief er bei Michaels Anblick. „Ein Geist aus der Vergangenheit!"

„Nette Begrüßung", meinte Michael.

„Was willst du denn? Einen dicken Kuss und eine überschwängliche Umarmung? Schau dich mal an! Todschicker Fummel, ganz der große Mr. City."

„Lass den Unsinn. Ich weiß, wir haben uns eine Weile nicht gesehen. Aber jetzt bin ich hier, weil ihr meine Freunde seid. Und ich hör mir keinen Quatsch an."

„Oh, endlich merkt er, dass er Freunde hat …"

Tina, die ihren Mann nicht eingeweiht hatte, brachte ihn hastig zum Schweigen und ergriff Michaels Arm. „Gehen wir ins Wohnzimmer."

„Jetzt brauche ich einen Drink!" sagte Michael.

„Schenk dir einen ein." Sarkastisch fügte Max hinzu: „Unser ganzes Personal hat grade Urlaub."

Ohne die Spitze zu beachten, fragte Michael: „Wo hebt ihr den Fusel auf?"

„Da drüben im Schrank. Wenn du Eis willst, hol's dir aus der Küche."

„Benimm dich nicht wie der letzte Trottel, Max", schimpfte Tina. „Heute Abend hat Mike einen gewaltigen Schock erlitten."

„Welchen?"

„Die Art, die ein Mann bekommt, wenn ihm eine Frau nach siebzehn Jahren anvertraut, dass er einen Sohn hat."

„*Was?*" Max sank in einen Sessel.

„Das wollte ich dir später erzählen", erwiderte Tina. „Erst mal nur die Kurzfassung – Michael ist der Vater von Danis Sohn Vincent."

„Warum hat sie mir's damals bei unserem Wiedersehen nicht erzählt?" fragte Michael mit gepresster Stimme.

Tina zuckte die Achseln. „Wahrscheinlich hatte sie ihre Gründe."

„Was wirst du tun?“ wollte Max wissen.

„*Mein* Problem ist es nicht.“ Michael goss sich einen doppelten Drink ein. „Sondern *ihres.*“

„Aber sie glaubt, der Junge würde einen Vater brauchen“, warf Tina ein.

„Daran hätte sie früher denken müssen.“

„Bedeutet das – du willst ihn nicht sehen?“

„Warum sollte ich?“

„Weil's nicht *seine* Schuld ist.“

„Das alles muss ich mit mir allein ausmachen.“

„Da hast du Recht, Mike“, bestätigte Max.

„Tut mir leid, dass ich bei euch so reingeplatzt bin“, entschuldigte sich Michael. „Aber ich wusste nicht, wohin ich sonst gehen könnte.“

„Wie wär's, wenn du nach Hause fahren würdest?“ schlug Tina vor. „Zu deiner Frau?“

„Oh Gott, wenn Stella das rausfindet, rastet sie aus.“

„Oh ja ...“ Der Gedanke an eine Stella, die außer Kontrolle geriet, bereitete Tina ein gewisses boshaftes Vergnügen.

„Reden wir nicht über meine Frau“, entschied Michael. „Wir treffen uns bald mal. Wenn sie nicht dabei ist. Okay?“

„Ja, Michael“, stimmte Tina zu. „Und wenn ich dir einen Rat geben darf, den du vermutlich nicht befolgen wirst – du *musst* deinen Sohn kennen lernen.“

Dani fühlte sich wie eine rettungslose Versagerin. Erstens war es ihr misslungen, mit Michael klarzukommen – und zweitens ... als sie Vincent die Wahrheit erzählt hatte, war er erbost aus dem Hotel gestürmt. Sie hatte keine Ahnung, wo er sich herumtrieb, und sie wusste nicht, ob sie die Polizei verständigen sollte. Stattdessen rief sie Tina an.

„Mach dir keine Sorgen, bald ist er wieder da", prophezeite Tina, „und zwar unversehrt."

„Wieso bist du dir so sicher?"

„Weil er auf sich selber aufpassen kann. Glaub nicht alles, was du über New York gelesen hast. Wenn er morgen früh noch immer nicht aufgetaucht ist – dann kannst du anfangen, dich aufzuregen."

„Verzeih mir, dass ich mitten in der Nacht gestört habe."

„Schon gut." Beiläufig fuhr Tina fort: „Übrigens, Michael hat uns besucht."

„Und?"

„Er war wütend und frustriert."

„Das weiß ich", seufzte Dani bedrückt. „Er hat's nicht akzeptiert ..."

„Lass ihm Zeit. Ich kenne ihn, er wird sich eines Besseren besinnen."

„Viel Zeit habe ich nicht, weil wir nur fünf Tage hier bleiben."

„Raue Schale, weicher Kern – so ist Michael, und er wird seinem eigenen Sohn nicht den Rücken kehren."

„Hoffentlich nicht", flüsterte Dani.

Um drei Uhr nachts kam Vincent ins Hotel zurück.

„Wo warst du?" fragte seine Mutter, immer noch hellwach.

„Warum interessiert dich das?"

„Hör mal, ich weiß, du regst dich furchtbar darüber auf. Aber glaub mir – bei allem, was ich tat, habe ich immer nur an dein Wohl gedacht."

„Jesus, Mom!“ rief er und warf ihr einen geringschätzigen Blick zu. „Was für eine Schlampe musst du gewesen sein. Ein One-Night-Stand! Und dabei bist du auch noch schwanger geworden. Wieso hast du mich nicht abgetrieben?“

Mühsam zwang sie sich zur Ruhe. „Hätte ich mich dazu entschlossen, würden wir jetzt nicht miteinander reden, oder?“

„Vielleicht wär's besser gewesen“, murmelte er.

„Ich habe nicht abgetrieben, weil ich dich wollte. Ist das gut genug?“

„Und warum hast du's ihm verschwiegen?“

„Weil ich nicht wusste, wo er steckte. Ich war jung und verängstigt. Also heiratete ich Sam. Wie konnte ich denn ahnen, dass er sich zum Säufer entwickeln würde?“

„Jedenfalls hast du lauter falsche Entscheidungen getroffen“, fauchte Vincent und stapfte in sein Schlafzimmer.

Als sie am nächsten Morgen erwachte, war er wieder verschwunden. Immer zorniger fragte sie sich, wie sie mit ihm fertig werden und die verfahrene Situation meistern sollte.

Michael trank Kaffee und starrte aus dem Fenster. Unwillig wandte er sich zu Marcie um, die in sein Büro kam. „Da ist ein junger Mann, der Sie sprechen möchte, Sir.“

„Wer?“

„Ein gewisser Vincent. So hat er sich zumindest vorgestellt. Worum es geht, wollte er mir nicht verraten.“ Neugierig musterte sie ihn. „Haben Sie einen Verwandten, der so heißt?“

Ungeduldig seufzte er. „Warum fragen Sie, Marcie?“

„Weil er Ihnen wie aus dem Gesicht geschnitten ist."

„Schicken Sie ihn rein."

Seine Gedanken überschlugen sich. Also kam der Junge tatsächlich hierher. Hatte Dani ihn dazu veranlasst? Was wollten sie von ihm? Geld? Okay, er würde dem Kerl einen Scheck geben. Kein Problem.

Als Vincent eintrat, stockte Michaels Atem, denn er glaubte, in einen Spiegel zu blicken – zwanzig Jahre früher. Wortlos starrten sie sich an. Der Junge war offensichtlich genauso verblüfft wie er selbst.

„Schließen Sie die Tür, Marcie", befahl Michael barsch, „vorerst keine Telefonate."

„Ja, Mr. Castelli." Fasziniert von dieser Sensation, die ihren normalen Arbeitsalltag unterbrach, gehorchte die Sekretärin.

Michael wies auf einen Sessel. „Mach's dir bequem."

Nachdem Vincent Platz genommen hatte, schauten sie sich immer noch unsicher an.

„Nun, was kann ich für dich tun?" fragte Michael schließlich.

„Ist das alles, was du mir zu sagen hast?" Vincent biss auf seine Unterlippe.

„Hör mal, gestern Abend sah ich deine Mutter zum ersten Mal wieder, seit sie mich vor sieben Jahren abserviert hatte. Und weißt du, was sie mir gestern Abend sagte? Dass wir vor siebzehn Jahren bei einem One-Night-Stand ein Kind gezeugt haben. Leider vergaß sie mich zu gegebener Zeit darüber zu informieren. Dieses Kind bist *du,* nicht wahr?"

„Mir hat sie's auch erst gestern Nacht erzählt." Vincents

Blick schweifte durch das exquisit ausgestattete Büro. „Die ganze Zeit habe ich einen beschissenen Trunkenbold, der mit einem Vermögen abgehauen war, für meinen Vater gehalten. Und jetzt erfahre ich, dass ich von *dir* stamme. Wer du bist, weiß ich nicht – und so habe ich auch keine Ahnung, wer *ich* bin."

„Was willst du von mir?" Michael beschloss, das Gespräch möglichst schnell zu beenden. „Geld?"

„Glaubst du, ich bin hier, um *Geld* zu verlangen?" Verächtlich runzelte Vincent die Stirn. „In all den Jahren hat meine Mom hart gearbeitet, um mir alles zu bieten, was ich brauchte. Von dir bekam sie keinen einzigen Dollar, nicht wahr?"

„Hast du nicht *zugehört?*" stieß Michael ärgerlich hervor. „Bis gestern Abend *wusste* ich nichts von meiner Vaterschaft."

„Als wäre das meine Schuld ..."

„Jetzt werde ich dir einen Scheck ausstellen, den bringst du deiner Mom und sagst ihr, dieses Geld schulde ich ihr, weil sie dich großgezogen hat. Und da ich überhaupt nichts über dich weiß, ist unsere Beziehung damit beendet."

„Verdammter *Bastard!*" schrie Vincent und sprang auf.

„Wieso bin *ich* der Bastard?"

„Weil ich dein Sohn bin! Was meinst du, wie ich mich fühle? Ich kam hierher, in der Hoffnung, einen Dad kennen zu lernen – jemanden, den ich respektieren, zu dem ich aufschauen kann. Aber so ein Vater ist du ganz sicher nicht."

Vor Michaels geistigem Auge erschien das Bild von Vinny in seinem Rollstuhl, vor dem Fernseher festgenagelt. Wie er sich nur zu deutlich entsann, hatte sein Vater ihm niemals auch nur ein bisschen Aufmerksamkeit geschenkt, denn für Vinny war das Leben beendet gewesen, als er seine Frau und die Fähigkeit zu gehen verloren hatte. Wollte er das auch *seinem* Kind antun, den Jungen ignorieren, wegschicken – ihm nichts geben außer Geld?

„Hör zu …", begann er.

„Nein!" fiel Vincent ihm wütend ins Wort. „Ich muss dir nicht zuhören. Für *mich* interessierst du dich nicht. Auf dein väterliches *Pflichtgefühl* verzichte ich. Zum Teufel mit dir!"

„So ist es nicht …"

„Dein lausiges Geld wollen wir nicht!" stieß Vincent hervor. „Jetzt gehe ich wieder zu meiner Mom – die *liebt* mich wenigstens."

„Wie oft soll ich dir's noch sagen?" stöhnte Michael. „Ich *wusste* nichts von meinem Sohn."

„Tut mir leid, dass ich dich belästigt habe." Entschlossen ging Vincent zur Tür. „Ich hatte gehofft, irgendwas würde uns miteinander verbinden. Offensichtlich war es eine schlechte Idee, dich zu besuchen."

„He, warte mal!" Michael stand auf und kam hinter seinem Schreibtisch hervor. „In diesem ganzen Schlamassel sind wir gewissermaßen unschuldige Opfer. Uns *beiden* hätte Dani die Wahrheit erzählen müssen. Und das hat sie nicht getan. Und nun gehen wir aufeinander los. Das sollten wir nicht tun." Nach einer kurzen Pause fragte er: „Weiß Dani, dass du hier bist?"

„Wenn sie's wüsste, wäre sie verdammt sauer."

„Okay, ich mache dir einen Vorschlag. Ich lade dich zum Lunch ein und wir lernen uns kennen. Wie klingt das?"

Ein paar Sekunden lang zögerte Vincent. „Ich – würde dich sehr gern kennen lernen“, erwiderte er stockend.

„Dann tun wir's doch, Kid.“

„Wenn du aufhörst, mich ‚Kid‘ zu nennen.“

„Abgemacht.“

„Rufen wir Mom an? Wahrscheinlich flippt sie schon aus vor lauter Sorge, weil sie keine Ahnung hat, wo ich bin.“

„Warum nicht?“ Michael nahm den Telefonhörer ab. Schon nach dem ersten Läuten meldete sich Dani. „Bist das du, Vincent?“

„Nein, ich bin's – Michael.“

„Oh.“

„Vincent ist bei mir. Gerade fangen wir an, Vater und Sohn zu spielen.“

„Aber ich dachte ...“

„Mach dir keine Sorgen, diesen Tag verbringt er bei mir. Gegen sechs bringe ich ihn ins Hotel.“

„Moment mal, Michael ...“

„Ich habe gesagt, du sollst dir keine Sorgen machen.“

„Also gut“, antwortete sie leise und legte auf.

Plötzlich sah die Welt viel besser aus.

44. KAPITEL

Michael und Dani, 1982

Nach dem Opernabend entschied Stella, es wäre an der Zeit, wieder einige Tage auf einer Wellnessfarm zu verbringen. Das machte sie regelmäßig, denn sie nahm ihre Schönheitsanwendungen sehr wichtig.

Michael seufzte erleichtert. Mittlerweile an Vincents Anwesenheit gewöhnt, genoss er Stellas Abwesenheit. Und da Madison im Internat war, hatte er keine anderen familiären Verpflichtungen.

Die nächsten drei Tage verbrachte er mit Vincent und stellte fest, dass der Sohn, den er erst jetzt kennen lernte, ein sehr kluger Junge war, mit dem man interessante Gespräche über alle erdenklichen Themen führen konnte.

Vincent berichtete von seinem Freund Nando aus Kolumbien, von den Plänen, die sie gemeinsam geschmiedet hatten.

„Will Dani dich nicht aufs College schicken?" fragte Michael, während sie in einem Herrenmodegeschäft Jacketts begutachteten.

„Warst du auf einem College?" konterte Vincent.

Grinsend schüttelte Michael den Kopf. „Mit fünfzehn bin ich von der Schule abgegangen und habe im Lebensmittelladen meiner Familie geholfen. Ich sollte dir von deiner Urgroßmutter Lani erzählen. Welch eine Persönlichkeit!"

„Und dein Dad?" Vincent griff nach einer Motorradjacke aus schwarzem Leder, mit silbernen Nieten. „Wie war er denn, mein Großvater?"

„Das ist eine andere Geschichte, die erzähle ich dir irgendwann."

„Und was läuft jetzt?" fragte Vincent und erinnerte Michael an die Zeit, wo *er* siebzehn gewesen war. „Warum muss ich aufs College gehen?"

„Weil's deine Mom will", entgegnete Michael und probierte ein dunkelblaues Armani-Sportjackett an, das ihm großartig stand.

„Ja, du sagst es!" erboste sich Vincent. „*Sie* will es. Nicht *ich*. Nando und ich haben beschlossen, um die Welt zu reisen."

„Tatsächlich?"

„He, wenn ich's nicht jetzt mache – wann kriege ich jemals wieder eine Chance dazu?"

„Und wie kannst du's dir leisten?"

„Wenn Nando einundzwanzig ist, erbt er einen ganzen Arsch voll Geld", erklärte Vincent enthusiastisch. „Deshalb hofft er, die Bank wird ihm eine Art Vorschuss geben."

„Oh, ich verstehe. Also willst du mit dem Geld eines anderen um die Welt reisen? Habe ich das richtig verstanden?"

„Nando und ich sind wie Brüder."

„Um dir einen guten Rat zu geben – nimm niemals auch nur einen Cent von einem Freund an."

„Jedenfalls ist das College nichts für mich." Vincent schlüpfte aus der Lederjacke. „Was ich mal machen will, weiß ich ganz genau."

„Und das wäre?"

„Irgendwas in Vegas, mit Nando. Wir möchten unseren eigenen Schuppen betreiben."

„Was für einen?"

„Eine Bar oder ein Restaurant. Vielleicht sogar ein Hotel."

„Fabelhaft, also willst du ganz klein anfangen", scherzte Michael.

„Das würden wir hinkriegen, wenn ich meine Zeit nicht im College verplempern muss. Würdest du mit Mom reden?"

„Okay, okay."

„Wirklich? Das würdest du für mich tun?"

Nachdenklich nickte Michael. „Vielleicht sollten wir drei zu Abend essen." So übel wäre es gar nicht, Dani wiederzusehen.

„Das wäre phantastisch", meinte Vincent.

„Später rufe ich sie an", versprach Michael und fragte sich, ob das eine gute Idee war. An jenem Abend hatte Dani so zauberhaft ausgesehen. Und sein Versuch, sich *nicht* davon beeindrucken lassen, war gründlich misslungen. Aber jetzt, nachdem er einige Zeit mit Vincent verbracht hatte, gewöhnte er sich irgendwie an die neue Situation. Und wie er zugeben musste, hatte Dani einen prachtvollen Jungen großgezogen. Ganz allein. Sicher könnten sie alle Freunde werden, oder?

Natürlich musste er ihr das Geld geben, das er ihr geschickt hätte, hätte er gewusst, dass er einen Sohn hatte.

Der schwule Verkäufer eilte herbei, offensichtlich hingerissen von den beiden attraktiven Kunden. „Nun, haben wir uns entschieden?"

„Was immer mein Sohn will", antwortete Michael. „Und ich nehme das Armani-Jackett."

„Ganz klar", murmelte der junge Mann bewundernd. „Darin sehen Sie traumhaft aus!"

Etwas später saß Michael an seinem Schreibtisch und überlegte, wie viel Unterhalt er Dani bezahlen sollte. Schließlich stellte er einen Scheck über zweihundertfünfzigtausend Dollar aus. Ob sie diese Summe annehmen wollte oder nicht, spielte keine Rolle – er würde einfach darauf bestehen.

Das nächste Problem betraf die Frage, wo sie zu Abend essen sollten. Zweifellos wäre es unklug, mit den beiden ein Restaurant zu besuchen, wo Stellas Freunde auftauchen könnten. Also rief er Tina an und bat sie um Vorschläge.

„Kommt doch zu uns! Max will grillen, es wird eine familiäre Fete und ein Riesenspaß – oder ein Chaos, je nachdem."

„Bist du sicher?"

„Was spricht dagegen?"

„Also gut, wir kommen."

„Alles okay?"

„Eine eigenartige Situation. Aber du hast Recht, ich *muss* Vincent kennen lernen. Gerade bin ich dabei."

Als er mit Dani telefonierte, lehnte sie die Einladung zunächst ab. Aber dann wurde sie von Vincent bearbeitet, rief Michael zurück und sagte zu.

Am Abend holte er sie mit einem Taxi vom Hotel ab. Wie üblich sah sie atemberaubend aus, in einem Hosenanzug aus weißer Seide, das lange blonde Haar hochgesteckt, mit großen goldenen Ohrringen.

„Hallo", grüßte er und erinnerte sich an die schöne gemeinsame Zeit.

„Hi, Michael", erwiderte sie leise. Warum hatte sie die Einladung bloß angenommen? Aber trotz aller Bedenken freute sie sich darüber, dass er viel besser gelaunt war als an jenem Abend, als sie sich zum letzten Mal sahen.

Im Grunde seines Herzens wusste er, dass Dani die *richtige* Mutter für Madison gewesen wäre. Solche Gedanken musste er verdrängen. *Stella* war Madisons Mutter. Dabei sollte es auch bleiben.

In Tinas und Max' Garten tummelten sich bereits mehrere Leute. Harry und ein paar Freunde spielten Basketball, während Susie mit einigen Mädchen zusammensaß, die nur einen kurzen Blick auf Vincent warfen, verlegen erröteten und sich kichernd anstießen.

„Tatsächlich, eine Familienfete", bemerkte Michael und wünschte, auch Madison könnte den Abend genießen.

„He, Vinny!" schrie Harry. „Komm rüber, spiel mit!"

Noch nie hatte ihn jemand Vinny genannt. Erstaunt schaute Dani ihrem Sohn nach, der zu Harry und seinen Freunden rannte.

„So hieß mein Vater", erklärte Michael. „Wusstest du das nicht?" Bildete er sich das nur ein, oder leuchteten ihre Augen in einem intensiveren Blau denn je?

„Nein."

„So heiße ich auch."

„Dein Name lautet Michael."

„Vincenzio Michael Castellino", verkündete er. „So steht's auf meiner Geburtsurkunde."

„Wirklich?"

„Du hast den Jungen Vincent genannt – und wusstest das nicht?" Keine Sekunde lang glaubte er ihr.

„Vielleicht doch", gab sie lässig zu. „Ich glaube, das hast du mir irgendwann erzählt."

„Ja. Klingt ‚Vincent‘ nicht etwas zu förmlich?“

„Er mag's nicht, wenn die Leute seinen Namen abkürzen.“

„Wie in alten Zeiten!“ Max schlenderte zu ihnen. „Will jemand ein Bier?“

„Gute Idee“, meinte Michael.

In diesem Augenblick gesellte sich Tina hinzu. „Setzt euch doch, ihr zwei!“ Lächelnd zeigte sie auf einen großen Picknicktisch neben ihren drei kostbaren Rosenbüschen.

Michael nahm Danis Arm, und sie gingen hinüber. Wie wundervoll, seine Nähe zu spüren, dachte sie. Doch sie wusste, es würde zu nichts führen.

„Ein fabelhafter Junge, Dani“, sagte er, nachdem sie sich gesetzt hatten. „Du hast ihn sehr gut erzogen.“

„Danke“, erwiderte sie kühl. „Hast du's deiner Frau schon erzählt?“

„Es ist besser, wenn sie nichts von Vincent erfährt.“

„Warum?“

„Natürlich soll er einen Platz in meinem Leben einnehmen. Aber nicht in meiner New Yorker Familie. Verstehst du das?“

„Wenn Vincent damit einverstanden ist, habe ich nichts dagegen.“

„Ich werde mich von nun an um ihn kümmern, das verspreche ich dir.“

„Genau das braucht er.“ Erleichtert atmete sie auf, weil sich doch noch alles zum Guten wendete.

„Nein“, widersprach er, „was er braucht, wäre eine gewisse Freiheit.“

„Wie, bitte?“

„Er hat mir erzählt, dass du ihn aufs College schicken willst."

„Ja, er soll studieren."

„Er hat auch seinen Freund Nando erwähnt. Den möchte er in Kolumbien besuchen. Aber du bist dagegen."

„Allerdings." Dieses Gesprächsthema missfiel ihr.

„Warum?"

„Weil Nando einen schlechten Einfluss auf ihn ausübt."

„Wieso denn *das?* Und der Junge hat noch kein einziges Mädchen flachgelegt."

„Michael!"

„Er ist siebzehn. Damals, in unserer ersten Nacht, warst du *sechzehn.* Mach bloß kein Muttersöhnchen aus ihm!"

„Das tu ich doch gar nicht!" verteidigte sie sich.

„Doch."

„Ich muss ihn beschützen."

„Wovor?"

„Vor dem Leben."

„Niemanden kannst du vor dem *Leben* schützen, Dani. Gerade *du* müsstest das begreifen."

Beklommen wich sie seinem Blick aus und dachte an alles, was sie durchgemacht hatte. Gewiss, Michael hatte Recht. Aber sollte sie Vincent so einfach loslassen?

„Übrigens", fuhr er fort und neigte sich zu ihr, „tut mir leid, dass ich neulich Abend so unfreundlich war. Dieses Geständnis muss dir sehr schwergefallen sein."

„Oh ja."

Plötzlich grinste er sie an. „Und jetzt sitzen wir hier wie ein altes Ehepaar und streiten schon über unseren Sohn. Ist das nicht witzig?"

„*Du* bist ein alter Ehemann“, betonte sie, „und *ich* bin immer noch ein Single.“

„Tatsächlich?“

Sie nickte, und dann fügte sie provozierend hinzu: „Obwohl Dean mich ständig anfleht, ihn zu heiraten.“

„Wer ist Dean?“ Kaum merklich runzelte Michael die Stirn.

„Oh, habe ich dir nicht von ihm erzählt? Ein ganz besonders lieber Freund.“

„Wie *besonders*?“

„Wir kennen uns schon sehr lange.“

„Schläfst du mit ihm?“

„Das geht dich nun *wirklich* nichts an.“

„Hat er dir von Beth erzählt?“

„Zufällig stimmt das. Woher weißt du’s?“

„Nur so eine Ahnung.“ Wer immer Dean sein mochte, Michael konnte ihn nicht ausstehen.

Max stellte ein paar Bierflaschen auf den Tisch. „Wer hilft mir beim Grillen?“

Sofort stand Michael auf. „Ich.“

„Pass bloß auf, dass du es nicht vermasselst! Ich habe nämlich die beste Barbecue-Sauce seit Menschengedenken gemixt. Wenn du die Steaks verkohlst, kriegst du Ärger.“

Nach dem Barbecue fragte Harry, ob er Vincent zu einer Party mitnehmen durfte.

„Lieber nicht“, erwiderte Dani.

„Oh, ich denke schon.“ Michael fasste Dani am Arm und führte sie zur Seite. Als sie ihn verwirrt anstarrte, brach er in schallendes Gelächter aus. „Hast du mir nicht gerade erst erklärt, er brauche endlich einen Vater in seinem Leben? Nun, da bin ich."

„Ja, aber …"

„Lass den Jungen zu einer Party gehen", unterbrach er sie. „Wie oft wird er denn nach New York kommen?"

„Und wer bringt ihn ins Hotel?" konterte sie und wusste, dass sie sich wie eine Glucke benahm. Aber sie konnte nicht anders.

„Um Himmels willen, er ist siebzehn. Sicher wird er den Weg zum Plaza finden."

„Also gut – wenn er um Mitternacht im Bett liegt", entschied sie kompromissbereit. „Einigen wir uns auf einen Zapfenstreich?"

„Mitternacht – ein Uhr morgens, welchen Unterschied macht das schon?"

„Für mich einen sehr großen."

„He, weißt du, was ich mit siebzehn gemacht habe?"

„Wahrscheinlich warst du ein zügelloser Teenager, vermute ich mal."

„Wenn ich mich recht entsinne, warst du auch nicht besonders tugendhaft."

„Du hast meine Naivität ausgenutzt", warf sie ihm errötend vor.

„War's denn so?" flüsterte er und schaute ihr tief in die Augen.

Unwillkürlich lächelte sie. „Nun – vielleicht habe ich dich ein bisschen ermutigt."

„Du warst ein sehr unartiges kleines Mädchen", behauptete er grinsend.

„Und *du* hast mich verführt."

„Komm, Dani, jetzt bringe ich dich ins Hotel, während *unser* Sohn ausgeht und sich amüsiert."

Sie verabschiedeten sich von Tina und Max. Wahrend Dani der Gastgeberin dankte, steckte Michael seinem Sohn hundert Dollar zu und empfahl ihm, einen draufzumachen.

Sie fuhren mit dem Taxi zum Plaza. Als es vor dem Hoteleingang hielt, sagte Dani: „Du musst nicht aussteigen."

„Doch." Michael bezahlte den Fahrer und begleitete sie in die Halle.

„Das – war ein sehr netter Abend, Michael."

„Trinken wir noch etwas in der Bar", schlug er vor.

Gegen ihren Willen nickte sie. Diese Einladung sollte sie ablehnen. Ein Drink mit Michael … danach waren sie stets im Bett gelandet.

„Vincent mag dich wirklich", sagte sie, als sie an einem Ecktisch saßen.

„Und ich mag ihn", beteuerte er und bestellte eine Flasche Champagner.

„Also habe ich das Richtige getan?"

„Sieht so aus."

„Darüber freue ich mich."

Er nahm eine Packung Lucky Strikes aus der Tasche seines Jacketts und hielt sie ihr hin. Aber sie schüttelte den Kopf. „Was ich vorschlagen möchte …", begann er und zündete sich eine Zigarette an. „Gib dem Jungen eine Chance, die Welt zu sehen, bevor er aufs College geht. Diesen Trip werde ich finanzieren. Er soll sich nicht von Nando abhängig fühlen. Mit siebzehn ist er alt genug – er muss sich umsehen und eigene Erfahrungen sammeln. Daran darfst du ihn nicht hindern, Dani."

„Behindere ich ihn etwa, wenn ich ihn aufs College schicke?“ fragte sie ärgerlich.

„Er will nicht studieren.“

„Woher weißt du das?“

„Weil er mir’s gesagt hat.“

„Um solche Entscheidungen zu treffen, ist er zu jung.“

„Keineswegs. Und da ich jetzt zu seinem Leben gehöre, habe ich was zu sagen – ganz legal.“

„*Was?*“

„Soll ich meinen Anwalt einschalten? Willst du das?“

Ungläubig starrte sie ihn an. „Das meinst du nicht ernst.“

„Reden wir nicht mehr davon. Sitzen wir einfach nur da, erinnern wir uns an alte Zeiten. Dieses Wiedersehen ist etwas ganz Besonderes.“

„Wechsle bloß nicht das Thema!“

„Denk darüber nach. Der Junge hat meine Gene. Was gut und richtig für ihn ist, will er selber rausfinden. Ich bitte dich nur, darüber nachzudenken.“

„Okay“, stimmte sie widerstrebend zu.

Der Kellner stellte den Eiskübel mit dem Champagner auf den Tisch. Schwungvoll entkorkte er die Flasche und füllte die Gläser. Michael prostete Dani zu. „Auf alte Zeiten – und neue.“

„Wie verläuft das Eheleben?“ platzte sie heraus und holte ihn in die Realität zurück.

„Eh – interessant“, erwiderte er zurückhaltend.

„Sicher bist du sehr glücklich.“

„Nein, das stimmt nicht.“ Eindringlich schaute er in ihre Augen. „Du und ich – *wir* hätten zusammenbleiben müssen. Das wissen wir beide.“

„Vielleicht …“ Oh Gott, schon wieder geriet sie in seinen Bann, das durfte nicht geschehen.

„Da sind wir wieder.“ Lächelnd ergriff er ihre Hand.

„Ja“, bestätigte sie leise, „da sind wir.“

„Übrigens, das ist für dich.“ Michael griff in die Brusttasche seines Jacketts und reichte ihr ein Kuvert.

„Was ist das?“

„Mach's noch nicht auf. Warte, bis du in Vegas bist.“

„Also gut.“ Sie nahm an, er hätte ihr einen Brief geschrieben, um sich für sein Verhalten an jenem Abend zu entschuldigen.

Zwei Champagnergläser später fühlte sich Dani ein bisschen schwindlig. Noch immer versprühte Michael den alten unwiderstehlichen Charme, dem sie anscheinend nicht entrinnen konnte. Und dann dachte sie: Warum sollte ich? Ich bin eine erwachsene Frau und kann tun und lassen, was mir gefällt.

Als er ihr vorschlug, nach oben zu gehen, protestierte sie nicht. Welchen Sinn hätte es gehabt, sich zu widersetzen?

„Warte hier, ich buche uns eine Suite“, sagte er, „damit wir uns entspannen können – und du nicht befürchten musst, Vincent könnte uns ertappen.“

„Oh Michael, ich weiß nicht …“ Plötzlich hatte sie Zweifel. „Du bist verheiratet, es wäre nicht richtig.“

„So lange vor Stella bist du in mein Leben getreten.“ Dem Blick seiner betörenden grünen Augen konnte sie nicht widerstehen. „Warum sollten wir keinen neuen Anfang wagen? Ich will mit dir zusammen sein. Nicht nur für eine Nacht.“

Schweigend nickte sie – seiner magischen Anziehungskraft wehrlos ausgeliefert.

45. KAPITEL

Dienstag, 10. Juli 2001

Der Van raste die Autobahn entlang und verfehlte nur um Haaresbreite andere Fahrzeuge, während er ständig die Spuren wechselte. Immer wieder steckte der Bandit Nummer eins seinen Kopf aus dem Fenster, um festzustellen, ob sich der Hubschrauber schon entfernt hatte.

Als es endlich so weit war, lachte er meckernd. „Scheißtypen! Denen muss man nur ein bisschen Feuer unter'm Hintern machen."

„Sie haben das Mädchen hinausgeworfen!" Voller Abscheu starrte Madison ihn an. „Kennen Sie denn wirklich keine Gnade?"

„Schnauze!" befahl er. „Sie reden zu viel, Lady. Wie halten Sie's bloß mit ihr aus?" fragte er Cole, der am Steuer saß und unverwandt durch die Windschutzscheibe schaute.

„Die arme junge Frau ...", klagte Madison. „Wie ein totes Tier wurde sie auf die Straße geworfen."

„Oh ja", bestätigte der Killer und kicherte, als wäre das ein ganz irrer Spaß. „Das haben Sie ganz richtig erkannt. Wie ein totgefahrenes Reh. Ist das nicht ein aufregender Trip?"

„Ihre Mutter muss wirklich stolz auf Sie sein."

„Lassen Sie meine verdammte Mutter aus dem Spiel!"

„Hoffentlich lerne ich sie eines Tages kennen. Dann werde ich ihr zu dem wunderbaren Sohn gratulieren, den sie großgezogen hat."

„Wenn Sie noch länger dummes Zeug faseln, fliegen Sie als Nächste raus, dumme Gans!“

Von dieser beängstigenden Drohung eingeschüchtert, warf sie einen raschen Blick auf Cole, der sich angespannt aufs Fahren konzentrierte. Sie erinnerte sich an einen Film, der von einer Geiselnahme handelte. *Niemals darf man mit solchen Gangstern in einen Wagen steigen. Sonst wird man's nicht überleben …*

In jenem Film war empfohlen worden, einen Unfall zu provozieren, wenn man sich in einer so gefährlichen Situation befand. Das müsste Cole tun – den Van gegen die Leitplanke lenken.

Natürlich könnte ein solcher Unfall auf einer Autobahn alle Insassen töten.

Und doch – alles war besser als diese Reise ins sichere Verderben.

Leroy Fortuno war ein sehr großer Schwarzer Mitte dreißig, im Rapper-Stil gekleidet, während Darren Simmons dem Rapper Snoop Doggy Dogg glich – dünn und ausgemergelt, mit knorrigen Dreadlocks und tief liegenden finsteren Augen. Beide trugen Sean John-Jogginganzüge und Nike-Laufschuhe. An ihren Hälsen hingen protzige, mit Diamanten besetzte Kreuze.

„Mein Gott“, stöhnte Jolie, als sie heranschlenderten. „Wie zwei aufgemotzte Drogendealer.“

„Die sind in der Schallplattenbranche“, erklärte Nando. „Da sehen alle so aus.“

„Bist du *sicher*, dass du mit *diesen* Leuten zusammenarbeiten willst?“

„Ich habe keine Wahl. Allein kriege ich's nicht hin, und Vincent hat's abgelehnt."

„Vielleicht wird's dir leid tun."

„Denk nicht so negativ!" ermahnte er seine Frau und warf ihr einen vorwurfsvollen Blick zu. „Sonst werde ich echt sauer. Ich biete dir einen ganz großen Job an. Also sei schön brav und halt den Mund."

„Hi, Bruderherz!" Roy und Nando klatschten ihre Handflächen aneinander. „Machen wir einen drauf?"

„Hallo. Das ist meine Frau, Jolie."

„Hey, Baby!" Darren musterte sie von Kopf bis Fuß. „Sieht ziemlich scharf aus."

Über Jolies Rücken rann ein Schauer, Zorn stieg in ihr auf. Sie war gewiss kein Snob. Aber diese beiden gehörten zum allermiesesten Abschaum. Um das zu merken, brauchte sie kein Detektiv zu sein.

Nackt und völlig enthemmt, die Beine gespreizt, lag Jenna auf dem Bett. Während Andy Dale immer wieder in sie eindrang, saugte Anais an ihren Brustwarzen. In ihrem Koks-Nebel versunken, malte sich Jenna ein großes Haus in Bel Air aus, wo unzählige Dienstboten ihr alle Wünsche von den Augen ablasen und mehrere Luxusautos in der Garage parkten. Natürlich würden täglich berühmte Leute ein und aus gehen – alle ihre besten Freunde, weil sie Andy Dales Ehefrau war.

Solche lebhaften Fantasiebilder schwirrten durch ihren Kopf, als sie automatisch murmelte: „Oh Andy, du bist ein sensationeller Liebhaber!" Sobald sie die Worte ausgesprochen hatte, sah sie, dass die Realität anders war. Besonders gut war Andy nicht ausgestattet – im Gegensatz zu Vincent Castle.

Aber Andy Dale war ein Filmstar, was ein paar fehlende Zentimeter ausglich.

„So übel bist du auch nicht, Schätzchen, alle Achtung“, keuchte er und rammelte sie weiter mit der Finesse eines Presslufthammers.

„So gern ...“, japste Jenna, „... würde ich mich mit dir fotografieren lassen.“

„Ja, warum nicht ...“ Ein lang gezogenes Heulen. „Mach die Beine noch breiter, Baby, jetzt kommt's mir!“

Damit Michael möglichst schnell nach L.A. fliegen konnte, bestellte Vincent einen Privatjet.

Dani wollte Michael begleiten, was er kategorisch ablehnte.

„Wo erreiche ich dich?“ fragte sie, und er gab ihr die Nummer seines Handys.

„Du bist für deine Mom verantwortlich, Vincent“, mahnte er. „Außerdem musst du Sofia aufspüren und dafür sorgen, dass sie herkommt.“

„Daran arbeiten schon ein paar Leute. Soll *ich* nicht mit dir fliegen, Dad?“

„Wenn ich dich brauche, hörst du von mir.“

Dani schlang ihre Arme um Michaels Hals und küsste seine Lippen. „Sei vorsichtig“, flüsterte sie.

„Natürlich. Ich bin bald wieder bei dir. Dann haben wir einiges zu besprechen.“

„Was?“

Er schenkte ihr sein magisches Lächeln, das ihn zwanzig Jahre jünger machte. „Etwas Erfreuliches.“

Und sie liebte ihn mehr denn je.

Am Mittwoch um acht Uhr morgens traf Sofia in ihrer Pension am Strand von Marbella ein. Die Vermieterin, Mrs. Flynn, eine extravagante Engländerin, die zu viel trank, begrüßte sie in der Küche, mit einem bodenlangen orangegelben Kaftan bekleidet. „Wieder mal eine ganze Nacht unterwegs, Kleines?“ Anzüglich zwinkerte sie ihr zu. „Haben Sie sich gut amüsiert?“

„Nein, es war lausig.“

„War er nicht süß?“

„Kein bisschen“, erwiderte Sofia.

„Nun sind Sie schon seit einer Woche mit der Miete in Verzug“, wurde sie von Mrs. Flynn erinnert. „Heute brauche ich das Geld.“

„Darf ich Ihr Telefon benutzen?“ Plötzlich verspürte Sofia das heftige Bedürfnis, mit ihrer Mutter zu reden. Gianni hatte vielleicht Recht, und es war an der Zeit, heimzukehren.

„Nur zu, ich schreib’s auf Ihre Rechnung“, antwortet Mrs. Flynn freundlich.

Darauf wette ich, du geizige alte Kuh, dachte Sofia und wählte die Nummer in Vegas, obwohl es dort wahrscheinlich Mitternacht war. Dani meldete sich sofort.

„Hallo, Mom“, begann Sofia, als hätten sie sich erst gestern unterhalten. „Hoffentlich habe ich dich nicht geweckt.“

„Gott sei Dank!“ rief Dani. „So verzweifelt haben wir dich gesucht.“

„Wer ist *wir?*“ fragte Sofia und spielte mit dem Telefonkabel.

„Dein Vater, Vincent und ich.“

„Warum?“

„Wegen eines Notfalls, der deinen Vater betrifft. Du musst sofort nach Hause kommen.“

„Geht nicht, ich bin pleite.“

„Hast du überhaupt kein Geld?“

„Nada.“

„Geh zum American Express-Büro, dort wird ein Flugticket für dich liegen. Darum kümmere ich mich.“

„Schaffst du das?“

„Natürlich.“

„Ist Daddy okay?“

„Das kann ich dir nicht am Telefon erzählen.“

„Klingt unheimlich ...“ Nach einer kurzen Pause fügte Sofia hinzu: „Eigentlich wollte ich nach Rom fliegen.“

„Hör mir zu“, entgegnete Dani in strengem Ton. „Ich weiß, du lässt dir nicht gern Vorschriften machen. Aber es ist wichtig. Komm sofort nach Hause. Wahrscheinlich bist du in Gefahr.“

„Wow!“ meinte Sofia fasziniert. „Wie in einem James Bond-Film.“

„Hol das Ticket, Sofia, ich werde das sofort in die Wege leiten.“

„Okay, Mom, bin schon unterwegs.“

„Bei der nächsten Ausfahrt biegen Sie ab“, befahl der Killer.

Madison hatte keine Ahnung, wo sie sich befanden. Vor einer knappen halben Stunde waren sie aufgebrochen, und seit gut zwanzig Minuten ließ sich der Hubschrauber nicht mehr blicken. Aber vielleicht verfolgte er den Fluchtwagen ohne Scheinwerfer.

„Wohin soll's gehen?" fragte Cole.

„Fahren Sie einfach weiter."

„Bist du okay, Nat?" fragte Madison und drehte sich um.

„Klar", erwiderte Natalie. „Und du?"

„Oh, Cole und ich amüsieren uns großartig."

„Habe ich Ihnen erlaubt zu quasseln?" Der Bandit Nummer eins stellte das Radio an und drückte auf die Tasten, bis er einen Rap-Sender fand. Dann schaltete er auf volle Lautstärke und trommelte mit den Fingern aufs Armaturenbrett. „Geben Sie bloß Gas!" schrie er, als Cole das Tempo drosselte. „Wenn wir von der Autobahn runter sind, heißt das keineswegs, dass Sie wie eine alte Grandma fahren sollen. Verdammt!" krähte er. „Ich bin der King – der ganz große King!"

Gellend begann er zu lachen. Völlig stoned, absolut durchgekallt, total verrückt.

46. KAPITEL

Michael und Madison, 1987

„Pack ein paar Sachen ein, wir fliegen übers Wochenende nach Miami."

„Meinst du das ernst, Dad?" Madisons smaragdgrüne Augen funkelten vor Freude.

„Klar." Michael grinste seine langbeinige 16-jährige Tochter an, die er nur noch selten sah. „Genau das tun wir."

„Kommt Stella mit?"

„Deine Mom fühlt sich nicht gut, sie bleibt lieber in New York."

„Wow! Also nur wir zwei?"

„Was dagegen?"

„Überhaupt nichts!"

Madison war überglücklich. Den Großteil des Jahres verbrachte sie im Internat, die großen Ferien in Sommer-Camps. Ständig unternahm ihr Vater Geschäftsreisen, und Stella war fast immer indisponiert. Sie litt an einer hartnäckigen Migräne. Vor allem, wenn sich ihr Ehemann nicht in der Stadt aufhielt.

Und so hatte Madison gelernt, auf sich selber zu vertrauen. Dass sie dazu gezwungen war, hatte sie schon in jungen Jahren herausgefunden. Stella hatte Michael, Michael hatte Stella. Und sie – das Kind, die Tochter – kam nur gelegentlich dazu.

Nicht, dass die beiden sie nicht liebten. An der Zuneigung ihrer Eltern zweifelte sie keine Sekunde lang. Besonders Michael war der beste Vater, den sich ein Mädchen nur wünschen konnte. Sie vergötterte ihn, und sie würde die Reise nach Miami in vollen Zügen genießen.

Letzte Woche hatte sie ihren sechzehnten Geburtstag gefeiert. Keine große Fete. Stella hatte einen Tisch im Tavern on the Green bestellt und ihre Tochter mit ein paar Freundinnen hingeschickt. Nach einem frühen Dinner waren sie ins Theater gegangen und hatten sich „Starlight Express“ angesehen. Ziemlich uncool. Bedauerlicherweise war Michael gerade auf einer Geschäftsreise gewesen. Diesen wichtigen Tag hätte sie lieber mit ihm verlebt. Immerhin hatte er ihr eine goldene Uhr von Tiffany und eine liebevolle Glückwunschkarte geschickt.

Und jetzt diese Überraschung – ein Wochenende in Miami mit ihrem Vater! Einfach gigantisch!

Erfreut betrachtete Michael ihr strahlendes Gesicht. Obwohl Stella ihm versicherte, Madison würde sich im Internat wohl fühlen, sah er manchmal eine gewisse Melancholie im Blick seiner Tochter. Und trotz ihrer hervorragenden schulischen Leistungen fragte er sich, ob sie nicht lieber daheim geblieben wäre.

„Sei nicht albern!“ hatte Stella seine Bedenken abgetan. „Madison ist eine sehr zufriedene, ausgeglichene junge Dame.“

So oft musste Michael gar nicht verreisen. Aber es war zur Gewohnheit geworden, möglichst viel Zeit außerhalb von New York zu verbringen.

Und es gab noch eine andere Gewohnheit, die seine zweite Familie betraf. Die neuerliche Begegnung mit Dani im Jahr 1982 und die Entdeckung, dass er der Vater eines Sohnes war, zählten zu den Höhepunkten seines Lebens. In dem Jungen, den er sehr liebte, erkannte er sich selbst wieder. Allerdings war Vincent kein Junge mehr, sondern ein attraktiver, intelligenter 22-Jähriger, der genau wusste, was er wollte.

Michael hatte Dani gegenüber seinen Willen durchgesetzt. Statt zu studieren, war sein Sohn zusammen mit Nando auf Weltreise gegangen. Nach der Rückkehr nahmen sie ihre berufliche Zukunft in Angriff. Nando hatte sein Erbe angetreten. Und sein Freund verfügte über eigene Mittel.

Was Michael nicht wusste – Vincent war ein raffinierter Spieler und gehörte jener Kategorie an, die aus den meisten Casinos verbannt wurde. Ebenso wie sein Dad besaß er ein geniales Verständnis für Zahlen, und er hatte seine Gewinne clever investiert.

Von seinem Vater finanziell unterstützt, tat er sich mit Nando zusammen, der für immer nach Vegas zurückgekehrt war. Die beiden eröffneten ein Restaurant mit einer Bar am Strip, The Place. Schon bald hatte sich das Lokal, das ein hippes junges Publikum anlockte, zu einem großen Erfolg entwickelt.

Michael sah Dani sehr oft. Alle paar Wochen flog er nach Vegas. Er liebte sie, und sie liebte ihn. Doch es gab noch einen anderen Grund, der ihn zu diesen häufigen Reisen veranlasste: Sechs Wochen nach dem Wiedersehen in New York hatte sie ihn über ihre Schwangerschaft informiert. „Du und deine Treffsicherheit!“ scherzte sie. „Was ist nur los mit uns beiden?“

„Eh?“ murmelte er verständnislos.

„Oh Michael, wir erwarten ein Baby!“ verkündete sie glückstrahlend. „Diesmal *gemeinsam!*“

Statt entsetzt zu reagieren, freute Michael sich unbändig. Nicht nur um Dani und Vincent wollte er sich kümmern – auch im Leben dieses neuen Kindes würde er eine Hauptrolle spielen.

1983 brachte Dani eine Tochter zur Welt, die sie Sofia nannten.

Dani verstand, dass Michael ihn nicht heiraten konnte. Unmissverständlich erklärte er ihr, er wolle Madisons Leben nicht durcheinander bringen. „Wenn sie erwachsen ist, verlasse ich Stella. Dann werden wir endlich zusammen sein."

„Ob ich das will, weiß ich gar nicht", hatte sie mit einem sanften Lächeln entgegnet. „Irgendwie gefällt mir der Status einer Geliebten."

„Oh, tatsächlich?"

„Ja, da werde ich viel besser behandelt als eine Ehefrau."

Sie hatte zu arbeiten aufgehört, und Michael bezahlte *alles* – ein luxuriöses neues Haus in einer sicheren Gegend und einen glänzenden silbernen Mercedes. Vor kurzem hatte er für Dani und die inzwischen 4-jährige Sofia eine Ferienwoche in Miami arrangiert. Und nun würde er mit Madison zusammen dorthin fliegen.

Nicht, dass er sie mit seiner zweiten Familie bekannt machen würde – er wollte einfach nur in Danis und Sofias Nähe sein.

Noch glücklicher hätte Madison gar nicht sein können. Sie war eine ausgezeichnete Schülerin, mit einem hohen Intelligenzquotienten und einer besonderen schriftstellerischen Begabung. Wenn Michael sich entsann, wie klein er selber angefangen hatte, beobachtete er voller Stolz die Leistungen seiner Kinder. Vincent betrieb ein erfolgreiches

Restaurant. Und Madison strotzte vor lauter Ehrgeiz. Wenigstens *etwas* habe ich in meinem Leben richtig gemacht, dachte er.

Jamie – ein großes gertenschlankes naturblondes Mädchen – kam ins Apartment, um Madison beim Packen zu helfen. „Könnte ich bloß mitkommen!“ seufzte sie neidisch, während sie in Röcken, Jeans und T-Shirts wühlte.

„Das wünsche ich mir auch.“ Mit ihrer glatten olivenfarbenen Haut, den grünen Augen und dem langen dunklen Haar sah Madison fast exotisch aus. „Wie läuft's in der Schule?“

„Immer der gleiche alte Mist. Jungs, Jungs und noch mal Jungs.“

„Sicher sind nicht *alle* so furchtbar.“

„Doch, einfach *widerlich!*“ Jamie schnitt eine Grimasse. „Und blöd. Ich mag ältere Männer, keine pubertären Idioten.“

„Ja, ich auch.“

„Wie gut du's mit Michael getroffen hast …“, meinte Jamie wehmütig. „Könnte ich meinen Dad doch auch beim Vornamen nennen!“

„Sei doch froh, du hast fabelhafte Eltern. Die würden dich *niemals* ins Internat schicken.“

„Stimmt. Aber du kannst machen, was du willst. So viele Freiheiten habe ich *nicht.*“

„Wahrscheinlich war mein Dad ein ziemlich wilder Junge“, sagte Madison nachdenklich. „Deshalb hält er nichts von Disziplin.“

„Und deine Mom?“

„Der ist alles egal, solange ich ihr nicht im Weg bin. Stella hat genug damit zu tun, ihre Beine und die Bikinizone enthaaren zu lassen. Wenn sie nicht gerade Silikon in ihr Gesicht pumpen lässt."

„Klingt grauenvoll."

„Unser Apartment ist eher ein Schönheitssalon als ein Zuhause. Also bin ich froh, dass ich nie da bin."

„Einfach cool, wie lässig du sie Michael und Stella nennst …"

„Das war *ihre* Idee. Wenn ich Mom zu ihr sage, fühlt sie sich alt."

„Deswegen braucht sie Balsam für ihr Ego", kicherte Jamie. „Sie *ist* alt."

„Weit über dreißig."

„Und wie alt ist dein Dad?"

„Über vierzig."

„Uralt!"

„Ha!" rief Madison. „Ich wette, *du* würdest ihn nicht zurückweisen."

„Du bist einfach *unmöglich!*" protestierte Jamie errötend.

„Gib's doch zu, du warst schon immer verrückt nach ihm."

„Moment mal, er ist dein *Vater,* Maddie."

„Wenn du mich fragst, ich könnte mich für einen älteren Mann begeistern."

„Zum Beispiel?"

„Michael Douglas, Kevin Costner."

„Wow! Die beiden sind ja sooo sexy."

„Sogar Clint Eastwood."

„Viel zu alt.“ Jamie rümpfte die Nase.

„Für mich nicht.“

„Als wir klein waren, habe ich dich ganz wahnsinnig beneidet“, gestand Jamie.

„Das tust du immer noch“, wurde sie von ihrer Freundin gehänselt.

„Ja, vielleicht. Wenn du zurückkommst, musst du mir alles über Miami erzählen. Vielleicht wirst du mit einem Jungen schlafen.“

„Oh, wie aufregend!“ Madison verdrehte die Augen. „Aber daran zweifle ich.“

Auf dem Flug nach Miami redete sie ohne Punkt und Komma. Sie erzählte Michael von ihren Lehrern, dem Aufsatz, den sie gerade schrieb, vom geplanten Journalismusstudium und wie sehr sie sich aufs College freute.

„Ich will *wirklich* Schriftstellerin werden, Michael“, fügte sie ernsthaft hinzu. „Was sagst du dazu?“

„Dass es auf der ganzen Welt keinen stolzeren Dad gibt als mich. Du hast ja keine Vorstellung, in welchen Verhältnissen *ich* aufgewachsen bin, Schätzchen. Eine Schriftstellerin in der Familie – nun, das wäre phantastisch.“

„Tatsächlich?“

„Oh ja.“

„Keine Bange, du *wirst* stolz auf mich sein. Das verspreche ich dir.“

„Kein Witz?“

„Wart’s nur ab, Michael, ich werde dich ganz bestimmt nicht enttäuschen.“

Während er das *Time*-Magazin zu lesen begann, schaute

Madison aus dem Fenster und stellte sich vor, sie würde ihre Werke veröffentlichen – wie Tom Wolfe und Mario Puzo. Die Bücher dieser beiden hatte sie begeistert verschlungen. ‚Der Pate' war ihr Lieblingsroman. Und soeben hatte sie ‚Fegefeuer der Eitelkeiten' von Wolfe in nur zwei Nächten gelesen. Andererseits wollte sie genauso gern als Journalistin arbeiten und über alle wichtigen Ereignisse auf der Welt berichten, sogar aus Kriegsgebieten.

Alles kann ich, sagte sie sich. Alles, was ich mir vornehme.

Das hatte Michael ihr beigebracht und erklärt, der Weg zum Ziel würde im Kopf beginnen. Sie betete ihn an. Zweifellos war er der beste aller Väter.

47. KAPITEL

Dani und Vincent, 1987

Kurz bevor Dani nach Miami flog, kam Dean vorbei. „Weißt du, dass du verrückt bist?“ begann er und folgte ihr in die Küche.

„*Ich?* Verrückt? *Du* bist es, der zweimal geheiratet hat. Und wie ich erfahren habe, wirst du bald deine zweite Scheidung einreichen.“

„Wo hast du das gehört?“

„So etwas spricht sich herum“, erwiderte sie und schenkte ihm eine Tasse Kaffee ein.

„Warum du wieder mit Michael Castelli zusammen bist, begreife ich nicht.“ Seufzend griff er nach Zucker und Sahne. „Und dann bekommst du auch noch ein Kind. War eins nicht genug?“

„Bitte, ich brauche mir von dir keinen Vortrag anzuhören“, teilte sie ihm mit und ging ins Wohnzimmer.

Dean blieb ihr auf den Fersen. „Bist du so maßlos glücklich, weil er dich nicht heiratet?“

„Hör auf!“ warnte sie ihn. „Wie oft soll ich's dir noch sagen? Das geht dich nichts an.“

„*Du* gehst mich was an, Dani. Und sosehr du dich auch dagegen sträubst – dabei wird's immer bleiben.“

„Warum?“

„Weil ich dich liebe“, antwortete er schlicht. „Nichts, was du tust oder sagst, wird was dran ändern.“

Das musste er ihr nicht erklären. Er liebte sie innig, sie wusste es nur zu gut. Und sie gestand sich ein, wie tröstlich sie es im Lauf der Jahre stets gefunden hatte, dass er für sie da gewesen war – immer bereit, sie vor einem Sturz in den dunklen Abgrund ihrer Verzweiflung zu bewahren. Diesen Mann betrachtete sie als ihr Sicherheitsnetz. Das hatte auch Michael erkannt, und er hasste Dean, obwohl er ihm nie begegnet war. „Dieser Versager will dir doch nur an die Wäsche", hatte er sich einmal beschwert. „Warum triffst du ihn immer noch?"

„Er ist kein Versager, sondern mein Freund."

„Großartiger Freund", hatte er gemurrt. Niemals würde er Dean verzeihen, dass er ihr jene Zeitungsartikel über die Anklage wegen Mordes an Beth gezeigt und die 7-jährige Trennung verursacht hatte.

Dean stellte seine Kaffeetasse beiseite und begann im Wohnzimmer umherzugehen. „Warum wirfst du dein Leben weg, Dani?"

„Was für eine Frage!" rief sie empört. „Ich bin mit einem wunderbaren Mann zusammen, der mich liebt, habe zwei großartige Kinder, und ich wohne in einem schönen Haus. Wieso behauptest du, ich würde mein Leben wegwerfen?"

„Weil du mit einem verheirateten Mann zusammenlebst, der dich nur besucht, wenn's ihm passt. Was du dir auch einbilden magst – er wird seine Frau immer an die erste Stelle setzen."

„Nicht unbedingt!" Herausfordernd reckte sie ihr Kinn vor.

„Er benutzt dich. Merkst du das nicht?"

„Da irrst du dich."

„Ich glaube nicht."

„Offen gestanden, Dean, was *du* glaubst, interessiert

mich nicht. Ich bin glücklich. Und damit basta. Wenn du mich jetzt entschuldigst – ich muss mich auf die Reise vorbereiten."

Sofia tappte ins Zimmer, mit üppigen Locken, Grübchen in den Wangen und großen Augen. „Hi, Onkel Dean!" Grinsend flirtete sie mit ihm.

„Hi, Crunchie." Diesen Spitznamen hatte er erfunden.

„Spielen wir mit meinen Puppen?"

„Jetzt nicht."

„Oder Seifenblasen?"

„Nächste Woche."

Achselzuckend trollte sie sich.

„So hätten sich die Dinge nicht entwickeln dürfen", meinte Dean. „Wir beide hätten zusammenbleiben müssen."

Wer hatte so etwas Ähnliches schon einmal gesagt? Michael. Aber Dean machte ihr immer wieder Heiratsanträge. Was *Michael* nicht tat.

Das verstand sie. Oft genug hatte er ihr's erklärt. Er hatte sich geschworen, Madison zuliebe an seiner Ehe mit Stella festzuhalten. Daran konnte sie nichts ändern.

Sie redete sich ein, es würde sie nicht stören. Nur manchmal, spätnachts, wenn sie ihn lange nicht gesehen hatte, weinte sie sich in den Schlaf. Vielleicht, weil Dean Recht hatte, weil Michael sie tatsächlich benutzte.

Trotz allem – er ermöglichte ihr ein Luxusleben und erfüllte ihr alle materiellen Wünsche.

Und sie konnte nicht anders – sie liebte ihn aus ganzem Herzen. War das denn so schlimm?

Später kam Vincent zu Besuch, um seiner Mom und seiner Schwester eine gute Reise zu wünschen.

Vincent, so groß und attraktiv, genau wie sein Vater …

Als er Sofia hochhob und in die Luft warf, quietschte sie vor Entzücken.

„Pass auf, du lässt sie fallen!" mahnte Dani.

„Ja, ja, *natürlich* lasse ich sie fallen!" scherzte er und warf das Kind noch höher empor.

„Genug!" befahl Dani.

„Noch mehr!" bettelte Sofia.

„Bleibst du zum Dinner hier?" fragte Dani und hoffte, er würde die Einladung annehmen. Viel zu selten genoss sie die Gesellschaft ihres geliebten Sohnes.

„Tut mir leid", entschuldigte er sich, „ich bin verabredetet."

„Wer ist es denn diesmal?"

Auch dieses Grinsen hatte er von Michael geerbt. „Das willst du gar nicht wissen."

„Vermutlich nicht", stimmte sie seufzend zu. „Wenn du doch endlich ein *nettes* Mädchen kennen lernen und mit nach Hause bringen würdest!"

„Für mich sind sie alle nett genug."

„Darin liegt ja das Problem."

„Allmählich redest du wie eine Mutter."

„Ich *bin* eine Mutter."

„Aber jetzt muss ich gehen", sagte er und kitzelte Sofia, bis sie schreiend um Gnade flehte. „Gute Reise."

„Ich wünschte, du würdest mitkommen", gestand Dani wehmütig.

„Zu beschäftigt."

„Ja, ich weiß."

Durch das Fenster beobachtete sie, wie er in seine schwarze

Corvette sprang – das Geschenk seines Vaters zum einundzwanzigsten Geburtstag – und davonbrauste.

Viel zu schnell fuhr er. Das hatte er sich von Nando abgeguckt, der an Autorennen teilnahm und seinen Freund immer wieder dazu ermutigte, mit dem Auto zu rasen.

Sie hatte es aufgegeben, sich um Vincent zu sorgen. Inzwischen nahm sie sich ein Beispiel an Michaels Devise – *Sorgen sind völlig sinnlos.*

Genüsslich führte Vincent das Traumleben eines Junggesellen. Mädchen, Mädchen, Mädchen. Blondinen, Brünette, Rotschöpfe. An jedem Finger zehn.

Im Gegensatz zu Nando legte er keinen Wert darauf, jede Nacht mit einer anderen Frau zu schlafen. Da war er etwas wählerischer. Doch es fiel ihm nicht leicht – die Mädchen, die in die Restaurant-Bar kamen, flehten geradezu darum, von ihm angesprochen zu werden. Nando und Vincent stellten eine heiß begehrte Beute dar – wenn man einen der beiden verführte, gehörte man zur Extraklasse.

Vincent mochte Mädchen, er liebte sie sogar. Aber manchmal sehnte er sich nach einer Frau, die nicht so verdammt verfügbar war.

Wenn er darüber zu diskutieren versuchte, lachte Nando ihn aus. „Nimm dir, was du kriegst“, lautete die Philosophie seines Freundes.

Und das tat er – aber nicht im gleichen extremen Maß wie Nando, der anscheinend eine erschreckend aktive Libido besaß. Zwei oder drei Mädchen pro Nacht – das war nicht ungewöhnlich.

Den Restaurantbetrieb nahm Vincent viel wichtiger.

Penibel sorgte er dafür, dass alles seine Ordnung hatte, während Nando seinen Charme spielen ließ, um die hübschesten Mädchen und die reichsten Jungs herbeizulocken. Viel lieber blieb Vincent im Hintergrund, wo er den Großteil der Arbeit erledigte. Sein Partner kümmerte sich um die Musik und das Ambiente, die kleineren Details. Und Vincent kontrollierte den Chefkoch, die Barkeeper, die viel zu gern in die eigene Tasche wirtschafteten, und er achtete auf einen gleich bleibend hohen Standard seiner Kellner. Regelmäßig wurden die Gehälter ausbezahlt.

Aber die beiden Partner gaben sich nicht mit ihrem Lokal zufrieden. Sie träumten von einem eigenen Hotel mit einem Casino. Dieses Ziel würden sie eines Tages erreichen, daran zweifelte Vincent nicht.

48. KAPITEL

Michael und Madison, 1987

Michael hatte für seine Tochter und sich selbst eine Suite in einem großen, luxuriösen Hotel gebucht. Natürlich. Er achtete stets auf stilvolle Lebensart. Auch in Miami.

Sobald sie ankamen, lief Madison umher und inspizierte alles – von den beiden marmornen Badezimmern bis zu den breiten, von Palmen gesäumten Terrassen über dem Meer.

„Einfach himmlisch!“ jubelte sie. „Gehen wir am Strand spazieren?“

„Was ist denn so interessant daran?“ fragte Michael, entzückt über ihre Freude.

„Ich war noch nie am Meer.“

„Kein *einziges* Mal?“

„Das weißt du doch, Michael.“

Für ihn war es der zweite Aufenthalt in Miami. Beim ersten Mal hatte er Vinny besucht. Seither waren sie sich nicht mehr begegnet, aber er wusste, dass sein Vater immer noch im selben alten Haus wohnte. Jeden Monat schickte er ihm einen Scheck, der stets eingelöst wurde.

„Geh allein zum Strand“, schlug er vor, „ich muss telefonieren.“

„Oh nein, keine Geschäfte!“ Enttäuscht runzelte Madison die Stirn. „Du hast *versprochen,* du würdest nicht arbeiten.“

„Nur noch zwei Telefongespräche, Schätzchen, dann genießen wir gleich ein köstliches Dinner. Nur wir beide. Magst du Hummer?“

„Wer mag so was *nicht?*“ Schon jetzt lief ihr das Wasser im Mund zusammen.

„Also bist du – mein Date?“

„Darauf kannst du wetten.“

Sobald sie die Suite verlassen hatte, rief er Dani an. „Wie war der Flug?“

„Ereignislos“, antwortete sie, wie üblich froh und glücklich, seine Stimme zu hören.

„Braves Mädchen.“

„Wer? Ich oder Sofia?“

Michael lachte. „Wenn du sie ins Bett gebracht hast, engagier einen Babysitter und komm ins Restaurant meines Hotels. Da werde ich mit Madison essen. Wenn du vorbeigehst, werde ich so tun, als wärst du eine alte Freundin, und dich an unseren Tisch bitten. Wie klingt das?“

„Meinst du nicht, Madison wird Verdacht schöpfen?“

„Was sollte sie denn denken?“

„Wie soll *ich* das wissen? Sie ist *deine* Tochter.“

„Jedenfalls erwarte ich dich im Restaurant. Wir *müssen* uns sehen, wenn ich schon mal in Miami bin.“

„Was machst du, wenn Sofia dich morgen am Strand entdeckt, zu dir läuft und ‚Daddy‘ schreit?“

Michael lachte. „Aus diesem Grund habe ich uns in verschiedenen Hotels einquartiert.“

„Clever.“

„Also – bis später?“

„Was immer du willst.“

„Michael? Michael Castelli?“ Eine ausgezeichnete schauspielerische Leistung! Das hätte er selber nicht besser hingekriegt.

Höflich stand er vom Tisch auf. „Ah, Dani Castle, welch eine Freude, dich wiederzusehen!“

Die grünen Augen voller Argwohn, blickte Madison auf. Wer war diese schöne Blondine, die ihren Vater angesprochen hatte, während sie ein gemütliches Dinner zu zweit genießen wollten?

„Bist du allein?“ fragte Michael.

Halt den Mund, Daddy, wir brauchen keine Gesellschaft …

„Zufällig ja“, antwortete Dani. „Eine Geschäftsreise …“

„Setz dich doch zu uns!“ Michael erweckte den Eindruck, auf diese Idee wäre er eben erst gekommen. „Das ist meine Tochter Madison. Sag Hallo zu Mrs. Castle, Liebes.“

Liebes? Seit wann nennt er mich ‚Liebes‘? Warum muss diese Frau aus heiterem Himmel auftauchen und mich nerven?

„Nun – wenn ich wirklich nicht störe …“ Dani nahm Platz.

Scheiße! Ist diese Frau wirklich so unverschämt! Warum drängt sie sich zwischen meinen Vater und mich?

Anscheinend hatte Michael nichts dagegen einzuwenden. Madison warf ihm einen durchdringenden Blick zu – um ihm zu bedeuten, dass ihr die Situation gründlich missfiel.

„Dani stammt aus Vegas“, erklärte er. „Wir sind schon seit vielen Jahren befreundet.“

„Oh“, murmelte Madison völlig desinteressiert.

„Ich bin wegen der Schmuckmesse in Miami“, verkündete Dani.

„Wo ist Ihr Mann?“ fragte Madison unverblümt. *Und warum zum Teufel begleitet er Sie nicht?*

„Nun – er fliegt nicht gern."

„Ich verstehe", sagte Madison, obwohl sie gar nichts verstand. Wieso ging diese glamouröse Frau auf Reisen, statt daheim bei ihrem Ehemann zu bleiben? Sehr verdächtig …

Lächelnd beugte sich Michael vor. „Wir haben Hummer bestellt. Wäre das auch was für dich?"

„Nun – ich habe noch nicht gegessen", erwiderte Dani, „und Hummer ist meine Lieblingsspeise."

Verdammt, sie bleibt zum Essen da!

„Sind Sie auch mit meiner Mom befreundet?" erkundigte sich Madison indiskret – plötzlich entschlossen, Stella zu beschützen.

„Nein, leider sind wir uns nie begegnet."

„Danis Mann gehört zu meinen Geschäftsfreunden in Vegas", erläuterte Michael.

„Warst du schon mal in Vegas, Madison?" Aus Danis blauen Augen strahlte reine Sanftmut.

Madison schüttelte den Kopf. „Nur im Internat, im Sommer-Camp und daheim. Daddy und ich wollen das Wochenende in Miami verbringen. Nur wir beide. Nicht wahr, Daddy?"

Erstaunt hob er die Brauen. Niemals nannte sie ihn Daddy, immer nur Michael. Plötzlich hieß er Daddy. Versuchte sie, ihr Terrain abzustecken? „Gewiss, Schätzchen. Irgendwann in nächster Zeit werde ich dir Vegas zeigen, eine traumhafte Stadt."

„Jetzt muss ich aufs Klo." Madison stand abrupt auf. „Bis später."

Sobald sie außer Hörweite war, sagte Dani: „Ich glaube, sie mag mich nicht."

„Was meinst du? Sie kennt dich doch gar nicht. Wenn sie weiß, wie du wirklich bist, wird sie dich lieben."

„Nein – ich meine, sie hat etwas dagegen, dass ich hier bin." Dani nippte an ihrem Wein. „Sollte dieses Wochenende nicht euch beiden ganz allein gehören?"

„Dabei bleibt's ja auch. Trotzdem kann ich dich sehen."

„Nur diesen Abend?" fragte sie leise und neigte sich zu ihm.

„Oh Gott, wie gern ich mit dir zusammen bin!" Aufmerksam betrachtete er ihr Gesicht. „Im Augenblick würde ich am liebsten mit dir im Bett liegen, Hamburger essen und Liebe machen."

„In dieser Reihenfolge?"

„Nein", entgegnete er grinsend, „erst lieben wir uns, und *danach* bestellen wir Hamburger."

„Wie komisch du bist, Michael." Zärtlich erwiderte sie seinen Blick. „Und ich liebe dich so sehr."

„Weißt du, was besonders wundervoll ist, wenn ich bei dir bin?" seufzte er zufrieden. „Da spüre ich keinen Druck. In Stellas Nähe fühle ich mich stets überfordert. Dauernd diese gesellschaftlichen Ereignisse, diese ganze Scheiße, ständig ein volles Programm …"

„Jetzt musst du nicht mehr bei ihr bleiben", erinnerte sie ihn sanft. „Madison ist sechzehn."

„Aber ich kann ihr nicht die Wahrheit sagen." Seine Stimme nahm einen harten Klang an. „Dazu wird es niemals kommen, Dani."

„Schon gut." Sofort trat sie den Rückzug an. „Ich werde dich nicht unter Druck setzen. Wie geht's Vincent?"

„Wie üblich wird er von Mädchen umzingelt, die lassen ihn einfach nicht in Ruhe."

„Sehr gut."

„Keineswegs. Ich möchte nicht, dass er ein kleines Dummchen schwängert."

„Damals habe *ich* ein Kind mit dir gezeugt."

„Das war etwas anderes."

„Ja, wenn's um uns beide geht, ist es immer anders. Nicht wahr?"

„Darf ich unter dem Tisch deine Hand halten, Michael?" fragte sie lächelnd. „Ist das erlaubt?"

„Solange es nur meine Hand ist?"

„Ooooh – du unartiger Junge!"

„He, vielleicht – wenn Madison schläft, stehle ich mich davon und komme zu dir ins Hotel."

„Glaubst du, das wäre möglich?"

„Ganz sicher."

Madison betrat die Damentoilette und starrte in den Spiegel. Wenn sie große Blondinen sah, kam sie sich immer unzulänglich vor. Auch ihre Mutter war groß und blond. Seltsam – zwischen ihrer Mom und dieser Frau bestand eine gewisse Ähnlichkeit. Aber Stella wirkte damenhafter. Nicht so glamourös wie Dani Castle.

Mit ihrem olivenfarbenen Teint, den grünen Augen und schwarzen Haaren glich Madison ihrem Vater. Darüber freute sie sich allerdings gar nicht. Viel lieber würde sie wie ihre bildschöne Freundin Jamie aussehen, der die Jungs in Scharen nachrannten.

Bisher hatte Madison keinen besonderen Erfolg bei Jungs

gehabt. Sie war zu klug. Außerdem gingen nur Mädchen aufs Internat. Auch in den Sommer-Camps traf sie nur Mädchen. Deshalb wusste sie nicht viel über Jungs – im Gegensatz zu Jamie, die behauptete, sie müsse ständig irgendwelche Kerle abwimmeln.

Ich bin sechzehn, dachte sie. Höchste Zeit, dass ich irgendwas Wildes, Aufregendes erlebe. Ich bin eine Frau, und ich müsste hübsche Jungs abwehren. Oder nicht – je nachdem, wie sie mir gefallen. Als Schriftstellerin sollte ich gewisse Erfahrungen sammeln …

Nachdem sie etwas Wasser in ihr Gesicht gespritzt hatte, trug sie ein bisschen Lipgloss auf.

Wie schlaksig und linkisch ich immer noch aussehe … Als wäre ich erst vierzehn – und total naiv. Vielleicht sollte ich mein Haar blond färben. Dann würden mich die Jungs beachten.

Als sie die Toilette verließ, stieß sie mit einem Mann mit einem weißen Anzug zusammen, der Michael Douglas ähnelte. Leider war er nicht Michael Douglas, den sie in „Verhängnisvolle Affäre“ gesehen hatte. Sie war sofort ganz verrückt nach ihm gewesen.

„Tut mir leid“, murmelte sie.

„Passen Sie nicht auf, wohin Sie gehen, junge Lady?“ Er war sonnengebräunt, mit rotblondem Haar. Vielleicht eine Mischung aus Robert Redford und Michael Douglas.

„Oh, ich war in Gedanken woanders …“

„Woran denkt eine schöne junge Lady, wenn sie ein so ernstes Gesicht macht?“

Wow! Fährt dieser ältere Mann wirklich auf mich ab? Wahrscheinlich ist er genauso alt wie mein Dad. Oh Gott …

„Eh – ich dachte, wie schön es hier ist. Und was ich drüber schreiben werde."

„Sind Sie Schriftstellerin?"

„Ja", log sie. „Manchmal verfasse ich Texte für die Zeitschrift *Rolling Stone*. Nur kleine Artikel."

„Da bin ich aber tief beeindruckt."

Sie starrten sich an, der ältere Mann und das junge Mädchen, das so exotisch wirkte.

„Sind Sie zum ersten Mal in Miami, Miss?"

„Ja, und es gefällt mir sehr gut – zumindest das, was ich bisher gesehen habe."

„Ich lebe hier, in einem Penthouse."

„Cool."

„Wenn ich Ihnen die Sehenswürdigkeiten zeigen soll, geben Sie mir Bescheid. Übrigens, ich heiße Frankie."

„Frankie", wiederholte sie.

„Frankie Medina. Und Sie?"

„Madison Castelli."

„Hübscher Name, hübsches Mädchen."

„Hat Ihnen schon jemand gesagt, dass Sie wie Michael Douglas aussehen?" platzte sie heraus.

„Hoffentlich besser", entgegnete er lächelnd.

Er hatte schöne Zähne. Vermutlich Kronen. Trotzdem war er attraktiv.

„Oh, natürlich", stimmte sie hastig zu.

„Ja, das hat man mir schon gesagt." Lässig grinste er. „Aber ich suche nicht nach einer verhängnisvollen Affäre."

Madison lachte. In jenem Film war Glenn Close eine Blondine. *Eindeutig, ich muss die Haarfarbe wechseln ...*

„Wenn Sie sich einsam fühlen, rufen Sie mich an."

Frankie Medina gab ihr eine kleine vergoldete Visitenkarte, auf der sein Name und seine Telefonnummer mit schwarzer Tinte eingraviert war.

„Ja, vielleicht", antwortete sie tollkühn.

„Wie hübsch Sie sind ..."

Heiliger Himmel, er ist tatsächlich scharf auf mich ... „Gerade habe ich mein Haar gewaschen." *Was für eine blöde Bemerkung.*

„Und was haben Sie benutzt? Ein magisches Shampoo, das Sie noch schöner macht?"

Madison kicherte.

„Rufen Sie mich an", bat er. „Dann kutschiere ich Sie in meinem Porsche herum."

Hmmm. Ein Penthouse und ein Porsche, wahnsinnig sexy.

„Was machen Sie denn?"

„Was ich mache?" Wieder ein lässiges Grinsen. „Ich bin ein Playboy, was sonst?"

In diesem Moment kam eine atemberaubende schöne Blondine aus der Damentoilette – ja, noch eine Blondine – und hängte sich sofort besitzergreifend an seinen Arm.

„Auf bald", sagte Madison und ergriff die Flucht.

Im Restaurant schienen sich Michael und Dani Castle immer näher zu kommen. Als Madison zu ihnen ging, glaubte sie zu beobachten, wie sie auseinanderfuhren.

„Wo warst du so lange?" fragte Michael. „Gerade wollte ich einen Suchtrupp losschicken."

„Weißt du was? Ich habe tatsächlich hier auch eine alte Freundin getroffen."

„So?“

„Ja.“ Verstohlen steckte sie Frankie Medinas Visitenkarte in ihre Handtasche.

Zu ihrem Ärger blieb Dani Castle während des ganzen Dinners am Tisch sitzen. Sie aß Hummer, trank Wein und redete mit Michael. Zu schade! Was ein wundervolles Abendessen hätte sein können, war völlig ruiniert.

Nach dem Dessert entschuldigte sich Madison. „Ich bin müde. Macht's dir was aus, wenn ich schon nach oben gehe, Dad?“

„Bist du sicher, Schätzchen?“

„Ja, wirklich. Morgen möchte ich möglichst früh am Strand entlangwandern.“ Sie stand auf. „Gute Nacht, Mrs. Castle.“

„Gute Nacht, Madison“, erwiderte Dani warmherzig. „War mir ein Vergnügen, dich kennen zu lernen.“

Dann ist das Vergnügen ganz auf Ihrer Seite.

Sie verließ den Tisch und schlenderte ins Freie. Natürlich war sie kein bisschen müde – sie hatte es nur satt, mit anzusehen, wie ihr Vater mit der schönen Blondine flirtete.

Verlockend strömte ihr die Meeresluft entgegen, und sie entschloss sich zu einem Spaziergang. Zufrieden genoss sie das Rauschen der Brandung, den Sand unter ihren nackten Füßen.

Als sie ins Hotel zurückkehrte, war es spät geworden. Frankie Medina stand in der Halle, sehr imposant in seinem weißen Anzug, das Gesicht tief gebräunt.

„Ah, da kommt ja das schöne Mädchen mit den einsamen Augen!“

„Finden Sie, ich habe einsame Augen?“

„Ja."

Hmmm ... also ein Poet. Ein romantischer Playboy. Genau das brauche ich jetzt.

„Wo waren Sie denn?"

„Am Strand. Ich habe eine lange Wanderung unternommen. Und das war wundervoll."

„Genau das habe ich auch getan, als ich zum ersten Mal hier war."

„Von wo sind Sie nach Miami gezogen?"

„Das wollen Sie gar nicht wissen."

„Dieser Porsche, den Sie erwähnt haben ..."

„Möchten Sie mit mir ausfahren?"

„Warum nicht?"

Also, *das* war ein echtes Abenteuer.

Der tiefer gelegte schwarze Porsche sah richtig sexy aus. Und er hatte eine grandiose Stereoanlage. Frankie schaltete Frank Sinatra ein, „In the Wee Small Hours".

„Gibt's auch Bon Jovi oder Janet Jackson?" fragte sie ihn hoffnungsvoll, ein bisschen enttäuscht über seine musikalische Vorliebe.

„Hören Sie zu und lernen Sie was, Sinatra ist der Größte."

Er war wirklich süß. Alt, aber süß.

Während Sinatra säuselte, fuhren sie in der Stadt herum, und Frankie zeigte ihr die Sehenswürdigkeiten.

„Oh, Sie sind ja ein versierter Fremdenführer", bemerkte sie und genoss jede einzelne Sekunde.

„Darf ich nach Ihrem Alter fragen, Madison?"

„Achtzehn", log sie.

„Da sind Sie ja noch ein Baby."

„Keineswegs“, widersprach sie entrüstet. „Mit achtzehn ist man kein Baby mehr. Und wie alt sind *Sie?*“

„Vierzig“, log er und subtrahierte fünf Jahre. „Möchten Sie mein Penthouse sehen?“

„Brauche ich meinen Reisepass, um reinzukommen?“

„Bringen Sie einfach nur Ihre reizvolle Persönlichkeit mit.“

Reizvoll. Wow.

„Was ist mit der Blondine passiert, mit der Sie vorhin zusammen waren?“

„Ach, die kommen und gehen“, antwortete er vage, „austauschbare blonde Babes. Die kenne ich dutzendweise.“

„Oh, natürlich, Sie sind ja ein *Playboy.*“

„Genau“, bestätigte er und lachte leise.

„Vielleicht schreibe ich einen Artikel über Sie“, bemerkte sie kokett. „Die Story eines Playboys. Was halten Sie davon?“

„Ich finde Sie hinreißend.“

„Danke.“

Nie zuvor hatte sie ein schöneres Apartment gesehen als sein Penthouse. Viel gemütlicher als die New Yorker Wohnung, die sie überladen fand. Zu viele Antiquitäten … Stellas Geschmack. In Frankies Penthouse gab es ein riesiges Wohnzimmer, im modernen, minimalistischen weißen Stil eingerichtet. Eine breite Fensterfront ging zum Meer hinaus. Und im fantastischen Schlafzimmer stand ein überdimensionales Wasserbett, mit Rosenblättern bestreut. Ein so glamouröses Ambiente hatte sie noch nie bewundert.

„Wozu die Rosenblätter?“ fragte sie während der Besichtigungstour interessiert.

„Ein Aphrodisiakum."

„Ach ja, natürlich", sagte sie und beschloss im Lexikon das Wort „Aphrodisiakum" nachzuschlagen. Irgendwie ahnte sie, dass es mit Sex zusammenhing.

Nachdem sie eisgekühlten Champagner mit Pfirsichscheiben getrunken hatte, fragte sie: „Wann werden Sie mich anbaggern?"

„Mit achtzehn sind Sie ein bisschen zu jung für mich", erklärte er und justierte mit einer Fernbedienung den Sound seiner Stereoanlage.

„Kommen Sie schon!" forderte sie ihn heraus. „Sie sind ein Playboy mit einem Porsche und einem Penthouse. Also können Sie auch *mich* anmachen."

„Dann würde ich mich wirklich wie ein alter Wüstling fühlen, Madison."

„Das *sind* Sie ja auch." Und dann schlang sie die Arme um seinen Hals und begann ihn zu küssen.

„Bitte, Madison!" mahnte er und versuchte sich loszureißen. „Sogar *ich* habe gewisse Prinzipien."

„Die musst du vergessen. Weil ich mich in Miami amüsieren will."

„Dann solltest du erst mal lernen, wie man küsst."

„*Wie* bitte?"

„Wie man küsst, Baby. Spitz mal die Lippen. Jetzt werde ich dir eine unvergessliche Lektion erteilen."

Viel zu schnell verstrich das Wochenende. Wie Michael feststellte, war Madison ungewöhnlich gut gelaunt. Noch besser – sie überließ ihn erstaunlich oft sich selbst.

„Ich dachte, wir würden das Wochenende zusammen

verbringen." Prüfend schaute er sie an, nachdem sie auch am letzten Tag nicht zum Lunch erschienen war.

„Das tun wir ja ... aber ich habe eine Schulfreundin getroffen, und es macht uns so großen Spaß, Miami zu entdecken. Das stört dich doch nicht?" fügte sie unschuldig hinzu. „Schriftstellerinnen müssen Erfahrungen sammeln."

Nein, es störte ihn kein bisschen. Ihre Abwesenheit ermöglichte ihm schöne Stunden mit Dani und der bezaubernden kleinen Sofia, die so wie Madison in diesem Alter aussah. Anscheinend brachte irgendetwas in seinen Genen Kinder hervor, die einander glichen.

Während Madison ein Abenteuer erlebte, das ihre kühnsten Träume übertraf, lernte sie in Frankie Medinas Penthouse alles, was eine künftige Schriftstellerin wissen musste. Dieser Unterricht fand nicht zwischen den Deckeln wissenschaftlicher Bücher statt, sondern zwischen Bettlaken. Und sie war eine sehr eifrige Schülerin.

Wieder in New York, erfuhr Michael von seiner Sekretärin, Vito Giovanni müsse ihn dringend sprechen. Niemals würde sich der Don ändern. Wenn er etwas wollte, sollte es unverzüglich geschehen. Er hatte keine Geduld.

Also rief Michael ihn an. „Was gibt's, Vito?"

„Ich muss dich sehen", erwiderte die vertraute heisere Stimme. „Komm zu mir."

„Heute Abend um sechs?"

„Ja, das würde mir passen."

Nachdem Michael seine Arbeit beendet hatte, ließ er sich von seinem Chauffeur nicht nach Hause, sondern direkt zu Vitos Sandsteinhaus fahren. Ein paar Monate lang hatten sie sich nicht gesehen, weil sie ihre Geschäfte meistens telefonisch abwickelten.

Vito saß in seinem Lieblingssessel und sah aus, als sei er irgendwie geschrumpft. Oder der Sessel war größer geworden. „Komm rein, Mike!“ rief er und winkte ihn ins Wohnzimmer. „Möchtest du einen Drink? Jack Daniel’s. Was ein Mann trinkt, vergesse ich niemals.“

„Okay, einen Jack“, sagte Michael und fühlte sich sofort zu Hause.

„Den hätte ich auch gern, aber meine Ärzte reden mir ein, ich müsse auf Alkohol verzichten. Miese Arschlöcher!“ murrte Vito. „Dauernd erzählen sie mir, was ich alles nicht darf.“

Ein Handlanger füllte ein Whiskeyglas für den Besucher, während Mr. G. einen kurzen Hustenanfall hatte.

„Geht’s dir nicht gut, Vito?“ fragte Michael.

„Nur ein paar kleine gesundheitliche Probleme. Neulich hatte ich eine orale Operation. So nennen sie das heute, wenn sie einem die verdammten Zähne rausreißen.“

Während der letzten Jahre war Vito in der Mafia-Hierarchie stetig emporgestiegen. Michael war froh, weil er es aus eigener Kraft geschafft und ihn niemals um einen Gefallen gebeten hatte – obwohl der Don immer fair zu ihm gewesen war. Um sich zu revanchieren, verhalf er dem alten Mann zu lukrativen Investments. Dabei ging es ausschließlich um legal erworbenes Geld.

„Wie läuft’s denn so, Mike?“ erkundigte sich Vito. „Für einen Jungen von der Straße hast du’s ziemlich weit gebracht.“

„Mit harter Arbeit.“

„Ja, und du musstest auch ein paar Schlappen wegstecken. Ich bin froh, dass du meinen Rat befolgt hast."

„Welchen Rat?"

„Nun, wegen deines Mädchens, das erschossen wurde." Vito rückte seine überdimensionale Lesebrille zurecht. „Klar, du hättest die Leute verfolgen können, die nach deiner Meinung schuld dran waren. Klugerweise hast du's nicht getan. Wie ich damals sagte – ihr wart quitt."

Das verstand der Don noch immer nicht. Mit diesem Abschaum würde Michael niemals „quitt" sein. Manchmal erwachte er mitten in der Nacht, und da saß Beth auf der Bettkante und starrte ihn an. *Was unternimmst du, um meine Ermordung zu rächen,* schien sie zu fragen, die dunklen Augen voller Hass. *Du musst etwas tun. Irgendwann musst du was tun.*

Und das würde eines Tages geschehen. Wo oder wann, wusste er nicht, nur dass sich eine Gelegenheit bieten würde.

Mamie und Bone waren nach Los Angeles übersiedelt. Jedes Mal, wenn Michael nach Vegas flog, erwog er einen kurzen Trip nach L.A., um den beiden das verdammte Gehirn wegzublasen.

Das tat er nicht, weil er die Verantwortung für Madison, Vincent und Sofia trug – seine drei wunderbaren Kinder. Und für Dani. Nichts durfte er riskieren, was sie alle gefährden würde.

Er hatte Dossiers über Mamie und Bone gesammelt. Wo sie sich aufhielten und was sie machten, wusste er ganz genau. Vor sieben Jahren hatten seine beiden Erzfeinde geheiratet. Wenn er sich ausmalte, wie sie zusammenlebten, wurde ihm übel. Sie waren ins Filmgeschäft eingestiegen und

Partner eines Porno-Kings geworden, der heiße Sex-Videos für Japan und Europa produzierte. Zweifellos liebte Mamie diese Branche. Bone kümmerte sich um die Finanzen, seine Gemahlin um die kreativen Belange. Ja, das konnte sich Michael sehr gut vorstellen.

Und als würde das nicht genügen, hatten sie auch noch Sexshops im ganzen Land eröffnet.

Vito erwähnte Mamie nicht mehr. Und Michael ebenso wenig. Offenbar hatte der Don seine Ex aus seinem Gedächtnis verbannt.

„Nächste Woche musst du was für mich erledigen“, erklärte Vito.

„Was?“

„Du sollst mein Trauzeuge sein.“

„Heiratest du?“ fragte Michael verblüfft. Mr. G. war über siebzig und sah auch so aus. „Wen denn?“

„Natürlich Western.“ Vito kicherte beglückt. „Ja, das alte Mädchen macht endlich einen anständigen Mann aus mir.“

„Gratuliere.“

„Und du bist mein Trauzeuge.“

Es war keine Bitte, sondern ein Befehl, was Michael nicht störte. Schließlich kannte er Vitos Art schon seit vielen Jahren. „Planst du eine große Hochzeit?“

„Nein, nur ein paar Freunde. Kein großes Aufheben.“

„Es ehrt mich, dass ich dir als Trauzeuge zur Seite stehen werde“, beteuerte Michael. War das der einzige Grund, warum Vito ihn hierherbestellt hatte?

„Da gibt’s noch was, das du für mich tun musst.“

„Wenn ich’s kann …“

„Meine Jungs werden ein paar verschlossene Koffer in dein Auto verfrachten. Ich sage dir die Zahlenkombination."

„Was ist drin?" fragte Michael, nicht sonderlich begeistert von dem Gedanken, Vitos Koffer zu übernehmen, die Gott weiß was enthalten mochten.

„Geld. Zwei Millionen in bar, die du waschen musst."

„Moment mal, zwei Millionen …", begann Michael.

„Die behältst du, bis ich dir Anweisungen gebe", fiel der Don ihm ins Wort. „Ich vertraue dir, Mike. Als wärst du mein Sohn."

„Großer Gott, Vito, ich weiß nicht …"

„Das machst du. *Capisce?*"

Michael nickte und fühlte sich wieder wie ein 17-Jähriger. Warum sollte er sich auch weigern? Letzten Endes tat er immer, was Vito wollte. Das war die alte Leier, die sich niemals änderte.

49. KAPITEL

Dienstag, 10. Juli 2001

Auf dem Vordersitz des Vans eingeklemmt, die Hände gegen das Armaturenbrett gestemmt, um den drohenden Crash abzuwehren, ließ Madison ihr Leben Revue passieren. Wie irreal ihr das alles erschien ... Warum war sie in diese Situation geraten?

Einfach nur Pech, dachte sie ironisch.

Sekundenlang senkte sie die Lider, versuchte verzweifelt, sich an einen anderen Ort zu versetzen, so wie beim Zahnarzt, als sie noch klein war. *Mach die Augen zu, und alles verschwindet. Das hat Michael immer gesagt.*

Das letzte Jahr – eine einzige Katastrophe ... Erst die Entdeckung, dass Stella nicht ihre richtige Mutter war. Kurz danach Stellas Ermordung. Und dann die gestörte Beziehung zu Michael. Eben noch hatte sie ihn geliebt und ihm vertraut – und im nächsten Moment nicht gewusst, was sie denken sollte, weil er so seltsame Geschichten über die Vergangenheit erfand. Das war unfair, es stand ihm nicht zu, den Allmächtigen zu spielen, wenn es um ein Menschenleben ging. Als seine Tochter hatte sie ein Recht auf die Wahrheit.

Und ihre Liebe zu Jake ... Die Affäre glich einer Fahrt mit der Achterbahn, fantastischer Sex mit einem interessanten Mann ... Und jetzt war er womöglich tot – oder von kolumbianischen Drogen-Dealern gekidnappt. Sie vermisste ihr Apartment in New York, ihren Hund Slammer, ihre Freunde, ihren Job – alles.

Der Van raste durch dunkle Seitenstraßen, und sie hatte keine Ahnung, wo sie sich befanden. Aber der Killer schien das Ziel zu kennen.

Fünfzehn Minuten, nachdem sie die Autobahn verlassen hatten, befahl er Cole anzuhalten. Sie hatten ein Industriegebiet erreicht, eine schwach erleuchtete Seitenstraße zwischen hohen, verlassenen Lagerhallen.

„Hier?" fragte Cole.

„Was zum Teufel glauben Sie denn, was ich meine?" kreischte der Killer. Nicht nur *seine* Nerven waren zum Zerreißen gespannt.

Madisons Magen krampfte sich zusammen. Würde er sie alle töten?

Wo bleibt die Polizei? Und wo ist der verdammte Hubschrauber? Wo treibt sich der Kerl herum, mit dem ich telefoniert habe?

Wie ein schlechter Scherz …

Nun waren sie auf sich selbst angewiesen. Niemand würde ihnen helfen.

Sie saßen in einem Raum, den Leroy und Darren ihr Büro nannten. Aber Jolie fand, die Bruchbude würde eher wie eine Absteige für Junkies aussehen. Sie versuchte, möglichst flach zu atmen. Wenn sie zu tief Luft holte, würde sie bald so stoned sein wie die zwei Typen. Der schwere schwüle Geruch von Marihuana drang ihr in die Nase. Und Nando – weil er Nando war – hatte bereitwillig den angebotenen Joint angenommen. *So macht man keine Geschäfte,* wollte sie ihn warnen. *Wäre Vincent jetzt da, würdest du's bestimmt nicht wagen.*

Warum Nando und Vincent so gut zusammenarbeiteten, hatte einen ganz bestimmten Grund – Vincent behielt in jeder Situation die Kontrolle, Nando nicht. Ihr Ehemann war ein grandioser Abenteurer. Sobald er etwas sah, was er sich wünschte, griff er danach. Unglücklicherweise hatte er niemals die Bedeutung des Wortes „Nein“ gelernt.

Und jetzt wollte er diese Spelunke in den schärfsten Strip-Club von Vegas verwandeln. Warum? Sie besaßen das Hotel und das Spielcasino, und sie konnten sich in ihrem Ruhm sonnen. Nach Jolies Meinung hatte Vincent Recht. Warum sollte man im schäbigen Sektor der Branche mitmischen, wenn's nicht nötig war?

Außerdem missfiel es ihr, dass Nando jeden Abend in einem Strip-Lokal rumhängen würde, selbst wenn es ihm gehörte. In ihrem Schlafzimmer hatte sie eigens eine Stange wie in einem Strip-Club installiert. Was sollte sie denn noch alles tun, um ihn daheim festzuhalten?

Dauernd warf ihr Darren aufreizende Blicke zu, als versuchte er, ihr Potenzial als Oben-ohne-Bardame abzuschätzen. Wie ein Zuhälter sah er aus. So benahm er sich auch. Wahrscheinlich *war* er ein Zuhälter.

Was zum Teufel machten sie hier?

Und warum hatte Nando sie in dieses miese Loch mitgenommen?

Als Vincent sein Apartment betrat, läutete das Telefon. Hastig nahm er den Hörer ab, bevor das Klingeln Jenna wecken würde.

„Gute Neuigkeiten“, verkündete Dani.

„Was ist passiert?“

„Sofia hat angerufen, und ich habe ihr gesagt, sie soll in den nächsten Flieger nach Vegas steigen."

„Oh, das ist wirklich eine erfreuliche Nachricht. Übrigens, ich habe jemanden zu dir geschickt, der vor deinem Apartment Wache hält. Erschrick nicht, wenn du ihn siehst."

„Muss das sein?"

„Ja, weil's Michael beschlossen hat. Wir dürfen nichts riskieren."

„Also, ich finde das übertrieben", klagte sie.

„He, du kennst ihn besser als sonst jemand."

„Stimmt", seufzte sie wehmütig.

„Dann widersprich nicht. Wenn Michael irgendwas will, passiert's nun mal."

„Zweifellos", bestätigte sie.

„Falls du mich erreichen willst, ich bin zu Hause und bleibe hier, bis ich was von Michael höre."

Vincent legte auf, ging zur Bar und schenkte sich einen Drink ein.

Vielleicht hatte er Jenna zu hart angefasst. Sie war noch ein Kind, und sie wusste es einfach nicht besser. Oh Gott, so viel musste er ihr noch beibringen. Darin lag das Problem, wenn man ein unschuldiges Mädchen heiratete, das die Regeln nicht verstand.

Und so betrat er das Schlafzimmer, um mit ihr zu sprechen und um ihr zu verzeihen.

Das breite Doppelbett war leer.

Irritiert öffnete er die Tür zum Bad. Dort traf er sie auch nicht an.

Nur sekundenlang erwog er, aus dem Hotel zu stürmen,

Andy Dale aufzuspüren und den blöden kleinen Filmstar niederzuschlagen. Aber dann besann er sich eines Besseren. Jenna musste ihre Lektion lernen – nämlich, Vincent Castles Nerven nicht zu strapazieren.

Sofia hatte entschieden, es sei am vernünftigsten, Mrs. Flynn und der Miete, die sie ihr schuldete, einfach davonzulaufen. So viel Geld besaß sie nicht. Also würde sie ruhig und gelassen davonspazieren, als wäre sie auf dem Weg zur Arbeit, und nicht zurückkommen.

Hastig suchte sie ein paar kostbare Sachen zusammen, die ihr viel bedeuteten, und stopfte sie in eine große Schultertasche. „Jetzt gehe ich!“ rief sie der Pensionswirtin beiläufig zu. „Später kriegen Sie Ihr Geld.“

„Gut, Liebes!“ stimmte die gute, vertrauensselige alte Lady zu, bereits bei ihrem zweiten Glas Wein.

Sobald Sofia auf der Straße stand, wurde ihr bewusst, dass sie keine Ahnung hatte, wo das American Express-Büro lag. Oh Gott, hätte sie nur dort angerufen …

Und dann fuhr zu ihrer Verblüffung Giannis glänzender schwarzer Bentley vor.

Der Wagen hielt, und Gianni öffnete das Fenster im Fond. „Steig ein!“ befahl er.

„Wie bitte?“

„Steig ein, wir fliegen nach Rom.“

Und da fand sie es albern, zu widersprechen, denn mit Giannis Hilfe würde sie viel leichter nach Amerika gelangen.

Was hatte sie schon zu verlieren?

Gar nichts.

„Ich glaube, ich muss mich übergeben", jammerte Jenna und warf Andy einen unsicheren Blick zu.

„Nein, musst du nicht", keuchte Andy Dale, der sich immer noch in ihr auf und ab bewegte.

„Doch ..."

„Dann spuck mich bloß nicht an ..."

Mit letzter Kraft schob sie ihn von sich und flüchtete ins Bad, wo sie sich über dem Waschbecken erbrach. Minutenlang würgte sie und hatte das Gefühl, ein Maulesel hätte sie in den Bauch getreten.

Danach sank sie erschöpft auf den kalten Marmorboden und krümmte sich zitternd zusammen. Niemand schaute nach ihr. Weder Andy noch Anais.

Aus dem Schlafzimmer drangen Geräusche – Musik, Gelächter, klirrende Eiswürfel.

Noch nie hatte sie sich so elend gefühlt. „Ich will sterben", stöhnte sie.

Wo war Vincent? Wo steckte ihr Ehemann, wenn sie ihn brauchte?

Oh Gott, so durfte er sie nicht sehen – krank und mitgenommen, nachdem sie soeben Liebe mit Andy Dale gemacht hatte – wenn man überhaupt von *Liebe* sprechen konnte, so wie der Mann mit ihr umgegangen war.

Nicht besonders nett! Verdammt rücksichtslos! Während seines Höhepunkts hatte er mehrmals mit der flachen Hand auf ihren Hintern geschlagen, und das war ziemlich schmerzhaft gewesen.

„Hör auf, das gefällt mir nicht!" hatte sie geschrien.

„Mir schon", hatte er gekichert.

Würde sie's schaffen, ihre Kleider aus dem Schlafzimmer

zu holen und wegzulaufen? Sie nahm einen weißen Bademantel von einem Haken an der Tür und schlüpfte hinein.

Was jetzt? Auf keinen Fall würde sie ins Zimmer zurückkehren, das wäre zu demütigend.

Natürlich konnte sie Vincent einreden, Andy Dale hätte sie vergewaltigt. So wie sie ihren Mann kannte, würde er den Ehebrecher zu Brei schlagen. Das wollte sie nicht riskieren.

Aber um die Suite zu verlassen, musste sie das Schlafzimmer durchqueren – es sei denn, Vincent würde sie retten.

Neben dem Waschbecken hing ein Telefon. Entschlossen wählte sie die Nummer ihres Ehemanns.

Als er sich meldete, begann sie zu weinen. „Hilf mir!" schluchzte sie. „Bitte, komm her und hol mich raus!"

Äußerlich ruhig und gelassen saß Michael in der Maschine, die Vincent für den Flug nach L.A. gechartert hatte. Aber er kochte vor Wut.

Mamie und Bone.

Schon vor Jahren hätte er die beiden erledigen sollen. Das wäre nur recht und billig gewesen.

Dieser dreckige Abschaum – zwei alte Miststücke, die man eliminieren sollte …

Genau das wollte er tun. Niemand würde ihn daran hindern.

Noch vor dem Morgengrauen würden Mamie und Bone der Vergangenheit angehören.

„Alles sofort aussteigen!" rief der Killer hektisch. „Und keine falsche Bewegung!"

Hastig kletterten alle aus dem Van. Maddie umarmte Natalie. „Keine Bange", flüsterte sie ihr zu, „alles wird gut. Das verspreche ich dir."

Wortlos nickte Natalie. Sie zitterte am ganzen Körper. Dann kam Cole zu ihnen und nahm sie beide in die Arme.

Madison sah sich um. Zwei andere Geiseln standen in der Nähe.

Während sie sich fragten, was nun geschehen würde, fuhr ein alter schwarzer Cadillac die Straße herab. Aus den Fenstern strömte schrille Rap-Musik.

„Sie da!" wandte sich der Bandit Nummer eins an Madison. „Steigen Sie hinten ein!"

„Was meinen Sie?" Sie spürte ihr Herz gegen die Rippen schlagen.

„Einsteigen, hab ich gesagt!"

Unsanft drehte er ihren Arm auf den Rücken, schob sie in den Fond des Cadillacs und sprang hinter ihr hinein.

Sie konnte nichts tun. Sobald sie in die Polsterung gesunken war, raste der Cadillac ins nächtliche Dunkel.

50. KAPITEL

Michael und Madison, 1995

„Schau dir das an!“ Madison stürmte in Michaels Büro und schwenkte eine Zeitschrift vor seiner Nase.

„Was ist los?“ fragte er, stets erfreut, seine Tochter zu sehen.

„Erinnerst du dich an das Wochenende in Miami, vor so vielen Jahren?“ Sie setzte sich auf die Schreibtischkante. „Damals versprach ich dir, du würdest eines Tages stolz auf mich sein.“

„Und?“

„Da!“ Triumphierend hielt sie ihm das Magazin *Manhattan Styles* hin. Auf dem Titelblatt prangte die Zeile „Porträts großer Persönlichkeiten“, mit der Verfasserangabe „Madison Castelli“.

„Jesus, Kid!“ Fasziniert starrte Michael die Zeitschrift an. „Also haben sich all die Jahre im College gelohnt.“

„Allerdings!“ bestätigte sie aufgeregt. „Rat mal, wer mein erster Interviewpartner ist!“

„Wer?“

„Henry Kissinger.“

„Du meine Güte! Das muss ich lesen.“

„Und übersieh bloß nicht mein Foto, ganz vorn im Heft.“

Vor zwei Jahren, kurz nach ihrem College-Abschluss, war sie von Victor Simons, dem Herausgeber von *Manhattan Style,* entdeckt worden. Er hatte einen ihrer kleinen Artikel gelesen, der im *Esquire* erschienen war und in dem es um die immer noch mangelhafte Gleichstellung von Mann und Frau ging. Interessiert rief er sie an, lud sie zum Lunch ein und ermutigte sie, weitere Erfahrungen zu sammeln. Dann sollte sie sich an ihn wenden.

„Warum engagieren Sie mich nicht sofort?“ schlug sie selbstbewusst vor. „Nehmen Sie mich, solange Sie mich noch kriegen.“

„Jetzt nicht, aber bald.“

Und er hatte Wort gehalten. Nun arbeitete sie schon seit einigen Monaten für *Manhattan Style,* und soeben war der erste Artikel unter ihrem Namen erschienen.

„Großartig, Schätzchen“, meinte Michael. Lächelnd überflog er das Interview. „Hat's Stella gesehen?“

„Ich hab's ihr noch nicht gezeigt.“

„Ruf sie an und erzähl's ihr. Sicher wird sie sich wahnsinnig freuen.“

„Ach, komm schon, Michael! Wann hat sie sich jemals *wahnsinnig* über mich gefreut?“

Zwischen Stella und Madison war niemals jene innige Mutter-Tochter-Beziehung entstanden, die er erhofft hatte. Stattdessen wirkte das Verhältnis eher angespannt.

„Du bist ihr Kind, Madison, und ich sage dir, sie wird sich freuen.“

„Zeig *du's* ihr. Nimm die Zeitschrift nach Hause mit.“

„Wollen wir heute Abend zusammen essen und feiern?“

„Tut mir leid, ich hab schon was mit den Mädchen vor.“

„Mit welchen Mädchen?“

„Natalie ist aus L.A. rübergeflogen, und Jamie hat was arrangiert. Also kann ich die beiden nicht im Stich lassen.“

„Wohin geht ihr?“

„In einen Club. Kommst du mit?“

„Meine Clubtage sind vorbei“, meinte er wehmütig.

„Wirklich? Nach meiner Ansicht bist du immer noch der attraktivste Mann von New York.“

„Wenn man das aus dem Mund seiner Tochter hört …“

„Jedenfalls konnte ich's gar nicht erwarten, dir den Artikel zu bringen.“

„Danke, dass du vorbeigekommen bist, meine Süße. Ich bin sehr stolz auf dich.“

Sobald sie sich verabschiedet hatte, bat er seine Sekretärin, Vito Giovanni anzurufen.

„Schon drei Tage hintereinander habe ich Nachrichten für Mr. Giovanni hinterlassen“, erklärte Marcie.

„Das weiß ich“, erwiderte er geduldig. „Deshalb müssen wir's immer wieder versuchen.“

„Vielleicht ist er nicht in der Stadt.“

„Wer meldet sich in seinem Haus?“

„Nur der Anrufbeantworter.“

„Okay, probieren Sie's noch mal.“

Er musste mit Vito über die zwei Millionen reden, die er für den alten Don investiert hatte. Im Lauf der Jahre hatte sich der Betrag fast verdoppelt, und Mr. G. zeigte kein Interesse an der Frage, wie er das Geld wieder in seine Hände bekommen sollte. Michael fühlte sich unbehaglich, weil die Investments unter seinem Namen firmierten. Obwohl sie gut gesichert waren und niemand diese erhebliche Summe zu Vito zurückverfolgen konnte, blieb die Tatsache bestehen, dass sie *ihm* gehörte.

Wieder einmal, wie so oft vorher, redete Marcie nur mit dem Anrufbeantworter.

„Okay, ich fahre hin.“ Michael nahm die Zeitschrift und ging zur Tür. „Rufen Sie meinen Chauffeur an, er soll draußen auf mich warten.“

Während er im Lift stand, begann er Madisons Interview mit Henry Kissinger zu lesen. Unglaublich! Seine Tochter – eine Journalistin, die einen berühmten Politiker für ein bekanntes Magazin befragte … einfach fabelhaft!

Als er im Auto saß, holte er sein Handy hervor und wählte Danis Nummer, um ihr zu sagen, sie müsse die Zeitschrift kaufen.

Sofia meldete sich. „Hi, Daddy.“

„Hi, mein Küken. Ist deine Mom da?“

„Nein, sie ist weggegangen. Wann kommst du nach Hause, Daddy?“

„Bald.“

Seine andere Familie. Seine geheime Familie. Von seinem zweiten Leben in Vegas wussten Stella und Madison nichts.

Und dabei sollte es auch bleiben. Manchmal hatte er das Gefühl, er würde seine Ehefrau gar nicht kennen. Entweder litt sie unter ihrer Migräne oder sie eilte zu gesellschaftlichen Events. Zwischendurch kaufte sie in beängstigendem Tempo Kleider und Schmuck. Nur selten kümmerte sie sich um Michael. Und sie schliefen auch nicht mehr miteinander. Um ihr eine Freude zu machen, hatte er das New Yorker Apartment verkauft und ein Haus in Connecticut erworben. Er hatte gehofft, dadurch würden sie einander wieder etwas näher kommen. Doch das funktionierte nicht.

Jeden Monat verbrachte er eine Woche in Vegas. Bei Dani war alles anders. *Immer* wollte er sie lieben. Müsste er nicht auf Madison Rücksicht nehmen, wäre er längst nach

Vegas übersiedelt. Aber sie hielt Stella für ihre Mutter. Und obwohl er Dani versprochen hatte, seine Frau zu verlassen, sobald das Mädchen erwachsen sei, konnte er sich nicht dazu durchringen.

Wie würde sich Madison verhalten, wenn sie von ihren Halbgeschwistern erfuhr? Das versuchte er sich oft vorzustellen. Würde sie jubeln oder in helle Wut geraten? Eine gemäßigte Reaktion traute er seiner temperamentvollen Tochter nicht zu.

Seit einiger Zeit verbarg Dani ihre Enttäuschung nicht mehr. „Du hast gesagt, du lässt dich scheiden, wenn Madison aufs College geht", hatte sie ihn bei seinem letzten Besuch erinnert. „Dann wolltest du den Abschluss ihres Studiums abwarten. Und jetzt hat sie einen Job, und du bist immer noch mit Stella verheiratet."

„Das kann ich dir nicht erklären ..." Vergeblich suchte er nach den richtigen Worten. „Es ist – so schwierig."

„*Was* ist schwierig, Michael?" fauchte sie. „Seit Jahren warte ich auf dich. Ich habe deine Familie großgezogen. Nun sollten wir endlich zusammenleben."

„Willst du unsere wundervolle Beziehung verderben, Schätzchen?"

Erbost starrte sie ihn an. Offenbar waren das die falschen Worte.

Vito Giovannis Haushälterin teilte ihm mit, die Herrschaften würden gerade auf den Bahamas Urlaub machen. Irgendwie musste er den alten Knaben bewundern. Nichts hinderte Mr. G. daran, das Leben zu genießen, immer unternahm er irgendetwas.

Sein Vermögen schien ihn nicht zu interessieren. Wahrscheinlich war er so reich, dass Geld keine Rolle mehr für ihn spielte.

„Bitten Sie Mr. G., er möge sich bei mir melden, wenn er zurückkommt."

Madison traf Jamie und Natalie, ihre Freundinnen aus dem College, in einem Nachtclub in der City.

Schöner denn je, erschien Jamie in einem weißen Leinenkostüm und Manolo-High Heels. Natalie, klein und kurvenreich und bildhübsch, trug ein rotes sexy Kleid, Madison ein schickes beiges Kostüm von Ralph Lauren, das ovale Gesicht von dichten dunklen Locken umrahmt.

„He, wie du aussiehst!" rief Natalie, als Madison das Lokal betrat. „Eine typische Karrierefrau."

„Immerhin feiern wir heute meinen Erfolg", erwiderte Madison. Grinsend setzte sie sich an den Tisch. „Nun bin ich ganz offiziell eine Spitzenjournalistin."

„Ja, ja, ein Star", meinte Jamie gleichmütig.

„Deshalb bin ich eigens nach New York geflogen", betonte Natalie, „also *müssen* wir feiern!"

In ihrem üblichen Stil hatte Jamie das Treffen organisiert. Sie studierte Innenarchitektur, und mit der finanziellen Hilfe ihres Vaters hoffte sie bald ihr eigenes Büro zu eröffnen. Seit kurzem war sie mit Peter verlobt, einem attraktiven blonden Mann. Von allen Bekannten wurden die beiden als „goldenes Paar" bezeichnet.

Natalie lebte in L.A. zusammen mit ihrem Bruder Cole und strebte eine Karriere im Fernsehen an. Dort wollte sie Prominente interviewen.

Zuerst war es Madison gelungen, den großen beruflichen Traum zu verwirklichen. Jetzt arbeitete sie für ein hoch angesehenes Magazin, das ständig höhere Auflagen erzielte als der *Esquire* und *Vanity Fair.*

„Hast du's Michael schon erzählt?“ fragte Natalie und nahm sich eine Hand voll Kartoffelchips.

„Ja, ich habe ihm den Artikel gezeigt.“

„Und?“ fragten beide Freundinnen wie aus einem Mund.

„Er hätte fast einen Schock bekommen.“

„Das wette ich.“ Jamie lachte. „Sieht er immer noch so fantastisch aus?“

„Hmmm ...“ Madison lächelte viel sagend. „Schon immer bist du scharf auf ihn gewesen, nicht wahr?“

„Ja“, gab Jamie zu. „Aber nun werde ich bald heiraten und muss mir diese Schwärmerei abgewöhnen.“

„Lädst du ihn zu deiner Hochzeit ein? Damit er die Braut bewundern kann?“

„Ja, natürlich.“ Jamie ließ sich nicht hänseln. „Immerhin kenne ich deine Eltern seit einer halben Ewigkeit.“

„Und wie geht's der schönen Stella?“ erkundigte sich Natalie.

„Den Großteil ihrer Zeit verbringt sie in Connecticut“, antwortete Madison. „Und wenn sie nach New York kommt, geht sie entweder einkaufen oder sitzt vor dem Fernseher. Ich sehe sie fast nie.“

„Dann hat sich nichts geändert“, meinte Jamie.

„Wenn ich euch privilegierte Kids über diese Familienscheiße reden höre, flippe ich aus“, stöhnte Natalie. „Um aufs College gehen zu können, musste ich als Kellnerin arbeiten.“

„*Gearbeitet* hast du nie", witzelte Jamie. „Nur ein einziges Mal hast du eine Woche in einer Hamburger-Kneipe gejobbt. Dann bist du schreiend weggelaufen, wegen eines abgebrochenen Fingernagels. Außerdem konntest du dich vor Verehrern kaum retten und hattest gar keine Zeit für harte Arbeit."

„Wie sich das anhört!" beschwerte sich Natalie. „Als wäre ich eine Nutte gewesen."

„Zumindest standen die Jungs vor unserem Schlafzimmer Schlange", kicherte Jamie. „Sieben kleine harte Schwänze in einer Reihe!"

„Weil sie auf *dich* abgefahren sind", konterte Natalie und grinste Jamie frech an.

Auf dem College hatten sie von ihren Studienkollegen Spitznamen bekommen – „die Schöne" (Jamie), „das Hirn" (Madison) und „die Sexbombe" (Natalie). Während des ganzen Studiums waren sie unzertrennlich gewesen.

Jamie bestellte eine Flasche Cristal. Sobald die Gläser gefüllt waren, prostete sie Madison zu. „Wie fühlt man sich, wenn man berühmt und erfolgreich ist?" fragte sie ihre Freundin und strich eine weizenblonde Haarsträhne hinter ihr Ohr.

„Unglaublich gut", antwortete Madison, um einen Lieblingsausdruck ihres Vaters zu benutzen.

„Und wie war Dr. Henry Kissinger?" erkundigte sich Jamie.

„Sehr charmant und extrem clever."

„Würdest du bitte Denzel Washington interviewen?" flehte Natalie, „oder Sidney Poitier, meinen Helden?"

„Zu alt", entgegnete Jamie.

„Meinst du nicht – zu *heiß?*“ protestierte Natalie. „Der Mann hat echt was drauf.“

„Okay, ich versuch's.“ Madison nippte an ihrem Champagner. „Anscheinend kommt man nur schwer an ihn ran, er gibt nicht gern Interviews.“

„Dann begnüge ich mich eben mit Denzel“, seufzte Natalie, „süß wie Sirup.“

Später – in dem kleinen Apartment, das Michael seiner Tochter am Tag ihres Studienabschlusses gekauft hatte – lehnte sie die Zeitschrift an den Spiegel im Badezimmer.

„Porträts großer Persönlichkeiten von Madison Castelli.“

Konnte das Leben noch schöner sein?

51. KAPITEL

Dani und Vincent, 1995

„Mit diesem Schutzhelm siehst du todschick aus!“ hänselte Vincent seine Mutter.

„*Wie,* bitte?“ fragte Dani.

„Wirklich, der steht dir“, versicherte er, nahm ihren Arm und führte sie um einen eingezäunten Platz herum.

„Meine Alltagsmode wird das trotzdem nicht. So was trage ich nur, wenn ich die Baustelle meines Sohnes besuche.“

„Unglaublich!“ Vincent schüttelte den Kopf, als könnte er sein Glück selber kaum fassen. „Unser eigenes Hotel!“

„So unverschämt ich Nando auch finde – ich muss sagen, das verdient ihr beide. Dafür habt ihr richtig geschuftet.“

„Allerdings. Vor zwei Jahren haben die Bauarbeiten begonnen, und wenn das Hotel fast fertig ist … Oh Mann, die Mühe und der Stress haben sich echt gelohnt.“

„Wie lange dauert's noch?“

„Etwa sechs Monate.“

„Wunderbar! Wenn ich dir irgendwie helfen kann – das würde ich sehr gern tun.“

„Großartig, Mom, ich hoffe nämlich, du setzt dich mit dem Innenarchitekten zusammen und passt auf, dass er nicht übertreibt. Da verlasse ich mich ganz auf deinen Geschmack.“

„Da kommt's nur auf den letzten Schliff an“, meinte sie bescheiden. „Ich helfe euch, Farben und Stoffe für stilvolle, komfortable Zimmer auszusuchen.“

Voller Vorfreude nickte Vincent. So viel ging ihm durch den Kopf. So viele Einzelheiten ... Und alles musste perfekt sein. Bloß keine Fehlschläge.

Für den Erfolg des Hotels riskierten Nando und er selbst *alles.* Das „Castle Hotel and Casino" – diesen Namen hatte Nando großzügig und erfrischend uneitel vorgeschlagen. „Irgendwie klingt's gediegen." Das fand Vincent auch.

Der Bau des Hotels war von einer Investorengruppe finanziert worden, der auch Michael angehörte. Darauf hatte er bestanden, was Vincent nur widerstrebend duldete. Wenn das Hotel ein Flop war, würde er sich einfach umbringen. Sollte er Michael enttäuschen – das würde er nicht überleben.

„Fantastisch, nicht wahr?" bemerkte er, während er Dani zum Auto zurückführte.

„Noch viel fantastischer wär's, du würdest ein nettes Mädchen finden und dich häuslich niederlassen."

„Warum sollte ich?" Gerade *das* hatte er nicht vor. „Ich bin sehr zufrieden mit meinem Leben – so wie's jetzt ist."

„Das weiß ich, Vincent", erwiderte sie und wünschte, er würde endlich auf sie hören. „Aber wär's nicht nett, wenn du ein Baby hättest?"

„Komm schon, Mom!" rief er belustigt. „Ein großmütterlicher Typ bist du nun wirklich nicht."

„Aber ich wäre ein sensationeller Babysitter."

Lächelnd musterte er seine schöne Mutter und fragte sich, wie sie all die Jahre als Single überstanden hatte.

In letzter Zeit besuchte Michael sie immer seltener, und Vincent wusste, wie sehr sie darunter litt. In dieser Familie war *er* der Mann, während sein Vater ein zweites Leben in New York führte.

Seltsam – da gab es eine Halbschwester, die er wohl niemals kennen lernen würde, wenn es nach dem Willen seines Dads ging.

Seine andere Schwester Sofia war zwölf, schwärmte für Madonna, schickes Make-up und zahllose mädchenhafte Kleider. Schon jetzt wirkte sie wie ein Teenager, und Vincent wusste, dass er sie im Auge behalten musste – vor allem, weil Michael so selten in Vegas auftauchte Als älterer Bruder musste Vincent die Verantwortung übernehmen.

„Inspektion beendet", sagte Dani, nahm den Helm ab und stieg ins Auto. „Essen wir zu Mittag?"

„Meine Mom lade ich jederzeit sehr gern zum Lunch ein", erwiderte Vincent und setzte sich ans Steuer. „Das heißeste Date in dieser Stadt."

„Wenn's bloß so wäre", seufzte Dani wehmütig.

„Wie gut ich mich an meine frühe Jugend erinnere! Oh Gott, alle Jungs in der Schule waren scharf auf dich."

„Vincent!"

„Ja, wirklich. Eines Abends sahen die Eltern irgendeines Jungen deine Show, und am nächsten Tag war es so *peinlich!* In der ganzen Schule tuschelten die Kerle, meine Mom würde sich ausziehen."

„Tut mir leid, dass ich dich in Verlegenheit gebracht habe", bemerkte sie trocken. „Und vergiss nicht – mein entblößter Busen hat alle unsere Rechnungen bezahlt."

„Hör mal, Mom", sagte er ernsthaft. „Wie hart du gearbeitet und welche Opfer du gebracht hast, weiß ich besser als sonst jemand."

„Damals ist's mir nicht wie ein Opfer vorgekommen."

„Warum hast du Dean nie geheiratet?" fragte er neugierig. „Ständig war er da. Und er besucht dich immer noch regelmäßig."

„Weil ich ihn nicht liebe", erklärte sie geduldig. „Ich liebe Michael. Immer werde ich ihn lieben."

„Und warum heiratet ihr dann nicht?"

„Das weißt du. Und ich muss es dir nicht erklären."

„Ja, ja, weil er in New York eine Frau und eine Tochter hat."

„Genau." Dieses Thema wollte Dani nicht erörtern.

„Und warum zum Teufel lässt er sich nicht scheiden?"

„Darüber beklage ich mich nicht", sagte sie leise.

„Wenn du dich beschweren würdest, täte er's vielleicht."

„Ich bin mir gar nicht mehr sicher, ob ich's überhaupt will. In letzter Zeit scheinen wir uns zu entfremden. Michael kommt nicht mehr so oft hierher wie früher. Natürlich müsste er sich öfter um Sofia kümmern. Aber was soll ich tun? Ich kann ihn nicht zwingen, seine Zeit in Vegas zu verbringen."

„Sorg dich nicht um Sofia, die findet sich sehr gut in dieser Welt zurecht."

„Ja, ihr beide habt viel von eurem Vater geerbt."

„Also *ich* nicht", widersprach Vincent entschieden. „Niemals würde ich eine Frau jahrelang hinhalten – so wie er's *dir* zumutet."

„Jedenfalls bist du sein Ebenbild. Und wie ich betonen muss – Michael hält mich nicht hin. Wir haben ein Arrangement, und ich bin wirklich glücklich mit der Situation, so wie sie ist."

„Tatsächlich?"

„Ja, Vincent", bestätigte sie energisch. „Was entbehre

ich denn? Michael bezahlt alle meine Rechnungen, er hat mir ein schönes Haus gekauft. Jedes Jahr bekomme ich ein neues Auto. Was kann sich eine Frau noch mehr wünschen?"

„Wie wär's mit einem Mann, der da ist, um dich zu beschützen? Das würdest du verdienen, Mom. Wenn du doch endlich Dean heiraten würdest ..."

Dani wandte sich ab, um die Tränen zu verbergen, die plötzlich in ihren Augen brannten. So gut es Vincent auch meinte, bei seinen Ratschlägen krampfte sich ihr Herz zusammen.

„Ich freue mich über euer Hotel", betonte sie und starrte aus dem Fenster. „Sicher wird's auch Michael gefallen."

Am nächsten Wochenende flog Michael nach Vegas. „Und ich kann nur zwei Tage bleiben", lauteten seine ersten Worte.

„Dann solltest du dich hauptsächlich mit Vincent und Sofia befassen", schlug Dani vor. „Die beiden vermissen dich."

„Auch mir fehlen sie."

„Vincent kann es gar nicht erwarten, dir sein Hotel zu zeigen. Bald ist es fertig."

Prüfend musterte er ihr Gesicht. „Versuchst du, an mein Gewissen zu appellieren?"

„Wenn du es so interpretierst ...", entgegnete sie und warf ihr langes blondes Haar in den Nacken.

Offensichtlich nahm er ihren angedeuteten Vorwurf ernst, denn er widmete sich ausschließlich seinen beiden Kindern. Erst nach seiner Abreise wurde ihr bewusst, dass dies sein erster Besuch gewesen war, bei dem sie sich *nicht* geliebt hatten.

Vielleicht hat Dean Recht, dachte sie deprimiert. War es möglich, dass Michael sie *benutzte?*

Und so beschloss sie, ihr Leben zu ändern. Sofia wuchs schnell heran, Vincent bewohnte sein eigenes Apartment, und sie musste an ihre eigene Zukunft denken. Irgendwie wollte sie ihre Zeit ausfüllen. Um wieder als Showgirl aufzutreten, war sie zu alt. Außerdem reizte sie das kein bisschen.

Vincent hatte sie gebeten, bei der Einrichtung des Hotels zu helfen, was ihr großen Spaß machte. Vielleicht konnte sie später die PR übernehmen. Das traute sie sich zu. Wie man Hotels und Casinos ins rechte Licht rückte, hatte sie während ihrer Bühnenkarriere gelernt.

Ja, diese Idee fand sie großartig. Sie würde Vincent und Nando fragen, ob sie besondere Events im Hotel organisieren könnte.

Wenigstens würde sie das von ihrer unglücklichen Liebe zu Michael ablenken.

52. KAPITEL

Michael und Madison, 2000

Eines Abends kam Michael nach Hause und stellte fest, dass Stella verschwunden war. Einfach so. Das Haus in Connecticut wirkte leer und verlassen. Ihre Kleider und die Schmuckschatulle hatte sie mitgenommen. Keine Nachricht. Nichts.

Das überraschte ihn nicht. Aber dann fand er die Wahrheit heraus – sie wohnte bei einem aufstrebenden 26-jährigen Künstler, und da war sein Ego doch etwas angeknackst. Nur ein bisschen. Was sie seiner Tochter antat, störte ihn viel mehr. Offensichtlich war ihr Madisons Reaktion auf den Ehebruch völlig egal. Und das bedeutete, es würde ihr genauso wenig ausmachen, wenn das Mädchen die Wahrheit erfuhr.

Nun sah er sich gezwungen, Madison über ihre Herkunft zu informieren.

Ob es ihm passte oder nicht, es war an der Zeit. Erst einmal musste er den nötigen Mut aufbringen, und das fiel ihm nicht leicht. Dafür brauchte er eine Weile.

Ein paar Tage später saß er in Vito Giovannis altem Sandsteinhaus, trank einen Jack Daniel's on the rocks und fühlte sich wieder wie ein Junge – und ziemlich melancholisch, denn Mr. G. befand sich in sehr schlechtem Zustand. Der Anblick bedrückte Michael zutiefst. Nachdem der alte Mann etwa fünfzig Pfund abgenommen hatte, glich er einem Skelett. Sein Kinn war eingefallen, die Augen wirkten hohl.

Unkontrollierbar zitterten die wächsernen Hände, und sein Lieblingssessel schien ihn fast zu verschlucken.

„Gut siehst du aus, Vito!“ log Michael, weil er wusste, wie eitel der Don war.

„Du warst schon immer ein lausiger Lügner“, ächzte Mr. G. und bekam einen heftigen Hustenanfall. „Jetzt bin ich ein schwer kranker alter Knacker. Lange werd ich's nicht mehr machen.“

Seit drei Jahren litt er an Prostatakrebs. Die Chemotherapie und die Strahlenbehandlung hatten ihn völlig erschöpft. Aber er fluchte und schimpfte immer noch – über die Therapien, die Ärzte, die Kliniken, die Krankenhäuser. An niemandem ließ er ein gutes Haar – abgesehen von der ehemaligen Stripperin Western Pussy, jetzt Western Giovanni.

Offenbar machte ihn ihr heiteres Wesen sehr glücklich. Im Gegensatz zu seiner Ex, Mamie, war Western nicht bösartig. Unbeeindruckt von kritischen Kommentaren, segelte sie durchs Leben, mit ihren riesigen Titten und einem unverwüstlichen fröhlichen Lächeln.

„Wie geht's meinem Baby?“ gurrte sie, rauschte ins Wohnzimmer und roch nach Pizza und billigem Parfüm. In all den Jahren hatte sie nicht gelernt, Vitos Geld auszugeben. Stattdessen freute sie sich immer noch an den kleinen Dingen des Lebens.

„Hast du Michael begrüßt?“ hüstelte er.

„Deinen hübschen Freund pflege ich ganz besonders herzlich zu begrüßen. Wie läuft's, Mike?“

„Gut. Und bei dir, Western?“

„Kann nicht klagen.“ Eifrig wandte sie sich zu ihrem

kranken Ehemann. „Schau mal, was ich beim Schlussverkauf im Bloomingdale's für dich gefunden habe, mein Schätzchen." Sie wühlte in ihrer Einkaufstasche, zog einen geschmacklosen rosa Pullover mit V-Ausschnitt hervor und schwenkte ihn vor Vitos Nase. „Echt Kaschmir", verkündete sie ehrfürchtig, „*so* weich und kuschelig."

„Sehr hübsch, Babe. Und jetzt hau ab, ich hab was Geschäftliches mit Michael zu bereden."

„Geschäfte, in deinem Alter!" tadelte sie ihn. „Das solltest du allmählich vergessen."

„Verschwinde!" befahl er liebevoll.

Kein bisschen gekränkt, warf sie ihm eine Kusshand zu und verließ das Zimmer.

Vito drehte sich zu der Krankenschwester um, die in einer Ecke saß. „Warten Sie draußen."

„Aber Mr. Giovanni ..."

„Raus!"

Ohne weitere Widerworte gehorchte sie.

„Die versuchen mich ans Bett zu fesseln – die Schwestern und Doktoren", vertraute er Michael an. „Von dieser Scheiße will ich nichts wissen. Bin ich etwa ein Invalide? Ich habe nur Prostatakrebs, das ist alles."

„Vielleicht meinen deine Ärzte, du würdest Ruhe brauchen."

„Wozu soll ich mich ausruhen? Fürs Grab?"

„Hör mal, Vito, ich bin froh, dass wir uns heute sehen. Wir müssen besprechen, was ich mit deinem Geld anfangen soll."

„Ach ja, mein Geld ...", murmelte der alte Don vage. „Wie viel ist's denn jetzt?"

„Etwa dreimal so viel wie damals, als du's mir gegeben hast."

„Wie man Kohle macht, hast du schon immer gewusst." Vito lachte meckernd, dann runzelte er die Stirn. „Daran darf sich das Finanzamt nicht vergreifen."

„Und was stellst du dir vor?"

„Western versteht nichts vom Geld. Also kriegt sie's nicht. Wenn ich nicht mehr da bin, arrangierst du ein monatliches Einkommen, das sie von ihrem Bankkonto abheben kann."

„Okay."

„Und zwei Millionen überweist du an Mamie."

Das sagte Vito so beiläufig, dass es einige Sekunden dauerte, bis Michael den Sinn der Worte verstand. „*Was?*" rief er entsetzt.

„Erinnerst du dich nicht an Mamie, meine erste Frau?"

„Warum zum Teufel denn willst du ihr ein Vermögen schenken?"

„Weil ich's versprochen habe."

„Nach allem, was ich höre, verdient sie ganz gut an ihren Pornos."

„Sie war jahrelang mit mir zusammen, Mike, und ich glaube, dieses Erbe steht ihr zu."

„So?"

„Ja." Vitos heisere Stimme nahm einen härteren Klang an. „Kann ich dir vertrauen?"

Michael nickte. Keinen Cent würde er Mamie geben. Wenigstens eine *kleine* Rache ...

Nach einem faszinierenden Interview mit einem mächtigen Super-Agenten aus L.A. zurückgekehrt, traf sich Madison mit Jamie in einem Restaurant in Manhattan. Jetzt stand sie ganz oben auf der Karriereleiter.

Die „Porträts großer Persönlichkeiten von Madison Castelli“ waren ein voller Erfolg, und die PR-Agenten überschlugen sich, um ihre Klienten von ihr interviewen zu lassen. In der Medienwelt galt sie als Star.

„Was war der tollste Sex, den du jemals hattest?“ Neugierig beugte sich Jamie vor.

„Eh?“

„Du weißt doch, was ich meine – umwerfenden, welterschütternden, schmutzigen Sex. Den Kerl, mit dem man's gerade treibt, will man nie wiedersehen. Aber solange man's macht – schreckt man vor nichts zurück.“ Sie seufzte wehmütig. „Vor gar nichts.“

„Nun ja …“ Madison fragte sich, worauf ihre ehemalige Zimmerkameradin aus dem College hinauswollte. „In Miami“, antwortete sie schließlich. „Erinnerst du dich an das Wochenende, das ich mit meinem Dad verbrachte, als ich sechzehn war? Da traf ich diesen Typen, einen 45-jährigen Playboy, der alle nötigen Spielsachen besaß – ein Penthouse, einen Porsche und ein überdimensionales Wasserbett voller Rosenblütenblätter. Außerdem …“ Um die Wirkung ihrer nächsten Worte zu steigern, machte sie eine Pause, „eine ungewöhnlich talentierte Zunge.“

„Verdammt, das hast du mir nie erzählt!“ rief Jamie.

„Weil's mein Geheimnis war.“ Madison lachte. „Diesen Frankie Medina werde ich nie vergessen. So viel hat er mir beigebracht.“

„Du hinterlistiges Biest! Dass wir Geheimnisse voreinander hatten, wusste ich gar nicht.“

„Nur dieses eine.“

„Ha!“

„Was soll dieses Gerede über Sex?“

„Ich glaube, Peter hat eine Affäre“, platzte Jamie heraus. Damit meinte sie ihren Ehemann.

„Unsinn! Ihr seid erst drei Jahre verheiratet“, betonte Madison. „Gib dem Jungen wenigstens eine *Chance,* sich zu langweilen.“

„Besten Dank“, stieß Jamie hervor. „Wieso erwartest du, er würde sich jemals langweilen?“

„Jedenfalls musst du mir nichts über untreue Männer erzählen. Lauter Schweine.“

Madisons Beziehung mit David, einem TV-Produzenten, war vor einer Weile in die Brüche gegangen. Zwei Jahre lang hatte er bei ihr gewohnt. Wahrscheinlich war er sauer, weil sie mehr verdiente als er. Eines Tages teilte er ihr mit, er würde Zigaretten kaufen, und kam nicht mehr zurück.

Wie sie ein paar Wochen nach seinem Verschwinden erfuhr, hatte er seine Sandkastenliebe geheiratet, eine geistlose Blondine mit falschen Titten und vorstehenden Zähnen. Was eine ganze Menge über seinen Geschmack aussagte …

Diese Liaison war bisher ihre längste gewesen – und vorerst suchte sie keine neue, obwohl sie in L.A. einen sehr attraktiven Mann kennen gelernt hatte – Jake Sica. Unglücklicherweise war er anderweitig gebunden.

„Seit David weggelaufen ist, hast du dich in eine richtige Zynikerin verwandelt“, bemerkte Jamie.

„Nur zu deiner Information, ich bin froh, dass er abgehauen ist. Inzwischen hab ich was Wichtiges herausgefunden – eine Karriere bedeutet mehr als jeder Mann.“

Am späteren Abend gingen sie zu einer Dinnerparty in Anton Couchs Haus. Der schwule Anton war Jamies Partner in ihrem Innenarchitekturbüro und verfügte über unzählige gesellschaftliche Kontakte. Beim Essen erwähnte er, Madisons Mutter habe ihn angerufen.

Erstaunt hob Madison die Brauen. „Meine Mutter?“

„Du hast doch eine, oder?“ konterte er grinsend. „Oder bist du einfach vom Himmel herabgefallen, einen Kugelschreiber in der Hand?“

„Warum sollte sie *dich* anrufen?“

„Wegen eines Designs für ihr neues Apartment.“

„Welches neue Apartment?“ fragte Madison verwirrt. „Meine Eltern leben in Connecticut. Vor zehn Jahren haben sie New York verlassen.“

„Offensichtlich wollen sie zurückkehren.“

Sobald sie nach Hause kam, rief sie Michael an. Sicher würde er schon im Halbschlaf liegen. Doch das störte sie nicht.

„Ich erfahr’s nicht gern von Anton Couch, dass ihr ein Apartment in New York beziehen wollt.“

„He, Liebes, ich bin wirklich todmüde“, murmelte er. „Können wir morgen drüber reden?“

„Klar“, erwiderte sie und warf den Hörer auf die Basis. Sie ertrug es nicht, wenn ihr Vater ihr seine ungeteilte Aufmerksamkeit verweigerte.

Am nächsten Morgen rief er schon sehr zeitig an, mit glasklarer Stimme. „Wenn du Zeit hast, fahre ich in die Stadt, und wir treffen uns zum Brunch.“

„Kommt Stella auch?“ fragte sie und unterdrückte schnell ein Gähnen.

„Nein, Stella kann nicht …“, erwiderte er kurz angebunden.

Eine Stunde später holte er sie ab, und sie gingen ins Plaza. Nachdem sie über ein Dutzend andere Dinge geredet hatten, erzählte er schließlich, Stella habe ihn wegen eines anderen Mannes verlassen.

„Was?“ rief Madison schockiert. „Du und Mom – ihr habt euch immer so nahe gestanden.“

„Genau das dachte ich auch.“

„Wie ist's passiert?“

„Wer weiß?“ antwortete Michael gleichmütig. „Ich bin einfach nur der Typ, der verlassen wurde. Eines Tages kam ich nach Hause, da war sie verschwunden, und seither habe ich nicht mehr mit ihr gesprochen.“

„Also zieht *sie* in dieses Apartment?“

„Das nehme ich an.“

Ein paar Minuten lang saßen sie sich schweigend gegenüber, bis Madison plötzlich herausplatzte: „Wie kannst du ihr erlauben, mir so was anzutun?“

Michael lachte freudlos. „Dir tut niemand etwas an.“

„Moment mal, ihr seid meine *Eltern!*“ betonte sie anklagend. Obwohl sie erkannte, wie unvernünftig sie sich benahm, konnte sie sich nicht beherrschen. „Ich *will* keine geschiedenen Eltern.“

„Ah, du willst keine geschiedenen Eltern? Wie alt bist du? Acht?“

„Nein!“ erwiderte sie wütend. „Aber ich habe immer zu euch aufgeschaut. Ihr wart meine Vorbilder. Und ich fand eure Ehe – nun ja – so harmonisch. Ihr beide. Für alle Zeiten glücklich vereint.“

„Nicht immer ist alles so, wie es scheint“, entgegnete er mysteriös.

„Warum hat *sie* mich nicht angerufen?“

„Allzu nahe seid ihr euch nie gekommen, oder? Auch wenn ich das gehofft hatte.“

„Immerhin ist sie meine *Mutter.* Meinst du nicht, ich hätte es von ihr erfahren müssen?“

Michael seufzte. „Von uns *beiden* hast du nie die Zuwendung erhalten, die du verdient hättest. Und das bedrückt mich.“ Nun entstand eine lange Pause. Eignete sich dieser Zeitpunkt für das Geständnis? Ja. Noch länger durfte er seiner Tochter die Wahrheit nicht vorenthalten. „Hör zu, Schätzchen …“, fügte er stockend hinzu. „Da gibt es noch etwas, das ich dir sagen will. Vielleicht wird's dir helfen, die Situation besser zu verstehen.“

Unbehaglich schluckte sie. Wäre irgendetwas noch schlimmer als eine Scheidung? Offenbar ging es um Dinge, die sie gar nicht wissen wollte.

Ohne sie aus den Augen zu lassen, fuhr er fort: „Stella ist – eh – nicht deine leibliche Mutter.“

Ringsum begann sich die Welt zu drehen. Stella – nicht ihre richtige Mutter? Wie konnte das sein? Es ergab keinen Sinn. *Wovon zum Teufel redet er?*

Michael sprach weiter und erzählte eine lange, verwickelte Geschichte. Vor vielen Jahren hatte seine Freundin ein Baby bekommen. Dann war sie erschossen worden, weil seine damaligen Geschäftspartner entschieden hatten, sie müssten ihn bestrafen.

Was für eine verrückte Story … Während sie zuhörte, glaubte sie, sie sei in eine bizarre Seifenoper geraten. Irgendwann verstummte Michael. Und diesmal dauerte das Schweigen mehrere Minuten.

Um Himmels willen, ist das mein Leben? Plötzlich verspürte Madison heftige Kopfschmerzen. Alles hatte sich verändert. Nun war sie nicht mehr der Mensch, für den sie sich gehalten hatte. „Ich – ich möchte nach Hause gehen – und das erst mal verkraften“, stammelte sie. Schwankend stand sie auf.

„Lauf mir nicht davon“, flehte Michael und ergriff ihre Hand. „Ich brauche dich, Liebes. Immer habe ich dich gebraucht.“

„Ja, vielleicht, Michael. Das glaube ich dir ja sogar.“ Ihr Herz hämmerte schnell und qualvoll gegen die Rippen. „Aber der Schock ist einfach zu groß. Damit muss ich allein fertig werden.“ Zitternd entzog sie ihm ihre Hand und floh aus dem Restaurant.

Die Straße erschien ihr verändert. Unschlüssig schaute sie sich um. Was sollte sie tun? Wohin sollte sie sich wenden? In diesem Moment verspürte sie nur ein einziges Bedürfnis – in Tränen auszubrechen.

Warum willst du weinen, fragte eine innere Stimme.

Weil ich nicht mehr weiß, wer ich bin.

Als Michael seine Tochter aus dem Restaurant fliehen sah, fühlte er sich erleichtert – nicht, weil Madison davonrannte, sondern weil sie endlich die Wahrheit kannte. Nun hatte er sich von Gewissensbissen befreit, die ihn jahrelang verfolgt hatten.

Gewiss, Madison regte sich schrecklich auf. Aber sie war ein vernünftiges Mädchen, sie würde darüber hinwegkommen, wenn er ihr die Einzelheiten erklärt hatte. Das alles wäre zu viel auf einmal gewesen.

Jetzt konnte er es gar nicht erwarten, Dani anzurufen – obwohl er noch nicht bereit war, ihr von Stella zu erzählen. Diese Neuigkeit würde er noch ein paar Wochen für sich behalten.

Im Augenblick wollte er keine Entscheidungen treffen, die sein Leben verändern würden.

Und Dani würde auf ihn warten. Immer.

Eines Tages würde er sie mit einer netten Überraschung erfreuen können.

53. KAPITEL

Dani und Vincent, 2000

„Alles erledigt, Mrs. Castle“, verkündete der Mann vom Delikatessen-Service.

„Sind Sie sicher? Bloß keine Panne …“

„So was passiert bei uns *niemals.*“

Lächelnd nickte sie. „Sehr gut, ich wollte mich nur vergewissern.“

Der Mann erwiderte das Lächeln. Für diese schöne Frau arbeitete er sehr gern. Ein exquisites Geschöpf … Doch sie war genauso pingelig wie alle seine anderen Kunden. Und so sollte es auch sein. Wer konnte ihr's verübeln? Immerhin wurde an diesem Tag die Hochzeit ihres Sohnes gefeiert.

Nach der Verhandlung mit dem Lieferanten betrat Dani den Lift und fuhr zu ihrer Suite im Castle Hotel hinauf. Endlich würde Vincent heiraten. Und Michael verspätete sich. Das musste sie ihm allerdings verzeihen, weil ihn keine Schuld traf. Schon mehrmals hatte sie den Flughafen angerufen und stets erfahren, die Maschine sei in New York nicht pünktlich gestartet.

Aber inzwischen war der Abflug erfolgt, und er müsste jeden Moment eintreffen.

Sie hatte ihm erklärt, er solle direkt ins Hotel kommen. Ihr Haus hatte sie längst verkauft. Nachdem Sofia mit fünfzehn von der Schule abgegangen und nach Europa durchgebrannt war, hatte sich ihre Mutter in einem eleganten Apartment einquartiert.

Für die Flucht des Mädchens machte sie Michael verantwortlich. Bei einem erbitterten Streit hatte seine Tochter ihm vorgeworfen, er sei nie für sie da. Ein paar Wochen später war sie verschwunden. Dani war schrecklich verzweifelt gewesen, bis Sofia aus England anrief und ihr unbekümmert empfahl: „Sorg dich nicht um mich, Mom. Ich bin mit Freunden zusammen. Bald melde ich mich wieder."

Hilfe suchend wandte sich Dani an Michael, der ungerührt erwiderte: „Sie kann auf sich selber aufpassen. Keine Bange, Sofia ist okay – genauso clever wie ich."

So lautete Michaels Lieblingsbehauptung, was seine Kinder betraf – sie glichen ihm, was aber nur für das Aussehen galt.

Hielt er sich für Mister Perfect?

Da hatte sie eine Neuigkeit für ihn – das war er nicht, was sie aber nicht daran hinderte, ihn zu lieben. Immer würde sie ihn lieben, denn die Faszination, die von Michael Castelli ausging, wirkte auf Dani wie eine Sucht.

Das Castle Hotel und das Casino waren ein Riesenerfolg. Mit vereinten Kräften hatten Nando und Vincent ein schickes Etablissement aufgebaut, das vor allem das jüngere Publikum anlockte. Stets war das Hotel ausgebucht, das Casino gerammelt voll. Die Geschäfte liefen ausgezeichnet.

Und nun erlebte Dani einen ganz besonderen Tag – Vincents Hochzeitstag. Er würde Jenna Crane heiraten, die hübsche honigblonde Tochter eines ortsansässigen Anwalts.

Natürlich hatte sich Vincent in ihre Schönheit verguckt. Jenna war nicht das Mädchen, das Dani für ihren Sohn ausgesucht hätte. Gewiss, sie sah hinreißend aus, und ja – sie wirkte völlig unschuldig. Aber besonders klug war sie nicht. Dani hätte eine intelligentere Schwiegertochter vorgezogen.

Wenigstens heiratete er endlich. Ein Jahr zuvor war Nando vor den Traualtar getreten, mit der schönen *und* klugen Jolie, einer ehemaligen Tänzerin. Sicher eine verheißungsvolle Ehe.

Während Dani in ihr Bräutigamsmutter-Outfit schlüpfte, überlegte sie, dass Michael und Dean sich zum ersten Mal begegnen würden. Darauf hatte sie Michael hingewiesen. Wütend hatte er sich beschwert: „Warum *muss* ich dieses Arschloch treffen?"

„Er ist kein Arschloch", protestierte sie. Natürlich durfte sie Dean von der Hochzeit ihres Sohnes nicht ausschließen. Also musste Michael in den sauren Apfel beißen. „Wie oft habe ich's dir schon gesagt – Dean ist mein bester Freund."

„Zum Teufel mit dem Mistkerl! *Ich* bin dein bester Freund!"

„Keineswegs, du bist mein Liebhaber."

Mit diesen Worten hatte sie Michaels Zorn noch geschürt.

Als er ankam, frisierte sie sich gerade. Er eilte in die Suite, umarmte sie von hinten und küsste ihren Hals. „Rat mal ..."

„Was?" fragte sie und drehte sich um.

„Ich hab's Madison erzählt!"

„Von uns?"

„Nein – nein ... Ich ... Eh – ich hab ihr gesagt, dass Stella nicht ihre richtige Mutter ist."

„Oh, mein Gott!" flüsterte Dani. Wie schwer ihm das

gefallen sein musste, konnte sie sich nur zu gut vorstellen. „Wirklich?“

„Ja.“

„Wie hat sie’s aufgenommen?“

„Sie ist wütend weggelaufen.“

„Natürlich, das verstehe ich.“

„Weißt du was, Dani? Ich bin froh, weil sie endlich die Wahrheit weiß. Nachdem ich ihr reinen Wein eingeschenkt habe, gebe ich ihr ein paar Monate Zeit, damit sie’s verdauen kann. Danach werde ich ihr ganz langsam von dir und den Kids erzählen.“

„So?“

„Es ist an der Zeit.“

„Sehr gut.“

„Ich liebe dich, Dani“, beteuerte er, und seine Lippen streiften wieder ihren Hals. „Jetzt, wo ich Madison eingeweiht habe, wird sich alles ändern. Das wirst du schon noch sehen.“

Statt seinen Freund zu beruhigen, verwandelte Nando ihn in ein nervöses Wrack. Außerdem litt Vincent an einem höllischen Kater. Nando hatte darauf bestanden, einen Junggesellenabschied zu veranstalten. Stripper, Schlangenmenschen, Schlammcatcher – alle nackt, alle weiblich – und alle hatten sich an den Bräutigam herangemacht.

Seine letzte Erinnerung war ein Tequila, um halb vier Uhr morgens in seine Kehle geschüttet. Und eine schöne Eurasierin hatte ihren Busen in seinen Mund gesteckt und ihn angefleht, mit ihr auf ihr Zimmer zu gehen. Dieses Angebot hatte er abgelehnt.

Als er jetzt daran dachte, stöhnte er. Nur zwei Stunden Schlaf – und er fühlte sich wirklich schlecht.

Während sie sich anzogen, grinste Nando ihn herausfordernd an. „Du musst stilvoll heiraten. Eine andere Möglichkeit gibt's nicht."

„Danke", erwiderte Vincent grimmig. „Wahrscheinlich werde ich heute Abend keinen hochkriegen. Du hast meine Hochzeitsnacht ruiniert."

„Wenn du verheiratet bist, musst du keinen mehr hochkriegen." Nando grinste immer noch. „Da gewinnt der Sex eine ganz neue Bedeutung."

„Jesus Christus!" rief Vincent. „Warum hältst du nicht *ausnahmsweise* die Klappe?"

Vincent und Jenna heirateten im Hotelgarten. Die Blumen, die Musik, das Essen, alles war perfekt.

Beim Empfang blieb Michael an Danis Seite und warf Dean, der an einem anderen Tisch saß, finstere Blicke zu.

„Würdest du damit *aufhören?*" murmelte Dani, als sie es bemerkte.

„Wer – ich? Was tue ich denn?" fragte er unschuldig.

Vor einer Weile hatte sie die beiden Männer miteinander bekannt gemacht. Nur mühsam hatte sich Michael ein „Hallo" abgerungen. „Dieses Arschloch hasse ich", hatte er ihr zugeflüstert. „Sieben Jahre lang hat dich der miese Kerl von mir ferngehalten."

„Weil er nur das Beste für mich wollte."

„Nein, Dani", hatte Michael sie verbessert, „das Beste für sich selber."

In einem weißen Spitzenkleid von Vera Wang sah Vincents Braut bezaubernd aus, von ihren rosa umhüllten Freundinnen umgeben.

„Oh Mann, wenn ich nicht verheiratet wäre, würde ich sie alle bumsen“, vertraute Nando dem Bräutigam an und stieß ihn zwischen die Rippen.

„Ist das was Neues?“ Seufzend schüttelte Vincent den Kopf.

Voller Liebe und Stolz beobachtete Dani ihren Sohn. An diesem Tag musste sie nur eine einzige Enttäuschung verschmerzen – Sofia nahm nicht an diesem schönen Familienfest teil. Dass ihre zügellose Tochter irgendwo durch Europa gondelte, statt bei der Hochzeit ihres Bruders zu erscheinen, tat Dani in der Seele weh.

Sie sah Michael mit der Braut tanzen. Immer noch unglaublich attraktiv. Ein Herzensbrecher. *Ihr* Herzensbrecher. So sehr liebte sie ihn.

Wie wäre ihr Leben verlaufen, wäre sie ihm nie begegnet?

Sie bereute nichts. Ohne ihn hätte sie Vincent und Sofia nicht bekommen. Also war alles gut und richtig.

54. KAPITEL

Dienstag, 10. Juli 2001

„Wohin fahren wir?“ fragte Madison.

„Verdammt“, fluchte der Killer, „halten Sie denn niemals den Mund?“

Aus dem Radio tönte laute Rap-Musik, und Madison war mit diesem wahnsinnigen Arschloch im Fond eines Cadillacs gefangen. Auf den Vordersitzen saßen zwei Männer, die sie in der Dunkelheit nur undeutlich sah.

Seltsam – warum war sie von den anderen Geiseln getrennt worden? Und woher kam dieses Auto? Hatte der Bandit Nummer eins die neuen Komplizen per Handy zu jenem Treffpunkt im Industriegebiet beordert?

Und was würde mit Ace, dem Gangster Nummer drei, und den Geiseln geschehen? Irgendetwas Unheimliches bahnte sich an, und sie hatte keine Ahnung, was ihr drohen mochte.

„Was passiert mit den Leuten, die zurückgeblieben sind?“

„Das geht Sie nichts an“, fauchte der Bastard.

„Werden sie freigelassen?“

„Um Himmels willen!“

Nun versuchte Madison, die Männer auf den Vordersitzen genauer zu betrachten. Der Kopf des großen, bulligen Fahrers war kahl rasiert. An seinen nackten Armen prangten kunstvolle Tattoos. Der Mann an seiner Seite hatte langes, fettiges Haar, in seiner Nase und den Ohren funkelten Stecker. Mehr konnte sie nicht sehen.

Ich habe keine Angst, redete sie sich ein. Nein, ich fürchte mich nicht. Ich bin die Tochter meines Vaters, und er erwartet von mir, dass ich stark bleibe. Zur Hölle mit diesen Dreckskerlen!

Aber in der Tiefe ihres Herzens spürte sie kaltes Entsetzen.

Nach Jolies Meinung wurde die Situation immer schlimmer. Erst hatte sie Darrens lüsterne Blicke und seine anzüglich verzerrten dünnen Snoop Doggy Dogg-Lippen ertragen müssen. Und jetzt streuten die zwei schrägen Typen auch noch mehrere Kokslinien auf eine gläserne Tischplatte. Inzwischen hatten sich einige Mädchen dazugesellt, die keine Oberteile trugen.

Jolie war entrüstet. Noch länger wollte sie nicht hierbleiben, das war nicht ihre Szene.

Immer wieder starrte sie Nando an und bedeutete ihm, sie müssten endlich verschwinden. Aber er beachtete sie nicht, vollauf damit beschäftigt, zu lachen und herumzualbern. Wie lange mochte es noch dauern, bis er Koks schnupfte?

Um eine würdevolle Haltung bemüht, stand sie auf. „Entschuldigst du mich kurz?" bat sie mit gepresster Stimme.

„Klar, Baby", antwortete Nando und starrte auf den Busen eines der Mädchen.

„Die Klos sind rechts", erklärte Darren und grinste herausfordernd. „Soll ich Sie begleiten, Lady?"

„Danke, ich finde den Weg allein", entgegnete sie eisig.

Sie verließ das Büro und kehrte in den Club zurück. Dort stieß sie beinahe mit einem gigantischen Rausschmeißer zusammen, der gerade einen wehrlosen Betrunkenen zur Tür schleppte.

Jetzt hatte Jolie endgültig die Nase voll. Wie konnte es Nando wagen, sie in diese Kneipe zu bringen? Gewiss konnte sie etwas mehr Respekt von ihm erwarten. Sie war immerhin seine Frau. Auf der Bühne fand eine neue Show statt – mit gespreizten Beinen. Wie sich die Mädchen aufführten – als gäbe es kein Morgen …

Kopfschüttelnd ging Jolie zur vorderen Tür. Draußen stand der Parkwächter, der Nandos Wagen weggefahren hatte, und rauchte eine Zigarette. Sie kramte in ihrer Handtasche und nahm ihre Börse heraus. „Da sind die zwanzig Dollar, die mein Mann Ihnen versprochen hat", erklärte sie und reichte ihm einen Geldschein. „Würden Sie bitte den Wagen holen?"

„Klar", antwortete er. Anerkennend ließ er seinen Blick über ihre Figur wandern, dann trat er seine Zigarette am Boden aus. „Der Ferrari, nicht wahr?"

Während sie ungeduldig mit der Fußspitze aufs Pflaster klopfte, beobachtete sie einen dicken Gast, der kichernd aus dem Lokal torkelte. Krampfhaft hielt er sich an einem Freund fest, der zum Gehsteigrand wankte und sich erbrach.

Nett, sehr, sehr nett.

Der Parkwächter lenkte das Auto vor die Kneipe, und Jolie stieg ein. „Oh, übrigens – wenn mein Mann herauskommt, sagen Sie ihm, er soll sich ein Taxi nehmen."

Bevor der verblüffte Mann antworten konnte, brauste sie davon.

Nachdem die gecharterte Maschine problemlos gelandet war, ging Michael hastig von Bord. Er stand immer noch mit Gus in Verbindung, seinem ehemaligen Mithäftling und Komplizen bei diversen, nicht ganz astreinen Geschäften. Vor fünfzehn Jahren war Gus nach L.A. übersiedelt, um für Lucchese die Aktivitäten an der Westküste zu organisieren.

Gus holte Michael ab. Freundschaftlich schüttelten sie sich die Hände, verließen den Flughafen und stiegen in eine schwarze Limousine mit getönten Fenstern, die vor dem Ausgang wartete.

„Freut mich, dich wiederzusehen, Michael." In einem seidenen T-Shirt unter einem leichten cremefarbenen Anzug sah Gus wie ein typischer Mann aus L.A.

„Schade, dass wir uns unter so unerfreulichen Umständen treffen", bemerkte Michael.

„Mach dir deshalb keine Sorgen. Inzwischen habe ich deine Wünsche erfüllt. Alles erledigt."

„Wahrscheinlich haben diese Schurken meine Tochter entführt", erklärte Michael und blickte sich zornig um.

„Was?" Gus blinzelte verwirrt.

„Hast du im Fernsehen die Reportage über die Geiselnahme gesehen?"

„Meinst du die Leute, die in diesem Restaurant am Beverly Boulevard überfallen wurden?"

„Ja."

„Und?"

„Madison war dabei", stieß Michael grimmig hervor.

„Vermutlich erwartest du jetzt eine Erklärung – wegen letzter Nacht." Sofia saß in Giannis Privatjet und nippte an einem kühlen Eistee.

„Die habe ich vergessen."

„Nein, wirklich", beharrte sie, „das *muss* ich dir erklären."

„Nicht nötig."

„Wieso willst du's nicht hören?" Unbehaglich rutschte sie auf ihrem Sitz umher.

„Weil ich nicht interessiert bin und vergessen möchte, dass es jemals passiert ist."

„Oh, großartig, nicht wahr?" zischte sie beleidigt. „Damit ich mich wie ein Stück Scheiße fühle, nicht wahr?"

„Wenn dir ein Gentleman die Chance bietet, einen peinlichen Zwischenfall zu vergessen, solltest du's nutzen."

„Warum musst du mir dauernd irgendwelche Lektionen erteilen?"

„Das tue ich nicht. Ich versuche dir nur etwas klarzumachen – es wäre besser, gute Ratschläge zu befolgen."

„Wie selbstgefällig du bist, Gianni!"

„Tut mir leid, dass du diesen Eindruck gewonnen hast."

Gähnend lehnte sie sich zurück. „Heute Morgen habe ich meine Mutter angerufen."

„Tatsächlich?"

„Ja – ich dachte, sie würde gern wieder was von mir hören. Natürlich habe ich nicht erwähnt, ich sei von einer Terrasse in einen acht Etagen tiefer gelegenen Swimmingpool gesprungen."

„Das hätte ihr wohl kaum gefallen."

„Jedenfalls – sie hat mich aufgefordert, sofort wieder nach Hause zu kommen."

„Willst du das?“

„Nun – sie hat von einem Notfall gesprochen. Es geht um meinen Vater.“

„Ist er krank?“

„Nein, sie nannte es ‚eine Situation‘.“

„Welche?“

„Wie soll ich das wissen? Meine Mom gibt sich gern mysteriös. Wahrscheinlich würdest du dich ganz schrecklich in sie verlieben. Eine hinreißende Blondine …“

„Warum glaubst du, ich würde mich in eine hinreißende Blondine verlieben?“

„Alle Männer sind ganz verrückt nach Dani“, entgegnete Sofia, um eine Tatsache zu konstatieren. „Früher war sie ein Showgirl in Vegas – eine richtig heiße Nummer.“

„Deine Mutter?“

„Oh ja, sie ist erst – knapp über fünfzig.“

„Wenn wir in Rom landen, posierst du für Probefotos. Und danach bekommst du ein Ticket für den Flug nach Vegas. Einverstanden?“

„Klar! Wenn was aus den Fotos wird und ich die Werbekampagne machen soll, kann ich jederzeit zurückkommen.“

„Großartig.“

„Also kaufst du mir ein Ticket, und mein Dad zahlt's dir zurück. Er schwimmt im Geld. Wahrscheinlich ist er genauso reich wie du.“

„Besitzt er ein Flugzeug?“

„Oh …“ Prüfend starrte sie ihn an. „Also bist du megareich, was?“

„Was macht dein Vater?“

„Gute Frage", antwortete sie vage, „Geldanlagen, Immobilien, Einkaufszentren – lauter so Zeug."

„Wie Donald Trump?"

Sofia kicherte. „Nur zu gern würde Donald Trump meinem Daddy nacheifern."

Entschlossen brach Vincent auf, um seine Ehefrau aus einer Notlage zu retten – und vielleicht die ganze Scheiße aus Andy Dale herauszuprügeln. Hatte er den Kerl nicht gewarnt? War dieser Mistkerl zu blöd, um irgendwas zu begreifen?

Vermutlich. Andy Dale war ein Filmstar. Und in dieser Branche trieben sich nur Vollidioten herum.

Heute Nacht habe ich Jenna schon einmal nach Hause geschleppt, dachte er angewidert. Und jetzt würde er's ein zweites Mal tun. Lächerlich. *Diese* Art von Kopfschmerzen konnte er nicht gebrauchen.

Ja, er würde sie retten. Und das war's dann.

Nach diesem kleinen Erlebnis musste sie auf sich selber aufpassen, denn *er* würde sie nicht mehr beschützen.

55. KAPITEL

Michael und Madison, Juli 2001

Mitten in der Nacht erhielt Michael den Anruf. Er war allein in seinem Haus in Connecticut, denn Stella war bereits mit ihrem Freund zusammengezogen. Das störte ihn nicht, weil schon lange, bevor sie ihn verlassen hatte, die Ehe zerrüttet gewesen war. Jetzt ließ sich die Scheidung nicht mehr vermeiden.

Bevor er an die Zukunft dachte, musste er sich über einiges klar werden. Madison redete nicht mit ihm, immer noch verwirrt und wütend wegen der Enthüllungen über Stella. In letzter Zeit hatte er Dani nicht mehr angerufen. Wie er sich eingestand, wusste er nicht recht, ob er die Liaison fortsetzen wollte. Und nachdem er ihr erzählt hatte, seine Frau sei ihm davongelaufen, war es zweifellos höchste Zeit für eine Entscheidung. Sofia trieb sich irgendwo in Europa herum. Nur mit Vincent gab es keine Probleme – er war verheiratet und führte ein erfolgreiches Hotel, bei ihm war alles in bester Ordnung.

Der Anrufer teilte ihm mit, Vito Giovanni sei gestorben. Michael wurde es schwer ums Herz, denn in seinem Leben hatte Mr. G. stets eine wichtige Rolle gespielt. Und nun war er für immer gegangen. Unfassbar ... Er stieg in sein Auto, fuhr nach New York und quartierte sich in einem Hotel ein.

Am nächsten Morgen stand er zeitig auf und besuchte Western. Die Augen rot geweint, begrüßte sie ihn. „So ein lieber alter Knacker“, klagte sie. „Mein Vito war immer gut zu mir. In all dem Jahren.“

„Er hat dich sehr geliebt", versicherte ihr Michael.

„Was soll ich jetzt tun?" Unglücklich drehte sie an ihrem breiten, mit Diamanten besetzten Ehering. „Wen muss ich verständigen?"

„Sorg dich nicht, ich kümmere mich drum."

Und das tat er.

Am Tag des Begräbnisses erschienen zwei unerwartete Gäste. Mamie und Bone.

Fast siebzig Jahre alt, bemühte sich Mamie immer noch, wie ein Teenager zu wirken – in einem hellblauen Kostüm, dessen Rock ihre knochigen Knie entblößte, das gebleichte blonde Haar strähnig und spröde, dick geschminkt, mit Brillanten behangen.

Ein missgelaunter Bone hatte sein Haar pechschwarz gefärbt und quer über den Kopf gekämmt, um seine Glatze zu verbergen. Außerdem benutzte er eine Selbstbräunungscreme, die ihm einen kränklichen orangegelben Teint verlieh. Er sah lächerlich aus.

Welch ein groteskes Paar die beiden bildeten …

Zahlreiche Trauergäste versammelten sich in der Kirche. Offenbar wollten sämtliche Leute, die zu Vitos großem Freundes- und Bekanntenkreis gezählt hatten, und diverse Geschäftspartner dem Verstorbenen die letzte Ehre erweisen. Michael hatte Mamie und Bone sofort entdeckt, und er tat sein Bestes, um eine direkte Begegnung mit ihnen zu vermeiden.

Doch Mamie hatte einen anderen Plan. Auf dem Weg aus der Kirche sprach sie ihn an. „Mikey!" rief sie und klimperte mit langen, falschen schwarzen Wimpern, die Spinnenbeinen glichen und ihr übertriebenes Augen-Make-up betonten. „Mein kleiner Mikey!“

Erinnerte sie sich nicht an die gemeinsame Vergangenheit? Hatte sie ihre Schuld an der Ermordung seiner Mutter und wahrscheinlich auch an Beths Tod vergessen?

Als er sich von ihr abwandte, legte sie ihre knochige Hand auf seinen Arm. An jedem ihrer langen Finger steckte ein Ring. „Lauf bloß nicht weg, ich muss mit dir reden.“

„Was gibt's“, fragte er in möglichst ruhigem Ton, weil er keine Szene machen wollte.

„Wir sind nach New York geflogen, um dem Toten, meinem Ex, unseren Respekt zu bezeugen. Das wäre Vitos Wunsch gewesen.“

Schweigend nickte Michael.

„Außerdem“, fuhr sie fort und neigte sich vertraulich zu ihm, „wollen wir rausfinden, wie wir an das Geld kommen, das er mir versprochen hat.“

Dies war der Moment seines Triumphs. „Welches Geld?“ fragt er ausdruckslos.

„Natürlich das Geld, das du für ihn verwaltet hast“, erklärte sie, ein gehässiges Glitzern im Blick.

„Keine Ahnung, wovon du redest.“

„Leg mich bloß nicht rein, Mikey!“ schimpfte sie, als wäre er immer noch der Teenager, den sie vor so vielen Jahren gekannt hatte.

Da fegte er ihre Hand von seinem Arm und flüsterte so leise, dass es keiner der Umstehenden hörte: „Fahr zur Hölle, Mamie.“ Und dann ging er davon.

Beim Leichenschmaus kam Bone zu ihm. „Wie ich höre, hattest du eine Unterredung mit Mamie“, sagte er ohne Umschweife und befingerte die lange, dünne Narbe an seiner Wange.

Michael starrte ihn wortlos an. Wie er den Mann hasste, der seine Mutter erschossen und ihm verwehrt hatte, sie jemals kennen zu lernen …

„Sei gewarnt“, fügte Bone erbost hinzu. „Entweder beschaffst du ihr das Geld, oder du wirst es bereuen.“

„Um zu wiederholen, was ich Mamie bereits mitgeteilt habe …“, begann Michael und bezwang seinen Zorn nur mühsam. „Ich weiß nicht, wovon ihr redet.“

Verwundert schüttelte Bone den Kopf. „Du bist noch der gleiche dumme Bastard wie damals.“ Mit erhobener Stimme mahnte er: „Gib Mamie das Geld! Oder du wirst schon sehen, was passiert.“

„Oh, eine Drohung!“ forderte Michael ihn heraus. „Was willst du mir denn diesmal antun?“

Bones Augen schimmerten kalt und tot. „Nun, das wird eine Überraschung. Eine große sogar.“

Wieder einmal ging Michael davon. Was sollten die beiden schon unternehmen? Dass Vito ihm das Geld anvertraut hatte, konnten sie nicht beweisen. Zudem wickelte er seine Geschäfte mittlerweile auf *legale* Weise ab, außerhalb von Bones und Mamies Reichweite.

In den nächsten Tagen traf er Arrangements, die Western für den Rest ihres Lebens ein fürstliches Einkommen sicherten. Ohne Bedenken behielt er den anderen Teil von Vitos geheimer Barschaft für sich. Irgendwann würde er das Geld einer Wohlfahrtsorganisation spenden und somit für ausgleichende Gerechtigkeit sorgen.

Während die Jahre verstrichen waren, hatte er allmählich

erkannt, dass die nicht enden wollende Rachsucht die Seele eines Menschen vergiftete.

Noch einen anderen Gedanken hatte er – ließ sich der Rachedurst jemals stillen? Jetzt gewann er den Eindruck, dies sei geschehen.

Eines Abends rief er Warner Carlysle an, die Stella immer noch nahe stand. Mit ihrer Hilfe wollte er ein neues Leben anfangen.

„Ich habe mich zur Scheidung entschlossen. Würdest du's meiner Frau mitteilen?"

„Wieso macht ihr das nicht unter euch aus?" murrte Warner.

„Weil sie sich weigert, mit mir zu reden. Deshalb wüsste ich's zu schätzen, wenn du ihr erklären könntest, wenn sie die Scheidung nicht in die Wege leitet, würde *ich's* erledigen. Ich möchte keine schmutzige Wäsche waschen. Was sie sich wünscht, kriegt sie – das Haus inklusive."

„Also gut", stimmte Warner widerstrebend zu, „ich sag's ihr."

„Danke."

„Darf ich dich was fragen, Michael?" bat sie neugierig. „Interessiert's dich, warum sie mit einem anderen weggerannt ist?"

„Kein bisschen."

„Nun – wie du zugeben musst, hast du dich kaum um sie gekümmert. Sie glaubt, dass du Beth immer noch liebst, nicht *sie,* und dass du ihr Madison immer vorziehen wirst."

„Was bist du denn – ihre Seelenklempnerin?" konterte er kühl. Stella bedeutete ihm nichts mehr, seit sie ihn verlassen hatte. Wie er sich eingestand, war er sogar erleichtert, und er wünschte, sie hätte es schon früher getan.

„Okay, ich rede mit ihr, Michael", versprach Warner. „Für euch beide wär's am besten, die Ehe zu beenden."

Ein paar Tage später rief sie in seinem Büro an. „Hast du Neuigkeiten für mich?" fragte er.

Ihre sonst so lebhafte Stimme klang müde und angespannt. „Ja – Michael …", erwiderte sie langsam.

„Willigt sie in die Scheidung ein?"

„Nicht mehr nötig …", antwortete Warner stockend, „Stella und Lucien sind tot."

„*Was?*"

„Sie wurden beide in den Hinterkopf geschossen, wie bei einer Hinrichtung."

„Um Gottes willen …" Beinahe entglitt ihm der Telefonhörer.

„Das *muss* ich fragen, Michael …" Eine lange, drückende Pause. „Hast du's getan?"

„Bist du verrückt geworden?" schrie er.

Und dann erkannte er die Wahrheit – Bone und Mamie hatten wieder zugeschlagen.

Madison war verwirrt und wütend. Schon seit Wochen. Das verdankte sie Michael und seinen verdammten Lügen. Was er ihr erzählt hatte – Stella habe sie nicht zur Welt gebracht und ihre richtige Mutter sei erschossen worden –, glaubte sie einfach nicht. Irgendwie ergab diese Story keinen Sinn. Und so beauftragte sie eine Privatdetektivin namens Kimm Florian, die Wahrheit herauszufinden. Schon bald lieferte ihr die Frau interessante Informationen. Sie übergab Madison mehrere Zeitungsausschnitte – Artikel über einen gewissen Michael Castellino, der jetzt zweifellos Michael Castelli hieß. Vor fast dreißig Jahren war er des Mordes an seiner Lebensgefährtin angeklagt worden – Madisons Mutter Beth.

Den Zeitungsberichten zufolge hatte ihn das Gericht freigesprochen.

Und nun? Ihr Leben lang hatte sie einen Fremden geliebt. Offensichtlich kannte sie Michael gar nicht. Und nun verstand sie auch, warum Stella ihr stets so kühl begegnet war. Sie hatte geglaubt, das wäre einfach die Art ihrer Mutter. Aber Stella hatte sie nie geliebt.

Das alles fand Madison maßlos traurig. Sie fühlte sich entwurzelt, wie ein Waisenkind, das nicht wusste, wohin es sich wenden sollte.

Und dann, wie ein Licht in dunkler Nacht, kam Jake Sica nach New York, der Fotograf, den sie in L.A. getroffen hatte. Und diesmal war er frei für ein romantisches Abenteuer.

Bevor er nach Europa fliegen musste, um seinen nächsten Auftrag zu erledigen, verbrachten sie eine traumhafte Woche in Madisons Apartment. Endlich fühlte sie sich wieder besser. Sie brauchte jemanden, dem sie etwas bedeutete. Denn Michael liebte sie ganz sicher nicht.

Eine Woche nach Jakes Abreise rief Michael an, aber sie wollte nicht mit ihm reden. Noch nicht. Erst einmal musste sie all die neuen Informationen verarbeiten.

„Ich habe dir etwas Wichtiges zu sagen“, erklärte er.

„Was?“ fragte sie frostig.

„Es geht um Stella.“

Als würde sie sich für Stella interessieren – obwohl sie

beschlossen hatte, mit ihr zu reden, sobald sie die erforderliche Kraft dazu aufbringen würde …

„Was ist los?“ seufzte sie müde.

„Stella ist tot.“ Eine lange Pause. „Morgen wird sie beerdigt, und ich wäre dankbar für deine Anwesenheit.“

Welch eine düstere, beklemmende Zeremonie … Jamie und ihr Ehemann Peter hatten Madison nach Connecticut gefahren. Fürsorglich blieben sie an ihrer Seite.

Sobald sie ankamen, versuchte sie, Michael zu trösten. Nicht dass er es verdienen würde – aber sie dachte, angesichts der tragischen Umstände müsste sie sich um ihn bemühen.

Doch er wirkte ruhig und gefasst. Anscheinend brauchte er keinen Trost.

Beim Leichenschmaus sprach sie mit Warner, Stellas bester Freundin, die sie seit ihrer Kindheit kannte.

Als Madison erwähnte, Michael habe ihr die Wahrheit über sein Verhältnis zu Stella erzählt, runzelte Warner bestürzt die Stirn. „Dass er dir's verraten würde, hätte ich nie erwartet.“

„Trotzdem rang er sich dazu durch. Ich hatte gehofft, Stella könnte mir einiges erklären. Und jetzt lebt sie nicht mehr …“

„Was für eine Tragödie!“ In Warners Augen glänzten Tränen. „Über dreißig Jahre lang war sie meine beste Freundin.“

„Das weiß ich. Darf ich dich anrufen? Es gibt immer noch so viele unbeantwortete Fragen, und ich hatte gehofft, Stella würde sie mir beantworten können. Vielleicht kannst du einige Rätsel lösen.“

Warner nickte. „Okay, wir verabreden uns."

Wieder in New York, traf sich Madison mit Kimm Florian, die inzwischen viele neue und hoch interessante Informationen gesammelt hatte.

Beth, Madisons leibliche Mutter, war die Zwillingsschwester einer gewissen Catherine gewesen, die jetzt in Miami lebte.

Spontan beschloss Madison, nach Miami zu fliegen. Was würde sie dort erfahren?

Die Detectives, die im Mordfall Stellas und ihres Freundes ermittelten, kamen mehrmals in Michaels Büro, um ihn zu befragen. Unglücklicherweise hatte er kein Alibi. In der Mordnacht war er zu Hause gewesen – allein.

Da sie ihn immer wieder ins Verhör nahmen, rief er schließlich seinen Anwalt an. Das hätte er sofort tun müssen. Was rings um ihn vorging, beunruhigte ihn – vor allem, nachdem er entdeckt hatte, dass eine seiner Waffen verschwunden war.

Für die beiden Morde mussten Bone und Mamie verantwortlich sein. Aber warum? Wenn sie den Verdacht auf ihn lenken wollten – warum hatten sie ihm keine Falle gestellt, so wie damals, als Beth erschossen worden war?

Irgendetwas würde er gegen Bone und Mamie unternehmen – es war an der Zeit.

Er rief seinen alten Kumpel Gus in L.A. an und begann, Pläne zu schmieden.

Auge um Auge.

Zahn um Zahn.

Eine verdammte Kugel für eine verdammte Kugel.

Ein paar Tage später erhielt er den Anruf, den er erwartet hatte. Mamie. Wütend und voller Rachsucht.

„Hallo, Mikey!“ presste sie zwischen den Zähnen hervor, „ich bin’s, Mamie. Was ich dir erzählen wollte – es war *dein* Schießeisen, mit dem deine Frau und ihr Freund getötet wurden. Ist das nicht interessant? Also gib mir mein Geld – oder die Bullen kriegen deine Knarre. Das solltest du möglichst bald erledigen, Mikey, oder du wirst für den Rest deines elenden Lebens im Knast schmoren.“

Gerade noch rechtzeitig wurde Michael über seine drohende Verhaftung informiert. Es lohnte sich, Freunde an den richtigen Stellen zu haben. Als die Polizei vor seinem Haus ankam, war er längst über alle Berge.

In Richtung Los Angeles.

Zuerst würde er in Vegas landen. Dani war ihm am wichtigsten. In letzter Zeit hatte er sie vernachlässigt, und jetzt brauchte er sie. Er *musste* mit ihr zusammen sein, wenn auch nur für ein paar Stunden.

Wahrscheinlich würde sie zutiefst erschrecken, weil die Polizei nach ihm fahndete. Aber er würde diesmal alles wieder gutmachen.

56. KAPITEL

Mittwoch, 11. Juli 2001, 1 Uhr

„Hast du was für mich?“ Der Killer beugte sich zu seinem Komplizen vor, der auf dem Beifahrersitz des Cadillacs saß.

„Klar, Kumpel“, antwortete der Mann und griff in die Tasche seines Jacketts.

Schweigend beobachtete Madison, wie der Bandit Nummer eins ein paar Pillen entgegennahm und in den Mund steckte.

Oh, fabelhaft, dachte sie. Als wäre er noch nicht stoned genug … „Geht’s um Lösegeld?“ fragte sie müde. „Wenn ja, wird die Redaktion meiner Zeitschrift zahlen.“

„Wovon reden Sie?“ fauchte der Killer.

„Sie wollten *mich,* nicht wahr?“ Aufmerksam wartete sie seine Reaktion ab. „Das alles haben Sie nur *meinetwegen* inszeniert.“

„Halten Sie die Klappe, dumme Kuh.“

Sie wusste, dass ihre Vermutung zutraf. *Von Anfang an hatte es diese Bande nur auf mich abgesehen …*

Warum? Hing es mit einem ihrer Artikel zusammen? Vielleicht mit der brisanten Reportage über Callgirls in L.A., die vor eigenen Monaten erschienen war … Dafür hatte ihr ein unabhängiger Produzent die Filmrechte abgekauft.

Konnte das ihre Entführung veranlasst haben? Wohl kaum. Aber nichts war unmöglich.

Um sich zu beruhigen, holte sie tief Luft und ignorierte ihre Erschöpfung, ihren Hunger und Durst, die unerträglich laute Rap-Musik, die ihre Ohren peinigte. *Bleib wach. Bleib am Leben.*

Hoffentlich waren Cole, Natalie und die anderen Geiseln okay.

Die Anstrengungen dieser grauenvollen Nacht forderten ihren Tribut, und sie kämpfte mit den Tränen. Zwei Menschen tot ... eine Person vielleicht noch am Leben, jedenfalls schwer verletzt ...

Oh Gott, das war nicht nur ein Albtraum, sondern die reine Hölle.

Im Lauf der Jahre hatte Michael seine Freunde nicht vergessen, und Gus gehörte dazu. Er hatte seinem Kumpel bei diversen Investments geholfen. Um sich zu revanchieren, würde Gus ihm alle Wünsche erfüllen. Loyalität war ein kostbares Gut.

Und so informierte ihn Michael über die Situation. Gus befand sich seinerseits im Clinch mit Bone, schon seit Jahren. Dabei ging es um Terrains, die einer dem anderen streitig machte.

„Der Kerl ist ein Amateur", erklärte er, während er mit Michael zu seinem Haus fuhr. „Sein lausiges Porno-Imperium kann er sich sonst wohin stecken. Wird mir ein Vergnügen sein, das blöde Arschloch zu erledigen."

„Das hätte ich schon längst tun sollen." Michael malte sich aus, welch eine Überraschung er Mamie und Bone bereiten würde. Mit seiner Ankunft in L.A. rechneten sie sicher nicht. Gewiss glaubten sie, er würde sich in New York vor den Bullen verstecken und fürchten, Mamie hätte ihre telefonische Drohung wahr gemacht.

Ja, Gus hatte Recht, die beiden waren tatsächlich Amateure. Bildeten sie sich wirklich ein, sie könnten mit einer Kopie von Beths Ermordung davonkommen? Jeder kompetente Anwalt würde beweisen, dass Michael hereingelegt worden war – Tatwaffe hin, Tatwaffe her.

„Wie viele Männer setzen wir ein, Gus?“ fragte er.

„Mehrere. Die werden wir brauchen. Mamie und Bone wohnen in Bel Air, diese Wohngegend ist extrem gut bewacht. Wenn wir zuschlagen, merken sie's gar nicht.“

„Jedenfalls müssen sie wach sein“, verlangte Michael grimmig. „Sie sollen wissen, *wer* ihnen alles heimzahlt.“

„Ganz, wie du willst. Und was unternehmen wir, um deine Tochter zu retten?“

„Kannst du rausfinden, was genau da passiert?“

„Klar, ich rufe meinen Kontakt an, der hält mich auf dem Laufenden.“

„Danke, Gus, das weiß ich zu schätzen.“

Während Jolie den Ferrari ihres Mannes über den Strip lenkte, sah sie mehrere Streifenwagen in die entgegengesetzte Richtung rasen. Vielleicht fuhren sie zum Manray. Aber warum? In dieser Stadt wurden die meisten Cops geschmiert. Zweifellos hatten Leroy und Darren alles unter Kontrolle.

Sie war immer noch wütend auf Nando. In eine so grässliche Spelunke hätte er sie nicht führen dürfen. Vincent hatte völlig Recht, an diese Art von Geschäften sollten sie nicht einmal im Traum denken. Mit dem Hotel und dem Casino verdienten sie ohnehin ein Vermögen, und Nando stürzte sich nur aus reiner Gier in solche Abenteuer.

Darüber sollte sie mit Vincent reden. Eine gute Idee. Wenn er auf ihrer Seite stand, würden sie Nando mit vereinten Kräften zur Vernunft bringen.

Aus einem Impuls heraus wendete sie den Ferrari. Statt nach Hause zu fahren, steuerte sie das Hotel an.

Vor lauter Sorge fand Dani keinen Schlaf. Michael und seine Probleme – die Geschichte, die sie schon ihr Leben lang verfolgte …

Und sie war für ihn da, stets verfügbar, stets bereit, ihn zu trösten, zu beraten, die Scherben aufzulesen, wann immer *er* sie sehen wollte. Da gab es keine festen Termine, denn er kam und ging, wie es ihm passte.

Er benutzte sie.

Vincents Worte.

Und was sie besonders verletzte – er hatte ihr verschwiegen, dass seine Frau ihm davongelaufen war. Das hatte sie erst nach Stellas brutaler Ermordung erfahren.

Warum hatte er's nicht erzählt?

Warum hatte er sie nicht gebeten, ihn zu heiraten, damit sie endlich zusammenleben konnten?

Verdammt! Sobald sie mit ihm im Bett lag, schmolz sie sofort völlig dahin. War das aber eine Basis für eine gemeinsame Zukunft?

Wenn du doch endlich Dean heiraten würdest …

Vincents Worte.

Sollte sie Dean heiraten, der sie aufrichtig liebte? Dann müsste sie sich von Michael trennen. Niemals würde sie ihren Ehemann betrügen.

Eine schwerwiegende Entscheidung, die sie nicht treffen

durfte, solange Michael in Schwierigkeiten war. Aber hatte sie ein andere Möglichkeit, glücklich zu werden?

Mrs. Dean King. Der einzige Weg in eine unproblematische Zukunft.

Morgen würde sie Dean die Antwort geben, die er schon so lange herbeisehnte.

Ungeduldig wartete Vincent vor dem Hotel auf sein Auto. Zu seiner Verblüffung sah er Jolie in Nandos Ferrari vorfahren.

„Was machst du denn in Nandos Wagen?“ fragte er. „Weißt du nicht, dass er *niemanden* ans Steuer lässt?“

„Zu schade“, entgegnete sie, stieg aus und warf einem Parkwächter den Schlüssel zu. „Du ahnst nicht, wo ich herkomme.“

„Von wo?“

„Aus dem Manray.“

Keine gute Neuigkeit, das erriet er sofort. „Willst du mir alles erzählen?“

„Oh ja.“ Sie schaute sich um. „Wo ist Jenna?“

„Drüben im Mirage, in einer Suite gefangen, mit diesem Arschloch vom Film.“ „Meinst du Andy Dale?“

„Gibt's noch ein anderes Hollywood-Arschloch, das nachts auf die Pirsch geht?“

„Tut mir leid.“ Mitfühlend berührte sie seinen Arm.

„Nicht nötig“, erwiderte er gereizt. „Inzwischen habe ich gemerkt, was für ein Riesenfehler es war, Jenna zu heiraten.“

„Wirklich?“

„Sie ist einfach zu jung.“

„Eigentlich wollte ich's nie erwähnen – aber du hast Recht, Jenna ist furchtbar unreif."

„Glaubst du, das wüsste ich nicht?"

„Hör zu. Im Augenblick bist du ziemlich sauer. Genauso wie ich. Wollen wir reingehen und in der Bar was trinken?"

„Lieber nicht. Jenna hat am Telefon geweint, und ich solle sie da rausholen."

„Was du *musst,* werde ich dir sagen, Vincent", begann Jolie energisch. „Mach ihr klar, dass sie sich nicht so benehmen darf. Wenn sie dumm genug ist, um in Andy Dales Suite zu landen, sollte sie auch die Konsequenzen akzeptieren."

„Schon zum zweiten Mal in dieser Nacht ist sie auf meine Hilfe angewiesen!" beschwerte er sich. „Das erste Mal habe ich sie halb nackt aus einem Jacuzzi gezerrt."

Jolie schüttelte den Kopf, als könne sie nicht fassen, was er ihr anvertraute. „So ein unartiges Mädchen …"

„Allerdings …", stimmte er zu und starrte fasziniert in ihre bernsteinfarbenen Katzenaugen.

„Komm mit!" befahl sie. „Jetzt werden wir uns den Drink gönnen, den wir beide brauchen."

Warum hatte er ein Kind geheiratet, statt eine Frau wie Jolie, die zweifellos viel besser zu seinem Stil passte und mit der er weniger Probleme hätte?

Madison erkannte aufgrund der Straßenschilder, dass sich der Cadillac von der Stadtmitte entfernte und in die Richtung von Santa Monica fuhr.

Total durch Ecstasy umnebelt, sang der Killer lauthals

zusammen mit der Musik von Ja Rule aus dem Radio. Jetzt wirkte er glücklich und zufrieden. Natürlich immer noch stoned. Aber nicht mehr so wütend wie zuvor.

Wieder einmal versuchte sie, ihm Informationen zu entlocken. „Für wen arbeiten Sie?“

„Oh Mann!“ murmelte er, „werde ich *froh* sein, wenn ich Ihren armseligen verdammten Arsch los bin.“

„Also sind Sie der Laufbursche?“ Entschlossen weigerte sich Madison ihren Mund zu halten. „Irgendjemand will mich schnappen – und der hat *Sie* engagiert? Aber ich wette, er hat nicht mit den vielen Toten gerechnet, die auf der Strecke geblieben sind.“

„He, warum glauben Sie, jemand will *Sie* haben?“ fragte er kampflustig.

„Das ist offensichtlich. Und wieso haben Sie die anderen Geiseln zurückgelassen und nur mich mitgenommen?“

„Vielleicht weil ich Sie *ficken* will“, konterte er und grinste lüstern.

Der Junge auf dem Beifahrersitz – mit dem langen, fettigen Haar und der spitzen Nase – verrenkte den Hals, um zu sehen, wie Madison auf diese Ankündigung reagierte.

Dafür bedachte sie ihn mit einem vernichtenden Blick.

„Eines sag ich euch, Leute“, kicherte der Obergangster, „die hat was auf dem Kasten.“

„Was ich von *Ihnen* nicht behaupten kann“, bemerkte sie kühl.

Gus bewohnte eine große, moderne Villa in den Hollywood Hills. Irgendwie erinnerte sie Michael an das Haus, das Mel Gibson in einem der „Lethal Weapon“-Filme demoliert hatte. Sehr schlicht, sehr weiß, mit großen abstrakten Gemälden an den Wänden.

Offenbar fand Gus Gefallen am L.A.-Stil.

Michael setzte sich auf einen hohen Barhocker in der Küche – schwarz, mit viel Chrom – und schaltete den Fernseher ein. In Chanel Two informierte die hübsche blonde Nachrichtensprecherin das Publikum über den aktuellen Stand der Geiselnahme. „Vor kurzem wurden vier der Personen, die mit den Kidnappern das Mario's verlassen hatten, vor einem leer stehenden Gebäude im Industriegebiet gefunden, darunter die bekannte Radio- und TV-Moderatorin Natalie De Barge. Die Geiseln konnten der Polizei eine genaue Beschreibung der drei gesuchten Gangster geben."

Oh Gott, dachte Michael, auch Natalie war eine der Geiseln ... Er griff zum Telefon und wählte ihre Nummer. Aber er erreichte sie nicht. Wahrscheinlich wurde sie immer noch von den Cops vernommen, und so hinterließ er seine Handynummer auf ihrer Mailbox.

„Die Journalistin Madison Castelli wird immer noch vermisst", setzte die Nachrichtensprecherin ihren Bericht fort. „Derzeit wird Lila Hartford operiert. Die junge Frau wurde auf der Autobahn aus dem Fluchtauto gestoßen und sofort ins Krankenhaus gebracht. Bis jetzt sind zwei Tote, eine schwer verletzte und eine vermisste Person zu beklagen. Offenbar befinden sich die restlichen Geiseln, die im Restaurant festgehalten worden waren, in Sicherheit."

Als Gus in die Küche kam, erzählte er die gleiche Geschichte.

„Das ändert alles", erklärte Michael mit schneidender

Stimme. „Noch bin ich nicht mit Bone fertig, erst muss ich wissen, wo Madison steckt."

„Glaubst du, er ist dafür verantwortlich?"

„Da bin ich mir völlig sicher", bestätigte Michael grimmig.

„Okay, was soll ich tun?"

„Was wir geplant haben."

„Alles klar, die Jungs sind bereit. Wann geht's los?"

„Jetzt. Bringen wir's hinter uns."

57. KAPITEL

Mittwoch, 11. Juli 2001, 1.30 Uhr morgens

Mamie und Bone hatten dem schlechten Geschmack ein Denkmal gesetzt. Das nannten sie ihr Domizil – eine übermäßig dekorierte, neoklassizistische Katastrophe in den Bergen von Bel Air. Mit ihrem Porno-Imperium verdienten sie Millionen.

Endlich war Mamie am Ziel ihrer Wünsche. Die einst mittellose Friseuse aus Queens hielt sich nun für die Lady eines Herrschaftssitzes, umgeben von reich verzierten, vergoldeten Möbel, glitzernden Lüstern, Barockspiegeln an allen Wänden, zwischen Aktbildern von Männern *und* Frauen. In der riesigen Eingangshalle prangte eine lebensgroße Bronzeskulptur, die sie selbst darstellte. Dieses Heim bezeichnete sie als ihren Palast. Um ihn zu schützen, arbeiteten zwei Wachtposten in Acht-Stunden-Schichten, von zwei bissigen Dobermännern unterstützt.

Trotz ihres Vermögens wollte sie noch mehr. Deshalb war sie so wütend, dass Michael ihr das Geld verweigerte, das Vito ihr versprochen hatte und das sie nach seinem Tod erhalten sollte. Genau genommen interessierte sie diese Summe nicht so sehr, denn sie war so reich, wie sie es nie erträumt hatte – aber wie konnte es der Junge wagen, ihr Erbe einfach in die eigene Tasche zu stecken?

Mamie hasste es, wenn sie über's Ohr gehauen wurde, noch dazu von einem kleinen Scheißkerl wie Mikey Castellino. Oh ja, jetzt stolzierte er als Michael Castelli herum, ein grandioser Geschäftsmann mit Investmentfonds und Immobilien und Einkaufszentren. Aber sie wusste über seine bescheidene Herkunft Bescheid – und sie wusste auch, wie sie ihn bestrafen konnte.

Vor vielen Jahren war er mit knapper Not einer Verurteilung wegen Mordes an dieser kubanischen Hure entronnen. Mal sehen, wie er sich aus dem neuen Schlamassel herauslavieren würde ... Dass seine Frau ihn wegen eines jüngeren Typen verlassen hatte, war allgemein bekannt. Wer würde an der Schuld eines Mannes mit so dunkler Vergangenheit zweifeln, dessen Ehefrau und ihr junger Liebhaber ein grausames Ende gefunden hatten? Wo doch die Tatwaffe aus seinem Besitz stammte!

Und diesmal würde ihm kein Vito mit seinen weit reichenden Kontakten helfen. Bei diesem Gedanken kicherte Mamie.

Um Mikey noch zusätzlich zu quälen, hatte sie seine Tochter kidnappen lassen. Wenn er hinter Gittern saß, würde er erfahren, seine kostbare Madison sei verschwunden, und er würde nichts dagegen tun können. Mamie hatte Pläne mit dem Mädchen. Sobald Serge, einer ihrer beiden Wachtposten, berichten würde, Madison sei im Haus, sollte sie mit Drogen ruhig gestellt und am nächsten Morgen nach Pakistan verfrachtet werden, in ein Bordell. Dort zahlte man Spitzenpreise für weiße Mädchen.

Endlich würde sie Michael den Mord an ihrem geliebten Vetter Roy heimzahlen können. Und außerdem musste er büßen, weil er der Sohn der italienischen Schlampe war, die Vinny ihr vorgezogen hatte. Beths Tod hatte ihn noch lange nicht genug dafür bestraft. Welch süße Rache nach all den langen Jahren ...

Zur Feier des Abends hatte Mamie diesmal zwei besonders exquisite Callgirls bestellt. Für das Vergnügen dieser illustren Gesellschaft zahlte sie jedem Mädchen dreitausend Dollar.

Das gehörte zu den Vorzügen eines Wohnsitzes in L.A. – jedes Jahr strömten neue, ehrgeizige junge Möchtegern-Schauspielerinnen in die Stadt, eine besonders hübsche Nuttenkategorie.

Mamie stand auf Mädchen.

Und Bone war ein Voyeur.

Also führten sie eine perfekte, harmonische Ehe.

Die beiden Callgirls, Heather und Tawny, erledigten ihren Job mit wohlgeformten, straffen Körpern, ebenmäßigen Zähnen und geübtem aufreizenden Lächeln. Beinahe wirkten ihre sexuellen Aktivitäten choreographiert und Mamie war fasziniert.

In einem Morgenmantel aus roter Seide, mit falscher orangegelber Sonnenbräune und gefärbtem schwarzen Haar saß Bone auf einem Sofa und beobachtete die Szene wie eine Schlange, jederzeit bereit zum Angriff.

Unterdessen umkreiste Mamie die beiden Mädchen mit den Silikonbrüsten und glatten gebräunten Körpern und wartete auf eine Gelegenheit, bei diesem Spiel mitzumischen und endlich ihren Spaß haben zu können. Dank regelmäßiger Fettabsaugungen, täglicher Massagen, Collagen, Botox und einer Kolon-Hydrotherapie einmal pro Monat schaffte sie's, nicht völlig aus dem Leim zu gehen. Allerdings bot sie mit ihrer Pergamenthaut, den Raubtieraugen und wasserstoffblondem Haar einen ziemlich erschreckenden Anblick.

Ebenso wie Bone schluckte sie Viagra. Beide bildeten sich ein, das würde sie jung und vital erhalten. Stattdessen waren sie alt, geil und widerlich.

Mühelos schlang Heather ihre langen, sonnengebräunten Beine um ihren Nacken. Ihr schmaler Schamhaarstreifen passte zu ihrem blonden Haupthaar.

Und das war Mamies Stichwort. Gierig saugte sie an einer Frau, die mindestens fünfzig Jahre jünger war als sie, während Bone enthusiastisch zuschaute.

Mit quietschenden Reifen bog der Cadillac vom Santa Monica Freeway ab und schlug die Richtung zum Sunset ein. Die drei Männer im Auto waren glücklich. Oder eher stoned. Nun rückte das Ende des Jobs immer näher, es würde nicht mehr lange dauern, und sie würden eine ganze Menge Kohle kassieren.

Madisons Gedanken überschlugen sich. Irgendwie musste sie fliehen. Aber *wie?* Sollte sie sich aus dem Auto werfen und ihren Tod riskieren? Oder kämpfen? Oder – einfach *reden?* Darin war sie immer gut gewesen.

„Wie viel verdienen Sie dran?“ fragte sie.

„Wenn wir Leute umbringen?“ erwiderte der Killer in sanftem Singsang. „Das tun wir umsonst. Weil's so viel Spaß macht.“

„Lassen Sie mich laufen, und ich zahle Ihnen das Doppelte.“

„Warum sollten wir das tun?“

„Warum tun Sie *irgendwas?* Natürlich für Geld.“

„Wie viel?“

„Sagen Sie's mir.“

„Fünfzigtausend."

„Okay."

„Wo wollen Sie das hernehmen?"

„Lassen Sie mich frei, und ich krieg's."

„*Scheiiiße!*" spottete er. „Halten Sie mich für blöd?"

„Nein", widersprach sie hastig, „ich finde Sie sogar sehr schlau."

„Vergessen Sie's, Lady. Gleich sind wir da."

Serge Gorban schaute auf die alte Uhr, die er vor vielen Jahren in Moskau gekauft hatte. Manchmal ging sie ein wenig nach. Aber nicht um so viele Minuten. Längst hätte sein idiotischer Neffe hier eintreffen müssen. Er hatte dem Jungen schließlich eine ganz einfache Aufgabe gestellt. Und irgendwie hatte es Zaroff wieder geschafft, alles zu vermasseln. So wie meistens.

Serge seufzte. Hätte er bloß nicht auf seine erbärmliche, winselnde Schwester gehört, die ihn angefleht hatte, Zaroff noch eine Chance zu geben ... Trotz des letzten Desasters, das der Kerl verschuldet hatte.

Aber Serge hatte auf sie gehört. Und wer war jetzt der Dumme?

Niemals darf man einem Jungen einen Auftrag geben, den nur ein Mann erfüllen kann.

Bald würden die Huren verschwinden. Jeden Moment würden Bone oder Mamie im Pförtnerhaus anrufen, um sich zu vergewissern, dass alles klappte.

Verdammt, warum hatte er seinem nichtsnutzigen Neffen vertraut? Dieser arbeitslose Versager machte ihm immer nur Schwierigkeiten.

Nun waren sie im Penthouse. Immer noch im Wohnzimmer. Aber bald würden sie sich ins Schlafzimmer zurückziehen. Entschlossen ging Jolie zur Sache. Warum sollte ihr Vincent widerstehen?

„Schon immer habe ich dich gemocht, Vincent“, murmelte sie.

An dem ganzen Ärger, den Jenna ihm in dieser Nacht noch zumutete, war nur Nando schuld. Hätte er nicht drauf bestanden, Andy Dale einzuladen, wäre das alles nicht passiert. Und jetzt kiffte Nando auch noch zu allem Überfluss, zusammen mit Leroy Fortuno und Darren Simmons. Hinter dem Rücken seines Partners! Oh ja, diesmal ging der Kerl eindeutig zu weit.

„Von Anfang an dachte ich, *wir beide* hätten uns finden müssen“, flüsterte Jolie. Schimmernde weiße Haut, Katzenaugen, die wie Bernstein funkelten …

„Nando ist mein Bruder.“ Allmählich verebbte Vincents Widerstandskraft. Mit jeder Minute fiel es ihm schwerer, der Versuchung zu widerstehen. Schon immer hatte Jolie ihm gut gefallen. Sie war erste Sahne, sexy und kultiviert. Und außerdem eine Frau, im Gegensatz zu Jenna, dem kleinen Mädchen.

„Ja, ich weiß“, flüsterte Jolie. „Aber manchmal müssen sich die Wege von Brüdern trennen. Und vielleicht ist es jetzt an der Zeit …“

Wie gebannt starrte er ihre Lippen an. So ein weicher, einladender Schmollmund …

Wäre ein Kuss so furchtbar schlimm? Immerhin war Jenna ihm davongelaufen, Nando ließ sich woanders auf miese Machenschaften ein.

Nur ein Kuss.

Sein Handy läutete.

„Geh nicht ran." Jolies Stimme war ein seidenweiches Wispern. „Jetzt haben wir was Wichtigeres zu tun."

Gus' schwarze Limousine mit den getönten Fensterscheiben folgte einem großen schwarzen Suburban in die Berge hinauf, und Michael fühlte sich wie bei einer Leichenprozession. In gewisser Weise war's das auch. *Willkommen bei Mamies und Bones Bestattung.*

So etwas erledigte Gus nicht im kleinen Rahmen. Er war alte Schule, und deshalb legte er großen Wert auf bestimmte Traditionen. Im Suburban saßen erstaunlich viele Männer – jederzeit bereit, alle potenziellen Hindernisse oder Widersacher zu überwältigen. Dazu gehörte auch ein Hunde-Experte, der sich um die Dobermänner kümmern sollte.

Michaels einzige Sorge galt Madison, weil er wusste, dass Vincent sehr gut für Dani und sich selbst sorgen konnte. Und Sofia war in Europa.

Also ging es nur um Madison – seine schöne, intelligente Tochter, die kaum noch mit ihm sprach. Das nahm er ihr nicht übel. Er hatte sie mit einer Lebenslüge aufwachsen lassen. Und das war unfair gewesen.

Feierlich gelobte er sich, seine Tochter für alles zu entschädigen – und Dani ebenso, die stets unerschütterlich zu ihm gehalten hatte. Aber zuerst musste er diese beiden Ekelpakete erledigen. Denn wenn ihm das misslang …

Der Cadillac verließ den Sunset und brauste nach Bel Air hinauf, auf einer kurvenreichen Straße bis ganz nach oben.

Verwirrt runzelte Madison die Stirn und wusste nicht, was sie davon halten sollte. Ausgerechnet Bel Air! Was hatten sie hier zu suchen?

Sie wollte auf ihre Uhr schauen. Dann erinnerte sie sich daran, dass die Gangster ihr die Uhr ja abgenommen hatten. Sie versuchte zu überlegen, wie spät es sein mochte. Ein Uhr? Zwei? Sie hatte keine Ahnung.

Plötzlich drosselte der Fahrer das Tempo und hielt vor einem üppig verschnörkelten schmiedeeisernen Tor.

„Was soll ich jetzt tun, Zar?“ fragte er.

„Drück auf die verdammte Türklingel! Sag Serge, wir sind da.“

Mittlerweile waren alle so stoned, dass keiner auf die Namen zu achten schien, die über schlaffe Lippen kamen. Und Madison prägte sich alle ein. Erst Ace, jetzt Serge. Und nun wusste sie auch, wie der verrückte Killer hieß – Zar. Eine Abkürzung? Das würde sie herausfinden müssen, beschloss sie.

„Zarren?“ wandte sie sich wieder an ihn, als wollte sie eine Frage stellen.

„Zaroff“, lallte er.

„Drück auf den verdammten Knopf!“ verlangte der Junge auf dem Beifahrersitz. Dann stieg er aus, um das selber zu erledigen.

War das der geeignete Augenblick, um zu flüchten? Der Cadillac stand, die Musik dröhnte zu laut für klare Gedanken. Außerdem waren die drei so high, dass sie wahrscheinlich gar nichts merken würden.

Und so entschloss sie sich, das Risiko einzugehen. Sie warf einen kurzen Blick auf Zaroff – auf die Uzi, die zwischen seinen Füßen am Boden lag. Im Hosenbund steckte die andere Waffe.

Bye, ihr Mistkerle, ich haue ab.

Blitzschnell stieß sie den Wagenschlag auf, sprang hinaus und begann zu laufen.

58. KAPITEL

Mittwoch, 11. Juli 2001, 1.45 Uhr morgens

Dani konnte noch immer nicht schlafen. Nachdem sie eine so wichtige Entscheidung getroffen hatte, von der ihre Zukunft abhing, flatterten ihre Nerven, und sie fürchtete, sie würde sich wieder anders besinnen.

Für *dieses* kleine Problem gab es nur eine einzige Lösung. Dean wohnte im Mirage.

Und so griff sie zum Telefon, um ihn anzurufen.

Als die Türklingel ertönte, wandte sich Serge zum Sicherheitsmonitor im Pförtnerhaus. Erleichtert sah er den alten Cadillac, den er Zaroff geliehen hatte, vor dem schmiedeeisernen Tor warten.

Endlich, dachte er, drückte auf die Taste, die den Mechanismus des massiven Tores aktivierte, und beobachtete auf dem Bildschirm, wie es aufschwang. Der Cadillac rührte sich nicht.

„Komm schon, Zaroff", murmelte Serge. „Fahr doch endlich rein, du Idiot."

Und dann sah er seinen vertrottelten Neffen aus dem Wagen springen und weglaufen. Statt endlich die Ware abzuliefern, rannte er einfach davon!

Was war da los?

Das wusste Serge nicht. Aber er würde es bald herausfinden. Nachdem er sich vergewissert hatte, dass seine Pistole in dem Halfter unter dem Arm steckte, verließ er das Pförtnerhaus.

Die Limousine hielt in der Nähe des Hauses in Bel Air.

„Was gibt's?" Gus beugte sich zu seinem Chauffeur vor.

„Das checken wir gerade. Anscheinend blockiert ein Wagen das Tor."

„Fährt er raus oder rein?"

„Weder noch, er steht einfach nur da."

Michaels Gedanken schweiften zu jener Nacht vor vielen Jahren zurück, in der er Roy im Central Park erschossen hatte. Am schlimmsten war das Warten. Nicht zu wissen, was passieren würde. Zu hoffen, alles würde klappen. Niemals konnte man sicher sein.

Und dann der Moment, wo es geschah, wo die Rachsucht gestillt wurde. *Peng, peng – du bist tot.* Fast wie ein Spiel.

Fühlte er sich fähig, es noch einmal zu tun?

Ja. Die beiden hatten Stella und ihren Freund kaltblütig ermorden lassen.

Deshalb verdienten Mamie und Bone die Todesstrafe.

Madison hatte sich stets für athletisch gehalten. Während der Schulzeit hatte sie im Sport brilliert. Und in New York versuchte sie wenigstens zweimal pro Woche im Fitnesscenter zu trainieren.

Gott sei Dank! Denn jetzt, wo es um Leben oder Tod ging, würden sie nur ihre schnellen Beine und ihre gute Kondition retten. Sie war schneller als die Geiselnehmer – und viel schlauer. Wenn sie einen ausreichenden Vorsprung erzielte, konnte sie sich im dichten Unterholz von Bel Air verstecken, bis die Gefahr überstanden wäre.

Das Haus, vor dem der Cadillac gehalten hatte, lag

ziemlich abgeschieden, zwischen steilen Hügeln, Bäumen und Sträuchern. Nicht, dass sie allzu viel sah, als sie ins Gebüsch stolperte ... Die Nacht war pechschwarz, nicht einmal von Straßenlampen erhellt, weil es hier keine richtige Straße gab.

Wie ein Schmiedehammer schlug ihr Herz und fühlte sich an, als würde es jeden Moment aus der Brust springen. Irgendwo hinter ihr erklangen die Flüche und Drohungen der Kidnapper, die sie bergauf jagten.

Ein Zweig peitschte ihre Wange und warf sie beinahe zu Boden. Obwohl ihr schwindelte, rannte sie weiter, bahnte sich einen Weg durch dichtes Gestrüpp.

Sekundenlang hielt sie inne, um Atem zu schöpfen, krümmte sich zusammen, richtete sich auf und lief weiter empor. Ein Fuß vor den anderen ... *Nicht zurückschauen. Immer weiter. Nicht schwach werden.*

Und plötzlich, als sie das rechte Bein vorschob, verlor sie das Gleichgewicht, strauchelte und stürzte über den Rand eines Steilhangs in die Tiefe.

„Verdammter Schwachkopf!“ schrie Serge und schlug seinen Neffen mit dem Handrücken ins Gesicht. „Du blöder Scheißkerl könntest mich den Job kosten.“

„Wie sollte ich denn ahnen, dass sie weglaufen würde?“ verteidigte sich Zaroff missmutig. Jetzt, in der Gewalt seines Onkels, markierte er nicht mehr den großen Boss. Serge war in der Familie Gorban berühmt-berüchtigt. Ein hartgesottener, brutaler gnadenloser Mann, der sich vor einigen Jahren von Moskau aus über die Schweiz bis in die USA durchgeschlagen hatte. Einem Gerücht zufolge war er, in die Machenschaften der Russen-Mafia verstrickt, zur Flucht gezwungen gewesen – wegen eines „Missverständnisses", das eine größere Summe Geld betraf, die verschwunden war.

Bald hatte er einen Job als „Mr. und Mrs. Pornos" Sicherheitsberater gefunden. So nannte Zaroff die beiden, seit er ein paar Handlangerdienste in ihrem Haus erledigt hatte. Er hasste es, wie unterwürfig sein Onkel ihre fetten amerikanischen Ärsche küsste. Grässliche Freaks, die beiden – besonders das abscheuliche alte Weib, das ihn dauernd anmachte …

„Um mehrere Stunden hast du dich verspätet!" schimpfte Serge. „Jetzt kreuzt du ohne das Mädchen auf – und schleppst auch noch diese anderen Idioten an. Was ist eigentlich los mit dir?"

„Ich hatte einige Probleme", murmelte Zaroff. „Deshalb brauchte ich Hilfe."

„*Was?* Du brauchst *Hilfe,* um eine Frau vom Flughafen abzuholen?"

„Dort hat's nicht hingehauen. Ich musste ihr zu einem Restaurant folgen. Und da gab's Komplikationen …"

„Arschloch!" stieß Serge wütend hervor. „Du Haufen Hundescheiße …" Dann besann er sich eines Besseren. „Nein, Hundescheiße – das ist zu gut für dich. *Schweinescheiße* – *das* bist du. Da hast du meine Taschenlampe. Such das Mädchen und nimm deine nichtsnutzigen Kumpel mit!"

„SM mach ich nicht", verkündete Tawny. Strahlend weiße Zähne, perfekte Titten.

„Ich auch nicht“, warf Heather ein. Noch relativ neu im Gewerbe, folgte sie in allen Dingen Tawnys Beispiel.

„Wenn ihr Gummimasken aufsetzt, ist’s nicht SM, ihr blöden Fotzen“, fauchte Bone. „Nun hört zu zicken auf und legt endlich los!“

„Ich verschwinde“, sagte Tawny und sprang vom Bett auf.

„Ja, ich auch“, verkündete Heather.

Mamie befand sich im Bad. Sonst wäre der Streit nicht entbrannt. Ebenso wie Bone liebte sie Gummimasken, aber sie wusste, dass man für solche Aktivitäten spezielle Mädchen buchen musste. An diesem Abend hatte sie *hübsche* verlangt. Die waren nicht billig – und nur selten zu ungewöhnlichen Dienstleistungen bereit.

In wachsendem Zorn ballte Bone die Hände. Wagten es diese beiden Schlampen tatsächlich, seine Befehle zu missachten? Als er aufstand, klaffte seine rotseidene Robe auseinander und enthüllte die armselige Version eines Schwanzes.

Nun beging Heather einen unverzeihlichen Fehler – sie kicherte. Bone bewegte sich erstaunlich schnell für sein Alter und schlug so kraftvoll in ihr Gesicht, dass sie wie ein Baumstamm umfiel. Mit voller Wucht prallte ihr Kopf gegen einen Beistelltisch.

Tawny begann gellend zu kreischen. Erschrocken rannte Mamie aus dem Bad, mit einem Männeranzug bekleidet, eine Reitgerte in der Hand. „Was hast du *getan?*“ herrschte sie Bone an.

„Dumme Nutten“, murrte er.

„Großer Gott!“ Erbost fuhr sie zu der immer noch schreienden Tawny herum. „Halt die Schnauze!“

Da gehorchte Tawny. In aller Eile zog sie sich an. Reglos lag Heather am Boden.

Mit einem kurzen Blick schätzte Mamie die Situation ein. Das würde einiges Geld kosten. Und wenn sie etwas hasste, dann waren es unnötige Ausgaben. „Am besten rufe ich Serge", sagte sie und drückte auf die Klingel für das Pförtnerhaus, „der wird sich um alles kümmern."

Serge setzte sich ans Steuer des Cadillacs, lenkte ihn etwas weiter die Zufahrt hinab und stieg aus. Während er leise vor sich hin schimpfte, parkte eine schwarze Limousine direkt neben ihm.

„Ja?" fragte er und beugte sich zum Fahrer hinunter. Wahrscheinlich sitzen noch mehr Huren drin, vermutete er. Seine Herrschaften waren unersättlich. Manchmal dauerten diese Sexpartys die ganze Nacht.

„Gäste", erklärte der Chauffeur.

Unter seiner Achsel spürte Serge den beruhigenden Druck seiner Knarre. Trotzdem wünschte er, das erstklassig gesicherte Tor würde ihn von diesem unbekannten Auto trennen. Unglücklicherweise war er überrumpelt worden.

Ehe er noch etwas sagen konnte, hielt ein Suburban hinter der Limousine, und zwei Männer mit Automatik-Waffen sprangen heraus. Serge fand keine Gelegenheit, seine Pistole zu ziehen. Blitzschnell wurde er zu Boden gerungen und überwältigt.

Als die beiden Wagen zum offenen Tor hinauffuhren, stürmten ihnen die zwei riesigen Dobermänner entgegen und knurrten angriffslustig. Der Hunde-Fachmann stieg aus dem Suburban und schwenkte zwei saftige, rohe Steaks vor ihren Nasen. Sobald die Tiere versorgt waren, ergriffen einige andere Männer die Initiative, postierten sich vor den Dienstbotenausgängen und vergewisserten sich, dass niemand in der Nähe war.

Der Fahrer der Limousine öffnete die Türen des Fonds.

„Showtime", sagte Gus leise. „Hoffentlich erinnerst du dich an die Regeln."

Michael nickte. „Manche Dinge vergisst man nie."

Und dann gingen sie ins Haus.

„Wo zum Teufel bleibt Serge?" zischte Mamie. „Wenn ich ihn hierher bestelle, muss er sofort spuren, oder er wird *gefeuert!*"

„Vielleicht pinkelt er grade", murmelte Bone.

„Du meine Güte!"

Inzwischen saß Tawny angezogen auf einem Stuhl. „Ich möchte gehen."

„Ja, natürlich willst du das", stimmte Mamie zu, „nachdem du uns den Abend verdorben hast."

„Was habe *ich* denn verbrochen?" entrüstete sich Tawny.

„Ihr seid schließlich Nutten", wurde sie von Mamie erinnert. „Verstehst du nicht, dass Nutten sofort tun müssen, was immer die Kunden wollen? Wenn mein Mann einen Wunsch äußert, solltest du nicht protestieren. Also ist alles *deine* Schuld."

„Nein …" Abrupt verstummte Tawny. Es war sicher besser, einen weiteren Streit mit diesen Leuten zu vermeiden. Offensichtlich waren sie total durchgeknallt, und sie konnte es kaum erwarten, sich bei ihrer Madame zu beschweren. Was ihr allerdings Kummer bereitete – Heather verharrte immer noch unbewegt am Boden. „Meinen Sie nicht, wir sollten einen Arzt rufen?"

„Oh ja, posaunen wir's in alle Welt hinaus", entgegnete Mamie sarkastisch.

„Wir können sie nicht einfach liegen lassen."

„Was glaubst du wohl, warum ich meinen Wachtposten alarmiert habe? Keine Bange, er wird sie ins Krankenhaus bringen."

„Aber ich sorge mich um Heather."

„Nicht nötig." Mamie schenkte dem Mädchen ein grausames Lächeln. „Es wäre in deinem *eigenen* Interesse, diese Nacht zu vergessen. Ist das klar?"

„Bist du sicher?" Dean presste den Telefonhörer ans Ohr.

„Völlig sicher", beteuerte Dani entschlossen.

„Warum hast du dich anders besonnen?"

„Ich habe mir überlegt, wie oft du schon gesagt hast, wir würden eine glückliche Ehe führen. Und – Dean ..." fügte sie leise hinzu. „ Endlich habe ich erkannt, dass du der einzige Mensch bist, dem ich *wirklich* etwas bedeute."

„Das verdienst du auch."

„Warten wir nicht allzu lange", bat sie.

„Wenn du willst, können wir noch heute Nacht heiraten." Er schaute auf seine Uhr. „Oder morgen Früh. In Vegas ist eine Hochzeit um drei Uhr morgens nicht ungewöhnlich. Ich hole dich in einer halben Stunde ab."

„Nein, das geht mir ein bisschen *zu* schnell." Sie lachte nervös. „Wie wär's gegen Mittag?"

„Okay. Erzählen wir's irgendwem?"

„Vielleicht Vincent."

„War Michael in dieser Nacht bei dir, Dani?“

„Warum fragst du?“

„Weil du bei unserem Dinner noch nicht auf diese Idee gekommen bist. Deshalb muss etwas passiert sein.“

„Ja, er war hier“, gab sie zu, „und es ist tatsächlich etwas geschehen. Er blieb eine Weile bei mir, und nachdem er gegangen war, wusste ich, dass ich mein restliches Leben mit *dir* verbringen möchte.“

„Du wirst es nie bereuen.“

„Das weiß ich“, flüsterte sie.

59. KAPITEL

Mittwoch, 11. Juli 2001, 2 Uhr morgens

Zaroff kochte vor Wut. Die ganze Nacht hatte er Entscheidungen getroffen und war auf Draht gewesen. Und jetzt machte ihm sein fetter Onkel Vorschriften. *Merkt er nicht, dass ich hier der Macker bin?*

Dank der Uzi, die Serge gehörte, hatte er das verdammte Restaurant in seine Gewalt gebracht, und da waren richtig die Fetzen geflogen. Statt ihn zu beschimpfen, müsste sein Onkel stolz auf ihn sein.

Serge war das Schwein. *Serge* war ein verdammter russischer Bauer. Serge hatte keine Ahnung, wie aufregend es war, absolute Macht auszuüben und Leute abzuknallen.

In dieser Nacht hatten sich die Geiseln ganz schrecklich vor ihm gefürchtet. Zu *allem* hätte er sie zwingen und jedem Einzelnen den Arsch aufreißen können. Und jetzt, auf diesem feudalen Anwesen in den Bergen, behandelte ihn sein Onkel wieder wie den letzten Dreck.

Russische Mafia! Scheiße! Mit der nehm' ich's jederzeit auf.

Eifrig suchten seine beiden Kumpel den Steilhang nach dem Mädchen ab. Die machten immer, was er ihnen sagte. Seit er eines Nachts ein Auto angehalten und den Fahrer erschossen hatte, nur so zum Spaß, vergingen sie vor lauter Ehrfurcht. Klar, er war der *Mann.* Alle hatten Angst vor ihm. Das fand er fantastisch.

Und nun meckerte sein fetter Onkel an ihm rum – derselbe Onkel, der dauernd zu seiner Mutter rannte und ihn anschwärzte. Und die war ein ganz gemeines Biest – sicher würde sie ihm auch diesmal die Hölle heißmachen.

Plötzlich hatte er eine Idee. Wenn seine Freunde die Frau fanden, wenn er sie gefangen hielt, irgendwo versteckte und Lösegeld verlangte …?

Die dumme Kuh hatte fünfzig Riesen erwähnt – fünfzigtausend gottverdammte Dollars!

Und wenn er Serge wegpustete – dann würde kein Mensch den Kidnapper kennen.

Zaroff lachte. Wie clever er war! Soeben hatte er einen perfekten Plan geschmiedet.

„Ist das zu fassen, wie's hier aussieht?" murmelte Gus, als er mit Michael die reich verzierte, geschnitzte Treppe hinaufstieg.

Wortlos schüttelte Michael den Kopf. Seine Handflächen schwitzten, und er bekam kaum Luft. Wie man so etwas abwickelte, wusste er nicht mehr. So niederträchtig und widerlich Mamie und Bone auch waren – würde er's fertig bringen, die beiden zu erschießen?

Gus hatte ihm angeboten, Leute zu engagieren, die's übernehmen würden. *Könnte ich dabeistehen und zuschauen?*

War er derselbe Michael Castellino, der Roy vor so langer Zeit im Park getötet hatte? Oder ein anderer Mann?

Das wusste er nicht. Bald würde er's herausfinden.

Vincent und Jolie gingen ins Schlafzimmer. Dass Jenna sie ertappen würde, mussten sie nicht befürchten, weil sie im Mirage festsaß. Auch Nando würde nicht hereinplatzen, denn er amüsierte sich mit seinen zwei neuen Geschäftspartnern.

„Schon *immer* habe ich mich nach dir gesehnt“, gurrte Jolie und schlang die Arme um Vincents Hals. Mit weichen, provozierenden Lippen küsste sie seinen Mund.

„Das sollten wir nicht tun.“

„Hör auf mit dem Unsinn, Vincent!“ tadelte sie sanft. „Jetzt haben wir beide den Punkt erreicht, wo es kein Zurück mehr gibt. Jahrelang hat die Chemie zwischen uns gestimmt. Unsere Gefühle füreinander sind immer stärker geworden.“

Damit hatte sie Recht. Er war erregt – und sie bereit.

Warum plagte ihn plötzlich sein Gewissen?

Schweinescheiße. Ja, so hatte sein Onkel ihn genannt. Zaroff würde ihm zeigen, *wer* hier die Schweinescheiße war.

Wie viele Menschen hatte Onkel Serge umgebracht? Einen? Zwei? Keinen? *Zur Hölle mit ihm! Höchste Zeit, dass ich die Kontrolle über die Familie übernehme!*

Zaroff befahl seinen Freunden, die Frau suchen zu gehen. „Wenn ihr sie findet, fesselt sie und legt sie in den Kofferraum unserer Karre. Wir bringen sie weg.“

„Wohin?“ fragte der Fahrer.

„In die Lagerhalle, wo Ace wohnt.“

„Und wo gehst *du* jetzt hin?“

„Ich kassiere das verdammte Geld, das Serge mir schuldet. Danach treffen wir uns hier draußen. Passt bloß auf, dass euch das Mädchen nicht noch mal entwischt!“ mahnte Zaroff und zog ein Glasröhrchen mit Koks aus der Hosentasche. Viel war nicht mehr übrig. Er schüttete den Rest auf seinen Handrücken und inhalierte. Jesus, in dieser Nacht hatte er sich ziemlich zugeknallt.

Und wenn schon? Das würde er verkraften.

Entschlossen rannte er zum Haus zurück. Das schmiedeeiserne Tor war immer noch geöffnet, der Cadillac parkte in der Nähe.

Wo das Pförtnerhaus lag, wusste er, weil er ein paarmal in der großen Villa gearbeitet hatte. Wie ein braver kleiner Junge hatte er seinem Onkel geholfen. Für zehn Dollar pro Stunde, wenn Serge großzügig gewesen war ...

Im Pförtnerhaus ließ sich niemand blicken.

Als er zum Haus lief, trat ein Mann aus dem Gebüsch. „Halt!"

Zaroff schwang die Uzi hoch und durchlöcherte ihn.

Oh Gott, von dem Machtgefühl, das ihn durchströmte, wurde er richtig high. Oder lag's an den Drogen?

Er eilte weiter. Vor der Eingangstreppe lagen die beiden Hunde und schienen zu schlafen. Jedenfalls rührten sie sich nicht. Ihr Glück, sonst hätte er sie auch erschossen. Die Haustür stand offen, und er betrat die Halle.

Von drei Männern begleitet, gingen Michael und Gus ins große Schlafzimmer, wo sich kein erfreulicher Anblick bot.

Da stand Bone in einer roten Seidenrobe, aus der sein Schwanz hing, und am anderen Ende des Raums umklammerte Mamie eine Reitpeitsche – eine erbärmliche Gestalt in einem Männeranzug. Vollständig bekleidet saß ein junges blondes Mädchen auf einem Stuhl, ein anderes lag splitternackt am Boden.

„Nett", meinte Michael.

Entsetzt starrte Mamie ihn an. „Wie bist du in mein Haus gekommen?" schrie sie. „Was machst du hier, du Mörder?"

Tawny zuckte schockiert zusammen.

„Ich übe Vergeltung“, erläuterte Michael. „Hat mir dein Mann etwa nicht beigebracht, wie man's macht? Ist es nicht das, was du immer wolltest, Mamie? Rache?“

„Verschwinde, oder ich rufe die Polizei!“ drohte sie.

„Die Leitungen sind tot. Aber du kannst es ja versuchen.“

„Elender Abschaum!“ kreischte sie, das faltige Gesicht vor Wut verzerrt. „Mieser kleiner Bastard! Genauso verkommen wie Vinny, dein armseliger Vater! Ich hasse dich, verdammt, *ich hasse dich!*“

In Zaroffs glasigen Augen war Mordlust zu sehen, als er ins Zimmer stürmte. High von Koks und Gras und Ecstasy, mit dem Gefühl, grenzenlose Macht zu haben, glaubte er, nun könne er die ganze Welt erobern.

Was wurde hier mit Mr. und Mrs. Porno gespielt? Michael und die anderen Männer nahm er kaum wahr, während sein Blick auf das nackte Mädchen am Boden fiel. Trotz des Drogennebels spürte er, wie er einen Ständer bekam. Er hatte seit vierundzwanzig Stunden nicht mehr gebumst. Und Zaroff brauchte Sex – viel dringender als Essen und Trinken, als das Genörgel seiner Mutter und die Vorschriften seines blöden Onkels. Er war der *Mann.* Was er wollte, konnte er tun.

Vorsichtig wich Michael einen Schritt zurück. Der Junge – höchstens siebzehn oder achtzehn Jahre alt – hielt eine Uzi in der Hand. Und an seiner Nase klebte weißes Pulver. Keine günstige Kombination. Das war der Joker, mit dem niemand gerechnet hatte. Immer gab es einen Joker.

Mamis Geschrei verstummte. Verwirrt wandte sie sich von Michael zu dem Jungen. „Was zum …“, begann sie.

„Arschlöcher!“ brüllte er und schwang die Uzi empor. „Steinreiche Arschlöcher!“ Und in der nächsten Sekunde feuerte er.

Danach schien alles im Zeitlupentempo zu geschehen, wie ein raffiniert choreographierter, kunstvoller Tanz. Zaroff schoss und schoss – bis ihn zwei Männer aus Gus’ Truppe von hinten überwältigten und die Waffe seinen Händen entglitt. Zu spät für Mamie und Bone. Beide waren getroffen worden, sie ins Gesicht und ins Herz, er in den Bauch.

Ein passendes Ende. Michael wandte sich ab und verließ das Zimmer.

Es war vorbei. Und er hatte gar nichts tun müssen.

EPILOG

Zaroff Gorban wurde wegen mehrfachen Mordes – unter anderem an Mamie und Bone – verhaftet, sein Onkel Serge wegen unerlaubten Waffenbesitzes, was die Uzi betraf, und zudem der Mithilfe bei einer Geiselnahme angeklagt.

An das alles konnte sich Zaroff nicht erinnern.

In New York lieferte Michaels Anwalt der Polizei genug Beweismaterial, das die Unschuld seines Mandanten an der Ermordung Stellas und ihres Freundes belegte. Zu diesem Material gehörte insbesondere eine Aufzeichnung von Mamies Telefonat mit Michael, mit ihrer prahlerischen Erklärung, wie grandios sie ihn reingelegt hatte.

Regel Nummer eins in der Geschäftswelt – man musste alle wichtigen Telefongespräche aufnehmen. Und das tat Michael.

Vincent hatte der Versuchung und Jolies beträchtlichen Reizen widerstanden und beschlossen, Jenna noch eine Chance zu geben.

Und Jenna, nach ihren Erfahrungen in der Nacht mit Andy Dale klüger und reifer, entwickelte sich zu der Schwiegertochter, von der Dani stets geträumt hatte.

Vincent nahm sich vor, mit seiner Frau möglichst bald ein Kind zu haben, vor allem, um sie aus weiteren Schwierigkeiten herauszuhalten.

Sofia ließ sich in Rom fotografieren. Danach bezahlte Gianni, wie versprochen, ihr Flugticket nach Amerika. Zwei Tage später rief er an und verkündete, die Kamera würde sie lieben und sie müsse unbedingt für seine neuen Jeans modeln.

Davon war sie hellauf begeistert. Zweifellos eine bessere Idee, als ziellos durch Europa zu trampen …

Jolie redete ihrem Mann den Stripper-Club aus. Allzu schwer fiel ihr das nicht. Was für eine schlechte Idee die Partnerschaft mit Darren Simmons und Leroy Fortuno war, merkte er selber, nachdem er im Manray eine Drogenrazzia miterlebt hatte.

Nun musste sie Vincent dankbar sein, weil er ihren Reizen nicht erlegen war. Immerhin hatte sie Nando geheiratet. Und im Grunde ihres Herzens liebte sie nur ihn.

Madison hatte mit einer leichten Gehirnerschütterung, mehreren Platz- und Schürfwunden und einem gebrochenen Handgelenk am Fuß des Steilhangs gelegen. Zu ihrer Verblüffung wurde sie dort schon bald von der Feuerwehr gefunden und von einem Sanitäter nach oben getragen, wo sie Michael antraf.

„Oh Daddy“, japste sie, „ich wusste ja, du würdest auf einem weißen Pferd zu mir reiten.“

„Genau genommen bin ich in einer schwarzen Limousine hierhergefahren“, erwiderte er grinsend. „Wieso nennst du mich plötzlich Daddy?“

„Weil's mir irgendwie gefällt. Stört's dich?“

„Nein, meine Süße, kein bisschen.“

„Wieso wusstest du, wo ich war?“

„Das ist eine lange Geschichte.“

Ein großer, mit Muskeln bepackter Sanitäter half ihr in

einen Rettungswagen. „Eine *zweite* lange Geschichte?" stöhnte sie. „Keine Ahnung, wie viel ich noch verkrafte ..."

„Da habe ich noch einige Überraschungen", kündigte Michael an und grinste wieder.

Kurz nach der Schießerei flog Michael nach Vegas. Zu Deans Leidwesen traf er gerade noch rechtzeitig ein, um ihn daran zu hindern, Dani zu heiraten.

Und so feierten Dani und Michael eine Juli-Hochzeit im Hotel ihres Sohnes.

In einem cremefarbenen Brautkleid von Valentino strahlte Dani den Bräutigam an, der in seinem Armani-Smoking attraktiver aussah denn je. Groß, dunkelhaarig, umwerfend. Niemals würde er sich ändern.

Alle, die ihnen etwas bedeuteten, nahmen an der Hochzeitsfeier teil – auch alte Freunde wie Tina und Max mit ihren Kindern. Auch Charlie und seine Frau. Und natürlich Warner und Karl.

Sofia saß neben ihrem Bruder Vincent.

Und Madison wurde von ihren liebsten Freunden umringt – Natalie, Jamie und Cole.

Immer noch leicht verwirrt, beobachtete sie, wie ihr Vater die schöne blonde Frau heiratete. Noch waren sie keine richtige Familie. Aber eines Tages würden sie es sein.

Michael und Dani konnten es nicht abwarten.

– *ENDE* –

Deutsche Erstveröffentlichung

Sharon Sala

Wie ein stummer Schrei

Lange lag das Kinderskelett in seinem versteckten Grab. Jetzt werden die Knochen des kleinen Opfers gefunden und stellen wortlos Fragen, auf die es nur tödliche Antworten gibt …

Band-Nr. 25193

7,95 € (D)

ISBN: 3-89941-286-9

Anne Stuart

Im Angesicht der Angst

Ein Thriller der Extraklasse von Anne Stuart – Leidenschaft und Gefahr, überraschende Wendungen und ein atemberaubender Show-down!

Band-Nr. 25194

7,95 € (D)

ISBN: 3-89941-287-7

Brenda Joyce
Es war einmal in New York

Band-Nr. 25167
7,95 € (D)
ISBN: 3-89941-225-7

Emilie Richards
Irische Ballade

Band-Nr. 25174
7,95 € (D)
ISBN: 3-89941-232-X

Mary Alice Monroe
Dem Himmel entgegen

Band-Nr. 25175
7,95 € (D)
ISBN: 3-89941-233-8